Iris Hennemann

AMBOREG
Die magische Rüstung

Band 3
Söldner

AF288133

Weitere Informationen, Grafiken und Karten zu AMBOREG
unter
www.irhe.de

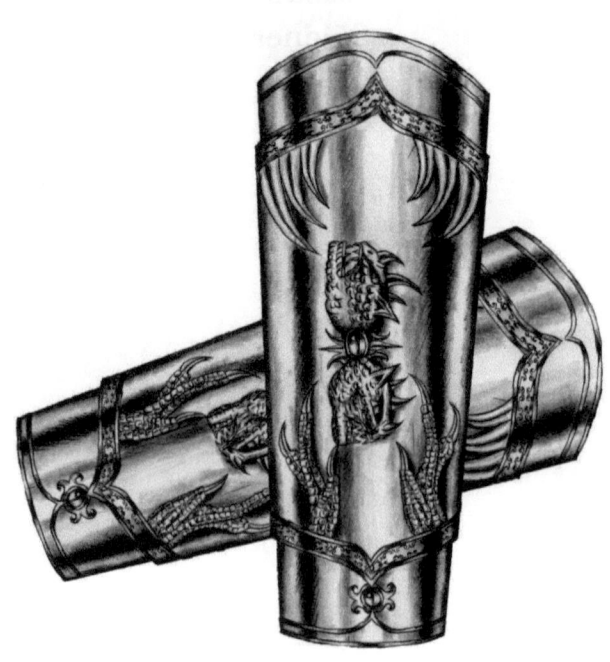

Iris Hennemann

Die magische Rüstung

Band 3
Söldner

Fantasy-Roman

Bibliografische Information der Deutschen Nationalbibliothek:
Die Deutsche Nationalbibliothek verzeichnet diese Publikation in der
Deutschen Nationalbibliografie; detaillierte bibliografische Daten sind
im Internet über http://dnb.dnb.de abrufbar.

Die Handlung und alle Personen sind frei erfunden. Jegliche Ähnlichkeit mit
lebenden oder realen Personen oder Handlungen wäre rein zufällig.

Umschlagsgestaltung, Kartographie,
Illustrationen und Grafiken: Iris Hennemann
(Hintergrund Titelbild, Bild S. 5 und Bilder Völker mit KI erzeugt)

weitere Informationen zu *AMBOREG* unter
www.irhe.de

Verlag: BoD · Books on Demand GmbH, Überseering 33,
22297 Hamburg, bod@bod.de
Druck: Libri Plureos GmbH, Friedensallee 273, 22763 Hamburg

ISBN: 978-3-8192-2859-9

Für meine Mutter

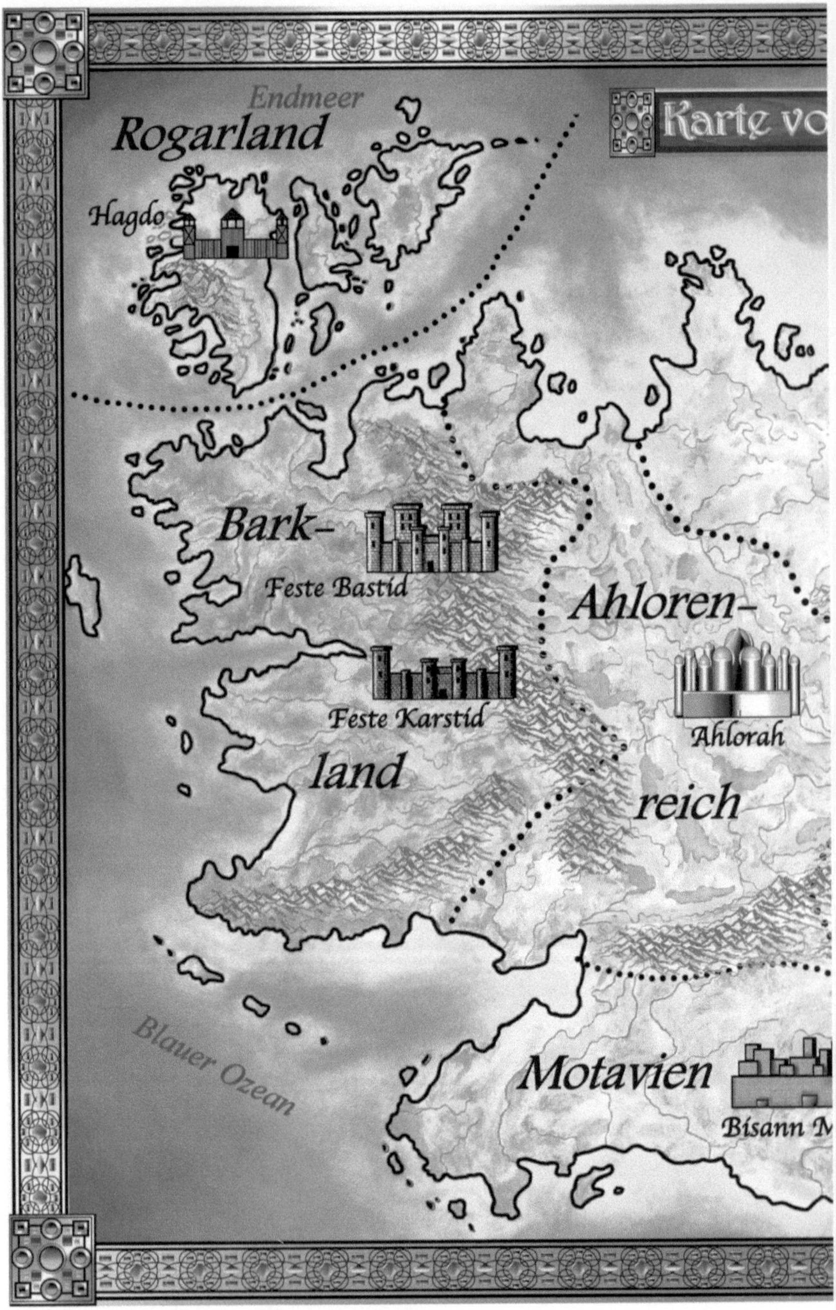

Karte vo
Endmeer
Rogarland
Hagdo
Bark-
Feste Bastid
Feste Karstid
land
Ahloren-
Ahlorah
reich
Motavien
Bisann M
Blauer Ozean

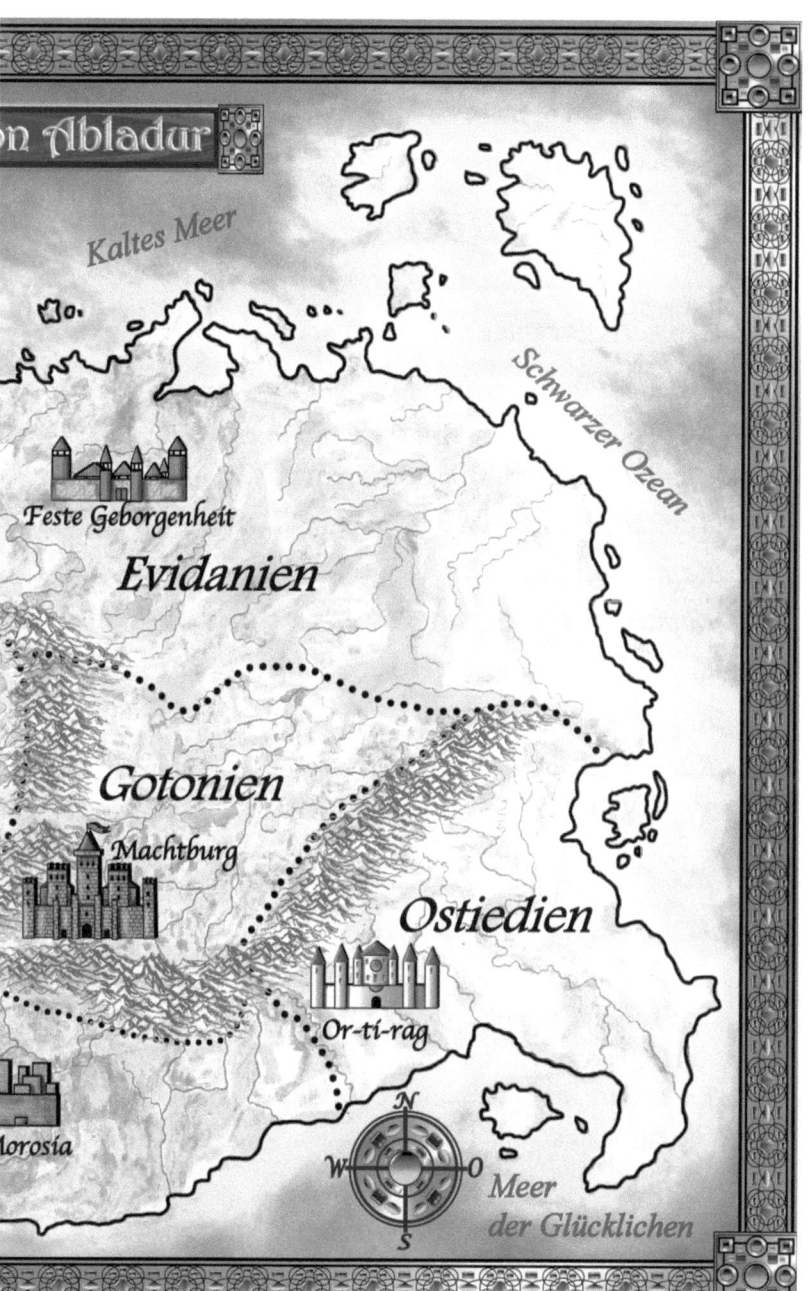

Inhalt

Dramatis Personae

Im Ahlorenreich

Manalodell	*Dunak tor*, Ahlore, *Rotrot*-Meister, Hauptgroß-meister, Leiter der Hauptkampfschule
Fravintha	Gotonin, Schwester von Rahila (Eheweib von König Erwech)
Ri	Priesterschülerin, Ostiedin
Laiell	*Dunak tor*, Ahlore, *Rotviolett*-Meister, Vater von Scholell
Amagas	ehemaliger *Dunak tor*, in der Verwaltung des *Tempels des Lichts* tätig, Gotone
Ellarell	Hauptgroßpriester des *Tempels des Lichts, Ahlore*
Ermgas	Großmeister im *Tempel des Lichts*, Gotone
Methila	»Metta«, Leiterin vom *Haus, das es nicht gibt*

Die Arutan in Barkland

Godered	*Dunak tor*, Gotone, *Rotrot*-Meister
Lanaris Navad	*Dunak tor*, Evidanierin, *Rotgelb*-Meisterin
Scholell	*Dunak tor*, Ahlore, *Rotorange*-Meister
Brinok	*Dunak tor*, Barkländer, Bastide, Schülergrad *Blau*
Teraal	*Dunak tor*, Motavier, Schülergrad *Grün*
Lanna	Priesterschülerin, Rogarländerin
Mefido Bofollo	*Dunak tor*, Ostiede, Schülergrad *Violett*
Ernwic	*Dunak tor*, Rogarländer, Schülergrad *Blau*
Gohan	*Dunak tor*, Barkländer, Karstide, Schülergrad *Weiß*
Avanor	*Dunak tor*, Ahlore, Schülergrad *Gelb*

In Barkland

Bearach	Brinoks Vater, *Bainestor* von Wachtstein
Mennus	Brinoks älterer Bruder
Gunoda	Brinoks Mutter
Enida	Brinoks Schwester
Ahna	Brinoks kleine Schwester
Eidriss	bedeutender Adliger
Aneira	Eidriss' Tochter
Mellor	ein *Sagart*
Merrduh	bedeutender Adliger in Wachtstein
Brona	Merrduhs Weib
Blinne	Merrduhs Tochter
Oschiin	Merrduhs Sohn
Fiochnan	Bastide, Anführer des Söldnerheeres
Nessa	Söldnerin
Tuhill	Söldner
Loguhn	*Gobarem*, Evidanier, Rang: *Madag*
Drochnan	Adliger
Aled	Adliger
Diuran	Adliger
Ilell	Großmeister einer *Dunak tor*-Kampfschule, Ahlore

Prolog

Das Jahr 252 n. A. A. (nach Ankunft der Ahloren)

Barkland, Greifsgebirge, Gebiet der Horde der Bastiden

Fiochnan waren die wortkargen Krieger, die er durch das
schroffe Gebirge führte, nicht geheuer. Deutlich spürte er die
finstere Aura, die die Männer umgab, und in ihren Augen funkelte etwas abgrundtief Böses.

Warum nur hatte er es nicht abgelehnt, ihr Bergführer zu
sein? Er hatte sich in einer ruhigen Ecke seines bevorzugten
Wirtshauses gerade einen Becher Kadoch gegönnt, als der Wirt
Krieger zu ihm geschickt hatte. Sie hatten ihn gefragt, ob er
sich im Greifsgebirge gut auskenne und von einer Höhle mit
einem schmalen Spalt als Eingang in der Nähe der Schmetterschlucht wisse. Selbstverständlich wusste er von der Höhle, war
aber nie mehr als ein paar Schritte hineingegangen, da sie ihm
stets unheimlich gewesen war. Einer der Männer hatte einen
mit Gold prall gefüllten Beutel auf den Tisch gelegt und ihm
zwei weitere versprochen, wenn er sie dort hinführte. Die vier
blonden Gotonen, die beiden hochgewachsenen rothaarigen

Barkländer und der braunhaarige Evidanier hatten sich während des Gesprächs des Öfteren vergewissert, dass niemand im Wirtshaus zuhörte. Dieses Verhalten hätte ihm eigentlich zu denken geben müssen.

Fiochnan bereute, das Gold von den düsteren Gesellen genommen zu haben. Bereits seit zwei Tagen führte er sie durch die Berge, und die Kerle wurden ihm immer unheimlicher.

»Wann sind wir endlich da? Der verfluchte Regen geht mir ganz schön auf die Nerven!«, knurrte der Evidanier.

Fiochnan wischte sich eine tropfnasse Strähne seines kupferroten Haares aus der Stirn. »Es hängt vom Wetter ab, wann wir die Höhle erreichen. Mit Glück heute, spätestens morgen.« Er stieß einen spöttischen Ton aus. »Dir geht der Regen auf die Nerven? Na, dann warte mal ab! Schau, da hinten ziehen richtig finstere Wolken heran! Es wird hier bald ordentlich schütten, und der Weg wird dann noch weitaus schlüpfriger. Ich denke, wir sollten in einer Höhle Schutz suchen.« Die Haut des fünfzigjährigen Barkländers erinnerte an gegerbtes Leder, und auf der rechten Gesichtshälfte trug er eine Tätowierung, die ihn als Angehörigen der Horde der Bastiden kennzeichnete. Einige blaue Linien verschwanden in scharfen Falten, sodass das ursprüngliche Muster nicht mehr in allen Details erkennbar war.

Der Weg wurde immer steiler, und direkt neben den Männern gähnte der tiefe Abgrund. Geröll löste sich und stürzte hinab. »Vorsichtig hier!«, rief er seinen Begleitern zu.

Warum warne ich sie überhaupt? Wäre doch gar nicht schlecht, wenn einer von diesen schwer bewaffneten Scheißkerlen in die Schlucht stürzt! Am besten gleich alle! Er grinste gehässig.

Als die dunkelgraue Regenfront sie erreichte, prasselten sogleich große, kalte Tropfen auf sie hernieder. Wahre Fluten stürzten herab, und kleine Bäche überspülten innerhalb kürzester Zeit den Weg.

»Hier ist zum Glück eine Höhle in der Nähe, in der ich manchmal übernachte!«, rief er ihnen zu.

Ein Gotone rutschte aus und schlug sich die Wange an einem spitzen Felsen blutig. »Verdammter Mist! Los, führe uns dorthin!«, forderte er grantig.

Fiochnan blieb kurz stehen und blickte zu den Männern zurück. Sie gingen vorsichtig voran und klammerten sich an jeden Halt, den sie finden konnten. Selbst die Barkländer wirkten ungeübt, obwohl die Berge für sie heimatliche Gefilde sein müssten. Anscheinend stammten sie aus flachen Regionen Barklands.

Was sind das nur für seltsame Gestalten?, fragte sich Fiochnan.

Als sich der Evidanier zu seinen Kameraden umwandte, konnte Fiochnan eine schwarze Tätowierung zwischen den nassen Haaren auf seinem Nacken erkennen: ein gehörnter Dolch, der von einem dunklen Tropfen umschlossen war. Fiochnan hatte diese Tätowierung auch bei einem der Gotonen gesehen.

Ob alle Männer dieses Zeichen trugen? Das musste doch etwas zu bedeuten haben …

Als sie die Höhle erreichten, zog Fiochnan die Plane von der Feuerstelle, wo er bereits vor einigen Wochen Holz zum Anzünden gestapelt hatte. Er mochte es, in den Bergen auf viele Eventualitäten vorbereitet zu sein. Er zündete einen Zunderschwamm an und legte ihn ins Holz. Die Flammen zierten sich ein wenig, und es qualmte, doch dann knisterte es, und das Feuer gewann an Kraft. Die Wärme, die ihm entströmte, war eine Wohltat. Die Männer befreiten sich von ihren Waffen, zogen ihre Mäntel aus und schüttelten das Wasser, das wie Perlen auf dem Stoff lag, ab.

»Weiter hinten liegt mehr Holz. Ich werde es holen, damit wir es gleich schön warm haben«, sagte Fiochnan und entzündete eine Lampe, die in einer Nische gestanden hatte.

In einer kleinen Ausbuchtung der Höhle hatte er unter einer Plane allerlei Dinge gelagert, die er für Übernachtungen benötigte. Er nahm Scheite von einem Stapel und hörte, dass die Krieger miteinander redeten. Sie schienen nicht zu ahnen, dass ihre Worte durch Spalten und Rillen in den Felswänden zu ihm getragen wurden.

»Ich kann diesen Fiochnan nicht ausstehen! Wir bleiben doch bei unserem Plan, nicht wahr?«, fragte ein Barkländer.

»Natürlich. Wenn wir haben, was wir begehren, und er uns wieder ins Tal geführt hat, machen wir ihn kalt! Und jetzt: Ruhe!«, sagte der Evidanier.

Fiochnan war entsetzt und andererseits kaum überrascht. Seine Wangen begannen zu glühen, und sein Hirn arbeitete fieberhaft.

Nun gut, ich bringe euch zu eurer Höhle und anschließend zur Schmetterschlucht. Dort werdet ihr verfluchten Charnire hoffentlich alle in die Tiefe stürzen, und ich werde auf eure Leichen pissen!

Fiochnan lächelte in sich hinein und nahm weitere Scheite. Er setzte eine Unschuldsmiene auf und ging mit lauten Schritten in die Haupthöhle zurück. »So, gleich haben wir ein prächtiges Feuer, und unsere Kleidung wird vorzüglich trocknen.« Er ließ das Holz fallen und legte einige Scheite ins Feuer. Flammen züngelten empor und erhellten die Gesichter der Gestalten, die sich verschwörerische Blicke zuwarfen.

Fiochnan überkam ein eiskalter Schauder. Diese Männer, die ihre Hände den wohligen Flammen entgegenstreckten und ihn sogar anlächelten, wollten ihn töten. Krepieren sollten sie! Alle!

Sobald der Regen nachgelassen hatte, drängten die Männer darauf, weiterzugehen. Fiochnan löschte das Feuer und führte die Krieger ins Freie. Die Sonne brach gerade golden zwischen den Wolkenmassen hervor und blendete fast belästigend. Sie ließ das Wasser, das glitzernd von den Felsen tropfte, wie kostbare Edelsteine erscheinen. Überall liefen Rinnsale die Felsen hinab, und Wasser sammelte sich in Vertiefungen.

Der Weg war stellenweise äußerst glitschig, da er mit Moos und Flechten überzogen war. Der Evidanier rutschte aus, fiel auf die Knie und rappelte sich fluchend auf.

»Wie weit ist es denn noch?«, stieß er verstimmt hervor und wischte sich Blut von der Hand.

»Seht, da oben!« Fiochnan wies auf einen unscheinbaren Spalt in der grauen Felswand.

»Der Weg dorthin sieht ziemlich steil aus«, beurteilte ein Gotone missmutig und zog die Stirn in Falten.

»Ihr seid doch kräftige Kerle, ihr werdet das schon schaffen!«, sagte Fiochnan und verbarg seine Furcht hinter Spott.

Er führte sie immer weiter empor. Die Waffen, die seine Begleiter mit sich trugen, behinderten sie beim Klettern und machten sie langsam. Schließlich hatten alle Männer es geschafft und standen vor dem schmalen, scharfkantigen Eingang. Fiochnan zwängte sich als Erster vorsichtig durch den Spalt, und gleich darauf entzündeten seine Begleiter Laternen.

Ein Gotone glitt auf etwas aus, ruderte wild mit den Armen und konnte nur mit Mühe einen Sturz verhindern. »Was ist das für ein widerliches Zeug? Stinkt abscheulich!« Er beleuchtete die braune Masse unter seinem Stiefel.

»Charnirscheiße.« Fiochnan grinste amüsiert. »Wo *ein* Haufen ist, können noch mehr sein.«

Ja, ihr seid auch Haufen von Charnirscheiße! Fast hätte er es laut ausgesprochen.

Der Mundwinkel des Gotonen zuckte missfällig, und er bedachte Fiochnan mit einem mordlüsternen Blick.

»Du bleibst hier! Wenn wir zurückkommen, führst du uns unverzüglich zu unseren Pferden ins Tal, und dort erhältst du den Rest deiner Belohnung. Du rührst dich nicht von der Stelle! Verstanden?«, befahl der Evidanier und wischte sich nochmals Blut von der Hand.

»Sei getrost: Ich warte hier!«, versicherte Fiochnan.

Die Männer wurden nervös, und Furcht zeigte sich in ihren Gesichtern. Mit gezogenen Schwertern gingen sie weiter in die Höhle hinein, und Fiochnan schaute ihnen neugierig hinterher.

Sie leuchteten mit ihren Lampen umher und wirkten, als wären sie in Erwartung eines schrecklichen Feindes. Bald darauf verschwanden sie in einem Seitengang, und der Lichtschein wurde immer schwächer.

Fiochnan lauschte angestrengt und fuhr zusammen, als er einen schrillen, Furcht einflößenden Laut vernahm. Gleich darauf war ein markerschütternder Schrei eines Mannes zu hören.

Die Hände des Bastiden wurden feucht vor Angst. Erneut ertönte ein schriller Laut. Die Krieger keuchten und schnauften, sie schienen zu kämpfen. Was war nur in der Höhle?

Fiochnan *musste* wissen, was dort geschah. Er entzündete eine Kerze und schlich voran. Vor der Abzweigung zögerte er, ging dann weiter und gelangte in eine große Höhle. Pfeile surrten durch die Luft, und ein Schwert traf klirrend auf Gestein. Fiochnan sah das goldene Licht von Laternen und den weißen Schein einer hellen Ahlorenlampe. Durch einen Spalt in der Felsdecke fiel ein schmaler Streifen Sonnenlicht herein.

War das dort etwa ...? Fiochnans Nackenhaare stellten sich auf, und er versteckte sich entsetzt hinter einem Felsen. Er konnte kaum glauben, was er gesehen hatte. Er musste sich getäuscht haben ... oder doch nicht? Vorsichtig lehnte er sich vor und riskierte einen weiteren Blick. Tatsächlich! Eine Ratte! Riesengroß und hellgrau. Ihre scharfen Zähne glänzten silbern, als wären sie aus Metall, und ihre spitzen Krallen ebenso. Ein Gotone lag zerfetzt und blutüberströmt auf dem Boden.

Fiochnans Hände zitterten, und er ließ fast die Kerze fallen. Er hatte immer geglaubt, dieses Gebirge so gut zu kennen, und hatte dabei nicht die geringste Ahnung gehabt, dass hier solch ein Monster hauste.

Er sah, wie die widerliche Ratte nach einem weiteren Gotonen schnappte. Der Krieger sprang zurück, doch das Untier setzte ihm nach und packte ihn mit seinen langen Zähnen. Der Gotone brüllte vor Schmerz, und hörbar brachen Knochen. Blut triefte aus dem Maul des Ungeheuers, und gleich darauf schleuderte es den Krieger fort. Der Mann wurde gegen einen Felsvorsprung geschmettert und blieb reglos liegen.

Beim Allwissenden, was für eine Bestie! Fiochnan stockte der Atem.

Mit ihrem hässlichen nackten Schwanz fegte die Ratte den Evidanier beiseite, der gegen einen Felsen prallte und sich taumelnd erhob. »Los, die Giftpfeile! Schnell!«, stieß er keuchend hervor und stützte sich auf sein Schwert.

Gleich darauf verschossen die anderen Krieger hektisch mehrere Pfeile auf das Ungetüm. Die Ratte schrie schrill und wurde noch wütender.

»Verflucht! Das Gift wirkt nicht!«, brüllte ein Gotone verzweifelt. »Das ist unser Ende!«

»Vielleicht hat der Ahlore uns betrogen!«, rief ein Barkländer aus.

Blitzschnell preschte die Ratte vor, biss ihm den Kopf ab und spuckte ihn geradezu verächtlich aus, als wäre sie bessere Kost gewohnt.

Fiochnans Herz schlug ihm bis zum Hals. Was für ein Monstrum!

»Sie wird uns töten!«, brüllte ein großer Gotone verzweifelt.

»Schießt alle Giftpfeile auf das Mistvieh ab!«, rief der Evidanier panisch aus. »Los, macht schon!«

Ein Pfeilregen surrte durch die Höhle. Die Ratte stieß wütende Töne aus und schnappte nach den Kriegern. Der große Gotone wurde fast von ihr gepackt und stach dem Untier mit seiner Waffe in die Nase. Die Ratte wurde schwächer. Sie wankte, als ob ihre Füße das Gewicht nicht mehr tragen konnten, und der Kopf schien ihr schwer zu werden.

»Stirb, du Scheusal!«, höhnte der Gotone. Er hastete zur Ratte und schlug ihr sein Schwert in die Seite. Das Monstrum schnappte ihn, taumelte und brach zusammen. Mit dem schwer verletzten Gotonen zwischen den metallisch glänzenden Zähnen hauchte es seinen letzten Atem aus.

Der große Gotone stöhnte qualvoll, und die anderen Männer keuchten vor Entsetzen und Anspannung. Noch immer waren die Schwerter zum Schlag erhoben, als ob die Krieger erwarteten, dass die Ratte wieder hochschnellen würde.

Der Evidanier näherte sich misstrauisch dem riesigen Tier, verpasste ihm einen Stich und sprang sofort zurück. Nochmals brachte er ihm eine Wunde bei, doch es rührte sich nicht. Dann schnitt er dem grausig röchelnden Gotonen die Kehle durch, um ihn von seinem Leid zu erlösen. Lediglich ein Gotone, ein Barkländer und der Evidanier hatten überlebt.

»Ohne das Gift hätten wir es niemals geschafft! Bakladat hätte uns alle zerpflückt.« Der Barkländer war außer Atem und lehnte sich erschöpft an einen Felsen.

Fiochnan war entsetzt. Es drängte ihn fort, gleichzeitig wollte er sehen, was nun geschah. Die Kerle waren bestimmt nicht nur hierhergekommen, um gegen die Ratte zu kämpfen. In dieser Höhle musste etwas verborgen sein, was das Wagnis wert gewesen war. Die Krieger verschnauften eine ganze Weile.

Der Barkländer ging zur Ratte und verpasste ihr einen kraftvollen, verächtlichen Tritt. »Was für ein riesiger Brocken! Schaut euch an, wie weit die Zähne in Liuruds Körper eingedrungen sind. Wirklich, hätten wir das Gift nicht gehabt, hätte Bakladat jeden von uns zerfleischt.« Der Barkländer hob die Lefze der Ratte an, sodass man die langen Zähne besser sehen konnte. Dann ließ er sie los und wischte sich die Hand angewidert an seiner karierten Hose ab.

»Komm jetzt!«, forderte der Gotone.

Die Männer gingen an der Ratte vorbei zu einer dahinter befindlichen kleinen Höhle, deren Eingang größtenteils vom leblosen Tier verdeckt wurde. Die Kämpfer mussten sich an der Ratte vorbeizwängen, um in die Höhle zu gelangen. Nach einiger Zeit erschienen sie mit einer goldenen Truhe und stellten diese neben der Ratte ab.

»Der Blutpreis für so eine kleine Kiste war recht hoch, findet ihr nicht? Ich bin äußerst gespannt, was sich darin verbirgt. Man hat uns ja nicht gerade viel erzählt.« Der Barkländer reckte neugierig seinen Hals und verlagerte nervös sein Gewicht von einem Bein auf das andere. »Ich erwarte, dass die Truhe randvoll mit Gold und Edelsteinen gefüllt ist.«

»Dafür ist die Kiste viel zu leicht.« Der Evidanier kniete sich nieder und wollte den Deckel anheben, doch dann zögerte er.

»Na los!«, forderte der Barkländer ihn auf.

Der Evidanier holte tief Luft und öffnete die Truhe. »Ist das alles? Nur zwei Armschienen? Ich hatte etwas anderes erwartet. Und doch …« Seine Stimmung wandelte sich. »Sie sind wunderschön … gar eines Königs würdig. Sie sind etwas ganz Besonderes. Könnt ihr das spüren? Es ist fast so, als verfügten sie über Macht.« Fasziniert starrte er die Beute an.

»Sei vorsichtig! Schau, da in der Kiste ist ein Beutel. Das Symbol darauf erinnert mich an ein magisches Zeichen, das ich einmal gesehen habe. Lege die Armschienen hinein! Los! Was ist mit dir? Tu, was ich dir gesagt habe!«, fuhr der Barkländer ihn barsch an.

Doch der Evidanier regierte nicht.

»Lege die Armschienen in den Beutel!«, schnauzte der Barkländer. Als der Evidanier immer noch nicht reagierte, brüllte er ihn an: »Los! Tu es! Einpacken!«

Es war, als käme der Evidanier wieder zu sich. Er nickte, nahm den glitzernden Beutel aus der Truhe und holte die breiten goldenen Armschienen heraus. Voller Ehrfurcht betrachtete er sie. »Berauschend! Sie sind eine Kostbarkeit und flüstern von Macht.« Er lächelte verzückt.

»Pack sie endlich ein!«, brüllte der Barkländer.

»Ja ... ist schon gut.« Der Evidanier ließ das Diebesgut in den Beutel verschwinden, befestigte diesen an seinem Gürtel und erhob sich ein wenig schwerfällig.

Fiochnan hatte genug gesehen. Er verließ leise die Höhle, setzte sich draußen auf einen Felsen und versuchte, sich mit jedem Atemzug ein wenig mehr zu entspannen. Allerdings war das gar nicht so einfach. Der Schreck saß ihm tief in den Knochen, und die Halunken würden bald versuchen, ihn umzubringen. Er musste einen klaren Kopf bewahren. Unbedingt.

Es dauerte nicht lange, da kamen die drei Männer ins Freie, und als sie Fiochnan sahen, wechselten sie geheimbündlerische Blicke. Ja, sie *wollten* ihn töten!

»Führe uns zu den Pferden!«, forderte der Gotone.

Fiochnan rutschte vom Felsen und musterte sie mit gespielter Verwunderung. »Ihr seht ein wenig mitgenommen aus.« Dann spähte er in die Höhle hinein. »Was ist mit den anderen? Wir müssen doch auf sie warten.«

»Nein.«

»Wollen sie nicht mit?«

»Nein! Frag nicht!«, blaffte ihn der braunhaarige Evidanier an.

»Es geht mich ja auch eigentlich nichts an. Mich interessiert ohnehin nur die Belohnung.«

»Die wirst du erhalten. Los jetzt! Wir haben keine Zeit zu verlieren«, zischte der Evidanier und warf einen letzten Blick in die Höhle hinein.

Fiochnan konnte diesen Kerl nicht ausstehen. Nein, der Evidanier würde später wahrlich nicht zögern, ihm sein Schwert in den Leib zu rammen. Fiochnans Herz raste, trotz allem musste er den Eindruck erwecken, entspannt und desinteressiert zu sein. Also zuckte er mit den Achseln und führte sie in Richtung Schmetterschlucht. Der Weg dorthin war leicht zu bewältigen, und so folgten ihm die Männer bereitwillig.

Nach einiger Zeit erblickte Fiochnan die Schlucht. In der Tiefe ragten spitze grauschwarze Felsen wie Pfähle empor. Vielleicht stürzten nicht alle Krieger in die Schlucht, deshalb hielt Fiochnan es für angebracht, sie zu warnen, um sich hinterher herausreden zu können.

»Vorsicht hier!«, stieß er hervor und ging aufmerksam voran.

Er hörte das Gestein unter dem Felsvorsprung knirschen und behielt stets einen sicheren Halt im Blick. Ihn selbst beherrschte die Angst, denn in der Schlucht lauerte der Tod, aber es war seine einzige Chance. Seine Begleiter hatten ja keine Ahnung, auf welch dünne Gesteinsplatte sie sich hier begaben. Und sie wussten auch nicht, dass ein sicherer Weg nur ein wenig höher entlangführte.

Doch ... die Platte hielt! Fiochnan war entsetzt. Warum zerbarst sie hinter ihm nicht? Nein, das durfte nicht sein! Die Männer trugen Waffen und Gepäck bei sich, sie waren viel schwerer als er. *Los, stürzt, ihr Hunde!*

Endlich! Es knackte und knirschte ... und dann ... ein lautes Krachen. Fiochnan hechtete voran, rettete sich auf einen Vorsprung und krallte sich an einen Felsen. Hinter ihm brach die Platte. Die Bruchstücke donnerten in die Tiefe, wo sie zerschellten. Fiochnan erschrak, denn nur zwei Männer waren schreiend hinabgestürzt. Der Evidanier klammerte sich verzweifelt an eine

Bruchkante, unweit von Fiochnan entfernt.

Das Gesicht des Evidaniers zeigte Entsetzen. »Hilf mir!«, stieß er hervor. »Zieh ... mich hoch!«

Damit du mich anschließend abschlachtest? Fiochnan rührte sich nicht.

»Zieh mich hoch!«, rief der Evidanier verzweifelt. Dann schien ihm bewusst zu werden, dass Fiochnan es nicht tun würde. In seinen grauen Augen flammten Zorn und Rachegelüste. »Ich hacke dir den Kopf ab, du verfluchter *Fleischreißer!*«, spie er aus. Mit übermenschlicher Anstrengung zog er sich Stück für Stück hinauf.

Fiochnan geriet in Panik. Der Mistkerl war gleich oben! Er näherte sich dem Krieger, suchte sich festen Halt und trat dem Evidanier zuerst auf die eine, dann auf die andere Hand. Der Evidanier schrie vor Schmerz, doch er ließ nicht los. Ergriffen von wilder Mordlust, zog er sich weiter hoch. Schon war sein Ellenbogen auf dem Vorsprung, nun folgte der andere.

Fiochnan holte aus und trat dem Evidanier brutal unter das Kinn. Der Kopf des Mannes flog in den Nacken, und dabei lösten sich die Hände vom Vorsprung. Mit einem schaurigen Schrei stürzte er in die Tiefe zu seinen zerschmetterten und aufgespießten Gefährten.

Fiochnan tastete sich zurück und rutschte mit dem Rücken an der Felswand hinab, bis er saß. Sein Atem ging keuchend, und er zitterte am ganzen Leib. Er hatte es tatsächlich geschafft! Die Drecksäcke waren tot! Erleichtert lachte er auf.

Er spähte in die Tiefe. Dort musste irgendwo der Beutel mit dem Diebesgut liegen. Hoffentlich war der Inhalt nicht beschädigt. Als befürchtete er, dass in dieser Abgeschiedenheit plötzlich Fremde auftauchten und ihm seinen Lohn streitig machen könnten, erhob er sich sogleich und stieg auf einem sicheren Pfad in die Schlucht hinab.

Dort unten bot sich ihm ein schauerliches Bild. Die Gliedmaßen der Krieger waren verdreht, die Knochen gebrochen oder zersplittert und die Schädel zertrümmert. Beim Gotonen und beim Barkländer ragten spitze Steinpfeiler aus dem Leib heraus. Die Augen des Evidaniers waren weit aufgerissen, und er schien ihn anzustarren. Fiochnan schluckte, ging zu ihm und streckte die Hand nach dem Beutel aus. Dann zuckte er zurück, als befürchtete er, dass der Feind nach ihm griff. Schließlich löste Fiochnan den Beutel vom Gürtel und hastete mit dem Diebesgut davon.

Kapitel 1

Die Halle des Lichts

Lanna

Die hochgewachsene Lanna schob sich zwei ihrer vier blonden Zöpfe über die Schultern zurück und atmete tief ein. Sie rügte sich, da ihre Gedanken immer wieder abschweiften. *Reiß dich zusammen! Du bist hier in der Halle des Lichts, dem größten Heiligtum von Abladur – und woran denkst du? An einen Mann!*

Nach ihrer Rückkehr aus Gotonien hatte die Priesterschülerin sich wieder in die weitläufige Tempelanlage begeben und verrichtete seitdem täglich ihren Dienst in der ehrwürdigen Halle.

Die Sechzehnjährige ließ ihren Blick über die Reihen der Abermillionen Kerzen gleiten. Zusammen mit Hunderten von Priestern sammelte sie erloschene Kerzen ein, und andere Priester stellten neue auf.

Ein Licht für jeden Menschen und jeden Ahloren auf diesem Kontinent, kam es ihr in den Sinn.

Lanna fühlte sich unwürdig und musste jedes Mal schlucken, wenn eine Kerze erlosch. Auch sie hatte eine verdunkelt.

Sie hatte einen Speer in den Feind gerammt, der den verletzten Kampfmeister Godered töten wollte. Die Priester hatten ihr diese Tat zwar vergeben, dennoch kam sie sich befleckt vor.

Nein, sie war wahrlich nicht würdig, hier zu dienen, zumal ihre Gedanken immer wieder bei Brinok waren. Sie vermisste ihn. Auch sein Licht würde hier irgendwo brennen. Wenn sie doch nur wüsste, welches es war, dann würde sie es ganz genau im Auge behalten.

Beim *Arusch* hatte sie sich in den Barkländer verliebt, obwohl er so vollkommen anders war als sie. Er war laut, impulsiv, betrank und prügelte sich gern, und den schönen Krieger schmachteten wahrlich viele Frauen an. Würde sie ihn jemals wiedersehen? Sie hatte gehört, dass er wieder in der *Nurr Schiandell*, der Hauptkampfschule der *Dunak tor*-Kämpfer, war. Ob er an sie dachte?

»Lanna!«

Sie horchte auf, als sie ihren Namen vernahm.

»Lannaaaaaa!«, hörte sie Ri im scharfen Flüsterton. »Lanna!«

Die Rogarländerin zuckte zusammen, denn die kleine unansehnliche Ostiedin stand unmittelbar hinter ihr.

»Bist du taub?«, fragte die schwarzhaarige Ostiedin vorwurfsvoll. Sie hatte vorstehende Zähne wie ein Erdnager, und ihre dunklen Augen waren winzige Punkte. »Ich wollte ja eigentlich gar nicht mehr mit dir sprechen, weil ich von dir schwer enttäuscht bin! Gestern bin ich von einer Pilgerreise zurückgekehrt, und was habe ich sogleich erfahren? Du sollst dich in einen Barkländer verliebt haben! Du weißt, dass ich diese grobschlächtigen Riesen nicht ausstehen kann. Eine Priesterschülerin sagte mir, dass ihr euch sogar ...«, sie verzog das Gesicht, als ob sie einen ekligen Käfer verschluckt hätte, »vor aller Augen geküsst habt. Igitt! Mir schaudert es bei dieser Vorstellung. Ist das tatsächlich wahr?«

Lanna schwieg.

»Sag schon! Stimmt es?«

Lanna schloss kurz die Augen. Sie hatte ihn zum Abschied auf die Wange geküsst, und er hatte sie sogar enger zu sich herangezogen und sie auf den Mund geküsst. Bei dem Gedanken daran kribbelte es in ihrem Magen.

Zeugen hatte es wahrlich genug gegeben. »Ja, es stimmt, und es ist ebenfalls wahr, dass ich mich in ihn verliebt habe.«

»Beim Erzvater! Nein! Das hätte ich niemals von dir gedacht. Ich ... ich bin erschüttert! Jawohl! Zutiefst erschüttert!« Sie kam nahe an Lanna heran. »Er wird dir das Herz brechen! Man erzählt sich, dass Barkländer wüste Hurenböcke sind, und auch ihre Frauen sollen recht freizügig und hemmungslos sein. Wer sagt dir, dass er sich nicht jetzt − genau in diesem Augenblick − in den Armen einer anderen Frau befindet?«

»Er sagte mir, dass er treu sein wird, sobald er verheiratet ist. Ich glaube ihm. Die Barkländer legen übrigens großen Wert auf eheliche Treue.«

Ri verdrehte die Augen. »Ach, Lanna! So töricht habe ich dich gar nicht eingeschätzt! Männer sind doch das Allerletzte, und Barkländer sind nie und nimmer treu ...«

In Lanna stieg Zorn auf. »Du denkst zu schlecht von Männern! Nur weil bei euch wohlhabende Kerle schöne Frauen ersteigern und hässliche auf Inseln verbannen, heißt das längst nicht, dass es keine anständigen Männer gibt. Ich habe beim *Dunak tor-Arusch* viele ehrbare Männer kennengelernt!« Ja? Hatte sie das? Die Übertreibung schmeckte bitter auf ihrer Zunge. In Gotonien hatte sie jedenfalls die Bekanntschaft mit äußerst widerwärtigen Königsanwärtern gemacht.

»Hast du beim *Arusch* auch Ostieden kennengelernt?«

»Ja, den jungen Atno. Er war ein feiner Geselle, und ich mochte ihn. Aber leider«, sie musste schwer schlucken, »ist er ums Leben gekommen.« Sie verheimlichte, dass Atno in sie verliebt gewesen war. Er war in einem Verlies zu Tode gefoltert worden, und sie hatte es teilweise mit ansehen müssen. Es war so grauenhaft gewesen! Quälende Erinnerungen überfielen sie, und eine eiskalte Hand legte sich um ihr Herz. Nur mit Mühe konnte sie die Tränen zurückhalten. Sein Lebenslicht war erloschen ...

»Schweigt!«, forderte ein Priester.

Lanna fuhr herum. Sie hatte sein Herannahen gar nicht bemerkt.

»Ri! Lanna! Geht eurer Aufgabe voller Ehrerbietung nach, oder verlasst unverzüglich die Halle!« Die amethystfarbenen, leicht schräg gestellten Augen des Ahloren funkelten verärgert.

»Es tut mir leid!« Lanna senkte beschämt den Blick.

»Mir auch«, sagte Ri mit geneigtem Haupt.

»Das ist gut so.« Er nickte ihnen gnädig zu und schritt davon.

»Du bist eine Priesterschülerin, also schlage dir den Barkländer aus dem Kopf! Und wenn er dir gesagt hat, dass er in der Ehe treu sein wird, heißt das doch eindeutig, dass er sich jetzt noch austobt. Barkländerblut kocht im Kampf und in der Liebe sehr heiß. Hat er dir denn gesagt, dass er dich liebt und dich heiraten wird? Hat er dir Versprechungen gemacht?«

»Nein, aber ich weiß, dass er mich mag. Er will über uns nachdenken.«

»Nachdenken? Glaube mir, er würde dich unglücklich machen! Vergiss ihn!«, flüsterte Ri, schob Lanna mütterlich eine Haarsträhne aus der Stirn und ging zu ihren Kerzenreihen zurück.

Lanna fühlte sich elendig. Nicht nur wegen Ris Worten, sondern auch, weil in der Zwischenzeit einige Kerzen erloschen waren. Nun musste sie sich mit dem Einsammeln der Kerzen beeilen und hatte keine Zeit für Gebete. *Das wird der Gründer gewiss nicht ungestraft lassen, wenn ich die Kerzen nun wie schnöde Karotten ernte,* kam es ihr bitter in den Sinn.

Ihr goldener Korb war bald mit Kerzen verschiedener Länge

gefüllt, und Lanna machte sich damit auf den Weg zur *Tiegel-halle*. Dort wurden alle Kerzenreste im wundersamen, nie versiegenden *Seelentiegel* eingeschmolzen, und aus dem Wachs wurden neue Kerzen hergestellt.

Unterwegs kam Lanna an einer Einbuchtung der Höhle vorbei. Dort hing das Symbol *Amboreg*: ein kostbares, mannshohes Gebilde aus Gold und funkelnden Edelsteinen. Im Licht der Fackeln glitzerte und glänzte es geheimnisvoll. Im Frühjahr hatte Lanna entdeckt, dass aus dem kohlkopfgroßen Diamanten, der in der Mitte eingelassen war, Blut geflossen war. Dieses Ereignis hatte den *Dunak tor-Arusch* zur Folge gehabt, bei dem in ihrer *Arutan* auch Brinok gewesen war ...

Moment mal ... Was tat sich denn da? Nein! Das konnte und *durfte* nicht sein! Lanna wollte nicht, dass es schon wieder geschah! Der Diamant färbte sich im unteren Bereich rot. Blut quoll hervor und tropfte zu Boden.

Nein! NEIN!

Vor Schreck fiel ihr der Korb aus der Hand. Warum nur musste Lanna wieder diejenige sein, die es entdeckte? Dann müsste sie abermals an einem *Arusch* teilnehmen und in irgendein Land ziehen. Die Wahrscheinlichkeit, dass Brinok dabei sein würde, war äußerst gering.

Sollte sie so tun, als ob sie es nicht gesehen hätte, und einfach weitergehen? Das war eine gute Idee, denn sie wollte im Tempel bleiben. Rasch sammelte sie die herausgefallenen Kerzen auf und legte sie wieder in den Korb. Einige Kerzen waren zerbrochen, und sie fühlte sich schuldig und schäbig.

»Nicht schon wieder! So ein Unglück!«, hörte Lanna hinter sich die Stimme des ahlorischen Priesters. »Und abermals bist du diejenige, die es entdeckt hat, Lanna! Der Weltenschöpfer scheint in dir etwas Besonderes zu sehen! Ich werde unverzüglich den Hauptgroßpriester Ellarell informieren. Lass den Korb hier stehen, ein anderer Priester wird ihn mitnehmen. Folge mir!« Der Ahlore klang äußerst besorgt.

Lanna war verzweifelt. Beim vergangenen *Arusch* hatte sie viel Leid erfahren und schreckliche Dinge gesehen. Sie wusste nicht, ob sie die Kraft dazu hatte, noch mehr zu ertragen. Fast zornig funkelte sie das Symbol an, das nun noch munterer blutete als zuvor …

Scholell

»Du wunderst dich sicherlich, mein Sohn, warum ich jetzt bei dir bin, obwohl ich dich bisher gemieden habe. Mein Gefühl der Enttäuschung wiegt schwer, und ich wollte dich eigentlich weiterhin mit Missachtung strafen. Aber ich wurde vom Hauptgroßmeister höchstpersönlich angewiesen, mit dir zu sprechen.« Laiell verschränkte die Hände hinter dem Rücken, ließ die Handflächen mehrmals leise ineinander klatschen und schritt vor dem Schreibtisch auf und ab. Die goldenen Perlen in seinen dreistufig geschnittenen schwarzen Haaren klirrten leise. Laiell wirkte fast so jung wie sein Sohn, da Ahloren ab dem fünfundzwanzigsten Lebensjahr kaum alterten. Hatten sie hingegen das fünfzigste Lebensjahr erreicht, vergreisten sie recht schnell und starben bald.

Scholell saß am Schreibtisch in seinem kleinen Quartier, das sich im dritten Stock der Hauptkampfschule *Nurr Schiandell* befand. Er wusste gar nicht so genau, ob er hören wollte, was sein Vater ihm zu sagen hatte. Auf eine gewisse Weise tat es ihm leid, dass er ihn mit seinem Verhalten beim letzten *Arusch* schwer enttäuscht hatte — doch er bereute nichts und wollte auch nicht belehrt werden.

»Ich hatte dich ausdrücklich davor gewarnt, während des *Aruschs* allzu vertraulich mit den Menschen zu werden. Avanor ist der Meinung, dass du sogar so etwas wie ein Gefühl der Freundschaft für den Kampfmeister Godered und einige andere *Muriaten* entwickelt hättest.« Laiell schnaufte ungehalten. »Wir Ahloren hegen nicht derartige Gefühle für Menschen! Wir müssen den gebotenen Abstand zu ihnen beibehalten, damit unsere Geheimnisse gewahrt bleiben.« Laiell trat an den Schreibtisch heran und ordnete die darauf befindlichen Bücher der Größe nach.

Scholell hasste es, wenn sein Vater das tat.

Er konnte nicht widersprechen, denn Laiell hatte recht. Einige Menschen bedeuteten Scholell sogar mehr als die meisten der oft unnahbar wirkenden Ahloren. In Menschen wohnte ein Feuer, das er zu ergründen versuchte und ihm neue Facetten des Lebens offenbarte.

Scholell sortierte die Bücher zum Erstaunen seines Vaters vor dessen Augen wieder um. Ansonsten hatte er stets gewartet, bis Laiell hinausgegangen war. »Die Reihenfolge der Bücher entspricht *meinem* System.« Trotz klang in seiner Stimme mit. »Und Avanor betreffend sage ich: Wenn dir sein Verhalten um so vieles mehr behagt als meines, dann nimm ihn als deinen Sohn an.«

Laiells Wangen färbten sich dunkelviolett. »Was nimmst du dir heraus? Wahrlich, der vergangene *Dunak tor-Arusch* hat deinen Charakter verdorben. Ich habe es nicht für möglich gehalten, dass ausgerechnet *du* mich jemals so enttäuschen würdest. Ich war stets so stolz auf dich!« Seine Finger zuckten, als er die Bücher sah, wo nun große zwischen kleinen standen. »Aber du erhältst eine Gelegenheit, dein Fehlverhalten zu revidieren.«

»Was meinst du damit? Warum hat man dich zu mir geschickt?«

Laiell wandte sich ab, atmete tief ein und drehte sich zögerlich zu ihm um.

Seit er den Raum betreten hatte, sah er ihn zum ersten Mal direkt an. »Deine Mutter möchte, dass ich dir vergebe. Aber das kann ich nicht – noch nicht. Das werde ich erst tun, wenn du dich deines Volkes, deiner Familie und auch deines *rotorangen* Meistergrades wieder als würdig erweist.« Er räusperte sich. »Nun zum Grund meines Erscheinens: Unglücklicherweise wurde erneut ein Teil der Rüstung *Amboreg* gestohlen. Wir vermuten, dass es unsere Erzfeinde, die *Gobarem*, waren. Den Regeln entsprechend wird es also erneut einen *Dunak tor-Arusch* geben. Sieben Gruppen werden jeweils in ein anderes Land Abladurs entsandt, um das Diebesgut zu suchen ...«

»Man hat ja wohl kaum schon wieder ein Los mit meinem Namen gezogen«, warf Scholell ein.

»Nein, aber«, sein Vater druckste ein wenig herum, »die Situation ist diesmal eine andere. Der Hauptgroßpriester Ellarell hatte eine Vision, und daher wird es eine achte Gruppe unter dem Befehl des Gotonen Godered geben.«

»Eine Vision? Was für eine Vision?«, unterbrach Scholell seinen Vater verblüfft.

»Ich darf darüber nicht sprechen.«

»Wie sollte es anders sein.« Scholell verschränkte die Arme vor der Brust. »Ein *Arusch* hat nur sieben Gruppen.«

»Ja, aber aufgrund der Vision wird es entgegen der Regel eine achte Gruppe geben.«

»Und Godered soll diese *Arutan* anführen? Das wird ihm ganz und gar nicht gefallen. Er hat es bereits beim letzten *Arusch* gehasst, ein *Laruell* zu sein«, warf Scholell ein.

»Er ist ein *Dunak tor* und hat zu gehorchen — zumal es der Wille des Weltenschöpfers ist! Ich gestehe, ich selbst kann es nicht begreifen, da Godered während der Kämpfe in Gotonien und Evidanien Regeln gebrochen und sogar zweimal widerrechtlich das Kommando an sich gerissen hat.«

»Nun«, Scholell biss kurz auf seine Lippe, »das ist schon bemerkenswert: Da soll die Regel für jemanden gebrochen werden, der selbst Regeln gebrochen hat. Godered tat dies jedenfalls, weil die Situationen es erforderten. Durch sein beherztes Eingreifen hat er viele Leben gerettet. Das sollte man stets beachten, ehe man sein Handeln verurteilt.«

»Du hast recht, es liegt nicht in meinem Ermessen, sein Handeln zu bewerten. Aber es liegt in meinem Ermessen, zu beurteilen, dass es ungeheuerlich war, dass *mein* Sohn ihn bei seinen Regelbrüchen unterstützt hat! Das hat dem Ansehen unserer Familie enorm geschadet!«, schnappte Laiell. Er atmete mehrmals tief ein, um sich zu beruhigen. »Da Ellarell die Vision geschenkt wurde, werde ich eure erneute Entsendung nicht hinterfragen. Die Wege des Weltenschöpfers sind unergründlich.«

»Wenn es der Wille des Weltenschöpfers ist, dass wir entsandt werden, weshalb gibt es dann überhaupt weitere *Arutans*?«

»Du weißt selbst, dass es den Regeln entspricht! Außerdem werden sich die *Gobarem* somit auf die anderen Gruppen konzentrieren.«

»Um von uns abzulenken, nimmt man es demnach billigend in Kauf, dass die anderen Gruppen von *Gobarem* verfolgt und vielleicht sogar getötet werden?« Scholells Stimme war anklagender, als er es beabsichtigt hatte.

Laiells Augen blitzten verärgert auf. »Das Ziel rechtfertigt es! Das Diebesgut muss unbedingt zurückgebracht werden!« Er ging ruhelos umher und sah dabei Scholell mehr als einmal verärgert an. Dann entdeckte er Staub auf einer Stuhllehne und fuhr prüfend mit dem Finger darüber. Verstimmt schüttelte er den Kopf und blieb vor Scholell stehen. »Ich erwarte, dass du dich beim *Arusch* tadellos und einem Ahloren entsprechend verhältst. Das ist besonders wichtig, da ihr nach Barkland reist. Barkland – ein Land voller ungezügelter Barbaren.« Er seufzte. »Die andere *Arutan,* die zur Tarnung nach Barkland entsandt wird, wird in den äußersten Süden beordert, damit sie euch nicht in die Quere kommt. Um zu vertuschen, dass ihr eine *Arutan* seid, wird die Anzahl eurer Krieger von den vorgeschriebenen sieben auf zehn erhöht.«

Scholell konnte es sich nicht erklären, aber er hatte den Auftrag betreffend ein schlechtes Gefühl. Seine Augen verschmälerten sich. »Wer wird in unserer Gruppe sein?«

»Nun, wie beim letzten *Arusch*: der Gotone Godered, der

Barkländer Brinok, der Motavier Teraal, die Evidanierin Lanaris Navad, die Priesterschülerin Lanna, der euch damals im Feldzug zugeteilte Rogarländer Ernwic ...«

»Warum Lanna? Sie ist keine *Dunak tor*. Sie war beim letzten *Arusch* nur dabei, weil sich ihr das Symbol *Amboreg* offenbart hat«, unterbrach Scholell.

»Ja, so wie auch dieses Mal.«

»Schon wieder? Das ist überraschend. Lanna wird darüber nicht glücklich sein.«

Laiell schüttelte den Kopf, und sein *Dunak tor*-Meisterohrring, in dem zwei leuchtende Rubine eingefasst waren, pendelte hin und her. »Es ist nicht von Belang, ob das Mädchen darüber glücklich ist oder nicht. Sie hat zu gehorchen, und sie wird euch die nötige Tarnung für die Reise nach Barkland verschaffen.«

»Inwiefern?«

»Es heißt, dass sich Brinok und Lanna zugetan sind — was ich äußerst ungebührlich finde, da sie schließlich eine Priesterschülerin ist. Aber in diesem Fall ist uns dieser Umstand durchaus dienlich. Brinok soll Lanna als seine angebliche Braut zu seiner Familie führen, und ihr werdet sie dabei begleiten.«

Scholell konnte sich ein Grinsen nur schwer verkneifen. »So werden wir *Dunak tor* neuerdings in Liebesangelegenheiten tätig?«

Sein Vater blickte ihn erbost an. »Der Grund ist nur vorgeschoben! Ihr werdet ohnehin nicht als *Dunak tor* in Erscheinung treten, sondern als ...«, die nächsten Worte auszusprechen, bereitete ihm sichtlich Probleme, »Fürsprecher und ... Freunde — du natürlich lediglich als Fürsprecher.«

»Natürlich ... wie sollte es anders sein. Wir Ahloren hegen ja keine freundschaftlichen Gefühle für Menschen«, sagte er spitz. »Wer wird noch dabei sein?«

»Da der junge Atno beim letzten *Arusch* getötet wurde, wird sich euch ein anderer Ostiede anschließen, und zwar Mefido Bafollo, ein dreißigjähriger *Violetter*. Außerdem wird der Barkländer Gohan bei euch sein. Brinok hat sich mit ihm im *Gratan-heer* gut verstanden, und das bedeutet weniger Schwierigkeiten. Und zu guter Letzt ist Avanor dabei.«

»Wie bitte? Avanor? Mir wird dieser Wachhund erneut zur Seite gestellt?« Zorn wallte in Scholell auf.

»Selbstverständlich. Du sollst dich bei dem Auftrag bewähren, daher muss dein Verhalten überwacht und beurteilt werden.«

»So, mein Verhalten muss also überwacht werden. Und wer hat den Ahloren überwacht, der mit Pfeilen auf einen *Dunak tor* schoss und diesen ermordete?«

Sein Vater zog die Augenbrauen zusammen. »Wovon sprichst du?«

»Ich sah, als wir Feinden in Evidanien an einem Flussufer gegenüberstanden und ich Wache hielt, wie ein ahlorischer *Dunak tor* einen ostiedischen *Dunak tor* aus dem Hinterhalt heraus ermordete.«

»Du wirst dich getäuscht haben.«

»Ich *weiß*, was ich sah.«

Sein Vater schüttelte ungläubig den Kopf. »Das ist unmöglich ... Das kann nicht sein.«

»Der Ahlore hat sich sogar höhnisch vor mir verneigt, bevor er zwischen den Bäumen verschwand.«

Laiell erblasste. Er wandte sich um, ging beunruhigt umher und blieb dann vor Scholell stehen. »Das wäre eine Ungeheuerlichkeit! Ich versuche, dem nachzugehen. Hast du schon jemandem davon erzählt?«

»Nein.«

»So soll es bleiben! Verstanden?«

Scholell nickte, freute sich, dass sein Vater es ernst nahm. »Ich werde schweigen.«

»Doch nun zurück zu dir: Um dich Demut zu lehren und dir Zeit zu geben, über dein Fehlverhalten nachzudenken, wirst du wie ein Laufbursche die *Muriaten* höchstpersönlich aufsuchen und sie auffordern, sich in der Hauptkampfschule einzufinden. Du musst dich sputen. Nimm einen Istraball und reite zuerst zu Godered, eurem *Laruell*.«

Scholell akzeptierte dies ohne Widerrede. »Du hast mir noch gar nicht gesagt, was gestohlen wurde. Erneut das Schwert?«

»Nein, *Unaktal* wurde an einem Ort, den nur ganz wenige Personen kennen, versteckt und wird nun von zwei Riesenschlangen bewacht. Der Schild *Lanasch* wurde ebenfalls erneut verborgen. Es handelt sich bei dem Diebesgut um *Dalanur* – die beiden Armschienen der Rüstung *Amboreg*. Sie leuchten im Gegensatz zu *Unaktal* und *Lanasch* nicht und erscheinen eher harmlos. Jedoch sind die Armschienen tückisch, verleiten den Träger dazu, immer rücksichtsloser nach Reichtum und Macht zu streben und vergiften auch das Umfeld. Haltet also in Barkland Ausschau nach jemandem, der stets im Glücksspiel gewinnt, zu plötzlichem Reichtum gelangt ist und vielleicht schon damit begonnen hat, andere zu unterdrücken und Krieger für einen Eroberungskampf um sich zu scharen.«

»Das werde ich.«

»Gut. Nachdem du Godered hierher beordert hast, reitest du anschließend zum *Haus, das es nicht gibt.* Dort hält sich Brinok auf. Er soll dir unverzüglich folgen.«

Scholell fühlte sich, als hätte er einen Schlag in seine Magengrube erhalten. »*Wohin* schickst du mich?«

»Du hast es vernommen. Du hast mit deinem Verhalten unserer Familie Schande bereitet und sollst spüren, wie sich solche anfühlt.«

»Vater, bitte! Ich tue alles andere, aber ...«

»Es ist entschieden! Du kommst mit ihm zur *Nurr Schiandell* und informierst schließlich die restlichen *Muriaten*, die sich allesamt in der Kampfschule befinden. Nun geh! Ich erwarte, dass du mich bei diesem *Arusch* nicht erneut enttäuschst! Du weißt: Avanor wird mir Bericht erstatten!«

Scholell schluckte seinen Protest hinunter und schwieg. Sein Vater warf ihm einen letzten warnenden Blick zu, wandte sich ab und ging hinaus. Scholell war zornig, dass Avanor sie begleiten sollte. Er konnte diesen Kerl nicht ausstehen!

Er stützte die Ellenbogen auf den Tisch und vergrub das Gesicht in seinen Handflächen. Scholell war aufgewühlt. Wie konnte es sein, dass in letzter Zeit vermehrt Rüstungsteile von *Amboreg* gestohlen wurden? Das war äußerst bedenklich, da nur ranghohe Meister und Priester die Verstecke kannten. Irgendeiner von ihnen musste mit den *Gobarem* im Bunde sein! Eine beängstigende Vorstellung. Und nun sollte Scholell an einem *Arusch* teilnehmen, der irgendwie kein richtiger war – mit Avanor an seiner Seite, der ihn überwachte. Ein Anflug von Panik stieg in ihm empor.

»Reiß dich zusammen! Jetzt erledige erst einmal deinen ersten Auftrag!« Mit einem Ruck erhob sich Scholell und legte sich seinen Waffengürtel um. Er ergriff seine Feldflasche und zog sich seinen Mantel aus schwarzem Banurleder an.

Er war schon gespannt, wo und wie Godered lebte. Bei ihrem letzten Auftrag hatte sich herausgestellt, dass der *Rotrot* in Wahrheit *Reccwech* hieß und einem der fünfunddreißig gotonischen Königsanwärtergeschlechter entstammte. Er wäre nun eigentlich der neue Herrscher von Gotonien, wenn er König Erwech getötet hätte, nachdem er ihn im Zweikampf besiegt hatte. *Wenn* er ihn getötet hätte … Doch er hatte ihn verschont, fluchtartig das Schlachtfeld verlassen und seinem Auftrag gemäß Schwert und Schild der magischen Rüstung zum Haupttempel gebracht.

Nie zuvor war es in der Geschichte Gotoniens vorgekommen, dass ein *Köan* den König besiegt, diesen aber am Leben gelassen und sich aus dem Staub gemacht hatte – dazu noch im *Tabujahr*. Erwech war gleich darauf von den *Dunak tor* gefangen genommen und an einen geheimen Ort geschafft worden. Die Gotonen fragten sich nun, ob Erwech noch König war und was die Situation für die anderen *Köans* bedeutete. Bisher herrschte unter den *Köans* Verwirrung und Waffenstillstand, doch Scholell vermutete, dass sich das bald ändern würde.

Godereds Verhalten hatte bewiesen, dass er den *Dunak tor* gegenüber loyal war und kein Interesse an Macht hatte. Obwohl er gefürchtet war, zumeist reserviert erschien und vor Brutalität nicht zurückschreckte, mochte Scholell ihn. Der Ahlore hatte an ihm sogar eine mitfühlende Seite entdeckt, die der Gotone aber gut verbarg.

Scholell eilte aus dem mehrstöckigen Haupthaus, das den Mittelpunkt der imposanten achteckigen Kampfschule bildete. In einem der großen Ställe standen Istraballs, zottige graue Ahlorenpferde, die an Schnelligkeit und Ausdauer allen anderen Pferderassen auf dem Kontinent überlegen waren. Scholell suchte sich eines der langbeinigen Pferde aus, sattelte es und führte es ins Freie. Gleich darauf erhielt er von einem hohen Kampfmeister eine Beschreibung, wo er Godered und anschließend Brinok finden würde, und verließ mit einem flauen Gefühl im Magen die *Nurr Schiandell* durch das wehrhafte violettfarbene Metalltor.

Der Schattenwald nördlich der Kampfschule war besonders düster, und das dichte Blattwerk ließ die Sonnenstrahlen nur selten bis zum Boden gelangen. Es roch würzig, da das Laub vom vergangenen Herbst noch nicht vollständig verrottet war — dabei wurde es schon wieder Herbst. An einigen Stellen war das Unterholz sehr dicht, und Scholell war äußerst wachsam, da jederzeit ein Wildschwein daraus hervorbrechen konnte.

Scholell folgte bereits seit einiger Zeit einem breiten Bach. In dem klaren Wasser schwammen kleine goldene Fische und auch einige größere, die aufgrund ihrer schwarzen Färbung kaum auffielen. Obwohl das Plätschern etwas Beruhigendes an sich hatte, wurde der Ahlore immer nervöser. Hier musste irgendwo Godereds Bleibe sein.

Dort hinten zeigte sich eine kleine Lichtung ... und stand dort nicht ein Haus? Tatsächlich. Endlich hatte Scholell es gefunden.

Er hielt darauf zu, sah davor Wurfscheiben, Strohpuppen, Pfosten für Schlagübungen, Klettergerüste und Hindernisse, deren Überwindung großes Geschick erforderte. Sicherlich trainierte Godered hier jeden Tag.

Der Anblick des Hauses versetzte Scholell in Erstaunen. Es war recht klein, ohne jede Zier und wirkte ein wenig altersschwach. Doch es war deutlich zu erkennen, dass Reparaturen vorgenommen worden waren. Neben dem Haus befanden sich ein kleiner Pferdestall und ein schiefer Geräteschuppen.

»Godered?«, rief Scholell, während er sich umschaute.

Niemand antwortete.

Scholell stieg aus dem Sattel und band seinen Istraball an einem Pfosten fest. »Godered?« Neugierig stieg er die fünf knarrenden Stufen zum überdachten Eingang empor und klopfte an. »Bist du da?«

Eigentlich hätte der Anstand es geboten, draußen zu warten, doch Scholells Neugier war übermächtig. Behutsam öffnete er die Tür und betrat das Haus. Fast alle Fensterläden waren geschlossen. Da die Ahloren im Dunklen recht gut sehen konnten — was sie den anderen Völkern allerdings verheimlichten —, bereitete es ihm keinerlei Mühe, sich umzuschauen. Das Haus hatte einen Haupt- und einen kleinen Nebenraum. Überall waren Waffen, hingen ihrer Gattung nach geordnet an den Wänden oder hatten Aufnahme in besonderen Gestellen gefunden. Zahlreiche Bücher standen in Regalen, und Scholell überflog interessiert einige Titel. Es waren hauptsächlich Bücher über Kampftechniken, Kriegstaktiken, Geschichte, Heilkunde, Jagd und Pflanzen, aber auch Gedichtbände. In einer Nische im Raum waren Truhen übereinandergestapelt, in denen Scholell Kleidung und andere Habseligkeiten vermutete. Kräuter waren zum Trocknen aufgehängt, und die Sträuße verströmten einen angenehmen Geruch.

Ein alter Herd nahm eine Ecke des Hauses ein, und gleich daneben befand sich ein Regal mit zerbeulten Töpfen, Geschirr und zahlreichen kleinen Gefäßen. Davor war ein Tisch, und nur wenige Schritte entfernt standen ein weiterer Tisch und ein Stuhl. Auf diesem Tisch lagen Blätter, ein Tintenfässchen und Schreibfedern. Scholell rang mit sich. Aber ... er konnte einfach nicht widerstehen, sich ein Blatt anzuschauen. Die Schrift war unleserlich, und der Text enthielt zahlreiche Korrekturen und durchgestrichene Stellen. Neugierig zog Scholell ein darunterliegendes Blatt hervor, auf dem die Reinschrift in einer bemerkenswert schönen Handschrift erfolgt war.

»Ein Gedicht?« Scholell war erstaunt und las:

Tausend Tode
Tausend Tode gestorben,
die ein Mensch durchleben kann
— im Geiste.

Quälende Gedanken, steht doch still,
lasst euch forttragen vom Wind,
der flüsternd die Äste wiegt.
Schmerz.

Tausend Tode gestorben.
Jeden Tag einen.

Verdurstet vor dem Brunnen,
verhungert am gedeckten Tisch,
verbrannt im lodernden Feuer,
erfroren im eisigen Winter,
ertrunken im tosenden Ozean,
erstickt an Lug und Trug,
vergiftet von einer Schönheit,

erschlagen vom stürzenden Baum,
getroffen vom grellen Blitz,
ermordet von einem Verbündeten,
zu Tode gefoltert von Feinden,
gefallen in der Schlacht,
erdolcht von Gedungenen,
zerfetzt von menschlichen Wölfen,
getroffen von einem Pfeil in den Rücken,
das Herz herausgerissen vom Vater,
erlegen dem siechenden Elend ...

Tausend Tode gestorben.
Jeden Tag einen.

Das Gedicht entsprach keinem gängigen Muster, hatte keinen Reim und war metrisch ungebunden – doch darauf schien es dem Gotonen gar nicht angekommen zu sein. Allein die Aussage schien zu zählen.

Scholell war betroffen. Waren das Gedanken und Gefühle, die Godered beschäftigten? Empfand er sein Leben derart? Es schien in seinem Inneren keine Freude und keine Hoffnung zu geben, sondern nur Schmerz. Diese Worte bezeugten, dass er wahrlich kein blutleerer Mörder war, sondern wie ein Hund litt. Hier offenbarte sich eine andere Seite des oft eiskalt erscheinenden Kampfmeisters.

Scholell legte die Blätter wieder so hin, wie er meinte, sie vorgefunden zu haben. Dann entdeckte er in einem Regal meisterhaft geschnitzte Tierfiguren: Adler, Wölfe, herrliche Pferde – in Perfektion ausgearbeitet. Auf einem Arbeitstisch vor einer Wand lagen aufgereiht Schnitzmesser. Dass Godered über solch ein Talent verfügte, hätte er niemals vermutet. Scholell nahm ein fast vollendetes Werkstück und betrachtete es interessiert. Es war ein Frauenkopf. Er stutzte. Trug das Gesicht nicht die Züge der Kampfmeisterin Lanaris? Ja, eindeutig ...

Surr...

Ein Pfeil schlug neben Scholell in einem Pfosten ein. Sein Herz setzte einen Schlag lang aus, und vor Schreck ließ er die Schnitzerei fallen. Er fuhr herum und zog dabei sein Schwert. Godered stand in der Eingangstür und hielt einen gespannten Bogen in Händen. Neben seinem Fuß lag ein toter Hase. Scholell hatte den Gotonen gar nicht gehört. Gewiss kannte er die Stellen der Treppe, die nicht knarrten.

»Godered!« Scholells Herz hämmerte ihm bis zum Hals. Er konnte in diesem Moment nicht einschätzen, ob der *Dunak tor*-Meister noch einmal schießen würde.

»Was machst du hier?«, fragte Godered argwöhnisch. Sein Blick streifte die Schnitzerei auf dem hölzernen Fußboden. Er trug die langen blonden Haare nach hinten gebunden, dennoch hingen ihm einzelne Strähnen ins Gesicht.

»Ich soll dir eine Nachricht überbringen.«

Endlich ließ Godered den Bogen sinken, steckte den Pfeil in den Köcher, nahm den Hasen und kam herein.

Scholell steckte sein Schwert fort, hob rasch den kleinen Holzkopf auf und stellte ihn an seinen Platz zurück.

»Es wäre gebührlich gewesen, dass du vor dem Haus wartest!«, ließ Godered mürrisch verlauten.

Scholell schluckte und lächelte verkrampft. »Zweifellos, aber ich gebe zu, ich wollte sehen, wie du so lebst.«

»Nun weißt du es.« Godered wischte sich die Haarsträhnen aus der Stirn, und so waren seine hellgrauen Augen und sein schönes Gesicht zu sehen, in das sich tiefer Schmerz gegraben hatte. Seine Wangen und das kantige Kinn waren mit hellen Stoppeln übersät. »Was für eine Nachricht?« Er legte den Hasen auf den Tisch, hängte Bogen und Köcher an die Wand und öffnete zwei Fenster. Augenblicklich flutete mehr Licht herein. An seinem linken Ohr blitzte der *Dunak tor*-Ohrring auf. Vor dem *Arusch* war Godered ein *Rotrot* gewesen, war aber — da er im Kampf widerrechtlich das Kommando an sich gerissen hatte – zu einem *Rotviolett* degradiert worden. Erst jetzt wurde Scholell bewusst, dass er selbst ohne jegliche Strafe davongekommen war, obwohl er Godered unterstützt hatte.

Godered durchtrennte mit einem Messer den Strick, der um die Läufe des Hasen geschlungen war.

Scholell räusperte sich. »Es gibt abermals einen *Dunak tor-Arusch*.«

Godered ließ das Messer sinken. »Ich habe doch erst *Lanasch* und *Unaktal* zum Tempel gebracht.« Er atmete tief ein. »Was wurde diesmal gestohlen?«

»Die Armschienen *Dalanur*.«

Godered massierte sich kurz die Schläfen und wandte sich ab. »Die Ahloren sollten besser auf die Rüstungsteile aufpassen ... Ich bezweifle, dass erneut ein Los meinen Namen trug. Also, *warum* bist du hier? Um mir eine Nachricht zukommen zu lassen, hätte man auch einen Zwicker schicken können.«

»Man schickte lieber mich als eine Fledermaus. Als eine Art ...«, Scholell zögerte, »Strafe. Mein Vater ist äußerst unzufrieden mit mir, da ich mich seiner Meinung nach beim *Arusch* zu sehr auf einige Menschen eingelassen habe.«

Godered reagierte nicht und hatte ihm noch immer den Rücken zugewandt.

Scholell räusperte sich. »Ich weiß gar nicht so genau, wie ich es dir erklären soll, denn es ist ein wenig sonderbar. Also, sieben *Arutans* wurden ausgelost – doch keiner von uns beiden ist in einer dieser Gruppen. Hauptgroßpriester Ellarell hatte eine Vision, und in dieser sah er, dass eine gesonderte *Arutan* eine wichtige Rolle spielen wird. Daher wird unsere *Arutan* als achte Gruppe entsandt.«

Ruckartig wandte sich Godered um. »Unsere *Arutan*?«

Scholell steckten die nächsten Worte wie trockene Erdklumpen im Hals, und er fürchtete sich ein wenig davor, sie auszusprechen. Er konnte Godereds Reaktion überhaupt nicht einschätzen. »Ja, unsere *Arutan* ... Du wurdest als *Laruell* bestimmt, und deine *Muriaten* sind: Brinok, Teraal, Ernwic, ein Ostiede namens Mefido Bafollo, Gohan, Lanaris, meine Wenigkeit, mein Wachhund Avanor ... und selbst Lanna wird wieder dabei sein.«

Godered zog missmutig die Augenbrauen zusammen. »Eine achte Gruppe? Was soll denn das für eine *Arutan* sein? Sie wurde nicht ausgelost, und es sind drei Personen zu viel. Außerdem bin ich als *Laruell* ungeeignet. Du weißt das. Beim letzten Arusch bist du anfänglich der eigentliche *Laruell* gewesen und hast vieles organisiert. Geh zurück und überbringe Ellarell folgende Antwort: Da mein Name nicht ausgelost wurde, erbitte ich einen anderen Auftrag – möglichst als Einzelkämpfer.«

»Seine Vision ist maßgeblich. Es ist also kein Angebot und auch keine Bitte, sondern ein Befehl.«

Godered rammte das Messer in die Tischplatte und atmete voller Groll aus. »Ja, verflucht! Ich werde es tun!« Er zog das Messer mit einem Ruck wieder heraus. »Hat Ellarell in seiner Vision gesehen, wohin wir reiten sollen, und kennt er vielleicht bereits den Namen des Diebes?« Untergründiger Spott klang in seiner Stimme mit. Zweifelte er etwa an der göttlichen Vorhersehung?

»Er hat tatsächlich das Land gesehen, und zwar Barkland. Und falls du dich fragst, warum Lanna in der Gruppe ist, sage ich dir, dass sich ihr das Symbol *Amboreg* abermals offenbart hat. Es *ist* Bestimmung, dass wir gehen. Nur wenige hochrangige *Dunak tor* und *Priester* wissen, dass wir die achte *Arutan* sind. Offiziell werden wir vorgeben, Brinok als Freunde und bewaffneter Beistand nach Barkland zu begleiten, weil er Lanna seinen Eltern als Braut vorstellen will.«

Godered zog verwundert die Augenbrauen empor, doch gleich darauf war er wieder mürrisch. »Wenn Ellarell eine Vision hatte, ist es unverantwortlich, andere *Arutans* auszusenden und somit unnötiger Gefahr auszusetzen. Ich gehe davon aus, dass die *Gobarem* schon vom *Dunak tor-Arusch* wissen und sich später an die Fersen der *Arutans* heften werden.« Er schloss kurz die Augen. Es war leicht zu erraten, dass er den Auftrag bereits jetzt hasste. »Hast du schon die anderen aufgesucht?«

Scholell rieb sich sein spitzes Kinn. »Du warst der Erste. Als Nächstes reite ich dem Willen meines Vaters folgend zu Brinok ...« Er musste laut schlucken. »Brinok hat sich für ein paar Tage beurlauben lassen und befindet sich im ... im *Haus, das es nicht gibt.*«

Ein amüsiertes Lächeln huschte über Godereds Gesicht. »Du sollst zum *Haus, das es nicht gibt?* Scholell, *du*, ein Ahlore, sollst in ein Freudenhaus? Dein Vater scheint dich in der Tat hart bestrafen zu wollen.«

»Ja, zweifellos. Du hingegen sollst bereits zur Kampfschule reiten. Der Hauptgroßmeister Manalodell will einiges mit dir besprechen. Zudem wartet seit ein paar Tagen eine Gotonin auf dich. Sie befindet sich in einer Herberge vor der Kampfschule.«

Augenblicklich verfinsterte sich seine Miene. »Ein Zwicker hat mir bereits die Nachricht überbracht. Die Besucherin interessiert mich nicht.« Er holte eine Schale, da er sich am Hasen zu schaffen machen wollte. Dann hielt er inne. »Den werde ich den Wölfen überlassen. Du kannst jetzt gehen, Scholell. Ich packe gleich meine Sachen. Viel Erfolg bei deinem nächsten Botengang!«

In Scholell brannten so viele Worte. Eigentlich wollte er Godered sagen, dass er Freundschaft für ihn empfand und ihn für einen guten *Laruell* hielt, doch die reservierte Art des Gotonen machte es ihm unmöglich. »Wir sehen uns in der Kampfschule«, sagte er und verließ betrübt das Haus.

Er hatte trotz allem gehofft, dass Godered sich freute, ihn wiederzusehen ... wenigstens ein klein wenig, aber er war kühl und abweisend gewesen. Es war, als hätte er hier in der Einsamkeit des Waldes sein Inneres wieder mit einem dicken Panzer umgeben.

Scholell setzte sich enttäuscht auf seinen Istraball und folgte einer Zeit lang mit gesenktem Haupt dem beschaulichen Bach. Als der Weg besser wurde, spornte er sein Pferd sogleich an.

Allein bei dem Gedanken an *Das Haus, das es nicht gibt* bekam er Magenschmerzen. Die Ahloren hatten es so genannt, da Freudenhäuser ihrer Moralvorstellung absolut widersprachen. Es war verpönt, in der Öffentlichkeit darüber zu reden — und am besten sprach man überhaupt nicht davon.

Die Ahloren hatten es für *Dunak tor* der anderen Völker geschaffen, die keine festen Beziehungen oder Ehepartner hatten und ihr Verlangen nach körperlicher Liebe stillen wollten. Es war außerdem der Ort, wo es Verliebten möglich war, sich ungestört zu treffen. Doch die Kämpfer konnten sich dort auch einfach nur in Schwimmbecken oder Dampfbädern entspannen und ihren kriegerischen Alltag für einen Moment vergessen.

Scholell war schon eine ganze Weile geritten, da sah er an einem Waldrand kleine Laternen, die auf Findlingen standen oder an Bäumen hingen. Diese Lichter würden ihn zum verruchten Haus leiten.

Als er nach einer Weile den Eingang entdeckte, war er überrascht, denn er fand gar kein Haus vor, sondern lediglich eine mit Bäumen bewachsene felsige Anhöhe. In sie waren eine Tür und ein Tor eingelassen, neben denen Laternen hingen.

Scholell sprang aus dem Sattel, und ihm war ganz flau im Magen. Er zerrte an seinem Kragen, als ob er keine Luft mehr bekäme, und zog schließlich am goldenen Seil, das neben der Tür hing. Dumpf war das Läuten einer Glocke zu hören.

Es dauerte nicht lange, da wurde die dicke Metalltür geöffnet, und ein Junge schaute heraus. Er war vermutlich ein *Gotolone*, ein Nachfahre gotonischer Sklaven, die in einigen Regionen des Ahlorenreichs siedelten.

Vor Staunen fiel dem Jungen die Kinnlade herunter. »Du bist ja ein Ahlore! Hast du dich verirrt?«, fragte er.

»Nein.«

»Nicht? Einen Ahloren habe ich hier noch nie gesehen. Sie

meiden diesen Ort, als würde der Verderber höchstpersönlich hier hausen. Soll ich deinen Istraball in den Stall führen?«

Selbst dem Jungen gegenüber hatte Scholell das unangenehme Gefühl, sich rechtfertigen zu müssen. Ein Albtraum! Am liebsten wäre er unverzüglich fortgeritten. »Ich soll nur jemanden holen. Kannst du mein Pferd hier irgendwo anbinden?«

»Draußen dürfen keine Pferde stehen, damit man nicht sehen kann, wie viele Besucher hier sind.«

»Also gut, dann führe es in den Stall.« Scholell griff in seine Manteltasche und fand eine Münze. Er warf sie dem Jungen zu, der sie geschickt auffing.

»Wenn du deinen Istraball wiederhaben willst, so ziehe am Glockenseil des Stalles.« Der *Gotolone* führte den Istraball zum Stalltor und öffnete es.

Ein anderer Junge lugte heraus, warf einen staunenden Blick auf den Ahloren und schloss das Tor.

Scholell blies kurz die Wangen auf, rückte seinen Schwertgürtel zurecht und öffnete in Erwartung, etwas Verruchtes zu erblicken, die Tür. Als er eintrat, stutzte er. Der Eingangsbereich war ein großer schneeweißer Raum und recht karg eingerichtet. Eine ältere, füllige Frau saß hinter einem ausladenden u-förmigen Schreibtisch. Die Wand hinter ihr nahm ein mächtiger weißer Schrank mit vielen Türen und Schubladen ein. Eine der Türen war geöffnet, und so konnte Scholell zahlreiche Aktenordner sehen. Der Eingangstür gegenüber befand sich eine weiße Tür. Es wirkte alles überaus nüchtern und nicht gerade einladend.

Die ältere Frau hatte die grauen Haare zu einer strengen Frisur aufgesteckt und trug ein hochgeschlossenes, schlichtes Kleid. Als sie aufschaute und über den Brillenrand schielte, zog sie erstaunt die feinen Augenbrauen empor. »Na, wen haben wir denn hier? Einen Ahloren! Schau mal einer an! Jemanden wie dich habe ich hier noch nie gesehen. Ein mutiger Ahlore, der mit der Spießigkeit seines Volkes brechen will. Mein Name ist Methila. Du kannst mich ruhig Metta nennen. Nun denn …« Sie spitzte einen Stift an, suchte in ihrem vollgeschriebenen Buch eine leere Zeile und sah ihn erwartungsvoll an. »Wie ist denn dein Name, mein Süßer?«

Scholell spürte, wie ihm das Blut in die Wangen schoss. »Wird das aktenkundig?«

»Ja, aber nur in meiner Buchführung, damit ich deine Vorlieben kenne und besser planen kann. Schließlich soll hier jeder während seines Aufenthalts Glück, Erfüllung, Trost und Zufriedenheit finden.«

Scholell war sich sicher, dass die Ahloren die Unterlagen kontrollierten. »Ich suche nur jemanden.«

»Das tun alle, die hierherkommen, mein Süßer! Mit den Vorlieben der Ahloren habe ich keinerlei Erfahrungen. Da es hier keine Ahloren und Ahlorinnen als Liebespartner gibt, möchte ich gern wissen, welches Volk du favorisierst. Was begehrst du? Männlich, weiblich? Welche Haarfarbe, Größe, Statur, Alter? Welche Eigenschaften? Gefügig, schüchtern, zärtlich, begierig, wild, dominant, manierlich …? Welches Ambiente bevorzugst du? Wir können nachgebaute Räumlichkeiten eines jeden Volkes – mit Ausnahme der Ahloren – bieten, aber auch kleine künstliche Gärten, Höhlen, Wasserlandschaften, Wälder, Wüsten oder feine Sandstrände. Favorisierst du Prunk, Gemütlichkeit, schlichte Eleganz oder eher Archaisches?« Erwartungsvoll blickte sie ihn an.

»Ich suche nur jemanden.«

Sie schien ihm nicht zu glauben und nahm ihre Brille ab. »Nicht so gehemmt, mein Sohn. Du hast doch schon den ersten Schritt gewagt. Ich bin mir ziemlich sicher, wenn bei euch Ahloren der gesellschaftliche Druck und der Kontrollzwang nicht so ausgeprägt wären, würde ich eine Menge deiner violetthäutigen Freunde hier sehen. Also, mein mutiger Ahlore, was könnte dir gefallen?« Sie hatte eine rauchige, vertrauenserweckende Stimme, und ihre Augen besaßen ein warmes Leuchten.

»Es ist, wie ich sagte: Ich suche jemanden«, wiederholte er nun doch energischer. »Die Anwesenheit eines bestimmten *Dunak tors* wird in der Kampfschule verlangt.«

Die ältere Frau seufzte enttäuscht. »Schade, und ich dachte schon, dass das heute ein ganz besonderer Tag wird.« Sie setzte sich die Brille wieder auf und blickte in ihre Unterlagen. »Wie lautet der Name des armen *Dunak tors*, der hier seinen Aufenthalt beenden muss?«

»Brinok.«

Sie lächelte erheitert. »Ach, unser Brinok ... Die Frauen lieben ihn. Er ist ja auch ein wirklich hübscher Kerl.« Sie fuhr mit dem Stift über die zahlreichen Namen hinweg. »Brinok, wo bist du? Ah, da haben wir dich ja.« Sie blickte auf. »Er ist schon seit ein paar Tagen hier. Heute ist er in der Abteilung *Barkland*, im Freudenraum 32. Geh durch die Tür und folge anschließend der blauen Linie auf dem Fußboden.«

Scholell schluckte hörbar. »Das werde ich.«

»Du solltest noch wissen: Wenn du dich mit jemandem aus der Kampfschule heimlich verabreden willst, wäre unser Haus ein wahrlich geeigneter Ort. Diese Namen notiere ich selbstverständlich nicht.«

»Wie gesagt, ich ...«

»Du suchst nur jemanden.« Die Alte lächelte.

Die Tür öffnete sich, und ein Mann und eine Frau kamen heraus. Als die beiden ihn erblickten, stießen sie sich gegenseitig mit den Ellenbogen an. Stumm gingen sie an Scholell vorbei, verabschiedeten sich bei der Empfangsdame und begaben sich nach draußen. Noch bevor die Tür geschlossen war, platzte das Lachen aus ihnen heraus. Scholell konnte hören, dass der Mann sagte: »Ein Ahlore! Ich dachte, ich seh' nicht richtig! Das müssen wir unbedingt den anderen erzählen!«

Er wünschte sich ganz weit fort von diesem Ort. Die Strafe

seines Vaters war viel zu hart. Zum Glück waren manche Menschen nicht in der Lage, Ahloren voneinander zu unterscheiden. Er hoffte jedenfalls, dass sie ihn später nicht wiedererkannten.

Scholell atmete stoßartig aus, als wäre er in Erwartung eines furchtbaren Feindes, und zog die Tür auf. Was er nun sah, entsprach wiederum nicht dem, was er vermutet hatte. Vor ihm erstreckte sich ein mit Ahlorenlampen erhellter weißer Gang, der äußerst kühl wirkte. Auf dem Boden befanden sich Linien in verschiedenen Farben, die sich irgendwann trennten und in unterschiedliche Bereiche führten. Ein Leitsystem. Scholell schüttelte den Kopf. Dieser Bau war von Ahloren geplant worden: nüchtern, geordnet und ein wenig einschüchternd. Das war das vorherrschende Bild, das sie den anderen Völkern von sich vermitteln wollten. Doch in ihren Städten, in die Menschen nur in Ausnahmefällen Einlass fanden, zeigten sie durchaus ihre verspielte Seite.

Es war still, absolut still. Scholell folgte mit Unbehagen der blauen Linie und hoffte inständig, dass sich keine der zahlreichen Türen öffnete. Die blaue Linie trennte sich von den anderen und führte in einen gesonderten Trakt. Fast endlos erstreckte sich der Gang.

Die Türen wiesen unterschiedlich große Abstände auf, und neben jeder hing eine silberne Kette mit einem Griff, die sicherlich im dahinterliegenden Raum ein Glöckchen schellen ließ. Scholells Kehle fühlte sich staubtrocken an, denn er näherte sich Brinoks Sündenpfuhl. 29 ... 30 ... 31 ... 32 ...

32! Ruckartig blieb er stehen. Nachdem er tief durchgeatmet hatte, zog er an der Kette.

Nichts tat sich. »Los, mach schon auf!«, raunte er und zog erneut an der Kette.

Noch immer tat sich nichts. Er zog nochmals — wesentlich beherzter.

Endlich öffnete sich die Tür. Sie war immens dick, damit

möglichst keine Geräusche nach draußen drangen.

Der junge Barkländer stand vor ihm: hellblond, hünenhaft und sehr muskulös. Eine verschnörkelte blaue Tätowierung zierte seine rechte Gesichtshälfte und kennzeichnete ihn als Mitglied der Horde der Bastiden. Da er adelig war, trug er um seinen Hals einen goldenen Torques, und an seinem Ohrläppchen pendelte ein *Dunak tor*-Ohrring mit einem grünen Juwel. Brinok hatte sich ein Laken um die Lenden geschlungen und hielt die Enden mit seiner Rechten fest.

»Scholell?« Seine wasserhellen Augen weiteten sich vor Überraschung. »*Scho-lell?*«, wiederholte er. Er lehnte sich vor und spähte in den Gang, konnte offensichtlich kaum glauben, dass der Ahlore allein hier war. Dann grinste er breit, fuhr sich über den kurzen Bart und lehnte lässig im Türrahmen. »Was im Namen des Allwissenden tust du hier? Willst du dein verschrobenes, manierliches Gehabe endlich mal ablegen und dich ein wenig vergnügen? Das habe ich dir gar nicht zugetraut.«

»Brinok ... mach die Tür zu und komm wieder zu mir«, säuselte eine junge Frau.

Scholell schielte verstohlen am Krieger vorbei. Die Einrichtung glich einem barkländischen Schlafraum, und im Kamin züngelte ein wohliges Feuer. Gegenstände waren umgeworfen und lagen zum Teil auf dem Boden. Sanft angegangen waren sie ihr Liebesspiel wohl nicht. Eine rothaarige Schönheit setzte sich im Bett auf, bedeckte dabei aber nicht ihre Blöße. Im Gegenteil: Sie musterte Scholell eingehend und lächelte ihn forsch an. »Sieh an, ein Ahlore! Ich habe hier noch nie einen gesehen.«

Scholell spürte, wie seine Wangen glühten. Bestimmt waren sie mittlerweile dunkelviolett wie erntereife Pflaumen.

Brinok ging ein wenig zur Seite. »Schau dich ruhig um! Die verklemmten Ahloren haben sich mit der Planung allerlei Mühe gegeben. Vor vier Tagen war ich mit zwei Hübschen in einer Grotte, in der sich eine beleuchtete warme Quelle befindet, danach war ich mit einer anmutigen Schönheit in einem luxuriösen ostiedischen Schlafzimmer, wo das Bett aus einem Meer weicher Kissen besteht. Und seit vorgestern bin ich bei dieser wundervollen barkländischen Wildkatze. In jedem Raum und jeder nachgebauten Landschaft lässt sich einstellen, wie hell oder wie warm es sein soll, selbst die Wassertemperatur kann man beeinflussen.« Er grinste noch breiter. »Ich frage dich, Scholell: Wie sollten Ahloren so etwas planen können, wenn sie tatsächlich so sind, wie sie vorgeben zu sein? Sicherlich feiert ihr in euren abgeschotteten Städten wahre Orgien. Also, gib dir einen Ruck, durchbreche deine Fassade, und vergnüge dich!«

Vor Scham wäre Scholell am liebsten im Boden versunken. »Brinok, ich bin wahrlich nicht hier, um die Annehmlichkeiten dieses Hauses zu bestaunen. Ich wurde zu dir gesandt, damit du mich unverzüglich zur *Nurr Schiandell* begleitest.« Er schaute nochmals kurz zur Barkländerin. Sie war wirklich wunderschön. »Was würde Lanna wohl sagen, wenn sie wüsste, dass du hier bist?«, fragte er anklagend.

»Ich denke, sie wäre nicht überrascht ... Was soll die Frage? Ich bin nicht mir ihr verheiratet, noch nicht einmal mit ihr zusammen. Ich bin ungebunden, lebenshungrig und nicht so verknöchert und scheintot, wie ihr Ahloren es vorspielt ...«

»Brinok! Komm wieder zu mir.« Die Barkländerin streckte voller Verlangen die Hand nach ihm aus.

Er wandte sich halb zu ihr um. »Ich muss leider zur Kampfschule.«

»Wie schade! Kannst du dich nicht wenigstens gebührend von mir verabschieden?«

»Es hieß: *unverzüglich!*«, betonte Scholell.

»Ja, so hieß es wohl. Wir sehen uns dann in der Kampfschule.« Ohne überhaupt gefragt zu haben, warum seine Anwesenheit in der *Nurr Schiandell* verlangt wurde, wandte er sich vom Ahloren ab und schloss die Tür vor dessen Nase.

Brinok war unverbesserlich! Scholell schüttelte den Kopf, er konnte gar nicht begreifen, warum der Barkländer so anders war als er. Und irgendwie ... auf eine gewisse Weise ... beneidete er Brinok, der ungestüm war, sein Leben genoss und sich nicht darum scherte, was andere über ihn sagten. Andererseits brachte ihn genau dieser Wesenszug beständig in Schwierigkeiten.

Scholell huschte durch die Gänge zurück in Richtung Ausgang. Als Nächstes würde er die Evidanierin Lanaris Navad in ihrem Mutter-Kind-Quartier in der Kampfschule aufsuchen. Das würde wesentlich angenehmer sein.

Lanaris

Die achtundzwanzigjährige hübsche Evidanierin saß in ihrem kleinen Quartier an einem Schreibtisch, hatte die Ellenbogen aufgestützt, und die Hände in ihren langen braunen Haaren vergraben. Vor ihr lagen allerlei Bücher über Kriegstaktik, Waffenkunde und die Geschichte und Gesellschaftsstrukturen der verschiedenen Völker Abladurs. Sie bereitete sich auf die Prüfung für den Meistergrad *Rotgrün* vor. Wäre das letzte Mal nicht der *Arusch* ins Gotonenland dazwischengekommen, hätte sie diese bereits abgelegt.

Der Text verschwamm vor ihren Augen, und sie gähnte mehrmals. In der vergangenen Nacht hatte ihr die knapp zweijährige Ganara keine Ruhe gegönnt, da bei ihr ein Backenzahn schmerzhaft durchgebrochen war und die Kleine die ganze Zeit über herumgetragen werden wollte. Zwar hatte Lanaris tatkräftige Unterstützung vom Kindermädchen Inarieke, die jetzt mit Ganara auf dem Gelände der Kampfschule spielte, doch seit dem letzten Einsatz klammerte sich ihre Tochter regelrecht an Lanaris, hatte Angst, dass ihre Mutter sie wieder verlassen könnte.

Lanaris lehnte sich zurück und fuhr mit den Fingern kurz

über ihre Gesichtskette aus kleinen, geschliffenen Peridotsteinen. Diese verlief über Nase und Ohren und war am Hinterkopf verschlossen. Die grünen Edelsteine signalisierten, dass sie dem gewöhnlichen Volk angehörig war und weder ein evidanisches Amt bekleidete noch einen hohen Rang besaß.

Sie trank einen Schluck Kräutertee, zog das Buch näher an sich heran und blätterte verzagt darin herum. Es war noch so furchtbar viel, was sie lernen musste. Als sie wahllos eine Seite aufschlug, verzog sie missmutig den Mund. Dort befand sich eine Abhandlung über die politischen Verhältnisse in Gotonien.

Gotonien. Mit diesem Land verband sie keine guten Erinnerungen. Ihr Vater war ein verdammter Gotone, und der Vater ihrer Tochter war ebenfalls ein solcher. Die gotonischen Königsanwärter, die sogenannten *Köans*, verfolgten sie in ihrem Leben wie ein Fluch, zumal sie sich beim *Arusch* wieder in einen *Köan* verliebt hatte: den *Dunak tor Godered*, dessen eigentlicher Name Reccwech war.

Er war ein wortkarger, düsterer Einzelgänger, und am Anfang ihres *Aruschs* hatte sie ihn regelrecht verachtet. Wie hatte es nur geschehen können, dass sie nun Gefühle für ihn hegte? Seit er im Zweikampf König Erwech das magische Schwert abgenommen hatte, war er aus ihrem Leben verschwunden. Sie hatte gehofft, dass sie ihn vergessen würde, doch das Gegenteil war der Fall. Ihre Sehnsucht wurde immer stärker, und beim Gedanken an ihn kribbelte es in ihrem Magen. Dabei wusste sie noch nicht einmal, ob er überhaupt etwas für sie empfand. Manchmal hatte sie ihn dabei erwischt, dass er sie interessiert angesehen hatte, aber dann war er wiederum abweisend gewesen. Abermals ein Gotone, der ihr nichts als Seelenqualen bereitete ... Verfluchte Gotonen!

Als ein Schatten den Eingang verdunkelte, zuckte sie zusammen. Aufgrund der schlaflosen Nächte war Lanaris ermattet und schreckhaft.

»Scholell!« Sie freute sich, als sie den Ahloren sah. Er war anders als die Ahloren, die sie bisher kennengelernt hatte, fast ein Freund und keine Spur überheblich.

»Es tut mir leid, ich wollte dich nicht erschrecken. Darf ich eintreten?«, fragte er höflich.

»Natürlich.« Lanaris zog einen Stuhl des nahen Esstischs heran. »Bitte, setz dich! Es ist schön, dich zu sehen.«

»Es ist auch schön, *dich* zu sehen.« Er klang bedrückt und schaute sich kurz um, bevor er Platz nahm. »Deine Tochter ist nicht hier?«

»Nein. Inarieke kümmert sich um sie, damit ich in Ruhe für die Prüfung lernen kann.«

Scholell sah nachdenklich auf die Bücher und presste die schmalen Lippen zusammen.

Ein ungutes Gefühl beschlich Lanaris. »Warum bist du hier?«

Der Ahlore berichtete ihr von den gestohlenen Armschienen, vom erneuten *Arusch* und dass ihre *Arutan* gar nicht ausgelost, sondern aufgrund einer Vision des Hauptgroßpriesters nach Barkland geschickt wurde.

Sie erstarrte und hatte das Gefühl, dass ihr der Boden unter den Füßen fortgezogen wurde. Nein, sie wollte nicht schon wieder von Ganara getrennt werden! Außerdem versetzte es sie in Unruhe, wieder in Godereds Nähe zu sein. Wenn er nichts für sie fühlte, würde es eine Qual sein.

»Kann ich mich weigern? Wie du sagtest, hat die *Arutan* ohnehin mehr als sieben Personen.«

Der Ahlore schüttelte den Kopf und druckste ein wenig herum. »Möchtest du nicht wegen ... Godered?«

Lanaris kam sich ertappt vor und wollte ihn auf eine andere Fährte lenken. »Ich glaube, er kann mich nicht besonders leiden.«

»Du bist eine kampfstarke Meisterin, diszipliniert und verlässlich. Er hat dich durchaus zu schätzen gelernt ... wie wir alle.« Scholell presste abermals kurz die Lippen zusammen.

Dann blickte er sie mit seinen Amethystaugen direkt an. Ob er vielleicht wusste, wie Godered tatsächlich für sie empfand? Doch sie bezweifelte, dass der unnahbare Gotone sich in dieser Sache irgendjemandem anvertrauen würde.

»Es ist hart, dass ich schon wieder von meiner Tochter getrennt werde. Außerdem würde ich endlich gern meine nächste Prüfung ablegen. Bereits der vergangene *Arusch* hat mich daran gehindert. Aber ...«, sie seufzte, »ich bin eine *Dunak tor* und werde mich nicht weigern!« Sie versuchte, gefasst zu wirken, doch in Wahrheit drohte der Schmerz ihr das Herz zu zerreißen. Eine Träne kitzelte in ihrem Augenwinkel.

Scholell bemerkte es, erhob sich und verabschiedete sich mit einem aufmunternden Lächeln.

Kaum war er gegangen, stellte sich Lanaris vor das Bettchen ihrer Tochter und nahm ein Kuscheltier heraus. Sie drückte es an sich und vergrub ihr Gesicht in der flauschigen Katze, die nach ihrer Tochter roch. Lanaris konnte die Tränen nicht zurückhalten, sie flossen einfach.

»Reiß dich zusammen! Heulen bringt gar nichts! Es ist so, wie es ist! Anderen *Dunak tor* ergeht es ähnlich!« Sie wischte sich die Nässe von den Wangen, legte das Kuscheltier in das Bett zurück und eilte hinaus ins Freie. Sie musste Ganara suchen und ihr behutsam erklären, dass sie abermals für eine gewisse Zeit fortgehen musste.

Teraal

»Ach, komm! Du übertreibst doch!« Keisan winkte ab und klemmte sich eine Haarsträhne hinter sein abstehendes Ohr.

Der fünfundzwanzigjährige Teraal stand mit vier weiteren Motaviern zusammen auf einem der vielen Kampfplätze der achteckigen, monströsen Hauptkampfschule. Die Motavier waren von mittelgroßem Wuchs, hatten eine getönte Haut, braune Haare und grüne oder braune Augen.

»Du prahlst doch nur, um von dem komischen Ding auf deiner Nase abzulenken!«, stichelte Keisan.

Teraal rückte seine Brille zurecht. Sie bestand aus einem violetten Metallgestell, und die dünn geschliffenen Gläser waren mit einer leicht spiegelnden violetten Schicht überzogen. Lange hatte er seine Sehschwäche verheimlicht und seine damit verbundenen Unsicherheiten und Ängste mit großtuerischen Sprüchen überspielt. Seit er die Brille besaß, fühlte er sich im Kampf und auch beim Reiten wesentlich sicherer. Und endlich traf er weit entfernte Ziele, sowohl mit dem Speer als auch mit Pfeil und Bogen. »Ihr Blödmänner wisst genauso gut wie ich, dass viele Motavier in unserem Land eine Brille tragen. Allerdings sind die Gestelle dort klobig und bei Weitem nicht so elegant wie meines. Also spart euch die dämliche Lästerei!«

»Ich finde das Ding jedenfalls ziemlich hässlich. Die Ahloren haben es für dich gemacht, ja?«, foppte Keisan, und als er grinste, entblößte er fehlende Schneidezähne.

»Zwar trage ich eine Brille, aber immerhin habe ich mir bei Kampfübungen noch keine Zähne ausschlagen lassen – was weitaus unschöner ist«, konterte er.

Keisan schnitt ihm eine Grimasse. »Um wieder auf das vorherige Thema zurückzukommen: Ich bleibe dabei, dass du vorhin bei deiner Erzählung maßlos übertrieben hast. Man munkelt, dass sich bei eurem *Arusch* nur Godered, Scholell, Atno und die Priesterschülerin Lanna in wirklicher Gefahr befunden haben. Atno wurde sogar getötet. Brinok, Lanaris und du sollt euch ja währenddessen in der sicheren *Schiandell* Adlersteige aufgehalten haben.«

»Es ist wahr, ich war in der *Schiandell* Adlersteige, dennoch habe ich anschließend im *Gratan*heer gegen die Gotonen gekämpft. Glaube mir, die Kämpfe waren brutal, und ich habe bei meiner Schilderung wahrlich nicht übertrieben! Du kannst gar nicht mitreden, denn du warst weder beim *Arusch* noch bei den Kämpfen in Evidanien dabei!«, schnappte Teraal.

»Sag, wie ist es, wenn man tötet?«, interessierte sich ein junger *Weißer*. Sein Nasenbein hatte einen starken Knick, da es ihm vor ein paar Monaten bei einer Schwertübung gebrochen worden war.

Vor Teraals innerem Auge blitzten furchtbare Bilder der Schlacht auf, die ihn erschaudern ließen. *Wie war das Töten?* Das Gesicht des Todes hatte eine hässliche Fratze. Bei einem Überfall der *Gobarem* hatte er seinen ersten Menschen getötet. Es war Notwehr gewesen und doch ... Noch immer verfolgte ihn seine Tat im Schlaf, und er fühlte sich, als hätte jemand ein Stück aus seiner Seele herausgebissen. Er verabscheute das Töten und fragte sich, ob er sich irgendwann daran gewöhnte, denn als *Dunak tor* würde er weitere Kämpfe bestreiten müssen. Er erinnerte sich an die Geiseln — sowohl Evidanier als auch *Dunak tor*, die Erwech bestialisch mit der Axt erschlagen lassen hatte. Die Welt war voller Grausamkeiten. Überall. Jemand *musste* sich gewissenlosen Mördern entgegenstellen und ihnen Einhalt gebieten. Er war dazu bereit ... hoffte aber, dass sein nächster Einsatz noch lange auf sich warten ließ.

»Ich kann euch nur sagen: Trainiert äußerst hart. In einer Schlacht könnten euch Nachlässigkeiten zum Verhängnis werden. Und seht nicht — wie die meisten Motavier — auf *Dunak tor* anderer Völker herab. Sie sind eure Kameraden, und es könnte sein, dass einer von ihnen euch eines Tages das Leben rettet«, mahnte Teraal.

Als er Scholell mit ernster Miene auf sich zukommen sah, wandte er sich von den Kriegern ab. »Scholell, was ist los? Du siehst so gar nicht glücklich aus«, sagte er, als der Ahlore bei ihm war.

»Glücklich? Nein, Teraal, ich bin wahrlich nicht glücklich.« Mit einer Kopfbewegung deutete er ihm, dass er ihn unter vier Augen sprechen wollte.

Daraufhin folgte Teraal ihm zu einem Baum, dessen Laub sich bereits golden färbte. Teraal lehnte sich gegen den glatten

Stamm, verschränkte die Arme vor der Brust und war gespannt, was der Ahlore zu berichten hatte. Doch das, was Scholell ihm dann erzählte, ließ leichte Panik in ihm aufsteigen. Er fürchtete sich davor, abermals Blut vergießen zu müssen, dabei hatte er die vergangenen furchtbaren Erlebnisse noch gar nicht richtig verarbeitet. In diesem Augenblick wäre er am liebsten in sein Zimmer gegangen und hätte sich darin verkrochen.

Als Sechzehnjähriger war er von Hause ausgerissen, um ein *Dunak tor* zu werden. Doch er hatte sich das Leben als *Krieger des Lichts* ganz anders vorgestellt – trotz allem wollte er nirgendwo anders sein. Die *Dunak tor* boten ihm wesentlich mehr Halt, als seine leibliche Familie es je getan hatte. Er bezweifelte sogar, dass seine Eltern ihn vermissten, sie hatten sich bestimmt noch nicht einmal die Mühe gemacht, ihn zu suchen. Die *Dunak tor* waren seine Familie, und daher würde er sie nicht im Stich lassen.

»Ich bin bereit!«, sagte er mit fester Stimme, auch wenn er dabei ein mulmiges Gefühl hatte.

»Das ist gut! Ich denke, wir alle haben nicht damit gerechnet, dass wir so rasch wieder eingesetzt werden«, sagte Scholell mit einem Seufzen.

»Ich dachte in der Tat, dass mir mehr – viel mehr – Zeit bleibt!«, gestand Teraal.

Der Ahlore nickte, verzog den Mund zu einem freudlosen Lächeln und ging davon.

Teraal sah zu den anderen Motaviern hinüber, die ihn beobachteten und miteinander tuschelten. Er hatte keine Lust auf ihre Fragen und begab sich unmittelbar in sein Quartier. Er wollte schauen, was er alles mitnehmen musste.

Kapitel 2

Zurück in der
Nur Schiandell

Godered

Als Godered die matt glänzenden violetten Metallwände der Hauptkampfschule erblickte, sehnte er sich sogleich in seinen geliebten Wald zurück. Er war nicht allein unterwegs zur *Nurr Schiandell*, andere *Dunak tor* ritten ebenfalls zur Hauptkampfschule, da sie zum *Arusch* gerufen worden waren.

Godered wollte nicht schon wieder Tag und Nacht *Muriaten* um sich haben, auch wenn ihm einige von ihnen mittlerweile recht vertraut waren. Er hasste es, sich auf die Eigenarten und Empfindlichkeiten anderer einstellen zu müssen. Der Gotone verstand den Allvater nicht, dass er dem Hauptgroßpriester die Vision geschickt hatte – *wenn* es eine Vision gewesen war. Vermehrt hinterfragte Godered, was in der Kampfschule und im *Tempel des Lichts* vor sich ging.

Ein blonder Knabe, der neben einem Gebüsch gesessen hatte, erhob sich, rannte auf ihn zu und streckte dabei einen Brief empor. »Halt! Wartet!«

Widerwillig hielt Godered seinen Istraball an.

»Ihr seid der Königsanwärter Reccwech, nicht wahr? Ihr wurdet mir beschrieben. Ich bin auch ein Gotone, und der Brief hier ist von Eurer Mutter.« Furcht zeigte sich im Gesicht des

Jungen. Sein Blick streifte Godereds Schwert und all die anderen Waffen, die am Sattel des Istraballs befestigt waren.

Godered entdeckte drei Männer, die in einiger Entfernung am Rande eines Wäldchens warteten. Sie trugen allesamt gotonische Kleidung. »Haben dich die Krieger ins Ahlorenreich begleitet?«

Der Junge nickte eifrig. »Ja, das haben sie. *Ich* soll Euch den Brief geben, weil die dort hinten Euch fürchten.«

»Mich fürchten?«

»'Nicht, dass der Kerl uns gleich den Kopf abschlägt', hat der eine gesagt.« Der Knabe streckte ihm den Brief weiter entgegen und stellte sich dabei auf die Zehenspitzen. »Ich denke ja, dass Ihr *mir* nicht den Kopf abschlagen werdet, oder?«

»Wohl nicht.«

Der Knabe reckte sich noch mehr. »Bitte, Herr, es ist doch nur ein Schreiben. Nehmt es, damit ich keinen Ärger bekomme. Lest es gleich! Ich soll hier warten, weil Eure Mutter eine Antwort wünscht.« Die Hand des Jungen bebte.

Widerwillig nahm Godered den Brief entgegen. Er brach das Siegel und faltete ihn auseinander:

Mein geliebter Sohn,

ich hörte von den Ereignissen in Evidanien und vernahm voller Stolz, dass es Dir, meinem Erstgeborenen, gelungen ist, Erwech im heldenhaften Kampf zu besiegen.

Doch es ist mir unbegreiflich, warum du ihn nicht getötet hast, um den Dir gebührenden Platz als König einzunehmen. Du hast die großartige Chance vertan, das Geschlecht der Reccwechs erneut zur Herrschaft zu führen. Überlege nur, welche Veränderungen Du hättest durchsetzen können! Du wärst dank Deiner Fähigkeiten und Deiner hervorragenden Ausbildung als Dunaktor-Kampfmeister in der Lage, Dich vor Mordanschlägen anderer Köans zu schützen und somit lange zu herrschen. Ich bin fest davon über-

zeugt, dass es Dir vorherbestimmt ist, König zu werden. Du bist ein außergewöhnlicher Mann, der mich mit Stolz erfüllt. Auch wenn Du mir noch nicht vergeben kannst, dass ich es zugelassen habe, dass Dein Vater Dich mit übertriebener Härte erzogen hat, so siehe, was aus Dir geworden ist: ein überragender Kämpfer, befähigt, ein Volk zu führen. Vollende, was du begonnen hast: Werde König! DU bist stark genug, Gotonien zu reformieren. DIR kann es gelingen! Töte Erwech und werde König. Die einzige Schwierigkeit wird sein, herauszufinden, wo sich Erwech derzeit befindet. Selbst meine Spione waren nicht dazu in der Lage. Ich bin fest davon überzeugt, dass entweder die Ahloren oder die Dunak tor ihn gefangen halten. Vielleicht ist es Dir als Kampfmeister des höchsten Ranges möglich, dies in Erfahrung zu bringen.

Du musst wissen, dass die Situation in Gotonien zusehends brisanter wird. Die Köans sind sich uneins, wie nun zu verfahren sei. Man spricht sogar davon, dass es einen Bürgerkrieg geben könnte. Ich sehe Dich in der unbedingten Verantwortung, die Lage zu klären, da Du sie mit Deiner unvollendeten Tat – und dazu noch im Tabujahr – heraufbeschworen hast. Ich wiederhole: Finde Erwech, töte ihn und werde König! Bewahre Dein Volk vor einem Bürgerkrieg, der Gotonien schwächen und unser Land anderen Völkern als leichte Beute erscheinen lassen könnte. Rette Leben! Schaffe Ordnung! Ich sehe voller Erwartung Deinem Erscheinen in unserer Burg entgegen. Bitte sage dem Boten, dass Du kommen wirst!

Deine Dich über alles liebende Mutter

P. S. Du hattest zwischenzeitlich Geburtstag und bist nun 35 Jahre alt. Es wird höchste Zeit, dass Du Dir eine Frau suchst und Nachkommen zeugst. Dein Platz ist hier bei uns!

Godered hätte den Brief am liebsten vor den Augen des Jungen in Stücke gerissen und in alle Winde zerstreut, doch dann hätte jemand die Reste zusammensuchen können. So ließ er ihn in seiner Manteltasche verschwinden, um ihn bei passender Gelegenheit ins Feuer zu werfen.

Seine Mutter versuchte, ihn unter Druck zu setzen. Sie wollte unbedingt dem Reccwech-Geschlecht einen neuen König der Ahnenreihe hinzufügen – und nach seinem Tod eine weitere Marmorstatue vor der Burg.

Der Junge trat unruhig von einem Fuß auf den anderen. »Herr? Welche Nachricht soll ich ihr überbringen?«

»Sag ihr: Gotonien ist mir gleichgültig, und sie hat noch andere Söhne.«

»Herr? *Das* soll ich ihr sagen?«

»Ja, genau *das*.« Godered ließ den Knaben fortan unbeachtet und ritt weiter zur Hauptkampfschule.

Als er dort eintraf, war es wie beim letzten *Arusch*. *Dunak tor* flankierten den Weg vom Tor bis zum mehrstöckigen Verwaltungsgebäude und versuchten, einen Blick auf diejenigen Meister zu erhaschen, die sich ansonsten nicht in der Kampfschule aufhielten. Godered blickte mürrisch drein. Er mochte es nicht, angegafft zu werden, und diesmal war es sogar noch schlimmer als beim letzten Mal. Er vernahm »*Unaktal*«, »*Lanasch*«, »hat Erwech besiegt« und »ist einfach abgehauen«. Die Geschehnisse in Gotonien und Evidanien hatten sich herumgesprochen, zudem hatten zahlreiche Krieger im *Gratan*heer gekämpft. Mürrisch ritt er an ihnen vorbei, sprang vom Istraball und ging mit hastigen Schritten ins Haupthaus.

Im großzügigen Eingangsbereich tummelten sich allerhand Meister. Sie standen in Gruppen zusammen, diskutierten und spekulierten über den Grund ihres Hierseins. Diejenigen, die ihn bemerkten, stießen andere Krieger an und beäugten ihn.

Ein *Dunak tor* mit roter Schärpe, die ihn als Wache kennzeichnete, trat an ihn heran. »Kampfmeister Godered? Hauptgroßmeister Manalodell erwartet dich. Er will dich unverzüglich sprechen.«

Godered nickte und machte sich auf den Weg zum Leiter der Kampfschule. Als er die Treppe hinaufeilte, nahm er mehrere Stufen gleichzeitig. Vor der doppelflügeligen Tür war eine schwer bewaffnete Ehrenwache postiert, die ihn aufforderte, seine Waffen abzulegen. Nachdem Godered Schwert, Dolch, Wurfsterne und Messer auf den Tisch neben der Tür gelegt hatte, wurde er unverzüglich eingelassen.

Im Audienzraum standen wuchtige Holzmöbel, die mit formvollendeten floralen Schnitzereien verziert waren, und auf dem Fußboden zeigte sich ein kunstreiches Muster aus glitzerndem Granit. Dennoch wirkte der weiß getünchte Raum eher nüchtern. Ein großes bodentiefes Fenster gestattete einen vorzüglichen Blick über weitere Gebäude und einige Kampfübungsplätze der *Nurr Schiandell*.

Manalodell saß am Schreibtisch, und seine welken Hände ruhten darauf. Der Ahlore war ausgemergelt, und seine weißen Haare waren nur noch dünne Strähnen, in denen kaum eine Goldperle hielt. Seine Haut war ledrig, und tiefe Falten durchzogen sein Gesicht, das wie ein ausgetrocknetes Flussbett wirkte. In einem Gestell neben dem Fenster befand sich sein Machtzeichen: ein goldener Stab, in dessen Spitze kostbare Edelsteine in den Farben der *Dunak tor*-Ränge eingelassen waren.

Godered neigte sein Haupt zum Gruß und blieb in gebührendem Abstand stehen. »Ihr wolltet mich sprechen?«

»Ja, setz dich.« Die Stimme des Ahloren klang weitaus brüchiger als bei ihrer letzten Begegnung.

Godered zog einen Stuhl heran und ließ sich darauf nieder. Er empfand Mitleid für Manalodell, der einst ein überragender Kämpfer gewesen war. Ihn derart verfallen zu sehen, war ein schmerzlicher Anblick.

Manalodell seufzte schwer. »Manche *Dunak tor* sind der Meinung, dass ich endlich sterben sollte, um einem Jüngeren Platz zu machen, doch ich werde all meine Willenskraft aufbringen, um noch ein wenig zu leben. Ich fürchte um die Zukunft, Godered. Ich kann nur noch wenigen Personen uneingeschränkt vertrauen — und du gehörst dazu.«

Godered war irritiert, wusste nicht, was das hier werden sollte. »Möchtet Ihr, dass ich den Eid der Verschwiegenheit ablege, Hauptgroßmeister?«

Ein Lächeln huschte über Manalodells Gesicht. »Nein, Godered, *du* brauchst das nicht.« Er seufzte. »Wie du weißt, wird es einen neuen *Arusch* geben. Dir wurde gesagt, dass eure Gruppe nicht ausgelost wurde, da der Hauptgroßpriester in einer Vision eure *Arutan* in Barkland sah. Nun, das entspricht nicht ganz der Wahrheit. Er sah *dich* in Barkland – du wirst dort weitere wichtige Erkenntnisse über dich erlangen, die irgendwann für das Schicksal Abladurs entscheidend sein werden. Doch wir schicken dich nicht als Einzelkämpfer dorthin, da sich das Symbol *Amboreg* abermals Lanna offenbart hat. Das war göttliche Bestimmung, und diese dürfen wir keinesfalls außer Acht lassen. Du meidest gern andere Menschen, daher geben wir dir Kämpfer mit, die dir schon vertraut sind und dich als Anführer zu schätzen gelernt haben. Weil in einer *Arusch*-Gruppe Vertreter eines jeden Volkes dabei sein müssen und der junge Atno tot ist, wird der Ostiede Mefido Bafollo, ein *Violetter*, dabei sein – der tatsächlich ausgelost wurde.«

»Hauptgroßmeister …«, Godered lehnte sich entschieden vor. »Wenn der Hauptgroßpriester *mich* gesehen hat, sollte ich mich allein auf den Weg machen! Ich werde die Armschienen wesentlich schneller ausfindig machen, wenn ich nicht auf *Muriaten* achten muss.«

»Nein, ihr werdet als Gruppe gehen!«

»Warum werden überhaupt all die anderen Gruppen ausgesandt? Es ist unnötig und riskant. *Arutans* mögen vor Jahren sinnvoll gewesen sein, aber diese Zeiten sind meines Erachtens vorbei. Die *Gobarem*-Spione wissen ohnehin, was in der Kampfschule vor sich geht, und schicken den *Arutans* Mörderhorden hinterher.« Godered erwartete, dass der Ahlore ihn für seinen Verdacht sogleich schelten würde.

Doch Manalodell nickte nachdenklich.

Das machte Godered betroffen und versetzte ihn gar in Unruhe.

»Davon gehe ich auch aus. Auch aus diesem Grund muss ich so lange wie möglich leben. Wenn wir nicht achtsam sind, werden die *Gobarem* uns irgendwann wie giftiges Unkraut überwuchern.« Manalodell räusperte sich. »Aber du hast recht. Unter meiner Führung wird es der letzte *Dunak tor-Arusch* sein. Wir dürfen unsere Krieger nicht mehr unnötiger Gefahr aussetzen. Meine Hoffnung in die Zukunft beruht auf dir, Godered. Dich hat *Unaktal* zweimal verschont. Du warst in der Lage, sowohl *Unaktal* als auch *Lanasch* bei dir zu tragen, ohne dass sie dich zur Herrschaft verführen konnten. Irgendetwas an dir ist außergewöhnlich, ebenso an Lanna, der sich das Symbol bereits zum zweiten Male offenbart hat. Der Hauptgroßpriester sieht es genauso, hat aber bisher weder durch Visionen noch mittels Nachforschungen in den Archiven den Grund feststellen können. Er ist davon überzeugt, dass der Weltenschöpfer euch beide zu seinen Werkzeugen auserkoren hat.«

Godered fühlte sich wahrlich nicht als Werkzeug des Weltenschöpfers. Für ihn war ein Retter edel, strahlend und vom Guten beseelt. Er hingegen war jemand, der Feinde meuchelte.

Manalodell erkannte seine Zweifel. »Nimm es an, Godered. Du bist der Richtige für diese Aufträge. Du bist misstrauisch, handelst, ohne die Folgen für dich zu fürchten, und du lässt dich weder verführen noch erpressen oder kaufen. Du wurdest auf Fil von den *Gobarem* gefoltert und bist nicht daran zerbrochen. Du kämpfst, um die Interessen der *Dunak tor* zu schützen, und hast selbst Aufträge von mir angenommen, die moralisch nicht einwandfrei, aber absolut notwendig waren — wenn ich es so ausdrücken darf. Daher bin ich mir sicher, dass du auch diesmal gehen wirst.«

»Ja, das werde ich.«

Der Ahlore nickte zufrieden. »In der *Kleinen Lichterhalle* werden bald die *Muriaten* ihren *Laruells* zugeteilt. Ihr werdet euch von dort fernhalten, da ihr eine ganz besondere *Arutan* seid. Die andere *Arutan,* die nach Barkland geht, wird von euch nichts wissen. Die *Gobarem* werden dieser Gruppe folgen, nicht euch.«

»Dann hoffe ich, dass sie achtsam sein werden. Was ist eigentlich aus dem Verräter Sionor geworden, der in der Schlacht bei Glühfeuer in Evidanien fast für unsere Niederlage gesorgt hätte?«

»Nach dem, was du mir nach dem Krieg unter vier Augen berichtet hast – dass Sionor meinte, dass die Zeit des Umbruchs begonnen hätte und zu diesem Zwecke *Amboreg* vollständig hervorgeholt werden müsse –, habe ich angeordnet, dass er als Gefangener an einen geheimen Ort gebracht wird. Es ist äußerst bedenklich, dass er zu dir gesagt hat, dass der Stein ins Rollen gebracht wurde, Abladur neu zu ordnen. Er hatte dir gegenüber auch erwähnt, dass die *Dunak tor* ausgelöscht werden sollen. Sionor hat all seine Ideale, seine Schwüre und unseren Kriegerbund verraten, weil er sich als Belohnung von den *Gobarem* große Macht versprochen hat. Das muss geheim bleiben, denn dass sich ein *rotroter* Kampfmeister hat kaufen lassen und gegen uns intrigiert hat, ist äußerst bedenklich. Und die Pläne, Godered, uns früher oder später auszulöschen, sind beängstigend – doch noch können wir dem entgegenwirken. Noch sind die *Gobarem* nicht so stark, wie sie sich vielleicht selbst sehen. Man erkennt es allein schon daran, dass ihnen *Dalanur* abgenommen werden konnte.«

»Ihr solltet Sionor töten.«

»Er ist ein Ahlore«, betonte der Hauptgroßmeister, als wäre das ein Grund, es nicht zu tun.

»Das ist gleichgültig«, hielt Godered ihm entgegen. »Sionor ist mit den *Gobarem* im Bunde und stellt eine Gefahr dar.«

Die Augen des Ahloren wurden hart wie Amethyste. »Er soll leben, denn wir erhoffen uns wichtige Informationen. König Erwech befindet sich ebenfalls an einem geheimen Ort. Man ist sich noch uneins, wie nun in Gotonien zu verfahren ist.«

»Man sollte sich schnell entscheiden. Wie ich hörte, besteht die Gefahr, dass Chaos über das Land hereinbricht.«

Manalodell ging nicht darauf ein, und das warf Fragen bei Godered auf. War es vielleicht sogar gewollt, dass Gotonien an Stärke verlor, da viele *Köans* mit den *Gobarem* verbündet waren?

»Es ist davon auszugehen, dass die Kampfschulen in gewissem Maße bereits unterwandert wurden.«

»Ja, darum muss ich noch am Leben bleiben!« Manalodell atmete entschlossen ein. »Ihr solltet bald aufbrechen. Deine Muriaten warten im Blauen Besprechungsraum auf dich.« Der Ahlore holte einen *Rotroten*-Ohrring aus einer goldbeschlagenen Schatulle hervor und schob ihn zu Godered herüber. »Ich mache hiermit deine Degradierung rückgängig, damit du im Zweifelsfalle über mehr Befehlsgewalt verfügst.«

Godered war überrascht, aber allein beim Anblick des Ohrrings überkam ihn ein vertrautes Gefühl. Niemals hatte er etwas anderes sein wollen als ein *Rotrot*. Er tauschte die Ohrringe, erhob sich und wandte sich zum Gehen.

»Da ist noch etwas …«, sagte Manalodell und hielt ihn somit zurück. »Begib dich unverzüglich in den Gelben Besucherraum. Eine Gotonin wartet schon seit Tagen in einer Herberge vor der Kampfschule auf dich. Als ich von deiner Ankunft hörte, habe ich sie in die *Nurr Schiandell* holen lassen. Sie hat eine Botschaft von Erwechs Weib. Man wird dich überreden wollen, nach Gotonien zurückzukehren. Sprich mit der Botin, vertröste sie und sag ihr, dass du Bedenkzeit benötigst. Lass ihr Hoffnung! Gotonien ist ein wichtiges Land, in dem die Verhältnisse geklärt werden müssen, ehe die *Gobarem* dort noch mehr an Einfluss gewinnen. Gotonien muss in unserem Blickpunkt bleiben, denn ich befürchte, dass nach meinem Ableben zahlreiche Spinnen aus ihren Verstecken hervorgekrochen kommen und ein Netz der Vernichtung weben werden.«

Godered teilte diese Sorge. Der Kontinent Abladur befand sich auf einem Scheideweg, steuerte wie ein führerloses Boot auf einen Wasserfall zu. Er fragte sich, ob es aufgehalten werden konnte oder in die Tiefe stürzte.

»Wir kämpfen und sterben für das Licht!«, sagte der Hauptgroßmeister und nickte dem Kampfmeister zu.

Godered wiederholte den Wahlspruch nicht, verabschiedete sich und begab sich widerwillig zum Gästequartier, das sich in einem separaten, streng bewachten Bereich des Verwaltungsgebäudes befand.

Als er vor der gelb gestrichenen Tür stand, grinsten die Wachen geradezu amüsiert, als ob sie gespannt wären, wie Godered auf den Gast reagierte. Sicherlich hatte die verführerische Königin Rahila ein junges, unschuldig wirkendes Ding zu ihm gesandt.

Der *Rotrot* ließ die Wachen unbeachtet und klopfte an.

»Herein!«, hörte er eine angenehme Frauenstimme.

Godered öffnete die Tür, und sein Blick fiel auf eine ungefähr dreißigjährige brünette Schönheit, die am Fenster stand und sich ihm zuwandte. Ihr enges blutrotes Kleid besaß einen tiefen Ausschnitt und war mit allerlei glitzernden Juwelen bestickt.

»Mein Name ist Fravintha. Ich nehme an, Ihr seid *Köan* Reccwech«, sagte sie mit einem Lächeln. Die Gotonin hatte eine selbstsichere und äußerst erotische Ausstrahlung.

Sie musterte Godered ungeniert und spitzte dabei wohlwollend die Lippen. »Meine Schwester hat nicht untertrieben. Ihr seid in der Tat überaus männlich, schön, wohlgestaltet und kriegerisch.«

Rahilas Schwester? Er musste vorsichtig sein. Sie war gewiss ebenso verschlagen wie die Königin.

Fravintha setzte sich auf einen Stuhl, nahm einen Weinkelch und trank genüsslich daraus, während sie Godered erheitert anblickte.

Godered schloss die Tür hinter sich und verschränkte die Arme vor der Brust. »Was will die *Gobarem*-Hexe von mir?«

»Ich bin verwundert. Ihr sprecht so abwertend über Rahila, wo sie doch voll des Lobes für Euch ist.« Sie trank abermals einen Schluck und betrachtete ihn mit funkelnden Augen über den Rand des Gefäßes hinweg. »Meine Schwester hätte Euch gern als König von Gotonien und in ihrem Bett.«

»Warum seid Ihr wirklich hier? Ich habe keine Zeit für Eure Spielchen.«

Sie stellte den Kristallkelch mit einer resoluten Bewegung auf einen kleinen Tisch. »Spielchen? Das sind keine Spielchen! Rahila ist es ernst damit! Gotonien, Euer Heimatland, versinkt allmählich im Chaos. Nie zuvor hat es eine derartige Situation gegeben. Schon immer haben die *Köans* ihrem neuen König das Tabujahr gelassen und erst danach die Jagd auf ihn eröffnet. Doch Ihr habt Erwech dieses Tabujahr verwehrt. Ihr habt ihm die Schwerthand mitsamt *Unaktal* abgeschlagen und Euch mit dem Schwert vom Schlachtfeld entfernt, ohne ihn zuvor zu töten. Werdet Euch bewusst, was Ihr angerichtet habt: Die Gotonen sind verwirrt und geschwächt, ihr König wird irgendwo gefangen gehalten, und die *Köans* werden vielleicht sogar aufeinander losgehen, um in einem Krieg einen neuen König auszufechten. Das wäre eine Katastrophe für unser Volk! Spione berichten, dass die Evidanier den Einmarsch der Gotonen in ihr Land rächen wollen und Kriegspläne schmieden. Ihr müsst unser Volk beschützen, Reccwech! Ihr seid ein gotonischer Königsanwärter. Macht Erwech ausfindig, tötet ihn, und bringt seinen Kopf nach Gotonien. Werdet unser neuer König! Ihr könnt es schaffen, die Evidanier zu besänftigen und den Gotonen Frieden zu bringen.«

»Die *Gobarem* sind verantwortlich für den Unfrieden in Gotonien. Eure Schwester hat *Unaktal* in Erwechs Hände gelegt. Ihr hätte klar sein müssen, dass daraufhin die *Dunak tor* und schließlich die *Gratanen* einschreiten. Die *Gobarem* und auch Rahila haben eindeutig einen Fehler begangen.«

Fravintha erhob sich und umrundete ihn. Der Duft ihres

betörenden Parfüms hüllte ihn ein. »Ja, indem sie Euch falsch eingeschätzt und nicht damit gerechnet haben, dass Ihr dem Drängen der Rüstungsteile widerstehen könnt, Erwech am Leben lasst und einfach verschwindet. Doch der Rest, mein Lieber ...«, sie ließ ihre Finger von seiner Schulter zur anderen gleiten, »war weder ein Fehler noch ein Zufall, sondern geplant. Erwech war nie dazu vorgesehen, der tatsächliche König zu sein. Durch den Diebstahl von *Unaktal* wurde der *Arusch* ausgerufen, der *Eure* Gruppe nach Gotonien führte. Glaubt Ihr ernsthaft, dass das göttlicher Wille war?« Fravintha blickte zu ihm auf. Sie besaß die gleiche verführerische Aura wie ihre Schwester. »Die Lose waren manipuliert. Ihr, Reccwech, *solltet* nach Gotonien kommen.«

»Ich bin nur ein beliebiger *Dunak tor*.«

»Nein, das seid Ihr nicht. Ihr seid außergewöhnlich, das zeigt sich schon allein daran, dass Ihr für Rahilas Zauber unempfänglich seid.«

»Das sind Priester, *Egmarob* und andere *Dunak tor* sicherlich auch.«

Sie blickte ihn lasziv an. »Ja, wenn deren Seelen rein und sie fest im Glauben an den Weltenschöpfer sind. Aber Ihr, Godered, der *Schattenkämpfer von Fil*, habt keine reine Seele.«

Sie hob die Hand und näherte sich seinem Gesicht. Reflexartig rutschte seine Hand zum Dolchgriff, und Fravintha hielt kurz erschreckt inne. Dann lächelte sie wieder und schob ihm eine Haarsträhne aus den Augen.

»So ist es viel besser. Ihr habt sehr schöne Augen ... doch«, sie leckte sich kurz über die Lippen, »ich sehe für einen Lichtkrieger darin wenig Licht und dafür ziemlich viel Düsterkeit.«

Ihre Worte trafen Godered wie Pfeile, und er musste hart schlucken. Er nahm seine Hand vom Dolch und setzte eine versteinerte Maske auf.

Fravintha lächelte dünn, denn ihr war seine Gefühlsregung nicht entgangen. »Ihr müsst wissen, dass Rahila Euch bereits mehr als einmal in einer Vision sah. Um mehr über Euch herauszufinden, wurden die Lose manipuliert, und Ihr wurdet nach Gotonien entsandt. Und siehe da, eines Eurer Geheimnisse wurde gelüftet: Ihr seid der *Köan* Reccwech.«

Godered ließ sich sein Entsetzen nicht anmerken. Besaßen die *Gobarem* schon so viel Einfluss in der Kampfschule? Wer waren die Verräter?

»Werdet König, teilt mit Rahila das Bett, und Ihr könnt mich als Gespielin gern dazu haben.« Fravintha kam noch näher an ihn heran. Ja, sie war in der Tat begehrenswert. Eine weitere gefährliche Schlange ...

Er verzog verächtlich den Mund. »Wenn es tatsächlich Rahilas Ziel war, mich für sich zu gewinnen, hätte sie niemals den Fehler begehen dürfen, den jungen Ostieden zu Tode foltern zu lassen. Er befand sich in meiner Obhut, und ich werde ihn eines Tages bitter rächen.«

»Das könnt Ihr Rahila nicht anlasten. Es war das Versagen der Folterknechte.«

»*Sie* hat die Folter befohlen.«

»Wenn Ihr schon jemanden umbringen müsst, dann die stümperhaften Kerle«, sagte sie schnippisch, dann lächelte sie und schaute ihn begehrlich an. »Ihr gefallt mir sehr. Kommt nach Gotonien! Werdet König, werdet Rahilas Gemahl und schafft Ordnung in Gotonien. Gebt unser stolzes Land nicht dem Chaos und den Feinden preis! Es kann euch doch nicht gleichgültig sein, dass die Evidanier − sobald sie realisieren, wie uneins Gotonien ist − mit gewetzten Schwertern in unsere schöne Heimat einmarschieren und grausam wüten werden.«

Es war ihm durchaus nicht egal, aber er wollte es ihr nicht zeigen. »Nach dem, was die Gotonen in Evidanien mit Schwert und Feuer angerichtet haben, ist es den Evidaniern nicht zu verdenken, dass sie auf Rache sinnen. Erwech hat zudem in Gotonien jedwedes Gesetz missachtet und ist mordend und sengend in König Goderechs Hegemonie einmarschiert. *Er* hat somit begonnen, Gotonien zu schwächen. Er nahm keinerlei Rücksicht auf das Volk und hat selbst Kinder erschlagen lassen.«

»Aber ist es nicht in gewisser Weise Euch anzulasten, dass bereits so viel Blut vergossen wurde, Reccwech? Ihr hättet verhindern können, dass die Gotonen in Evidanien einmarschieren. Rahila hat Euch gesagt, dass es nicht geschieht, wenn Ihr Euch auf unsere Seite stellt.«

»Sie ist den *Gobarem* hörig, und es *wäre* Blut geflossen – so oder so«, wehrte er ab.

Ihre Augen verschmälerten sich. »Wer sagt, dass sie die *Gobarem* nicht für *ihre* Zwecke benutzt?«

»Meint Ihr die Abspaltung der *Schwarzen*?«

»Nein. Diese rief sie ins Leben, um die unwilligen *Köans*, die sich Erwech nicht anschließen wollten, dort zu sammeln. So konnte sie sehen, wer sich gegen Erwech stellte und hatte sowohl Feinde als auch Verbündete im Blick. Geschickt, oder? Zudem war es ihr Bestreben, dass *Die Schwarzen* Euren Bruder auf ihre Seite ziehen und in ihre Hände spielen. Allerdings war es ihr Hauptanliegen, dass Ihr mit einem Auftrag nach Gotonien gesandt werdet – aber das hat sie Euch ja selbst gesagt.«

»... die *Gobarem* für ihre Zwecke benutzt?« Er zog zweifelnd eine Augenbraue empor.

»Ihr verkennt die Macht meiner Schwester.«

»Was soll das heißen?«

Die Gotonin lachte auf, warf den Kopf in den Nacken, ging zum Fenster und schaute hinaus. »Findet es heraus. Kommt nach Gotonien.«

»Ich bin leider verhindert.«

Fravintha schaute ihn über ihre Schulter hinweg an. »Ihr wollt die Armschienen zurückholen, nicht wahr? Sie wurden von *Gobarem* gestohlen, doch die Diebe sind in eine Schlucht gestürzt. Als ihre zerschmetterten Körper gefunden wurden, hatten sie die Beute nicht bei sich. Die *Gobarem* wissen nicht, ob *Dalanur* noch in Barkland oder bereits in einem anderen Land ist. Es ist durchaus möglich, dass Ihr umsonst nach Barkland reitet. Solltet Ihr die Armschienen finden, so offeriert sie Rahila als Hochzeitsgeschenk. Sie würde sich überaus erkenntlich zeigen.«

Sie wusste von *Dalanur* und Barkland? Das war äußerst beunruhigend. Somit war davon auszugehen, dass *Gobarem* auch seiner *Arutan* folgen würden. »Steckt Rahila hinter dem *Diebstahl* der Armschienen?«

»Selbstverständlich. Sie will die vollständige Rüstung in ihren Besitz bringen. Ihr werdet dabei eine gewichtige Rolle spielen – das sah sie in einer Vision, als sie einen ahlorischen *Dunak tor* auf einem Altar opferte und dessen Blut trank. Und sie sah sich selbst mit Euch zusammen beim ungestümen Liebesspiel. Zögert das Unvermeidliche nicht heraus. Edelmut liegt Euch fern, und ein Teil Eures Herzens ist längst mit Finsternis erfüllt.« Sie neigte den Kopf ein wenig zu Seite und lächelte vielsagend. »Und erzählt mir nicht, dass Ihr beim Anblick von Rahila keine begehrlichen Gedanken hattet! Also geht zu meiner Schwester und erfüllt Euer Schicksal! Ihr könnt ihm ohnehin nicht entfliehen.«

»Ich glaube nicht an das Schicksal und zweifle auch an Visionen. Richtet Rahila aus: Wenn ich das nächste Mal zu ihr komme, dann nur, um ihren hübschen Hals zu durchtrennen.« Seine Worte waren kaum im Sinne des Hauptgroßmeisters – da er ihr Hoffnung lassen sollte, aber das war ihm in diesem Moment gleichgültig.

Fravintha kam zu ihm, stellte sich direkt vor ihn und lächelte vergnügt. »Reccwech, Reccwech ... Ihr werdet noch so manches Mal über Euch selbst überrascht sein und Wege einschlagen, die Ihr niemals vermutet hättet.« Ihre Stimme wurde leise und samtweich. Sie versuchte, ihn zu küssen, doch er wandte den Kopf ab. Amüsiert lachte sie auf. »Ich werde meiner Schwester sagen, dass Ihr noch nicht bereit seid. Aber ...«, sie schaute ihn ernst und mahnend an, »bedenkt, bei allem, was geschieht, dass Ihr dem Einhalt gebieten könnt.« Sie ging wieder zum Fenster und blickte hinaus. »Was ist? Euer *geheimer* Auftrag wartet!«, stichelte sie.

Godered kam sein Auftrag fast sinnlos vor. Nichts war geheim, gar nichts.

Er war verwirrt. Warum hatten sowohl Rahila als auch der Hauptgroßpriester ihn wiederholt in einer Vision gesehen? Wer war er denn schon? Und was ging auf diesem Kontinent vor sich? Er war zutiefst beunruhigt.

Er wandte sich zur Tür und spürte Fravinthas Blick in seinem Rücken brennen, während er hinausging.

Mefido

Mefido Bafollo saß im Blauen Besprechungsraum und trommelte ungeduldig mit den Fingerspitzen auf der Tischplatte herum. Wo blieben denn nur die anderen *Muriaten*? Sie konnten sich wirklich ein Beispiel an seiner Pünktlichkeit nehmen – und der *Laruell* ebenfalls.

Der Dreißigjährige strich sich mürrisch eine schwarze Strähne aus der Stirn. Er hatte sein Haar mit einer Paste behandelt, damit es glänzte und eng am Kopf anlag. Doch fast erschien es ihm, dass sich die Energie seines unterdrückten Zorns in einer Strähne sammelte und diese immer wieder störrisch in seine Stirn rutschte.

Mefido war wie die meisten Ostieden von kleinem Wuchs, hatte eine bräunlich getönte Haut und rehbraune Augen. Er kam ursprünglich aus der Hauptstadt Or-ti-rag und war der achte Sohn von Beladi Bafollo, dem Besitzer des berühmtesten und erfolgreichsten Rennstalls in ganz Ostieden. Sein Vater hatte schon zahlreiche Auszeichnungen von den Königen Padano Ratell, dessen Nachfolger Olia Ganarma und dem erst seit einem Jahr regierenden König Eissad Novodo erhalten.

Sein Vater war bei Festlichkeiten hoher Persönlichkeiten ein gern gesehener Gast, ebenso wie Mefidos Brüder, die allesamt erfolgreiche Rennreiter oder Wagenlenker waren. Da Mefido kräftig gebaut war, war er als Rennreiter nicht geeignet und besaß kein Talent, einen Wagen zu lenken. Darum hatte ihm sein Vater ohne zu zögern, erlaubt, zu den *Dunak tor* zu gehen.

In Mefidos Ohrring leuchtete ein Amethyst, der den sechsten Schülergrad bezeugte. Er trainierte jeden Tag hart für die Prüfung zu einem *Roten* und war zuversichtlich, dass er es in wenigen Jahren sogar schaffte, den ersten Meistergrad zu erlangen.

Er liebte seine Heimat und fragte sich so manches Mal, warum er ins Land der *Schiefaugen* gegangen war, anstatt um Aufnahme in einer Kampfschule in Ostiedien zu bitten. In der *Nurr Schiandell* tummelten sich zahlreiche Angehörige anderer Völker, deren Ansichten ihm recht befremdlich vorkamen. Einige Völker fand er sogar ziemlich unkultiviert. Trotz allem war die *Nurr Schiandell* die wichtigste und größte Kampfschule auf dem Kontinent, und daher war es ein Privileg, hier zu dienen.

Mefido sah unglücklich an sich hinunter. Für diesen Auftrag hatte er seine *Dunak tor*-Kluft aus schwarzem Banurleder ablegen müssen, und stattdessen war ihm barkländische Kleidung aus Leinen und kratziger Wolle gegeben worden. Die Stoffe hatten leuchtende Farben und waren mit ineinander verschlungenen Stickereien verziert. Er kam sich in dieser Kleidung geradezu lächerlich vor. Niemand würde ihn für einen Barkländer halten, allein schon wegen seiner geringeren Größe und getönten Hautfarbe, aber auch deshalb, weil er keine goldenen Spangen an den Ober- und Unterarmen trug, die die Familienzugehörigkeit der Barkländer bekundeten. Doch man wollte, dass er sich so kleidete, damit es in Barkland nicht bereits aus größerer Entfernung offensichtlich war, dass er einem anderen Volk angehörte.

Endlich öffnete sich die Tür, und zwei große Barkländer kamen herein. Der eine von ihnen war der beeindruckende Brinok, der ein ärmelloses Oberteil trug. Breite goldene Spangen umschlossen seine Arme, und um seinen Hals lag ein schwerer goldener Reif, der ihn als Adligen kennzeichnete. Brinok war in der gesamten Kampfschule bekannt, da er keinem Streit aus dem Weg ging. Den anderen Barkländer kannte Mefido nur vom Sehen. Gohan – so glaubte er – war sein Name. Der Rothaarige trug ebenfalls Spangen, die aber nicht so protzig waren. Am linken Arm hatte er eine lange frische Narbe, die er sich vielleicht bei Kämpfen des *Gratan*heeres gegen die Gotonen zugezogen hatte.

Dann erschien der Motavier Teraal, der seit seinem letzten Einsatz eine Brille mit violett schimmernden Gläsern trug. Gleich darauf betrat die Evidanierin Lanaris Navad zusammen mit einem blassen, ungefähr sechzehnjährigen Mädchen den Raum. Die beiden schienen sich gut zu verstehen. Als das blonde Mädchen Brinok sah, errötete es bis zum Haaransatz. Es schien für ihn zu schwärmen – wie so viele Weiber in dieser Kampfschule. Diese Närrinnen! Ostieden waren eindeutig die feurigeren, hübscheren Männer.

Lanaris trug ansonsten immer eine Gesichtskette aus kleinen, geschliffenen Peridotsteinen. Sie hatte diesen Schmuck wohl ablegen müssen, weil dieser sie als Evidanierin gekennzeichnet hätte.

Nun kamen zwei Ahloren herein, die ihre eigentümliche Gewandung aus edlen matt glänzenden Stoffen trugen. Mefido verschränkte verschnupft die Arme vor der Brust. So, diese Gestalten brauchten sich also nicht als Barkländer zu verkleiden! Andererseits … wenn er sie sich darin vorstellte, würden sie recht lächerlich aussehen. Er musste unwillkürlich grinsen.

Obwohl Ahloren daran gelegen war, ihre Gefühle möglichst zu verbergen, bemerkte er bei Scholell, den er flüchtig kannte, eine Abneigung gegen den anderen Ahloren. Wie hieß nur dieser Ahlore? Er hatte vor noch nicht allzu langer Zeit in der Verwaltung der Kampfschule gearbeitet. Av..., ja, Avanor war sein Name. Avanor musterte Scholell geringschätzig von der Seite. Was konnte Ahloren, die stets tiefe Verbundenheit vortäuschten, auseinanderbringen? Vielleicht würde der *Arusch* ja doch ganz interessant werden.

Dann kam der Rogarländer Ernwic herein. Der Mittvierziger wirkte verstimmt und setzte sich ein wenig abseits des Tisches. Er war mittelgroß, sein Hals und seine Beine wirkten zu kurz, und er war recht unansehnlich. Er hatte zahlreiche Narben im Gesicht, eine verlief über Nase und Wange bis zum unteren Kieferknochen, und dort wuchs kein Bart mehr. Auf der anderen Gesichtshälfte erstreckte sich eine Narbe über die Wange bis zum Mund. Er hatte etliche abgebrochene Zähne und kurzes graublondes Haar, das recht struppig war. Voller Unmut zupfte er an seiner barkländischen bunten Kleidung herum und schien es zu hassen, diese zu tragen.

Als schließlich Godered hereinkam – dieser Kampfmeister mit dem zweifelhaften Ruf –, waren alle Blicke auf ihn gerichtet. Er war ganz in Schwarz gekleidet. Bestimmt hatte er sich geweigert, barkländische Kleidung zu tragen. Man berichtete sich wundersame Dinge über ihn, dass er quasi im Alleingang das gotonische Heer besiegt und König Erwech die Schwerthand abgeschlagen hätte. Davon glaubte Mefido kein Wort. Er mochte den finsteren Gotonen nicht, dem die langen Haare ins Gesicht hingen, was ihn noch unnahbarer wirken ließ. *Er* hatte es zu verantworten, dass der junge Atno, um den Mefido trauerte, ums Leben gekommen war. Mefido wäre niemals freiwillig in die Gruppe dieses Kampfmeisters gegangen – das Los hatte so entschieden.

Nachdem sie sich an den Tisch gesetzt und sich ihm alle – bis auf Godered – mit knappen Worten vorgestellt hatten, räusperte sich Mefido. »Ich bin Mefido Bafollo, ein *Violetter* und ein

Ostiede, wie unschwer trotz meiner farbenfrohen Tarnkleidung zu sehen ist. Einige von euch kennen mich ja sogar. Mir wurde gesagt, dass dies eine besondere *Arutan* ist und ich als Ersatz für Atno Gesadi hier bin, den es beim letzten Auftrag böse erwischt hat. Ich mochte ihn sehr, auch wenn er ein unruhiger Geist war.« Sein vorwurfsvoller Blick streifte Godered, der aber nicht reagierte. »Wie ich sehe, befinden sich in unserer *Arutan* zwei Barkländer, zwei Rogarländer und zwei Ahloren. Warum nicht zwei Ostieden? Dann hätte ich einen Gleichgesinnten. Es wäre nur gerecht, da in der letzten *Arutan* der Ostiede als Einziger ums Leben gekommen ist.«

Der *Rotrot* regte sich noch immer nicht.

»Du übersiehst, dass es in unserer Gruppe nur *eine* Evidani- erin, *einen* Gotonen und *einen* Motavier gibt«, warf Brinok ein.

»Es wurde so bestimmt, und wir werden es akzeptieren! Nur der Auftrag zählt!«, sagte Godered, und sein Tonfall ließ keinen Widerspruch gelten.

Der Ahlore Avanor nickte beipflichtend. »Ja, nur der Auf- trag zählt! Ich erwarte, dass wir uns alle ...«, sein Blick streifte Scholell, »tadellos verhalten. Wir sind *Dunak tor*, haben eine Vorbildfunktion, und für unser Verhalten gelten hohe Maß- stäbe. Wir sind *Krieger des Lichts!* Wir kämpfen und sterben für das Licht!«

Mefido bemerkte, dass Scholell sich ein wenig abwandte. Nein, die beiden Ahloren mochten sich nicht.

»Oh, wie ich sehe, bist du wieder ein *Rotrot*, Godered!«, platzte Gohan heraus.

Brinok grinste breit »Tatsächlich! Es war allerhöchste Zeit, denn deine Degradierung war absolut unverhältnismäßig.«

Avanor zog die rechte Augenbraue kurz empor. Sah der Ahlore das anders?

Godered nahm seinen Ohrring heraus. »Wir reisen nicht of- fiziell als *Dunak tor* nach Barkland, sondern als Begleiter von Bri- nok, der seiner Familie Lanna als angebliche Braut vorstellen wird. Von unserem genauen Auftrag werde ich euch bei einer Rast berichten. Um schnell voranzukommen, werden wir anfangs Istraballs erhalten und vor der Grenzüberschreitung auf normale Pferde umsatteln. Ich muss euch warnen: In Barkland wird reichlich Alkohol genossen. Ich erwarte, dass ihr stets nur so viel trinkt, dass ihr euch unter Kontrolle habt und noch wisst, was ihr erzählt und was ihr tut. Solange Barkländer nicht verheiratet sind, sind sie in ...«, Godered stockte und suchte wohl nach dem richtigen Wort, »Liebesdingen ziemlich offenherzig. Seht zu, dass ihr nicht allzu vertraulich mit ihnen werdet. Jetzt holt eure Sachen. Wir treffen uns am Stall.« Er erhob sich ruckartig und verließ den Raum.

Mefido war nicht entgangen, dass Lanaris und der Gotone sich heimlich gemustert hatten. Und er hatte auch gesehen, dass Lanna errötet war, als Godered gesagt hatte, dass sie Brinoks Familie als Braut vorgestellt werden sollte. Der Barkländer hatte ihr zwar zugelächelt, aber nicht gerade Begeisterung gezeigt. Der Erzvater schien Mefido eine unterhaltsame Reise bieten zu wollen.

Brinok

Der Bastide führte seinen Istraball aus dem Stall und hielt nach Lanna Ausschau, die draußen wartete und ihr zottiges graues Pferd unglücklich anschaute, da sie keine gute Reiterin war.

Brinok ging zu ihr, und als sie ihn erblickte, leuchteten ihre Augen. Ihm gefiel es ganz und gar nicht, was bei diesem Auftrag von ihm verlangt wurde. Lanna hatte ihm beim letzten *Arusch* ihre Liebe gestanden, und er fühlte sich mit ihr verbunden – doch Liebe war es bei ihm noch nicht. Er würde sie jederzeit mit seinem Schwert beschützen, aber konnte er sich vorstellen, sie zu heiraten? Vielleicht ... aber erst in zwei oder drei Jahren. Er hielt ihre Zuneigung für Schwärmerei und war der Meinung, dass sie Zeit benötigte, um sich über ihre Gefühle für ihn völlig im Klaren zu sein. Brinok wollte sie nicht verletzen, er glaubte, dass sie einen weit ehrbareren Kerl als ihn verdient hatte. Auf jeden Fall würde ihm der Auftrag gewaltigen Ärger mit seiner Familie einbringen. Sie würde erbost und schockiert sein, wenn Brinok ihnen eine Rogarländerin als seine Auserwählte vorstellte. Daher empfand er den Auftrag Lanna gegenüber als rücksichtslos.

Als er ihr gegenüberstand und sie ihn anstrahlte, atmete er tief ein. »Lanna, ehe du es von anderen erfährst, sage ich dir lieber gleich, dass ich in der Zwischenzeit mehr als einmal im *Haus, das es nicht gibt* war und mich auch mit *Gotoloninnen* vergnügt habe. Ich brauchte eine Ablenkung, um nicht ständig über den Tod meines Bruders nachzudenken. Wenn mir sein Verlust so richtig bewusst wird, zerreißt es mir fast das Herz.«

Lannas Lächeln erstarb. »Ich fühle mit dir, du hast Braduhn sehr geliebt. Auf eine gewisse Weise kann ich verstehen, dass du Ablenkung benötigst – auch wenn mich die Art betrübt. Andererseits sind wir kein Paar, und ich weiß, dass du treu sein wirst, sobald du verheiratet bist. Ich habe dir meine Liebe gestanden, und es ist mir ernst damit. Wenn du dich für mich entscheidest, werde ich den Tempel sofort verlassen. Und seit einem Monat bin ich ja sechzehn.«

»Lanna, ich empfinde viel für dich, aber ...«, Brinok blies kurz die Wangen auf und strich sich durch das dichte Haar, »ich will ehrlich sein: Liebe ist es bisher nicht, und ich bin einfach noch nicht bereit, mich zu binden. Vielleicht bist du mir in dieser Hinsicht weit voraus, obwohl du acht Jahre jünger bist.«

»Mein Vater Itric hätte gesagt: Wenn der Apfel reif ist, fällt er von selbst vom Baum.«

Brinok wusste nicht so recht, was er erwidern sollte, und schwieg lieber.

Sie lächelte. »Es wird alles gut, Brinok. Du wirst es sehen. Wie soll ich mich in deinem Land verhalten?«

Er wusste, dass seine Familie erwartete, dass er einmal eine barkländische Adlige heiratete. Brinok haderte mit dem Auftrag. Wieso wurde so etwas von Lanna und ihm verlangt? Schon jetzt fürchtete er die Beschimpfungen seiner Eltern und den Spott seines älteren Bruders. Aber immerhin wurde ihm somit die Gelegenheit gegeben, bereits zu erfahren, was ihn Lanna betreffend seitens seiner Familie erwartete. Und er würde erkennen, ob sich sein Herz dabei für Lanna verschließen oder weiter öffnen würde. Wenn er genauer darüber nachdachte, war der Auftrag doch gar nicht so übel. »Sei einfach du selbst.«

»Aber …«, Lanna schaute ihn unsicher mit ihren kornblumenblauen Augen an, »ich möchte nichts falsch machen. Du hast mir bereits vor einiger Zeit etwas über die Barkländer erzählt. So weiß ich, dass dein Volk in zwei Horden gespalten ist. Die Horden bekriegen sich zwar, schließen sich aber sofort zusammen, wenn sie von einem außenstehenden Feind angegriffen werden. Und ich weiß, dass es Adlige gibt. Du bist ja einer von ihnen …« Sie blickte kurz auf seinen goldenen Halsreif. »Aber was bedeutet es, in Barkland adelig zu sein? Und wer führt die Horden an? Ich habe so unglaublich viele Fragen.«

»Die anderen sind noch nicht da. Soll ich die Zeit nutzen und dir ein wenig berichten?«

»Ja, bitte. Du kannst ruhig Dinge wiederholen, die du mir damals erzählt hast, denn ich konnte mir leider nicht alles merken.«

»Also gut. Der derzeitige Führer der Bastiden ist Fiaroch, bei den Karstiden ist es Brohnok. Diese Adligen wurden vom jeweiligen Hordenrat unter der Aufsicht des höchsten *Sagarts* – *Sagarts* sind Priester und Schlichter – gewählt, weil sie besonders kampfstark, gerecht und klug sind. Das Ansehen der Adligen steigert sich mit der Zahl ihrer Gefolgsleute: Je mehr Bewaffnete sie unter ihrem Kommando vereinen können, desto größer ist ihr Einfluss. Ein Hordenführer besitzt dieses Amt zwar bis zu seinem Tod, kann aber, wenn er sich als zögerlich oder unfähig erweist, abgesetzt werden. Adelige Frauen haben ebenfalls Stimmrecht. Die Adligen können beim *Sagart* beantragen, in wichtige Entscheidungen des Hordenführers einbezogen zu werden, und zwar, wenn zwei Drittel der Adligen dafür sind. Mit einer Dreiviertelmehrheit können die Adeligen eine Entscheidung des Hordenführers rückgängig machen oder ändern, allerdings nicht, wenn es Kampfhandlungen stören oder gefährden würde. An bestimmten Tagen müssen sowohl der Rat als auch der Hordenführer in der Feste Bastid oder bei den Karstiden in der Feste Karstid anwesend sein, um Gericht zu halten und wichtige Dinge zu besprechen ...«

»Brinok, warte! Das ist interessant, wirklich, aber ich hoffte, mehr über eure Lebensart als über die politischen Verhältnisse zu erfahren«, unterbrach Lanna ihn.

»Unsere Lebensart ... Dass wir gern feiern und trinken, ist dir ja schon hinlänglich bekannt. Was wäre noch wichtig? Ach ja, bei uns gibt es Adelige, Freie, Hordlinge und Sklaven. Hordlinge sind zumeist Gefangene der jeweils anderen Horde. Sie müssen oft auf Feldern oder in Bergwerken arbeiten, werden aber nicht schlecht behandelt. Da sie es hassen, nicht frei zu sein, versucht immer mal wieder einer von ihnen zu fliehen. Sobald die Flucht eines Hordlings oder Sklaven bemerkt wird, nehmen Krieger die Verfolgung auf. Wird der Flüchtige ergriffen, darf sich der siegreiche Jäger seinen Kopf nehmen. Ist die Flucht erfolgreich, werden Hordlinge von ihrer Gemeinschaft ein Jahr lang gemieden, weil sie in schmachvolle Gefangenschaft gerieten. Während dieser Zeit müssen sie unentgeltlich für die Gemeinschaft arbeiten. Ist das Jahr vorüber, werden sie mit einem feuchtfröhlichen Fest wieder als vollwertiges Mitglied in die Horde aufgenommen. Es gibt aber auch des Öfteren einen Gefangenenaustausch oder einen Freikauf von Hordlingen. Von daher ist es lukrativer, Krieger der anderen Horde gefangen zu nehmen, als sie zu töten. Das dient natürlich dem Interesse unseres Volkes, damit wir zahlenmäßig stark bleiben.

Was kann ich dir noch erzählen?« Er rieb sich das Kinn. »Unsere Frauen sind nicht nur wunderschön, sondern auch enorm selbstbewusst, und wenn sie es wünschen, können sie in Schlachten mitkämpfen. Einige wenige Frauen haben es sogar geschafft, Hordenführerin zu werden.«

»Die Ehe! Wie verhält es sich mit der Ehe? Als ich dich damals danach fragte, hast du das Thema nur knapp beantwortet.« Mit großen Augen sah sie zu ihm herauf.

»Die Ehe ...«, Brinok räusperte sich, wollte am liebsten gar nicht darüber sprechen. »Man heiratet aus Liebe, aus wirtschaftlichen oder politischen Gründen. Gerade die politischen Gründe führen dazu, dass Adlige zumeist keine Nichtadligen heiraten. Während der Ehe hat man treu zu sein, man kann sich aber scheiden lassen, wenn sich das Zusammenleben als zu schwierig erweist. Allerdings gibt es auch Ehen, in der beide Partner mal ...« Brinok kratzte sich am Kopf. »Wie soll ich es sagen? Also, wenn beide Partner gern fremdgehen, können sie Absprachen treffen. Das kann jedes Paar frei entscheiden, und niemand darf ihnen dabei hereinreden, solange sie nicht in Konflikt mit Absprachen anderer Eheleute geraten. Aber das kommt tatsächlich eher selten vor.« Er fühlte sich bei diesem Thema äußerst unwohl. Es wurde allerhöchste Zeit, dass sich die anderen *Dunak tor* endlich blicken ließen.

»Erzähle mir mehr von der Ehe!«, bat Lanna.

»Noch mehr?« Er fuhr sich mit der Hand am Hals entlang. »Ich liebe es an unserem Volk, dass unsere Frauen in hohem Ansehen stehen und viele Mitbestimmungsrechte haben. Das zeugt von unserer Stärke als Männer. Wir haben es nicht nötig, sie zu unterdrücken, denn wir haben genug Selbstbewusstsein, unsere Frauen als Partnerinnen anzusehen. Stell dir vor, Barkländerinnen haben sogar im Haus die Schlüsselgewalt! Es kommt gar nicht so selten vor, dass sie ihrem betrunkenen Ehemann den Zutritt verwehren oder ihn nach einem Streit vor die Tür setzen.«

Lanna lachte. »Das gefällt mir! Dürfen Barkländer jemanden aus der anderen Horde heiraten?«

»Durchaus – das kommt vermehrt vor, wenn ein Frieden vereinbart werden soll.«

»Gibt es eine Gütertrennung? Ist es vielleicht sogar egal, wenn jemand nicht so viel Besitz in die Ehe mit einbringt?«

Brinok schaute sich nochmals um, konnte aber immer noch keinen von den anderen entdecken. »Du willst es ziemlich genau wissen, Lanna.«

»Ja, das will ich.«

Er seufzte. »Bei einer Eheschließung wird vertraglich festgehalten, welches Vermögen in die Ehe eingebracht wird. Jeder Partner kann während der Ehe frei über seinen eigenen Besitz verfügen. Bei einer Trennung werden die nach der Eheschließung gemeinschaftlich erwirtschafteten Güter gerecht geteilt. Allerdings bleiben die Kinder zumeist bei der Frau. Somit wird dem Mann das Fremdgehen ohne Absprache erschwert. Es gilt für einen Vater als Schande, nicht mehr über seine leiblichen Kinder bestimmen zu dürfen. Für deren Unterhalt muss er trotzdem aufkommen. Bei derartigen Streitfällen wird aber zumeist ein *Sagart* hinzugezogen. Der *Sagart* hört sich genau an, warum eine Scheidung erfolgen soll, und trifft im Einzelfall andere Regelungen – es gibt schließlich auch untreue Frauen. Nun, wie das Mindestalter bei der Eheschließung sein soll, habe ich dir ja schon vor einiger Zeit gesagt.«

»Ja, Männer können mit siebzehn Jahren heiraten und Frauen mit fünfzehn. Was meinst du, wann wärst du dazu bereit, dich zu binden? Hast du dich schon ... ausgetobt?«

Nein, das hatte er nicht! Aber das wollte er ihr nicht so direkt sagen. Um sie abzulenken, fragte er: »Und wie verhält es sich in Rogarland mit der Ehe?«

»Ein wenig anders. Den Frauen gehört der Hausrat, den Männern hingegen das Werkzeug, die Fuhrwerke und die Waffen. Alle weiblichen Tiere gehören der Frau, alle männlichen dem Mann. Eine Ehe darf nur bei Ehebruch aufgelöst werden. Frauen werden auch in Rogarland geachtet, und man hört gern auf ihren Rat. Sie haben wie bei euch die Schlüsselgewalt, jedoch dürfen sie nicht mitkämpfen und auch nicht regieren. Ich denke, wenn du dich dazu entschließen könntest, mich zu heiraten, dürfte ich keine Schwierigkeiten haben, mich bei euch einzugewöhnen.« Lanna strahlte über das ganze Gesicht und schien sich auf eine Ehe mit ihm bereits sehr zu freuen.

Er lächelte zwar, doch bei dem Gedanken an eine feste Bindung bekam er leichte Magenschmerzen. Brinok war heilfroh, als endlich die Mitglieder seiner *Arutan* zum Aufbruch bereit waren und zu ihnen kamen. So konnte Lanna erst einmal keine weiteren Fragen mehr stellen.

Kapitel 3

Unterwegs

Teraal

Obwohl sie mit den Istraballs im halsbrecherischen Tempo voranjagten, genoss Teraal den Ritt. Die Straßen waren breit und von ausgezeichneter Beschaffenheit. Trotz des Dauerregens bildeten sich keine Pfützen, da die Straßen leicht gewölbt waren, und der Niederschlag in die seitlichen Gräben floss. Das Wasser in den Gräben leuchtete bei Dunkelheit hellblau – wie fast alle stehenden Gewässer im Ahlorenreich. Diese Hauptstraße besaß sogar eine gesonderte Spur, die ausschließlich von den *Dunak tor*, Eilboten und Reitern im Dienste der Königin Lariavara genutzt werden durfte. So konnten sie an Händlern und Reisenden vorbeieilen.

Godered gönnte ihnen kaum eine Rast und trieb sie unaufhaltsam voran. Während der kurzen Pausen hielt er sich nur selten bei ihnen auf und verschwand zumeist im Wald. Ob er allein sein wollte? Vielleicht hielt er sogar nach Feinden Ausschau – so wie bei ihrem ersten Auftrag.

Dem Ostieden Mefido gefiel das gar nicht, und er machte

abfällige Sprüche über Godered. Doch er wurde jedes Mal sofort von Scholell ermahnt. Teraal vermutete, dass der Ahlore so etwas wie freundschaftliche Gefühle für den düsteren Gotonen empfand.

Teraal hatte zwar ungeheuren Respekt vor Godered und fühlte sich bei ihm gut aufgehoben, aber trotz ihrer gemeinsamen Erlebnisse konnte er ihn nicht genau einschätzen.

Im Ahlorenreich wähnte sich Teraal sicher und genoss die herrliche Landschaft — und sogar den Ritt. Das war zu Zeiten, als er noch keine Brille getragen hatte, anders gewesen. Damals waren lediglich verschwommene Bilder an ihm vorbeigezogen. Nun sah er endlich weit entfernte Dinge scharf. So konnte er beim Vorbeireiten den imposanten Anblick der Ahlorenstadt Kian Erntereich mit ihren hohen violett glänzenden Türmen und geschwungenen harmonischen Linien genießen. Die Stadt war umgeben von saftigen Wiesen und Weiden, auf denen Istraballs, Amethystschafe und Goldhörner zufrieden grasten. In Teichen und Seen badeten schwarzviolette Banure, die Wasserschweine, aus deren Häuten die Kleidung der *Dunak tor* größtenteils gefertigt war. Die Ahloren aßen kein Fleisch und behaupteten, die Häute der schnell wachsenden Banure erst nach deren natürlichem Ableben zu verwenden, aber für so edel hielt Teraal die Ahloren nicht.

Gern hätte er eine der Ahlorenstädte besichtigt, doch selbst *Dunak tor* wurde der Einlass verwehrt. Er fragte sich oft, warum die Ahloren sich derart von den anderen Völkern abschotteten. Bisher war Teraal nur einmal in einem äußeren Ring — dem sogenannten Gästebereich — einer Ahlorenstadt gewesen. Dieser Bereich war nüchtern, aber trotzdem überaus bestaunenswert gewesen.

In der Nähe von Kian Erntereich zügelten sie die Istraballs, da in dieser Gegend viele Kurierreiter unterwegs waren und auch einige dreiste Händler ihre Spur benutzten. Kaum wurde die Straße wieder etwas leerer, spornten sie die Tiere an.

Beim Halt an einem Rastplatz holte Godered einen leuchtend roten Apfel hervor und biss davon ab. Die anderen stöberten in ihren Proviantbeuteln herum und fischten verschiedene Dinge heraus. Teraal biss in einen Kanten Brot und beobachtete die Ahloren, die getrocknete Algen in einer Schale mit Wasser aufweichten und kurz danach aßen. Er fragte sich immer wieder, wie sie solch ein ekliges Zeug herunterbringen konnten.

Brinok flegelte sich unter der Überdachung auf eine der zahlreichen Bänke, und Lanna ging mit hölzernen Schritten zu ihm. Ihr schien bereits jetzt der Allerwerteste wehzutun. Mit leidvoller Miene ließ sie sich neben Brinok nieder.

Ernwic musterte den Gotonen abschätzig. Als der Rogarländer beim Kampf gegen König Erwech Godered im Heer zugeteilt worden war, hatte er ihn arg angefeindet. Ernwics Söhne waren auf der Geisterinsel *Fil* ums Leben gekommen, und da Godered seine Einsätze auf *Fil* überlebt hatte, hatte Ernwic ihn als Lügner bezeichnet, sich aber später bei ihm entschuldigt. Doch es war unschwer zu erkennen, dass der verbitterte Rogarländer den Gotonen immer noch nicht mochte.

Als hätte Godered den bohrenden Blick des Rogarländers gespürt, wandte er sich zu ihm um. »Und was behagt dir diesmal nicht?«

Ernwic schluckte hörbar, aber dann stemmte er die Fäuste in die Hüften. »Ich würde jetzt endlich gern erfahren, was unser Auftrag ist.«

Scholell nickte dem Gotonen zu, der ein letztes Mal von seinem Apfel abbiss und das abgenagte Gehäuse ins Gebüsch warf.

»Ja, erzähl uns davon.« Brinok lachte auf. »Es wird ja wohl kaum wieder etwas gestohlen worden sein.«

Gohan brach in Gelächter aus. »Das ist ein vortrefflicher Scherz: *Wieder etwas gestohlen* ...« Als er Godereds ernstes Gesicht sah, erstarb schlagartig sein Lachen.

»Es wurde in der Tat wieder etwas entwendet«, sagte der Gotone. Ein Windstoß fegte ihm die Haare aus der Stirn, und so waren seine frostigen grauen Augen gut zu sehen.

Gohan war fassungslos und ging einen Schritt näher an ihn heran. »Das kann nicht sein!«

»Es ist leider so.«

»Fehlt das Schwert oder der Schild? Du hast doch beides zurückgebracht, oder?«, warf Ernwic ein.

»Selbstverständlich hat er beides zum Tempel gebracht!«, schnappte Scholell.

»Also, was ist es dann?«, fragte Ernwic gereizt.

»*Dalanur* – kostbare Armschienen«, antwortete Godered ruhig.

»*Dalanur?* Nie davon gehört. Lächerliche Armschienen? Ist das alles?« Ernwic stemmte die Hände die Hüfte.

»Haben sie magische Kräfte wie das Schwert und der Schild?«, wollte Teraal wissen, als er den letzten Bissen seines Brots heruntergeschluckt hatte.

Godered nickte verhalten. »Ja.«

Diese kurze Antwort genügte Teraal nicht. »Ich denke, mehr Informationen wären durchaus hilfreich. Welche Kräfte bergen die Schienen in sich?«

Scholell reinigte seine leere Schüssel mit ein wenig Wasser aus seiner Trinkflasche und wischte sie anschließend mit einem Tuch aus. »Die Armschienen an sich haben keine zerstörerischen Kräfte, doch sie verhelfen ihrem Träger zu Reichtum ...«

»Hört sich doch gar nicht schlecht an«, warf Gohan ein.

Scholell zog skeptisch eine Augenbraue empor. »Plötzlicher Reichtum birgt immer Gefahren in sich. Aber das ist nicht alles: Die Armschienen treiben ihren Träger zur maßlosen Gier und zum Krieg an«, sagte er, während er seine Schüssel im Gepäck verstaute. »Sie vergiften das Herz.«

Godered sagte nichts, wirkte finster wie immer.

»Wo kommen denn auf einmal all diese seltsamen Dinge her?«, fragte Gohan verwundert und klemmte sich eine rotblonde Locke hinter das Ohr.

»Die gibt es bestimmt schon eine ganze Weile, aber man hat uns nicht für würdig befunden, uns davon zu erzählen!«, brummte Ernwic.

Brinok erhob sich und kreuzte seine muskulösen Arme vor der Brust. »Allmählich habe ich den Verdacht, dass all die magischen Objekte, von denen in barkländischen Sagen und Legenden die Rede ist, tatsächlich existieren.«

Scholell schnürte den Ledersack zu. »Nun, Schwert und Schild auf jeden Fall, wie wir beim letzten Auftrag sehen konnten.«

»Und jetzt noch Armschienen«, sagte Lanaris nachdenklich.

»Ja, und jetzt noch Armschienen«, stimmte Scholell zu und erntete prompt einen empörten Blick von Avanor, der sich gerade seine letzten Algen mit einer Gabel in den Mund schob.

»Wir sollen die Armschienen finden und zum *Tempel des Lichts* bringen. Das ist unser Auftrag — nicht mehr und nicht weniger«, ließ Godered streng verlauten.

»Weiß man denn, wo sie sind?«, fragte Teraal, während er sich die Brille abnahm, um sie zu putzen. Er blickte zu Godered, dessen Gesicht er nun nicht mehr scharf erkennen konnte.

»Irgendwo in Barkland«, klärte Scholell sie auf. »Um die *Gobarem* von uns abzulenken, reitet eine weitere *Arutan* nach Barkland, allerdings in eine andere Region, damit wir uns nicht in die Quere kommen.«

Teraal setzte sich die Brille wieder auf und sah, wie Godereds Wangenmuskeln mehrmals zuckten. Der Motavier hatte das Gefühl, dass Godered den Auftrag hasste oder viel lieber allein unterwegs gewesen wäre — schließlich war er als Einzelkämpfer bekannt.

»Dann soll die andere *Arutan* es doch richten. Zwei Gruppen in Barkland — das entspricht nicht den Regeln. Und sollte Godered nicht lieber in Gotonien Ordnung schaffen?« Ernwics herausfordernder Blick richtete sich auf den Kampfmeister.

»Es steht uns nicht zu, den Auftrag anzuzweifeln!«, sagte

Avanor mit einer Stimme so schneidend wie eine Schwertklinge.

»Im Tempel hat das Symbol *Amboreg* wieder geblutet ... wegen der Armschienen?«, erkundigte sich Lanna vorsichtig.

»Eine Verbindung besteht durchaus«, erklärte Scholell.

Godered massierte sich die Handwurzel und sah seine *Muriaten* streng an. »Unser Auftrag unterliegt der absoluten Geheimhaltung, nur ganz wenige wissen, dass wir eine *Arutan* sind. Denkt immer daran: Ihr habt den Eid der Verschwiegenheit geleistet. Wir müssen möglichst unauffällig bleiben, lasst euch daher mit den redseligen Barkländern in keine vertraulichen Gespräche ein. Sie sind ein kampflustiges Volk und sprühen Beleidigungen wie Schleifsteine Funken. Ich erwarte, dass ihr euch nicht provozieren lasst. Das gilt insbesondere für euch beide.« Godered schaute Brinok und Gohan warnend an.

Brinok wirkte ein wenig verschnupft.

»Wir werden zwar zu deiner Familie reisen, doch du bist auch dort den Regeln der *Dunak tor* unterworfen und hast diszipliniert zu sein!«, stellte Godered klar.

Teraal bezweifelte, dass Brinok das gelingen würde. Ganz sicher würde der Barkländer ihnen wieder Schwierigkeiten bereiten — wie in Gotonien.

Ernwic hatte mürrisch seine Lippen gespitzt. »Und wie sollen wir es fertigbringen, die Armschienen zu finden? Barkland ist ja nicht gerade klein.«

»Das wird sich zeigen«, sagte Godered und ging zu seinem Istraball.

Ernwic stieß einen misslaunigen Ton aus. »Und ich dachte, unser *Laruell* hätte einen geistreichen Plan!«, stichelte er.

Godered ließ sich nicht reizen. »Wir reiten weiter«, bestimmte er und schwang sich in den Sattel.

Teraal wäre gern ein wenig länger an diesem Rastplatz geblieben, denn ihm taten die Beine und der Hintern weh. Seufzend verstaute er sein restliches Essen und setzte sich wieder auf seinen Istraball.

Lanaris

Die Nacht schlich sich wie ein Dieb an und verdrängte dann
überfallartig den Tag. Finster war es jedoch nicht, da links und
rechts der Straße in den Gräben das Wasser hellblau leuchtete.
Lanaris war sich sicher, dass sie die ganze Nacht hindurch geritten wären, hätte Scholell nicht von Godered verlangt, in einem *Verpflegungshaus* zu übernachten. Bald darauf tauchte am
Wegesrand eine ahlorische Herberge mit breiter Fensterfront
auf. Nicht nur Lanaris, sondern auch die anderen waren sichtlich erleichtert, als Scholell sein Pferd dort hinlenkte.

Sie führten ihre Pferde in den Stall und *gotolonische* Stall-
knechte nahmen sich der Tiere an. Lanaris schnappte sich ihr
Gepäck und ihre Waffen, unterdrückte ein Gähnen und folgte
den anderen in die Herberge. Der Innenraum bestach durch
schlichte Eleganz und geschwungene, fast organisch anmutende
Linien. Zahlreiche Kristalllampen, die zum Teil in die Wände
eingelassen waren, schenkten kühles Licht. Eine Treppe mit
Stufen aus geschliffenem glasklarem Kristall führte zu den
Schlafräumen empor. Da sich Godered merklich zurückhielt,
wies Scholell ihnen die Räume zu, und Lanaris und Lanna sollten sich ein Zimmer teilen.

Lanaris mochte ahlorische Herbergen, denn sie waren äußerst sauber, hatten bequeme Betten, und jedes Zimmer verfügte über einen eigenen beheizten Waschraum mit einer Toi-
lette mit Wasserspülung. Insbesondere die Dusche mit warmem
Wasser war ein Luxus, auf den sich Lanaris nach dem langen
Tag im Sattel freute.

Nachdem sie die nötigsten Dinge ausgepackt hatte, begab
sie sich zusammen mit Lanna in den Speiseraum. Der ahlorische Wirt hatte bereits verschiedene kalte Speisen aufgetragen
und auch duftendes Obst. Als sich die Barkländer an den Tisch

setzen, murrten und lästerten sie sogleich über die fleischlose Kost.

Während des Essens herrschte keine gute Stimmung, und Lanaris war froh, als die *Dunaktor* danach in einen kleinen kreisrunden Innenhof gingen. Schlingpflanzen rankten verspielt die Mauern empor, und blühende Büsche und niedrige Hecken waren kunstvoll in geometrische Formen geschnitten. Bänke schmiegten sich an die Wände, und die Mitte des Hofs nahm ein plätschernder Springbrunnen mit mehreren Kaskaden ein. Im Brunnen eingelassene Lichter ließen das Wasser wie von innen heraus leuchten, und so wirkte es wie ein flüssiger Kristall. Der Garten war wunderschön, gar verträumt, und Lanaris hoffte, dass dieser die Laune heben würde.

Doch es herrschte eine seltsame Stimmung, und das Gefühl einer Schicksalsgemeinschaft kam wahrlich nicht auf. Brinok und Gohan unterhielten sich zwar unentwegt, doch die anderen schwiegen. Lanna betrachtete den hellblonden Barkländer verliebt, Teraal wirkte in sich gekehrt, die Ahloren hatten sich nichts zu sagen, Ernwic und Mefido gähnten oft, während Godered abseits saß. Schon beim Essen war er von seiner Körperhaltung her abweisend gewesen. Dabei erhoffte sich Lanaris von ihm ein Zeichen seiner Zuneigung. Vor ihrem inneren Auge sah sie, wie er sich zu ihr setzte.

Als er sich erhob, war sie erstaunt. Sollte ihn die Stimmung des romantischen Innenhofs dazu veranlassen, über seinen eigenen Schatten zu springen und zu ihr zu kommen? Es durchfuhr sie, als er sie anschaute, länger, als er es bisher bei diesem Auftrag getan hatte. Spielte er tatsächlich mit dem Gedanken, sich neben sie zu setzen? Doch dann presste er die Lippen zusammen, wandte sich ab und verließ fast überhastet den Innenhof. Warum nur hatte er so große Probleme damit, Gefühle zuzulassen und sich für Lanaris zu öffnen?

Scholell

Scholell lag in seinem Bett, atmete ruhig und gleichmäßig und versuchte zu meditieren. Er wollte sein Hirn von den vielen Fragen befreien, die sich ihm die Ahloren und den Auftrag betreffend stellten, ihn belasteten und auch Zweifel aufkommen ließen.

Godered schlug vorsichtig seine Decke zurück und zog seine speziellen *Dunak tor*-Stiefel an, die es einem geschickten Krieger ermöglichten, sich fast lautlos zu bewegen.

»Willst du schauen, ob uns *Gobarem* folgen?« Scholell setzte sich auf und zog die Verdunkelungsklappe von der Ahlorenlampe hoch.

Godered wirkte überrascht. »Du bist wach?«

»Ich kann genauso wenig schlafen wie du.«

»Das *ob* erübrigt sich.«

Scholell war entsetzt. »Sie folgen uns bereits? Seit wann?«

»Seit geraumer Zeit.«

Scholell haderte ein wenig mit sich, denn er hatte keine Verfolger bemerkt. »Und was willst du jetzt tun? Sie beseitigen, wie bei unserem ersten *Arusch*.«

»Es sind *Gobarem*«, sagt er kalt.

Dies allein schien ihm zu genügen, um sie zu töten. Es schauderte Scholell. Er mochte ihn aber nicht be- oder verurteilen. Er hatte, als er eine Wunde Godereds genäht hatte, seinen fürchterlich vernarbten Oberkörper gesehen. Das meiste davon hatten ihm die *Gobarem* angetan.

Scholell schob seine Bettdecke fort. »Ich komme mit. Du weißt, dass ich im Dunkeln recht gut sehen kann.«

»Du bleibst hier! Wenn ich nicht zurückkehre, bist *du* der neue *Laruell*. Bei dir sind die *Muriaten* in guten Händen.«

»Godered, gehe nicht allein. Ich kann dir eine gute Hilfe sein ...«

»Nein!«, entschied Godered. Er gürtete sich seine Waffen um und zog seinen schwarzen Mantel aus Banurleder an. Dann band er seine langen blonden Haare zu einem Zopf zusammen und verbarg sie unter der Kapuze.

Scholell war enttäuscht. »Pass auf dich auf!«

Der Gotone nickte ihm zu und verließ den Raum. Scholell zog die Verdunkelungsklappe der Lampe runter, begab sich zum Fenster und spähte hinaus. Sterne funkelten am Himmel wie kostbare Juwelen, die jemand verschwenderisch verstreut hatte.

Es dauerte nicht lange, da sah er Godered. Der Gotone hockte sich neben einen Baum und verharrte dort für einen Moment, wartete wohl, bis sich seine Augen an die Dunkelheit gewöhnt hatten. Dann erhob sich der Gotone und ging zügig voran, bewegte sich dabei mit der Geschmeidigkeit eines Raubtieres.

Scholell stockte der Atem. Da war doch eine Gestalt hinter einem Baum! Avanor! Dieser verhasste Ahlore nahm die Verfolgung auf. Wollte er Godered ausspionieren, oder war er gar ein Verräter, der ihm nach dem Leben trachtete? Scholells Herz hämmerte in seiner Brust. Hastig zog er seine Stiefel an, ergriff sein Schwert und eilte ins Freie.

Godered

Zwischen Bäumen und Büschen hindurch schimmerte der goldene Schein eines Feuers. Godered schlich voran und entdeckte eine Wache, die an einem Baum lehnte. Er verharrte im Schritt, sah sich vorsichtig um und schloss für einen Atemzug lang die Augen. Er war bereit, würde tun, was getan werden musste. Dieser Mann dort war ein Kämpfer des dämonischen Bundes, der nur Übles über die Menschen brachte.

Mit aller Vorsicht umrundete Godered den *Gobarem* und gelangte hinter ihn. Der Feind bemerkte ihn nicht und gähnte gelangweilt. Godered zog behutsam seinen Dolch. Als er einen weiteren Schritt auf den Feind zu machte, brach ein Ästchen unter seiner Sohle. Entsetzt fuhr der Feind herum. Godered sprang auf ihn zu, bekam ihn zu fassen, presste ihm seine Hand auf den Mund und durchtrennte ihm die Kehle. Warmes Blut sprudelte hervor. Gleich darauf stach Godered noch zweimal auf den Feind ein und ließ ihn zu Boden gleiten.

Ein weiterer Mann stürzte zwischen den Bäumen hervor. Godered fackelte nicht lange und schleuderte einen Wurfstern auf den Angreifer. Die Waffe blieb in der Stirn stecken. Der Feind erstarrte für einen Moment, fiel schließlich der Länge nach hin und bewegte sich nicht mehr. Um sich zu vergewissern, dass er tot war, ging Godered zu ihm, rammte ihm sein Schwert in den Leib und zog es mit einem Ruck wieder heraus. Es war totes Fleisch, mehr nicht.

Godered fühlte nichts, war höchst konzentriert und kampfbereit. Er pirschte sich näher an das Lager der *Gobarem* heran, ging dann in die Hocke, damit sich die Umgebung vom Nachthimmel abhob und er Feinde besser ausmachen konnte. Da er keine weiteren Wachen erkennen konnte, schlich er voran.

Im Schein des Feuers sah er sechs Männer, vermutlich zwei Evidanier, drei Barkländer und einen grauhaarigen Gotonen. Letzterer rührte in einem Kessel herum, aus dem der intensive Geruch von Hülsenfrüchten bis zu Godered zog. Ein Krieger schärfte sein Schwert, ein weiterer nähte einen Riss in seinem Mantel zu, und die anderen kramten Teller aus ihren Gepäcktaschen hervor. Sie trugen nicht die dunkelgrüne Kleidung der *Gobarem*, sondern die der Barkländer, hatten demnach vor, ihnen nach Barkland zu folgen.

Godered löste Wurfsterne von seinem Gürtel und trat aus dem Schatten der Bäume hervor.

Überrascht sprangen die *Gobarem* auf.

Der ergraute Mann hob beschwichtigend die Hände und setzte ein Lächeln auf. »Seid gegrüßt, Reccwech! Es ist ein wenig überraschend für uns, Euch hier und jetzt zu sehen. Wir haben zwar damit gerechnet, dass Ihr uns irgendwann einen

Besuch abstatten werdet — doch nicht ganz so bald. Nun, dann nutze ich gleich die Gelegenheit und stelle mich Euch vor: Mein Name ist Brahord, und ich bin ein gotonischer Adliger, jedoch kein *Köan* wie Ihr.« Sein Blick glitt suchend umher.

»Erwartest du deine Wachen? Sie sind Fraß für die Maden«, ließ Godered kalt verlauten.

»Ah.« Der Ergraute musste schlucken. »Nun gut.«

»Wir sind dennoch in der Überzahl!«, platzte ein rothaariger Barkländer heraus.

Godered zeigte sich unbeeindruckt, aber er war angespannt und wachsam, bereit, die Wurfsterne auf die Feinde zu schleudern.

Brahord hielt seine Männer mit einem Handzeichen zurück und wandte sich wieder an Godered. »Es lag an Euch, König zu werden, Reccwech. Doch Ihr habt die Chance vertan, und unser Land droht nun ins Chaos zu stürzen. Die verfluchten *Algenfresser* haben sich in unsere Angelegenheiten eingemischt und es sich angemaßt, Erwech gefangen zu nehmen. Rahila hat Euch ihre Schwester gesandt und Euch aufgefordert, Erwech ausfindig zu machen und ihn zu ermorden, damit Ihr als König in Gotonien Ordnung schaffen könnt. Leider fehlt es Euch in dieser Angelegenheit an Verantwortungsbewusstsein, und Ihr habt stattdessen einen neuen Auftrag der *Dunak tor* angenommen. Wir sind nicht hier, um Euch zu töten, Reccwech! Ich soll Euch ausrichten, dass die anderen *Gobarem*, die Euch folgen, und auch jene, die Euch in Barkland begegnen werden, keine Gefahr darstellen — weder für Euch noch für Eure Begleiter. Daher besteht kein Anlass, sie zu beseitigen. Sie sind lediglich Beobachter und werden die Nachricht übermitteln, wenn Ihr bereit seid.«

»Bereit? Wofür?«

»Zu Rahila zu reiten und ihr die Armspangen zu übergeben — sobald Ihr im Besitz von *Dalanur* seid.«

Godered stieß einen abfälligen Ton aus. »Rahila hat recht

hohe Erwartungen an mich. Wer bist du, Brahord? Ein Kämpfer sicherlich nicht.«

»Ich bin ein *Gobarem*-Priester. Ein *Adroch*, Trutzrang 7, Grad 2. Rahila hat keinen Geringen zu Euch gesandt.«

Unwillkürlich trat Godered einen Schritt zurück.

Der Gotone nahm dies mit einem überheblichen Lächeln zur Kenntnis. »Ja, Reccwech, ich habe bisher sechsundachtzig Prüfungen abgelegt und musste keine davon wiederholen, da ich alle mit Bravour bestanden habe. Dreißig Jahre habe ich dafür benötigt. Es gibt nichts, was mich noch Überwindung kostet. Mitleid kenne ich nicht. Während meiner Prüfungen musste ich vielerlei tun: Menschen bei lebendigem Leib enthäuten, entfleischen, zertrümmern, verbrennen, Kinder vor den Augen ihrer Mütter töten oder die Mütter vor den Augen ihrer Kinder vergewaltigen, Herzen herausreißen, Schädel spalten, Menschen pfählen und auf unterschiedliche Weisen foltern. Aber auch Betrügereien und andere Täuschungen gehörten dazu: mir das Vertrauen von Menschen erschleichen, sie verraten, ihnen das Herz brechen, sie zum Selbstmord treiben, sie gegeneinander ausspielen, Kämpfe anzetteln und vieles andere mehr. Mich kann nichts erschüttern, gar nichts. Ich gehöre dem Widersacher, meinem Herrn, mit Haut und Haaren. Doch am meisten Freude haben mir die Prüfungen bereitet, bei denen *Dunak tor* die Opfer waren. Ihr habt selbst erfahren, was wir mit *Dunak tor* tun, wenn sie in unsere Fänge geraten. Ihr solltet seinerzeit auf Fil nach Eurer ... ich nenne es mal: peinlichen Befragung oder Folter ... geopfert werden, konntet Euch aber wie durch ein Wunder befreien und fliehen. Wahrscheinlich hat der Widersacher Euch betreffend andere Pläne. Ich bin davon überzeugt, dass er Euch als sein Werkzeug wünscht.«

Godered erschauerte. Seine Erinnerungen an die Folter drohten schmerzhaft in ihm aufzubrechen. Und es war fast so, als könnte er seine zahlreichen Narben auf einmal spüren. Sie spannten und stachen. Godered konnte die finstere Aura wahrnehmen, die diesen Mann umgab. »Ich werde ihm niemals dienen.«

Der *Gobarem*-Priester lachte heiser. »Reccwech, tut nicht so scheinheilig. Eure Methoden sind nicht die eines *Lichtkriegers*. Wir *Gobarem* nennen Euch doch nicht umsonst den *Schattenkämpfer von Fil*. So habt Ihr doch zwei weitere Aufträge genutzt, um Euch auf Fil fürchterlich an uns zu rächen. Ja, Ihr habt mit Euren Kampfkünsten vielen *Gobarem* das Fürchten gelehrt. Ein Teil von Euch gehört schon dem Widersacher. Könnt Ihr das nicht spüren? Liegt nicht bereits eine kalte schwarze Hand um Euer Herz und packt immer stärker zu? So ist es doch nur konsequent, wenn Ihr zu uns kommt. Euer Zaudern ist unangemessen und der Sache nicht dienlich. Daher werde ich den Prozess ein wenig beschleunigen! Wartet, gleich werdet Ihr dem *Widersacher* vollends gehören!« Der Priester zog eine hühnereigroße Kugel aus seiner Manteltasche hervor. Er murmelte einige Worte, und hellrotes Licht erwachte im Juwel.

Erschreckt wich Godered weitere Schritte zurück. »Was ist das?«

»Das, Godered, ist ein *Schrodoch*, ein Artefakt, das wir extra für Euch aus den Tiefen einer finsteren Höhle hervorgeholt haben. Ihr konntet unerwarteterweise Rahilas Macht trotzen, doch der *Schrodoch* wird Euren Widerstand brechen. Das ist ein … wie soll ich es Euch erklären … ja, ein Verstärker unserer Magie. Niemand kann sich dem *Schrodoch* widersetzen. Leider kann er nur wenige Male eingesetzt werden, da seine Energie endlich ist. Doch für Euch ist er uns nicht zu schade.« Und schon murmelte er Worte in einer finster klingenden Sprache, die Godered nicht kannte. Das Licht gewann an Helligkeit, und das Rot wurde immer intensiver.

Godered merkte die Finsternis, die Macht des Widersachers, die nach ihm greifen wollte. Sie kam immer näher und näher.

Sie war wie ein alles verschlingendes Ungeheuer. Schwarz, abgrundtief böse, widerwärtig und die Zerstörung in sich tragend. Er konnte spüren, dass sie unmittelbar vor ihm war, und er erschauderte. Es war, als würde die Finsternis ihn mit spitzen Zähnen packen wollen, aber ihr Maul nicht vollständig öffnen können.

Der Priester war erstaunt, gar erschrocken. Er sprach die Beschwörungen zunehmend verzweifelter und inbrünstiger aus, und das Licht wurde greller und immer greller, doch es erreichte Godered nicht.

»Schluss damit!«, stieß Godered zwischen zusammengebissenen Zähnen hervor. Er schleuderte einen Wurfstern, der wuchtig in der Stirn des Priesters einschlug. Brahords Augen weiteten sich vor Entsetzen, dann fiel er vornüber und hauchte seinen letzten Atem aus.

Die anderen Krieger waren schockiert, wechselten entsetzte Blicke und ergriffen ihre Waffen. Godered warf in schneller Folge drei weitere Sterne, und die Feinde stürzten mit einem Aufschrei zu Boden.

»Nun zu uns!« Godered hob sein Schwert und stellte sich den verbliebenen zwei Feinden gegenüber.

Der eine *Gobarem* blickte sich panisch um, als ob er zu fliehen gedachte, und der andere stürmte mit gezogenem Schwert auf den *Dunak tor* zu. Blitzschnell wehrte Godered den Hieb ab und rammte dem Feind die Klinge in den Leib. Während er seine Waffe aus dem Barkländer herauszog, sah er, wie der letzte *Gobarem* davonrannte.

Du entkommst mir nicht!, schoss es Godered durch den Sinn, und sogleich jagte er dem Feind hinterher. Ein zurückschnellender Ast traf Godered an der Stirn, und der Schmerz vernebelte ihm für einen Moment die Sinne. Doch gleich drauf hetzte er wieder voran.

Da vorn war der Feind! Äste brachen hörbar. Der *Gobarem* geriet ins Straucheln, konnte sich aber abfangen und rannte in

Todesangst weiter. Er keuchte und stöhnte, wenn er sich weitere Verletzungen zuzog. Godered hatte nur ein Ziel vor Augen: ihn, den verfluchten *Gobarem*, zur Strecke zu bringen! Er würde nicht eher ruhen, bis seine Klinge dessen Blut geschmeckt hatte. Gleich hatte er ihn. Gleich. Sein Herz schlug kräftig, und ihn packte fast die Vorfreude auf das Erlegen der Beute. Auf einer Lichtung stolperte der *Gobarem* und stürzte hart. Er drehte sich hastig auf den Rücken und hielt schützend die Arme vor sein Gesicht.

Dann war Godered bei ihm. Endlich.

»Gnade!«, winselte der Feind.

Godered sah seine eigene Folterung vor seinem inneren Auge, und seine Narben schienen heiß zu brennen.

»Nicht für einen *Gobarem*!«, stieß er hervor und rammte dem Evidanier sein Schwert ins Herz. Er zog seine Waffe zurück und wischte die Klinge am Mantel des Feindes sauber, während der junge *Gobarem* starb.

Godered hielt kampfbereit nach Feinden Ausschau, doch es schien keine weiteren zu geben.

Er ging zum Lager zurück und stellte er sich vor den toten Priester, dessen Augen weit aufgerissen waren. Neben ihm lag die magische Kugel und glühte schwach. Was sollte Godered mit ihr tun? Sie vergraben oder an sich nehmen? Nein, so etwas wie *Schrodoch* sollte und durfte es nicht geben. Die Kugel musste zerstört werden. Er näherte sich dem magischen Ding, zögerte aber, es zu berühren. So stieß er die Kugel mit der Spitze seines Schwertes an. Das Licht flackerte unruhig und irgendwie lebendig. Godered spürte keinerlei Macht, die versuchte, Einfluss auf ihn zu nehmen. Er schob die Kugel auf einen flachen Stein, nahm einen weiteren Stein zur Hand und schlug voller Wucht zu. Aber sie nahm keinerlei Schaden. Nochmals schlug er zu und nochmals, und noch immer war *Schrodoch* unversehrt. Vergrämt schlug er mit seinem Schwert zu, doch die Kugel sprang lediglich vom Stein, als wollte ihn dieses Ding verhöhnen. Wie konnte er diesen Energieverstärker der finsteren Seite nur vernichten? Godered hockte sich davor und betrachtete *Schrodoch*. Das Glühen nahm seine Sinne gefangen. Es war ein faszinierendes Spiel des Lichts: mal heller, mal dunkler, mal blitzend, dann wieder wabernd. Er streckte seine Hand danach aus, zog sie aber wieder zurück. Sein Atem war angespannt, und er leckte sich nervös über die Lippen. Schließlich griff er beherzt zu. Augenblicklich erlosch das Licht, und die Kugel zerbarst in Abermillionen Stücke — wurde zu Staub. Erschreckt fuhr Godered hoch, schüttelte den Staub ab und wischte rasch die Hand an seiner Hose ab.

»Was verflucht ist mit mir?«, stieß er heiser hervor.

Es drängte ihn fort von hier, denn Furcht vor dem Unerklärlichen befiel ihn. Er löschte das Feuer, warf einen letzten Blick auf die Toten, wandte sich ab und eilte in Richtung Herberge davon. Heftige Gefühle brachen in ihm auf. Der *Gobarem*priester hatte recht: Godereds Seele *war* finster. Er hasste sich und das Töten — doch das war, was er konnte. Um den Kampforden zu schützen, tat er Dinge, die andere *Dunak tor* nicht taten. Sein Inneres war ausgebrannt. Wie viel seiner Seele gehörte bereits dem *Widersacher*? Hatte sich die Kugel verfinstert, weil sein Herz so schwarz war? War er verdammt, oder gab es noch Hoffnung für ihn?

Als er zum Himmel hinaufblickte, blieb er verdutzt stehen. Dort oben wirkte ein Wolkengebilde wie ein riesiges Gesicht, und durch zwei Lücken hindurch leuchteten Sterne wie Augen. Godered kam es so vor, als erschien ihm der Weltenschöpfer, um ihn zu trösten und ihm zu zeigen, dass er noch in dessen Gnade stand.

In dessen Gnade ... Godered fühlte sich derer wahrlich nicht würdig, sondern krank und schmutzig.

Er atmete tief ein, vergrub seine Zweifel und seine Erinnerungen an Fil wieder tief in seinem Inneren. Niemand sollte wissen, wie sehr zerstörerische Selbstzweifel und das Gefühl der

Selbstverdammnis an ihm nagten.

Es knackte.

Godered fuhr herum und griff dabei nach einem Wurfstern.

Scholell

»Halt!«, rief Scholell erschreckt aus. Er befürchtete, dass der Gotone den Wurfstern auf ihn schleuderte. »Ich bin es: Scholell!«

»Ich habe dir doch verboten, mir zu folgen!«, spie Godered aus.

»Ja, das hast du. Aber Avanor ist dir nachgegangen.«

»Avanor?«

»Ich habe ihn eingeholt und ihm als Ranghöherer befohlen, sich wieder zur Herberge zu begeben.«

»Hat er es getan?«

»Ja.«

»Aber du bist nicht umgekehrt.«

»Nein. Ich war besorgt ... und neugierig.«

»Was hast du gesehen?«

»Die beiden toten Wachen, das Lager und die anderen Toten.«

»Und was hast du noch gesehen?« Godereds Stimme bekam einen gefährlichen Unterton.

Scholells Mund fühlte sich plötzlich ganz trocken an. Er wusste, was der Gotone meinte. »Die kleine leuchtende Kugel.«

Godered ging energisch auf ihn zu, und Scholell wich zurück.

»Warst du schon in der Nähe, als die *Gobarem* noch lebten?«

»Nein, als ich kam, waren alle tot, und du warst nicht da. Ich habe alles so gelassen, wie es war, und mich besorgt auf die Suche nach dir gemacht. Was ist das für eine Kugel?«

»Ein magisches Artefakt.«

»Könnte es hilfreich sein?«

»Nein«, stieß Godered hervor. »Es war gefährlich, und darum habe ich es zerstört.«

»Zerstört?« Scholell hätte gern gesehen, was genau geschehen war, denn von dem Gotonen würde er es wohl kaum erfahren.

Godered hatte die *Gobarem* getötet. Alle. Und wer weiß, wie viele Leichen noch im Wald verstreut lagen. Er mochte den Gotonen, aber dessen eiskalte Gnadenlosigkeit, die bei seinen Einsätzen immer wieder zutage trat, ließ ihn frösteln. »Bei deinen nächsten nächtlichen Ausflügen begleite ich dich«, sagte er entschlossen. Vielleicht konnte er weiteres Morden verhindern — selbst wenn die Opfer *Gobarem* waren.

»Es wird vorerst keine Ausflüge mehr geben«, sagte Godered und trat zügig den Rückweg an.

»Nicht?« Scholell schloss zu ihm auf.

»Nein. Rahila möchte, dass ich ihr die Armschienen überbringe. Daher werden die *Gobarem* uns so lange in Ruhe lassen, bis wir die Armschienen in unseren Besitz gebracht haben.«

»Und dann?« Scholell wusste, dass die verführerische *Gobarem*-Hexe Godered begehrte. Würde er ihrem Werben erneut widerstehen können? Andererseits hatte Scholell bemerkt, dass Lanaris und der Gotone Gefühle füreinander hegten, obwohl es beide zu verbergen suchten. Scholell kam Godereds detailgetreue Schnitzerei in den Sinn.

»Wir werden die Armschienen unserem Auftrag gemäß zum *Tempel des Lichts* bringen, damit sie wieder verborgen werden können. Sobald die *Gobarem* merken, was wir vorhaben, werden sie uns auf den Fersen sein.«

»Ja, zum Tempel!«, bekräftigte Scholell. Dann räusperte er sich und druckste ein wenig herum. »Wirst du den anderen erzählen, dass du gekämpft hast?«

»Hat Avanor etwas davon mitbekommen?«

»Nein. Ich habe ihn früh genug zurückgeschickt.«

»Wir werden darüber schweigen, was im Wald geschehen

ist.«

»Das habe ich mir schon fast gedacht. Vorsicht, da ist ein Erdloch!«

Godered ging langsamer voran und machte dann einen großen Schritt. »Danke für die Warnung.«

»Wir sollten auf Avanor achten. Wahrscheinlich ist er nicht nur mein Wachhund, sondern spioniert auch dir hinterher.«

»Dass er dich überwacht, verstehe ich, da du deinen Vater erzürnt hast, aber warum mich?«

Scholell stieg über eine hervorstehende Baumwurzel. »Vielleicht misstraut er einfach uns allen.«

»Vielleicht.«

»Ich gehe am besten zuerst allein in die Herberge und schaue, ob die Luft rein ist. Du bist voller Blut. Ich kann dir wie bei unserem ersten Auftrag wieder mein vorzügliches Waschpulver geben. Bist du verletzt?«

»Nur ein Kratzer auf der Stirn.« Godered ging schnellen Schrittes voran und verursachte dennoch kaum Geräusche.

Scholell staunte abermals über ihn. Der Gotone war fast wie ein Raubtier, das seine Beute mit tödlicher Sicherheit erlegte. Noch nie hatte Scholell einen so faszinierenden Menschen wie ihn kennengelernt: ein unübertroffener Kampfmeister, verschlossen, verbittert, gnadenlos, rätselhaft, voller Gram, dennoch ehrlich, gradlinig und unbestechlich. Ob er einsam war? Ob er tiefe Freude empfinden konnte? Wenn ja: wobei?

Scholell war neugierig und hätte ihn gern ausgefragt, aber er würde sich eher die Zunge abbeißen, als dies zu tun.

Kapitel 4

Barkland

Teraal

Teraal war betrübt, als sie in die Nähe der Grenze kamen. Es lag nicht daran, dass sie die Istraballs gegen normale Pferde tauschen mussten, sondern daran, dass sie die Nächte nicht mehr in gepflegten, komfortablen Ahlorenherbergen verbringen konnten.

Nach dem Überschreiten der Grenze, die in Barkland durch grob behauene Stelen kenntlich gemacht war, wurden die Straßen augenblicklich schlechter, obwohl dies eine der wenigen Hauptstraßen des Landes war. Sie bestand lediglich aus einer Kiesschüttung. Nebenstraßen, die von dort abzweigten, mussten jeden Händler verzweifeln lassen, denn es waren oft nur Waldwege.

An den Abschnitten des Weges, an denen der Wald lichter war, konnte Teraal einen Blick auf die Berge erhaschen. Bereits von hier aus wirkten die grauen Felsmassive wild und strahlten eine abweisende Kälte aus. In Teraals Heimat Motavien gab es keine Gebirge, und er konnte diesen schroffen Erhebungen nichts abgewinnen. Er mochte den Blick über Ebenen — und weite Ebenen gab es in Motavien aufgrund der durch rigorose

Abholzungen entstandenen Felder und Ödflächen reichlich. Bei Bergen hatte Teraal immer das Gefühl, *gegen* etwas schauen zu müssen und dass ihm die freie Sicht genommen wurde. Zudem konnte er nicht abschätzen, was sich hinter einer Erhebung verbarg. Dichte Wälder waren ihm ebenfalls unheimlich. Teraal war in einer fortschrittlichen, nüchternen Stadt aufgewachsen, und für ihn war die Natur unberechenbar und gefährlich ... wie Godered.

Teraals Blick fiel auf den Gotonen, der zusammen mit Scholell vorausritt. Seit einigen Tagen hatte Godered eine Wunde auf der Stirn, die er zwar mit seinen Haaren zu verdecken versuchte, die dennoch sichtbar wurde, wenn der Wind sie fortblies. Ob er heimlich gegen *Gobarem* gekämpft hatte? Bei ihrem letzten Auftrag hatte er es jedenfalls getan. Der Gedanke, dass ihnen vielleicht Feinde auf den Fersen waren, erschütterte ihn, zumal das bedeuten würde, dass jemand in der Kampfschule ihren Auftrag an *Gobarem* verraten hätte.

Als die *Dunaktor* bei Einbruch der Dämmerung an einer Herberge vorbeikamen, war es wieder einmal Scholell, der auf einer Übernachtung in der Unterkunft bestand. Godered hätte sie gewiss bis spät in die Nacht hinein weiterreiten lassen und dann irgendwo am Wegesrand ein Lager aufgeschlagen. Teraal war dankbar, dass Scholell auch diesmal in der *Arutan* war. Der junge Ahlore war stets sehr aufmerksam und um das Wohl der *Muriaten* bemüht. Den anderen Ahloren, diesen Avanor, mochte Teraal hingegen überhaupt nicht. Avanor mied sichtlich den Kontakt mit ihnen, gerade so, als ob sie eine ansteckende Krankheit hätten.

Die strohgedeckte Herberge war ein großzügiger Bau mit zahlreichen Nebengebäuden und Ställen. Die Wände waren mit Lehm beschmiert und in Ocker angestrichen worden. Die Fensterscheiben, durch die karges Licht drang, waren rußgeschwärzt. Bereits vor dem Eingang standen einige Barkländer gesellig zusammen. Hier schienen sich nicht nur Fremde und Händler aufzuhalten, sondern auch Einheimische.

Als sie von den Pferden stiegen, wurden sie argwöhnisch in Augenschein genommen, und Teraal vernahm abfällige Bemerkungen.

Brinok und Gohan gingen in die Herberge hinein, um den Preis zu erfragen. Es dauerte nicht lange, da kamen die beiden vergnügt lachend wieder heraus, jeweils in der Rechten einen gefüllten Krug haltend.

Sofort war Godered bei ihnen. »Ist das Kadoch?«

Brinok nahm einen großen Schluck. »Ja. Keine Sorge, ich werde mich nicht betrinken. Unser Kadoch vertrage ich im Gegensatz zu eurem gotonischen Nussbrand ausgezeichnet. Hier werde ich jedenfalls nicht kotzend über dem Plumpsklo hängen.« Er lachte, und Gohan fiel mit ein.

Teraal konnte deutlich Godereds Unmut spüren.

»Konntet ihr einen guten Preis aushandeln?«, wollte Scholell wissen.

»Ja, einen sehr guten. Allerdings schlafen wir alle in einem einzigen großen Raum. Der Wirt wollte mir und Lanna ein eigenes Zimmer spendieren, aber im Interesse von Lanna habe ich abgelehnt.« Brinok zwinkerte ihr zu.

Im Licht der Laterne war zu erkennen, dass Lanna bis zu den Ohren errötete.

»In der Herberge herrscht reichlich Andrang, weil hier *Graas* sind ...« Brinok grinste und buffte Gohan neckisch mit dem Ellenbogen an.

»Was ist hier? Gras?« Ernwic zog irritiert die Stirn in Falten und blickte auf ein Grasbüschel.

Gohan prustete vor Lachen. »Nein, nicht Gras, sondern *Graas*. Das Wort stammt aus der Zeit, bevor die Ahloren unsere alte Sprache verboten haben. Aber einige Wörter konnten sie nicht ausmerzen. Das Wort bedeutet *Liebe*, und damit bezeichnen wir seit über zweihundert Jahren Frauen, deren Zuneigung käuflich ist.«

»Ich dachte, bei euch Barkländern genießen Frauen hohes Ansehen. Warum gibt es dann hier so etwas Verwerfliches?«, entrüstete sich Lanaris.

Gohan sah sie verwundert an. »Das gibt es doch bis auf Evidanien in jedem Land, nicht wahr? Selbst den *Dunak tor*-Kämpfern wird im Ahlorenreich *Das Haus, das es nicht gibt* geboten. Anfangs haben die Barkländer in solchen Wirtshäusern weibliche Kriegsgefangene anderer Völker untergebracht, doch nun sind hier Frauen, die durch Unglück alles verloren haben oder denen dieses Leben einfach gefällt. Es ist nichts Frevelhaftes daran, und sie tun es freiwillig. Indem wir sie beglücken, sichern wir ihnen ihren Lebensunterhalt. Und sie werden keineswegs ausgebeutet. Sie sind überaus stolz und arbeiten mit dem Wirt zusammen, der ihnen Räumlichkeiten vermietet und auf sie aufpasst. Sie wählen sich ihre Liebhaber selbst und sagen ganz genau, wozu sie bereit sind. Wenn ihr von ihnen abgelehnt werdet, solltet ihr das akzeptieren, ansonsten droht euch Prügel vom Wirt und allen Weibern. Es gibt auch extra Waschräume, falls ihr ihnen zu schmutzig seid.« Dann blickte er Godered direkt an. »Gestattest du uns das Vergnügen, wenn wir schon hier sind, oder versagst du es uns?«

Godered schnaufte missmutig. »Ihr seid *Dunak tor*!«

»Ja, das sind wir zweifellos. Aber wir haben keine Keuschheit geschworen! Wir werden im Nachhinein wesentlich entspannter sein«, warf Gohan breit grinsend ein.

Godered sah Scholell fragend an. Der Ahlore zögerte, zuckte mit den Achseln und nickte kaum merklich.

»Nur das eine Mal. Wenn ihr morgen nicht pünktlich um 7:00 Uhr vor dem Stall erscheint, wird das Konsequenzen haben!«, sagte Godered mürrisch und blickte demonstrativ auf seine Uhrenkette, die er um den Hals trug.

Avanor stieß einen empörten Ton aus und trat energisch einen Schritt vor. »Ich muss auf das Schärfste protestieren! Wie du vollkommen richtig sagtest, sind wir *Dunak tor.* Wir müssen uns stets vorbildlich benehmen und nicht wie ... wie ...«

»Wie Hurenböcke?«, ergänzte Gohan. »Wir sind aber gar nicht offiziell als *Dunak tor* unterwegs, und wenn wir uns etwas ausgelassen benehmen und uns amüsieren, dient es doch nur unserer Tarnung.«

Avanor kräuselte angewidert seine Oberlippe. »Wenn wir wieder in der *Nurr Schiandell* sind, werde ich diese Ungeheuerlichkeit zu Protokoll geben und offiziell Beschwerde einlegen!« Ein strafender Blick traf nicht nur Godered, sondern auch Scholell.

»Das ist dein gutes Recht!«, entgegnete Godered kühl.

Gohan lachte amüsiert und verschwand mit Ernwic und Mefido im Wirtshaus. Eigentlich hatte Teraal erwartet, dass Brinok ihnen begeistert folgte, doch er blieb an Lannas Seite.

»Was ist mit dir, Motavier? Beweist wenigstens du Anstand und Moral?«, sprach Avanor ihn direkt an.

Teraal errötete und blieb ihm die Antwort schuldig. Es war ja nicht so, dass er nicht wollte, aber er getraute sich nicht und hatte sich in diesem Moment ohnehin eher als Beobachter gesehen. Er wunderte sich noch immer über Godered, da er es gestattet hatte. Hatte er keine Bedenken, dass *Gobarem* im Wirtshaus sein könnten, die die Gruppe trennten, um sie dann einzeln auf dem Hinterhof zu meucheln? Wusste er etwas, was er ihnen verheimlichte?

Als Teraal zusammen mit den anderen das Wirtshaus betrat, verschlug es ihm den Atem. Die rußige, stickige Luft roch nach Alkohol und geschmortem Fleisch. Ein Spanferkel hing über züngelnden Flammen, und ein Junge drehte den großen Spieß. Es gab keine Stühle, sondern die Gäste saßen an niedrigen Tischen auf dem Boden. Überall waren Kissen und Felle ausgebreitet.

An einigen Tischen wurde gewürfelt, während man sich an

anderen mit Brett- und Kartenspielen vergnügte. Große Wurfscheiben hingen an den Wänden, und die Barkländer schleuderten begeistert ihre Messer darauf. Es wurde laut gesungen, gegrölt und gelacht. Der Lärm war ohrenbetäubend. Hübsche Barkländerinnen saßen in einer Ecke des Wirtshauses, fertigten Handarbeiten an und unterhielten sich. Dabei betrachteten sie die Männer, und wenn ihnen einer gefiel, gingen sie zu ihm und sprachen ihn an. Der rotblond gelockte Gohan hatte bereits einen Arm um eine Frau geschlungen und lachte vergnügt.

Lanaris und Lanna schauten sich missmutig um und setzten sich an einen Tisch. Teraal nahm ihnen gegenüber auf einem Fell Platz und fragte sich, wie er so essen sollte, ohne zu kleckern.

Bevor Godered sich neben ihn setzte, kam eine Barkländerin zu ihm und legte ihm eine Hand auf die Schulter. »Du gefällst mir sehr. Du siehst verwegen aus. Woher kommst du? Möchtest du mit mir kommen? Ich würde gern etwas über dich erfahren.«

Als Godered sie abweisend anblickte, nahm sie sofort ihre Hand von ihm und zog sich ein wenig verstört an ihren Platz zurück.

Teraal bemerkte, dass ein Lächeln über Lanaris' Lippen huschte.

Avanor nahm unwillig seinen Platz in Augenschein und ließ sich recht umständlich nieder, damit möglichst jeder bemerkte, wie sehr ihm alles missfiel. Er sah sich demonstrativ um, als würde er nach Ungeziefer Ausschau halten. Als von einer Bedienung Bratenscheiben auf den Tisch gestellt wurden, schob er angewidert den ovalen Holzteller mit dem Zeigefinger weiter von sich fort. Da die Herberge noch in Grenznähe war, kannte der baumgroße Wirt offensichtlich die Essgewohnheiten der Ahloren und brachte ihnen Obst, Wurzeln und Getreidebrei. Auf einem anderen Teller servierte er frisches Brot, das noch dampfte und köstlich roch.

Augenblicklich begann Teraals Magen zu knurren, und der Motavier griff beherzt zu. Das Fleisch war deftig gewürzt und schmeckte ausgezeichnet. Zum Glück lagen kleine Tücher bereit, mit denen er sich den Bratensaft vom Mund wischen konnte. Eine Unterhaltung war kaum möglich. Die laute Geräuschkulisse war ungewohnt, anstrengend, aber auch faszinierend. Die Barkländer ließen ihren Gefühlen und Launen freien Lauf. Sie hatten eine überschwängliche, impulsive Lebensfreude, wie sie Kindern zu eigen ist und ihnen anscheinend nicht aberzogen worden war. Teraal beneidete sie darum. Gern wäre er ein wenig unbeschwerter. Zwar hatte es eine Zeit gegeben, da er großmäulig mit seinem Wissen geprotzt und andere beleidigt hatte, aber er hatte es nur getan, um seine Sehschwäche zu vertuschen. Dieses Gebaren hatte eigentlich nicht zu seinem wahren Charakter gehört, sondern er hatte sich diese Verhaltensweise wie einen schützenden Mantel angezogen. Er würde gern einmal lauthals lachen, Lieder schmettern oder zu einer *Graas* gehen. Ihm wurde bewusst, dass er sich selbst viel Lebensfreude verwehrte, weil er sich davor fürchtete, ausgelacht oder abgewiesen zu werden. Den Barkländern schien das vollkommen gleichgültig zu sein. Sie genossen ihr Leben in vollen Zügen.

Lanaris

Es war schon gegen Morgen, und Lanaris hatte immer noch keinen Schlaf gefunden. Sie lag zusammen mit den anderen *Dunak tor* in dem großen Raum auf breiten Holzpodesten, die mit Decken und Fellen ausgelegt waren. Auf einigen Lagern befanden sich als Unterlage Strohsäcke, die jedes Mal raschelten, wenn sich jemand umdrehte. Gohan, Mefido und Ernwic waren irgendwann in der Nacht frohen Mutes zurückgekehrt, hatten sich schlafen gelegt und schnarchten nun um die Wette. Avanor hatte anfangs mehrmals geschnauft, um sein Missfallen zum Ausdruck zu bringen, dann war er eingeschlafen – wie Scholell, Lanna, Brinok und Teraal.

Ein kräftiger Wind war aufgekommen, zerrte am Gebälk des Hauses, und es herrschte ein permanentes Knarren.

Lanaris dachte an ihre Tochter, die sie schrecklich vermisste. Hoffentlich ging es ihr gut. Wie gern wäre sie jetzt bei Ganara. Aber nicht nur der Gedanke an ihre Tochter hielt sie wach, auch Godered.

Der Gotone warf sich unruhig hin und her, dann war er still und drehte sich wieder von links nach rechts. Schließlich ging er hinaus, vielleicht sah er nach den Pferden oder streifte in der Gegend umher.

Lanaris hatte das Gefühl, dringend frische Luft zu brauchen. Also schlug sie die Decke zurück, zog sich ihre Stiefel an, verließ den Schlafsaal und durchquerte den stickigen Schankraum, in dem einige Lampen zur Orientierung brannten. Zum Glück hatten die *Graas* ihre Zimmer in einem gesonderten Haus, sodass hier Ruhe herrschte.

Als Lanaris ins Freie trat, zuckte sie zusammen, denn Godered hockte direkt neben der Tür, lehnte mit dem Rücken an der Wand und hielt das blanke Schwert in seinen Händen. Die Dämmerung hüllte alles in fahles Licht.

Nur kurz sah er zu ihr auf.

Sie zögerte, stellte sich dann aber neben ihn. »Ich konnte einfach nicht schlafen. Hast du gegen *Gobarem* gekämpft ... in jener Nacht, als du mit der Wunde auf der Stirn zurückgekehrt bist?«

»Ja«, sagte er leise.

Lanaris war schockiert, und ihr Herz schlug augenblicklich schneller. »Dann wissen sie von unserer *Arutan*?«

»Ja.«

Sie hockte sich neben ihn. »Wie ist das nur möglich? Es wurde doch extra eine weitere *Arutan* nach Barkland entsandt, um von uns abzulenken«, flüsterte sie.

»Verrat«, sagte er verbittert.

»Verrat? In der Kampfschule?«

Er blieb ihr die Antwort schuldig. Womöglich wusste er etwas, was er nicht sagen durfte oder wollte.

»Folgen sie uns noch?«

»Die, die ich traf, nicht mehr.«

Sie erschauderte. Demnach hatte er die Verfolger getötet. »Du solltest dich ihnen nicht allein entgegenstellen. Das nächste Mal sollten wir an deiner Seite sein.«

»Die anderen brauchen nicht zu wissen, dass wir verfolgt wurden. Ich bin der *Laruell*, und es ist meine Aufgabe, euch zu beschützen.« Er klang verbittert. Ob er an den jungen Atno dachte, bei dem es ihm nicht gelungen war?

Konnte er nicht ein wenig redseliger sein? Lanaris bereute, herausgekommen zu sein. Und doch ... Er atmete unregelmäßig, und sein Daumen fuhr unruhig über den Knauf seines Schwertes. Es war, als würde er sich zwingen, sich nicht für sie zu öffnen.

»Meinst du, wir haben überhaupt eine Chance, die Armschienen zu finden? Sie sollen ja nicht so auffällig wie *Unaktal* sein.«

Noch immer sah er sie nicht an. »Der Besitzer wird früher oder später leichtsinnig werden, dann werden unsere Chancen steigen.«

»Auch die der *Gobarem*.«

»Ja.« Er warf ihr einen flüchtigen Blick zu.

Sie räusperte sich. »Du bist wieder verschlossener geworden, dabei haben wir beim letzten *Arusch* doch so einiges über dich erfahren und waren zudem unfreiwillige Gäste bei deiner Familie. In den Schlachten sind wir dir sogar gefolgt, als du gegen Befehle verstoßen hast. Wir vertrauen dir und deinem Urteil. Ich war bei dir im Gefängnis und auch im Zelt beim Heer, als du degradiert wurdest. Es ist nicht nötig, dass du dich wieder von uns ... von mir ... distanzierst.« Sie versuchte, ihre Stimme möglichst sachlich klingen zu lassen, schaffte es aber nicht ganz.

Abermals sah er sie kurz an. »Glaube mir: Es ist besser so – für alle.«

»Das sehe ich anders. Es ist sowohl bei einem Auftrag als auch beim Kampf von Vorteil, dass man den anderen kennt, um zu wissen, wie er in den unterschiedlichen Situationen reagiert. Sag, hättest du bei diesem Auftrag lieber andere *Muriaten* an deiner Seite? Durchweg disziplinierte hohe Meister?«

»Ich wäre lieber allein unterwegs.«

Wahrlich, er hatte wieder eine hohe Mauer um sich errichtet. »Godered, da ich in Gotonien mehr von deiner Geschichte erfahren habe, verstehe ich, dass du gern Menschen meidest. Doch du gehörst einem Kampfbund an, und in diesem musst du dich unweigerlich mit anderen Menschen zusammenraufen.«

Seine Wangenmuskeln zuckten mehrmals. Einen Atemzug lang begegnete er ihrem Blick, es lagen Schmerz und Wehmut darin ... aber auch etwas anderes, das sie hoffen ließ. Sie konnte spüren, dass er etwas für sie empfand. Leider machte seine abwehrende Haltung es ihr unmöglich, offen über ihre Gefühle zu ihm zu sprechen. Warum nur kämpfte er dagegen an?

»Auch wenn du es wahrscheinlich hasst, abermals mit *Muriaten* unterwegs zu sein, so bin ich dankbar, dass du unser Anführer bist. Du bist ein guter *Laruell*, und ich denke, du weißt sehr wohl, wie ich zu dir stehe. Vielleicht bietet dir dieser *Arusch* sogar eine Gelegenheit, dir über einiges klar zu werden. Meinst du nicht?« Sie wartete seine Antwort gar nicht ab, erhob sich und ging wieder in die Herberge. Ihre letzten Worte sollten noch in seinem Kopf hallen.

Lanna

Die junge Priesterschülerin fühlte sich beschwingt. Brinok war in der Herberge stets an ihrer Seite geblieben und hatte einem

Bastiden, der einen unanständigen Spruch über Lanna gemacht hatte, einen Zahn ausgeschlagen.

Nun ritt sie an seiner Seite und lächelte ihn glücklich an. Würde Barkland ihre neue Heimat werden? Sie mochte die dichten, uralten Wälder und war neugierig auf die Stadt Grenzung, die vor ihnen auftauchte. Die Stadt war umgeben von einer zinnenbewehrten Mauer und hohen Türmen. Lanna sah keine Wachen, die Menschen schienen sich hier ziemlich sicher zu fühlen. Als sie das steinerne Tor passiert hatten, betrachtete sie interessiert die strohgedeckten Fachwerkhäuser, deren Sockel aus groben Steinen bestanden. Die Balken der Häuser waren farbenfroh angestrichen, und die Wände waren mit verschnörkelten, spiralartigen Symbolen verziert, die ähnlich anmuteten wie die Tätowierungen der Männer. Über den Eingangstüren hingen bemalte Holzschilde, Geweihe oder Tierschädel. Lanna entdeckte bei zwei Häusern menschliche Schädel, die in die Türpfosten eingelassen waren und fast hämisch grinsten. Bei diesem Anblick überkam sie ein eiskalter Schauder.

Den Barkländern schien es wichtig zu sein, sich von den anderen zu unterscheiden und ihre Persönlichkeit zu unterstreichen — sei es bei den Häusern, dem Schmuck, der Kleidung, der Schildbemalung oder den Frisuren und der Barttracht. Trotz aller individuellen Besonderheiten boten sie ein harmonisches Bild, das sich zu einem herrlichen bunten, quirligen Ganzen fügte.

Überall in der Stadt wurde gehämmert und geschmiedet. Die Barkländer waren Meister der Metallgewinnung und -verarbeitung, nur übertroffen von den Ahloren. Lanna hätte sich gern die kunstvollen Schmuckstücke und Gewandschließen angesehen, die zum Verkauf angeboten wurden, doch leider hatte sie keine Zeit dafür.

Ihr gefiel es, wie selbstbewusst sich die Frauen in der Stadt zeigten. Die Barkländerinnen trugen Kleider, Röcke oder Hosen, ganz nach ihrem Belieben, und waren reichlich mit Schmuck behangen. Die Frauen trugen ihr zumeist blondes oder rotes Haar offen, geflochten oder zu Frisuren hochgesteckt.

Kinder tollten durch die Straßen – Mädchen wie Jungen. Einige von ihnen übten sich eifrig in den Waffen und rangelten miteinander.

»Mir fällt auf, dass es hier sehr viele Kinder gibt. Ist das in dieser Stadt eine Besonderheit?«, wollte Lanna von Brinok wissen.

Er schüttelte den Kopf und sah sich lächelnd um. »Nein, das ist in ganz Barkland so. Wir Barkländer erfreuen uns bester Gesundheit, haben eine niedrige Kindersterblichkeit, die Männer sind bis ins hohe Alter hinein zeugungsfähig, und unsere Frauen können ohne Weiteres mit sechzig Jahren noch Mütter werden. Wir sind halt ein überaus vitales Volk, und Kinderreichtum gilt als Segen. Ich denke, unsere Horden müssen sich manchmal einfach bekriegen, um die Zahl der Bewohner auf diese Weise zu regulieren, sonst würde Abladur bald mit Barkländern überschwemmt werden.« Er strich sich über den kurzen Bart und lachte. »Andererseits ist das eine schöne Vorstellung. Aber seit einiger Zeit halten wir Frieden, damit wir erstarken.«

Als sich Lanna die Barkländer genauer ansah, fiel ihr auf, dass es auch viele Alte gab. Sie wirkten nicht greise, sondern waren muskulös und packten tatkräftig mit an. Das Volk der Barkländer beeindruckte Lanna, und ihr Wunsch, Brinoks Weib zu werden, wurde noch größer.

Nachdem sie sich in der Stadt mit Vorräten eingedeckt hatten, verließen sie Grenzung und folgten einer wichtigen Handelsstraße, die mitten durch das Gebirge führte. Die Adlerberge stemmten sich dem Himmel entgegen, wirkten imposant und unüberwindbar. Ab und zu hatten die *Dunak tor* freie Sicht auf den höchsten Gipfel, den Schrocht, der eine monumentale Krone aus Schnee und Eis trug.

Obwohl ein kühler Wind wehte, brannte die Sonne hernieder, und Lannas blasse Arme begannen sich zu röten. Als sie es bemerkte, zog sie ihre hochgekrempelten Ärmel wieder bis zu den Handgelenken.

Überall blühten Pflanzen, selbst aus winzigen Felsspalten ragten sie heraus. Schillernde Bienen und rot leuchtende Hummeln labten sich an prächtigen Blütenkelchen. Raubvögel waren im Segelflug am Himmel zu sehen, sie nutzten die günstigen Windverhältnisse und schlugen nur ganz selten mit den Flügeln. An manchen Wegstrecken gähnten tiefe Schluchten, und Lanna wurde mulmig zumute, wenn sie dort unten abgestürzte Wagen und Skelette sowohl von Menschen als auch von Tieren erblickte. Von den Wagenladungen war auf den ersten Blick nichts zu sehen, diese waren vermutlich gestohlen worden. Lanna war froh, dass Brinok bei solchen Streckenabschnitten besonders auf sie achtete, da sie nach wie vor keine gute Reiterin war.

Bei den vereinzelten Laubbäumen, die in dieser Höhe anzutreffen waren, hatten sich die Blätter verfärbt und kündeten vom nahen Herbst. Dann war nur noch Nadelgehölz zu sehen, bis auch dieses rar wurde.

In den darauffolgenden Nächten, die in diesen Höhen schon empfindlich kalt waren, ließ Godered sie in keinem der wenigen Wirtshäuser übernachten, sondern in primitiven Schutzhütten, die eher einem Holzverschlag glichen. Lanna hörte, wie Mefido und Ernwic lästerten, dass er das nur täte, um sie für ihr Vergnügen mit den *Graas* zu bestrafen.

Auch in dieser Nacht schliefen sie in solch einer Hütte. Lanaris hatte eine Unterlage aus Seinan mitgenommen, einem Metallgeflecht, das behagliche Wärme abgab, und sie bot Lanna an, bei ihr mit unter die Decke zu schlüpfen. Da brauchte Lanna nicht lange zu überlegen.

Trotz der angenehmen Wärme konnte Lanna nicht schlafen, auch das leise Plätschern des Quellwassers, das draußen in einen Holztrog floss und beständig überlief, konnte sie nicht beruhigen. Morgen würden sie die Stadt Wachtstein, wo Brinoks Familie lebte, erreichen. Was würde Lanna dort erwarten? Würde seine Familie sie ablehnen oder willkommen heißen? Sie wünschte sich Letzteres und malte sich insgeheim die Hochzeit mit Brinok aus. Er hatte ihr erzählt, dass die Feierlichkeiten bei den Barkländern drei Tage dauerten. Das Brautpaar wurde reichlich von der Verwandtschaft und den Nachbarn beschenkt, und es wurde getanzt und gesungen. In einer Vielzahl von Disziplinen wurden packende Wettkämpfe ausgetragen, die die Zuschauer in ihren Bann zogen. Natürlich durfte ein großes Fress- und Saufgelage nicht fehlen. Schließlich bekamen Braut und Bräutigam goldene Kettenanhänger von den Eltern des Mannes geschenkt, der anzeigte, dass sie verheiratet waren und nicht mehr umworben werden sollten. Die Kinder würden dann später die Armspangen von beiden Sippen tragen. Lanna stutzte. Sie war eine Rogarländerin, von daher besaß ihre Familie gar keine Armspangen. Dann würde sie halt welche nach eigenen Vorstellungen anfertigen lassen. Lanna hob kurz den Kopf und schaute zu Brinok, der in ihrer Nähe schlief. Sie würde so gern sein Weib werden ...

Dann sah sie zu Godered, der am Eingang der Schutzhütte stand und Wache hielt. Er war unbewegt wie eine Statue. Ihm würde keine Gefahr entgehen, und bei ihm waren sie in guten Händen. Sein Anblick beruhigte Lanna, und als sie sich wieder hinlegte, kam endlich der ersehnte Schlaf.

Gerade als Lanna meinte, eingeschlafen zu sein, wurde sie schon wieder von Lanaris geweckt. Ihr war schwindelig vor Müdigkeit, und sie wusch sich Gesicht und Hände mit dem eiskalten Quellwasser, das ihre Sinne erfrischte. Nach einem

Kanten trockenen Brotes, einem Stück Hartkäse und einem Apfel ging es auch schon weiter.

Im Laufe des Tages wurde es auf den Straßen immer betriebsamer, und bald erkannte Lanna den Grund: Sie kamen an einer Mine vorbei, wo arg geschuftet wurde. Mehrere riesige Schutthalden waren auf dem weitläufigen Gelände aufgetürmt. Zahlreiche bunt gekleidete Krieger überwachten die Transporte zur Aufbereitung und zu den Schmelzereien. Arbeiter waren ebenfalls zu sehen – das mussten Sklaven und Hordlinge sein, von denen Brinok berichtet hatte. Sie wirkten geschunden und unglücklich. Lanna konnte verstehen, dass sie zu fliehen versuchten. Doch in Anbetracht dessen, dass sie dann von Kopfjägern verfolgt wurden, gingen sie ein hohes Risiko ein. Es gab viele große Gebäudekomplexe auf dem riesigen Gelände, und aus Schornsteinen stieg weitab der Stadt Rauch in unterschiedlichen Farben auf.

»Was sind das alles für Betriebsstätten?«, wollte sie von Brinok wissen.

»Alles, was für die Gewinnung und Weiterverarbeitung von Metall benötigt wird, zum Beispiel Lagerhallen für Holzkohle. Es gibt auch Pochwerke zum Zerkleinern der Roherze, dort hinten siehst du die Schmelzöfen. Wir sind überaus findig, nutzen die Wasserkraft und treiben damit verschiedene Maschinen an, auch die Gebläse für die Öfen und Anlagen zum Waschen der Erze. Es gibt Stollen in anderen Bergen, die so tief sind, dass das Grundwasser eindringt und wir dieses mithilfe von Pumpen herausschaffen. Leider vergiften viele Rückstände der Metallgewinnung die Flüsse. Wenn sie bei Hochwasser nach der Schneeschmelze übertreten und das Land überfluten, ist auch der Schlamm giftig. In der Nähe der betroffenen Flüsse wird daher auf Feldern nichts angebaut. Einige *Sagarts* sind mit Gelehrten dabei, ein Filtersystem zu ersinnen.«

»Das ist tragisch. In Rogarland wird Metall in weit geringeren Mengen gewonnen, aber dann wird es diese Probleme dort wohl auch geben.«

»Überall, wo Bergbau betrieben wird. Selbst bei den Motaviern und Ahloren. Den Motaviern ist es aber gleichgültig. Sie haben ihre Umwelt ohnehin schon in großem Maße zerstört.«

Auf einem Berg über der Mine thronte die Stadt Wachtstein, sie wirkte wie ein Adlerhorst auf einem gewaltigen Felsen. Die hohe Mauer war aus grauem Stein errichtet, und überall hoben sich imposante Türme empor.

»Was wird hier in den Minen abgebaut?«, wollte Lanna von Brinok wissen, der mit leuchtenden Augen zur Stadt hinaufschaute und sich auf ein Wiedersehen mit seiner Familie freute.

»Der Berg ist überaus ergiebig, und es finden sich viele Erze darin: Gold, Silber, Eisen, Kupfer, Zinn, Zink, Blei und andere. Nur ein wenig weiter sind etliche Edelsteine zu finden, hauptsächlich Amethyste, Granate, Rauchquarze, Bergkristalle und Smaragde. Die Stadt und die Minen stehen unter dem Schutz meines Vaters.«

»Dann ...«, Lanna leckte sich nervös über die Lippen, »ist deine Familie nicht nur bedeutend, sondern *sehr* bedeutend?« Die Sonne brach zwischen den Wolken hervor, und Lanna beschirmte mit der Linken ihre Augen, während sie zur Stadt hinaufschaute.

»Ja, das ist sie. Wachtstein ist zudem ein Bollwerk, ein Vorposten, um die Feste Bastid zu schützen, zu der man unweigerlich kommt, wenn man der Hauptstraße weiter folgt«, sagte er mit Stolz erfüllt.

Lanna kam sich mit einem Mal klein und nichtig vor. Sie war lediglich die Tochter eines Bauern und Robbenjägers. Ihre Familie besaß nur eine kleine Landscholle um ihr winziges Haus herum, ein paar Nutztiere und ein Boot, das überholt werden musste.

»Wenn deine Familie mächtig ist, warum bist du zu den *Dunak tor* gegangen?«

Er zeigte ein schalkhaftes Lächeln. »Neugier und Abenteuerlust trieben mich dazu, und ich wollte die anderen Völker kennenlernen. Und schließlich haftet den *Dunak tor* etwas Geheimnisvolles und Mystisches an.«

»Wissen die Menschen in der Stadt, dass du ein *Dunak tor* bist?«

»Nur mein Vater. Ihm hat es überhaupt nicht gefallen, zumal mein Bruder Braduhn meinem Beispiel gefolgt ist ...« Ein Schatten huschte über sein Gesicht. »Mein Vater hat stets erzählt, dass wir uns als Söldner verdingen. So war allen klar, dass wir irgendwann zurückkehren und unseren Pflichten gegenüber der Familie und der Horde nachkommen.« Er seufzte schwer. »Mein Vater hatte recht, es war ein Fehler, dass Braduhn mich als Vorbild ansah und auch zu den *Dunak tor* gegangen ist. Wäre er in Wachtstein geblieben, würde er noch leben, und ich könnte mich jetzt auf ein Wiedersehen mit ihm freuen.« Eine Träne glitzerte in seinem Auge, und er wischte sie rasch mit dem Handrücken fort.

Lanna wurde immer mulmiger zumute. Plötzlich erschien ihr die Stadt dort oben finster und feindlich.

Die Umgebung wurde zunehmend bizarrer und bedrohlicher, zumal der Weg durch eine Klause führte. Rechts und links befanden sich in schwindelerregender Höhe Befestigungen, von denen aus Feinde mit Geschossen erledigt werden konnten. Am Ende war die Klause besonders schmal und finster, bevor sie sich wieder weitete. Der Weg führte im Tal zu einer großen Bergarbeitersiedlung, ein anderer Weg hingegen steil hinauf zur Stadt. In der Siedlung gab es riesige Lagerhallen, Herbergen für Händler, Werkstätten, Ställe und zahlreiche Handwerker. Es wurden vielerlei Waren angeboten, ganz gleich ob Kleidung, Schmuck, Werkzeuge oder Waffen.

Lanna sah hauptsächlich bastidische Händler, aber auch Karstiden, Rogarländer, Gotonen und Evidanier. Überall klingelten Münzen, und es herrschte immenser Lärm. Es wurde gelacht, geprahlt, gestritten, gesungen und gehämmert. Außerdem polterte, dröhnte, klingelte, schepperte und rumpelte es. Mithilfe riesiger Lastkräne wurden Waren zur Stadt hinaufbefördert.

Die Menschen warfen nur beiläufig einen Blick auf die Vorbeireitenden. Die beiden Ahloren hatten die Kapuzen ihrer Reisemäntel tief ins Gesicht gezogen, damit sie niemandem allzu schnell auffielen.

Brinok, der die *Arutan* hier anführte, schlug den Weg hinauf zur Stadt ein. Überall gab es wehrhafte Befestigungen, manche davon waren direkt in den Fels geschlagen worden. Lanna wurde bange bei der Vorstellung, wie von dort Pfeile, Speere und Steingeschosse auf sie herabregneten. Hier würde es kein Entrinnen geben. Von Überbrückungen aus, die sich über die Straße spannten, konnten Feinde ebenfalls ins Visier genommen werden. Es gab sogar Vorrichtungen, mit denen aufgestautes Geröll zurückgehalten wurde. Im Angriffsfall konnte man die Sperren entfernen und Steinlawinen auf die Feinde hinabdonnern lassen.

Obwohl die Barkländer im Krieg zumeist blindlings aufeinander zu stürmten, bauten sie dennoch wichtige Städte als Festungen aus. Bestimmt war Wachtstein noch nie erobert worden. Auf dem ganzen Weg nach oben sahen sie nur zwei Händler. Den anderen schien der Zutritt versagt — vielleicht blieb man in Wachtstein gern unter sich.

Dann erreichten sie eine Vorburg, von der aus eine breite Zugbrücke über eine tiefe Schlucht zur Stadt führte.

Brinok wurde von den Kriegern, die dort postiert waren, sofort erkannt. Das Tor wurde geöffnet, und als die *Dunak tor* die Pferde hindurchführten, wurde Brinok umringt und freudig begrüßt. Er schien äußerst beliebt zu sein und wurde gefragt, ob er heimgekehrt sei, um endlich in der Stadt zu bleiben. Die Männer machten Scherze, dass sich insbesondere die jungen

Frauen über seine Rückkehr freuen würden. Das fand Lanna so gar nicht lustig, und sie war froh, als sie die mächtige Brücke passieren durften.

Während sie ihr Pferd über die Zugbrücke führte und in die Tiefe schaute, wurde ihr ganz flau im Magen. Die raue Landschaft hatte durchaus ihren Reiz, und in Sichtweite schlängelte sich ein türkisfarbener Fluss. Lanna sah einen imposanten, tosenden Wasserfall, der von einer hohen Klippe in die Tiefe hinabstürzte. Ein weiterer, kleinerer Wasserfall befand sich in der Nähe der Stadt, und die Barkländer hatten ein verwegenes Kanalsystem geschaffen, um von dort Wasser für ihre Stadt abzuzweigen.

»Wachtstein ist typisch für unsere Bergstädte, aber in anderen Gebieten Barklands sehen die Siedlungen vollkommen anders aus — eher wie in Rogarland oder Evidanien. Wir Barkländer passen uns stets den landschaftlichen Gegebenheiten an«, sagte Brinok, der neben ihr ging. Er schenkte ihr ein aufmunterndes Lächeln.

Sie führten die Pferde durch ein wehrhaftes Tor in die Stadt hinein. Lanna war überrascht, da sie sich Wachtstein vollkommen anders vorgestellt hatte. Aufgrund des Platzmangels waren die Häuser mehrstöckig und schmiegten sich eng aneinander. Die Häuser waren aus Stein und Holz errichtet, bunt angemalt und mit kunstvollen Schnitzereien verziert. Es gab silberne und bronzene Verzierungen, manchmal sogar Vergoldungen. Die Satteldächer waren mit Holzschindeln oder Schieferplatten eingedeckt. Auffällig waren trotz der Enge in der Stadt die zahlreichen Lagerhallen. Und durch geöffnete Türen konnte Lanna sehen, dass sie zum Bersten gefüllt waren. In der Stadt ging es recht laut zu, und es herrschte emsige Betriebsamkeit. In Zwingern drängelten sich große graue oder braune Hunde, die mit glühenden Augen und kräftigem Gebell die Ankömmlinge einzuschüchtern versuchten.

Wachtstein war durchzogen mit einem hölzernen, teils

mannhohen und auf Pfosten und Stelzen angelegten Kanalsystem, von dem jeder Einwohner Wasser für sein Haus ableiten konnte. Trotzdem gab es viele Wasserspeicherbecken. So war es möglich, dass in jeder Nische der Stadt Nutzpflanzen wuchsen.

Auf den Straßen liefen Kinder umher, kletterten auf Mauern und Leitern, ließen kleine Schiffchen auf den Kanälen schwimmen und jagten diesen hinterher. Auf freien Plätzen übten sich breitschultrige Barkländer in den Waffen. Sie stritten, pöbelten, lachten und prahlten, und manche Kämpfe wirkten durchaus brutal und ernst.

Überall waren Kriegerinnen und Krieger zu sehen, und Lanna fand sie sehr schön. Sie waren groß und muskulös, hatten zumeist blonde oder rötliche Haare, leuchtend blaue, graue oder grüne Augen, und ihre leicht rötliche Haut ließ sie wie Geschöpfe des Feuers erscheinen. Die Tätowierung der Bastidenmänner auf der rechten Gesichtshälfte war sehr individuell. Manche Tätowierungen waren eher dezent, andere waren äußerst auffällig und zogen sich vom Haaransatz bis zum Schlüsselbein hinunter. Außer den Armspangen glänzte weiteres Gold und funkelten Edelsteine an ihnen, sei es als Stickerei, Gürtelbeschläge, Ketten, Halsreif oder Broschen. Allein der Anblick dieser Menschen verhieß Lebensfreude und Leidenschaft, aber ebenso Kriegertum und ungeheuren Stolz. Lanna entdeckte allerdings auch Bastiden, die bis auf die Armspangen schmucklos und wohl nicht so reich waren.

Brinok wurde stürmisch begrüßt und überschwänglich umarmt. Die Wachtsteiner freuten sich, dass er wieder bei ihnen war, und recht schnell umgab ihn eine Menschentraube, die ihn zum elterlichen Haus begleitete. Der mehrstöckige, wuchtige Bau kündete von Macht. Die Front war mit vergoldeten Metallschilden und kühnen Spiralmustern verziert, und hier und da schaute aus einer Nische ein blanker menschlicher Schädel heraus. Es gab auch seltsame menschenähnliche Schädel, die wesentlich größer waren.

Lannas Hände wurden feucht, da sie bald Brinoks Familie kennenlernen würde. Das Herz schlug ihr bis zum Hals, und sie musste ständig schlucken.

Vom Lärm angelockt, kamen seine Eltern ins Freie. Der blonde Vater hatte einen kurzen Bart, große Ähnlichkeit mit Brinok und musste Mitte vierzig sein. Die Frau an seiner Seite war wohl im gleichen Alter. Sie hatte saphirblaue Augen, die breiten Schultern einer Kriegerin und trug ein golddurchwirktes, bunt gemustertes Kleid.

Dann erschienen seine Geschwister: ein älterer Bruder, zwei jüngere Schwestern und drei jüngere Brüder. Sie begrüßten ihn herzlich, lachten und schlossen ihn freudestrahlend in die Arme. Brinok hob einige seiner Geschwister hoch, wuschelte manchen durch das Haar, küsste andere auf die Wange, und begrüßte den älteren Bruder, indem er ihm auf die Schulter schlug. Dann wandte er sich seinen Eltern zu und umarmte sie herzlich.

Der Vater blickte ihn streng an. »Ich hoffe, dass du dein Leben als Söldner aufgegeben hast. Reichtum hast du anscheinend nicht erlangt, denn dein Gepäck ist äußerst mager. Und wer sind deine Begleiter? Ebenfalls Söldner?«

»Ich bin immer noch ein Söldner und will meinen Mitstreitern meine Heimatstadt zeigen«, erklärte Brinok.

Die Augen des Vaters verschmälerten sich, während er seinen Blick über die Besucher gleiten ließ. Lanna konnte deutlich seine Abneigung spüren.

»Brinok, da sind ja zwei verfluchte Ahloren! Du willst doch nicht ernsthaft behaupten, dass auch sie Söldner sind!«, tönte sein älterer, weißblonder Bruder, der ein wenig kleiner als Brinok war. Als er die Ahloren musterte, funkelten in seinen Augen Angriffslust und Verachtung.

»Doch, Mennus, sie sind tatsächlich Söldner. Stell dir vor,

es gibt selbst bei den Ahloren Verstoßene. Man nennt sie *Verfehlte.*«

Lanna bemerkte, dass Avanor missmutig den Mund verzog und sich seine Nasenlöcher vor Empörung blähten. Sie konnte sich ein belustigtes Lachen gerade noch verkneifen. Es musste für ihn eine beispiellose Beleidigung sein, als ein *Verfehlter* ausgegeben zu werden.

»Ich will weder arrogante Ahloren noch Gauner anderer Völker in unserer Stadt haben. Es wäre besser, wenn sie sich allesamt gleich wieder verpissen«, spie Mennus aus und stemmte seine Fäuste in die Hüften.

»Zeige Respekt, mein Sohn. Dein Bruder hat sie zu uns gebracht, und wir werden ihnen Gastfreundschaft gewähren«, entschied der Vater.

»Dann sollen sie in einem Stall schlafen!«, blaffte Mennus.

»Nein, in unserem Haus«, ließ der Vater verlauten.

»Im Haus? Das kann nicht dein Ernst sein!«, empörte sich Mennus.

»Doch, es ist mein voller Ernst!«, sagte der Vater streng. »Dort habe ich die Gestalten, mit denen sich Brinok umgibt, besser im Blick.«

Mennus schnaufte. »Du willst dir ein Bild von ihnen machen? Das sieht man doch gleich: zwei verfluchte *Algenfresser* und ein seltsamer Haufen, der sich zum Teil als Barkländer verkleidet hat. Immerhin ist auch eine hübsche Kriegerin dabei. Deine Geliebte?«, fragte er und musterte Lanaris interessiert. Dann entdeckte er Lanna. »Und wie passt das Mädchen in diese Truppe hinein? Sie wirkt recht schüchtern, sie kann ja nicht einmal meinem Blick standhalten. War sie eine Kräutersammlerin bei den Söldnern? Eine Hure gewiss nicht. Und wer ist er?« Nun sah er Godered an, und sein rechter Mundwinkel zuckte verächtlich empor. »Ja, der da ist ein Söldner, zweifellos.«

»Mennus! Wenn du nicht willst, dass das hier in einer Schlägerei endet, dann hör auf, meine Begleiter zu beleidigen!«, fuhr Brinok ihn an.

Sein Bruder nickte zögerlich. »Es fällt mir schwer, aber ich werde mich zügeln.«

Die jüngeren Brüder, sie mochten dreizehn, neun und sechs Jahre alt sein, umringten Brinok begeistert und verlangten, dass er von seinen Abenteuern erzählte. Seine beiden Schwestern stimmten begeistert zu. Es waren durchweg sehr hübsche Kinder mit hellem Haar. Brinok hatte noch eine ältere, verheiratete Schwester, die aber nicht mehr in der Stadt lebte.

»Kommt herein. Da unser Haus auch als Ratshaus genutzt wird und wir oft zahlreiche Gäste beherbergen, besitzt es viele Schlafräume. Jeder von euch erhält einen eigenen Raum. Ihr könntet eure Sachen sogleich dort hinbringen«, sagte der Vater und machte zum Leidwesen der Mutter und des ältesten Bruders eine einladende Geste. »Um eure Pferde wird sich gekümmert.«

Lanna deutete es als schlechtes Zeichen, dass Brinok sie bisher nicht als seine Braut vorgestellt hatte. Ihre Hoffnung schwand, dass seine Familie sie an seiner Seite akzeptieren würde.

Sie folgte den anderen ins Haus und gelangte in einen großen Saal, über den sich eine dunkelbraune Holzdecke spannte. Rechter Hand führte eine Steintreppe tiefer in den Felsen hinab, eine daneben befindliche Holztreppe führte hingegen hinauf.

Im Ratssaal züngelte in einem der vier wuchtigen Kamine ein wohliges Feuer. Wie bei den Barkländern üblich, gab es hier keine Stühle, sondern nur Kissen und Felle, und dementsprechend niedrig waren die Tische. An den Wänden hingen zahlreiche Waffen, Schilde, Felle und Geweihe. In hohen Regalen standen goldene Prunkkelche und prächtige Teller. Truhen, Regale, Pfosten – alles war mit verschlungenen Mustern verziert, kunstvoll angemalt und teilweise vergoldet.

»Enida, weise den Gästen Räume zu!«, ließ Bearach, Brinoks Vater, verlauten.

»Gern!«, sagte seine hübsche Tochter, die ungefähr im gleichen Alter wie Lanna war, und warf Godered einen neugierigen Blick zu.

»Das ist übrigens Lanna, eine Rogarländerin. Ich überlege, sie zu heiraten«, sagte Brinok beiläufig und zog den Kopf ein wenig ein, als ob er Ärger erwartete.

Schweigen.

Hätte er es nicht ein wenig feierlicher verlauten lassen können? Lanna wäre am liebsten augenblicklich im Boden versunken.

Sogleich wechselten die Eltern empörte Blicke.

Mennus lachte auf. »Das ist ja wohl ein Scherz, oder? Seit wann bevorzugst du farblose Pflänzchen?«

»Mennus!«, stieß Brinok zwischen zusammengebissenen Zähnen hervor und ballte die Fäuste.

Sein Vater stellte sich zwischen sie. »Darüber reden wir nach dem Mahl!«, entschied er und schaute Brinok strafend an.

Die Mutter musterte Lanna empört, wandte sich daraufhin ab und flüsterte ihrer Tochter Enida etwas ins Ohr.

Lanaris legte ihre Hand tröstend auf Lannas Schulter und lächelte ihr aufmunternd zu. Nein, Brinoks Eltern würden sie niemals als Schwiegertochter akzeptieren. Lanna kämpfte gegen die Tränen an, die in ihren Augen brannten. Sie hatte das Gefühl, als ob ihr Brustkorb eng wurde und sie keine Luft mehr bekam.

Als sie die Holzstufen des mehrstöckigen Gebäudes von Enida emporgeführt wurde, schien ihr jede Stufe höher zu sein als die vorherige. Eine bleierne Schwere legte sich in ihr Herz. Sie war froh, dass jeder von ihnen einen eigenen kleinen Raum erhielt und sie allein sein konnte. Lanna setzte sich niedergeschlagen auf das mit weichen Fellen bedeckte Bett und wünschte sich in den Tempel zurück. Dort war sie zwar auch nicht glücklich, hatte aber wenigstens das Gefühl, gewollt zu sein.

Brinok

Brinok setzte sich auf das Bett und sah sich im Raum um, den er einst bewohnt hatte. Es waren ein hoher Tisch und zwei Stühle hinzugekommen, auf dem Schreibutensilien lagen. Man wollte Gästen aus anderen Ländern offensichtlich gewöhnliche Sitzmöbel bieten. Die dunkelbraunen Holzwände waren meisterhaft mit goldenen, blauen und roten Spiralmustern bemalt. Mit herrlichen Schnitzereien verzierte Truhen befanden sich in den Ecken, doch darin waren nicht mehr seine eigenen Sachen, sondern sie standen Gästen zur Verfügung. Die vielen Waffen, die an den Wänden gehangen hatten, waren entfernt worden, aber das mächtige Geweih des Hirsches, den er als Zwölfjähriger erlegt hatte, war noch immer da.

Brinok ging zum geöffneten Fenster. Kühle Luft zog herein, und er atmete lang gezogen ein. Von hier aus konnte er weite Teile der Stadt überblicken, auch einen Kampfübungsplatz, wo sich die Schönheiten der Stadt zum Training einfanden, entweder um selbst zu kämpfen oder den Kriegern dabei zuzuschauen. In der Ferne erhoben sich majestätische, teils schneebedeckte Gipfel, bei deren Anblick es ihn schon als Junge gereizt hatte, sie zu erklimmen. Eines Tages würde er es gewiss tun.

Brinok fuhr sich ermattet mit der Hand durch das Haar. Er wusste selbst, dass er einen Fehler gemacht hatte, Lanna derart plump und hölzern seinen Eltern vorzustellen. Nach Mennus' Beleidigung hatte er nicht gewusst, wie er es am geschicktesten anstellen sollte, sie als seine angebliche Braut auszugeben — aber das war sicherlich eine der ungalantesten Arten gewesen.

An den Blicken seiner Eltern hatte er sofort erkannt, dass sie eine Ehe niemals billigen würden. Lanna liebte ihn, doch es wäre besser für sie, wenn sie sich ihn aus dem Kopf schlug. Zu viel stand gegen eine Verbindung, und sie würde mit ihm nicht glücklich werden.

Es klopfte.

»Ja?« Brinok brauchte sich nicht umzudrehen, um zu wissen, dass es seine Mutter Gunoda war.

Sie kam energisch herein und schloss die Tür hinter sich. Seine Mutter ging einige Schritte auf ihn zu und blieb dann mitten im Raum stehen. »Wer genau ist diese Lanna, und wer ist die Kriegerin?« In ihrer Stimme lag eine Schärfe, die all ihre Missbilligung ausdrückte.

»Die Kriegerin ist Lanaris, eine Evidanierin.«

»Und dieses junge, unscheinbare Ding namens Lanna?« Sie kam näher an ihn heran. »Ist Lannas Vater ein bedeutender Adliger oder überaus vermögend, dass du mit ihr eine Ehe eingehen willst?«

»Weder noch.«

»Weder noch? Was ist in dich gefahren, mein Sohn? Du machst gar nicht den Eindruck, als wärst du blind vor Liebe. Erwartet sie ein Kind von dir? Wenn ja, ist es unerheblich, denn sie ist eine Rogarländerin. Überlasse sie ihrem Schicksal.«

»Sie ist eine Priesterschülerin.«

»Eine *was*? Brinok, was ist mit dir los? Hast du vor nichts mehr Respekt? Musstest du ausgerechnet eine Priesterschülerin beschlafen?«

»Nein, es ist anders ... Ich habe sie nicht angerührt, sie ist mir noch zu jung. Sie hat sich in mich verliebt, und ich fühle mich zu ihr hingezogen. Doch ich bin noch nicht bereit für eine Ehe. Ich wollte, dass sie sieht, was sie hier in einigen Jahren erwarten könnte. Und ich wollte, dass ihr sie kennenlernt.«

Sie schnappte entrüstet nach Luft. »Du bist noch nicht bereit für eine Ehe? Du bist vierundzwanzig Jahre alt! Unsere Sippe braucht starke Kämpfer. Du solltest daher endlich heiraten, aber nicht diese Rogarländerin! Du hast mir Braduhn genommen, indem er dir wohin auch immer gefolgt ist und als Söldner starb. Er hat dich bewundert, schon immer ... und das wurde ihm schließlich zum Verhängnis.« Sie seufzte schwer. »Nun bist du in der doppelten Verpflichtung, viele Kinder zu zeugen. Wir sind von bedeutendem Adel, und du wirst ganz gewiss keine arme Priesterschülerin heiraten. Wenn dir die Priesterschülerin gefällt, dann soll sie den Tempel endgültig verlassen. Behalte sie als Eigen-*Graas* bei dir, vergnüge dich mit ihr, wann immer du willst, aber du wirst eine einflussreiche Adlige ehelichen, die unserer Sippe weitere Schwerter zuführt! Verdinge dich nicht mehr als unwürdiger Söldner und komme endlich deinen Verpflichtungen nach!«

»Nun, es ist nicht so einfach. Ich habe Eide geschworen.«

»Eide? Wurden sie gegenüber Barkländern ausgesprochen?«

»Nein.«

»So sind sie nicht von Bedeutung!«, sagte sie energisch. Dann bekamen ihre Augen einen schmerzvollen Ausdruck. »Du hast uns lediglich einen Boten mit der Nachricht gesandt, dass Braduhn tot sei, und hast uns nichts Näheres dazu berichtet. Das fand ich ungeheuerlich und respektlos. Hast du gesehen, wie er starb?«

In Brinok brach Schmerz hervor, der drohte seinen Brustkorb zu sprengen. »Nein.«

»Nicht? Warst du denn nicht an seiner Seite?«

»Nein. Er hat in einer anderen Söldnertruppe gedient. Er verlor sein Leben irgendwo in Evidanien.« Die Worte brannten in seiner Kehle.

»Und wo warst du?«

»In Gotonien.«

»Du hast ihn einfach gehen und anderenorts kämpfen lassen? Du hast nicht auf ihn geachtet? Du ... du ...« Sie schoss auf ihn zu und ohrfeigte ihn.

Er konnte seine Mutter verstehen und nahm es als gerecht

an.

Tränen sprangen ihr in die Augen. »Hättest du uns nicht verlassen, wäre auch er geblieben und würde noch leben. Zumindest hätte er in einem ehrenhaften Kampf in Barkland fallen können, aber nicht im verfluchten Evidanien. Und du konntest uns nicht einmal seinen Halsreif und die Armspangen zurückbringen.«

Er schwieg und sah betreten zu Boden.

Sie wischte sich die Tränen fort und straffte ihre Schultern. »Um zu sühnen, wünsche ich, dass du von nun an bei uns bleibst und deinen Pflichten unserer Familie gegenüber nachkommst. Das ist das Mindeste, was du tun kannst. Schicke deine Begleiter fort, sie sind mir ohnehin nicht geheuer. Wie konntest du nur Ahloren hierherbringen? Was wollen diese hochmütigen Schnüffler hier? Dann ist da noch ein Ostiede, dessen Volk die Frauen unterdrückt. Der Motavier mit seiner seltsamen Brille hält sich glücklicherweise sehr zurück, der Barkländer ist ein Karstide, den Rogarländer mag ich nicht und dann dieser Gotone ... meine Güte! Halte dich von ihm fern. Er wirkt verschlagen und hütet bestimmt ein finsteres Geheimnis. Sicherlich ist er nur Söldner geworden, damit er ungezügelt morden und sich an der Menschheit für irgendetwas rächen kann. Sie dürfen ein, zwei Tage bleiben, um sich von der Reise zu erholen, und dann schickst du sie fort, verstanden? Eine Eskorte wird sie bis zur Grenze geleiten, um sicherzugehen, dass sie Barkland tatsächlich verlassen.« Sie schüttelte empört den Kopf und sah ihn vorwurfsvoll an. Doch dann schien sie ein anderer Gedanke zu beschäftigen, und ein berechnendes Lächeln huschte über ihr Gesicht. »Heute reist der bedeutende Adlige Eidriss an. Das nenne ich wahrlich eine göttliche Fügung, denn er bringt seine feurige Tochter mit. Aneira ist übrigens noch nicht verheiratet. Ich weiß, dass du dich mit ihr vergnügt hast, an jenem Tag vor vier Jahren, bevor du aufgebrochen bist, um ein verfluchter Söldner zu werden. Ich habe euch damals im Stall gesehen. Ich bedaure, dass sie kein Kind empfangen hat, dann hättest du unverzüglich zurückkehren müssen, um sie zu heiraten. So wie ich hörte, liebt sie dich noch immer. Aneira wird ihr Glück kaum fassen können, dich hier zu sehen.«

»Mutter, hör auf!«

Sie fasste ihn an den Schultern und zwang ihn, sie anzusehen. »Nein, Brinok, das werde ich nicht! Es ist, wie ich es sagte: Du bist unserer Familie verpflichtet! Ich denke, du hattest als Söldner genug Spaß. Du weißt, dass du ein begehrliches Mannsbild bist und dir die Herzen der Frauen nur so zufliegen. Dieses junge Ding, das du mitgebracht hast, wird sich nur in dein hübsches Gesicht und deine starken Muskeln verliebt haben. Wenn sie erst einmal weiß, dass du dich gern betrinkst, dein Geld verspielst und dich oft prügelst, wird sie ohnehin das Interesse an dir verlieren.«

»Nun, Mutter, sie hat mich bereits recht gut kennengelernt.«

Gunoda ließ verblüfft die Arme sinken. »Dann ist sie hoffnungslos naiv oder blind vor Liebe.«

»Wenn ich heirate, *werde* ich mich ändern. Ich werde ein treuer und guter Ehemann sein und mein Weib mit dem Schwert beschützen.«

Sie hob eine Augenbraue, als ob sie daran zweifelte, dann zuckte ihr rechter Mundwinkel voller Unmut empor. »Du solltest ein Weib heiraten, das sich selbst beschützen kann.« Sie trat einen Schritt von ihm zurück. »Ich gehe jetzt und werde für Eidriss' Empfang ein Mahl vorbereiten lassen. Er und seine Tochter sind uns mehr als willkommen!«

Sie rauschte hinaus, und hinter ihr fiel die Tür zu. Brinok lehnte den Kopf gegen die Wand und schloss die Augen. Nein, seine Mutter würde Lanna niemals an seiner Seite akzeptieren ... Zudem würde er seine Mutter enttäuschen, denn er würde nicht bleiben, sondern seinen Pflichten als *Dunak tor* nachkommen. Für ein Moment spielte er mit dem Gedanken, ihr zu offenbaren, dass er ein *Dunaktor* war, doch das würde sie niemals verstehen, da sie diese für Lakaien der Ahloren hielt. Er hatte andere Brüder, und Mennus hatte bereits drei Söhne und eine Tochter, die sich im Laufe der Zeit um eine große Kinderschar im Dienste der Familie kümmern konnten.

Dennoch hatte sie recht: Er hätte Braduhn fortschicken sollen, als er ihm gefolgt war. Er lastete sich dessen Tod schwer an. Brinok hasste dieses Gefühl, das ihn niederdrückte.

Godered

Da das Festessen noch nicht vollständig aufgetragen war, bat Bearach seinen Sohn und Godered, sich mit ihm in eine Nische des Saals zu setzen, die durch Holzbrüstungen und Pfosten abgetrennt war. Hier stand sogar ein hoher Tisch mit Stühlen, sicherlich für wichtige Gäste, die solche Möbel gewohnt waren.

Die anderen *Muriaten* fanden sich allmählich im Saal ein und bedienten sich an den Vorspeisen, die bereits auf einem Tisch standen.

Godered trank Kadoch, das sehr herb schmeckte und ein rauchiges Aroma besaß. Der erste Schluck war ungewohnt, der zweite bereits verführerisch, und der Gaumen verlangte danach, den gesamten Becher zu leeren. Doch Godered hielt sich zurück.

Der Vater und Brinok saßen Godered gegenüber, und ihre Becher waren ebenfalls mit Kadoch gefüllt – das heißt, der von Brinok war *wieder* gefüllt. Er hatte seinen Becher sofort in einem Zuge geleert und sich großzügig nachgeschenkt.

Bearach fuhr sich mit seiner Hand kurz über den Halsreif und lehnte sich ein wenig vor. »Brinok hat mir gesagt, dass du der Anführer bist – ein *Rotrot*. Außer mir weiß in unserer Horde niemand, dass Brinok und Braduhn *Dunaktor* geworden sind – das ist zwar durchaus ehrenhaft, aber ich bin *Bainestor* von Wachtstein, und von mir und meinen Söhnen wird verlangt, zuallererst den Interessen der Horde zu dienen. Da Brinoks Rastlosigkeit und Neugier allgemein bekannt sind, hielt sich die Empörung in Grenzen, als er angeblich Söldner wurde, denn man war sich sicher, dass dies nur von gewisser Dauer sein würde. Doch als *Dunak tor* hat er Schwüre geleistet und ist Verpflichtungen eingegangen. Ich habe wahrlich versucht, ihm sein Vorhaben auszureden, aber es verlangte ihn nach Härte und Disziplin – gerade weil er so zügellos ist. Braduhn ist ihm gefolgt, da er stets voller Stolz zu seinem Bruder aufgeblickt hat.« Voller Gram verzog er den Mund, und in seinen Augen zeigte sich tiefer Schmerz. »Einen Sohn habe ich bereits verloren. Er starb für die *Dunak tor*, nicht für unsere Horde. Ich muss gestehen, dass mich das mit Zorn erfüllt. Ich würde die *Dunak tor* am liebsten dafür büßen lassen.«

»Büßen sollten die *Gobarem*, die ihn getötet haben, nicht die *Dunak tor*«, warf Brinok ein.

»Wie dem auch sei, Braduhn hätte bei uns bleiben sollen! Schon immer hat er dir nachgeeifert – in allem.« Er musterte Brinok nachdenklich, während er sich an den goldenen Halsreif fasste. »Ich muss feststellen, dass du dich verändert hast. Normalerweise hättest du dich gleich nach deiner Ankunft betrunken und eine Schlägerei angezettelt.« Er lachte kurz auf, wurde aber wieder ernst und blickte Godered an. »Mein Sohn spricht voller Hochachtung von dir, das kommt bei ihm nicht oft vor. Wie macht er sich als *Dunak tor*?«

Godered zögerte. »Er ist ein hervorragender, beherzter Kämpfer, muss aber noch ein wenig an seiner Disziplin arbeiten.«

Brinok grinste. »Ich habe keine Geheimnisse vor meinem Vater. Zu niemandem habe ich so viel Vertrauen wie zu ihm.« Er schaute Bearach fast entschuldigend an. »Ich habe einige Tadel in meinen Unterlagen stehen und bin bereits zweimal verwarnt worden. Dennoch ist ein *Dunak tor* zu sein, genau das, was ich schon immer wollte. Es reizt und fordert mich und bringt mich an meine Grenzen. Ich mache Erfahrungen, die mich reifen lassen, aber auch mein Herz beschweren ... wie der Tod von Braduhn. Ich muss damit klarkommen, dass ich keine Möglichkeit habe, die Schuldigen direkt zur Rechenschaft zu ziehen.« Er zog seine Unterlippe an den Zähnen vorbei und schüttelte den Kopf. »Es war hart, wirklich ... aber ... ich muss dir sagen, dass ich nicht in Wachtstein bleiben werde, obwohl Mutter dies von mir verlangt.«

Bearach strich mit der Hand nachdenklich über seinen kurzen Bart, und dabei huschte ein verstohlener Blick zu seinem Weib, das die Sklaven anwies, wohin sie das Essen stellen sollten. »Das habe ich befürchtet. Doch ich weiß, dass du immer loyal zu unserer Sippe stehen wirst. So bleibe noch einige Zeit bei den *Dunak tor*, dann sehen wir weiter.« Daraufhin schaute er wieder Godered an und zog seine Stirn in Furchen. »Brinok sagte, dass Lanna tatsächlich in ihn verliebt sei, sie aber als Grund für den Besuch herhalten muss. In Wahrheit hättet ihr *Dunak tor* einen Auftrag.«

Godered blickte Brinok strafend an. Dass sie einen Auftrag hatten, unterlag der Geheimhaltung.

»Wir werden die Hilfe meines Vaters benötigen. Ohne ihn könnten wir Jahre suchen und nichts entdecken. Vielleicht könnte Lanna *es* spüren, wenn sie in der Nähe wäre, aber willst du sie durch das gesamte Barkland schleifen?« Brinok schaute Godered eindringlich an.

»Ich versichere dir, ich werde schweigen, schon allein, um meinen Sohn zu schützen.«

Godered zögerte und fuhr mit dem Daumen unruhig über die glatt polierten Verzierungen des Bechers. Brinok konnte sich glücklich schätzen, dass sein Vater für ihn Liebe und Stolz empfand.

Er räusperte sich. »Wir suchen jemanden, der auf einmal beständiges Glück im Spiel hat, erfolgreich Geschäfte abschließt und zu viel Geld gekommen ist. Er muss kein Adliger sein, eventuell sogar ein zuvor unbedeutender Barkländer. Er wird vielleicht eine Zeit lang im Stillen agiert haben. Doch der Reichtum wird ihm zu Kopf steigen, und es wird ihn nach Macht gelüsten. Er wird Zwietracht säen und im schlimmsten Falle sogar einen Krieg entfachen.«

Brinok schaute ihn überrascht an. »Meinst du, dass es wirklich bis zum Krieg kommen könnte? Es ist doch in der Wirkung eher harmlos.«

»Es liegt in der zerstörerischen Natur des Gegenstands, dessen er habhaft geworden ist.«

Bearach lehnte sich ruckartig vor. »Besteht Gefahr für Barkland?«

»Früher oder später gewiss«, antwortete Godered.

Bearach neigte seinen Kopf ein wenig zur Seite. »Es ist demnach kein gewöhnlicher Gegenstand. Magie, nehme ich an. Dann ist es für euch der schnellste Weg zum Erfolg, wenn Magie mit Magie aufgestöbert wird. Morgen gehen wir zum *Sagart* Mellor. Er lebt nahe der Stadt in einer Höhle.«

»Das hört sich gut an.« Godered schöpfte Hoffnung, dass sie mit weniger Hindernissen an die Armschienen *Dalanur* gelangen konnten als damals an *Unaktal*.

Sie begaben sich in den Hauptraum, in dem sich bereits viele Gäste eingefunden hatten. Brinoks Mutter forderte die Anwesenden auf, sich die Teller mit Speisen zu füllen. Auf einer großen Tafel standen allerlei Wurstsorten, Schinken, Brote, Getreidebreie, Wurzelgemüse, Braten, ein Eintopf aus Hülsenfrüchten und verschiedene Süßspeisen.

Godered nahm sich Schinken und Brot und setzte sich neben Scholell auf ein Fell. Das Essen schmeckte köstlich und war kräftig mit Kräutern gewürzt.

Plötzlich berührte ihn etwas an der Schulter, und er legte seine Hand reflexartig um den Griff seines Dolchs. Dann sah er zu seinem Erstaunen kleine, zarte Finger, und er wandte sich um. Hinter ihm stand die dreijährige Schwester von Brinok. Sie hatte weißblonde Locken und ein bezauberndes Lächeln voller Reinheit. Sie zupfte an seinen Haaren herum, streichelte seine Wange, die mittlerweile ein kurzer Bart bedeckte, und legte den Kopf auf seine Schulter.

Die *Muriaten* um Godered herum hatten aufgehört zu kauen und waren wie erstarrt. Godered ebenfalls. Diese unbedarfte Herzlichkeit war für ihn kaum zu ertragen. Vor seinem inneren Auge sah er zahlreiche Tote — Feinde, die er gnadenlos ermordet hatte. Im Angesicht dieses Kindes fühlte er sich besudelt und unrein.

»Ahna, komm zu mir, mein Schatz! Lass unseren Gast in Ruhe!«, rief Gunoda ihr zu, und Godered war ihr überaus dankbar dafür.

Das Mädchen lächelte ihn nochmals an und lief zu seiner Mutter.

Godered schluckte schwer und ließ den Blick über seine Mitstreiter wandern, die ihn noch immer anstarrten.

Brinok grinste breit, Lanaris schaute ihn prüfend an, und Teraal wirkte nachdenklich. Doch für die anderen schien das Zwischenspiel beendet. Mefido aß mit langen Zähnen die Speisen, Ernwic verschlang eine große Bratenscheibe, Lanna begann eine Unterhaltung mit der gleichaltrigen Enida, und die beiden Ahloren kosteten von den fleischlosen Speisen. Godered spürte noch immer die Berührung der Kleinen. Er war aufgewühlt, und es kam ihm so vor, als hätte der Metallpanzer um sein Herz einen Sprung bekommen. Auch jetzt schaute die Kleine lächelnd zu ihm herüber. Warum um alles in der Welt? Konnte sie seine Schlechtigkeit nicht spüren?

Scholell lehnte sich zu Godered herüber. »Du hast mit Brinoks Vater gesprochen. Werden wir Hilfe von ihm erhalten?«, flüsterte er.

Godered nickte knapp, mochte nichts sagen, da Avanors misstrauischer Blick auf ihn gerichtet war.

Dann widmete sich Avanor wieder seinem Essen, stocherte lustlos mit der Gabel darin herum und schob letztendlich den Teller mit dem Wurzelgemüse von sich. Voller Geringschätzung schaute er sich um, und als auch noch Kadoch ausgeschenkt wurde, schüttelte er den Kopf und zog sich in seinen Raum zurück. Godered war das ganz recht.

Lanaris

Lanaris hatte Heimweh. Sie fühlte sich durch Ahna, die kleine süße Schwester von Brinok, an ihre eigene Tochter erinnert. Wie gern hätte sie Ganara jetzt in ihren Armen gehalten. Sie vermisste sie so sehr.

Sie konnte es nicht fassen, dass sich Ahna zu Godered begeben hatte. Ausgerechnet zu *ihm*, der hier in Barkland wieder überaus düster erschien. Seit Ahna bei ihm gewesen war, wirkte er sogar noch verschlossener. Er hatte sich in eine finstere Ecke zurückgezogen und nippte an seinem Kadoch. Was mochte nur in ihm vorgehen?

Seit geschätzt einer Stunde war der Lärm unerträglich. Ein stattlicher, ungefähr fünfzigjähriger Adliger war in Begleitung seiner Mannen und seiner schönen Tochter – einer Kriegerin – aufgetaucht. Die Barkländerin stand im Mittelpunkt, trank gemeinsam mit den Männern, klopfte Sprüche und hatte Brinok zur Begrüßung stürmisch umarmt und geküsst. Die beiden schienen sich schon lange zu kennen, und sie machte keinen Hehl daraus, dass sie ihn begehrte. Lanaris beneidete sie darum, dass sie ihm so offenkundig ihre Gefühle zeigte. Lanna hingegen tat ihr leid. Zwar hatte sich die junge Rogarländerin mutig an die Seite von Brinok gestellt, doch bei all der Wiedersehensfreude – auch mit Kriegern aus Wachtstein, die nun in die Halle strömten – wurde sie immer weiter abgedrängt. Lanna stand lächelnd dabei, aber Lanaris sah, dass die Priesterschülerin um Fassung rang. Brinok lächelte sie des Öfteren an, allerdings war er bald so dicht umringt, dass er keine Chance mehr hatte, sich ihr zuzuwenden. Die Kriegerin wich ihm nicht von der Seite, schenkte ihm immerzu Kadoch ein und trank oft auf sein Wohl. Sie war ein rassiges Weib mit einer Flut von glänzendem rotem Haar und einer beneidenswerten Figur, die sie in recht enges Leder gepresst hatte.

Dann bemerkte Lanaris, dass ein rothaariger Barkländer, Anfang vierzig, den Augenkontakt mit ihr suchte. Er strahlte eine starke Persönlichkeit aus, und seine Selbstsicherheit ließ keinen Zweifel daran, dass er es gewohnt war, zu führen. Er prostete ihr lächelnd zu, und schließlich kam der bärtige Adlige direkt zu ihr.

»Mein Name ist Merrduh. Man sagt, du seist eine evidanische Kriegerin. Du bist bildhübsch und gefällst mir. Ich hörte, dass in eurem Land die Weiber regieren und eine Menge Macht haben. Das finde ich faszinierend und würde gern mehr darüber erfahren. Komm zu uns an den Tisch, und trink mit uns! Erzähle uns etwas über eure Sitten und Gebräuche.« Er lächelte breit und schaute sie feurig an. Er trug keine Kette um den Hals, war also unverheiratet, hatte sich getrennt oder sie einfach nur vergessen.

Lanaris sah an ihm vorbei zu Godered, der sich erhoben hatte und in Richtung Treppe ging. Dabei schaute er kurz über die Schulter zu ihr zurück. Sie hatte den Eindruck, dass es ihm missfiel, dass der Barkländer Interesse an ihr zeigte. In diesem Moment hielt sie ihn für feige, da er nicht den Mut fand, sich für sie zu öffnen.

»Habt Dank für die Einladung, aber ich bin müde und werde mich bald zurückziehen. Es war ein langer Ritt nach Wachtstein«, sagte sie höflich.

Er grinste schief. »Eine nette Ausrede. Du bist eine Kriegerin und wirst wahrlich nicht erschöpft sein. Hier in Barkland kannst du offen sprechen. Wenn es dir unangenehm ist, dass ich hier vor dir stehe, darfst du mir ruhig sagen, dass ich mich verziehen soll. Das ist keine Beleidigung. Und eventuell änderst du ja früher oder später deine Meinung.« Er prostete ihr nochmals zu und gesellte sich wieder zu den anderen. Trotzdem hörte er nicht auf, sie anzuschauen, und Lanaris fühlte sich durchaus geschmeichelt.

Aneira füllte Brinoks Becher weiterhin beständig auf. Sie tauschten mit seinen Freunden Erinnerungen an gemeinsame Erlebnisse aus. Dabei wurden sie immer ausgelassener und prusteten vor Lachen. Lanaris hoffte inbrünstig, dass ihm das Kadoch die Zunge nicht zu sehr löste und er lauthals verkündete, dass er in Wahrheit ein *Dunak tor* war. Scholell schien es ebenso zu ergehen, denn er beobachtete Brinok und wirkte dabei äußerst angespannt.

Aneira küsste Brinok abermals vor aller Augen, und der hellblonde Barkländer schaute danach Lanna entschuldigend an, aber es gelang ihm nicht, sich von seinen Freunden zu lösen. Die Priesterschülerin lächelte zwar immer noch, doch Lanaris konnte sich vorstellen, wie elendig sie sich in Wirklichkeit fühlte. Lanaris wurde zornig auf Brinok und wäre am liebsten zu ihm gegangen, um ihm ins Gesicht zu sagen, wie sehr das alles Lanna verletzen musste.

Gunoda, Brinoks Mutter, schlug mit ihrem Dolch mehrmals gegen einen an der Wand hängenden Metallschild und forderte Ruhe ein. »Ich freue mich, verkünden zu können, dass unsere Sippe die Beziehung mit der überaus einflussreichen Sippe von Eidriss stärken und vertiefen will. Es wurden Abkommen geschlossen, die sowohl den Handel als auch die bewaffnete Unterstützung im Angriffsfall umfassen. Beide Seiten wünschen, den Vertrag mit einer ehelichen Verbindung zu besiegeln. Was meint ihr, wer soll dazu auserkoren werden?«, rief sie aus, und ihr provozierender Blick traf Lanna, deren Lächeln wie fortgewischt war.

Dann geschah genau das, was die Mutter offensichtlich beabsichtigt hatte: Die Krieger riefen aus, dass Brinok und Aneira heiraten sollten. Sogleich wurde voller Inbrunst ein Lied angestimmt, und die Barkländer hielten dabei ihre Trinkgefäße empor und leerten sie dann in einem Zuge.

Das war zu viel für Lanna. Sie wandte sich ab und lief die Stufen hinauf. Brinok wirkte überrumpelt und schaute seine Mutter vorwurfsvoll an, doch schon wurde sein Becher wieder aufgefüllt. Ihm wurde auf die Schulter geklopft und gesagt, was für ein Glück er doch hätte. Die Mutter zeigte ein berechnendes Lächeln. Sie hatte Lanna verletzen und demütigen wollen, um ihr zu zeigen, dass bei den Barkländern kein Platz für sie war — und erst recht nicht an der Seite ihres Sohnes.

Brinok schaute sich kurz suchend nach Lanna um, dann sah er Lanaris an, die den Kopf schüttelte und auf die Treppe wies. Eigentlich hätte er Lanna nachgehen müssen, doch er konnte sich aus dem Pulk, der ihn umgab, nicht loseisen. Vielleicht versuchte er es auch gar nicht.

Demonstrativ verließ Lanaris den Saal und ging in ihren Raum, der sich direkt neben Lannas befand. Sie hörte die Rogarländerin laut schluchzen. Anfangs wollte sie zu ihr gehen, unterließ es dann aber. Die Tränen sollten ruhig einen Teil des Schmerzes aus ihr herausspülen. Und womöglich erkannte sie, wie hart die Welt war und dass gesellschaftliche Zwänge und familiäre Verpflichtungen keinen Raum für Liebe ließen.

Als Lanaris in der Nacht vom Toilettenraum, der sich im Erdgeschoss befand, zurückkehrte und im schummrigen Schein einiger Lampen die Treppe hinaufging, hörte sie Gelächter. Sie zögerte, ob sie weiter nach oben gehen sollte, doch die Neugier trieb sie in den Flur, wo Brinok seinen Raum haben musste. Sie schlich den Gang entlang und vernahm das amüsierte Lachen von Aneira. Lanaris lauschte an der Tür und hörte auch Brinok. Sie redeten über alte Zeiten, und sie sagte, dass sie ihn noch immer liebte. Dann erzählten sie nicht mehr, und Lanaris hörte das Knarren des Bettes und lustvolles Gestöhne.

Zorn stieg in Lanaris auf, und sie hätte am liebsten gegen die Tür gehämmert und Brinok beschimpft. Sie wusste gar nicht, auf wen sie wütender sein sollte: auf die Kriegerin, die ihn umgarnte, auf Brinoks Mutter, die das alles eingefädelt hatte, oder auf Brinok selbst, da er sich nicht im Griff hatte und Zurückhaltung übte. Wie konnte er Lanna das nur antun?

Missmutig schlich sie auf Zehenspitzen fort und begab sich in ihre Unterkunft. Arme Lanna. Fortwährend schluchzte die Rogarländerin, dann wurde sie leiser, bis sie nach einiger Zeit verstummte. Doch nun waren die Geräusche aus Brinoks Raum direkt unter ihnen hörbar. Lanaris hoffte, dass Lanna bereits eingeschlafen war und es nicht vernahm.

Am Morgen fing Lanaris Brinok ab, als er vom Trunk und der Nacht gezeichnet die Treppe herunterkam. Sie stellte sich ihm in den Weg und wies mit einer Kopfbewegung auf einen kleinen Nebenraum.

Widerwillig folgte er ihr. Er schien zu ahnen, dass sie ihn tadeln wollte, und zupfte sich voller Unbehagen am Ohrläppchen.

»Brinok, wie konntest du das nur tun! Lanna ist noch sehr jung und hat dir ihre Gefühle offenbart. Spiel nicht mit ihr, und verletze ihre Gefühle nicht!«

»Ich spiele nicht mit ihr! Ich kann doch nichts dafür, dass sie sich in mich verliebt hat und ich Zweifel hege. Außerdem war es nicht meine Idee, sie hierherzubringen, sondern der Auftrag hat es so bestimmt. Liebend gern hätte ich ihr das erspart, denn es war anzunehmen, dass meine Familie sie ablehnt. Ich weiß nicht, was der Allwissende sich dabei gedacht hat«, flüsterte er.

»Dennoch hättest du dich zügeln können! Du musstest mit dieser Aneira ja nicht gleich auch noch das Bett teilen. Ich hoffe wirklich, dass Lanna es nicht mitbekommen hat«, rügte sie ihn.

»Das Kadoch ... die Wiedersehensfreude und die Tatsache, dass Aneira und ich bereits mehrmals ... vertraulichen Umgang hatten, haben es mir leicht gemacht ...« Dann stutzte er. »Woher weißt du es?«

»Mein Zimmer ist direkt über deinem – genau wie das von Lanna –, und ich habe kurz an deiner Tür gelauscht.«

»Du hast ... *was*?« Er gab einen ungläubigen Ton von sich, neigte den Kopf zur Seite und biss sich auf die Unterlippe. »Nun, ich muss schon sagen: Du bist ehrlich. Das mag ich an dir, Lanaris. Ich werde Lanna später selbst erzählen, was ich getan habe, und werde mich bei ihr entschuldigen. Das wird hart – für uns beide. Doch jetzt muss ich erst mal mit Godered und meinem Vater fort. Wir hoffen, etwas über *Dalanur* zu erfahren.«

»Nur ihr drei? Soll ich mitkommen?«

»Mein Vater will keinen weiteren *Dunak tor* dabeihaben.« Er schaute an ihr vorbei und blickte zum niedrigen Tisch in der Halle, wo schon die meisten *Muriaten* frühstückten. »Er mag euch nicht. Den Ahloren misstraut er ganz besonders, obwohl ich versucht habe, ihn davon zu überzeugen, dass Scholell aufrichtig ist.« Dann blies er die Wagen auf und wirkte schuldbewusst. »Achte bitte auf Lanna, und sei für sie da. Sie hat es hier nicht leicht ... und ich habe mich schäbig benommen.«

»Ja, das hast du. Du bist Lannas erste Liebe. Brich ihr mit deinem Ungestüm nicht das Herz.«

Er nickte nachdenklich und ging mit ihr zu den anderen *Dunak tor*. Brinok füllte sich Wasser in einen Becher, stürzte dieses hinunter, nahm einen Brotkanten und schaute seinen Vater, der neben der Tür wartete, erwartungsvoll an. »Ich bin so weit, wir können aufbrechen.«

Seine Mutter Gunoda kam zu ihm, küsste ihn auf die Wange und strahlte ihn an. »Ich hoffe, du hattest eine angenehme Nacht, mein Sohn.« Sie strich ihm ordnend mit den Händen durch das Haar und widmete sich dann frohgemut Eidriss und dessen Männern, die die Treppe mit schweren Schritten herunterkamen.

Lanaris seufzte und nahm neben Scholell Platz. Sie ahnte, dass es nicht Lannas letzte Demütigung in Barkland gewesen sein würde.

Avanor, der Scholell gegenübersaß, weichte gerade getrocknete Algen in einer Schüssel mit Wasser ein.

»Manchmal frage ich mich, was wohl geschähe, wenn die spröden, algenfressenden Ahloren mal in einen so richtig vor Fett triefenden Braten beißen«, rief einer der Barkländer, und dann platzte das Lachen aus ihm heraus.

Avanor ließ seine Gabel sinken, mit der er einige Algen aus der Schüssel gefischt hatte. Als er kurz zum Barkländer hinübersah, funkelte tiefe Verachtung in seinen Augen. »Grobschlächtig und unkultiviert — in allem!«, zischte er.

Lanaris schaute Godered hinterher, als er zusammen mit Brinok und Bearach das Ratshaus verließ. Es entwickelte sich für Lanna und Lanaris in ihren Herzensangelegenheiten nicht gerade gut. Und Lanaris kam noch nicht einmal dazu, mit Godered über ihre Gefühle zu sprechen.

Kapitel 5

Der Sagart

Godered

Brinok, sein Vater und Godered hatten die Stadt zu Fuß verlassen und befanden sich auf einem schmalen, mit Geröll übersäten Gebirgspfad. Bearach ging schnellen Schrittes voran. Brinok, der folgte, wirkte unaufmerksam, noch nicht ganz nüchtern und geriet mehr als einmal ins Rutschen.

Die Landschaft war überwältigend und faszinierend. Die majestätischen Berge ragten dem tiefblauen Himmel entgegen, und die Gipfel wurden ab und zu von vorbeiziehenden schneeweißen Wolken verhüllt. Das Gebirge besaß viele scharfzackige Kanten und schmale Grate. An manchen Stellen wirkte es wie das ruinierte Gebiss eines Riesen, manchmal, als hätte jemand mit einer gigantischen Spitzhacke Riefen hineingeschlagen. Es erschien hier alles so erhaben, und Godered kamen die Probleme der Menschen in diesem Augenblick klein und nichtig vor. Was interessierten diese Berge die Machenschaften der Menschen, deren Grausamkeit und Lieblosigkeit? Die Berge würden immer noch stehen, wenn der letzte Mensch in Abladur längst zu Staub zerfallen war.

Am Wegesrand wuchsen gelb leuchtende Blumen, und rote und orange Flechten überzogen das Gestein. Andere blau oder violett blühende Pflanzen behaupteten sich zwischen den Felsen. Aber es gab auch mit langen Dornen gespickte Büsche, an denen kleine granatrote Beeren wuchsen.

Als der Weg besonders steil wurde und an einem mit Schutt gefüllten tiefen Abhang entlangführte, richtete Godered seine volle Aufmerksamkeit wieder auf den Pfad.

»Dort ist es!« Bearach wies mit ausgestrecktem Arm auf einen schmalen Spalt in einer Felswand.

Der Weg wurde noch steiler, und Bearach schnaufte ein wenig. Brinok umwehte der Geruch von Alkohol, den er ausdünstete. Godered war verwundert, dass der junge Barkländer trotz seines gestrigen Besäufnisses erstaunlich leistungsfähig war, zumal ihm in Gotonien der Nussbrand wahrlich übel mitgespielt hatte.

Als sie den Höhleneingang erreichten, nahm der Vater einen Holzschlegel und schlug damit gegen eine Bronzeglocke, die an der Felswand angebracht war. Ein dumpfer, nachhallender Ton erklang. Godered fand es ein wenig abstrus, denn er konnte keine Eingangstür ausmachen.

Als keine Reaktion erfolgte, schlug Bearach erneut gegen die Glocke.

»Wer ist da so ungeduldig?«, ertönte eine alte Stimme.

»Ich.«

»Wer ist ich?«

»Bearach.«

»Bist du allein?«

»Nein.«

»Wer ist bei dir?«

»Brinok und ein gotonischer *Rotrot*-Meister.«

»Brinok? Oh, wie schön! Kommt herein.«

Bearach spuckte neben den Eingang der Höhle und ging

hinein. Brinok spie ebenfalls aus, und wandte sich zum verwunderten Godered um. »So lassen wir Lügen und jegliche Niedertracht hier draußen.« Als Godered ihm einfach so folgen wollte, schüttelte Brinok den Kopf. »Du auch, sonst erhältst du keinen Einlass.«

Also tat Godered es ihnen nach und ging Brinok hinterher.

Es war recht wohnlich in der kleinen Höhle. In der Mitte brannte ein Feuer, und der Rauch zog durch ein kleines Loch oben in der Felswand ab. Sonnenstrahlen drangen durch die Öffnung und malten einen hellen, diffusen Kreis auf den Boden. Godered sah, dass es doch eine Tür gab, die den Felsspalt verschließen konnte. Sie war bis zum Anschlag geöffnet, und so strömte frische Luft herein.

Zahlreiche Felle und Stroh bedeckten den Boden. Das hölzerne Bett mit seinem Baldachin und den Vorhängen sah bequem aus, hatte mit kunstvollen Schnitzereien versehene Pfosten, und es lagen allerlei bunte Kissen und Decken darauf. In der Höhle standen sogar ein hoher Tisch und vier Stühle. Schmale Gänge führten in andere, nicht einsehbare Bereiche, vielleicht sogar zu größeren Höhlen. In Regalen befanden sich Gefäße und zahlreiche Bücher, und in der Nähe des Feuers hingen Kräutersträuße an gespannten Leinen.

Ein alter Bastide mit weißem Bart und gleichfarbigem langem Haar saß am Tisch. Er hatte die Hände über einem aufgeschlagenen Buch gefaltet, und daneben stand eine Lampe. Der Alte trug ein wallendes weißes Gewand und war reichlich mit Gold behangen. Von seinem Halsreif hing ein schildartiges, mit Edelsteinen besetztes Element herab, und Tätowierungen bedeckten seine gesamte rechte Gesichtshälfte.

»Brinok, es ist eine Freude, dich wiederzusehen. Ich habe dich und unsere erfrischenden Gespräche sehr vermisst.«

»Du musst wissen, dass mein Sohn überaus belesen ist. Er liebt Gedichte und interessiert sich brennend für Geschichte —

nicht nur für unsere eigene, sondern auch für die anderer Völker«, raunte Bearach Godered zu.

Der Alte schien gut hören zu können, denn er nickte beipflichtend. »O ja, er ist in der Tat äußerst belesen – auch wenn man es nicht von ihm denkt. Es ärgert ihn genauso wie mich, dass die Aufzeichnungen nicht vollständig sind, da die Ahloren das ungeheuerliche Verbrechen begangen haben, alle zu vernichten, die weiter als 525 v. A. A. zurückreichen. Damals haben die Barkländer versucht, einige zu verstecken, doch die Ahloren haben wie Bluthunde alle, wirklich alle, aufgestöbert. Unsere erhaltenen Aufzeichnungen reichen demnach nur 777 Jahre zurück.« Er stutzte. »777 Jahre ... eine bedeutende Zahl. Eventuell befinden wir uns in einem entscheidenden Jahr, oder es ist der Beginn einer besonderen Zeit. Ich muss später darüber nachsinnen. Nehmt bitte Platz!«

Als sie sich zu ihm an den Tisch gesetzt hatten, sah er Godered einen Moment länger an, als versuche er, ihn zu erkunden. »Was ist euer Begehr? Und warum ist der Gotone hier? Er ist ein *Rotrot*, sagtest du, Bearach?« Der Alte schob die Lampe näher an Godered heran. Seine buschigen Brauen zogen sich zusammen, und seine Augen verschmälerten sich, so als würde er etwas entdecken, was ihn verwirrte.

Bearach nickte. »Ja, das sagte ich.«

»Ich bin ebenfalls ein *Dunak tor*,« sagte Brinok. »Außer meinem Vater weiß das niemand in der Stadt. Ich habe vorgegeben, ein Söldner zu sein. Godered und ich sind hier bei dir als *Dunak tor*. Daher, Vater, muss ich dich bitten, draußen zu warten.«

Bearach rieb sich verstimmt die Nasenwurzel. »Ungern. Aber ich verstehe, dass ihr eure Geheimnisse wahren wollt. Genau aus diesem Grund waren mir die *Dunak tor* schon immer suspekt.« Er erhob sich und verließ die Höhle.

Brinok rutschte auf dem Stuhl etwas weiter nach vorn. »Es ist ja wohl klar, dass dieses Gespräch unter uns bleiben muss.«

»Das brauchst du mir nicht zu sagen, mein Junge!«, tadelte

der Alte ihn.

Brinok räusperte sich. »Wir suchen magische Armschienen, die aus einem Versteck hier in Barkland gestohlen wurden. Sie verhelfen dem Besitzer zu Reichtum und vergiften dabei dessen Seele. Hast du Kenntnis von jemandem, der auf einmal beständiges Glück im Spiel und beim Wetten hat oder irgendwie anders in kurzer Zeit vermögend geworden ist?«

»Nein. Bei unserem letzten *Sagart*-Treffen vor vier Wochen war keine Rede von solchen Dingen. Du sagtest: magische Armschienen? In Barkland? Gewiss haben die Ahloren sie in unserem Land versteckt und uns in Unkenntnis darüber gelassen. Sie hüten so manches Geheimnis, und es ist mir nicht möglich, diese zu enthüllen. Auch Dinge, die im *Tempel des Lichts* vor sich gehen, bleiben mir verborgen. Es ist, als hätten sie ein schwarzes Tuch darüber ausgebreitet und das Ahlorenreich mit Magie umgeben. Doch wenn sich die Armschienen in Barkland befinden und eine Macht in sich bergen, könnte ich sie vielleicht aufspüren — natürlich nur, wenn sie nicht mit Magie abgeschirmt werden.« Er erhob sich, kramte in einer Truhe herum und holte ein goldbesticktes Säckchen hervor. Der *Sagart* wog es in seinen Händen. »Keine Angst. Die Droge wird euch nichts anhaben. Sie macht sich nur bei jenen bemerkbar, in denen Übernatürliches wohnt oder die mit Mächten in Verbindung stehen.« Er öffnete den Beutel und griff hinein. »Dann wollen wir mal sehen, ob ich eure Armschienen finden kann.« Der Alte ließ mit einer kreisenden Handbewegung weißes Pulver in die Flammen rieseln und murmelte dabei geheime Worte. Es zischte, und das Feuer flammte hell auf. Funken stiegen wirbelnd empor. Dichter Rauch hüllte gleich darauf den *Sagart* ein. Sein Murmeln wurde zunehmend eindringlicher und beschwörender.

Godered fühlte sich unwohl. Eine Rauchschwade zog zu ihnen herüber. Brinok musste husten und fächerte mit der Hand, um den Rauch zu vertreiben. Bevor die weiße Wolke zum Ausgang zog, streifte sie Godered. Ihm fiel kein vergleichbarer Geruch ein, er war intensiv, ein wenig süßlich und unangenehm. Ein kleiner Hauch drang wie ein Feind in seine Atemwege ein, und er fühlte sich leicht benommen. Als er wieder zum Feuer schaute, zuckte er unmerklich zusammen, denn er erkannte etwas in den Flammen: einen rothaarigen Barkländer, um die fünfzig, die Haut wie gegerbtes Leder. Er trug auf der rechten Gesichtshälfte eine Tätowierung, war demnach ein Bastide. In seiner Hand hielt er Würfel, die er über einen Tisch warf und triumphierend lachte. Dabei blitzten unter seinen Ärmeln goldene Armschienen hervor. Sein Name war Fi..., Fio...

»Fiochnan«, ließ der *Sagart* verlauten, streute ein anderes Pulver in die Flammen, und sogleich verschwand die weiße Wolke.

Godered war aufgewühlt, versuchte aber, sich nichts anmerken zu lassen. Warum hatte er das Bild sehen können? Sein Blick huschte zu Brinok, der unbeeindruckt wirkte.

»Du hast also etwas gesehen, Mellor, ja?«, fragte Brinok und lächelte erfreut.

»Das habe ich. Die Armschienen sind im Besitz von einem Bastiden namens Fiochnan. Von diesem Fiochnan habe ich tatsächlich schon gehört, dachte mir aber nichts dabei. Wie ich vernahm, schart er Söldner um sich.«

»Söldner? Wozu? Gegen wen will er kämpfen?«

»Das weiß ich leider nicht. Seine Sippe ist eigentlich ziemlich unbedeutend und kann nicht viele Schwerter unter ihrem Befehl vereinen. Ihr solltet euch nach Axtstein begeben. Ich hörte, dass Fiochnan dort verweilt.« Der Alte setzte sich wieder zu ihnen an den Tisch. Als er Godered anblickte, stutzte er, und seine Augen verschmälerten sich.

Godered wich seinem Blick aus, war noch zu verwirrt, um diesem standhalten zu können. Was hatte der Alte gesagt? *Diese Droge macht sich nur bei jenen bemerkbar, in denen Übernatürliches wohnt oder die mit Mächten in Verbindung stehen.*

Aber das war bei ihm doch gar nicht der Fall. In seiner Familie war nie ein Magier gewesen, noch nicht einmal ein Priester, sondern ausschließlich adlige Krieger und Königsanwärter. Was war denn nur mit ihm? Er hatte *Unaktal* und *Lanasch* berühren können, ohne dass sie Herrschaft über ihn erlangt hatten, der Hauptgroßpriester und Rahila hatten ihn mehr als einmal in einer Vision gesehen, und der *Gobarem* hatte ihm mit seiner magischen Kugel nichts anhaben können. Ein Gefühl von Panik stieg in ihm auf und drohte sich seiner zu bemächtigen, doch er kämpfte dagegen an. *Nicht darüber nachdenken! Es ist nichts Besonderes an dir und auch nicht an deiner Familie!*

»Geht es dir gut?«, erkundigte sich der *Sagart* und musterte ihn.

»Ja. Habt Dank für die Hilfe!« Godered erhob sich ein wenig zu hastig. »Brinok, wir müssen gehen.« Noch immer spürte er den Blick des Alten auf sich brennen.

»Ja, das müssen wir.« Brinok schob den Stuhl zurück und stand auf. »Wie ich sehe, Mellor, sind einige Bücher hinzugekommen. Wenn wir unseren Auftrag erledigt haben, werde ich dich besuchen und mir einige davon ausleihen.«

»Das kannst du gern tun.« Der *Sagart* lächelte, wurde aber gleich darauf ernst. »Brinok, warte bitte draußen.« Dann wandte sich der Alte an Godered. »Kampfmeister, auf ein Wort!«

Irritiert blickte Brinok seinen *Laruell* an und verließ die Höhle.

Der Alte kam näher an Godered heran. »Du trägst etwas in dir ... Ich konnte es nicht genau erkennen, aber es ist eine Art Schatten. Weißt du, was es ist?«

Godered schwieg.

»Es befremdet dich selbst, nicht wahr? Du solltest unbedingt herausfinden, was es ist.«

Godered schluckte. »Könnt Ihr mir dabei helfen?«

»Nein, leider vermag ich das nicht. Ich habe es versucht,

doch der Schleier hat sich nicht gelüftet. Jemand wie du ist mir nie zuvor begegnet. Aber ich habe mich weder bedroht noch angegriffen gefühlt. Wie lange weißt du schon davon?«

»Seit dem letzten Auftrag, also seit ein paar Monaten.«

»Und vorher hast du nichts bemerkt?«

»Nicht auf diese Art und Weise.«

»Bleib wachsam. Du musst dem unbedingt nachgehen. Von daher tut es mir ausgesprochen leid, dass ich — ein hoher *Sagart* — dir nicht helfen kann. Sei ohne Sorge, ich werde mit niemandem darüber sprechen.«

»Dafür danke ich Euch.« Godered nickte ihm zum Abschied zu und ging hinaus. Er wollte nicht, dass ihm so etwas widerfuhr. Hatte ihm der Hauptgroßmeister nicht gesagt, dass er in Barkland weitere Erkenntnisse über sich gewinnen würde? Nun, bis jetzt waren nur weitere Fragen aufgeworfen worden.

Brinok hatte direkt vor dem Eingang gewartet und blickte ihn zwar neugierig an, sprach aber kein Wort zu ihm. Sie gingen gemeinsam zu Bearach, der in einiger Entfernung auf einem Felsvorsprung saß und gelangweilt Steine in die Tiefe warf.

»Und? Habt ihr eure Antwort?«, fragte er mit einem beleidigten Unterton.

»Ja, wir wissen, wohin wir gehen müssen«, antwortete Brinok.

»Es ist gut, dass ihr *Dunak tor* endlich Wachtstein verlasst.« Bearach schleuderte einen weiteren Stein weit von sich.

»Nur dein Sohn, Gohan und ich werden Wachtstein verlassen«, ließ Godered verlauten.

Bearach zog mürrisch die Augenbrauen zusammen. »Und die anderen? Sie können unmöglich bei uns bleiben! Das könnte einige Wachtsteiner misstrauisch machen. Die anderen *Dunak tor* müssen auch fort!« Verdrießlich verschränkte er die Arme vor der Brust.

»Also gut, wir werden die Gruppe ein wenig ... ausdünnen.

Scholell, Teraal und Lanaris werden bleiben. Die Priesterschülerin wird zum *Tempel des Lichts* zurückkehren. Der Ostiede, der Rogarländer und der Ahlore Avanor werden sie begleiten«, sagte Godered.

»Lanna soll zurückkehren?« Brinok ließ die Schultern sinken.

»Es ist besser so«, meinte Godered.

»Mir wäre es lieber, wenn ausnahmslos alle *Dunak tor* verschwinden!« Bearach zog verärgert die Augenbrauen zusammen.

»Sie bleiben! Wir können den Ahloren und den Motavier nicht mitnehmen, da sie zu auffällig sind. Wir benötigen aber deren Unterstützung, falls wir erfolgreich sein sollten und aus Barkland ins Ahlorenreich fliehen müssen«, klärte Godered ihn auf.

»In Ordnung, die beiden Krieger und die Evidanierin dürfen bleiben.« Bearach hob einen Stein auf und schleuderte ihn ergrimmt gegen einen Felsen, wo er laut aufschlug und zerschellte.

Auf eine gewisse Weise konnte Godered verstehen, dass er die *Dunak tor* ablehnte, denn er sah sie als Diebe an, die ihm seinen Sohn gestohlen hatten. Dass Brinok freiwillig gegangen war, schien für ihn nicht zu zählen.

»Ich werde Lanna selbst sagen, dass sie zurückkehren muss.« Brinok wirkte sichtlich bedrückt und fasste sich an seinen Halsreif, als ob ihm dieser zu eng erschien.

»Das solltest du tun, mein Sohn.« Auf seinen Lippen zeigte sich die Andeutung eines zufriedenen Lächelns. Ja, er war froh, dass Lanna ging.

Das würde für Brinok kein leichtes Gespräch werden. Bevor Godered die Feier vorzeitig verlassen hatte, hatte er gesehen, dass Brinok sich Lanna gegenüber nicht gerade galant verhalten und es zugelassen hatte, dass sie ins Abseits geraten war. Es war offensichtlich, dass insbesondere seine Mutter gegen die Verbindung war, und sie hatte jede Gelegenheit genutzt, Aneira in den Vordergrund zu drängen. Godered konnte nur erahnen, was in Lanna vorging. Es war gut für sie, dass sie Barkland verließ, um nicht mehr zu leiden. Und so konnte Godered gleich die Gelegenheit nutzen, um sich Avanors zu entledigen. Er war auch froh, dass Mefido zurückkehrte, den er kaum kannte. Aber er spürte dessen Ablehnung. Ernwic hatte sich ihm gegenüber bisher erstaunlich zurückgehalten, er wirkte in den letzten Tagen ein wenig matt und krank.

Einen Atemzug lang kam es ihm in den Sinn, Lanaris ebenfalls fortzuschicken, damit der Barkländer nicht mehr um sie werben konnte – doch der Grund war egoistisch und nicht der Sache dienlich.

Sie gingen den Pfad hinab und mussten darauf achten, auf dem Geröll nicht auszurutschen und in die Tiefe zu stürzen.

Godered konnte den Blick des *Sagarts* spüren, der auf seinem Rücken brannte. Als er kurz stehen blieb und über seine Schulter schaute, sah er am Eingang der Höhle den Alten.

Über jeden weiteren Schritt, den Godered zwischen den *Sagart* und sich brachte, war er froh. Er wollte hinter sich lassen, was in der Höhle vorgefallen war.

Brinok

»Lanna ...« Brinok saß mit der Rogarländerin auf einer Bank in der Nähe eines Wasserkanals, wo Kinder Schiffchen schwimmen ließen und diesen auf Mauern johlend hinterherjagten. Die Sonne hatte sich auf Lannas seidiges blondes Haar gelegt, das sie heute offen trug. Sie sah gleich viel erwachsener aus. Ihr stand die bunte Kleidung der Barkländer ausgezeichnet, und sie wirkte nicht mehr ganz so blass. Vielleicht lag es auch daran, dass Zorn ihre Wangen gerötet hatte. Sie schaute nicht ihn an, sondern die Kinder, und ihre Finger spielten nervös mit einem

Zierband ihres Kleides.

Er war mit ihr hierhergegangen, da das gleichmäßige Plätschern eine beruhigende Wirkung hatte und sie hier nicht in der Nähe von Aneira waren, die sich noch immer im Haus seines Vaters aufhielt.

»Es tut mir leid, dass ich dir so wenig Beachtung geschenkt habe«, sagte er reumütig.

Sie presste die Lippen zusammen, wollte ihn wohl mit ihrem Schweigen bestrafen, doch dann platzte es aus ihr heraus: »Das allein war schon kränkend – aber dabei hast du es ja nicht belassen. Deine Mutter hat dafür gesorgt, dass ich den Raum über deinem erhalte – wohlwissend, was folgen würde. Ich konnte dich und Aneira hören.«

Das war wie ein Faustschlag in seine Magengrube, und sogleich kam er sich richtig schäbig vor. »Ich ... ich hatte viel zu viel getrunken, und Aneira ist mir vertraut. Es war nicht das erste Mal, dass ich bei ihr gelegen habe, dann ist man schneller dazu bereit und nicht mehr so gehemmt ...«

»*Gehemmt?* Das ist ja wohl ein Wort, das dir vollkommen fremd ist.« Sie wandte sich ihm zu und schaute ihn vorwurfsvoll mit ihren großen kornblumenblauen Augen an. »Brinok, es war gut, dass der Auftrag uns hierhergeführt hat. Mir wurde klar, dass ich einer Illusion erlegen war. Du bist deiner Familie verpflichtet und wirst die *Dunak tor* früher oder später verlassen. Deine Familie würde mich, eine arme Rogarländerin, niemals als dein Weib akzeptieren. Zudem ist Aneira eine blendende Erscheinung, mit der ich nicht mithalten kann. Im Gegensatz zu ihr bin ich – wie dein Bruder so treffend sagte – ein farbloses Pflänzchen. Ich werde Godered bitten, dass ich in den Tempel zurückkehren darf, sobald ich für den Auftrag nicht mehr erforderlich bin.«

»Nun ... er möchte ohnehin, dass du gehst.«

Ihre Augen röteten sich. »Verstehe.«

»Nein, du verstehst nicht! Es ist nicht wegen mir, sondern

weil er dich nicht mehr benötigt und es sicherer für dich ist.«

Tränen schimmerten in ihren Augen, aber sie kämpfte dagegen an. »Weil er mich nicht mehr benötigt? War ich nur hier, um eine kurzweilige Tarnung zu bieten? Ich dachte, ich bin hier, weil ich den Gegenstand aufspüren kann.«

»Wir wissen, wer ihn hat. Ein *Sagart* hat den Mann in einer Vision gesehen.«

»So, ein *Sagart* ... Dann lasst mich doch das nächste Mal aus dem Spiel und befragt gleich einen solchen.«

»Lanna ...«, er sah ihr tief in die Augen, »ich sehe, wie gekränkt du bist. Ich kann es leider nicht ungeschehen machen. Du hast eine andere Moralvorstellung als mein Volk. Das alles muss dich ungeheuer verletzt haben. Es tut mir aufrichtig leid. Ich bin ein *Dunak tor* – wenn auch kein besonders tugendhafter. Aber ich kann dir sagen, dass ich nicht vorhabe, jemals die Kampfschule zu verlassen und mich den Wünschen und Erwartungen meiner Eltern zu beugen. Aneira werde ich auch nicht heiraten. Du bist verletzt, und die Erfahrungen, die du hier machen musstest, wären dir besser erspart geblieben. Ich habe deine Zuneigung ohnehin nicht verdient.«

In ihren Augen glitzerten abermals Tränen.

Ihr derart wehzutun, hatte nicht in seiner Absicht gelegen. Er hatte sich zu sehr der Wiedersehensfreude und der ausgelassenen Stimmung hingegeben.

Sie presste die Lippen zusammen, sah kurz zu den spielenden Kindern und dann wieder zu ihm. »Ich habe mich in dich verliebt, Brinok. Du bist meine erste Liebe ... Ich kann nichts dafür, es ist einfach geschehen. Meine Gefühle sind stärker als meine Vernunft, doch ich weiß, dass ich dagegen ankämpfen muss. Du magst mich, das ist mir bewusst, doch ich bezweifle, dass jemals mehr daraus wird. Ich musste erkennen, dass ich, obwohl ich einige Jahre jünger bin als du, trotzdem in einigen Dingen reifer bin. Es war für mich in Barkland eine lehrreiche Erfahrung, und es kam mir vor, als wäre eiskaltes Wasser über mich geschüttet worden. Nun sehe ich klarer. Ich muss dir zugutehalten, Brinok, dass du immer ehrlich zu mir warst, dich nie verstellt und mir nie falsche Hoffnungen gemacht hast. *Ich war diejenige, die einem Traum aufgesessen ist.«* Sie wischte sich eine Träne fort.

Er kam sich schäbig vor und hätte ihr gern Worte des Trostes gesagt und sich nochmals entschuldigt, doch die Worte blieben ihm wie ein trockener Brotkanten im Halse stecken.

Lanna straffte die Schultern. »Wann soll ich fort? Sicherlich so bald wie möglich.« Sie erhob sich, und ihre langen Haare umwehten sie wie ein goldener Schleier. Sie war schön wie ein Frühlingsmorgen.

Brinok räusperte sich, in seiner Brust tobte ein Sturm der Gefühle, er konnte diese überhaupt nicht einordnen, doch das Schuldbewusstsein überwog. »Ja«, brachte er heiser heraus und erhob sich ebenfalls.

»Wird mich jemand begleiten?«

»Mefido, Ernwic und Avanor werden dir sicheres Geleit geben.«

Lanna wich empört einen Schritt zurück. »Das sind ja wirklich *die* drei, die ich mir am wenigsten wünsche. Können mich nicht Scholell und Lanaris begleiten? Oder Teraal?«

»Nein, sie werden hier benötigt. Es geht leider nicht anders.«

Sie wirkte nun recht kühl, obwohl in ihren Augen noch immer Verliebtheit glitzerte. Er war zornig auf sich selbst, wünschte, er könnte die Zeit zurückdrehen und anders handeln.

»Nun gut. Hauptsache, ich muss nicht allein reisen.« Sie blinzelte vorsichtig zu ihm herauf. »Dann werde ich jetzt meine Sachen packen.«

Er nickte nur. Jedes weitere Wort wäre ihm falsch und unangebracht vorgekommen. Lieber hätte er sich jetzt einem Feind entgegengeworfen oder in eine Schlacht gestürzt, als sich so elendig zu fühlen — wie ein Schuft und Verräter.

Sie wandte sich ab und ging davon. Brinok schaute ihr einen Moment hinterher und setzte sich auf die Bank, stützte seine Ellenbogen auf die Knie und vergrub die Hände in seinem Haar. »Brinok, da hast du ganz großen Mist verzapft!« Er hatte alles zerstört, dabei hätte er sich durchaus vorstellen können, sie in ein paar Jahren zu heiraten.

Sie war es tausendmal wert, geliebt zu werden.

Mefido

Im Gegensatz zu Avanor und Ernwic, die scharfen Protest erhoben hatten, störte es Mefido nicht, ins Ahlorenreich zurückzukehren. Er hatte es gehasst, an den niedrigen Tischen auf dem Boden zu sitzen. Die Mahlzeiten waren fleischlastig, schlicht und ohne jede Raffinesse. Außerdem waren die Barkländer ein ungehobeltes Volk – schön anzusehen, ja, aber unkultiviert und ohne jede Manier. Die Frauen hatten ihn kaum wahrgenommen, wahrscheinlich war er ihnen zu klein gewesen. Immerhin hatten einige von ihnen sein glänzendes schwarzes Haar und seine glühenden Augen bewundert.

Mefido mochte die Landschaft ebenfalls nicht – diese schroffen grauen Berge, die teils sehr dichten Wälder und dann diese furchtbar kalten Nächte.

Als sie aufbrachen, war er froh, die Stadt endlich zu verlassen. Allerdings störte es ihn gewaltig, dass Bearach zehn Krieger abgeordnet hatte, die sie bis zur Grenze begleiten sollten. Brinoks Vater wollte sich auf diese Weise vergewissern, dass die unerwünschten Besucher das Land tatsächlich verließen.

Mefido hatte Mitleid mit Lanna, die schweigend neben ihm ritt und traurig wirkte. Sie schien tatsächlich etwas für Brinok zu empfinden. Doch sie hatte sich den Falschen ausgesucht, er passte so gar nicht zu ihr. Mefido hatte Brinok als unberechenbar und temperamentvoll wie ein junges Wildpferd empfunden.

Wie war er nur gewesen, bevor er zu den *Dunaktor* gegangen war?

Mefido wünschte sich, dass er bereits wieder in der Kampfschule wäre. Bei dieser teils unangenehmen Gesellschaft würde ihm die Rückreise überaus lang erscheinen. Er seufzte und heftete seinen Blick auf den Rücken des Ahloren, der vor ihm ritt. Er mochte diesen Kerl nicht, der sich sichtlich von ihnen distanzierte und sie bei jeder Gelegenheit demonstrativ mit Verachtung strafte. Der Ostiede war sich sicher, dass er alles — wirklich alles —, was er hier sah und hörte, anderen Ahloren zutragen würde.

Je länger Mefido darüber nachdachte, desto mehr ärgerte es ihn nun doch, dass sein Auftrag so früh geendet hatte. Sicherlich hatte ihn der düstere Gotone nicht mehr bei sich haben wollen, weil er ihn nicht hinreichend kannte und Mefido sich anfangs nicht gerade nett über ihn geäußert hatte. Aus welch anderem Grund wollte er auf ihn, einen fähigen Krieger, verzichten?

Teraal

Teraal stocherte lustlos in seinem gesüßten Hirsebrei herum, dem es bei Weitem an Flüssigkeit fehlte und der unappetitlich am Löffel kleben blieb, sich auch nach einem Schütteln nicht davon löste. Scholell und Lanaris waren wie er schweigsam und wirkten verdrießlich.

»Ich dachte, dass wir bei unserem Auftrag alle zusammenbleiben. Doch nun sind wir in drei Grüppchen aufgeteilt. Ich komme mir nutzlos vor«, gestand Teraal leise.

Scholell, der neben ihm saß, lehnte sich zu ihm herüber. »Der Auftrag erfordert es. Godered hat es uns doch erklärt: Wir beide würden bei den Barkländern niemals als Söldner Aufnahme finden.«

»Und Lanaris?«, wollte Teraal wissen.

Der Ahlore zögerte, presste die Lippen zusammen, als schien er genau überlegen zu müssen, was er sagte. »Sie reiten zu Söldnern. Wer weiß, was das für ein Menschenschlag ist. Lanaris hat eine kleine Tochter, und vielleicht will Godered sie schützen.«

Teraal empfand die Begründung als dürftig. Schließlich war sie eine Kampfmeisterin und hatte in den letzten Schlachten tapfer und schonungslos gefochten.

»Wir bleiben hier, bis Godered mit den beiden Barkländern zurückkehrt. Mir gefällt es ebenfalls nicht, aber wir werden tun, was immer der Sache dienlich ist.« Er sah auf, als Bearach mit energischen Schritten die Holztreppe herunterkam.

Brinoks Vater ging zum Topf, der auf dem Tisch stand, und füllte sich Brei in eine Schale. Dann setzte er sich zu ihnen an den niedrigen Tisch. »Mir ist aufgefallen, dass Brinok die vier Jahre bei den *Dunak tor* gut bekommen sind. Er ist noch athletischer, reifer und beherrschter. Mein Sohn bereist andere Länder und lernt die Völker, deren Kultur und Lebensart kennen. Das mögen für ihn persönlich wertvolle Erfahrungen sein, doch dadurch fühlt er sich seiner Familie nicht mehr so sehr verbunden und vergisst seine Verpflichtungen uns gegenüber. Wir haben nie gewollt, dass er fortgeht. Aber wir konnten ihn nicht halten.« Ein Schatten huschte über sein Gesicht. »Und nun ist Brinok schon wieder fort. Nur ich weiß, dass er ein *Dunak tor* ist. Alle anderen denken, dass seine unbändige Abenteuer- und Kampfeslust ihn dazu getrieben hat, ein Söldner zu werden. Dass man glaubt, er sei ein Söldner, schadet unserem Ansehen. Immerhin bin ich der Oberste der Stadt — der *Bainestor* —, und meine Familie ist von uraltem Adel. Ich muss mir Vorwürfe gefallen lassen, dass mein Zweitältester seine Kampfkraft an andere verkauft, anstatt uns Bastiden beizustehen.« Er stellte seine Schale auf den Tisch. »Wüsste mein Weib, dass er ein *Dunak tor* ist, würde sie verzweifeln, und ihre Hoffnung würde schwinden, dass er dauerhaft zu uns zurückkommt.« Er sah sie ernst an. »Wie gesagt: Er ist fort, aber ihr seid noch hier. Das wird Fragen aufwerfen. Warum sollte ich grundlos einer *Wurzelnagerin*, einer *Pastete* und vor allen Dingen einem verfluchten *Algenfresser* ohne jegliche Gegenleistung für längere Zeit Unterschlupf, Speis und Trank gewähren?« Seine Augen wurden schmal, gefährlich schmal.

Teraal spürte die Feindseligkeit, und ihm blieb fast der Brei im Halse stecken. Hustend schluckte er ihn herunter und spülte mit einem Becher Wasser nach.

»Was willst du damit sagen?« Lanaris' Hand rutschte an ihren Schwertgriff.

Bearach biss sich kurz auf die Unterlippe. »Ich kann den Grund nachvollziehen, warum ihr hier warten sollt. Aber ich kann es nicht zulassen, dass ihr euch ungehindert in unserer Stadt bewegt, und auch nicht, dass ihr in meinem Haus wohnt. Daher werde ich euch für euren Aufenthalt die nötige Tarnung bieten. Teraal, ich hätte gern deine Brille. Ich werde gut auf sie achten. Dort, wo ihr hingeht, könnte sie Schaden nehmen.«

Er wollte seine Brille? Was hatte das zu bedeuten? Obwohl Teraal dieses Ding nicht gerade als kleidsam empfand, vermittelte es ihm ein Gefühl von Sicherheit. »Nein!«, stieß er hervor.

Lanaris erhob sich abrupt. »*Wohin* sollen wir gehen?«

Bearach stand ebenfalls auf. »Ins Bergwerk. Offiziell als Sklaven, ich werde aber darauf achten, dass ihr gut behandelt werdet. Zudem werdet ihr nicht in den Sklavenunterkünften, sondern hier in der Stadt in einem bewachten Quartier untergebracht.«

»Das kann nicht dein Ernst sein! Ich dachte, den Barkländern ist die Gastfreundschaft heilig!«, schnappte die Evidanierin.

»Ja, das ist sie auch. Aber meine Gastfreundschaft endete, als mein Sohn die Stadt verließ.«

Lanaris und Scholell zogen ihre Schwerter, und die Evidanierin streckte Bearach die blanke Klinge entgegen. »Ich werde ganz bestimmt nicht leben wie eine Sklavin!«

Bearach stieß einen lauten Pfiff aus, und gleich darauf kamen Krieger die Treppe heruntergepoltert und stürmten in den Saal.

Teraal war bestürzt, er hatte sich hier eigentlich sicher gefühlt. Seine Hände zitterten, und er wusste nicht genau, was er tun sollte. Das war Brinoks Vater! Nein, er wollte und konnte ihn nicht angreifen. Zudem erschien ihm ein Kampf aussichtslos und selbstmörderisch.

Scholell senkte seine Waffe und gab Lanaris mit einer Kopfbewegung zu verstehen, es ebenfalls zu tun. Lanaris regte sich nicht, sondern giftete die großen Barkländer angriffslustig an. »Ich bin eine Evidanierin und werde nicht für euch in einem Bergwerk schuften!«, fauchte sie.

Scholell ging näher an sie heran. »Bearach will das tun, um uns dafür zu bestrafen, dass Brinok ist, was er ist. Er hat Brinok zugesagt, dass wir hierbleiben, wie und als was, hat er nicht erwähnt. Wir sollten tun, was sein Vater verlangt. Wenn ich es als Ahlore verschmerzen werde, in den Minen zu arbeiten, so kannst du das auch«, redete er mit ruhiger Stimme auf sie ein.

Ihr Unterkiefer mahlte, und ihre Nasenlöcher waren gebläht. Teraal hielt gespannt den Atem an. Ihm kam es so vor, als ob ihr Wunsch, Bearach anzugreifen, fast übermächtig war. Sie rang sichtlich mit sich. Dann stieß sie zornig die Luft aus ihren Lungen, steckte das Schwert fort, gürtete es ab und warf es auf den Tisch.

Bearach nickte zufrieden. »Gut so. Hättet ihr keine Einsicht gezeigt, hättet ihr Blut geschmeckt. Teraal, deine Brille!« Fordernd streckte der Barkländer seine mit zahlreichen Ringen geschmückte Hand aus.

Widerwillig setzte Teraal das Gestell ab, und augenblicklich erhielt seine Umgebung verwaschene Konturen. Er hatte sich an die Brille gewöhnt und die klaren Bilder genossen. Ohne sie fühlte er sich unsicherer als zu jenen Zeiten, als er ausschließlich eine verschwommene Welt gekannt hatte. Er sah seine Brille nur ungern in den Händen des Barkländers und hätte sie ihm am liebsten entrissen.

Lanna

Etwas Hartes traf Lanna am Rücken, und sie schreckte empor. Sie hatte ohnehin unruhig geschlafen, da sie Übernachtungen im Freien hasste und schrecklich gefroren hatte. Sie hätte gern Lanaris' Unterlage aus Seinan gehabt.

Das Lagerfeuer züngelte munter, da einer ihrer Begleiter vor einiger Zeit weiteres Holz hineingeworfen hatte. Doch die Flammen wärmten nur richtig von einer Seite, während die vom Feuer abgewandte Körperhälfte kalt blieb – zumindest bei Lanna. So hoffte sie auf den Morgen und herrliche Sonnenstrahlen.

Mefido und Ernwic schnarchten leise, und der Ahlore schien auch zu schlafen. Einer von ihnen musste eigentlich Wache gehabt haben. Die Männer fühlten sich sicher, da sie endlich wieder im Ahlorenreich waren. Lanna war ebenfalls glücklich darüber. Am Grenzstein hatten sich die Barkländer mit beleidigenden Sprüchen gebührend von ihnen verabschiedet und den Heimweg angetreten.

Abermals traf Lanna etwas am Rücken. Sie wandte sich erschreckt um und schaute zu den nahen Sträuchern. Dort sah sie ... Loguhn. *Loguhn?*

Er war eine rätselhafte Gestalt, ein abtrünniger *Gobarem*, der Godered, Scholell und sie aus König Erwechs Gefängnis in Gotonien befreit hatte – kurz nachdem der arme Ostiede Atno Gesadi an den Folgen der Folter gestorben war.

War Loguhn nicht nach dem Kampf gegen Erwech von den *Dunak tor* gefangen genommen worden, weil sie sich über ihn und seine Gesinnung nicht im Klaren waren?

Er winkte sie zu sich. Lanna schlug die Decke zurück und erhob sich vorsichtig. Sie schaute kurz zu ihren schlafenden Begleitern, ging zu Loguhn und folgte ihm tiefer in den Wald hinein.

»Was ... was machst du hier?«, flüsterte sie und musterte ihn misstrauisch.

»Ich bin auf dem Weg nach Barkland. Ich weiß von eurem Auftrag. Warum seid ihr wieder im Ahlorenreich?«, fragte der junge Evidanier. Er hatte schulterlanges braunes Haar, ein ovales Gesicht und ein Kinnbärtchen.

»Du *weißt* vom Auftrag?«

»Ja. Ihr seid offenbar umgekehrt. Sind die anderen noch in Barkland?«

Sie schwieg, da sie nicht wusste, was sie sagen sollte und *durfte*.

»Ich gehe davon aus, dass dem so ist. Dann begibst du dich wieder in den Tempel, ja? Ich sehe es als göttliche Fügung an, dass ich euch hier in der Nähe der Hauptstraße gesehen habe. So kann ich dich warnen, Lanna. Im Tempel gehen Dinge vor sich, die der dringenden Beobachtung bedürfen.«

»Was meinst du?« Lanna war verwirrt.

»Verrat und Verschwörungen.«

»Im Tempel? Das kann nicht sein.«

»Doch, liebe Lanna. Ich weiß, es ist schwer zu glauben.«

Sie hatte das Gefühl, als würde ein heißes Eisen sie durchfahren. Verrat im wichtigsten Tempel des Kontinents? Loguhn musste lügen – und doch meinte sie, dass zumindest er davon überzeugt war.

»Hast du einen bestimmten Verdacht? Bist du im Tempel gewesen?«

»Nein, ich kann da leider nicht hinein, ohne die Gefahr einzugehen, entdeckt zu werden. Du weißt, dass am Eingang bei Pilgern und Fremden – selbst Priestern – eine heilige Kopfwaschung durchgeführt wird. Dabei würde meine *Gobarem*-Tätowierung im Nacken sofort sichtbar werden, selbst wenn ich sie zuvor mit einer Paste abgedeckt hätte. Die Ahloren mischen dafür irgendetwas ins Wasser. Du lebst im Tempel, hast folglich die Möglichkeit, alles zu beobachten. Halte deine Augen und Ohren offen, und hinterfrage die Dinge, die du siehst oder hörst ...«

»Wie hast du vom angeblichen Verrat erfahren?«

»Das kann ich dir nicht sagen, aber meine Quelle ist zuverlässig. Sollte dir etwas Merkwürdiges auffallen, so wende dich an Godered, sobald er zurückgekehrt ist.«

»An Godered?«

»Ja, er ist absolut vertrauenswürdig und nicht korrumpiert.«

»Korrumpiert? Von wem oder was?«

Loguhn schüttelte den Kopf und blieb ihr die Antwort schuldig.

»Und wenn er nicht zurückkehrt?«

»Dann gehe direkt zum Hauptoberpriester Ellarell.«

»Zu welcher Seite gehörst du eigentlich, Loguhn? Ich finde sowohl dein Verhalten als auch die Rolle, die du spielst, äußerst verwirrend. Manchmal denke ich, du bist ein Helfer, dann denke ich wieder, du bist ein Feind.«

»Würde ein Feind dich warnen und dir sagen, dass du dich an Godered wenden sollst? Geh nun zurück, ehe die anderen erwachen.« Er lächelte ihr zu und zog sich erstaunlich leise in die Tiefen des Waldes zurück.

Lannas Herz pochte wild, und ihre Gedanken überschlugen sich geradezu. Verschwörungen im Tempel? Wie war das möglich? Was war das Ziel? Wer konnte dahinterstecken, und wie sollte sie als unbedeutende Priesterschülerin überhaupt in der Lage sein, etwas in Erfahrung bringen zu können?

Sie kehrte zum Lager zurück. Sonderlich geschickt war sie nicht, trat auf Äste, stolperte über eine Wurzel und stürzte fast, als sie in einen Nagerbau trat. Endlich war sie wieder beim

Feuer und streckte ihre kalten Hände den Flammen entgegen.

Avanor setzte sich auf. »Wo bist du gewesen?«

»Ich werde ja wohl austreten dürfen, oder?«, entgegnete sie patzig.

Er nickte ein wenig verlegen. »Das nächste Mal entfernst du dich nicht so weit von uns, verstanden?«

»Es müsste dir bereits aufgefallen sein, dass ich manche Dinge nicht in eurer Nähe erledigen kann«, sagte sie vorwurfsvoll, während sie sich wieder in ihre Decke hüllte und näher an die Flammen heranrutschte.

Der Ahlore zögerte. »In Ordnung«, brachte er hervor und sah sich misstrauisch um. Dabei streifte sein geringschätziger Blick Mefido. »Er ist einfach eingeschlafen! Dann muss *ich* jetzt wohl Wache halten. Menschen sind und bleiben unzuverlässig!«

Der Morgen dämmerte bereits, aber Lanna hoffte, bis zum Aufbruch noch ein wenig Schlaf zu finden. Doch wie sollte ihr das gelingen? Sie war viel zu aufgewühlt. Verschwörungen im Tempel? Wenn das der Wahrheit entsprach, war das eine Katastrophe für den gesamten Kontinent. Ihre Gedanken drehten sich immer schneller, und ihr Herz raste.

Nicht mehr darüber nachdenken! Du machst dich nur verrückt und hast bisher weder Beweis noch Anhaltspunkt. Es war nur die Aussage von Loguhn!

Sie starrte in die Flammen. Wenn zernagtes Holz in sich zusammenfiel, wurden Funken aufgewirbelt, die zum Himmel emporstiegen, höher und immer höher, bis sie sich dort oben verdunkelten.

Lanna dachte wieder an Brinok. Trotz einiger Bedenken war sie doch voller Hoffnung nach Barkland aufgebrochen. Nichts als Enttäuschung war geblieben. Sie vermisste ihn — trotz allem. Gleichzeitig war sie verärgert über ihn und den ganzen *Arusch*. Warum hatte sich ihr das Symbol überhaupt offenbart? Sie war aufgewühlt, wollte sich ihre Unruhe aber nicht anmerken lassen. Daher wandte sie sich vom Ahloren ab und tat so, als ob sie einschlief.

Ernwics Schnarchen wurde belästigend laut, und dann grunzte er verärgert. Wahrscheinlich hatte der Ahlore ihn grob angestoßen. Bald darauf waren vom Rogarländer nur noch pustende Geräusche zu vernehmen.

Lanna fand keine Ruhe. Verschwörungen im heiligsten und wichtigsten Tempel! Wer steckte dahinter? Die *Gobarem*? Die Gotonen? In diesem Augenblick hatte sie das Gefühl, dass eine schwarze Krallenhand nach dem Kontinent griff, um ihm den Untergang zu bringen.

Godered

Über dem Feuer kochten in einem Kessel Schwarzlinsen, die eine relativ kurze Garzeit benötigten und einen intensiven Geruch verströmten. Brinok, Gohan und Godered hatten vor zwei Tagen die Adlerberge hinter sich gelassen und waren nun im Schlachtwald in einer bergigen Region. Die mächtigen Bäume waren uralt und hatten gewiss schon allerlei Leid und Elend gesehen. Die teils gezackten, teils glattrandigen Blätter leuchteten smaragdfarben, begannen aber bereits, sich herbstlich zu verfärben. Das Rauschen des Laubs im Wind und der Gesang der Vögel waren für Godered liebliche Musik. Der herbe Geruch des Waldbodens weckte in ihm Wohlbefinden. Trotz allem gelang es ihm nicht, sich zu entspannen. Das konnte er nur selten, da er stets einen Angriff aus dem Hinterhalt erwartete.

Brinok und Gohan unterhielten sich und bereiteten sich nebenbei ihr Lager.

Mittlerweile waren sie einander freundschaftlich verbunden – etwas, das bei ihrer ersten Begegnung im *Gratan*heer in Evidanien noch undenkbar schien. Damals hatten sie sich sogleich über die Helden ihrer Vergangenheit gestritten.

»Warum bist du zu den *Dunak tor* gegangen?«, wollte Brinok von Gohan wissen.

Der Karstide strich seine rotblonden Locken zurück und zupfte nachdenklich mit Daumen und Zeigefinger an seiner kleinen, geraden Nase. Er war nicht ganz so hochgewachsen wie Brinok und auch nicht so muskulös. Gohan ließ sich auf seinem Lager nieder und starrte in die Flammen. »Warum?« Ein trauriger Schatten huschte über sein Gesicht. Er seufzte tief. »In mancherlei Hinsicht bin ich anders als du, Brinok ...«

»Offensichtlich, schließlich bist du ein Karstide«, neckte Brinok ihn.

»Nein ... ich meinte: ja ..., aber ich wollte etwas anderes sagen. Ich habe bereits mit siebzehn geheiratet – ein wunderschönes Mädchen aus Schürfstein. Sie hatte eine herrliche Stimme. Wenn sie sang, wurde es ganz still um sie herum, weil alle von ihr wie verzaubert waren.« Er lächelte wehmütig, dann wurde er wieder ernst. »Wir wünschten uns so sehr ein Kind, aber es dauerte lange, ehe sie endlich schwanger wurde. Unsere Freude war groß, doch dann ... es war eine schwierige Geburt, was bei Barkländern selten ist. Unsere kleine Tochter machte nur einen einzigen Atemzug und nahm mein geliebtes Weib mit sich in den Tod.« In Gohans Augen zeigten sich Tränen. »Kurz darauf bin ich zu den *Dunak tor* gegangen. Ich wollte nicht in Barkland bleiben, zumal ihre Familie behauptete, dass ich und mein Samen verflucht seien.«

Eine Träne bahnte sich ihren Weg über seine Wange, und er wischte sie rasch fort. »Bei den *Dunak tor* fand ich ein neues Zuhause, aber leider fehlt mir – ähnlich wie dir – die nötige Disziplin. Deshalb habe ich erst den Schülergrad *Eins*, obwohl ich ein fähiger Kämpfer bin«, gestand Gohan.

»Das mit deiner Frau und dem Kind wusste ich nicht. Tut mir leid. Ein großes Unglück.« Brinok wurde nachdenklich.

Auch Godered ließ es nicht kalt, was Gohan erzählt hatte.

»Ja, das war ein herber Schlag.« Der Karstide rührte im Topf herum. »Über meinen geringen Schülergrad bin ich nicht glücklich, aber ich habe halt das Problem, dass ich nur wenige Autoritäten bei den *Dunak tor* anerkennen kann. Doch dir ...«, er schaute Godered an, »folge ich gern und vertraue dir und deinen Entscheidungen. Ich halte dich für redlich, und du hast dir meinen Respekt bei den Schlachten in Gotonien mehr als verdient. Es war auch äußerst beeindruckend, dich mit *Lanasch* und *Unaktal* zu sehen.«

Godered konnte das Lob wahrlich nicht annehmen. Sollte dieser junge Barkländer nur einen kleinen Teil von Godereds Abgründen und Taten erfahren, würde er ihn nur noch verachten.

Gohan fischte mit seinem Löffel ein paar Linsen aus dem Topf, pustete ein paarmal und ließ sie in seinem Mund verschwinden. »Sie sind zwar gar — aber alles andere als köstlich.« Er holte Salz aus seinem Gepäck hervor und ließ es in den Topf rieseln. »Jetzt wird es besser sein.« Er lud sich seinen Teller voll und setzte sich auf sein Lager.

Godered nahm sich ebenfalls vom Essen. Es schmeckte fade, aber er hatte schon wahrhaft Übleres gegessen, Dinge, die den meisten *Dunak tor* ein Gefühl von Ekel vermitteln würden.

Gohan salzte sein Essen nochmals nach. »Was die anderen jetzt wohl machen? Brinok, dein Vater wird sie garantiert großartig bewirten und ihnen köstliches Fleisch servieren. Sie werden wie die Maden im Speck leben, während wir hier im Wald in der Nachbarschaft von Wölfen und Charniren schlafen müssen.«

Brinok füllte seinen Teller aus dünnem Ahloran mit Linsensuppe. »Ja, er wird sie vorzüglich bewirten — und dabei wird er die Gelegenheit ergreifen, sie über mein Verhalten bei den *Dunak tor* auszufragen. Scholell wird gewiss schweigen, Lanaris neigt auch nicht zum Plaudern, aber Teraal könnte durchaus einiges über mich verlauten lassen ... Andererseits gibt es nichts, was meinen Vater ernsthaft überraschen könnte.«

Godered hörte den weiteren Gesprächen der Barkländer nur beiläufig zu, die nun wieder einmal begeistert von den Helden ihrer Horden prahlten. Er dachte unweigerlich an Lanaris. Der Gedanke, dass sie in Sicherheit war, beruhigte ihn.

Nach einiger Zeit erhob sich Gohan. »Ich verschwinde kurz«, sagte er, streckte sich und stapfte in den Wald.

Brinok und Godered säuberten in dieser Zeit das Geschirr und räumten alles fort.

Ein heiserer Aufschrei ließ sie reflexartig die Schwerter ergreifen. Godered sah, dass Gohan keine seiner Waffen mitgenommen hatte.

»Los!«, stieß er hervor und lief mit Brinok in die Richtung, in die der Karstide verschwunden war. Der Wald hatte hier kaum Dickicht, und das ermöglichte ein schnelles Vorankommen. Gohan rief nach ihnen und redete auf irgendetwas ein, versuchte, etwas oder jemanden zu beruhigen, doch seine Stimme war angsterfüllt.

Dann waren sie endlich bei ihm. Im Schein des Mondes und des letzten Lichts der Dämmerung sah Godered eine zottige graue Bestie in der Größe eines stattlichen Ebers. Sie wirkte wie eine Kreuzung aus Wolf und Ratte, hatte einen unbehaarten rosa Kopf und rotglühende Augen. Mit gefletschten Zähnen stand sie vor Gohan, der es nicht wagte, sich zu bewegen.

»Endlich seid ihr da!«, stieß Gohan erleichtert hervor.

»Ist das ein Charnir?«, wollte Godered wissen.

»Ja. Ein recht hässliches Kerlchen, nicht wahr?«, antwortete Brinok.

Godered näherte sich vorsichtig dem langbeinigen Vieh, das abwechselnd hohe fiepende Töne und tief grollendes Knurren von sich gab. Doch am widerwärtigsten war der süßliche Gestank von Verwesung, gepaart mit dem von gammelndem Fisch.

»Schafft mir das Ding endlich vom Hals!«, presste Gohan durch zusammengebissene Zähne hervor.

Das Charnir knurrte sie abwechselnd an, machte den Rücken zu einem Buckel und fauchte. Seinem Rachen entströmte ein ekelerregender Geruch, und Godered kämpfte gegen einen Brechreiz an. Das Charnir richtete seine volle Aufmerksamkeit auf Gohan, setzte zum Sprung an und riss den Karstiden zu Boden. Godered preschte vor und schlug kraftvoll sein Schwert in das Tier, ehe es zubeißen konnte. Von der Wucht wurde das Charnir zur Seite geworfen und blieb dort jaulend liegend. Godered sprang über Gohan hinweg und erstach die Bestie.

»War für dich ja eine Kleinigkeit!«, neckte Brinok ihn, ging zum toten Charnir und stieß es mit seiner Stiefelspitze an. »Das ist ein Weibchen, wie man an den vier Reißzähnen erkennt. Männchen haben acht und stinken weitaus mehr. Je widerlicher sie riechen, desto unwiderstehlicher für Weibchen.« Er wandte sich Gohan zu, der noch immer der Länge nach ausgestreckt auf dem Boden lag.

Der Karstide hatte sein Gesicht angewidert verzogen, da schleimiger Geifer auf ihn getropft war. »Ich muss gleich kotzen!«, sagte er und würgte heftig. Ruckartig setzte er sich auf und erbrach sich.

Brinok lachte. »So, wie du jetzt riechst, wird dich jedenfalls keine Frau anziehend finden — höchstens ein Charnir.«

»Sehr witzig.« Gohan zog sich sein Oberteil aus und warf es im hohen Bogen fort. »Ich hoffe, hier in der Nähe gibt es einen Fluss oder einen See, da steige ich dann sofort hinein.« Er streckte demonstrativ die Arme von sich. »Ich weiß gar nicht, wie ich mich bis dahin ertragen soll.«

»Nun, mein Lieber, uns wird es ebenso ergehen. Das nächste Mal nimmst du gefälligst dein Schwert mit, wenn du pissen musst!« Brinok blickte sich um. »Schließlich sind Charnire nicht die Einzigen, die in den Wäldern ihr Unwesen treiben.«

Selbst Godereds Schwertklinge stank nach dem Tier, und er rieb es mit Blättern und Sand ab.

»Draufpinkeln hilft!«, sagte Brinok lachend, wandte sich ab

und ging mit Gohan in Richtung Lager.

Godered schaute sich nochmals aufmerksam um. Welche anderen Gefahren hatte Brinok gemeint? Wölfe oder *Gobarem?*

In den nächsten Tagen sprang Gohan unter dem Hohngelächter von Brinok in jedes Gewässer, das auf ihrem Weg lag, bis er meinte, endlich nichts mehr vom Charnir an sich riechen zu können.

Sie kamen an idyllischen Almen vorbei, auf denen große Viehherden zufrieden grasten. Das braun-schwarz gescheckte Vieh lag zumeist wiederkäuend im saftigen Gras und genoss den Sonnenschein.

»Bald erfolgt der Abtrieb. Anschließend gibt es in jedem Dorf ein Schlachtfest, weil nicht alle Tiere durch den Winter gebracht werden können. Das Fleisch schmeckt vorzüglich«, ließ Brinok verlauten und betrachtete lächelnd die Rinder.

»Der Würzbraten meiner Frau war unübertrefflich«, sagte Gohan bedrückt. Der Auftrag in Barkland tat dem Karstiden gar nicht gut. Wehmütige Erinnerungen schienen vermehrt in ihm hervorzubrechen und hartnäckiger an ihm zu hängen als der Gestank des Charnirs, der ihn tagelang umweht hatte.

»Achtung!« Godered hielt abrupt sein Pferd an und zog sein Schwert.

Die anderen *Dunak tor* sahen die Bedrohung ebenfalls und ergriffen ihre Waffen.

Krieger kamen mit gespannten Bogen hinter hohen Büschen hervor. Immer mehr von ihnen erschienen, bis die *Dunak tor* eingekreist waren. Ihre Feindlichkeit war nicht zu übersehen, und einige von ihnen machten Drohgebärden. Gohans Pferd tänzelte, da es seine Nervosität spürte.

Waren das bereits Söldner von Fiochnan?

Sie trugen dunkelgrüne und braune Kleidung, die ihnen eine gute Tarnung bot.

»Verschwindet von hier!«, fauchte ein ergrauter Hüne, der

gewiss ihr Anführer war.

»Wir wollen zu Fiochnan!«, entgegnete Gohan.

Der Riese zog verächtlich die Oberlippe empor. »Ja, genauso seht ihr aus! Haut bloß ab von hier, ehe wir euch mit Pfeilen spicken und anschließend rösten.«

»Warum seid ihr derart erbost?« Brinok neigte sich im Sattel ein wenig nach vorn.

»Du fragst ernsthaft, *warum?*« Der Hüne sah einige seiner Männer an, und diese lachten schal.

»Das kann ich dir sagen! Seit dieser verfluchte Fiochnan Axtstein in Beschlag genommen hat und dort ein Söldnerheer sammelt, kommt es vermehrt zu Viehdiebstählen. Manch ein Bewohner unseres Dorfes hat schon die Hälfte seines Bestands verloren. Ohne Entschädigung! Dabei soll dieser Mistkerl stinkend reich sein und in seinen Truhen Gold und Edelsteine horten. Er zieht nicht nur Söldner, sondern auch Glücksspieler an. Er hat demjenigen, der ihn besiegt, eine große Truhe randvoll gefüllt mit Gold versprochen. Aber das wisst ihr bestimmt selbst. Deshalb seid ihr doch auf dem Weg zu ihm, oder nicht? Er zieht all den menschlichen Dreck an!« Er spuckte verächtlich auf den Boden. »Wir werden jedenfalls bereits übermorgen unser Vieh in unser Dorf bringen, damit es sicherer ist. Und nun verschwindet! Wenn ihr euch hier nochmals blicken lasst, halten wir unsere Pfeile nicht zurück. Los! Haut ab!«

Godered steckte sein Schwert fort, hob beschwichtigend die Hand und wendete sein Pferd. Seine Begleiter folgten ihm unverzüglich.

Brinok rieb sich nachdenklich die Stirn. »Dann hat Fiochnan also bereits ein Heer. Ich vermute, es wird gar nicht so einfach, an ihn heranzukommen. Dabei dachte ich, es wäre ein schnell zu erledigender Auftrag.«

»Wohl nicht.« Godered schaute zu den Bastiden zurück, die ihnen misstrauisch nachblickten und ihre Bogen noch immer nicht gesenkt hatten. Sie taten gut daran, wachsam zu sein.

Lanaris

Es war kühl und düster im Bergwerk. An einigen Stellen tropfte es, und die Feuchtigkeit kroch in die Knochen. Die Barkländer waren schon tief in den Berg vorgedrungen, hatten sich wie Holzwürmer in einen Baumstamm gebohrt und etliche Gänge geschaffen.

In Lanaris' Nähe stand eine Ahlorenlampe. Auch wenn die Barkländer über die Ahloren schimpften, so nahmen sie dennoch Wissen und Gegenstände von ihnen, welche ihnen nützlich erschienen. So bestanden die meisten Meißel aus einer Legierung der Ahloren. Die Werkzeuge waren deshalb relativ leicht und nutzten sich trotz des harten Gesteins kaum ab.

In diesem gewölbeartigen Schacht gab es zahlreiche Nebenschächte und Einbuchtungen, wo vergeblich nach Metall gesucht worden war. Hier unten arbeiteten nicht nur *Hordlinge* und gotolonische Sklaven, sondern auch Bergleute, die für ihre Schufterei großzügig bezahlt wurden und stets im Hinterkopf hatten, dass eine hohe Belohnung winkte, wenn sie auf einen ergiebigen Fund stoßen sollten – allen voran auf Gold.

Rechts neben Lanaris keuchte Teraal. Er hatte eine Ahlorenlampe dicht zu sich herangezogen, um besser sehen zu können. Teraal bedauerte den Verlust seiner Brille, obwohl er behauptete, wieder lernen zu können, ohne sie auszukommen – genauso wie in all den Jahren zuvor. Manchmal jammerte er, weil er nun vermehrt sein Wundmal spürte, da er bei einer Schlacht gegen die Gotonen einen Pfeil in die Schulter bekommen hatte.

Scholell arbeitete links von Lanaris. Seine Schläge waren nicht so kraftvoll wie die der Barkländer neben ihm. Der Ahlore wirkte fast wie ein Bildhauer bei der Arbeit, hielt ab und zu inne und beschaute die Beschaffenheit des Gesteins. Er nahm diese für einen Ahloren entwürdigende Arbeit mit großem Gleichmut hin. Lanaris hatte fast das Gefühl, als diente sie ihm als eine Art körperliche Meditation, um neue Erkenntnisse über sich zu gewinnen.

Die aus dem Gestein geschlagenen Brocken wurden von *Hordlingen* in Körbe gefüllt, die dann in Wagen entleert wurden. Diese schweren Wagen standen auf Schienen und wurden von kräftigen Männern aus dem Schacht ins Freie hinausgeschoben.

Lanaris hasste, was sie hier tun musste. Sie war eine Kriegerin! Ihre Hände und Gelenke schmerzten von den permanenten Schlägen, und sie verabscheute die feuchte Kälte. Immerhin hatte Brinoks Vater ihr die *Seinan*-Unterlage für die Nächte gelassen, und Lanaris durfte wie die anderen Frauen warme Fußbäder nehmen und erhielt heiße Honigmilch als zusätzliches Getränk.

Lanaris war wütend auf Brinoks Vater. Wie hatte er es nur wagen können, ihnen ihre Waffen fortzunehmen und sie wie Sklaven zu behandeln? Sie würde hier gewiss nicht schuften, bis Godered zurückgekehrt war. Wer weiß, wie lange er fort war. Sie hatte bereits mit Scholell und Teraal beschlossen, nach einer günstigen Fluchtmöglichkeit Ausschau zu halten. Eine Flucht würde gar nicht so einfach sein. Hier im Bergwerk erschien sie aufgrund der scharfen Bewachung unmöglich, und Wachtstein lag hoch oben auf einer steilen Erhebung. Teraal hatte bereits kleinmütig zugegeben, kein guter Kletterer zu sein.

»Puh!« Der Motavier hörte mit dem Schlagen auf, legte das Werkzeug fort und streckte seine zitternden Hände aus. »Ich bin eine derart eintönige Arbeit einfach nicht gewöhnt.«

»Ja, wer hätte gedacht, dass unser Auftrag eine so unangenehme Wendung für uns nimmt?«, sagte Scholell und schaute an Lanaris vorbei. Als sie seinem Blick folgte, sah sie sechs barkländische Krieger auf sie zukommen. Sie wirkten, als suchten sie jemanden. Lanaris erkannte unter ihnen den großen rothaarigen Merrduh.

Ein Krieger fasste Merrduh auf die Schulter und wies auf Lanaris. Die Evidanierin befiel ein ungutes Gefühl. Die Männer blieben direkt neben ihr stehen.

»Komm mit!«, forderte Merrduh.

»Wohin soll sie euch folgen?« Scholell hielt seinen Schlägel wie eine Waffe, war bereit, sie zu verteidigen.

Ein Bastide richtete sein blankes Schwert auf ihn. »Halte dein Maul, schiefäugiger *Algenfresser*!«

»Ist schon gut!«, sagte Lanaris zum Ahloren.

Teraal wirkte ebenfalls überaus beunruhigt, und Lanaris musste aufkeimende Panik niederkämpfen.

»Fort mit dem Werkzeug!«, befahl ein Barkländer, und Lanaris legte es misstrauisch nieder.

Sie folgte den Barkländern zu einer beleuchteten Einbuchtung in der Höhle, die mit Bänken und hohen Tischen ausgestattet war und als Pausenraum diente. Es gab sogar eine zweiflügelige Tür, um den Raum zu verschließen.

Ein Krieger stieß Lanaris in den Pausenraum hinein. Wollten sie über sie herfallen? Ihr Gefühl der Panik wurde immer stärker. Sie schaute sich nach möglichen Waffen um. Dort lag ein größerer Stein, mit dem sie Schädel zertrümmern konnte, und da hinten hatte jemand seinen Meißel vergessen. Das war eine gute Waffe.

Merrduh schienen ihre Furcht und Kampfbereitschaft nicht zu entgehen. Er entdeckte den Meißel und auch den Stein, die Lanaris einen Augenblick zu lange angeschaut hatte, und gab beides seinen Kriegern. Verflucht!

Lanaris rückte ein wenig von den Männern ab und brachte sich in eine bessere Position für den Kampf.

Der rothaarige Bastide hob beschwichtigend die Hände. »Nein, nein, Lanaris, es ist nicht so, wie du denkst. Entschuldigung! Raus mit euch!«, herrschte er seine Männer an. »Tür zu!«, brüllte er ihnen hinterher und schon wurden die Türflügel zugezogen.

Merrduh ließ sich auf eine Bank nieder und wies auf eine andere, die weiter von ihm entfernt stand. »Setz dich!« Er lächelte freundlich. »Ich bin ein Adliger, wie du unschwer an meinem Halsreif erkennen kannst. Demnach verfüge ich über

Einfluss, und mir obliegt die Aufsicht über das Bergwerk. Lanaris, allein der Gedanke, dass du hier arbeiten musst, schmerzt mich. Es ist zwar nichts Verwerfliches, denn der Stolz unserer Ahnen ist mit den Schätzen der Berge verbunden, aber du bist eine evidanische Kriegerin. Im Gegensatz zu den anderen Bewohnern von Wachtstein empfinde ich keine Genugtuung, dass ihr in die Mine gesteckt wurdet. Ich dachte eigentlich, dass euch Gastfreundschaft gewährt wurde. Wenn Bearach eure Anwesenheit zuwider war, so hätte er euch der Stadt verweisen, aber nicht versklaven sollen. Lanaris ...«, er atmete tief ein, gerade so, als ob er seinen Mut sammeln müsste, »ich könnte all meinen Einfluss bei Bearach geltend machen und dich aus dem Berg holen. Ich fühle mich sehr zu dir hingezogen. Doch ich muss dir sagen, dass ich verheiratet bin und meine Frau dich nicht in ihrer Nähe dulden würde. Aber ich könnte sie dazu überreden, zuzustimmen, dass du meine *Graas* wirst. Ich würde dich auf eines meiner Landgüter bringen lassen und dich ab und zu besuchen. Du hättest dort ein angenehmes Leben, und ich würde dich voller Hochachtung behandeln. Ich könnte auch dafür sorgen, dass der Ahlore und der Motavier Barkland unbeschadet verlassen dürfen.«

Was sollte sie werden? Seine persönliche Hure? Sie hätte ihm am liebsten Beleidigungen an den Kopf geworfen, doch hier bot sich eine Möglichkeit, die Minen verlassen zu können, wenn die Lage für sie schlimmer werden sollte. Vielleicht würde sie von seinem Landsitz fliehen können, ehe er seine Belohnung einforderte. Sie durfte ihn nicht verprellen, sondern musste ihn hinhalten.

Sie verschränkte die Arme vor der Brust. »Ich bin eine Evidanierin, eine Kriegerin – wie du selbst angemerkt hast – und keine *Graas*. Was denkst du von mir? Ich bin ehrbar.«

Er lehnte sich weiter vor und stützte dabei seinen Unterarm auf das Knie. »Es ist nicht verwerflich, eine *Graas* zu sein. Ich weiß, dass dieser Vorschlag überraschend für dich kommt. Du wirst Zeit brauchen, darüber nachzudenken. Wenn dir die Arbeit hier unerträglich erscheinen sollte oder einer deiner Freunde verletzt wird, bist du in der Lage, dir ... euch ... zu helfen.« Er erhob sich, blickte sie begehrlich an und schenkte ihr ein aufmunterndes Lächeln. »Denke darüber nach.« Er zog beide Türflügel auf und ging hinaus.

Lanaris sprang empört auf, verließ den Raum und schaute ihm nach, wie er mit seinen Kriegern davonging. Unverzüglich kamen Scholell und Teraal zu ihr.

»Hat er dir etwas angetan?«, wollte der Ahlore besorgt wissen.

»Nein. Er wollte mir nur noch einmal deutlich sagen, dass ich seine Aufmerksamkeit erregt habe.« Sie nahm ihr Werkzeug wieder an sich und ließ ihren Unmut am Gestein aus.

Kapitel 6

Söldnerlager

Brinok

Gegen Abend erreichte Brinok mit seinen Begleitern einen Vorort von Axtstein, in dem bereits überall Söldner lagerten. Dieser Fiochnan sammelte eine wahre Armee um sich. Doch wen gedachte er anzugreifen? Bastiden wohl kaum, denn das Heer bestand größtenteils aus Kriegern dieser Horde. Es waren auch viele *Gotolonen* hier, denen das Leben im Ahlorenreich wohl zu bequem geworden war.

Als sie nach Axtstein kamen, wurden sie mehrfach von bastidischen Wachen angehalten und nach ihrem Begehr gefragt. Godered hatte sich die Haare im Nacken zusammengebunden, den Zopf unter der Kapuze seines Mantels versteckt und behauptete, ein *Gotolone* zu sein. Brinok und Godered waren willkommen. Den Wachen missfiel allerdings, dass der Karstide Gohan bei ihnen war, dennoch ließ man sie passieren.

Im Lager ging es laut zu, man soff, spielte, maß die Kräfte, prügelte sich, sang und tanzte. Es waren auch Kriegerinnen dabei, die ebenfalls das Abenteuer suchten.

Als sie in das große Dorf einritten, bemerkte Brinok sofort

die verächtlichen Blicke der Einwohner. Es war offensichtlich, dass sie es verabscheuten, dass ihr Ort derart belagert wurde.

»Absteigen!«, forderte eine hübsche Kriegerin und musterte Brinok forsch. Zwei weitere Frauen kamen hinzu, betrachteten ihn auf ähnliche Weise, und es schmeichelte ihm durchaus. »Die Pferde dürfen nicht weiter in den Ort hinein, sondern werden hier in Ställen oder auf Pferdkoppeln geführt.« Ihr Blick fiel auf seinen goldenen Halsreif. »Schaut euch das mal an: ein Adliger!« Sie hatte schöne blaue Augen, eine beeindruckende rote Mähne, und ihr enges Oberteil aus Leder betonte ihre Kurven. »Komm später zu uns, dann trinken und feiern wir. Mein Name ist Nessa.«

»Ja, komm zu uns – allein! Wir werden uns bestimmt prächtig amüsieren!«, sagte eine strohblonde Kriegerin und lachte aufreizend. Auf ihrer linken Wange prangte eine breite Narbe.

Die Einladung war wahrlich verlockend, doch Brinok spürte Godereds warnenden Blick auf sich brennen. Die *Dunaktor* stiegen von den Pferden und nahmen ihr Gepäck vom Sattel.

»Was ihr nicht unbedingt braucht, könnt ihr hierlassen. Untereinander stehlen wir nichts. Das ist Ehrensache!«, sagte die Rothaarige und kam nahe an Brinok heran. »Du gefällst mir wirklich sehr.«

Sie gefiel ihm auch. Er lächelte der Schönheit zu, bevor er sich umwandte und zu seinen Begleitern ging.

»Bringe uns hier ja nicht Schwierigkeiten!«, raunte Godered ihm zu. »Halte dich von den Frauen fern. Und vor allen Dingen: Betrinke dich nicht!«

Brinok nickte, doch er schaute sich nicht ohne Faszination um. Ein *Söldnerleben* ... Das reizte ihn auch irgendwie: kaum jemandem verpflichtet zu sein und wehrhafte, starke Kriegerinnen in der Truppe, die ebenfalls auf Spaß und Kampf aus waren ... Aber dann würde kaum eine Vorschrift seinem Ungestüm Einhalt gebieten. War er nicht unter anderem zu den

Dunak tor gegangen, weil er sich nach Disziplin und Maßregelungen gesehnt hatte? Zudem bedrückten ihn noch die Ereignisse mit Lanna, und er wollte sich mäßigen.

Sie gingen durch das große Dorf. Hindernisse und Barrieren riegelten den inneren Kern des Orts ab, und hier waren recht viele Wachen anzutreffen. Es dauerte nicht lange, da stellten sich ihnen sechs Bastiden in den Weg, die vor einem Durchlass postiert waren.

»Wohin?«, fragte ein muskelbepackter Hüne griesgrämig. Sein wilder hellbrauner Bart reichte ihm bis auf die Brust hinab.

»Nach dort«, antwortete Brinok rotzig.

»Pass auf, was du sagst!«, zischte der Bärtige. »Also: wohin?«

»Nach dort«, wiederholte Brinok.

Der Bärtige schwellte die Brust und stapfte auf ihn zu. »Willst du dich mit mir anlegen?«

Ein kleinerer Bastide hielt ihn am Arm zurück. »Tuhill, der will dich doch nur aufziehen, merkst du das nicht? Es ist doch klar, dass er zu Fiochnan möchte. Du willst doch zu Fiochnan, stimmt's?«

Brinok hatte Lust, auch ihn zu foppen, hielt sich aber zurück. »Du sagst es.« Dann schaute er den Muskelberg frech an. »Nach *dort* — nicht wahr?«

Der Bärtige blähte die Nasenlöcher und schnaubte wie ein Stier. »Ich denke, es ist nur eine Frage der Zeit, bis wir uns eine ordentliche Prügelei liefern."

»Nichts dagegen«, sagte Brinok und gähnte demonstrativ.

Als der Weg freigegeben wurde, kam Gohan nahe an ihn heran: »Halte dich im Zaum! Ich würde Fiochnan gern lebend erreichen.«

Brinok nickte ihm zu und ging mit seinen Begleitern weiter. Alsbald konnte er einen goldbehangenen Mann mit kupferroten Haaren sehen, der auf einer Bank vor einem Haus saß und mit dem Rücken an der Hauswand lehnte. Auf dem Tisch vor ihm standen allerlei köstliche Speisen. Laternen und Feuer spendeten behagliches Licht. Rechts und links neben ihm saßen hübsche Frauen. Brinok war sich sicher, dass sie diesem hässlichen Kerl niemals Beachtung geschenkt hätten, wenn ihn nicht der Ruf umwehen würde, außerordentlich reich zu sein.

In einiger Entfernung vor dem Mann hatten sich grimmige Barkländer aufgebaut. Vermutlich war dies seine Leibwache. Und wenn schon. Ohne Scheu ging Brinok auf ihn zu. Unverzüglich stellten sich ihm zwei Leibwächter in den Weg und kreuzten ihre Lanzen.

»Ich bin gerade nicht auf Streit aus! Ich will Fiochnan lediglich meine unvergleichlichen Schwertkünste anbieten!«, sagte er beschwichtigend.

»Was will der Kerl?«, rief Fiochnan seinen Wachen zu.

»Für dich kämpfen!«, antwortete ein langhaariger rotblonder Leibwächter und schaute über die Schulter zu seinem Soldherrn.

»Wer ist das?«, wollte Fiochnan wissen.

»Und wer ist *er*? Ist das Fiochnan? Wäre es nicht einfacher, wenn ich gleich mit ihm rede? Sonst erzählt ihr womöglich noch 'nen Haufen Quatsch weiter«, sagte Brinok provozierend.

Der Langhaarige ging erbost einen weiteren Schritt auf ihn zu.

»Brinok!«, ermahnte Gohan.

»Ein Brinok!«, gab die Wache an Fiochnan weiter.

Aus Brinok wäre fast das Lachen herausgeplatzt. »Ja, in der Tat: ein Brinok!«

»Brinok!«, stieß Gohan warnend zwischen den Zähnen hervor.

Der Bastide verstand selbst nicht, warum er so unbeschwert war. Aber vielleicht war es der Situation sogar zuträglich.

»Ein Adliger! Er trägt einen Halsreif oder hat ihn gestohlen!«, meldete der Langhaarige.

»Und die anderen?«, verlangte Fiochnan zu erfahren.

»Und die anderen?«, fragte die Wache.

Brinok verdrehte die Augen und blies kurz die Wangen auf. »Recht lästig, dieses Spielchen.« Er stieß einen ungeduldigen Ton aus. »Der dort ist ein *Gotolone* und der andere ein Barkländer. Wir wollen Fiochnan unsere Dienste als Söldner anbieten.«

»Das ist ja ein Karstide!«, stellte der langhaarige Krieger fest.

»Das hast du gut erkannt!«, lobte Brinok forsch.

Die Wache bleckte die Zähne. »Du vorlautes Stück Charnirscheiße, willst du dich mit mir prügeln?«

»Kann Charnirscheiße sprechen? Wusste ich gar nicht!«, provozierte er weiter.

Der Langhaarige ging so nahe an ihn heran, dass er unmittelbar vor ihm stand und Brinok seinen Schweiß deutlich riechen konnte. Er rümpfte die Nase und trat einen Schritt zurück.

»Brinok!«, zischte Godered.

Fiochnan sprang auf. »Was geht da verdammt noch mal vor sich? Lass die Kerle zu mir vor! Ich will sie mir anschauen!«

Brinok grinste den Langhaarigen breit an und schob sich an ihm vorbei, nachdem die Lanzen aufrecht gestellt wurden.

»Verflucht, Brinok! Was tust du?« Gohan war äußerst nervös.

»Es hat seinen Zweck erfüllt, oder etwa nicht? Schließlich werden wir zu ihm vorgelassen. Also: ganz ruhig!«, sagte Brinok und bemerkte nebenbei Godereds warnenden Blick.

Gleich darauf mussten sie ihre Waffen ablegen und wurden zu Fiochnan geführt. Dieser warf eine abgenagte Hähnchenkeule auf einen goldenen Teller und wischte sich mit einem Tuch über den fettverschmierten Mund. »Ich hörte von einem Adligen namens Brinok. Angeblich ist er irgendwo auf dem Kontinent als Söldner unterwegs. Wer ist dein Vater?«

»Der schöne Bearach aus Wachtstein.«

»Tatsächlich ...« Fiochnan ließ seine Hand vergnügt auf den Tisch klatschen. »Sieh mal einer an: Da steht ein bedeutender Adliger vor mir! Schließlich ist dein Vater der *Bainestor* von Wachtstein und herrscht über den äußerst wichtigen Vorposten der Feste Bastid mit ihren außerordentlich ergiebigen Minen. Warum bist du hier?«

Die Frauen am Tisch musterten Brinok recht interessiert und lächelten ihm zu. Das bemerkte auch Fiochnan, doch anstatt sich eifersüchtig zu gebaren, blickte er Brinok bewundernd an.

»Nach langer Zeit des Herumwanderns kam ich mal wieder nach Barkland. Hier traf ich Bastiden, die mir berichteten, dass du Männer für was auch immer suchst.«

»Du weißt gar nicht, was ich vorhabe?«

»Ich hörte, dass du guten Sold zahlst. Das lockte mich hierher. Was du vorhast, ist mir relativ egal.« Brinok fand sich selbst ausgesprochen überzeugend.

»Wenn dich das Geld lockt, warum gehst du nicht zu deinem reichen Vater?« Fiochnans Augen verengten sich.

»Es ist das Geld meines Vaters. Ich will es nicht, sondern selbst Reichtum erlangen und dabei möglichst frei und unabhängig leben.«

Die Frauen neben Fiochnan betrachteten ihn noch eingehender. Eine von ihnen strich sich dabei durch ihr langes blondes Haar und lehnte sich ein wenig vor, damit ihm ein besserer Einblick in ihren ohnehin großzügigen Ausschnitt gewährt wurde.

Brinok wurde bewusst, dass es hart für ihn werden würde, seinem neuen Vorsatz gerecht zu werden, denn im Gedanken sah er sich bereits mit der Blonden auf einer Lagerstatt.

»Was meinst du? Soll er für uns kämpfen?«, fragte Fiochnan die Blonde, obwohl Brinok davon überzeugt war, dass ihr Rat dem Kerl mit der hässlichen Lederhaut ziemlich gleichgültig war.

»Unbedingt, er sieht kraftvoll und athletisch aus, der prächtige Sohn des bedeutenden Bearachs. Er wird für uns in mehr als nur einer Hinsicht ein Gewinn sein.« Sie sah Brinok geradezu lasziv an.

Fiochnan beobachtete ihre Reaktion interessiert und nickte schließlich. »Ja, Bearachs Spross ist durchaus ein Gewinn. Mir scheint, Brinok, dass du mir auch in anderen Dingen mit Ratschlägen behilflich sein könntest. Du darfst also für mich als Söldner kämpfen.« Gleich darauf wurde sein Blick strafend. »Aber es gefällt mir ganz und gar nicht, dass du mir einen Karstiden anschleppst.« Fiochnan goss sich Kadoch in einen edelsteinbesetzten goldenen Becher.

»Wir haben zusammen in Gotonien und Ostiedien gekämpft. Du weißt doch: Außerhalb von Barkland halten Bastiden und Karstiden zusammen.«

Fiochnan nahm einen großen Schluck und wischte sich mit dem Handrücken über den schmalen Mund. »Ja, das ist wahr: *außerhalb* von Barkland. Doch wir sind hier *in* Barkland, und zwar im Hoheitsgebiet der Bastiden. Ich werde später entscheiden, ob ich ihn aufnehme. Und wer ist dieser *Gotolone?*«

»Alarod«, stellte sich Godered vor, ehe Brinok antworten konnte. Brinok war darüber sehr froh, denn ihm wäre so schnell kein gotonischer Name eingefallen.

»Woher kommst du?« Fiochnan trank zügig mehrere Schlucke.

»Ein kleiner, unbedeutender Ort namens Flussaue. Mein Vater Terod und ich lebten ein wenig abseits von Flussaue im Latorwald, in der Nähe der Mündung des Mells in die Nantell. Wir waren Flussfischer, fingen hauptsächlich Grünlachse und sammelten blaue Perlmuscheln. Mein Vater brachte mir das Kämpfen bei, weil des Öfteren gotonische Räuberbanden unsere Gegend durchstreiften. Sie hassen und verachten uns *Gotolonen*, da wir angeblich ihr Ansehen beschmutzen. Nach dem Tod meines Vaters wurde ich Söldner, denn ich habe das Fischen nie wirklich leiden können.«

Brinok staunte. Godered klang absolut glaubwürdig. Er sprach ohne Zögern und Zaudern.

Fiochnan angelte sich aus einer Schale eine blutrote Weintraube und ließ diese in seinem Mund verschwinden. Er schloss kurz genießerisch die Augen. »Sie schmecken besonders köstlich, wenn man sie mit der Zunge gegen den Gaumen drückt und zerplatzen lässt. Es gab eine Zeit, da habe ich nur davon träumen können, solche Hochgenüsse essen zu dürfen. Jetzt kann ich sie genießen, wann immer ich will.« Er nahm sich eine weitere Traube. »Wir haben hier viele *Gotolonen*. Vielleicht kennst du ja einige von ihnen.«

»Vielleicht, aber wie gesagt: Wir lebten abgeschieden.«

»*Ich* kannte Terod!«, rief ein *Gotolone* aus, der hinter der Absperrung gestanden und aufmerksam gelauscht hatte.

Verfluchter Mist! Gleich werden wir abgestochen! Brinok wurde vor Schreck ganz heiß, und sein Herz pochte ihm bis zum Hals.

»Komm her! Kennst du den Kerl?« Fiochnan winkte ihm zu, und der *Gotolone* durfte passieren.

Er ging direkt auf Godered zu, der keine Miene verzog. Der Gotone blinzelte nicht ein einziges Mal nervös, während er intensiv gemustert wurde. Jetzt würde die Lüge auffliegen. Brinok machte sich innerlich zum Kampf bereit. Er wollte wenigstens noch einige Feinde mit in den Tod nehmen. Als Erstes würde er diesen älteren *Gotolonen* angreifen, der so nahe an Godered heranging, bis er unmittelbar vor ihm stand.

»Ich kenne dich, Godered. Ich werde dich nicht verraten, doch dafür wirst du mir einen Großteil deiner Beute geben. Gilt der Handel?«, flüsterte der Fremde. Brinok konnte die Worte gerade noch verstehen.

Godered schwieg, und der *Gotolone* nahm dies als Einverständnis hin. Welch andere Wahl hatte Godered in diesem Moment?

Der *Gotolone* drehte sich zu Fiochnan um. »Ja, das ist Terods Sohn. Nach dem Tod seines Vaters ist er einfach verschwunden. Niemand konnte sagen, wo er abgeblieben war. Seitdem verfällt die Hütte eines Vaters zusehends.«

Brinok wartete auf Fiochnans Antwort. Würde er es ihnen abkaufen oder seine Leibwächter auf sie hetzen?

»Gut! Du kannst verschwinden!« Er scheuchte den älteren *Gotolonen* wie eine lästige Fliege fort.

Brinok konnte ein lautes Aufatmen gerade noch unterdrücken.

Godered stand vollkommen unbeeindruckt da, allerdings wirkte Gohan recht verkrampft, und Schweißperlen zeigten sich auf seiner Stirn.

Fiochnan erhob sich. »Dennoch ... irgendetwas an euch gefällt mir nicht.«

Brinok stockte der Atem, und seine Kehle fühlte sich an, als sei Sand hereingerieselt.

»Ich fordere einen Beweis eurer Entschlossenheit!« Fiochnan zog einen Dolch und rammte diesen in den Tisch. Er gab seinen Mannen einen Wink, und es verging eine Weile, bis sie mit einem Karstiden wiederkamen. Er war gefesselt und geknebelt, und seine Augen waren vor Angst geweitet. Die Wachen drückten ihn nieder, sodass er kniete. »Dieser Kerl hier wird heute sterben — so oder so. Ich will, dass einer von euch ihn jetzt auf der Stelle tötet!«, bestimmte Fiochnan. »Wenn ihr euch weigert, könnt ihr euch gleich wieder verpissen, und wir werden den Karstiden schön langsam zerpflücken. Er wird so laut schreien, dass man ihn bis ins Gebiet seiner Horde hören kann. Also? Wie entscheidet ihr euch?«

Brinok hörte, dass Gohan kurz nach Luft schnappte. Das dort war ein Karstide — wie er selbst.

Brinok verschränkte die Arme vor der Brust. »Ich möchte dir als Söldner dienen, um mutig gegen Bewaffnete zu kämpfen. Aber ich bin ganz gewiss kein Urteilsverstrecker. Töte ihn doch selbst!«

Fiochnan lachte auf. »Dein Auftreten zeugt von der Arroganz eines Adligen. Nein, Brinok, so läuft das hier nicht. Dieser erbärmliche Schluchtenscheißer dort hat versucht, mich zu bestehlen! Niemand schadet dem Soldherrn! Das ist ein ungeschriebenes Gesetz. Er hat es gebrochen und muss sterben. Einer von euch bringt ihn jetzt um, ansonsten könnt ihr gleich wieder verschwinden!«

Nein, das würde Brinok nicht tun! Er war kein eiskalter Mörder! Dann würden sie halt fortgeschickt werden. Es würde sicherlich eine andere Gelegenheit geben, um wieder in Fiochnans Nähe zu gelangen.

Er stutzte. Godered schob sich an ihm vorbei, zog den Dolch aus dem Tisch, ging zum Karstiden und schnitt ihm ohne jede Gefühlsregung die Kehle durch. Blut schoss aus den geöffneten Halsschlagadern heraus. Der Karstide fiel vornüber, gab grauenhafte gurgelnde Geräusche von sich und zuckte dabei unkontrolliert. Godered ging zum Tisch, rammte den Dolch hinein und stellte sich wieder an Brinoks Seite, als sei nichts geschehen.

Brinok war von Godereds Brutalität und Gefühlsrohheit schockiert. Durfte ein *Dunak tor*-Meister das überhaupt?

Fiochnan hingegen schien beeindruckt. Er hatte sich erhoben, ging um den Tisch herum und betrachtete belustigt den Sterbenden, dessen Blut noch immer rege hervorsprudelte. Dann wurde der Karstide endlich ruhiger, und sein Körper erschlaffte.

Fiochnan schob voller Anerkennung seine Unterlippe vor. »Hast ihn genauso eiskalt erledigt, als wäre er ein verdammter Grünlachs. Ihr dürft bleiben.«

Dann stutzte er und ging einige Schritte auf Godered zu. Gleichzeitig kamen auch die wachsamen Leibwächter näher. »Ich sehe lange Haare unter der Kapuze hervorschauen. Lange Haare tragen bei den Gotonen doch nur diese großtuerischen *Köans*.«

»Wie ich bereits sagte, bin ich ein *Gotolone*. Die Gotonen hassen uns, und *das* ist meine Art, sie und ihre verfluchten

Köans zu verhöhnen«, sagte Godered, und auch diese Worte klangen absolut glaubwürdig.

Fiochnan sah ihm in die Augen und zuckte ein wenig zurück. »Das kann ich gut verstehen.« Er wandte sich ab und setzte sich wieder an den Tisch. »Er dort«, er wies auf einen Krieger, »wird euch einen Schlafplatz zuweisen. Morgen könnt ihr dann euren Sold mit dem Soldmeister aushandeln. Für diese Tat erhaltet ihr bereits ein Sümmchen.« Sein Blick fiel nochmals auf den Toten. Er prostete ihm zu und trank seinen Becher leer. Dann nahm er eine Hähnchenkeule zur Hand und zeigte damit auf die Leiche. »Entfernt den Kadaver!«

Die *Dunak tor* erhielten ihre Waffen zurück und wurden in einen Stall geführt, der in eine Unterkunft für Krieger umgestaltet worden war. Godered prüfte seinen Schlafplatz, schaffte frisches Heu herbei und legte seine Decke darüber.

Als nur die drei *Dunak tor* im Stall waren, ging Brinok zu Godered. »Ich töte im Kampf, habe keinerlei Probleme damit und auch keine Gewissensbisse. Kampf ist ein Teil unserer Kultur. Aber ... wie konntest du den Karstiden einfach so abstechen? Du kanntest ihn doch gar nicht, und er hatte dir nichts getan. Du bist ein *Rotrot!* Was ist mit unseren Idealen? Gut, ich verstoße ebenfalls oft dagegen, aber anders ... nicht *so!*«

»Du hast es gehört: Er wäre ohnehin ermordet worden. Und besser auf diese Art, als wenn er noch gefoltert oder malträtiert worden wäre. Er war des Todes — so oder so!«, sagte Godered kalt.

Schlug kein Herz in seiner Brust? Er erschien gewissenlos und gefährlich. Manchmal konnte Brinok ihn nicht annähernd durchschauen oder verstehen. Trotz allem respektierte er ihn als seinen *Laruell.*

Godered räusperte sich. »Du entstammst einem einflussreichen Adel, und es schmeichelt Fiochnan, dass du ihm nun folgst. Gewinne sein Vertrauen, damit er dir gegenüber unvorsichtig wird und sich unsere Chancen erhöhen, ihm die Armschienen abzunehmen. Ich denke, dass Fiochnan dich bewundert, insbesondere in Bezug auf deine Wirkung auf Frauen. Vielleicht solltest du dir hier einen gewissen Ruf erwerben, damit du schneller in Fiochnans engsten Kreis gelangst.«

Brinok war erstaunt. »Wie meinst du das?«

Godered schwieg.

»Was möchtest du genau, dass ich tue?« Brinok war schon gespannt, wie Godered es ausdrücken würde, gewiss ziemlich verkrampft.

»Halte dich in seinem Blickfeld auf. Sei, wie du bist, wenn du dich nicht zügelst: Sei ausgelassen, schlage dich von mir aus – achte aber darauf, mit wem du es tust –, verspiele Geld – dazu gebe ich dir einen Teil von meinem –, und halte dich mit schönen Söldnerinnen in seiner Nähe auf. Ich bin mir sicher, er wird dich zu sich einladen. Er hat zwar Reichtum, aber ihm fehlen Charisma und die Aura der Macht. Er wird denken, dass etwas von deinem Glanz auf ihn abfärben würde, wenn er sich mit dir umgibt.«

»Du hast mich oft genug ermahnt, und ich versuche gerade, mich zu ändern.«

»Das kannst du später tun. Hier ist deine ...«, Godered hielt kurz inne, wusste wohl nicht so recht, wie er sich ausdrücken sollte, »ungezügelte Lebenslust dem Auftrag eher dienlich.«

Brinok war über sich selbst erstaunt, dass er darüber nicht frohlockte. Er war hin- und hergerissen und dachte dabei an Lanna. Andererseits ... wenn es dem Auftrag dienlich war und er dabei sogar Godereds Segen hatte ... »Wenn ich mit den Söldnerinnen lediglich schäkere, wird es Fiochnan kaum beeindrucken. Es wäre angebrachter, wenn ich meinen Erfolg bei den Frauen mit Taten untermauere. Oder wie siehst du das?« Brinok hatte alle Mühe, nicht breit zu grinsen. Es gefiel ihm, mit gespieltem Ernst seinen *Laruell* aus der Reserve zu locken.

Goghereds Augen blitzten warnend auf. »Tue, was du für angemessen hältst und dem Ziel zuträglich ist.«

Brinok gab vor, es nicht genau zu verstehen. Oh, was bereitete ihm das für ein Vergnügen, seinen *Laruell* auf diese Art zu reizen! »Du meinst also, ich soll mich im Interesse der *Dunak tor* in jeglicher Hinsicht ausschweifend benehmen und mit Söldnerinnen das Lager teilen?«

»Brinok!«, stieß Godered scharf hervor, da er sehr wohl erkannte, was der Barkländer hier mit ihm trieb.

»Ich werde mich gern für die *Dunak tor* aufopfern! Du wirst stolz auf mich sein!«

»Brinok!« Godereds Augen wurden schmal.

»Brinok!«, mahnte auch Gohan, der interessiert gelauscht hatte.

Obwohl der *Rotrot* vorhin einen Mann eiskalt getötet hatte, empfand Brinok ihn in diesem Moment überhaupt nicht bedrohlich, da er sogar ein wenig verlegen wirkte.

Brinok war sich ein wenig unsicher, ob er tatsächlich tun wollte, was Godered von ihm verlangte. Kurz zuvor hatte der Kampfmeister noch Disziplin eingefordert, und nun wollte er ihn von der Leine lassen. Aber so konnte er für kurze Zeit das Söldnerleben auskosten. Nun grinste er von einem Ohr zum anderen. »Ich werde unverzüglich damit beginnen, meinen Auftrag auszuführen.«

»Übertreibe es nicht! Behalte stets die Kontrolle!«, mahnte Godered.

Brinok grinste noch breiter. »Das werde ich! Auf mich ist Verlass.« Dann rieb er sich die Hände. »So, dann werde ich mal schauen, wo die Söldnerinnen sind, die uns so nett empfangen haben.« Als er Godereds finsteres Gesicht sah, hätte er am liebsten laut aufgelacht. All seine Vorsätze waren hinweggefegt.

Godered

Godered lag schlaflos da. Er hasste es, mit ungefähr dreißig Männern im Stall eingepfercht zu sein. Es war ein ständiges Kommen und Gehen, zudem wurde laut geschnarcht. Auch draußen vor der Unterkunft herrschte Unruhe. Doch es war eher seine innere Unruhe, die Godered nicht schlafen ließ. Immer wieder sah er sich selbst, wie er dem Karstiden die Kehle durchtrennte. Er konnte fast spüren, wie das Messer an seinem eigenen Hals entlangfuhr. Seine Seele war finster, in ihm schien alles zu Asche verbrannt zu sein. Seine Taten waren eines *Gobarems* würdig. Und doch — er würde es in der gleichen Situation wieder tun. Er hatte seine *Muriaten* davor bewahrt, diese Tat begehen zu müssen, und er war sich sicher, dass der Mann ansonsten weitaus schrecklicher gestorben wäre.

Außerdem konnten sie so in der Nähe der Armschienen bleiben. Godered hatte sie unter den Ärmeln von Fiochnan hervorblitzen sehen. Der Bastide würde sie bestimmt nicht mehr ablegen, aus Angst, dass sie ihm gestohlen werden könnten. Eine berechtigte Angst ... Godered würde auf eine passende Gelegenheit warten, sie ihm abzunehmen. Es würde nicht einfach werden, da sich Fiochnan mit einer wehrhaften Leibwache umgeben und das Haus zu einer kleinen Festung ausgebaut hatte. Es hatte nur einen einzigen Eingang, der bestimmt stets gut bewacht wurde.

Godered hatte in Fiochnans Augen einen dämonischen Schatten gesehen. Die Rüstungsteile von *Amboreg* durchflutete etwas, das die Seele des Besitzers vergiftete und ihn anhielt, nach immer mehr Macht zu streben. Gewiss würde sich Fiochnan mit dem, was er besaß, nicht begnügen, sondern beständig mehr Reichtum anhäufen und Menschen niederzwingen wollen.

Vier Krieger kamen in den Stall, und einer von ihnen schwenkte eine Laterne umher, als würde er jemanden suchen. Godered umfasste unter der Decke den Griff seines Schwertes.

Die Wachen kamen auf sie zu. War seine Tarnung aufgeflogen, hatte ihn der *Gotolone* doch verraten, oder kannte ihn noch ein weiterer?

Dann blieb der Krieger mit der Laterne vor Brinok stehen und stieß ihn grob mit dem Fuß an.

Brinok regte sich nicht, aber als die Wache zu einem Tritt ausholte, zischte er: »Wage es ja nicht, sonst ramme ich dir meinen Dolch ins Bein!«

Sofort wich der Krieger einen Schritt zurück.

»Was willst du, Felslaus?«, blaffte Brinok, der sich ruckartig aufsetzte. In seiner Hand blitzte ein Dolch.

»Nimm dein Geld und komm! Du sollst damit geprahlt haben, ein famoser Spieler zu sein. Fiochnan will herausfinden, ob das stimmt.«

Brinok ließ die Waffe sinken. »Jetzt? Mitten in der Nacht?«

Die Wache hakte einen Daumen in ihren Gürtel. »Ja, jetzt! Ich soll dir ausrichten, dass Fiochnan dir, einem Adligen, seinen vorzüglichsten Kadoch servieren wird.«

»Hört sich verlockend an. Da komme ich ja richtig in Spiellaune. Ich habe so ein Gefühl, als wäre das Glück mir hold. Also werde ich mal unseren Soldherrn wie ein erlegtes Wildhuhn ausnehmen. Darf ich mir von meinem Kameraden noch ein wenig Geld leihen?«

»Sicher doch!« Die Wachen grinsten hämisch und zogen sich zum Ausgang zurück.

Brinok ging zu Godered, der sich aufgesetzt hatte, hockte sich neben ihn und flüsterte: »Ob er mich durchschaut hat und mir auf den Zahn fühlen will?«

»Vielleicht will er dich in seine Abhängigkeit zwingen, indem du bei ihm Schulden hast. Spiele sein Spiel! Doch hüte dabei deine Zunge, und betrinke dich nicht!«, antwortete er ebenso leise. Dann sagte er laut: »Was willst du? Geld? Ungern. Aber ich warne dich: Verspiele es nicht!« Er holte aus seiner Gürteltasche ein paar Münzen hervor und überreichte sie dem

Bastiden. »Wehe!«, schob er mahnend hinterher.

Brinok verstaute die Münzen in seinem Geldbeutel »Ich werde dich nicht enttäuschen. Glaube mir!« Er erhob sich und wandte sich den Wachen zu. »Bringt mich zu Fiochnan! Ich habe Durst!«

Godered schaute ihm besorgt hinterher und wechselte mit Gohan einen flüchtigen Blick. Der Karstide war sichtlich beunruhigt und strich seine Kehle entlang.

Einige Krieger beschwerten sich, dass sie endlich ruhig sein sollten, also legte sich Godered wieder hin. Doch die Sorgen umschwirrten ihn wie Fliegen, die er nicht einzufangen vermochte. Wenn Brinok sich betrinken sollte … nicht auszudenken! Er betete zum Weltenschöpfer, dass dem jungen Barkländer in seinem Übermut nicht aus Versehen etwas rausrutschte.

Godered achtete angespannt auf jedes Geräusch und zog sein blankes Schwert näher zu sich heran. Gohan war nervös und schnaufte so manches Mal.

Nach einer scheinbaren Ewigkeit, der Morgen dämmerte bereits, hörte Godered die Stimme von Brinok. Er näherte sich in Begleitung von Wachen dem Stall, lallte furchtbar und schien einmal fast zu stürzen.

Godered zog die Decke von seinen Füßen fort, um schneller aufspringen zu können, und umfasste kampfbereit den Griff seines Schwertes.

Brinok erschien am Eingang, und die Wachen wiesen ihm den Weg mit ihren Leuchten.

»Ist doch alles Charnirscheiße!«, schimpfte er, schwankte hin und her und fiel beinahe über einen Barkländer. »Nicht mein Tag … nein, nicht meine Nacht … Ich muss jetzt schlafen. Alles dreht sich. Hoffentlich muss ich nicht kotzen.«

»Wehe, du kotzt auf mich!«, warnte der liegende Barkländer, der vom Lärm erwacht war.

»Haltet alle eure verfluchten Fressen! Ich will schlafen!«,

fauchte ein anderer Söldner.

Brinok schleppte sich zu seinem Lager und zog die Decke über sich. »Haut jetzt mit dem verdammten Licht ab! Ich bin völlig erledigt!«, blaffte er, und die Wachen verließen schadenfroh lachend den Stall.

Godered hielt noch für einen Moment misstrauisch den Schwertgriff umschlossen, ließ ihn dann aber los.

Brinok drehte sich in seine Richtung, anscheinend konnte er keine geeignete Schlafposition finden und rückte dabei wie zufällig immer näher an den Gotonen heran.

Godered wandte sich ihm zu. »Was ist geschehen?«, flüsterte er.

Draußen war Wachablösung, und diese ging nicht gerade leise vonstatten. Gohan begann zudem, laut zu schnarchen, und Godered war klar, dass er das nur tat, damit niemand hören konnte, was sie sagten.

»Fiochnan hat jedes Spiel gewonnen. Ich habe die goldenen Armschienen zweimal kurz gesehen. Sie umschließen seine Unterarme und können ihm nicht entrissen werden. Seine Leibwächter sind überaus wachsam und hatten stets eine Armbrust auf mich gerichtet. Wie es zu erwarten war, habe ich das gesamte Geld verloren. Fiochnan hat es mir zurückgegeben und gesagt, dass er dafür bei passender Gelegenheit eine Gegenleistung von mir verlangen würde. Ich habe ...«, Brinok schwieg kurz, weil sich jemand erhob und aus dem Stall ging. Sein Atem roch furchtbar nach Kadoch. »Er wartet auf die Ankunft einiger Adliger samt deren Gefolgschaften. Sobald diese eingetroffen sind, will er in das Gebiet der Karstiden einmarschieren. Sorge dich nicht, ich habe uns mit keiner Silbe verraten.«

»Wenn die Adligen da sind, solltest du sie davon überzeugen, wieder abzuziehen. Es darf zu keinem Angriff auf die Karstiden kommen.«

»Das kann ich tun. Aber jetzt muss ich dringend schlafen.« Brinok wandte sich ab, und alsbald war von ihm nichts mehr zu hören — von Gohan ebenfalls nicht.

Godered war aufgewühlt. Fiochnan wollte die Karstiden angreifen? Godered musste Fiochnan unbedingt die Armspangen abnehmen, bevor die Kämpfe in Barkland begannen.

Scholell

Niemals zuvor in seinem Leben war Scholell dermaßen gedemütigt worden. Er, ein Ahlore, schuftete hier als Sklave. Doch er versuchte, stets dabei Haltung zu bewahren und noch ein wenig würdevoll zu wirken. Gleichzeitig war ihm bewusst geworden, dass die Ahloren, wenn man ihnen ihre überlegenen Waffen, ihre sicheren Städte und all ihre geheimen Dinge nahm, überaus verletzlich waren. Ja, er konnte im Dunkeln gut sehen und fand sich daher im Bergwerk viel besser zurecht als all die anderen, doch er war körperlich schwächer als die Barkländer, die hier arbeiteten. Seine außerordentliche Schnelligkeit nützte ihm hier ebenfalls wenig. Abends taten ihm die Muskeln und Gelenke weh, und ihm fehlten die stärkenden Tränke seines Volkes, und auch die ahlorische *Mari*salbe, mit der er gern die Blasen an seinen Händen behandelt hätte. So meditierte er jeden Abend, und dank seiner enormen Selbstheilungskräfte waren seine Wunden und Schmerzen am nächsten Morgen wieder verschwunden.

Teraal stöhnte des Öfteren bei der Arbeit, verfluchte leise die Barkländer und wünschte ihnen die schlimmsten Übel an den Hals. Er spottete über die Barkländer wegen ihrer primitiven Art, Erze zu gewinnen.

Lautstark prahlte er mit dem Sprengpulver und den Maschinen in seiner Heimat, die einen raschen und effektiv Abbau ermöglichten.

Doch sogleich hielten ihm die Barkländer entgegen, dass sie diejenigen wären, die in Abladur das meiste Erz zutage förderten, und nicht die selbstverliebten, egozentrischen Motavier.

Lanaris verhielt sich eher wie Scholell. Sie jammerte nicht und ertrug die harten Bedingungen tapfer. Allerdings sprach sie oft davon, die unwürdige Freiheitsberaubung nicht ungestraft zu lassen.

Jeden Tag kam der rothaarige Bastide Merrduh vorbei, der die Aufsicht über das Bergwerk hatte, und umwarb die Evidanierin. Er war freundlich zu ihr, brachte ihr Extrarationen und auch für Scholell und Teraal, und das war bestimmt der Grund, warum sie diese überhaupt annahm. Scholell hätte es sogar verstanden, wenn sie sich ihm hingegeben hätte, um aus der Mine herauszukommen.

An manchen Tagen schaffte Scholell es, sich während der Arbeit im Geiste in eine andere Welt zurückzuziehen, manchmal kamen ihm auch Gedichte und Lieder seines Volkes in den Sinn. An anderen Tagen schien die Zeit gar nicht zu vergehen, und er sehnte sich jede Pause und das Ende der Schicht herbei. Dann war jeder Schlag eine Qual, und er merkte deutlich seine Erschöpfung und den Schmerz.

Brinoks Vater ließ sich nicht ein einziges Mal blicken, dafür aber Verwandte und andere Adlige, die unbedingt Scholell sehen wollten. Er wurde von ihnen derbe verspottet, und ihr Hohngelächter verfolgte ihn sogar im Schlaf.

Heute war Scholell bedrückt und äußerst zornig auf Bearach. Was nahm sich dieser Kerl überhaupt heraus, ihnen die Freiheit zu entziehen? Das war eine Ungeheuerlichkeit!

Scholell fühlte sich schlecht und krank. Ihm fehlten seine gewohnten Speisen, die Ausritte an der frischen Luft, die Kampfübungen, eine Dusche, ein Bad in einer der wundervollen ahlorischen Schwimmlandschaften. Er sehnte sich nach einem Spaziergang in einem der kunstreichen Parks und dazu die Musik, die vielerorts in Nia Smaragdsee erklang. Er vermisste seine Heimatstadt, die hohen glänzenden Metalltürme, von denen er die Landschaft weit überschauen konnte. Stattdessen steckte er im Bauch der Erde und schlug mit Eisen und Schlägel auf Gestein ein.

Er war ein Ahlore, entstammte einem edlen, überlegenen Volk. Er sollte nicht hier sein, ganz bestimmt nicht ... Lange wollte er diese Erniedrigung nicht mehr erdulden. Er hatte ausgekundschaftet, wo er die Stadtmauer überwinden und den Berg hinabklettern konnte. *Er* würde es bewältigen können, bei Lanaris war er sich hingegen nicht sicher. Sie war eine hervorragende Kämpferin, aber sie selbst hatte Zweifel, ob sie es schaffte, die steile Felswand hinunterzukommen. Und Teraal? Er hatte schon verlauten lassen, kein guter Kletterer zu sein. Scholell wollte die beiden eigentlich nicht im Stich lassen und haderte deshalb mit dem Schicksal.

Plötzlich hielt er bei der Arbeit inne, denn er sah etwas Glänzendes. Er ahnte, was es war, und ein Gefühl des Glücks erblühte in ihm wie eine ahlorische Duftrose. Er schlug nochmals zu, bearbeitete die Stelle gezielt und hämmerte sich weiter vor. Dann trat er zurück und lächelte.

»Was ist?« Lanaris hörte ebenfalls mit dem Schlagen auf, massierte sich ihre Handgelenke und sah ihn verwundert an.

»Gold.«

»Was?« Sogleich senkte auch Teraal sein Werkzeug. »Wo?«

»Dort.«

Teraal nahm eine Lampe und beleuchtete die Stelle, auf die Scholell wies. »Ich sehe es glänzen.« Er ging nahe heran. »Du könntest tatsächlich recht haben.«

»Ich *könnte* nicht recht haben, ich *habe* recht!«

»Wer hat euch erlaubt, mit der Arbeit aufzuhören? Ihr habt keine Pause!«, ranzte eine Wache sie an, die zu ihnen geeilt war.

»Dort durchzieht eine hübsche Goldader das Gestein«, verkündete Scholell.

»Was sagst du da? Gold? Weg da!« Der Barkländer nahm die Lampe und begutachtete die Stelle, die Scholell ihm gezeigt hatte. »Da schau mal einer an, was der *Algenfresser* entdeckt hat!

Scheint ja ein mächtiges Ding zu sein.« Er schüttelte immer wieder ungläubig den Kopf und winkte weitere Bewaffnete zu sich. »Die drei haben heute frei. Berichtet Bearach von dem Fund, er soll es sich selbst anschauen. Zieht alle Sklaven und Hordlinge von hier ab und steckt sie in einen anderen Stollen. Hier werden jetzt ausschließlich richtige Bergleute arbeiten.«

Ach, richtige Bergleute? Und wer hat es entdeckt?, kam es Scholell erbost in den Sinn. Doch er war dankbar für den restlichen freien Tag. Damit hatte er gar nicht gerechnet.

Wachen führten sie ins Freie, und das gleißende Sonnenlicht biss in Scholells Augen.

»Die haben wohl Angst, dass sich die Sklaven Brocken einstecken und damit verschwinden könnten. Nun, in der Tat ein verlockender Gedanke«, sagte Teraal und atmete mehrmals tief durch. »Wie herrlich die frische Luft und der warme Sonnenschein sind.«

»Los, weiter!«, herrschte ein hünenhafter Barkländer sie an.

Unter strenger Bewachung wurden sie hinauf zur Stadt geführt. Sie schliefen nicht wie die anderen Sklaven in den Holzbaracken in der Nähe des Bergwerks, sondern in einem kleinen Haus in der Stadt, das sogar einen kleinen Waschraum hatte. Scholell verschwand sogleich darin, um sich gründlich zu säubern und neu einzukleiden. Merrduh sorgte sogar dafür, dass sie regelmäßig frische Kleidung erhielten.

Anschließend legte Scholell sich missmutig auf sein Lager. Sein Drang, zu fliehen, anstatt auf Godereds Rückkehr zu warten, wurde immer größer. Scholell war ein Kampfmeister der *Dunak tor!* Die Arbeit als Sklave im Stollen war entwürdigend.

Doch jetzt wollte er nicht mehr darüber nachdenken. Eine bleierne Müdigkeit überkam ihn, obwohl es früher Nachmittag war. Schlafen ... Er wollte nur schlafen.

»Aufstehen, *Algenfresser!*«, drang es in Scholells Traum vor, in dem er in einem herrlichen Garten in Nia Smaragdsee gewandelt war.

»Hörst du nicht? Aufstehen, *Schiefauge!*«, forderte der Mann energisch.

Widerwillig öffnete Scholell die Augen. Vor ihm stand ein dunkelblonder Barkländer, dessen Schnurrbart an beiden Seiten lang herabhing.

»Ich muss heute nicht mehr in den Berg«, entgegnete Scholell müde.

»Die Mine wurde von unseren erfahrensten Bergleuten untersucht. Sie sind sich sicher, dass es eine überaus ergiebige *Sonnenblutspur* ist.«

»Eine *was*?« Teraal saß am Tisch und flickte sein Ersatzhemd, dabei hielt er es sich dicht vor seine Augen.

»Eine *Sonnenblutspur*. Der Begriff stammt aus einer alten Sage. Es gab einst ein hinreißendes Mädchen namens Rooah, deren langes goldenes Haar heller als das Sonnenlicht war. Eine neidische Zauberin lockte Rooah in eine Höhle und umschloss das Mädchen mit Gestein, auf dass sie jedermanns Augen verborgen blieb. Rooah nahm sich daraufhin das Leben, und als ihr wunderschöner Körper im Laufe der Jahre verfiel und zu Staub wurde, blieb nur ihr Haar zurück. Es bildete eine Spur im Gestein und wurde zu Gold.«

»Närrische Geschichte«, ließ Teraal verlauten und prüfte die Länge seines Fadens.

Der Barkländer war mit wenigen Schritten bei ihm, packte ihn an seinem Oberteil, drehte den Stoff in seiner Faust und zog Teraal ein wenig näher an sich heran. »Wage es ja nicht, dich über uns lustig zu machen! Ihr Motavier seid für mich ein überhebliches, vom wahren Sinn des Lebens entkerntes, seelenloses Volk, das sich von der Natur entfremdet und keine Achtung vor der Weisheit des Alters hat!«

Teraal senkte den Blick und presste die Lippen zusammen. Es schien fast so, als ob er dem Barkländer nicht widersprechen konnte.

Der Bastide gab einen spöttischen Ton von sich, während er Teraal grob von sich stieß. »Im Berg wird dir ja tagtäglich Gelegenheit gegeben, über den Sinn des Lebens und über die wahren Werte nachzudenken.« Dann schaute er Scholell verächtlich an. »Und euch *Algenfresser* kann ich auch nicht ausstehen. Ihr blickt auf uns Menschen herab, als wären wir Felsläuse. Von daher ist es für uns alle eine Genugtuung, einen von euch im Berg schuften zu sehen. Mir persönlich missfällt es, dass ausgerechnet du die *Sonnenblutspur* gefunden hast. Der Tradition gemäß wird zu Ehren des Entdeckers – unabhängig davon, welchen gesellschaftlichen Status er besitzt – ein Festessen ausgerichtet. Wie ich hörte, gibt es bei euch Ahloren so etwas wie ein Festmahl gar nicht. Wie armselig. Wir werden uns jedenfalls schön betrinken und vielleicht ... ja, vielleicht gibt es irgendwo zwischen dem vielen Fleisch ein wenig Gemüse und Brot für dich. Es ist bereits alles vorbereitet. Merrduh ist ganz begierig darauf, dich zu sehen, meine Hübsche. Er hat ...«, der Barkländer winkte einen seiner Männer zu sich, der ein Stoffbündel in seinen Armen trug, »ein Geschenk für dich. Er möchte, dass du das Kleid trägst.«

Der braunhaarige Barkländer ging auf Lanaris zu und drückte ihr das Bündel in die Hände. Lanaris betrachtete die Gabe missfällig, und Scholell befürchtete, dass sie ihm das Kleid sogleich an den Kopf warf. Ihr missmutiger Blick streifte Teraal und Scholell.

»Also gut«, stieß sie verstimmt hervor.

Der Ahlore war sich bewusst, dass sie das Kleid nur tragen würde, um ihren Begleitern weitere Erleichterungen zu verschaffen, indem sie Merrduh gnädig stimmte.

Die Männer gingen ins Freie. Während sie auf Lanaris warteten, die sich umzog, betrachtete Scholell seine Hände im Licht der Abenddämmerung. Obwohl sie stets schnell heilten, hatten sie Schwielen, und der Dreck ließ sich gar nicht mehr richtig abwaschen. Seine Fingernägel waren gesplittert, eingerissen und voller Kratzer. Dazu hatten sich einige Goldperlen aus seinen dreistufig geschnittenen Haaren gelöst und waren wohl von jemandem aufgelesen oder von Geröll verschüttet worden. Bitter stieg in ihm die Erkenntnis empor, dass sein Vater früher oder später erfahren würde, was hier in Barkland vor sich ging. Sein Sohn, eine Schande für die Familie! Nicht nur, dass sich Scholell in einem Bergwerk abmühte, nein, er tat es – und das wog bei Weitem schlimmer – als *Sklave!* Ob Laiell ihn nach seiner Rückkehr verstieß? Würde er dafür sorgen, dass sein gescheiterter Sohn nicht mehr bei den *Dunak tor* dienen durfte? Würde Scholell gar irgendwann bei den *Verfehlten* enden? Dann sah er vor seinem inneren Auge Avanor, wie dieser verächtlich die Nase rümpfte und höhnisch lachte. Der herablassende Ahlore würde wahrlich triumphieren!

Dem Festessen sah Scholell argwöhnisch entgegen. Es würde unerträglich werden, denn die Barkländer würden ihn trotz seines Fundes verspotten. Dennoch würde er dies alles tapfer über sich ergehen lassen. Er war ein Ahlore!

Lanaris

Die Evidanierin fühlte sich im Ratshaus äußerst unwohl. Wann hatte sie je ein Kleid getragen? Es war ungewohnt und hinderlich. Der schürzenartige Überrock war mit Gold durchwirkt, der lange rote Rock darunter war mit verschlungenen bunten Mustern bestickt, ebenso die kürzeren Ärmel. Der breite Ledergürtel lag eng an und betonte ihre Taille. Am schlimmsten war aber der tiefe Ausschnitt. Da Lanaris stets hochgeschlossene Oberteile trug, kam sie sich geradezu entblößt vor, obwohl nur der Ansatz ihrer Brüste zu sehen war. Sie saß stocksteif da, hatte das Gefühl, wenn sie sich nur ein wenig nach vorn beugte, dass die Kerle um sie herum einen von ihr ungewollten Einblick erhielten.

Draußen in der Nähe des Eingangs hingen zahlreiche Schweine an Spießen und verströmten einen intensiven Geruch. Die Menschen in der Stadt waren eingeladen, sich eine Portion abzuholen. Lanaris konnte durch die weit geöffnete Tür sehen, dass sich die Wachtsteiner vor dem Ratshaus versammelten. Sie hatten Felle und Decken mitgebracht, auf die sie sich niederließen.

Hier im Haus befanden sich wichtige Adlige, die reichlich mit Gold behangen waren, doch manierlich benahmen sie sich wahrlich nicht. Sie schütteten Unmengen von Kadoch und starkem herbem Bier in sich hinein, bis es ihnen an ihren Schnurrbärten hinablief. Ihre Frauen tranken ebenfalls viel, und einige begannen, laut zu gackern oder wie Kerle zu prahlen.

Scholell, Teraal und Lanaris saßen als Ehrengäste an einem richtigen Tisch, und man hatte vor Scholell einen riesigen Obstkorb hingestellt, von dem sich Lanaris ebenfalls bediente. Auch wenn Scholell versuchte, möglichst gleichmütig zu wirken, kannte sie ihn lang genug, um zu erkennen, dass er es hasste, hier zu sitzen und begafft zu werden. Die Frauen schienen sich sogar einen Spaß daraus zu machen, ihm anzügliche Blicke zuzuwerfen, um ihn aus der Fassung zu bringen. Der Ahlore bewahrte seine Haltung und erschien würdevoll, als ob die Sklaverei seiner Ehre nicht den geringsten Kratzer zugefügt hätte.

Teraal hatte für die Feier seine Brille wiederbekommen und setzte sie nun oft auf und wieder ab, auf und wieder ab, so als lotete er die Vor- und Nachteile aus. Vielleicht war es ihm sogar ganz lieb, wenn er das Besäufnis nicht in allen Einzelheiten sah, wie Kadoch und Bier auf die Kleidung tropften, beim Lachen versprüht oder gar einer Sklavin über das tiefe Dekolleté gekippt und abgeleckt wurden. Einige Männer und Frauen wurden recht zügellos und küssten sich begierig.

Dennoch gab es während der Feier Momente, wo alle still wurden, da Gedichte vorgetragen wurden. Es waren Gedichte, die die Lebenslust, die Kampfstärke und die Helden der Vergangenheit mit poetischen Worten priesen. Einige Gedichte waren schwermütig und anrührend und öffneten Fenster zur Seele. Ebenso gegensätzlich waren die Lieder. Einige waren so beschwingt, dass Lanaris im Takt der Trommeln mit ihrem Fuß unter dem Tisch klopfte, andere Musikstücke waren derart melancholisch, dass sie ihre Tränen mit Macht zurückdrängen musste, weil der Trennungsschmerz von ihrer Tochter fast übermächtig wurde.

Dann erschien Merrduh. Er trug ein ärmelloses, golddurchwirktes rotes Oberteil, einen prächtigen breiten Gürtel und eine karierte Hose. Merrduh blieb am Eingang stehen, sah sich vergnügt lächelnd um und erspähte Lanaris. Zielstrebig hielt er auf sie zu und stemmte seine Hände in die Hüften. »Ah, da ist ja mein Sonnenschein, meine evidanische Kriegerin! Du siehst umwerfend in dem Kleid aus. Ich war mir nicht sicher, ob du es anziehen würdest.«

»Gehört es deinem Weib?«

»Natürlich nicht. Was denkst du von mir?«

»Wo ist dein Weib? Ich würde sie gern kennenlernen«, stichelte Lanaris.

Ein Schatten huschte über Merrduhs Gesicht, und er setzte sie zu ihr an den Tisch. Sein Mund bewegte sich unschlüssig hin und her, als ob er nach den richtigen Worten suchte. Dabei fuhren seine Finger über die breite goldene Spange an seinem Unterarm. Lanaris betrachtete Merrduh das erste Mal eingehender. Seine Hände wirkten stark, ebenso seine muskulösen Arme. Er war ein stattlicher und gut aussehender Mann. Sein Gesicht hatte ausgeprägte Kieferknochen, und seine Nase war ein wenig krumm, wahrscheinlich war sie einmal gebrochen gewesen. Während er Lanaris ansah, leuchteten seine blauen Augen vor Verliebtheit. Doch sie wollte nicht, dass er sie auf diese Weise ansah. Sie dachte kurz an Godered, der nun irgendwo vorgab, ein Söldner zu sein. Was würde sie darum geben, wenn *er* sie nur einmal so begehrlich anschauen würde, wie Merrduh es gerade tat.

»Lanaris, ich ...« Er brach ab und leckte sich über die rauen Lippen. »Ich habe es niemals für möglich gehalten, dass mein Herz – da ich doch ein recht raubeiniger Kerl bin – wie Wachs dahinschmelzen könnte. Ich kann an nichts anderes mehr denken als an dich. Nicht nur nachts, sondern auch am Tage sehe ich dein Gesicht vor mir. Ich habe dich beleidigt, als ich dir vorgeschlagen habe, meine *Graas* zu werden. Du bist eine Evidanierin, eine Kriegerin ...« Er räusperte sich. »Ich habe gründlich nachgedacht. Ich liebe mein Weib nicht, habe es nie getan. Wir wurden von unseren Familien recht früh verkuppelt. Für dich würde ich mich von meinem Weib trennen. Es ist mir gleichgültig, ob ich dafür Schimpf und Schande ernte, wenn ich sie für eine Evidanierin verlasse. Ich würde es sogar hinnehmen, dass sie unsere sechs Kinder mit sich nähme. Ich kann meine Zuneigung zu dir nicht verbergen, andere Krieger necken mich bereits, obwohl auch sie dich begehrenswert finden.« Er rieb sich nervös den Handballen. »Könntest du dir vorstellen, mein Weib zu werden?« In seinen Augen leuchtete Hoffnung, gleichzeitig schien er ihre Zurückweisung zu fürchten.

Sie wollte seine Gefühle nicht verletzen, nicht, damit er sich weithin um sie und die anderen beiden *Dunak tor* kümmerte, sondern weil sie ihn achtete.

»Ich habe eine kleine Tochter, deren Vater ein gotonischer *Köan* ist. Er hat mir gegenüber von Liebe gesprochen, und als ich ihm gesagt habe, dass ich ein Kind von ihm erwarte, hat er mich verlacht und verspottet ...«

»Das würde ich niemals tun! So bin ich nicht! Meine Liebe ist aufrichtig!«, fiel Merrduh ihr ins Wort.

»Mag sein, aber ich kenne dich kaum. Wie gesagt: Ich habe eine Tochter. Was soll aus ihr werden?«

»Du lässt sie holen, und sie wird bei uns leben.«

»Sie wäre stets nur *die Evidanierin* oder *der Gotonenbastard.*«

»Niemand würde es wagen, so von ihr zu reden! Ihr hättet es gut bei mir.« Seine Stimme wurde weich und fast flehend.

Sie glaubte ihm sogar. Dennoch ... Sie war eine *Dunak tor*-Meisterin, und ihr Zuhause war die Kampfschule. Die Kultur und Lebensart der Barkländer war ihr zu fremd. Sie bereute es, die Grenze nicht früher gezogen zu haben. »Bitte umwerbe mich nicht weiter, ich muss mir über vieles klar werden, über sehr vieles.«

»Empfindest du mich als aufdringlich? Dabei bemühe ich mich bereits um Zurückhaltung. Ich werde für einige Zeit mehr Abstand zu dir wahren. Unter zwei Bedingungen ...«

»Die da wären?«

»Du nimmst weiterhin meine Geschenke an ... und ... du denkst intensiv über eine Ehe mit mir nach. Ich versichere dir nochmals, dass du und deine Tochter es gut bei mir hättet.« Er lehnte sich ein wenig vor, und seine Hand schob sich zu ihrer vor, aber er berührte sie nicht. »Was sagst du?«

Ihr Blick traf erst den Ahloren und dann den Motavier. Beide gaben sich keinerlei Mühe, wenigstens so zu tun, als würden sie nicht zuhören.

»Ich werde darüber nachdenken.«

Merrduh strahlte über das gesamte Gesicht. »Das soll mir als Antwort vorerst genügen. Wirklich, du siehst atemberaubend in dem Kleid aus.« Er erhob sich und verließ das Ratshaus.

Lanaris schloss kurz die Augen und atmete lang gezogen aus. Sie glaubte sogar, dass sowohl sie als auch ihre Tochter von ihm Wertschätzung erfahren würden und ein angenehmes Leben führen könnten. Dennoch hoffte sie, dass die anderen *Dunak tor* bald zurückkehrten, damit sie endlich Barkland verlassen konnte und sich mit seinem Angebot nicht auseinanderzusetzen brauchte.

»Lass uns den Abend ein wenig genießen ... soweit es möglich ist. Morgen müssen wir wieder in den Berg.« Teraal lächelte ihr aufmunternd zu, dann wurde er ernst. »Ich danke dir, Lanaris. Ich weiß, dass du den Barkländer nicht abweist, weil er sich auch um Scholell und mich kümmert.«

Lanaris entgegnete nichts, zog ihren Becher Kadoch näher an sich heran, umklammerte ihn mit beiden Händen und starrte in die Flüssigkeit, die von einem Becherrand zum anderen schwappte und sich allmählich beruhigte. Ja, möglicherweise wäre der Barkländer tatsächlich ein geeigneter Vater für ihre Tochter.

Godered

Der Gotone saß mit dem Rücken an die Stallwand gelehnt. Seine linke Hand ruhte auf seinem Bein, während er in seiner rechten Hand einen vertrockneten Strohhalm drehte. Godered hatte die Augen geschlossen, und das grelle Sonnenlicht ließ seine Welt in einem satten Orange versinken. Die Strahlen bissen sich an seiner schwarzen Kleidung fest, als versuchten sie, mit ihrer Wärme bis zu seiner Seele vorzudringen. Er wirkte entspannt, aber er hörte genau, was um ihn herum geschah.

Er vernahm Hundegebell, Gelächter, das Schnaufen der Pferde im Stall, zwitschernde Vögel und Waffengeklirre, da in einiger Entfernung Krieger trainierten. Er hörte auch eine Maus, die in seiner Nähe piepste und im Laub, das an die Stallwand geweht war, raschelte. Es herrschte ein stimmliches Durcheinander. Die Söldner waren gespannt, denn heute bei Sonnenuntergang wollte Fiochnan seine weiteren Pläne verlauten lassen.

Godered wurde unruhig. Da war etwas, was ihm Gefahr verhieß. Ja, da war eine bekannte Stimme, die prahlerische Reden verlauten ließ.

Es war ... Das konnte nicht sein! Godered öffnete die Augen und blickte in die Richtung, aus der die Stimme ertönte. Loguhn! Was tat er hier? Der Evidanier hatte zwar Godered und seine Begleiter aus Erwechs Gefängnis befreit, trotzdem hatte es so einige Situationen gegeben, in denen Godered an seiner Gesinnung gezweifelt hatte. Im *Gratanheer*, das gegen Erwech gezogen war, war er Godereds Zehnerschaft als Hilfskrieger unterstellt worden und hatte ihm Pläne der *Gobarem* verraten. Er war aber nach der Schlacht gegen Erwech von den *Dunak tor* in Gewahrsam genommen worden, da man nicht genau wusste, ob er tatsächlich ein abtrünniger *Gobarem* war. Und nun war er hier? Hatten ihn die *Dunak tor* geschickt, für die er angeblich auch spioniert hatte? Oder die *Gobarem*? Fiochnan besaß die Armschienen. Gewiss wollte Loguhn ihrer habhaft werden. Welch anderen Grund sollte es für ihn geben, hier im Söldnerheer zu sein?

Anscheinend spürte er Godereds Blick auf sich brennen, denn er schielte an dem Bastiden vorbei, mit dem er sich angeregt unterhalten hatte. Er zeigte weder Überraschung noch irgendeine andere Gefühlsregung. Der Evidanier verhielt sich, als ob er Godered gar nicht kannte. Ein Meister der Verstellung! Godered beschloss, ihm später aufzulauern und ihn auszufragen.

Brinok kam in Begleitung des Karstiden Gohan zu ihm. Er ging neben Godered in die Hocke und wirkte beunruhigt. »Du glaubst gar nicht, wen ich gerade gesehen habe: Loguhn! Der Evidanier steht mitten unter Bastiden, als wäre er einer von ihnen.«

»Hat er dich gesehen?«

»Ja, und er wirkte keineswegs überrascht oder konnte es hervorragend überspielen. Soll ich mir den Kerl schnappen und ihn aushorchen?«

Godered erhob sich. »Ich werde ihm selbst die eine oder andere Frage stellen. Führe ihn unter einem Vorwand zur alten Eiche in den Wald. Da werde ich warten.«

Brinok stand ebenfalls auf und zog die Brauen zusammen.

»Er wird ahnen, dass du auf ihn wartest, und nicht mitkommen.«

»Doch, das wird er. Ihm wird klar sein, dass ich ihn früher oder später ohnehin zur Rede stelle. Hol ihn!« Godered warf den Strohhalm fort, ging um den Stall herum und tiefer in den Wald hinein zur Eiche.

Dort lehnte er sich an den gewaltigen Stamm und schloss für einen Moment die Augen. Er fühlte sich mit dem Baum und der Natur verbunden, genoss das Rascheln der Blätter, die zunehmend ihr Grün verloren und sich rostbraun färbten. Einige Blätter segelten bereits hernieder und gesellten sich zu ihren sterbenden Geschwistern am Boden. Manche Blätter wurden nur noch von einer Faser gehalten und drehten sich bei jedem Windstoß übermütig im Kreis, vollführten einen letzten Tanz, bevor sie ihrem Versorger für immer entrissen wurden. Zahlreiche Eicheln lagen umher und boten für die Tiere des Waldes einen reich gedeckten Tisch. *Hier* fühlte sich Godered wohl und nicht bei den Menschenhorden.

Nach einiger Zeit sah er Brinok und Gohan, die Loguhn flankierten. Als der Evidanier den *rotroten* Kampfmeister erblickte, grinste er schief und schritt entschieden auf ihn zu.

»Warum bin ich nicht überrascht?«, fragte der junge Evidanier. Er zupfte sich kurz am hellbraunen Kinnbärtchen und verschränkte die Arme vor der Brust.

Godered fackelte nicht lange, packte ihn und drückte ihn gegen den Baumstamm. »Was willst du hier? Sprich!«

»Und was wollt *ihr* hier?«, entgegnete der Evidanier scheinbar gelassen, doch in seinen Augen zeigte sich Unsicherheit. Schließlich war Godered in der Vergangenheit des Öfteren kurz davor gewesen, ihn zu töten.

»Du befindest dich nicht in der Stellung zu fragen!«

»Du ebenfalls nicht! Ich könnte Fiochnan auf die Idee bringen, sich einmal eure Ohrläppchen zu betrachten. Ihr seid zu dritt gekommen und habt allesamt durchstochene Ohrläppchen. Schon verdächtig, oder? Da liegt die Vermutung wirklich nahe, dass ihr *Dunak tor* seid.«

»Ich frage dich nochmals: Was willst du hier?«

»Das, was auch ihr wollt.«

»In wessen Auftrag bist du hier? Der *Gobarem*?«

»Töte mich ruhig, denn du wirst es niemals von mir erfahren. Wenn ich es verrate, bin ich ohnehin tot.«

»Wirst du uns sabotieren?«

»Nein, ein faires Spiel.«

Brinok lachte verächtlich auf. »Fair? Und das sagt ein *Gobarem*?«

Godered verspürte den Wunsch, diesen unberechenbaren Kerl aus dem Weg zu räumen. Dann wäre es gleichgültig, in wessen Auftrag er agierte.

Loghun schien das zu erkennen und schluckte deutlich. »Ich habe euch aus Erwechs Gefängnis befreit und dabei mein Leben riskiert, schon vergessen? Ich wurde auf der Flucht sogar von einem Hastro angegriffen.« Er hielt die linke Hand empor, an der der kleine Finger und der Ringfinger fehlten. »Zudem habe ich euch die hinterhältigen Pläne von Sionor verraten. Somit war es dir, Godered, möglich, in der Schlacht einzugreifen und eine Katastrophe zu verhindern. Ich denke, da habe ich wirklich ein wenig Dankbarkeit verdient. Ich habe sogar in deiner Zehnerschaft als Hilfskrieger gekämpft. Ich weiß, dass du Lanaris gesagt hast, als du das Heer verlassen hattest, um *Lanasch* zu holen, dass sie mich vor Übergriffen schützen soll, da ihr mir viel zu verdanken habt. Erinnere dich, ich habe dir gegenüber mein Herz ausgeschüttet und so manches von mir preisgegeben. Godered, ich empfinde Hochachtung für dich. Glaube mir, ich werde euch nicht schaden. Ich schwöre es.«

Godered verzog einen Mundwinkel. »Ich sagte dir damals schon mehrmals, dass du zu oft schwörst.«

»Du bist eine doppelzüngige Eidechse!«, stieß Brinok hervor

und bleckte die Zähne. »Wenn du ihn töten willst, Godered, hast du meinen Segen!«

»Meinen auch!«, pflichtete Gohan ihm bei.

»Sieht so euer Dank aus? Ich bin nicht euer Feind. Bevor ich hierherkam, sprach ich heimlich mit Lanna, forderte sie auf, im Tempel die Augen und Ohren offen zu halten, denn dort geschehen einige Dinge, die nicht im Sinne der *Dunak tor* sind ...«

»Woher solltest du so etwas wissen? Du lügst doch!«, fuhr Brinok ihn an und umfasste erbost den Griff seines Dolches.

»Nun, wenn du meinst.« Loguhn neigte den Kopf ein wenig zur Seite. »Na los, dann stich mich doch ab. Es wird euch allerdings nichts nützen – im Gegenteil. Bei den Söldnern befinden sich einige *Gobarem*. Ich könnte euch helfen, diese zu entlarven.«

»Warum solltest du deine eigenen Leute preisgeben?« Brinoks Hand lag noch immer am Dolch.

»Das sind *nicht* meine Leute! Begreift ihr das endlich? Ich habe Godered schon mehrfach gesagt, dass ich mich von ihnen abgewandt habe. Soll ich euch nun helfen, *Gobarem* ausfindig zu machen, oder nicht? Sie unterstehen nicht alle Rahila und werden früher oder später versuchen, euch zu töten. Sie sind eine Gefahr für euch! Ihr habt ohnehin keine Chance, so schnell an Fiochnan heranzukommen. Seine treue Leibwache beschützt ihn bei Tag und Nacht, und er hat sich für ein Vermögen einen gotonischen Schreihamster beschafft. Erst wenn sich das Söldnerheer auf dem Marsch befindet, werden sich bessere Möglichkeiten ergeben. Ihm kann *Dalanur* nicht so einfach entrissen werden, da die Schienen seine Unterarme fast vollständig umschließen. Zudem hörte ich, dass jedermann, der die Armschienen nicht in einem schützenden Beutel mit magischen Zeichen trägt, in deren Bann gerät. Ich bin mir sicher, dass Fiochnan von diesen Dingern dazu getrieben wird, einen Krieg zu entfachen.«

Godered war sich unschlüssig. Jedes Mal, wenn er Loguhn töten wollte, riet ihm eine innere Stimme davon ab. Gern würde er erfahren, in wessen Auftrag der Evidanier handelte. Wenn er ihn jetzt tötete, war die Chance vertan. Er spielte kurz mit dem Gedanken, die Informationen aus ihm herauszuprügeln, doch er war sich sicher, dass Loguhn genauso wenig verraten würde wie einst er selbst, als er auf der Insel Fil nichts preisgegeben hatte.

Er nahm die Hände vom Evidanier. »Ich verschone dich. Wenn du einen *Gobarem* entdeckst, kommst du unverzüglich zu mir. Verstanden? Wir werden dich beobachten!«

Loguhn ordnete seine Kleidung. »Ich habe von dir nichts anderes erwartet.« Dann schaute er Godered in die Augen und wich seinem bohrenden Blick nicht aus. »Ich sage dir nochmals, dass ich Hochachtung für dich empfinde. Ich bin nicht hier, um euch zu schaden.«

Godered erinnerte sich daran, dass sich Loguhn ihm damals in der Herberge unter Tränen offenbart und sein Leid erzählt hatte. Dennoch umgaben ihn so viele Ungereimtheiten.

»Geh!«

Loguhn nickte ihm dankbar zu und entschwand recht schnell, als ob er befürchtete, dass Godered es sich doch anders überlegen könnte.

Brinok fuhr sich nachdenklich mit den Fingern über seinen kurzen Bart. »Ich hätte mich wohler gefühlt, wenn du ihn abgestochen hättest.«

»Ich ebenso«, gestand Gohan und machte ein verkniffenes Gesicht. »Aber ... wir sind *Dunak tor* und dürfen so etwas nicht tun.«

Godered entgegnete nichts. Seine eigenen Verstöße und Schandtaten kamen ihm in diesem Augenblick so zahlreich vor wie die Eicheln, die vor seinen Füßen lagen. Ein gutes Stück von ihnen entfernt lag der *Gotolone* verscharrt, der zwischenzeitlich versucht hatte, von Godered Schweigegeld zu erpressen ...

Rau klingende Hörner erschallten.

Gohan wischte sich eine rotblonde Locke aus der Stirn. »Fiochnan lässt alle zusammenrufen. Er will eine Rede halten. Dann können wir endlich hören, was er vorhat.«

»Wird auch allerhöchste Zeit!« Brinok verzog einen Mundwinkel zu einem schiefen Lächeln.

Sie verließen den Wald, der reichlich Essbares bot: Pilze, Beeren, Kräuter, Nüsse und Wildfrüchte. Dazu roch es lieblich und herb nach Kräutern, die zwischen großen Farnen wuchsen. Wenn Godered diese Mission allein angetreten hätte, hätte er wie ein Schatten im Wald leben und auf eine günstige Gelegenheit zum Diebstahl der Armschienen warten können. Diese große Gruppe zu entsenden, war eine falsche Entscheidung gewesen.

Sie folgten den Kriegern, die sich in fiebriger Erwartung auf dem Dorfplatz vor Fiochnans Haus versammelten. Godered hasste solch ein Gedränge und Geschiebe, und es ließ Aggressionen und Kampfbereitschaft in ihm aufkommen.

Fiochnan stand breitbeinig mit geschwellter Brust auf einem hölzernen Podest, das schon vor längerer Zeit errichtet worden war. Welke Blätter waren darauf geweht und hatten an zwei Stellen Häufchen gebildet. Grimmige waffenstrotzende Leibwächter beschirmten ihren Herrn mit Schild und Schwert, andere Krieger trugen gespannte Armbrüste. Fiochnan war mit glitzerndem Schmuck behangen, und seine farbenfrohe Kleidung war golddurchwirkt. So ließ er bei den Kriegern keinen Zweifel aufkommen, dass er ihnen ihren Sold zahlen konnte.

»Ich bin stolz, dass ich ein so großes Heer zusammengebracht habe. Zehntausend Krieger! Bastiden und *Gotolonen!* Und nicht nur einfaches Volk! Seht: Selbst Adlige unterstellen sich freiwillig meinem Befehl!« Fiochnan ließ erneut in das Horn blasen, und aus einem Wald kamen berittene Truppen mit wehenden Fahnen hervor und näherten sich dem Dorf. Im Schein der Sonne blinkten zahlreiche Waffen und Rüstungen.

Brinok stieß einen verächtlichen Ton aus.

»Dort kommen sie: Drochnan mit zweitausend Männern und Cannock mit fünfhundert Kriegern.«

»Alles Charnire, Felsläuse und Schluchtenscheißer!«, raunte Brinok, und Gohan nickte zustimmend.

»Wie können sie sich nur einem einfachen Mann anschließen? Nur weil der Dunst des Reichtums ihn umgibt?«, flüsterte Gohan verdrießlich.

»Wohl eher der *Gestank*«, meinte Brinok leise.

Fiochnans Blick wurde hart und unerbittlich, und er stemmte die Fäuste in die Hüften. »In der Vergangenheit wurde ich von Karstiden schwer gedemütigt, als sie mein Weib entführten! Der Kampf der Bastiden gegen die Karstiden ist Teil unserer Kultur. Denkt an den *Eitelkrieg*, als die Horden stritten, wer die schönere Feste erbaut hat, oder an den *Goldkrieg*, als in den Grenzlanden Gold gefunden wurde und wir Bastiden ins Land der Karstiden einmarschierten. Oder die *Schlacht an der Rahe*, als die Bastiden einen Flüchtling ohne Erlaubnis durchs Gebiet der Karstiden gejagt haben. Es gab Kämpfe wegen gestohlener Bergschafe, gestohlener Ernten, über Grenzsteine, ja sogar über zu nah an der Grenze errichtete Misthaufen. Denkt an den großen Hordenkrieg, der dreiundzwanzig Jahre angedauert hat. Und gab es nicht auch den großen Bergschafskrieg? Sogar den dummen Streit, als sich die Hordenführer bei einem gemeinsamen Fest ereifert haben, wer der bessere Sänger ist. Und vor wenigen Jahren kam es beim Kräftemessen zum Streit, weil uns die Karstiden unterstellt haben, dass die Bastiden mit falschen Gewichten teilgenommen haben. Wir waren immer stolz und kriegerisch. Erinnert euch an die sogenannten *Jahre der Schande*, weil sich die Barkländer nach dem Eindringen der Gotonen in unser Land still verhalten haben. Wir wollen keine weiteren Jahre der Schande, sondern des Mutes, des Blutes und des Kampfes. Von daher ist es nur eine Fortschreibung unserer Geschichte, wenn wir ins Gebiet der Karstiden einmarschieren! Dort werden sie vor die Wahl gestellt: Entweder schließen sie sich mir an, oder sie werden niedergeschmettert! Ich bin mir sicher, wenn sie hören, wer mein eigentlicher Feind ist, den ich niederwerfen will, werden sie ihre Schwerter wetzen und sich begeistert an unsere Seite stellen. Wenn das Volk der Barkländer vereint ist, werden wir mit einem kampfstarken Heer ins Ahlorenreich einmarschieren! Jawohl! Ins Ahlorenreich! Die violetten *Algenfresser* geben vor, die Edelsten zu sein, als wären sie uns allen überlegen und unsere Herren. Sie behandeln uns wie ihre Handlanger und Untergebenen, mischen sich seit ihrer Ankunft in unsere Kämpfe ein. Das ist ungeheuerlich! Dem werden wir ein Ende setzen! Wir werden ihre Städte plündern, uns ihre Schätze nehmen, sie in ihre Schiffe setzen, und dann sollen sie dorthin zurücksegeln, woher auch immer sie gekommen sind. Wer nicht schnell genug verschwindet, wird gnadenlos getötet! Sie sind keine Menschen und haben auf unserem Kontinent nichts verloren! Uns Barkländern soll das Ahlorenreich gehören! Und müssen wir nicht auch eine Jahrhunderte alte Schmach tilgen, als die Gotonen mehrfach in unser Land einmarschierten und es sogar besetzt hatten? Bei Aufständen haben sie brutal Rache an Unschuldigen genommen. Dafür werden wir sie bluten lassen! Das wird hier und jetzt unsere Zeit werden! Wir sind ein wildes Volk, schön von Statur und Antlitz! Wir sind würdig und fähig, über ganz Abladur zu herrschen! Alle Völker sollen uns untertan sein und uns Tribut zahlen. Was sagt ihr?«, rief er aus und provozierte mit anfachenden Armbewegungen Begeisterungsrufe.

Der Jubel war ohrenbetäubend, und die Söldner schwangen begeistert ihre Waffen. Wilde Kampfeslust flammte in ihren Augen.

Was wollte er? Godered war fassungslos. Die Karstiden mehr oder weniger dazu zwingen, sich am Kampf gegen die Ahloren zu beteiligen? Gegen die *Ahloren*? Diese würden ihre Kristallgeschütze in Stellung bringen und die Barkländer an der Grenze hinwegfegen. Die Armschienen *Dalanur* schienen in Fiochnan eine unersättliche Gier nach Macht entfacht zu haben. Um eine Katastrophe zu verhindern, musste Godered ihm so schnell wie möglich *Dalanur* abnehmen – auch wenn er dazu Fiochnan die Unterarme abschlagen müsste. Sobald sie sich in Marsch gesetzt hatten, und Fiochnans Unterkunft weniger geschützt war, würde er nach einer Gelegenheit Ausschau halten, an ihn heranzukommen.

»Ich werde jetzt die Adligen persönlich begrüßen! Geht, ihr Söldner, und packt eure Sachen! Wir brechen bei Sonnenaufgang auf und werden im Gebiet der Karstiden reichlich Beute machen!«, rief Fiochnan, und nochmals schlug ihm lautstarker Jubel entgegen. Die Krieger um ihn herum rieben sich voller Vorfreude die Hände und gingen gut gelaunt davon.

Nein, nicht alle. Als Godered sich umschaute, sah er auch verstörte, besorgte und missmutige Gesichter.

»Gegen die Karstiden ziehe ich, aber gegen die Ahloren? Ist er verrückt?«, sagte jemand.

»Ich mache Beute bei den Karstiden, und dann verpisse ich mich schleunigst!«, raunte ein anderer.

»Mir gefällt das alles nicht! Ich dachte, es soll nur Beute gemacht werden. Ich hau ab!«, meinte ein weiterer.

Brinok hob einen Stein auf, warf ihn in die Luft und fing ihn wieder auf. »Gegen die Karstiden zu kämpfen, dagegen habe ich im Prinzip nichts einzuwenden, aber ... momentan gibt es dafür gar keinen Anlass. Normalerweise entstehen die Kämpfe wegen Grenzstreitigkeiten, wenn Vieh entlaufen ist, gestohlen wurde oder wenn sich junge Karstiden und Bastiden ineinander verlieben und die Eltern gegen eine Verbindung sind ...«

»Manchmal sind die Anlässe allerdings weitaus geringer: Kampf um der Kampfeslust willen«, warf Gohan ein.

»Ja, aber nicht, weil ein Einzelner nach Macht strebt und übergeschnappt auch sogleich von der Niederlage der Ahloren spricht. Seiner Rede nach schwebt ihm sogar die Herrschaft über ganz Abladur vor. Er schwingt hier solch eine überhebliche Rede und hat bisher nicht einen einzigen Sieg errungen. Wir sind ja noch nicht einmal losgezogen.« Brinok blickte verächtlich in Fiochnans Richtung. »Diese zuvor unbedeutende Felslaus kommt offensichtlich mit der Macht und dem Reichtum, die ihm durch *Dalanur* zuteilwerden, nicht klar.«

Gohan nickte beipflichtend. »Bei so einigen Menschen, die in ihrem Leben unter Hänseleien und fehlender Anerkennung gelitten haben und dann Macht erlangen, besteht die Gefahr, dass sie zu brutalen Tyrannen werden. Sie wollen sich anschließend für die erlittenen Repressalien rächen und allen zeigen, wie weit sie es gebracht haben.« Er seufzte. »Und nun will er nicht nur ein Geplänkel mit meiner Horde, nein, er will sie sogar unterwerfen. Ich verstehe jetzt, warum er mich nur ungern als Söldner akzeptiert hat. Schließlich bin ich ein Karstide, und Männer meiner Horde haben einst seine Frau entführt — und wohl auch getötet.«

Brinoks Augen verschmälerten sich. »Und? Was wirst du tun?«

Gohan zupfte sich am Ohrläppchen, an dem normalerweise sein Rangabzeichen hing. »Mein Eid geht mir über alles. Ich habe dabei das höhere Ziel im Blick und werde mit euch ziehen — aber ich werde niemandem meiner Horde Schaden zufügen, möglicherweise kann ich sogar einige meiner Leute retten.«

»Das kann ich nachvollziehen.« Brinok schlug ihm freundschaftlich auf die Schulter. »Es wird hart für dich, allemal.«

»Ich werde meine Sachen packen«, ließ Gohan verlauten und ging mit schweren Schritten davon.

»Du musst mit den Adligen reden und sie zur Umkehr bewegen!«, verlangte Godered von Brinok.

»Ja, das werde ich.« Der hellblonde Bastide sah gereizt über seine Schulter zu den anrückenden Adligen, die von Fiochnan und zahlreichen anderen Söldnern begrüßt wurden. »Kaum zu glauben, dass sie hier sind — diese gierigen Felsläuse!«

Godered befürchtete, dass das Temperament bei dem Gespräch mit ihm durchgehen könnte. »Ich denke, ich sollte dabei sein.«

»Das wäre vorteilhaft, denn ich weiß nicht, ob ich mich zurückhalten kann und diesen Adligen nicht ihre Schädel spalte, um nachzuschauen, ob sie ein Hirn haben.« Er stieß einen verächtlichen Ton aus und ging fort.

Godered kniff verdrießlich die Lippen zusammen. Die ganze Entwicklung missfiel ihm gewaltig – und auch, dass Loguhn hier irgendwo im Getümmel war. Unter all diesen Kriegern waren zudem *Gobarem*. Wollten sie *Dalanur* in ihren Besitz bringen? Oder die *Dunak tor* doch töten? Rahila hatte zugesagt, dass ihnen von den *Gobarem* keine Gefahr drohte, weil sie erwartete, dass Godered ihr die Armschienen brachte. Doch Loguhns Reden nach agierten hier auch andere *Gobarem*, die nicht unter Rahilas Fuchtel standen. Diese waren eine Gefahr, die beseitigt werden musste …

Kapitel 7

Erkenntnisse

Lanna

Lanna wusste gar nicht, ob sie sich freuen sollte, als vor ihr der *Tempel des Lichts* auftauchte. Es war eine imposante mattviolette Anlage mit sieben Verteidigungsringen, die beständig ausgebaut worden war. Der Tempel war die größte Festung in ganz Abladur und galt als uneinnehmbar.

Lanna schalt sich eine Närrin, da Brinok ihr nicht aus dem Sinn ging. Niemals hatte sie von sich selbst vermutet, derart vom Gefühl der Liebe beherrscht werden zu können, dass teilweise ihre Vernunft aussetzte. Ja, manchmal redete sie sich sogar ein, dass Brinok keine Schuld am Beischlaf mit Aneira trug. Er war ja betrunken gewesen, ihm war ständig nachgeschenkt worden, und schließlich hatte seine Mutter alles eingefädelt ... Das beschäftigte sie während der gesamten Rückreise.

Dann war es an der Zeit, sich von ihren Begleitern zu trennen. Sie hielten die Pferde an, und Lanna nickte den anderen mit einem Lächeln zum Abschied zu – allen bis auf Avanor. Sie war froh, dass sie ihn gleich nicht mehr zu ertragen brauchte.

Der Ahlore hatte nur wenig mit ihr geredet, und vielleicht hatte er sich überhaupt nur dazu herabgelassen, weil sie eine Priesterschülerin war. Mit Mefido Bafollo hatte er sogar überhaupt nicht gesprochen.

Mefido strich sich eine Strähne seines schwarzen Haares hinter die Ohren. Die Paste war ihm seit einiger Zeit ausgegangen, und Lanna fand, dass ihm die lockere Frisur wesentlich besser stand. Er stieß einen missfälligen Ton aus. »So, Avanor, jetzt bist du Lanna gleich los. Wenn wir wieder in der Kampfschule sind, können auch wir endlich getrennte Wege gehen: Ich bin bei den Kriegern, du in der Verwaltung. Ich will dir aber noch meine Meinung sagen, und Lanna soll sie hören.«

Die Rogarländerin horchte gespannt auf.

Mefido hustete sich die Stimme frei und beugte sich im Sattel leicht vor. »Du bist für mich einer der arrogantesten, überheblichsten Ahloren, die mir je über den Weg gelaufen sind. Du hast uns oft angeblickt, als wären wir Ungeziefer, das du am liebsten unter deinem Stiefel begraben hättest. Du bist für mich kein *Dunak tor*, denn *Dunak tor* bedeutet Kameradschaft, Gemeinschaft, Verbundenheit, das Einstehen füreinander und sogar, das Leben für den anderen zu riskieren. Dir würde ich mein Leben niemals anvertrauen! Wahrscheinlich würdest du ohnehin keinen Finger rühren, um mich zu retten, sondern würdest noch Genugtuung dabei empfinden, wenn ein Ostiede aus dem Weg geräumt werden würde. Solltest du Meldung machen, dass ich mich nicht immer einwandfrei verhalten habe, so werde ich berichten, dass dir grundlegende Eigenschaften fehlen, die einen *Dunak tor* ausmachen, und dass du daher sogar andere von uns gefährden könntest. So, jetzt weißt du, wie ich über dich denke!«

Lanna stockte der Atem. Sie bewunderte Mefido für seine Ehrlichkeit und war auf Avanors Reaktion gespannt. Doch der Ahlore wandte Mefido nicht einmal den Kopf zu.

Das reizte Mefido umso mehr. Trotz seiner bräunlich getönten Haut war deutlich zu erkennen, wie ihm die Zornesröte ins Gesicht schoss. »Ihr Ahloren tut immer so edel, aber in Wahrheit seid ihr arrogante Arschlöcher! Melde es ruhig, es ist mir vollkommen egal! Und ... eines muss ich dir noch sagen, da du ja anscheinend ohnehin nur mitgeschickt wurdest, um Scholells Verhalten zu überwachen: Ihm würde ich mein Leben bedenkenlos anvertrauen. Er weiß, was Ehre, Kameradschaft und Verantwortungsgefühl bedeuten. Du hingegen bist für mich entbehrlich wie ein Stück kalter Marmor.«

Ernwic lachte laut auf und klatschte begeistert in die Hände. »Dem schließe ich mich vorbehaltlos an.«

Von Avanor schien weiterhin alles abzuperlen, doch Lanna bemerkte, dass seine Kiefermuskeln mehrmals zuckten.

Sie räusperte sich. »Ich reite nun allein weiter! Der Weltenschöpfer segne und behüte euch.« Dann erschien es ihr wichtig, noch mehr zu sagen: »Ihr seid *Dunak tor*, die Beschützer des *Tempels des Lichts*. Ihr verkörpert das Gute in der Welt, den Zusammenhalt der Völker Abladurs. Ihr habt euch dem Kampforden verpflichtet. Dieser Schwur übersteigt alle Verpflichtungen, die ihr euren Völkern gegenüber habt. Von euch wird erwartet, Vorurteile abzulegen, euch redlich und ehrenhaft zu verhalten, füreinander einzustehen, um gemeinsam das Böse zu bekämpfen. Ich habe auf dem gesamten Rückweg unter eurem Verhalten gelitten und mich gefragt, wie wir so gegen die *Gobarem* bestehen sollen. Das, was ihr mir gezeigt habt, lässt mich verzweifeln. Denkt darüber nach.«

Lanna wartete die Reaktion gar nicht ab, sondern trieb ihr Pferd voran. Sie wusste ohnehin, dass Avanor ihre Worte als das Gefasel eines törichten Mädchens abtun würde. Und Mefido und Ernwic? Bei ihnen hatte sie Hoffnung, dass es etwas ausrichten könnte.

Sie näherte sich dem Tempel mit einem flauen Gefühl im Magen. Die Worte von Loguhn hatten bewirkt, dass sie die gut geschützte Anlage nicht mehr als sicheren Ort ansah.

Vor dem Tempel befanden sich Herbergen für Pilger und Händler. Viele dieser Reisenden wurden allerdings gar nicht in die Tempelanlage eingelassen, sondern nur in den Vorort, der einen eigenen prächtigen Tempel besaß.

Die Rogarländerin passierte die sieben Verteidigungsringe, die jeweils mit Graben, Bermen und verschiedenartigen Mauern gesichert waren. Bei jedem Ring musste sie eine andere Parole aufsagen, und die Wachen kannten alle Priester des Tempels, um zu verhindern, dass sich jemand einschleichen konnte.

Das gewaltige mattviolette Haupttor war geschlossen und wurde von *Dunak tor* bewacht. Lanna hielt auf ein kleines Nebentor zu, das ebenfalls von Lichtkriegern bewacht wurde. Innerhalb des Tempels waren sie nicht mehr anzufinden, sondern nur die *Gandoren* – die Tempelwachen, die Lanna unheimlich waren.

Ein *Dunak tor* stellte sich Lanna in den Weg. Er war ein Ostiede, Mitte vierzig, dessen nachtschwarzes Haar mit zahlreichen grauen Fäden durchzogen war. »Sei gegrüßt, Lanna. Schon zurück? Es hieß, dass du wesentlich länger fort sein würdest.« An seinem Ohrläppchen pendelte ein Ohrring mit einem Amethyst.

Lanna war es unangenehm, dass sie seinen Namen nicht kannte, denn er war stets freundlich zu ihr.

»Ich wurde nicht mehr gebraucht.« Sie stieg vom Pferd und schaute es strafend an, als ob es sie getreten hätte. »Ich mag das Reiten ohnehin nicht und bin froh, diesen Wallach, auch wenn er geduldig mit mir war, endlich im Stall abgeben zu können.«

»Wir Ostieden lieben Pferde, das Reiten und Pferderennen. Es liegt uns im Blut. Ich bin immer dankbar, wenn ich einen Auftrag erhalte, bei dem ich im Sattel sitzen darf. Ich, junge Lanna, mag hingegen das Stehen nicht.« Er grinste von einem Ohr zum anderen, und auf seinen Wangen zeigten sich tiefe Grübchen. »Du darfst natürlich passieren.« Er trat beiseite.

Lanna war jedes Mal beeindruckt von der kolossalen Tempelanlage. Eigentlich war es eine kleine Stadt mit Ställen, Werkstätten, Speichern, großzügigen Häusern für wichtige Gäste, Unterkünften für Priester, kleinen und großen Tempeln, Gärten zum Meditieren, Nutzgärten, Archiven und vielen anderen Gebäuden. Die Mitte der Anlage bildete der imposante *Tempel des Lichts*, der sich strahlend weiß mit zahlreichen Türmen und prächtigen goldenen Kuppeln majestätisch in die Höhe erhob. Ausladende Marmortreppen führten zum Haupteingang hinauf, umgeben von herrlichen Kaskaden. Überall in der Anlage befanden sich raffinierte und beeindruckende Wasserspiele, neben dem Eingang des Tempels stürzten sogar Wasserfälle in die Tiefe.

Aber auch sonst mangelte es dem Tempel nicht an Pracht. Es gab etliche Arkadengänge mit Säulen aus weißem oder violettem Marmor. Mancherorts rankten ahlorische Würgerosen empor und erfüllten den Tempel mit ihrem aufdringlichen Duft. In prächtigen Beeten und Kübeln blühten weitere Blumen. Die vielen Hecken, Büsche und Bäume waren kunstvoll in geometrische Formen geschnitten, was der Anlage ein noch strukturierteres Erscheinungsbild verlieh.

Als Lanna zum Stall ging und ihr Gepäck vom Sattel löste, wurde ihr sogleich das Pferd von einem Stalljungen abgenommen. Während der Wallach davontrottete und dabei fast erfreut den Schweif schwenkte, atmete sie erleichtert auf.

Sie stellte ihr Gepäck neben einen marmornen Springbrunnen und begab sich zum mehrstöckigen Verwaltungsgebäude. Lanna passierte die weit geöffnete goldene Eingangstür und ging in der Halle zu einem überdimensionierten Empfangstisch, an dem ein alter Gotone saß. Hinter ihm befanden sich weiße Schränke, die zahlreiche kleine Türen und Schubladen besaßen und bis zur hohen Decke reichten.

Die Schränke hatten leichtläufige Kurbeln, mit denen die

Ahloren die obersten Schrankfächer nach unten fahren konnten und umgekehrt. In der Halle führte eine breite Marmortreppe zu den oberen Etagen, während eine weitere Treppe nach unten führte. Durch bodentiefe Fenster konnte man in ein herrliches Atrium schauen, das mit verschiedenen Sträuchern, kleinen Bäumen und farbenfrohen Blumen bepflanzt war.

Der kurzhaarige, ergraute Gotone namens Amagas, der am Schreibtisch saß, blickte zu ihr auf. »Ah, Lanna. Herzlich willkommen. Es ist schön, dass du wohlbehalten zurückgekehrt bist.« Er zog ein großes, mit weißem Leder eingeschlagenes Buch aus einer Schublade hervor. »Ich werde notieren, dass du wieder da bist.« Er öffnete das Buch, und sein Finger fuhr an den Einträgen entlang. »Oh, warte, hier steht ein Vermerk! Nach deiner Rückkehr will dich ... oh ...« Er sah verblüfft auf. »Sieh an, sieh an! Bist wohl eine wichtige Persönlichkeit geworden.« Er lächelte und entblößte einige abgebrochene Zähne im Unterkiefer. Vor vielen Jahren war er ein *Dunaktor* gewesen, der nach seiner aktiven Zeit einen Schonposten im Tempel erhalten hatte. So wie Lanna gehört hatte, besaß er weder Weib noch Kind und hatte auch keinen Kontakt zu seinen Verwandten. Er musste sehr einsam sein.

Solch ein Leben wollte Lanna nicht. Ihr wurde wieder deutlich bewusst, dass sie nicht im Tempel bleiben, sondern heiraten und viele Kinder haben wollte. Und sie wollte Brinok ... trotz allem.

»Der Hauptgroßpriester Ellarell möchte dich sprechen. Mein Kind, du bist schmutzig und trägst unangemessene Kleidung. Ich schlage vor, dass du dich zunächst säuberst und umziehst.«

Lanna war baff. »Ich? Zum Hauptgroßpriester?«

»Es wundert mich auch, aber es steht hier.« Er betrachtete sie eingehender, schien nichts Besonderes an ihr zu finden und zuckte mit den Achseln. »Wie dem auch sei, du solltest vorerst tun, was ich dir geraten habe. Danach meldest du dich beim

Großpriester Ermgas, er wird dich zu Ellarell geleiten.«

»Das werde ich.« Vor Aufregung zitterten Lannas Hände. Eigentlich wollte sie gar nicht zu Ellarell, denn ihre Ehrfurcht vor ihm war immens.

Sie verließ das Verwaltungsgebäude, ergriff ihr Gepäck und eilte zum schmucklosen Wohngebäude der Priesterschüler. Sie huschte die nüchternen Gänge entlang, wo sich die Schlafräume wie Perlen an einer Schnur aufreihten, und öffnete die Tür zu ihrem Zimmer. Im schlichten weißen Raum befanden sich vierzehn schmale Betten, jeweils sieben nebeneinander. Die Schlafstätten waren durch hohe Schränke voneinander abgetrennt, wodurch die Schülerinnen etwas mehr Privatsphäre hatten. Neben jedem Bett war ein Nachtschrank, auf dem eine Ahlorenlampe mit Verdunkelungsklappe stand. Drei bodentiefe Glastüren, vor die bei Nacht Vorhänge gezogen wurden, führten in einen Wandelgarten. An jenem Ort plätscherten Brunnen und blühten bis zum ersten Frost ahlorische Würgerosen und weitere Blumen. Da an diesen Garten etliche Schlafräume grenzten, galt dort von Sonnenuntergang bis Sonnenaufgang striktes Redeverbot.

»Lanna! Wie herrlich, dass du da bist!« Die Ostiedin Ri, die mit zwei anderen Priesterschülerinnen an einem Tisch saß und Kuchen schmauste, sprang auf, schluckte ihren Bissen herunter, wischte sich hastig die Kuchenkrümel vom Mund und fiel ihr überschwänglich um den Hals. »Ich hatte Angst um dich! Keiner hat mir gesagt, wo du warst.« Sie schob Lanna ein wenig von sich fort und beäugte sie. »Was trägst du denn da? Die Kleidung der grässlichen Barkländer! Wo bist du gewesen? Darfst du mir davon berichten?«

»Leider nicht.« Lanna legte die Tasche neben ihr Bett.

»Das ist schade. Ich hoffe nur, dass es nichts mit Brinok zu tun hatte. Du musst dich vor ihm in Acht nehmen. Ich kenne ihn zwar nicht, aber er ist ein Barkländer — das sagt doch alles! Ich warne dich, weil ich dich so mag. Willst du dich zu uns setzen? Wir haben uns aus der Küche die Reste eines Beerenkuchens geholt — furchtbar süß, aber so lecker, dass man gar nicht damit aufhören kann.«

Die anderen Mädchen sahen neugierig zu ihr herüber.

»Ich habe leider keine Zeit, denn ich soll mich bei einem Priester melden. Doch schau, wie ich aussehe! Ich muss mich zuvor dringend waschen und umziehen.« Lanna verschwieg, dass sie zum Hauptgroßpriester höchstpersönlich bestellt worden war.

»Aber du bleibst doch jetzt im Tempel, oder? Es wäre furchtbar, wenn du schon wieder fortmüsstest.«

»Ich denke schon, dass ich bleibe.«

»Ach, das wäre wunderbar.« Ris schwarze Augen leuchteten glücklich, und sie klatschte vor Freude in die Hände. »Es ist wirklich schön, dass du wieder da bist!«

»Ja, das ist es«, sagte Lanna und rang sich ein Lächeln ab. Ri kam ihr kindlich und naiv vor. Bei ihren beiden Aufträgen hatte Lanna von ihrer Unbeschwertheit eingebüßt, sie war erwachsener und ernster geworden.

Sie suchte sich frische Kleidung aus dem Schrank und ging in den angrenzenden beheizten Waschraum, der vier Kabinen mit Umkleidebereich und Dusche hatte. In ihrer Heimat hätte Lanna in einem Holzfass baden müssen.

Während das warme Wasser sie rieselnd umhüllte, stürzten viele Erinnerungen auf sie ein: die grauenhafte Folterung Atnos, das beängstigende Gefühl, wie sie *Unaktals* Macht gespürt hatte und wie sie einen Speer in den *Gobarem* gerammt hatte, um dem verletzten Godered das Leben zu retten. Sie sah vor ihrem inneren Auge Brinok, schön und strahlend, dann wiederum betrunken, sich prügelnd und wie Aneira ihn geküsst hatte. Gleich darauf fiel ihr wieder der höhnische Blick der Mutter ein. Ihr Herz schmerzte, und sie weinte bitterlich. Die Tränen mischten sich mit dem Wasser und wurden fortgespült.

Eine Erinnerung wurde so intensiv, dass sie alle anderen

übertraf: das blutende Symbol *Amboreg*. Lanna hatte in diesem Augenblick fast das Gefühl, als ob es ihren Namen rief. Sie fühlte sich von einer unerklärlichen Macht durchflutet, und eine Ahnung befiel sie, dass ihr weitere schwere Aufgaben bevorstanden, bei denen sie noch mehr Leid erfahren würde. Und für die Dauer eines Herzschlages sah sie eine bleischwere schwarze Wolkenfront, die zum Tempel zog und dabei alles Licht schluckte. Sie spürte, dass es nicht ihre eigenen Gedanken waren. War es sogar eine Vision? Die Priesterschülerin erschauderte.

Lanna stellte das Wasser ab und strich sich die tropfnassen langen Haare über die Schultern. Entschlossen atmete sie ein. *Ich bin stark! Ich werde alle Prüfungen, die mir das Leben und der Weltenschöpfer auferlegen, bestehen, sie tapfer und ohne Murren annehmen!*

»Und ich werde herausfinden, warum sich das Symbol mir bisher zweimal offenbart hat«, fügte sie flüsternd hinzu. »Obwohl ich mich unbedeutend fühle, bin ich es wohl nicht!« Der Gedanke befremdete sie und versetzte sie in Angst.

Sie trocknete weitestgehend ihre Haare mit einem weichen Tuch und zog sich Unterwäsche, eine weiße Hose und ein kurzärmeliges Oberteil an. Darüber streifte sie ein gleichfarbiges Gewand, das bis zu den Fußknöcheln reichte. Um die Taille band sie sich eine gelbe Schärpe und zog sich braune Schuhe an. Lanna gefiel die Kleidung, denn die weichen Stoffe fühlten sich auf der Haut wunderbar an.

Sie öffnete eine Klappe in der Wand und warf ihre schmutzigen Sachen in den Schacht. Im Keller würde die Kleidung eingesammelt und zur Wäscherei gebracht werden, in der Priesterschüler, aber auch *Gotolonen* arbeiteten.

Als Lanna in den Schlafraum zurückkehrte, stand Ri dort mit einem Handtuch und einer Bürste parat und wippte auf den Fußballen auf und ab. »Darf ich dir die Haare ein wenig mehr trocknen und anschließend bürsten? Möchtest du wieder vier Zöpfe haben, so wie es bei Rogarländerinnen üblich ist?«

»Ja, gern.«

Die Ostiedin zog schwungvoll einen Hocker heran. »Setz dich!«

Kaum hatte Lanna Platz genommen, machte sich Ri an ihren Haaren zu schaffen und entknotete verfilzte Stellen. Sie druckste herum, dann platzte sie heraus: »Kannst du mir nicht doch etwas von deiner Reise erzählen?«

»Nein.«

»Nein? Das ist hart für mich. Ich bin doch so neugierig ... Du bist in Barkland gewesen, ja?«

»Ri!«

»Na ja, das ließ deine Kleidung doch vermuten.«

»Ri!«

Die Ostiedin seufzte. »Ja, ich weiß ... Ich soll die Klappe halten!« Sie gluckste und teilte die Haare in vier breite Strähnen und begann damit, diese zu flechten.

»Aber du kannst mir gern berichten, was hier während meiner Abwesenheit geschehen ist«, sagte Lanna besänftigend.

»Das tue ich gern«, entgegnete Ri und erzählte mit einem Wortschwall allerlei recht belanglose Dinge und Gerüchte. Lanna hörte ihr nur mit einem halben Ohr zu. Sie war zu aufgeregt, denn sie würde bald dem höchsten Priester des Kontinents gegenüberstehen. Bisher hatte sie ihn lediglich an hohen Feiertagen aus der Ferne gesehen.

Schließlich hatte Lanna wieder vier Zöpfe. Sie bedankte sich bei Ri und zog einen braunen Mantel an. Sie stülpte sich die Kapuze über und verließ die Unterkunft. Zielstrebig ging sie über den weitläufigen Platz an zahlreichen Springbrunnen vorbei. Als sie vor dem Hauptverwaltungsgebäude stand, atmete sie tief ein und eilte dann die ausladende Treppe hinauf. Neben dem Eingangsportal waren bewaffnete Tempelwachen postiert. Die *Gandoren* trugen eine Rüstung aus silbernem und schwarzem Metall mit violetten Akzenten. Ihr Helm umschloss ihr gesamtes Haupt und besaß ein Visier aus unzerbrechlichem spiegelndem, violettem Glas. Sie erschienen Lanna wie gesichtslose, unheimliche Gestalten, denn es war nicht zu erkennen, wer unter dem Helm steckte. Außerdem trugen sie Handschuhe, und so konnte man nicht einmal anhand der Hautfarbe erahnen, welchem Volk sie angehörten. Doch sie waren groß, sehr groß ... Die *Gandoren* waren in einem abgeschirmten Areal des Tempels untergebracht, zu dem niemand außer ihnen Zutritt hatte – nicht einmal die höchsten Priester. Es gab diese Wachen, weil man die *Dunaktor* nicht permanent im Tempelbereich haben und verhindern wollte, dass die Priesterschüler für einen der trainierten Kämpfer entbrannten. Immerhin hatte sich auch Lanna in einen *Dunaktor* verliebt. Die *Lichtkrieger* durften nur zum Beten in den Tempel, wenn Glaubensfragen sie bedrückten oder aufgrund besonderer Anlässe.

Als Lanna das Portal erreichte, hatte sie das schauerliche Gefühl, dass die *Gandoren* sie musterten. Direkt neben dem Haupteingang standen zwei Priester, die um ihren Hals einen Anhänger mit einem grünen Juwel trugen. Ihr prächtiges knöchellanges Gewand war mit Gold durchwirkt, und ihr brauner Kapuzenmantel besaß glitzernde Borten.

Ein Priester erkundigte sich nach Lannas Begehr, und während sie es ihm kurz schilderte, nickte er, als wüsste er Bescheid. Er gab einer Wache einen Wink, und diese führte die junge Rogarländerin durch die zahlreichen Gänge. Der *Gandore* hatte eine furchterregende Aura, und ihr war in seiner Nähe mulmig zumute. Mit großen Schritten ging er voran, und Lanna fiel in einen leichten Laufschritt, um mit seinem Tempo mitzuhalten. Dann blieb er vor einer Tür stehen, vor der zwei Wachen postiert waren, klopfte energisch an und nach einem »Herein«, das von drinnen erschallte, öffnete er die Tür zu Ermgas' Arbeitszimmer und ließ Lanna hinein.

In dem großen Raum befanden sich zahlreiche hohe Bücherregale und formvollendete Marmorstatuen. Der Großpriester saß an einem wuchtigen Schreibtisch, auf dem sich allerlei Papiere stapelten. Der Gotone hatte schulterlanges graublondes Haar, und um seinen Hals hing ein aufwendig verzierter Anhänger, in den sieben Rubine eingelassen waren. Als sein Blick auf sie fiel, lächelte er und erhob sich von dem mit rotem Samt bezogenen Stuhl.

»Ich habe auf dich gewartet, Lanna!«, sagte er freundlich und kam zu ihr. Er war nur ein wenig größer als sie, schlank, mit schmalen Schultern. Sein glatt rasiertes Gesicht war hohlwangig, und das Kinn lief spitz zu. Der Gotone musterte sie prüfend mit seinen dunkelblauen Augen, die unter dichten Brauen in tiefen Höhlen lagen. »Du bist also die Priesterschülerin, der sich das Symbol *Amboreg* bereits zweimal offenbart hat. Das ist einmalig in der Geschichte des Tempels. Wirklich bemerkenswert.« Er lächelte noch immer. »Folge mir, ich geleite dich zum Hauptgroßpriester.«

Ermgas führte sie durch einen Gang mit zahlreichen Türen, vor denen weitere *Gandoren* postiert waren. Lanna schaute sich neugierig und zugleich ehrfürchtig um. Der Gebäudetrakt war vorwiegend in Weiß gehalten und wirkte durch die Marmorsäulen und hohen Decken vornehm, aber auch einschüchternd.

»Großpriester?«

»Ja?«

»Wie soll ich mich dem Hauptgroßpriester gegenüber verhalten? Darf ich nur sprechen, wenn er mich dazu auffordert? Muss ich mich besonders tief vor ihm verbeugen?«

Ermgas lachte kurz auf. »Ellarell ist ein ehrwürdiger, weiser Mann, der es nicht mag, wenn man sich verstellt oder ihn allzu eifrig umschmeichelt. Sei einfach du selbst.«

Diese Worte beruhigten Lanna ein wenig.

Vor einer breiten, vergoldeten Tür standen zwölf Wachen, unbewegt wie Marmorstatuen. Ermgas öffnete die Tür zu einem Warteraum, in dem bequeme Stühle an der Wand aufgereiht waren. Vor der nächsten prachtvollen Tür erblickte sie erneut

Gandoren, diesmal vierzehn an der Zahl.

Ermgas öffnete auch diese Tür und meldete: »Die Priester-schülerin Lanna!« Dann wandte er sich lächelnd an sie. »Bitte, geh hinein!« Aufmunternd nickte er ihr zu.

Die Rogarländerin atmete tief ein und sprach sich Mut zu, da sie bemerkte, dass ihre Hände zitterten. Ihre Knie waren butterweich.

Der Raum glich einer Halle und hatte zu einem Wandelgar-ten hin bodentiefe Fenster. Ein künstlicher kleiner Wasserfall plätscherte eine Wand herab und schaffte eine beruhigende, fast meditative Atmosphäre. Das Wasser floss in ein Becken, das von im Boden eingelassenen Lichtern erhellt wurde.

In riesigen weißen Regalen waren unzählige Bücher aufge-reiht, darunter einige von beträchtlicher Dicke und mit pracht-vollen Buchrücken.

Auf der Seite der Halle, die zum Garten hin lag, stand ein monströser Besprechungstisch, umgeben von zahlreichen schneeweißen Stühlen. Alles wirkte überaus elegant und wür-devoll.

Der Hauptgroßpriester saß an einem ungewöhnlichen Schreibtisch. Er erhob sich auf der einen Seite aus dem Boden und versank auf der anderen Seite wieder darin. Lanna fühlte sich dabei an einen Walrücken erinnert.

Ellarell war fünfundvierzig Jahre alt, erschien aber wie ein junger Mann. Um seinen Hals trug er ein breites Geschmeide, in dessen Mitte sieben Diamanten gefasst waren. Diese Dia-manten waren kreisförmig von Edelsteinen in den Farben aller Graduierungen umgeben.

Ellarell war ein schöner Ahlore, wirkte aber unnahbar. »Setz dich!« Er wies auf den weißen Stuhl, der vor dem Schreibtisch stand.

Lanna wagte es kaum zu atmen, sie spürte die Aura seiner Macht und kam sich unbedeutend wie eine Ameise vor. Sie ver-neigte sich und setzte sich nur auf die Kante des Stuhls. Als ihr bewusst wurde, dass sie somit ihre Unsicherheit signalisierte, rutschte sie weiter nach hinten.

Er sah sie mit seinen Amethystaugen prüfend an, und sie konnte seinem Blick nicht standhalten, wich ihm aus und schaute zu den vielen Büchern.

»Dir hat sich also das Symbol bereits zweimal offenbart.« Er lehnte sich zurück, platzierte die Ellenbogen auf den Armlehnen, spreizte die Finger und legte die Kuppen seiner Hände gegeneinander. »Eine rogarländische Priesterschülerin«, schob er hinterher.

»Ja, Höchstwürdigster.« Sie ärgerte sich, dass ihre Stimme ihre Nervosität verriet.

»Was ist für dich der Sinn des Lebens, Lanna?«

War das eine Prüfung? Seine Miene war unbewegt. Was wollte er hören? Was durfte sie sagen?

»Ein dem Weltenschöpfer gefälliges Leben zu führen.« Sie schaute ihn verunsichert an.

»Du sollst nicht sagen, was du glaubst, was ich zu hören wünsche. Also, ich frage dich erneut: Was ist für dich der Sinn des Lebens? Antworte ehrlich.«

Lanna war überfordert. Sie schluckte und hatte das Gefühl, keinen weiteren Ton herausbringen zu können. Darüber hatte sie noch nie ernsthaft nachgedacht. »Auf der Seite des Lichts zu sein und der Schattenseite zu widerstehen ... sich zu bewähren«, brachte sie heraus.

Der Ahlore zeigte keine Regung, nicht die geringste. War die Antwort falsch?

»Was erhoffst du dir für dich? Willst du eine Priesterin werden? Dein Vater hat dich hierhergeschickt. Bedeutet ein Leben im Tempel für dich die Erfüllung?«

Nein, ganz und gar nicht. Aber sie getraute sich nicht, ihm das zu sagen. »Ich wünsche mir Lebensglück und Frieden.«

»Hier im Tempel?«, bohrte er weiter.

Sie zögerte. »Nicht ... unbedingt.«

Ellarell sah sie noch immer unverwandt an. Seine violetten Augen glühten und verströmten zur gleichen Zeit eine Eiseskälte. Es war, als würde er direkt durch ihre Haut und ihr Fleisch in das Herz blicken. »Wie mir erzählt wurde, hegst du Gefühle für einen barkländischen *Dunak tor.* Man vermutet gar, dass es Liebe ist. Nun, Liebe ist nichts Verwerfliches, doch hier im Tempel lenkt es vom Dienst zu Ehren des Weltenschöpfers ab. Die Gedanken sind dann nicht mehr rein und auf das Wesentliche konzentriert. Wie mir außerdem berichtet wurde, hast du bei deinem ersten *Arusch* getötet, um den Kampfmeister Godered zu retten.«

Lanna schoss das Blut in die Wangen, und sie fühlte sich, als wäre sie von Fieber ergriffen.

»Ja«, würgte sie hervor.

»Über deine Tat haben nicht wir zu richten, sondern der Weltenschöpfer. Priester des Tempels sind erfüllt vom Geist des Weltenschöpfers und töten nicht. Wir beten hingebungsvoll zum Weltenschöpfer, und er *schenkt* uns Kraft und Erkenntnis. Wer dem Verderber dient, neigt dazu, sich der Magie zu bedienen. Magie bedeutet, übernatürliche Macht von der dunklen Seite zu erhalten und im Gegenzug dafür seine Seele zu verkaufen. Die *Halle des Lichts* ist ein Geschenk des Weltenschöpfers an uns, der diese zu einer Zeit erschuf, als die Menschen an ihm zweifelten und die Gefahr bestand, dass sie sich dem Verderber zuwenden oder sich in der Welt verlieren. So setzte er ein eindeutiges Zeichen, das unsere Verbundenheit zu ihm stärkt, weil uns in der *Halle des Lichts* unsere Endlichkeit vor Augen geführt wird.« Er hielt kurz inne. »Es kommt darauf an, wie wir die uns gegebene Zeit nutzen. Wir haben unseren Schöpfer zu ehren und mit ihm die Natur und die Mitgeschöpfe. Das Streben nach dem Guten, das Zurückdrängen egoistischer Wünsche, der Kampf gegen die dunkle Seite — sowohl in uns als auch in der Welt — sollte unser Ziel sein. Es bedeutet jeden Tag eine große Herausforderung, denn die andere Seite ist überaus verlockend, spricht unsere Instinkte an, kennt unsere intimsten Gedanken und Machtgelüste. Viele Menschen streben in dieser Welt nach Macht, Einfluss, Berühmtheit, Schönheit und Reichtum. Doch in diesen Dingen liegt weder das Glück noch der Sinn des Lebens. Reichtum macht das Dasein in einigen Bereichen leichter, ja, aber er verdirbt oft den Charakter, geht Hand in Hand mit der Gier und lockt Ruchlose und menschliche Ratten an. Und Gier endet nicht – selbst wenn das angestrebte Ziel erreicht wurde, ist der Mensch zumeist unersättlich und will mehr und mehr, weil Besitz die Leere im Herzen nicht füllt. Dem Weltenschöpfer sind unsere weltlichen Güter und Titel gleichgültig. Er schaut in unser Herz und wünscht sich für uns eine reine Seele. Erfüllung und wahres Glück gibt es nur, wenn der Mensch Liebe in sich trägt und mit dem Universum im Gleichklang ist.« Er blickte sie abermals prüfend an. »In dir hat der Weltenschöpfer etwas Besonderes erkannt und dich zu seinem Werkzeug auserkoren.« Dann verengten sich seine Augen. »Was möchtest du mir mitteilen?«

Lanna war ein wenig unruhig auf dem Stuhl hin und her gerutscht. Hatte er tatsächlich bemerkt, dass ihr etwas auf der Zunge lag? Sie dachte an Loguhns Worte. Sollte sie es ihm sagen? *Durfte* sie es ihm sagen? Doch sie fühlte sich gedrängt, es auszusprechen. »Ich ... wurde von einem ... abtrünnigen *Gobarem* gewarnt. Er sagte mir, dass es hier im *Tempel des Lichts*«, sie schluckte, denn sie hatte das Gefühl, dass in ihrem Hals eine Gräte steckte, »Verschwörungen gibt.« So, jetzt war es heraus! Sie sah ihn verunsichert an, wie ein Kind, das Schläge von seinem Vater erwartete.

»Da, wo Macht ist, werden immer Neid, Untreue, Verrat und Verschwörungen sein. Einige Priester glauben, dass in diesen Gefilden nur Wesen reinen Herzens dienen, doch ich, liebe Lanna, bin mir dieser Gefahr durchaus bewusst. Ich würde gern auf die *Gandoren* verzichten, aber das wäre leichtsinnig. Mir wurde in einer Vision offenbart, dass sich eine schwarze Wolkenfront dem Tempel nähert und versuchen wird, diesen einzuhüllen. Die *Gobarem* sind tückisch und verschlagen. Bei der regelmäßigen rituellen Kopfwaschung der Priester beschaue ich mir ihre Nacken, um Feinde zu entlarven. Aber dadurch bin ich immer noch nicht sicher vor Spionen, die keine Tätowierung tragen.«

Lanna war entsetzt. Er hatte die Vision ebenfalls gehabt? Demnach war es bei ihr kein Hirngespinst gewesen. Sie *gingen* finsteren Zeiten entgegen!

»Was bewegt dich?«

Sollte sie es ihm sagen? Er *musste* es erfahren. Sie schluckte hörbar. »Ich hatte vorhin eine ähnliche Vision.«

Er sah sie erstaunt an. »Ein weiterer Beweis, dass der Weltenschöpfer in dir etwas Besonderes sieht.«

»Wird es geschehen?«

Ellarell presste kurz die Lippen zusammen. »Es *könnte* geschehen, wenn es uns nicht gelingt, das Böse aufzuhalten. Es beschreitet neue Wege, hat erkannt, dass vereinzelte Angriffe nichts bewirken. Kräfte formieren sich im Untergrund, weben ihr Netz aus Verrat und Intrigen, bis sich dieses über ganz Abladur spannt. Mir fehlt leider die Erkenntnis, wie weit es die Länder bereits überzogen hat und wie es um den Tempel bestellt ist. Aber die Warnung des abtrünnigen *Gobarems* bestätigt, dass es schlimmer ist, als ich dachte. Ich hörte von seltsamen Verhaltensweisen der Herrscher in anderen Ländern. Außer in Gotonien war es nicht alarmierend, doch unsere Spione sehen eindeutige Anzeichen. Da du beim Kampf gegen die Finsternis eine wichtige Rolle zu spielen scheinst, will ich mir das zunutze machen. Ich möchte, dass du die Augen und Ohren für mich offen hältst und, wenn du etwas Seltsames bemerkst, es mir unverzüglich meldest.«

Lanna war überrascht. Er, der Hauptgroßpriester setzte sie als Spionin ein? »Das werde ich, Hochwürdigster.«

»Gut. Sehr gut.« Er schlug ein Buch mit kostbarem Einband zu, das vor ihm gelegen hatte. »Warum wurdest du zum Tempel zurückgeschickt?«

»Meine Aufgabe war beendet.«

»*Dalanur* wurde also gefunden?«

»Die anderen wissen, wo sich die Armschienen befinden, und haben sich auf den Weg gemacht, um sie zu holen.«

»Sollte der Kampfmeister Godered es nicht schaffen, wird er hoffentlich eine *Dunak tor*-Armee anfordern, um das Ziel zu erreichen.«

»Ich ... ich kenne seine Pläne nicht.«

Ellarell blickte nachdenklich zum Fenster hinaus in den herrlichen Garten. Dann sah er wieder Lanna an. »Du darfst dich nun entfernen. Du wirst vorrangig in der *Halle des Lichts* deinen Dienst verrichten, denn dies scheint der Platz zu sein, wo du dem Weltenschöpfer am zuträglichsten erscheinst. Du solltest dir Gedanken darüber machen, wie tief deine Gefühle zum Barkländer sind und ob es nicht nur eine Schwärmerei ist. Es wäre ein großer Verlust für uns, wenn du seinetwegen den Tempel verlassen würdest.« Er schlug das Buch wieder auf, vertiefte sich in die Zeilen und schenkte ihr keine Beachtung mehr.

Lanna erhob sich, verbeugte sich und ging hinaus. Sie war beunruhigt, da auch Ellarell damit rechnete, dass es Verschwörungen im Tempel gab. Er hatte ebenfalls die erschreckende Vision mit der Wolke gehabt. Furcht stieg in Lanna wie beißende Magensäure auf. Als Ermgas, der vor der Tür gewartet hatte, sie durch die Gänge zum Ausgang begleitete, kamen ihr die gesichtslosen Wachen noch unheimlicher vor. Fast fürchtete sie, dass ein *Gobarem* unter einem der Helme steckte.

Lanaris

Lanaris' Gelenke und ihr Rücken schmerzten. Bei jedem Hammerschlag hoffte sie, dass es ihr letzter war und Godered und die anderen endlich zurückkehrten und sie hier herausholten.

Die Evidanierin hasste die Arbeit, die sie Tag für Tag im Bergwerk verrichten musste. Zwar war sie durch die beständigen Kampfübungen stark, doch das hier waren ganz andere, eintönige Bewegungen. Die Schicht schien gar kein Ende nehmen zu wollen. Teraal fluchte des Öfteren leise vor sich hin und hielt so manches Mal inne, da ihm die Schultern und sein Nacken furchtbar wehtaten. Scholell beklagte sich nie. Er hatte gesagt, dass er die Zeit nutzte, um über den Sinn des Lebens nachzudenken, während sein Körper die anstrengende Arbeit vollführte. Doch auch er schien die Situation zunehmend unerträglich zu empfinden, denn Lanaris sah manchmal, dass er die Barkländer zornig anschaute.

Lanaris war wütend auf Bearach, der sie angeblich zum Schein versklavt hatte. Es fühlte sich aber ganz und gar nicht *wie zum Schein* an. Der Zorn auf ihn wuchs mit jedem Tag, und mit ihm der Gedanke, ihn zur Strafe zu töten. Dennoch ... er war Brinoks Vater! Sie konnte nicht die Waffe gegen ihn erheben, selbst wenn sich die Gelegenheit dazu ergäbe. So hoffte sie darauf, dass sich später alles klärte und er sie um Entschuldigung bitten würde – ja, am besten auf Knien rutschend. Wie konnte dieser Kerl ihnen das nur antun, um sie stellvertretend dafür zu bestrafen, dass Brinok ein *Dunak tor* geworden war? Er ließ ihnen keine Möglichkeit zur Flucht, denn sie wurden stets bewacht.

Ab und zu schaute die Evidanierin die richtigen Sklaven nachdenklich an. Sie würden hier arbeiten, bis ihre Körper verschlissen und ihre Knochen marode waren. Die meisten von ihnen hatten leere Gesichter und keine Hoffnung wie die Hordlinge, die nach einer gewissen Zeit wieder freigelassen wurden und zu den Karstiden zurückkehren durften. Einige Karstiden waren morgens voller Zorn über die Gefangenschaft, aber wenn ihre Schicht zu Ende war, war die Wut vollkommener Erschöpfung gewichen.

Es gab jedoch viele freie Bergleute, die mit Stolz erfüllt in die Stollen gingen, da sie für ihre Arbeit fürstlich entlohnt wurden.

Lanaris dachte immerzu an ihre Tochter, und ihr Herz schmerzte. Sie wollte Ganara endlich wieder in ihre Arme schließen.

Zwei Wachen kamen zu ihnen, überprüften ihre Werkzeuge und gaben es Scholell und Teraal zurück. Nur das von Lanaris behielten sie ein.

»Hol dir neues, es ist zu stumpf. Damit schaffst du nicht genug!«, blaffte ein hellblonder Barkländer.

»Das ist Ahlorenmetall, es funktioniert bestens!«, entgegnete Lanaris barsch.

»Werkzeug wechseln! Sofort!«, stieß der Hellblonde garstig hervor.

Die Evidanierin seufzte, verdrehte die Augen, schenkte Scholell ein schales Lächeln und begab sich zum Pausenraum. Ein rothaariger Barkländer wühlte in einer Kiste mit Schlägeln und Eisen herum und legte einige davon neben sich.

Plötzlich wurden die beiden Türflügel geschlossen, hinter denen sich vier weitere Wachen versteckt hatten. Nun schaute auch der Rothaarige sie an und grinste dreckig. »Wen haben wir denn hier?«

Lanaris' Herzschlag setzte für einen Moment aus, doch dann hämmerte es umso kräftiger.

Eine der Wachen schob den Riegel vor die Tür und grinste schäbig. »Ausziehen!«

Panik wollte die Oberhand in Lanaris gewinnen. Die Kerle waren sehr groß und muskulös, dazu bewaffnet. Sie war eine *Dunak tor*, ein *Rotgelb*, doch ohne Waffen. Wenn sie um Hilfe riefe, würde es bei dem Lärm dort draußen keiner hören. Niemand würde ihr zu Hilfe kommen. Niemand.

Bewahre die Ruhe, unbedingt!

Sie verschränkte die Arme vor der Brust. »Vergesst es! Ihr

werdet jetzt gefälligst die Tür öffnen und mich hinauslassen. Habt ihr verstanden? Öffnet! Sofort!«

»Einen Scheißdreck werden wir tun!«, sagte ein blonder Barkländer und strich sich selbstgefällig über seinen längeren Bart, während er Lanaris lüstern betrachtete. »Wie nennt man euch Evidanier so schön: *Wurzelnager* oder *Obstkuchen! Obstkuchen* finde ich passend!«

»Ja, und dazu eine verdammte Sklavin!«, stieß ein brünetter Bastide hervor.

»Weiß Bearach, was ihr mit seinem Eigentum zu tun gedenkt?« Sie wunderte sich selbst, dass ihre Stimme fest klang und ihre Furcht nicht verriet.

»Wir wollen ja nur unseren Spaß. Wenn du willig bist, wirst du keinen Schaden nehmen. Wir sind prachtvolle Bastiden, es müsste dir doch gefallen.«

»Wir Evidanierinnen genießen bei unseren Männern hohes Ansehen. Ihr Barkländer habt ebenfalls großen Respekt vor Frauen. Also *zeigt* Respekt und öffnet die Tür!«

Sie wechselten flüchtige Blicke. Lanaris sah, dass ihre Worte nichts bewirkten.

Wenn nur einer der Kerle geschwankt hätte, hätte sie ihn möglicherweise überreden können, doch so stachelten sie sich gegenseitig mit Gesten und Blicken auf.

»Ja, wir haben durchaus Respekt – vor *unseren* Frauen. Aber du, du bist nur eine Sklavin. Mehr nicht.«

»Ich weiß, dass ihr auch Sklaven gut behandelt.«

»Das ist wahr. Und das werden wir ja auch gleich tun …«, meinte der blonde Bärtige und näherte sich ihr.

Die anderen kamen ebenfalls auf sie zu. Lanaris würde sich nicht wehrlos ergeben, niemals! Sie war zum Kampf bereit! Der Blonde wollte sie packen. Lanaris wehrte seinen Griff ab und beförderte ihn mit einem Schulterwurf zu Boden. Der Bastide lag in voller Länge vor ihr und schien für einen Moment nicht zu wissen, wie ihm geschehen war.

Jetzt begriffen die Männer, dass sie keine leichte Beute war, und stürzten alle gleichzeitig auf sie zu. Sie trat einem von ihnen voller Wucht in die Genitalien, sodass er jaulend zu Boden fiel. Einem anderen stach sie mit zwei Fingern ins Auge, einem Angreifer entriss sie seinen Dolch und rammte diesen in seinen Arm. Einem weiteren Barkländer trat sie das Standbein weg. Die Kerle wurden wütend, und einer verpasste ihr einen so wuchtigen Schlag, dass sie gegen die Felswand geschleudert wurde. Schmerz explodierte in ihrem Schädel, und kurzzeitig hatte sie das Gefühl, das Bewusstsein zu verlieren. Die Männer ergriffen sie. Verzweifelt wehrte sie sich, schlug zu, biss und trat um sich, doch sie waren zu stark. Sie warfen sie auf einen Tisch und hielten sie fest. Einer von ihnen begann damit, ihr das Oberteil aufzuschlitzen, während sich ein anderer an ihrem Gürtel zu schaffen machte.

Plötzlich rüttelte es an der Tür, und gleich darauf hämmerte jemand dagegen. »Aufmachen!«

Die Barkländer hielten inne.

»Das ist Merrduh. Der hat doch ein Auge auf sie geworfen!« Der bärtige Blonde ließ von Lanaris ab und trat zurück.

»Was nun?«, fragte der Rothaarige seine Kumpanen.

»Mist! Der war doch gar nicht in der Nähe. Irgendein Arschloch muss ihn geholt haben«, vermutete der Brünette. Er zog den Dolch aus seinem Arm und band die stark blutende Wunde mit seinem Gürtel ab.

»Aufmachen, sofort! Sonst holte ich eine Ramme und reiße euch danach eigenhändig die Köpfe ab!«, brüllte Merrduh und hämmerte abermals gegen die Tür.

»Steh auf!«, forderte der Blonde von Lanaris.

Sie rutschte vom Tisch und hielt dabei ihr Oberteil zu.

»Sofort öffnen!«, schrie Merrduh und schlug seine Faust nochmals gegen die Tür.

Der Blonde nickte dem Rothaarigen zu und schob den Riegel fort. Augenblicklich wurde die Tür geöffnet, und der Rothaarige sprang zurück.

Merrduh stürmte mit mehreren Männern herein und schaute sich entsetzt um. »Was ist hier los?«

Lanaris ging zum Blonden und schmetterte ihm ihre Faust ins Gesicht. Als sie sah, wie Blut aus seiner Nase herausschoss, empfand sie große Genugtuung.

»Raus hier! Das wird ein Nachspiel haben, das verspreche ich euch! Los! Geht mir aus den Augen, ehe ich euch mit meinem Dolch entmanne!«, fauchte Merrduh.

Sofort eilten die Barkländer hinaus. Merrduh gab seinen Kriegern, die ihn begleitet hatten, einen Wink. »Ihr wisst, was zu tun ist.«

Er öffnete seine prächtige, edelsteinbesetzte Fibel, nahm den karierten Umhang von seinen Schultern und legte ihn Lanaris über. »Haben sie dir etwas angetan?«

Ihr Blick glitt an ihm vorbei. Vor der Tür wartete Scholell. Er hatte die drohende Gefahr erkannt und rasch Unterstützung herbeigerufen. Lanaris nickte ihm dankbar zu. Der Ahlore erwiderte die Geste und zog sich zurück.

»Du bist rechtzeitig gekommen, so haben sie außer meinem Schädel nur meinen Stolz verletzt. Ich danke dir!« Sie zog den Umhang fester zusammen. Sie hatte weiche Knie und setzte sich auf eine Bank.

Merrduh nahm ihr gegenüber Platz. »Das hätte nicht passieren dürfen! Auf keinen Fall! Ich werde Männer abstellen, die auf dich achten werden. Ich wollte dich Bearach abkaufen, doch er weigert sich. Allerdings kann ich dir einen Weg aus deinem Dilemma bieten: Werde mein Weib! Ich habe mit Bearach gesprochen, wenn du mich heiratest, will er dir die Freiheit schenken.« Er lächelte anerkennend. »Du bist wahrlich eine Kriegerin und hast den Kerlen ganz schön zugesetzt.« Er streckte vorsichtig seine Hand aus und wollte sich die Wunde an ihrem Kopf näher beschauen, doch dann zog er sie zurück. »Du brauchst heute nicht mehr zu arbeiten. Deine Freunde dürfen den Stollen ebenfalls verlassen. Ich werde Bearach den Arbeitsausfall erstatten.« Er erhob sich. »Bis deine Wunde einigermaßen verheilt ist, solltest du einen Raum in meinem Haus beziehen. Dort kann sich gleich ein Heiler und anschließend mein Weib um die Verletzung kümmern. Bist du damit einverstanden?«

»Deine Frau?«

»Ja, sie hat viele meiner Wunden behandelt und kennt sich bestens damit aus.«

Jetzt, da der Schreck abflaute, nahm der pochende Schmerz in ihrem Schädel zu. Lanaris merkte, wie ihr das Blut warm am Kopf hinunterlief. »In Ordnung.«

Er schenkte ihr ein glückliches Lächeln, holte aus einer Notfallkiste sauberes Verbandszeug und wickelte ihr ungeschickt eine Binde um den Kopf. »Das muss reichen, bis der Heiler in meinem Haus ist.«

Merrduh geleitete sie ins Freie, und als Lanaris im hellen Sonnenlicht ihre Augen mit der Hand beschirmte und nach den Kerlen Ausschau hielt, sah sie, wie sie hinter einer Hütte von Merrduhs Kriegern zusammengeschlagen wurden.

Das geschah ihnen zurecht! Lanaris hätte am liebsten mitgemacht. Diese Barkländer würden es nie wieder wagen, sie anzurühren.

Während Merrduh sie zu seinem Haus führte, wurde ihr bewusst, dass sie sich in seiner Nähe wohlfühlte. Er hatte ein gutes Herz und wäre ein fürsorglicher Vater für Ganara. Sie musste ihr Leben überdenken ...

Godered

Godered lehnte an einem mächtigen Baumstamm, konnte die Rinde und den würzigen Waldboden riechen. Giftige Pilze mit blau gepunkteten, gelben Schirmen wuchsen in der Nähe und verströmten einen unangenehmen, fauligen Geruch. Er sah ein Eichhörnchen, das in einiger Entfernung in Windeseile einen Stamm hinaufkletterte, dort auf Ästen balancierte und zu einem anderen Baum sprang. Der Ast wippte eine Zeit lang, obwohl das kleine Tier verschwunden war.

Es wehte ein kühler Wind, der Blätter, die nur lose mit Zweigen verbunden waren, von den Bäumen löste und fortwirbelte. Das Rauschen des Waldes war für Godered beruhigend und schöner als jede Musik.

Er lehnte den Hinterkopf an den Stamm und hatte das Gefühl, die Energie der alten Eiche zu spüren. Doch er war nicht hier, um die Schönheit des Waldes zu genießen. Er war hier, um zu töten. Seine Hand legte sich entschlossen um den Griff des blanken Schwertes, und er verdrängte jeden aufkeimenden Zweifel.

»Doruhn geht mir ganz schön auf die Nerven. Er ist ein Stümper, schnüffelt auffällig herum und sucht viel zu offensichtlich den Kontakt mit Fiochnan«, sagte ein Mann mit tiefer Stimme.

Godered lehnte sich vor und riskierte einen Blick auf die beiden Kerle. Sie gingen zu zwei nebeneinanderstehenden Bäumen und hantierten an ihren Hosen herum.

»Ja, das finde ich auch. Aber es ist wirklich nicht einfach, in Fiochnans Nähe zu gelangen. Er wird streng bewacht. Wir müssen noch wesentlich mehr Leute anfordern und ihn in einem günstigen Augenblick ergreifen«, sagte ein braunhaariger *Gotolone*.

»Wir müssen auch unbedingt die *Dunak tor* ausschalten, damit sie uns nicht zuvorkommen«, meinte der strohblonde Barkländer mit der tiefen Stimme und richtete seinen kräftigen Urinstahl auf die Baumwurzeln.

»Das wird gar nicht so einfach, schließlich ist der verfluchte *Schattenkämpfer von Fil* dabei. Das ist vielleicht ein finsterer Kerl! Hast du ihm mal in die Augen geschaut? Dort brennt ein kaltes

Feuer, das selbst mir als *Gobarem* einen Schauer über den Rücken jagt.«

Loguhn hatte also die Wahrheit gesprochen. Er hatte Godered verraten, dass diese beiden Männer *Gobarem* waren.

»Schon seltsam. Rahila hatte doch verboten, die *Dunak tor* anzurühren, doch nun haben wir einen anderen Befehl. Ich glaube, Rahila weiß gar nichts davon. Mir kommt es manchmal so vor, als würden zunehmend unterschiedliche Leute die Fäden ziehen und sich möglichst viele Vorteile verschaffen für die Zeit, wenn die *Gobarem* die Macht über Abladur haben.«

»Ich finde ebenfalls, seit die *Gobarem* immer mehr erstarken, dass die Ziele und Befehle undurchsichtiger werden«, stimmte der Barkländer ihm zu.

Godered stutzte. Es gab also auch bei den *Gobarem* Uneinigkeit und verschiedene Strömungen. Dann würde das mit der Abspaltung der *Schwarzen* in Gotonien wohl keine Ausnahme sein. Er konnte nicht einschätzen, ob das gut oder schlecht war.

Als Godered meinte, dass sie mit dem Urinieren fertig waren, kam er aus seiner Deckung hervor. Die Männer erschraken.

Der große Barkländer zog sein Schwert und stürmte auf Godered zu. Dieser fing den Schlag ab und schlitzte dem Angreifer die Magengegend und mit einer weiteren flinken Bewegung den Hals auf. Röchelnd stürzte der Feind zu Boden. Entsetzt starrte der andere *Gobarem* den Sterbenden an und hob die Hände, um zu zeigen, dass er wehrlos war.

»Noch nicht ganz fertig gewesen?«, sagte Godered mit Blick auf die halb geöffnete Hose des Feindes, deren Stoff im Schritt zusehends nass wurde.

»*Der Schattenkämpfer von Fil!*«, entwich es dem *Gotolonen* angstvoll, und er schaute kurz zu seinem Kameraden, der im eigenen Blute liegend den letzten Atem aushauchte.

Godered hielt ihm die Schwertspitze an den Hals. »Ich habe euer Gespräch mit angehört. Von wem habt ihr einen anderen

Befehl erhalten? Und wer außer diesem Doruhn ist noch von euch unter den Söldnern?«

»Ich werde dir nichts verraten.«

Godered verpasste ihm eine kleine Wunde am Hals.

Angst zeigte sich im Gesicht des Feindes, und erneut blickte er zum Toten. Er zitterte, und Tränen sprangen ihm in die Augen. »Verschonst du mich, wenn ich es dir sage? Lässt du mich dann gehen?«

Godered schüttelte den Kopf.

»Aber du bist ein *Dunak tor!* Das sind nicht eure Methoden. Ihr dürft das nicht. Das verbieten euch eure Regeln!« Seine Stimme wurde brüchig.

»Du kennst den Namen, den ihr *Gobarem* mir gegeben habt: *Schattenkämpfer von Fil.* Du selbst hast mich so genannt. Dir wird gewiss zu Ohren gekommen sein, dass ich mich nicht immer an die Regeln halte.«

Tränen rannen dem Feind aus den Augenwinkeln. »Bitte, töte mich nicht! Lass mich am Leben, und ich werde es dir sagen!«

Als Godered ihn kalt ansah, bebte er noch mehr vor Angst.

»Du *willst* mich töten! So habe ich keinen Grund, es dir zu erzählen!«, würgte er hervor.

»Doch, den hast du!« Godered neigte seinen Kopf ein wenig zur Seite. »Denn du wirst bestimmen, ob es schnell geht oder ob du furchtbare Qualen erleidest.« Godered verdrängte aufkeimendes Mitgefühl für den jungen Mann.

Der *Gobarem* weinte bitterlich, da ihm wohl bewusst wurde, dass dies die letzten Momente seines Lebens waren.

»Welchen Rang bekleidest du?«, wollte Godered wissen.

»*Kohall.*«

»Ein *Kohall* – Trutzrang 3, Grad 10. Seit über siebeneinhalb Jahren dienst du dem finsteren Bund. Um die bisherigen Prüfungen zu bestehen, wirst du verraten, gebrandschatzt, geschlagen, misshandelt, gefoltert, erniedrigt und auf vielerlei Weise getötet haben. Du wirst deinen Opfern großes Leid zugefügt haben. Schau dich an, wie jämmerlich du in Anbetracht deines eigenen Endes bist! Das ist dein Todestag, aber du kannst beeinflussen, ob du schnell oder langsam stirbst. Ich fordere dich nochmals auf, mir die Namen von *Gobarem* im Söldnerheer zu nennen. Sprich!«

Der Evidanier rang mit sich. »Ich kenne vier Barkländer: Doruhn, Aihill, Paidrock und Shimos«, würgte er schluchzend hervor. Gleich darauf schien ihm seine eigene Schwäche bewusst zu werden, und er weinte noch verzweifelter.

»Wer hat euch geschickt und will unseren Tod?«

»Das darf ich nicht sagen ...« Tränen erstickten seine Stimme. »Bitte ... töte mich nicht«, flehte der *Gobarem*.

»Nenne mir den Namen, und erspare dir langes Leiden. Ich werde dir dann gewähren zu entscheiden, wie du sterben willst – das wirst du deinen Opfern gewiss nicht zugebilligt haben.« Bilder seiner eigenen Folterung blitzten vor Godereds Augen auf, und er verspürte den Drang, sich zu rächen. Auf *Fil* hatte niemand Gnade mit ihm gezeigt. Aber sollte er sich nicht von den *Gobarem* unterscheiden und ihn am Leben lassen? Er begann zu wanken, und sein Herz hämmerte in seiner Brust.

Der *Gobarem* war eine Gefahr, für sich und die anderen, er *musste* sterben!

»Sprich!«, herrschte er den Feind an und hielt seine Klinge an dessen Hals.

»Ein *Gobarempriester* namens Malduhn sandte uns den Boten. Doch ich weiß nicht, ob er hinter allem steckt. So, ich habe dir gesagt, was du wolltest. Verschone mich! Du bist ein *Dunak tor*, ein *Krieger des Lichts!* Zeige, dass du nicht bist, wie meine Leute dich mittlerweile auch nennen: der *Gobaremschlächter*. Lass mich am Leben! Bitte!«, flehte er.

»Das kann ich nicht!« Godered war erleichtert, dass er geredet hatte, denn so konnte er ihm einen raschen Tod gewähren. »Wie willst du sterben?«

»Gar nicht. Bitte, tue es nicht!«

»Wie?«

»Schnell«, sagte der *Gobarem* mit brüchiger Stimme und schluchzte.

Godered durchtrennte dem Feind die Kehle und rammte ihm gleich darauf sein Schwert ins Herz.

Er trat zurück und sah die Blutlachen. Er fühlte sich elendig. Ein *Lichtkrieger* wollte er sein? Sein Vater, der ihn zur Härte und Brutalität erzogen hatte, wäre wahrlich stolz auf ihn gewesen.

»Der *Gobaremschlächter* ...«, sagte er leise. Er taumelte zurück. Ihm fiel das Atmen schwer, und er hatte das Gefühl, keine Luft mehr zu bekommen. Tränen brannten in seinen Augen. Auch die anderen *Gobarem* würde er noch töten, um die *Dunak tor* und seine Gefährten zu schützen. Er war ein Ungeheuer!

Er schloss die Augen und horchte in sich hinein. Da waren so viel Dunkelheit und Schmerz. Das Gesicht von Lanaris tauchte kurz auf. Er sehnte sich nach ihr, nach Liebe. Aber es durfte nicht sein, denn er würde ihr Leben zerstören. So würde er weiter allein in Finsternis wandeln.

Mit einem Kopfschütteln versuchte er, die wehmütigen Gedanken loszuwerden und all seine Zweifel und seinen Schmerz zu verdrängen. Nachdem er tief durchgeatmet hatte, fiel sein entschlossener Blick auf die Leichen. Er würde sie enthaupten und die Köpfe vergraben, damit niemand anhand der Tätowierung erkennen konnte, dass sie *Gobarem* waren. Dann würde er sich auf die Suche nach den anderen *Gobarem* begeben, um auch diese aus dem Weg zu räumen.

Brinok

Brinok saß neben Gohan und lehnte mit dem Rücken an der Stallwand. Eine hübsche Kriegerin schenkte ihm ein laszives Lächeln, und er erwiderte es. Trotz der breiten Schultern und der starken Arme hatte sie weibliche Kurven. Das gefiel ihm.

Ihre langen feuerroten Haare wehten im Wind, und ihr ledernes Oberteil besaß einen verlockend tiefen Ausschnitt. Auch mit ihr würde er bald das Lager teilen. Er hatte sich im Heer den Ruf als Frauenheld erworben, und Fiochnan bewunderte ihn dafür. Brinok genoss die Abenteuer mit den attraktiven Kriegerinnen durchaus, doch er hatte im Söldnerheer erstmals das Gefühl, dass ihm dabei ein Stück seiner Seele verloren ging. Er sehnte sich nach Beständigkeit und echter Zuneigung. Manchmal wünschte er, dass Lanna da wäre. Doch er hatte sie verprellt. Seine Gedanken wurden schwermütig, und das gefiel ihm gar nicht. Er brauchte eine Ablenkung ...

»Bist du beunruhigt, weil wir bald in das Gebiet deiner Horde ziehen?«, fragte er Gohan, der neben ihm saß und auf einem Strohhalm herumkaute.

Der Karstide zog die Stirn in Falten. »Natürlich«, flüsterte er. »Ich habe so viele Bedenken, wie es Strohhalme im Stall gibt. Doch wie gesagt: Ich werde niemanden aus meiner Horde töten, sondern ihnen – wenn möglich – irgendwie helfen. Plagen dich Zweifel?«

Brinok grinste schelmisch. »Nicht im Geringsten«, sagte er und stieß Gohan mit dem Ellenbogen an. Als er aus den Augenwinkeln heraus einen Schatten wahrnahm, wandte er den Kopf und sah Godered, der durch eine Seitentür in den Stall huschte.

»Schau mal!« Gohan schlug mit dem Handrücken gegen Brinoks Arm und wies auf ein hellblondes Mädchen, das aus der Schmiede kam. »Die Tochter des Schmieds. Ich habe mich in den vergangenen Tagen des Öfteren mit ihr unterhalten. Sie hat nicht verhehlt, dass sie mich mag.«

Brinok leckte sich über die Lippen. »Hübsch, sehr hübsch.«

Der Karstide sah ihn erzürnt an. »Ich warne dich! Du kannst hier wirklich jede haben, aber *das* Mädchen interessiert sich für *mich*. Also: Finger weg!« Er erhob sich und begab sich zur Bastidin, die ihn freudig anlächelte.

»Viel Vergnügen, Gohan!«, sagte Brinok leise und betrat den Stall.

Godered kniete vor seinem Gepäck und verstaute darin einen Beutel. Draußen erklang beschwingte Musik, und die beiden Barkländer, die noch im Stall waren, gingen hinaus und hofften sicherlich auf Kadoch.

Brinok lehnte sich an einen Pfosten und verschränkte die Arme vor seiner Brust »Auf der Jagd gewesen?«, fragte er seinen *Laruell*. »Ich habe gesehen, dass du kürzlich mit Loguhn gesprochen hast. Er scheint dir etwas verraten zu haben.«

Godered hielt kurz inne, schaute aber nicht auf. »Ich habe Unrat beseitigt.«

»Und sind wir nun frei davon?«

»Nein.«

»Das ist bedenklich.«

»Ja.«

Godered erhob sich und schaute ihn an. Obwohl er wahrscheinlich vor nicht allzu langer Zeit getötet hatte, war er gefasst und ungerührt. Brinok sah kein Blut an ihm. Er musste sich gründlich gereinigt und umgezogen haben, die Gegner erdrosselt oder aus der Entfernung erledigt haben. Seine Augen wirkten kalt ... und doch ... war da nicht auch Schmerz?

»Wir müssen bald handeln, ehe es die Gegenseite tut. Dann würde alles noch komplizierter werden. Ich kann nicht so leicht an Fiochnan herankommen, da ich als *Gotolone* gelte und Fiochnan Angehörigen anderer Völker misstraut. Es bringt nichts, wenn ich nachts versuche, in sein Haus zu gelangen, um ihn zu meucheln, da er nicht nur einen Schreihamster hat, sondern auch in einem engmaschigen Schutzkäfig schläft. Die Umstände werden hoffentlich günstiger, sobald wir aufbrechen. Wie ich hörte, wartet er auf einen bedeutenden Adligen, der ihm ein großes Truppenkontingent zuführt und morgen eintreffen soll. Es ist eindeutig zu beobachten, dass er dich bewundert, Brinok. Wenn du es schaffst, sein Vertrauen zu gewinnen, wird er dir gegenüber unvorsichtiger. Vielleicht gelingt es dir sogar, ihm die Armschienen abzunehmen.«

»Ja, vielleicht«, sagte Brinok ermattet.

»Du klingst müde.«

»Die Söldnerinnen sind ziemlich fordernd«, ließ sich Brinok tonlos vernehmen. Ihm kam abermals in den Sinn, dass er vielleicht doch lieber nur eine Gefährtin hätte, neben der er jeden Morgen aufwachte. Er räusperte sich. »Heute Nacht treffen wir beide uns zu einem Gespräch mit den Adligen Diuran und Aled im Wald.« Brinok rieb sich die Schläfen. »Mir missfällt so vieles an dem Auftrag. Wir sind hier in meiner Heimat, doch ich fühle mich irgendwie entwurzelt. Ein Söldnerheer in Barkland und dann auch noch unter der Führung eines einfachen Mannes, der nur durch *Dalanur* an die Macht gelangt ist – das ist falsch. Adlige sind schon immer gegen andere Adlige und Bastiden gegen Karstiden in den Kampf gezogen. Das geschieht aus vielerlei Gründen, aber nicht, weil ein machtgieriges Nichts es ihnen sagt.« Er legte sich auf sein Lager und kämpfte gegen die Schwermut an. Er mochte dieses Gefühl nicht und auch nicht die Erkenntnis, dass er einen Teil seiner Unbekümmertheit verloren hatte. Er wollte wieder befreit lachen und sich aus einer Laune heraus eine erfrischende Schlägerei liefern. Letzteres würde er gewiss bald in die Tat umsetzen.

Mefido

Mefido stand vor der schlichten Holztür und hob die Hand, um anzuklopfen. Dann ließ er sie sinken und strich sich durch sein schwarzes Haar. Er ahnte, was ihn dort im Raum erwartete. Laiell, Scholells Vater, hatte ihn zu sich gerufen, da er dem Ahloren Bericht erstatten sollte. Er wollte bestimmt hören, ob sich sein Sohn einem Ahloren entsprechend verhalten hatte.

Gerade als er die Hand erneut hob, wurde die Tür geöffnet, und Ernwic kam heraus. Der Rogarländer stutzte, als er Mefido sah, und schnitt eine Grimasse, um dem Ostieden zu signalisieren, dass es unangenehm gewesen war.

Mefido atmete tief ein und ging hinein. An einem breiten schneeweißen Tisch saß nicht nur der *Rotrot* Laiell, sondern auch Avanor. Was tat dieser *Algenfresser* hier? Folgte nun seine Rache, weil der Ostiede ihm seine Meinung gesagt hatte?

»Nimm Platz!« Laiell blickte streng drein, während in Avanors Augen Häme leuchtete.

Mefido setzte sich ein wenig unwillig auf den unbequemen Stuhl, der von Ernwic angewärmt war.

»Berichte!«, forderte Laiell ihn auf.

»Wurdet ihr von Manalodell beauftragt, mich zu befragen, oder wollt ihr mich … im eigenen Interesse … aus persönlichen Gründen … wegen Eurer familiären Bindung zu Scholell … verhören?« Mefido fand seine Ausdrucksweise unglücklich, und das Lächeln, das er hinterherschickte, war auch nicht sonderlich souverän.

»Ich wurde beauftragt, da mir Ungeheuerliches zu Ohren gekommen ist.« Laiells Blick streifte Avanor. »Berichte, Mefido!«

»Nun, viel gibt es nicht zu erzählen. Godered hat mich ja recht bald zurückgesandt.« Der Ostiede erzählte mit knappen Worten von der Reise. Die ganze Zeit über hatte Avanor einen Mundwinkel leicht verzogen, und Mefido deutete es als Schadenfreude. Das verunsicherte ihn zusätzlich.

Kaum hatte er geendet, lehnte sich Laiell ein wenig vor. »Die Ostieden verstehen es, alles blumig auszuschmücken, doch du hast deine Worte mit Bedacht gewählt. Bestimmt aus gutem Grund.« Laiell räusperte sich. »Entspricht es der Wahrheit, dass Godered, euer *Laruell*, der eigentlich euer moralischer Wächter sein sollte, es erlaubt hat, dass ihr euch mit barkländischen *Graas* vergnügen dürft?«

Es abzustreiten hatte keinen Sinn. »Ja«, sagte Mefido kleinlaut.

Laiell schüttelte erbost den Kopf, und die goldenen Perlen klirrten leise. »Entspricht es auch der Wahrheit, dass du diese Gelegenheit für ... unmoralisches Verhalten genutzt hast?«

Mefido dachte an die barkländische Schönheit, die ihm die Nacht versüßt und zum Abschied eine Strähne seines glänzenden rabenschwarzen Haares erbeten hatte.

Jetzt half nur die Flucht nach vorn! »Ja, und ich bin Godered dankbar, dass er es gestattet hat. Ich bin schließlich ein Mann und keine ahlorische Würgerose, die sich selbst zu genügen scheint.«

Laiell und Avanor tauschten empörte Blicke.

»Du bist ein *Dunak tor*, hast stets Anstand und Würde zu wahren.«

»Wir sind aber nicht als solche gereist, und so hat es hervorragend unserer Tarnung gedient. Und bitte, was soll das? Immerhin haben die Ahloren den *Dunak tor das Haus, das es nicht gibt* gebaut.«

Laiell sah ihn strafend an. »Ihr seid im Einsatz gewesen, da muss man Vorsicht und Anstand walten lassen. Was ist mit meinem Sohn?«

»Er hat sich dieses Vergnügen versagt.«

Wurde Laiells Gesichtsfarbe nicht gar ein wenig violetter? »Das meine ich nicht! Hat er sich immer vorbildlich verhalten? War er verlässlich und hat Vertrauen zu euch aufgebaut?«

Mefido wusste nicht, worauf Laiell hinauswollte. Die Ahloren waren stets darauf bedacht, Abstand zu Menschen zu wahren — so wie dieser hochnäsige Avanor. Scholell war anders. Vielleicht stieß ihnen das bitter auf. Mefido wollte Scholell nicht schaden, denn er mochte ihn. »Tadellos, würde ich sagen — wie man es von einem Ahloren kennt und erwartet. Aber er war recht distanziert.«

Laiell schaute Avanor strafend an. Oh, wie Mefido innerlich frohlockte! Am liebsten hätte er laut aufgelacht.

»Scholell ist zusammen mit dem Motavier Teraal und der

Evidanierin Lanaris Navad in der Stadt Wachtstein bei Brinoks Vater zu Gast. Was denkst du: Wird Scholell sich ein wenig dem Gebaren der Barkländer anpassen und sich seinen Kameraden gegenüber freundschaftlich verhalten, weil das der Ausführung des Auftrages zuträglich wäre?«

»Der? Niemals! Er wird zu den Menschen auf Distanz gehen.«

Avanors Augen wurden gefährlich schmal. Am liebsten hätte er wohl den Ostieden über den Tisch gezerrt.

Mefido triumphierte innerlich. »Möchtet Ihr noch etwas wissen?«

»Nein. Du kannst jetzt gehen«, sagte Laiell, und ein vergrämter Blick traf den anderen Ahloren.

Sofort erhob sich der Ostiede und verließ den Raum. Ernwic hatte auf dem Flur auf ihn gewartet und kam geradewegs zu ihm.

»Hattest du auch das Gefühl, dass es dabei eher um Scholell und gar nicht so sehr um unseren Einsatz ging?«, fragte der Rogarländer.

»Ja, als würde man Aussagen zusammentragen, um ihn später abzustrafen. Laiell scheint auf seinen Sohn nicht stolz zu sein. Was hast du über Scholell berichtet?«

Ernwic grinste. »Dass er ein typischer Ahlore sei, aber nicht ganz so unerträglich wie Avanor.«

Mefido lachte auf und schlug dem blonden Rogarländer auf die Schulter. »Das hast du gut gesagt! Da haben wir dem hochmütigen Kerl doch ordentlich in die Suppe gespuckt.«

Ernwic

Ernwic begab sich in sein Quartier in der mehrstöckigen Unterkunft der Rogarländer. Ab dem Schülergrad *Blau*, den Ernwic besaß, konnten die *Dunak tor* wählen, ob sie in Mehrbettzimmern bleiben wollten oder ein eigenes Quartier bevorzugten.

Ernwic hatte nach dem Tod seines letzten Sohnes im vergangenen Jahr entschieden, ein kleines Zimmer zu beziehen. Es war spartanisch eingerichtet, hatte ein Bett und einen Wandschrank, dazu einen schmalen Tisch und einen Stuhl. Auf dem Nachtschrank lagen auf einem Stück Samt die Edelsteine der Ohrringe seiner Söhne: ein Citrin und ein Smaragd. Das war alles, was er von ihnen besaß.

Ernwic ließ müde sein Gepäck auf den Boden fallen, setzte sich auf das Bett und strich mit den Fingerspitzen wehmütig über die Juwelen.

Schmerz brach in ihm hervor. Vor zwei Monaten war er sechsundvierzig Jahre alt geworden, doch er fühlte sich uralt. Er blickte in den Spiegel an der gegenüberliegenden Wand und sah ein verhärmtes, von Narben entstelltes Gesicht. Für Ernwic war vor zwanzig Jahren eine Welt zusammengebrochen, als seine Frau gestorben war. Er war wütend auf die ahlorischen Ärzte gewesen, weil sie sein Weib nicht geheilt hatten. Eigentlich war er bis heute zornig. Die Ahloren taten immer so überlegen, aber sie hatten bei ihr versagt. Vielleicht hatten sie sich nicht genug Mühe gegeben, da sie nur eine Menschenfrau gewesen war. Nach ihrem Tod hatte sich Ernwic auf seine beiden kleinen Söhne konzentriert, die Jahre zuvor das Licht der Welt in der *Nurr Schiandell* erblickt hatten. Er war so stolz auf sie und ihren Werdegang gewesen. Doch Jodern verstarb vor drei Jahren und Howig vor zwei Jahren — beide während eines Einsatzes auf der gefährlichen *Gobarem*insel Fil. Seine Söhne waren jeweils nur dreiundzwanzig Jahre alt geworden — unverheiratet und kinderlos. Ernwic hätte sich gefreut, wenigstens einen Enkel zu haben, um den er sich kümmern konnte. Doch er war allein.

Er ging zum Spiegel und betrachtete sich. Er mochte nicht, was er sah. Hübsch war er nie gewesen, zudem entstellten seit Jahren hässliche Narben sein Gesicht. Die *Gobarem* hatten ihn erwischt, als er sich am gegenüberliegenden Ufer von Fil aufgehalten hatte. Er war zum Glück von anderen *Dunak tor* gerettet worden, ehe die *Gobarem* ihn ins Boot zerren konnten.

Jordan und Howig hatten dieses Glück nicht gehabt. Ihnen war Schreckliches widerfahren. Die Feinde hatten die Ohrringe zusammen mit einem höhnischen Brief zur *Nurr Schiandell* zurückgesandt. Seine Söhne, sein eigen Fleisch und Blut, waren auf einem Altar geopfert worden. Tränen traten ihm in die Augen, und sein Herz schmerzte unendlich. Wenn es nach ihm ginge, würde man alle *Gobarem* dieser Welt in ein großes Fass stecken und mitten im Ozean versenken. Ernwic sah auf die Tränen, die sich ihren Weg über seine eingefallenen Wangen bahnten. Er kannte keine Freude mehr. Andere hatten ihm nahegelegt, wieder zu heiraten und weitere Söhne zu zeugen, doch er hatte auf eine gewisse Weise mit seinem Leben abgeschlossen. Er war gar nicht bereit, sich für eine neue Liebe und das Gefühl der Hoffnung zu öffnen. Erst jetzt wurde ihm bewusst, dass Godered manchmal auch so wirkte.

Ernwic ließ die Schultern sinken und setzte sich auf sein Bett. Diese Erkenntnis schockierte ihn. Godered hatte Fil überlebt, aber nur, weil er fliehen konnte, ansonsten wäre er dort umgekommen wie Ernwics Söhne. Vielleicht war ein Teil von ihm auf dieser verfluchten Insel gestorben. Die *Gobarem* hatten ihm zwar nicht sein schönes Gesicht entstellt, aber der *Rotrot* war sehr darauf bedacht, niemals etwas von seinem Körper unbedeckt zu lassen. Als Ernwic beim letzten Auftrag darauf geachtet hatte, hatte er bereits am Hals und an den Handgelenken Narben entdeckt. Sicher hatte auch seine Seele tiefe Wunden davongetragen.

Es klopfte. Ernwic zuckte zusammen, schaute kurz in den Spiegel und wischte sich die Tränen fort. Er stellte sein Gepäck auf den Stuhl und öffnete den Sack, um vorzutäuschen, dass er beschäftigt war.

»Wer ist da?«

»Gerdic.«

Ernwic war erstaunt, denn mit Rogarländern hatte ihn in der Vergangenheit recht wenig verbunden.

»Komm herein!«

Gleich darauf öffnete sich die Tür, und der hochgewachsene Enddreißiger trat ein. Der Rogarländer trug einen kurzen Bart, und seine blonden Haare waren zu drei Zöpfen geflochten. In seinem Ohrring leuchtete ein Amethyst. Gerdics Nasenspitze zeigte leicht nach oben, und seine Wangenknochen war ausgeprägt. Er schaute sich neugierig um, dabei fiel sein Blick auf die beiden Juwelen auf dem Nachtschrank. »Ich hörte, dass du von einem Auftrag zurückgekehrt bist. Es ist immer schön, wenn jemand von uns wohlauf wiederkommt. Darf ich mich setzen?«

Ernwic war ein wenig verblüfft. »Ja, sicher doch.« Er stellte seinen Rucksack auf den Boden, setzte sich auf das Bett und überließ Gerdic den Stuhl.

Gerdics Blick fiel nochmals auf die Juwelen. »Gestern erfuhr ich, dass Erc bei einem Einsatz getötet wurde. Es wurde gemunkelt, dass dies bei einem *Dunak tor-Arusch* in Gotonien geschah.«

»Das ist furchtbar, ich kannte Erc. Er war ein gewandter Kämpfer und stolzer Rogarländer. Er hat sich so manches Mal Zeit genommen und mich trainiert.« Ernwic war betrübt. Er hatte Erc nicht nur respektiert, sondern auch gemocht. Der Tod konnte jeden treffen. Einfach jeden.

»Ja, ich weiß, darum hielt ich es für angebracht, es dir zu sagen.« Gerdic rieb sich kurz den Nacken. »Du warst zur selben Zeit wie Erc unterwegs. Warst du bei einem *Arusch?*«

Ernwic verschränkte die Arme vor der Brust. »Du weißt, dass wir untereinander nichts von den Aufträgen erzählen sollen.«

Gerdic blickte abermals auf die Juwelen. »Ja, aber ich denke, wir Rogarländer müssen zusammenhalten. Ich habe das Gefühl, dass hier neuerdings seltsame Dinge vor sich gehen.«

»Was meinst du?«

»Ich kann es nicht genau begründen – wie gesagt, es ist nur ein Gefühl. Findest du nicht, dass in letzter Zeit recht viele *Dunak tor* ums Leben kommen? Nicht nur bei den Einsätzen, sondern auch bei Kämpfen in Evidanien beim *Gratan*heer. Die Ahloren waren ebenfalls dabei. Wie war es möglich, dass dort so viele von uns gestorben sind? Ich vernahm, dass *Dunak tor* von König Erwech gefangen genommen wurden und er einige von ihnen zur Abschreckung hingerichtet hat. Er soll sogar eine Kette mit Ohrringen um seinen Hals getragen haben. Das war eine ungeheure Schmach, eine barbarische Grausamkeit, die förmlich nach einer Bestrafung von Erwech schrie. Doch die Ahloren haben ihn lediglich irgendwo eingekerkert. Und ist es nicht seltsam, dass Godered Erwech am Leben gelassen hat, nachdem er ihn niedergezwungen hat?«

Was sollte das hier werden? Warum sprach Gerdic ihm gegenüber seine Gedanken so offen aus?

»Dann wäre er König geworden, doch er hat darauf verzichtet und lieber Schwert und Schild zurückgebracht.« Ernwic staunte über sich selbst. Es hörte sich ja fast so an, als ob er Godered verteidigte.

»Ich weiß nicht …« Gerdic zupfte an seinem Bart herum. »Ich kann diesen Kerl nicht leiden. Ich habe fürwahr in der Zeit gelitten, als er Ausbilder in der Kampfschule war. Ich war wirklich froh, als man eingesehen hat, dass er dafür nicht geeignet ist. Er hat uns gnadenlos gehetzt und uns bis an unsere Grenzen getrieben. Manche sind vor Erschöpfung sogar zusammengebrochen. Bei Übungskämpfen hat er uns Schläge mit dem Holzschwert verpasst. Er meinte, wir sollten uns die schmerzenden Stellen merken, da dies unsere Schwachpunkte seien. Ich hasse diesen verfluchten Gotonen.« Er schnaufte erzürnt, atmete tief ein und sah Ernwic mitfühlend an. »Ich habe dich bedauert, als ich erfuhr, dass du im Heer in seiner Zehnerschaft kämpfen musstest. Ich hörte, dass du ihn ebenfalls nicht ausstehen kannst und ihm gehörig den Marsch geblasen hast. Dafür hast du meine volle Bewunderung verdient. Also ich ...«, er hob abwehrend die Hände, »hätte mich das niemals getraut. Du bist ein unerschrockener, ehrlicher Mann. Hast du ihm diesmal wieder deine Meinung gesagt?«

Ernwic stutzte. Sein Gegenüber konnte gar nicht wissen, dass er erneut mit Godered unterwegs gewesen war. Warum war er hier? Doch er wollte Gerdic nicht darauf hinweisen, dass er sich verplappert hatte. »Ich habe meine Meinung teilweise revidiert, denn ich habe ihn in der Schlacht erlebt. Nie zuvor habe ich jemanden derart überlegen kämpfen sehen. Ich habe mich später bei ihm für meine Anfeindungen entschuldigt.«

»Du hast *was*? Also was mich angeht, ist es mir egal, ob er ein überragender Krieger ist. Empfindest du es nicht als ungerecht, dass er ausgerechnet dich zur Kampfschule zurückgeschickt hat? Hält er so wenig von dir? Ich an deiner Stelle würde ihn dafür hassen, da die meisten anderen noch immer im Auftragsland, in ... hilf mir doch bitte mal weiter.«

Ernwic schwieg, wurde fortwährend misstrauischer.

»Ich habe euch zufälligerweise gesehen, als ihr die Kampfschule klammheimlich verlassen habt. Du hast barkländische Kleidung getragen. Daher vermute ich, dass ihr nach Barkland geschickt wurdet. Ich war vor Jahren auch schon einmal dort im Einsatz. Die Barkländer sind fürchterliche Menschen: laut, unberechenbar, maßlos und streitsüchtig. Ist Godered noch dort? Sag, hast du dich nicht darüber geärgert, dass er dich, einen ehrlichen, rechtschaffenen Mann, fortgeschickt hat?«

»Doch, schon«, rutschte es Ernwic heraus.

»Das hätte ich auch. Ich sage dir, in Barkland gehen Dinge vor sich, die deinen Augen verborgen bleiben sollen. Bei den *Dunak tor* neigt man dazu, Gruppen, die sich bewährt haben, abermals zu einem gemeinsamen Auftrag fortzuschicken — soweit es kein *Arusch* ist, bei dem ja ausgelost wird. Ernwic, ich mag dich und möchte dir ans Herz legen: Falls du bei deinem nächsten Auftrag wieder mit diesem Gotonen ziehen musst, solltest du ihn genau im Auge behalten. Am besten schon, wenn er aus Barkland zurückkommt. Wir Rogarländer müssen unbedingt zusammenhalten, findest du nicht?« Er blickte abermals zu den Juwelen. »Wir sollten uns gegenseitig helfen und informieren, insofern uns irgendetwas seltsam erscheint. Du kannst jederzeit zu mir kommen, wenn dich etwas bedrückt, du hast mit dem Verlust deiner Söhne schon genug Leid erfahren. Ich lasse meine rogarländischen Brüder nicht im Stich.« Gerdic erhob sich, klopfte ihm vertraulich auf die Schulter und ging hinaus.

Meinte Gerdic es wirklich ernst? Hatten die Rogarländer tatsächlich beschlossen, in der Kampfschule enger zusammenzurücken? Es stimmte, niemandem vertraute Ernwic so sehr wie seinen eigenen Landsleuten. Angehörige anderer Völker waren ihm allesamt nicht geheuer, geradezu suspekt. Dennoch warf der Besuch von Gerdic eine Menge Fragen bei ihm auf. Hatte er sich den Einsatz in Barkland wirklich zusammengereimt oder anderweitig davon erfahren?

Godered

Im hellen Mondlicht warteten Godered und Brinok in der Nähe eines Tümpels auf die Adligen Diuran und Aled, die der junge Barkländer zu einer geheimen Unterredung hierhergebeten hatte.

Der Mond spiegelte sich im Gewässer, und fast erschien es Godered, als würde dort auf dem Grund eine weitere Welt existieren. Seichter Wind ließ das Schilf leise rauschen und das welkende Laub der Bäume rascheln.

Brinok saß neben ihm, war ungewohnt schweigsam und merklich aufgewühlt. Mit seinem Dolch stocherte er im Erdreich herum und zog ein paar tiefe Furchen. Seit gewisser Zeit schien er mit einigem zu hadern, und manchmal entlud sich dies in einer Schlägerei. Er war nicht mehr derselbe Brinok, mit dem Godered einst losgezogen war. Keinen ließen die Einsätze unverändert. Auch ihn selbst nicht.

Ein Knacken! Er horchte auf. Auf der anderen Seite des Tümpels kamen zwei Wesen hervor – dunkelgrün, kräftig gebaut, irgendwie menschlich und auch wieder nicht. Sie gingen mit hängenden Schultern in Richtung Wasser, und ihre Schritte wirkten schwerfällig und plump.

Augenblicklich erhob sich Godered. »Sind das Skornags?«

Brinok stand ebenfalls auf und wischte den Dolch an seiner Hose ab. »Ja.«

»Ich habe noch nie welche gesehen. Was weißt du über sie.«

»Das sind halb intelligente Wesen, die sich mit grunzenden Lauten verständigen, aber auch einige Worte unserer Sprache beherrschen. Allein oder in geringer Zahl haben sie Furcht vor Menschen und meiden uns. Gefährlich sind sie allerdings in größeren Gruppen. Dann erwacht ihr Jagdtrieb auch uns gegenüber«, sagte Brinok gelassen, während er seine Waffe forsteckte.

»Ihr Jagdtrieb?«

»Entspann dich. Menschen gehören nicht zu ihrer bevorzugten Speise. Die beiden dort drüben sind harmlos. Falls sie uns bemerkt haben, werden sie rasch wieder verschwinden.«

Godered konnte sich aber nicht entspannen. Er beobachtete, wie sie am Wasser niederknieten und laut schlürfend tranken. Diese Wesen waren ihm nicht geheuer. Lieber hätte er einen Hastro vor sich, dessen Verhalten er einzuschätzen vermochte.

Einer der Skornags hielt inne, hob den Kopf und schnüffelte. Er teilte dem anderen mit grunzenden Lauten etwas mit, und daraufhin begann auch dieser damit, zu schnüffeln. Dann blickten sie direkt zu den *Dunak tor* herüber, die reglos verharrten.

»Sie werden sich gleich dünnemachen, du wirst sehen«, flüsterte Brinok.

Eines dieser hässlichen Wesen stieß einen schrillen Ton aus.

»Oh, nicht gut«, entfleuchte es Brinok.

»Was heißt: nicht gut?«, wollte Godered wissen. Dann sah er Bewegungen zwischen den Bäumen, und mehr Skornags kamen hervor ... vier, fünf, sechs, sieben. In ihren prankenartigen Händen hielten sie Keulen. »Verstehe.«

Die Wesen rannten mit tiefen, geifernden Lauten um den Weiher herum auf die beiden Krieger zu. Geschwind zogen die *Dunak tor* ihre Schwerter.

»Ihre Haut ist dick, und ihre Knochen sind stark. Man benötigt manchmal mehrere gezielte Hiebe, um sie zu töten«, stieß Brinok hervor, während er sich von seinem *Laruell* entfernte, um mehr Platz zum Kämpfen zu haben.

Godereds Herz hämmerte in seiner Brust. Er atmete entschlossen ein und lauerte darauf, dass sie bei ihm waren. Sie waren größer als Brinok, und mit ihren langen Armen hatten sie eine beachtliche Reichweite.

Dann war der erste Skornag bei ihm und schlug mit seiner gewaltigen Keule nach ihm. Blitzschnell duckte sich Godered und verpasste dem Ungetüm einen kraftvollen Hieb mit seiner scharfen Klinge. Das Wesen schrie auf, stürzte aber nicht zu Boden. Nochmals schwang er mit tödlicher Präzision sein Schwert, Blut spritzte hervor. Endlich fiel der Skornag der Länge nach hin und wand sich kreischend vor Schmerz. Doch schon sauste eine weitere Keule auf Godered zu, und er sprang geistesgegenwärtig zurück.

Der modrige Gestank der Skornags war ekelerregend, und Godered unterdrückte einen Brechreiz. Er rammte seine Waffe in den Leib des Ungeheuers, zog sie geschwind zurück und versenkte abermals seine Klinge in dem abstoßenden Monstrum. Endlich stürzte auch dieses. Schon hastete eine weitere Kreatur auf ihn zu. Die gewaltige Keule verfehlte ihn nur knapp, und deutlich spürte er den Luftzug. Mit wirbelnder Waffe fügte Godered dem Skornag gnadenlos mehrere tiefe Schnitte zu und stach es nieder.

Unmittelbar war das nächste Vieh, dessen schwarze Haare wirr vom Kopf abstanden, bei ihm. Es schlug nicht zu, sondern betrachtete seine toten Gefährten und sah dann den *Dunak tor* an. Der Skornag hatte spitze Reißzähne, eine platt gedrückte Nase mit großen Löchern und einen breiten Mund mit dünnen Lippen.

»Du Mensch, du schwarz, du der Tod«, brachte das Wesen mit rauer Stimme heraus.

Godered erschauderte. »Ja, ich der Tod.«

Die Kreatur wich eingeschüchtert zurück und stieß einen lauten schrillen Ton aus. Augenblicklich ließen die Wesen vom Barkländer ab. Sie wandten sich um und rannten mit stampfenden Schritten in den Wald, aus dem sie hervorgekommen waren.

Fünf von ihnen lagen am Boden. Drei hatte Godered erlegt, zwei Brinok.

Keuchend stand Brinok da, hatte noch immer sein Schwert erhoben und schaute den Kreaturen hinterher. Dann ließ er die Waffe sinken und sah Godered bewundernd an. »Sie sind geflohen – vor dir!«

Du schwarz, du der Tod. Diese Worte hallten in Godereds Hirn. Er war sich sicher, dass der Skornag nicht seine Kampfkünste gemeint hatte, sondern seine finstere Seele erkannt hatte. Das erschütterte ihn. Ein halb intelligentes Wesen war in der Lage, dies zu erfassen ...

Geräusche! Sie fuhren mit erhobenen Waffen herum. Metall blinkte auf. Sechs Barkländer kamen auf sie zu. Zwei von ihnen trugen einen Halsreif, der sie als Adlige kennzeichnete: Diuran und Aled.

»Wie ich sehe, hattet ihr euren Spaß, während ihr auf uns gewartet habt!«, sagte Aled lachend und ging zu einem verletzten Skornag, der seine Hände in Grasbüschel krallte und versuchte fortzukriechen. Der Bastide trat das Wesen verächtlich und rammte ihm sein Schwert in den Leib. »So, jetzt hatte ich auch ein bisschen Spaß! Noch weitaus widerlicher als ihre äußere Erscheinung ist ihr Gestank – lediglich übertroffen von Charniren. Kommt, lasst uns ein wenig Abstand zu ihnen nehmen!« Aled war ein wahrer Hüne, größer als Brinok, Ende vierzig, und seine Haare schimmerten im Mondlicht silbrig. Er hatte mächtige Oberarme, an denen breite Goldspangen glänzten.

Der andere Adlige war jünger, um die dreißig, hatte schulterlanges helles Haar und war ein gutes Stück kleiner als Brinok. Die übrigen Krieger hielten sich im Hintergrund.

»Also, Brinok, was ist derart wichtig, dass du uns hier im Wald bei Mondschein, kurz vor der Morgendämmerung treffen wolltest? Ich nehme an, nicht nur, um uns deine Beute zu präsentieren. Und was«, er sah Godered verächtlich an, »will der verfluchte *Gotolone* hier?«

»Ja, was will der hier?«, fauchte Diuran. »Möchtest du ihn vor unseren Augen erlegen?«

Brinok säuberte seine Waffe mit einem Moosballen und steckte sie dann fort. »Ich kämpfe seit geraumer Zeit an seiner Seite und vertraue ihm.« Er wischte sich eine helle Haarsträhne aus der Stirn. »Ich verlange, dass ihr beim Allwissenden schwört, dass dieses Gespräch unter uns bleibt.«

Aled und Diuran wechselten rasche Blicke.

»Das wird immer sonderbarer ... Aber ich bin zum Bersten gespannt. Nun gut, ich schwöre beim Allwissenden, dass ich weder durch Worte, Schrift noch auf andere Weise etwas von unserem Gespräch weitergeben werde. Ansonsten soll er mich mit einem Blitz erschlagen, oder die Erde soll sich auftun und mich verschlingen.«

Der andere Bastide legte den Schwur ebenfalls ab.

Brinok leckte sich nervös über die Lippen. »Ich möchte, dass ihr das verfluchte Söldnerheer verlasst. Ihr seid Adlige! Es ist weit unter eurer Würde, sich dem Dienst eines Niemands, dessen Hirn von Größenwahn vernebelt ist, zu verschreiben ...«

»Das sagst ausgerechnet *du*?«, fiel Aled ihm ins Wort. »Du bist der zweitälteste Sohn von Bearach, dem *Bainestor* von Wachtstein, der unserem Hordenführer Fiaroch eine große Stütze ist. Warum verlangst du etwas von uns, woran du dich selbst nicht hältst?«

»Ja, ich bin ein Sohn von Bearach, aber streune wie eine Katze umher und bin somit in den Augen meines Vaters unwürdig. Ich führe Fiochnan auch keine Truppenkontingente zu, so wie ihr es tut. Ich ging zu dem *Felsschreier*, weil ich dem Ruf des Geldes folgte. Allerdings wusste ich zu dieser Zeit noch nicht, was er vorhat. Seine Pläne erschüttern mich, und wenn ihr einen Funken Ehre habt, sollte es euch ähnlich ergehen. Dass die Horden gegeneinander kämpfen, ist Teil barkländischer Kultur und befeuert den Wettstreit, doch auf diese Art und Weise ist es nie zuvor geschehen. Es ist unredlich, falsch, und unsere Ahnen hätten sich für uns in Grund und Boden geschämt. Anschließend will dieser Niemand die Horden vereinen und gegen die Ahloren marschieren!«

»Ich bin erstaunt, dich derart über Fiochnan reden zu hören. Es ist offensichtlich, dass er voller Bewunderung für dich ist. Das, was ich bisher von dir gesehen und gehört habe, lässt vermuten, dass du das Leben hier überaus genießt. Die Frauenherzen fliegen dir regelrecht zu. Das, was du sagst, passt nicht zu dem, wie du handelst.«

Godered trat einen Schritt vor. »Es geht hier nicht um Brinok, sondern darum, was *ihr* zu tun im Begriff seid.«

»Ich will nicht, dass du das Wort an mich richtest, *Gotolone!*«, fauchte Aled.

»Und doch werde ich sprechen oder dieses Recht in einem Zweikampf mit dir einfordern!«

Brinok lachte auf. »Aled, ich an deiner Stelle, würde mich nicht mit ihm streiten. Schau dich um, er hat die meisten der Skornags erledigt, und sie haben sogar vor ihm Reißaus genommen.«

Aled stieß einen missmutigen Ton aus und nickte. »Rede, *Gotolone!*«

»Die Ahloren werden von den Plänen erfahren und mit ihren Kristallgeschützen zur Grenze kommen. Habt ihr diese Geschütze jemals im Einsatz gesehen?«

Beide Adlige schüttelten den Kopf.

»Ich schon. Ihr werdet hinweggefegt, zerfetzt oder in Windeseile verkohlt — je nachdem, wie euch der Energiestrahl erwischt. Mit eurem Mut allein werdet ihr nichts gegen sie ausrichten können. Ich frage euch: Aus welchem Grund wollt ihr die Ahloren angreifen? Hegt ihr persönlichen Groll gegen sie? Haben sie euch oder eure Familien bedroht? Planen sie einen Angriff auf euch? Nein! Fiochnan erkennt die Realität nicht. Er ist kein Adliger und nie zuvor ein Heeresführer gewesen. Welche Erfahrungen hat er in dieser Hinsicht? Welche Erfolge hat er vorzuweisen? Ist er ein Held, der besungen wird? Oder ist er nur ein Mann, der durch Glücksspiel zu Geld gekommen ist und dem sein Erfolg zu Kopf gestiegen ist?« Godered sah, dass seine Worte die Adligen nachdenklich stimmten.

Brinoks Augen verschmälerten sich. »Welchen Ruhm wollt ihr euren Töchtern und Söhnen hinterlassen? Sollen sie sich für euch schämen? Sollen auch deren Kinder es noch vermeiden, eure Namen auszusprechen?«

»Das sagst ausgerechnet *du*? Wie trägst du denn zum Ruhm deiner Familie bei?«, schnappte Diuran und errötete vor gekränktem Stolz.

»Das ist etwas anderes!«, stieß Brinok erzürnt hervor und ballte die Fäuste.

Godered befürchtete, dass der hitzköpfige Barkländer sich nicht beherrschen konnte und alles zunichtemachte.

Brinok atmete tief durch und richtete sein Wort wieder an Diuran. »Mein Vater hat weitere Söhne, die seinen Ruhm mehren können. Ich bin kinderlos, doch ihr seid Väter. Daher seid ihr in der Verantwortung, dass eure Kinder stolz auf euch sind und eure Namen mit Respekt aussprechen, anstatt sich für euch zu schämen, oder etwa nicht?« Er klang noch immer ein wenig gereizt.

Aled ging einige Schritte umher und massierte sich dabei nachdenklich das Kinn. Dann nickte er entschieden und gesellte sich wieder zu ihnen. »Ich verstehe deine Beweggründe nicht, Brinok. Du bist in diesem Heer und sprichst solche Worte. Doch ich glaube, du hast einen wichtigen Grund, den du uns nicht verraten willst oder darfst. Bei genauerer Betrachtung muss ich dir recht geben: Ich, ein Adliger, sollte nicht hier sein. Das ist unter meiner Würde. Daher werde ich umgehend mit meinen Kriegern das Söldnerheer verlassen. Fiochnan ist ohnehin nicht der Mann, für den ich ihn gehalten habe. Er besitzt trotz seines Reichtums keinen Glanz.«

Diuran strich mehrmals über seinen Schnurrbart. »Ich bleibe vorerst und werde schauen, wie es weitergeht. Wenn die Ahloren tatsächlich von unseren Angriffsplänen erfahren und mit ihren Geschützen zur Grenze kommen, werde auch ich mich zurückziehen.«

Brinok wandte sich an Aled. »Wir sind Bastiden, und das, was Fiochnan vorhat, wird Folgen für unsere gesamte Horde haben. Ich möchte, dass du den Hordenführer Fiaroch aufsuchst und ihm berichtest, welche Pläne Fiochnan hat. Er soll sich mit den wichtigsten Adligen beraten. Fordere ihn auf, eine Streitmacht zu mobilisieren, vorzurücken und den Größenwahnsinnigen zur Rede zu stellen. Und wenn es erforderlich ist, ihn mit Gewalt zu stoppen.«

Der Hüne nickte. »Ja, das werde ich tun. Du hast mir die Augen geöffnet und mich vor einem Fehler bewahrt. Diuran, willst du nicht auch abziehen?«

Der Gefragte schüttelte den Kopf. »Wie ich sagte: vorerst nicht. Wer weiß, vielleicht kommt unser Hordenführer her, übernimmt das Kommando und führt uns höchstpersönlich gegen die Karstiden in den Krieg. Es gibt viele Männer, die sich

nach einer Schlacht und einem Kampf sehnen und der Taten-
losigkeit überdrüssig sind.«

»Dann wäre das geklärt!«, sagte Brinok. »Ich werde ebenfalls
bleiben, um zu sehen, wo das alles hinführt.« Er nickte den
Adligen zu, die die Geste erwiderten und sich daraufhin zurückzogen.

Von Godered fiel ein Teil seiner Anspannung ab. »Das hast
du gut gemacht.«

»War das etwa ein Lob?«

»Nun, zeitweise war ich mir nicht sicher, ob es dir gelingt,
dich zu beherrschen und keinen Streit zu provozieren.«

»Und bestimmt hast du befürchtet, dass ich etwas ausplaudern könnte, nicht wahr?«

»So ist es.«

»Nun, deine Sorge war unbegründet.«

»Das weiß man bei dir nie.«

Brinok schenkte ihm ein trockenes Grinsen.

Godered schaute zum Horizont. Der Himmel erhellte sich
zusehends, und der neue Tag kündigte sich an.

Neugierig begab sich Godered zu einem erschlagenen Skornag, ging neben ihm in die Hocke und beschaute ihn sich genauer. Er war einem Menschen erschreckend ähnlich. Er hatte
Hände, Füße und Ohren wie sie, allerdings waren die Propor-
tionen der Gliedmaßen klobiger, und die Haut war dunkelgrün,
an einigen Stellen auch braun. Die toten gelb-grünen Augen
waren weit geöffnet und starrten zum Himmel. Das Blut, das
aus den tiefen Schnittwunden geflossen war, hatte die gleiche
rote Farbe wie sein eigenes.

»Tot stinken sie noch weitaus mehr«, sagte Brinok. »Du
scheinst recht fasziniert. Willst du dir seinen Kopf nehmen?«

Augenblicklich erhob sich Godered. »Nein.«

»Dann lass uns jetzt wieder ins Lager gehen, ehe wir vermisst werden.«

»Ja, das sollten wir.« Obwohl ein Adliger das Heer verlassen und den Hordenführer aufsuchen würde, empfand es Godered trotzdem nicht als Erfolg. Ein weiterer Adliger war auf dem Weg zu Fiochnan, um sich ihm anzuschließen – und *Dalanur* umspannte nach wie vor Fiochnans Unterarme.

Scholell

»Schaut ihn euch an, diesen verdammten *Algenfresser!*«, höhnte ein braunhaariger Bastide, dessen Tätowierung seine gesamte rechte Gesichtshälfte bedeckte.

Scholells Herz pochte augenblicklich schneller. Ihm wurde schlagartig klar, dass er unter einem Vorwand aus dem Stollen herausgeholt worden war. Eigentlich hatte er sich eine Druse anschauen und mithelfen sollen, die Art des Edelsteins zu bestimmen.

Doch nun befand er sich hinter einer Halde, und sechs weitere Männer, die sich verborgen hatten, traten dreckig grinsend hervor.

»Jetzt können wir endlich einmal ein *Schiefauge* aus der Nähe betrachten!«, sagte ein blonder Barkländer mit mächtigem Schnurrbart. Angriffslust funkelte in seinen Augen.

»Ich persönlich habe nie zuvor einen *Algenfresser* gesehen!«, gestand ein Rothaariger. »Ganz schön klein und hager. Die Hautfarbe ist recht hässlich. Er erinnert mich eher an ein Reptil als an einen Menschen. Und die Augen haben auch so gar nichts Menschliches ... Ja, eine verfluchte Echsenfresse!«

»Ob sein Blut die gleiche Farbe hat wie unseres? Oder ist es auch violett?« Ein junger, rotblonder Bastide lächelte boshaft und hakte seine Daumen in den metallbeschlagenen Gürtel.

»Es soll violett sein«, meinte ein Braunhaariger und blickte Scholell verächtlich an.

»Das sollten wir überprüfen – am besten mit einem ordentlichen Hieb auf seine verdammte Fresse!«, höhnte ein Hüne und kam näher.

Scholell versuchte, Haltung zu bewahren, und eines war ihm klar: Er würde sich gewiss nicht so einfach schlagen lassen.

Der Rothaarige kam von der Seite heran und stieß Scholell grob an. »Die *Algenfresser* tragen sonderbare Kleidung. Die edlen Stoffe sind in der Mine schon recht schmutzig geworden. Ich hörte, dass die *Schiefaugen* sonst immer so fein und sauber sind.«

»Und diese seltsam geschnittenen Haare! Ob die Perlen aus Gold sind? Und was da an seinem Ohr glitzert, könnte glatt ein Diamant sein. Mir wurde erzählt, dass sie solch einen Schmuck kurz nach der Geburt bekommen. Ist viel zu schade für so eine Kreatur. Wir sollten ihm den Ohrring herausreißen. Was meint ihr?«, schlug der Blonde vor und schubste Scholell so kräftig, dass dieser fast das Gleichgewicht verlor.

Der Ahlore sah niemanden mehr von ihnen an, sondern blickte auf den Boden. Dennoch entging ihm keine Bewegung. Er war höchst konzentriert und stellte sich auf einen Kampf und Schmerzen ein.

Nochmals stieß der Blonde ihn an. »Sie sind so zart wie junge Mädchen, diese Ahloren. Und diese Kreaturen meinen tatsächlich, über uns erhaben zu sein? Worin begründet sich deren Arroganz? Sie sind schmächtig, unansehnlich und wirken überhaupt nicht kriegerisch, zudem sind wir ihnen in vielen Bereichen handwerklich überlegen. Das hier ist doch irgendeine Zierpflanze und kein Mann. Er hat eine schmale Brust wie ein Hühnchen.«

In Scholell stieg Zorn auf. Wenn er ihn noch ein einziges Mal anstieß, dann konnte er etwas erleben!

Nochmals wurde er geschubst. Blitzschnell packte Scholell das Handgelenk des Blonden, verdrehte es, wandte einen Hebelgriff an und fegte ihm gleichzeitig das Standbein weg. Und schon lag der große Barkländer in voller Pracht vor ihm. Der Bastide wirkte verwirrt, schien gar nicht so recht zu begreifen, wie ihm geschehen war.

Scholell trat zurück und starrte wieder auf den Boden. Hoffentlich zeigten die Kerle nun mehr Respekt. Doch dann wurde ihm bewusst: Es waren Barkländer – unbelehrbar und angriffslustig.

Während sich der Blonde aufrappelte und sein Gelenk massierte, wurde er von seinen Freunden ausgelacht.

»Das muss man ihm lassen: Der *Algenfresser* ist schnell«, sagte der Brünette.

Er nickte den anderen zu, sie näherten sich dem Ahloren gemeinsam und kreisten ihn ein. Scholell wollte sich nicht als allzu leichtes Opfer erweisen. Wahrlich nicht.

Er sah eine Hand auf sich zukommen, ergriff diese, setzte wiederum eine Hebeltechnik ein, und schon lag auch dieser Barkländer vor ihm.

»Du verfluchter *Algenfresser!*«, rief der Blonde aus und wollte ihm die Faust ins Gesicht schmettern.

Blitzschnell wich Scholell aus, trat ihm das Standbein weg, und gleich darauf lag der Kerl erneut der Länge nach auf dem Schotter.

Der Barkländer bleckte die Zähne, sprang wütend auf, und schon stürmten die Männer gleichzeitig auf Scholell los. Weitere von ihnen gingen zu Boden. Doch dann bekamen sie ihn zu packen, und drehten ihm brutal die Arme auf den Rücken. Das Gesicht des Hünen war eine wutverzerrte Maske. Er schmetterte Scholell seine große Faust wie einen Hammer in die Magengegend, und dem Ahloren blieb vor Schmerz die Luft weg. Gleich darauf donnerte der Brünette ihm seine Faust unter das Kinn. Scholells Zähne schlugen hörbar aufeinander, und ihm wurde kurz schwarz vor Augen. Ein weiterer wuchtiger Schlag traf ihn auf Wange und Mund, und er schmeckte Blut.

Der Hüne vergrub seine Faust erneut in Scholells Magengegend.

»Was ist hier los? Verdammt! Was soll das?« Merrduh hatte sie gesehen und war zu ihnen geeilt.

Sogleich ließen die Krieger vom Ahloren ab. Scholell sackte auf den Boden und krümmte sich vor Schmerz. Er war kaum in der Lage zu atmen und hatte das Gefühl, sich übergeben zu müssen. Mehrmals spuckte er Blut aus, das sich immerzu in seinem Mund sammelte.

»Schaut mal, das Blut der Echsenfresse ist gar nicht violett«, spottete der Blonde.

»Das ist ein Sklave von Bearach! Der Ahlore wird heute nicht mehr seine Arbeit verrichten können. Vielleicht müsst ihr Idioten Schadenersatz an Bearach zahlen. Los, verschwindet! Sofort! Sonst rufe ich meine Krieger herbei!«, stieß Merrduh durch zusammengebissene Zähne hervor.

»Du stellst dich doch nicht wirklich schützend vor das *Schiefauge!*«, fragte der Hüne überrascht.

»Ich habe die Aufsicht über die Minen und achte auf Bearachs Eigentum. Also verzieht euch, ganz schnell! Ich sage es nicht noch einmal!«, zischte Merrduh.

Der Blonde rieb sich die lädierten Knöchel seiner Faust und deutete den anderen mit einem kurzen Nicken an, ihm zu folgen.

Gemeinsam gingen sie davon. Anfangs waren sie aufgebracht, doch dann lachten sie erheitert.

Scholell rappelte sich auf, und Merrduh half ihm dabei. Nochmals spuckte Scholell Blut aus, doch er merkte bereits, wie es verebbte. Bald würde die Heilung einsetzen. Auch die Zähne, die locker waren und die er mit seiner Zunge leicht hin und her bewegen konnte, würden wieder fest sitzen.

»Danke!«, sagte er zu Merrduh und legte die Hand auf seinen schmerzenden Magen.

Der Barkländer trat einen Schritt von ihm zurück. »Danke mir nicht! Ich habe eigentlich nichts dagegen, wenn ein Ahlore verprügelt wird. Ich hasse euch verfluchten *Algenfresser*, denn dein Volk ist mir suspekt! Doch du scheinst Lanaris freundschaftlich verbunden zu sein und hast mich geholt, als Krieger ihr Gewalt antun wollten. Daher fühle ich mich verpflichtet, auch auf dich und den Motavier aufzupassen.«

Scholell nickte ihm zu. Er mochte den Barkländer. Merrduh schien ein aufrichtiger, rechtschaffener Mensch zu sein, der sich in Lanaris verliebt hatte.

Merrduh legte dem Ahloren seine Hand auf die Schulter. »Ich werde nochmals mit Bearach reden und ihn bitten, dass er euch an mich verkauft. Dann könntet ihr die Mine verlassen. Ihr seid Krieger und keine Bergleute – auch wenn du ein gutes Auge und Glück hast. Immerhin hast du eine *Sonnenblutspur* gefunden. Komm, ich begleite dich zu deiner Unterkunft, *Schiefauge!*« So, wie Merrduh es sagte, hörte es sich fast freundschaftlich an.

Scholell befühlte mit der Zunge die Verletzungen im Mund. Alles würde rasch wieder heilen. Doch sein Stolz war beschädigt – diese Wunde würde nicht so schnell heilen. Was ihm hier widerfuhr, schadete dem erhabenen Ruf seines Volkes. Ein verprügelter, verhöhnter Ahlore, der in einem Bergwerk schuften musste ... Sein Vater würde sich für ihn zu Tode schämen und ihn verstoßen. Auch seine Mutter und seine Geschwister würden sich von ihm abwenden. Das schmerzte weitaus mehr als die Schläge, die er erhalten hatte.

Nach dieser Demütigung fasste er einen Entschluss: Er würde bei der erstbesten Gelegenheit fliehen! Er wusste ohnehin nicht, wann und ob Godered zurückkehrte. Scholell musste in Erfahrung bringen, was in Barkland vor sich ging – vielleicht war er sogar gezwungen, eine wilde Flucht ins Ahlorenreich anzutreten. Er wollte einfach nur weg von hier.

Godered

Godered saß vor dem Stall, lehnte mit dem Rücken an der Holzwand und wartete darauf, dass Brinok zurückkehrte. Fiochnan hatte ihn abermals aufgefordert, gegen ihn zu spielen.

Fiochnan versuchte sich auf diese Weise aufzumuntern, nachdem er sich zuvor über Aled aufgeregt hatte, der mit seinen Männern abgezogen war. Mit hochrotem Kopf war Fiochnan umhergelaufen und hatte die übelsten Beleidigungen wie Schleifsteine Funken von sich geschleudert. Als der Adlige Keyvin mit einem großen Kriegerkontingent eingetroffen war, hatte sich Fiochnan wieder etwas beruhigt.

Morgen sollte der Aufbruch in Richtung der Karstiden erfolgen, und Godered hoffte, unterwegs endlich an die Armschienen heranzukommen. Er wünschte sich fast, *Unaktal* und *Lanasch* bei sich zu haben, dann hätte er den Auftrag schon längst erledigt.

Da kam Brinok! Augenblicklich erhob er sich.

Der Barkländer war gut gelaunt und grinste breit. »Kann die Mama nicht schlafen, bis das Kind wieder zu Hause ist?«, unkte er, doch als er Godereds warnenden Blick sah, erstarb sein Lächeln. Er roch nach Kadoch, aber auch nach einem Parfüm, das einige Söldnerinnen gern benutzten. Brinok schaute sich um, um sich zu vergewissern, dass niemand in ihrer Nähe war. »Er vertraut mir immer mehr. Er begehrt eine Söldnerin und wollte, dass ich sie für ihn gnädig stimme. Das ist mir gelungen, sie ist jetzt bei ihm. Nicht nur das: Ich habe es geschafft, den Schreihamster zu vergiften. Glücklicherweise hat Fiochnan keinen Verdacht geschöpft, sondern glaubt, dass ihm der Gotone ein krankes Tier für einen horrenden Preis verkauft hat.«

»Wenn wir unterwegs sind, muss ich mir unbedingt sein Zelt von innen anschauen. Ich muss die Möglichkeiten ausloten, wie ich am besten an *Dalanur* herankomme. Es könnte sein, dass dein süßes Leben dann recht schnell vorbei ist.«

»Mein süßes Leben?« Brinok lachte heiser. »Ich werde dir jetzt etwas sagen, was dich überraschen wird: Dass ich mich derart ausleben darf, bereitet mir kein Vergnügen. Ich mag es viel lieber, wenn mir Grenzen aufgezeigt werden und ich diese ab und zu überschreite. Das ist wesentlich spannender. Ein

Söldnerleben würde mich auf die Dauer langweilen. Wo ist der Reiz bei so wenigen Verboten und Regeln? Und es sind mir mittlerweile zu viele Frauen ... Mein Herz ist nicht dabei, und ich denke zunehmend an Lanna. Das schlechte Gewissen ihr gegenüber wächst mit jedem Mal. Ich glaube, dass es viel aufregender und intensiver wäre, wenn wahre Gefühle eine Rolle spielten.«

Godered war überrascht über Brinoks Einsicht, ebenso darüber, dass der blonde Barkländer es ausgerechnet *ihm* offenbarte. Vielleicht musste er es sich einfach von der Seele reden. »Inwieweit vertraut dir Fiochnan bereits?«

Brinok zeigte ein bewegtes Mienenspiel. »Nun ... ich habe das Gefühl, dass er so manches Mal kurz davor ist, mir von den Armschienen zu erzählen und damit zu prahlen. Ich hoffe, dass ich es schaffe, von ihm ohne Wachen empfangen zu werden. Dann könnte ich ihn niederschlagen und ihm *Dalanur* abnehmen«, flüsterte Brinok. »Und wie sieht es bei dir aus? Hast du mittlerweile einen weiteren *Gobarem* aus dem Weg geräumt?«

»Drei«, sagte Godered leise. Die enthaupteten Leichen lagen weitab im Wald. Er hoffte, dass der Auftrag bald erledigt war, denn er war des Meuchelns überdrüssig.

»Das ist gut. Jeder *Gobarem*, der ausgeschaltet wird, kann uns nicht mehr gefährlich werden. Ich wünschte, du würdest auch Loguhn beseitigen. Er versucht ebenfalls, in Fiochnans Nähe zu gelangen, doch dieser hat bereits Verdacht geschöpft. Du bist ihm übrigens auch nicht geheuer, weil du dich so gar nicht wie ein Söldner verhältst. Du trinkst und spielst nicht, streitest dich nicht und schläfst nicht mit Söldnerinnen, obwohl die eine oder andere durchaus ihr Interesse an dir bekundet hat. Vielleicht solltest du das mal tun, um ein wenig lockerer zu werden und unverdächtiger zu wirken.«

Godered spießte ihn mit seinem Blick auf.

Brinok hob abwehrend die Hände. »Ich sage nur, wie es ist. Aber keine Sorge: Ich habe Fiochnan beruhigt und ihm gesagt, dass du halt ein komischer Vogel bist.« Er rieb sich die Augen. »Ich muss jetzt unbedingt schlafen.« Er gähnte ungeniert und trottete in den Stall.

Godered setzte sich wieder auf den Boden. Er war unzufrieden mit der gesamten Situation. Selbst in Erwechs Zelt war er seinerzeit zweimal eingedrungen, um sich des Schwertes *Unaktal* zu bemächtigen. Doch hier war es anders. Die Leibwachen standen nachts bis an die Zähne bewaffnet in einer geschlossenen Reihe um sein Haus, und am Tag war Godered noch nicht so nahe an ihn herangekommen, um ihm die Unterarme abschlagen und mit der Beute verschwinden zu können.

Er hob den Blick, als Loguhn sich mit einem bitteren Lächeln näherte.

»Hast du einen neuen Namen für mich?«, erkundigte sich Godered, als der Evidanier vor ihm stand.

Loguhn stieß hörbar die Luft aus und hockte sich neben ihn. »Nein, diesmal nicht. Mir ist nicht entgangen, wie rasch all die Krieger verschwinden, die ich dir nenne. Du bist unerbittlich.« Er zupfte sich kurz am Kinnbärtchen. »Morgen brechen wir auf, dann erhöhen sich hoffentlich die Chancen. Ich zweifele bereits an meinen Fähigkeiten, aber selbst dir ist es nicht gelungen, an Fiochnan heranzukommen. Ihn zu töten, wäre leicht, doch ihm die Armschienen vor den anderen fortzunehmen und mit *Dalanur* unbehelligt zu entkommen – *das* ist das Problem. Aber wem sage ich das ... Seine Wachen sind vollkommen loyal, da er sie mit Privilegien überhäuft. Ich habe vergeblich versucht, einen der Leibwächter zu bestechen und musste ihn anschließend beseitigen, damit er mich nicht verraten kann. Godered, ich mag und bewundere dich, aber ich muss dir sagen: Wenn es dir vor mir gelingt, *Dalanur* in die Hände zu bekommen, werde ich Jagd auf dich machen.«

Godered verzog einen Mundwinkel. »So wie ich auf dich.«

Loguhn nickte wehmütig. »Ja, das ist mir bewusst – und auch, dass du mich dann töten wirst.«

Godered entgegnete nichts.

Loguhn nickte nachdenklich und erhob sich. »Es ist bedauerlich, dass du nicht daran interessiert bist, dass wir uns zusammentun. Dann wären wir gewiss erfolgreich.« Er seufzte, zuckte mit den Achseln und ging davon.

Der *Rotrot* hoffte, dass Loguhn ihm nicht in die Quere kam, denn dann würde er ihn tatsächlich aus dem Weg räumen.

Lanaris

»Ich sage es dir nicht noch einmal: Ich möchte, dass diese Frau endlich unser Haus verlässt! Wenn *du* sie nicht vor die Tür setzt, dann tue *ich* es! Das Recht dazu habe ich allemal!«, wetterte Brona, Merrduhs Weib.

Lanaris, die gerade die Treppe zur Hälfte hinuntergegangen war, verharrte auf der Holzstufe und überlegte, ob sie sich wieder nach oben begeben sollte.

»Ich habe sie hier nur geduldet, weil du mir erzählt hast, dass sich einige Kerle ihr gegenüber schäbig benommen haben. Ich denke, ich habe es nun ausreichend wiedergutgemacht, indem ich mich um ihre Wunde gekümmert, ihre Wäsche gewaschen und sie bekocht habe. Es ist für unsere ohnehin stark belastete Ehe nicht gerade förderlich, wenn sie hier ist.«

»Hast du es Mutter schon gesagt, Vater?«, schaltete sich Oschiin, der zwanzigjährige Sohn, ein.

Lanaris zog eine Grimasse, als ob sie Zahnschmerzen hätte. Der Sohn wollte doch jetzt nicht etwa ernsthaft die Absichten des Vaters verraten!

»Was meint Oschiin damit?«, wollte die Mutter wissen.

Merrduh hustete mehrmals, als hätte er sich verschluckt, blieb ihr aber die Antwort schuldig.

»*Was* meint er damit?«, fragte Brona energischer.

»Nun, das, worüber bereits halb Wachtstein redet«, erklärte der Sohn.

»Ich will jetzt endlich wissen, was er meint!«, stieß sie erzürnt hervor und schlug mit der Faust auf den Tisch. Geschirr klirrte.

»Du weißt selbst, dass wir seit zwei Jahren überlegen, ob es nicht besser wäre, unsere Ehe aufzulösen«, antwortet Merrduh schließlich.

»Ach, und jetzt, da diese Sklavin in unserem Haus ist, willst du es forcieren? Du willst doch nicht etwa *sie* zu deinem neuen Weib nehmen, oder? Das wäre ja lächerlich!« Brona lachte voller Hohn auf.

»Genau das schwebt Vater vor, aber er wollte auf den richtigen Zeitpunkt warten, es dir zu sagen. Ich denke, der ist längst überfällig!«, mischte sich Oschiin ein. »Ihr habt auf Drängen eurer Familien geheiratet. Doch die politischen Verhältnisse in der Stadt haben sich geändert. Eine Verbindung ist nicht mehr erforderlich. Ihr habt euch nie geliebt, das haben wir Kinder recht früh gemerkt. Ihr habt zwar Achtung voreinander, habt euch aber wenig zu sagen. Ihr seid noch jung genug, vielleicht sollte jeder von euch einen Partner heiraten, mit dem er sein Glück finden kann. Ich werde mich bald vermählen und bin dankbar, dass ich meine Braut von ganzem Herzen liebe. Das ist euch versagt geblieben. Löst die Ehe auf! Wir Kinder werden das verkraften – selbst die kleinen.«

Konnte er nicht still sein? Leider besaß das Haus keinen zweiten Ausgang, durch den sich Lanaris davonstehlen konnte.

»So, und du hast dich also in die Sklavin verguckt? Sie ist eine verdammte Evidanierin! Wenn du sie körperlich begehrst, dann gestatte ich dir, sie ein einziges Mal zu besteigen, damit du deine Befriedigung hast! Du bist ein Adliger und hast Verantwortung deiner Sippe und Familie gegenüber! Denk an die Kinder! Du bist ein feiger Hund, da du es mir nicht gesagt hast. Ich werde einer Trennung niemals zustimmen! Liebe ist nicht alles im Leben! Wir müssen dankbar sein für das, was wir besitzen, sowie für unsere großartigen Kinder!«, fuhr sie ihn an.

»Du solltest alles in Ruhe überdenken, Mutter. Ihr geht euch doch seit längerer Zeit aus dem Weg. Uns Kinder macht das auch nicht wirklich glücklich«, sagte Oschiin.

»Halte gefälligst deinen Mund und verschwinde! Los, raus!«, zeterte sie.

Kurz darauf war zu vernehmen, dass die Haustür zuklappte. Nun herrschte eisiges Schweigen.

Lanaris wollte das nicht weiter mit anhören, sondern sich wieder in ihr Zimmer begeben. Als sie sich umwandte, erstarrte sie vor Schreck. Dort stand die siebenjährige, rot gelockte Blinne, die jüngste Tochter von Merrduh. »Guten Morgen, Lanaris. Willst du hochgehen? Hast du denn schon gefrühstückt?«

Lanaris war es furchtbar peinlich, und sie kam sich vor wie ein kleines Kind, das heimlich vom Kuchen genascht hatte.

»Die Evidanierin hat gelauscht. Dann soll sie auch Folgendes hören: Ich werde einer Trennung niemals zustimmen! So, ich gehe jetzt zu meiner Schwester, und wenn ich zurückkomme, ist dieses Weibsstück gefälligst verschwunden! Hast du verstanden? Und wage es ja nicht, sie als Eigen-*Graas* zu nehmen und irgendwo unterzubringen. Ich finde es ohnehin heraus«, fauchte sie. Krachend fiel die Tür ins Schloss.

Blinne sah Lanaris mit großen Augen an, zuckte ihre Unschuld bekundend mit den Achseln und hüpfte die restlichen Stufen hinab. Sie begrüßte ihren Vater und lachte laut auf, weil er sie kitzelte.

»Geh bitte kurz nach oben, mein Schatz! Ich muss mit Lanaris reden«, bat er seine Tochter.

»Ja, Vater. Ich habe mitbekommen, dass Mutter wütend ist, weil Lanaris hier ist. Ich mag Lanaris jedenfalls«, sagte Blinne und erschien wieder auf der Treppe. In der Hand hielt sie einen Apfel, biss genüsslich hinein und lief die weiteren Stufen empor.

Merrduh kam zur Treppe, hatte seinen Daumen in den Gürtel gehakt, und sein Kopf war nach unten geneigt. Als er zu ihr aufschaute, wirkte er bedrückt. »Ich denke, du hast alles vernommen. Lass uns reden!«

Eigentlich wollte Lanaris das gar nicht, denn die Sache war für sie klar: Sie würde noch heute das Haus verlassen, wieder im Berg arbeiten und darauf hoffen, dass Godered bald erschien und sie zur Kampfschule zurückkehrten. Sie ging mit schweren Schritten die Stufen hinab, zu einem der niedrigen Tische und setzte sich dort auf ein weiches Fell.

Merrduh nahm ihr gegenüber Platz, goss Beerensaft in einen Becher und schob diesen zu ihr herüber. »Jetzt weißt du genau, wie es um meine Ehe steht. Wir haben uns nie geliebt, blieben nur aus Gewohnheit und Pflichtgefühl zusammen. Ich war gewillt, es hinzunehmen – bis du in mein Leben getreten bist. Ich möchte nun mehr für mich. Für dich empfinde ich Liebe und fühle mich das erste Mal seit langer Zeit wieder jung und lebendig. Die Liebe beruht nicht auf Gegenseitigkeit, das weiß ich sehr wohl, aber ...« Er nahm ihre Hand. Die seinige war eiskalt, und er zitterte sogar ein wenig. Er sah ihr tief in die Augen.

Nie zuvor war ihr aufgefallen, wie unglaublich blau sie waren – wie der Sommerhimmel in Evidanien. Sie entdeckte auch erstmals die Feinheiten seiner blauen kunstvollen Tätowierung. Sie fühlte sich geschmeichelt, dass er sie begehrte, und es erhellte ihre Sinne. Er wäre ein vortrefflicher Vater für Ganara, da war sie sich sicher. Er war liebevoll zu seinen Kindern und lachte oft mit ihnen.

»Du hättest es gut bei mir, und ich würde dir jeden Wunsch von den Augen ablesen. Niemals würde ich deine Tochter spüren lassen, dass sie nicht von meinem Blute ist. Mein Weib ist noch nicht so weit, sich von mir zu trennen, aber es *wird* geschehen. Sie braucht nur ein wenig mehr Zeit, um sich klar zu werden, dass es das Beste für uns wäre. Und du brauchst Zeit, um zu überlegen, ob du dir ein Leben mit mir vorstellen kannst. Ich bin vermögend, ein mächtiger Mann in der Stadt und habe eine große Gefolgschaft. Du könntest dein Leben gestalten, wie du es möchtest: im Haus bleiben, ein Handwerk ausüben oder an meiner Seite kämpfen. Du hättest ein freies, selbstbestimmtes Leben.«

Das Angebot war verlockend. Hier könnte Ganara mit den anderen Kindern spielen, kleine Schiffchen in den Kanälen schwimmen lassen und diesen hinterherjagen. »*Du* würdest mich so akzeptieren, wie ich bin, aber die Menschen in der Stadt gewiss nicht. Du würdest mit mir nicht glücklich werden, sondern Anfeindungen ausgesetzt sein.«

Er nahm seine Hand fort und strich sich über seinen roten Bart. »Darüber habe ich mir Gedanken gemacht. Anfänglich hätten so einige Wachtsteiner Probleme mit dir, aber das würde sich im Laufe der Zeit legen. Und wenn du hier nicht leben willst, könnten wir auf eines meiner Landgüter ziehen. Dort hätte deine Tochter viel Spaß und könnte herumtollen. Bitte sage mir, dass du darüber nachdenken wirst!«

Er stellte ihr ein wahrhaft erfülltes Leben in Aussicht, denn sie könnte ständig bei Ganara sein. Godered kam ihr wieder in den Sinn, und dabei kehrte das Kribbeln in ihren Magen zurück. *Er* war der Mann, den sie liebte, aber sie wusste ja noch nicht einmal genau, ob und inwieweit er ihre Zuneigung teilte. Was vernünftiger war, stand außer Frage, aber war es auch das, was sie wollte? »Ja, ich werde darüber nachdenken.«

Er strahlte so hell, dass Lanaris das Gefühl hatte, seine Freude würde sonnengleich den ganzen Raum erfüllen. »Ich danke dir.« Er erhob sich schwungvoll. »Dann werde ich noch einmal mit Bearach reden, ob er endlich zustimmt, dass ich euch alle drei freikaufe.« Er schaute sie glücklich an und verließ das Haus.

Es dauerte nicht lange, da kam Blinne die Treppe herunter, setzte sich neben Lanaris und schaute sie forsch an. »Ich habe gelauscht, so wie du vorhin. Vater mag dich. Ich und Oschiin mögen dich auch, aber meine anderen Geschwister befürchten, dass du Vaters neue Frau wirst.«

»Und du hast keine Angst davor?«

»Ich sehe es so: Dann hätte ich eine weitere Mutter. Du siehst stark aus, warst bestimmt eine gute Kämpferin, bevor du in die Mine gesteckt wurdest. Von dir könnte ich viel lernen. Meine Mutter hatte nie Interesse daran, zu kämpfen. Wenn ich groß bin, wäre ich gern eine bedeutende Kriegerin, die in Liedern besungen wird. Am liebsten wäre ich sogar eine Hordenführerin.« Blinne ähnelte ihrem Vater, hatte ebenfalls diese sommerblauen Augen. »Wirst du Vaters neue Frau?«

Lanaris erhob sich und streichelte ihr über die feuerroten Locken. »Ich weiß es nicht. Ich werde erst einmal meine Sachen holen und das Haus verlassen, um deine Mutter nicht noch mehr zu reizen.«

»Darf ich dich mal im Stollen oder in deiner Unterkunft besuchen?«

»Gern. Aber du musst zuvor deinen Vater fragen, ob er es erlaubt.«

Wieder in den Berg — das war wahrlich kein Ort, an den Lanaris zurückwollte. Dort würde sie über Merrduhs Angebot nachdenken und auch darüber, was sie sich von ihrem Leben eigentlich erhoffte.

Kapitel 8

Blut und Spiel

Brinok

Godered und Brinok waren allein im Stall und packten ihre Sachen.

Godered half ihm gerade dabei, eine Decke ordentlich zusammenzulegen. Er hatte die Brauen zusammengezogen und schien etwas zu überdenken.

»Was beschäftigt dich?«, fragte Brinok, rollte die Decke zusammen und zurrte ein Lederband darum.

»Wenn wir morgen Abend das Lager aufschlagen, werde ich Fiochnan bitten, gegen mich zu spielen. Da ich ein recht mieser Spieler bin, werde ich dir Geld geben, und du wirst stellvertretend für mich antreten. Ich werde jedoch an deiner Seite sitzen, mir währenddessen sein Zelt anschauen und Schwachstellen ausloten.«

»Ich soll dein letztes Geld verspielen? Liebend gern.« Brinok grinste und hoffte, Godered wenigstens die Andeutung eines Lächelns entlocken zu können, doch der humorlose Kerl blieb ernst.

Plötzlich erschallte draußen lautes Geschrei, und die Musik verstummte.

»Ob die *Gobarem* Fiochnan erledigt haben?« Brinok wurde bleich.

»Das wäre fatal.« Godered ließ seine Sachen fallen, und sie

eilten hinaus.

Es herrschte große Aufregung, und eine wütende Menschentraube hatte sich gebildet. Die Leibwache von Fiochnan versuchte, die Ansammlung aus vornehmlich Dörflern auseinanderzutreiben.

Brinok stockte der Atem. Er sah Gohan gefesselt und geknebelt auf dem Boden kniend. Die Tochter des Schmieds, in die er sich verliebt und mit der er sich des Öfteren heimlich getroffen hatte, wurde leblos und mit zerrissenem Kleid aus einem kleinen Stall herausgetragen.

»Was im Namen des Allwissenden ... Nein! Das glaube ich nicht! Das hat er niemals getan!« Brinok war entsetzt und wollte zu Gohan, doch Godered hielt ihn am Arm zurück.

Was sollte das? »Lass mich! Die beiden haben sich geliebt. Was immer der Tochter des Schmieds zugestoßen ist, Gohan wird damit nichts zu tun haben.«

»Du bleibst hier!«, zischte Godered.

»Einen Scheiß werde ich!« Brinok riss sich los und wollte sich durch die Menge drängeln, doch Godered zog ihn kraftvoll zurück.

»Du bleibst!«

»Was soll das?« Brinoks Blut kochte. Er konnte überhaupt nicht verstehen, warum sein *Laruell* ihn davon abhielt.

Godered zerrte ihn aus dem Gedränge heraus, wo sie ungestört waren. Er wirkte äußerst ernst. »Fiochnan war sich unsicher, was er mit Gohan tun soll. Er hat es selbst gesagt. Nun hat er sich entschieden und diese Intrige eingefädelt, um die Kampfbereitschaft gegen die Karstiden zu schüren.«

Brinok entließ stoßartig die Luft aus seinen Lungen, als hätte er einen Schlag erhalten. »Das hört sich ja fast so an, als ob du nicht eingreifen willst! Wir müssen das aufklären! Ich habe Einfluss auf Fiochnan gewonnen.«

»Ja, aber in anderen Bereichen. Versteh doch: Er *will* ein Zeichen setzen und wird sich nicht davon abbringen lassen. Wenn du jetzt einschreitest, werden die Dörfler auch unseren Tod verlangen, und Fiochnan wird es billigen, weil noch mehr Blut den Geifer der Söldner triefen lassen wird. Wir haben einen Auftrag und müssen verhindern, dass viele andere Unschuldige sterben. Gohan hätte als Karstide niemals am *Arusch* teilnehmen dürfen. Es war eine Fehlentscheidung des Hauptgroßmeisters und seines Rats. Und es war mein Fehler, dass ich Gohan nicht mit den anderen zurückgeschickt habe.«

Nein, Brinok konnte und wollte nicht glauben, was er sagte. »Ich kann nicht tatenlos dabei zusehen, wie sie Gohan zu einem *Sagart* bringen, der ihn dann richtet und bestrafen lässt. Das war eine verfluchte Falle!« Das Blut kochte heiß in ihm empor. Brinok war danach, zu Gohan zu eilen und alle Bastiden niederzuschlagen, die sich ihm in den Weg stellten. »Lass mich wenigstens versuchen, mit Fiochnan zu reden«, forderte Brinok.

»Schau dich um. Die Stimmung ist aufgeheizt. Er wird die Tat geplant haben und später bei Gericht falsche Zeugen aufbieten. Er wird sich nicht umstimmen lassen.«

Brinok atmete schwer, und sein Wunsch, sein Schwert zu ziehen und Gohan zu verteidigen, wurde fast übermächtig. »Ich schreite da jetzt ein! Er wird es nicht wagen, mich zu töten, da ich der Sohn von Bearach bin.«

»Nein! Er würde dich fortschicken und es dann während deiner Abwesenheit tun. Du wirst hier gebraucht, daher wirst du es wie ich ertragen. Du wirst sogar noch viel mehr tun: Morgen Abend wirst du wie besprochen gegen Fiochnan spielen und ihm beipflichten, dass Gohan ein Urteil und eine Bestrafung verdient hat.«

Brinok wich einige Schritte von ihm zurück und schüttelte fassungslos den Kopf. »Das kannst du nicht von mir verlangen! Du hast kein Herz! Du bist eiskalt, kennst kein Mitgefühl und keine Gnade!«

Brinok entging nicht, dass Godered hart schluckte.

Der Gotone kam näher an ihn heran. »Wir *Dunak tor* wissen,

dass wir einem höheren Ziel dienen. Wir leben und *sterben* für das Licht! Ist das nicht Teil unseres Schwurs? Gohan wird seine Bestrafung nach der Verhandlung hinnehmen müssen und wir ebenfalls. Er ist nur *ein* Mann! Wir sind hier, um zu verhindern, dass *Hunderte* von Karstiden sterben und *Tausende* Barkländer, wenn Fiochnan diese gegen die Ahloren führt. Oder willst du zusehen, wie Krieger deines Volkes von den Strahlengeschützen der Ahloren hinweggefegt werden?«

Nein, natürlich wollte Brinok das nicht. Sein Herz wollte ihm in der Brust zerspringen. Er mochte Gohan. Verzweiflung und Bitterkeit stiegen in ihm auf. »Dann weiß ich ja, wenn ich einmal in Gefangenschaft gerate, dass ich gar nicht darauf zu hoffen brauche, dass du mich befreien wirst! Aber dann erwarte das auch niemals von mir!«, spie er aus.

»Die Mission ist stets vorrangig. Würde eine Befreiung den Auftrag gefährden, sollte man davon absehen, ist das Risiko akzeptabel, kann man es wagen.«

Brinok fletschte die Zähne. »Ich muss gestehen, dass ich mir bis heute der Worte, die ich geschworen und so oft wiederholt habe, und deren Tragweite gar nicht richtig bewusst war. Nicht, was meinen Tod anbelangt, sondern dass ich Freunde und Mitkämpfer im Stich lassen soll.« Das Blut rauschte durch seinen Körper, und seine Hand legte sich um den Griff seines Schwertes. Seine Sinne drehten sich. Er würde am liebsten auf Fiochnan zustürmen und ihn zerhacken.

»Du reißt dich jetzt gefälligst zusammen! Wir müssen ein großes Unheil verhindern und das Barkland retten! Erinnere dich: Als Scholell, Atno, Lanna und ich in Gefangenschaft gerieten, hat Lanaris das einzig Richtige befohlen und euch zur *Schiandell* Adlersteige geführt. Mit dem Schwert gegen die Burgmauern anzurennen, wäre töricht gewesen, und jetzt wäre es töricht, dass wir unsere Waffen ziehen und gegen die Dörfler und Söldner kämpfen.«

»Trotzdem …« Brinok konnte sich mit der Situation nicht

abfinden. Lieber wollte er etwas Sinnloses tun als gar nichts. Aber er wusste, dass Godered recht hatte – so wie seinerzeit Lanaris. Er war hin- und hergerissen und musste sich beherrschen, vor Wut nicht laut aufzuschreien.

Der Gotone erkannte seinen inneren Kampf. »Wenn du den Auftrag gefährden solltest, glaube mir, werde ich dich – wie auch immer – außer Gefecht setzen!«, drohte er leise, aber so entschieden, dass Brinok keinen Augenblick an seinen Worten zweifelte.

In diesem Moment hasste er seinen *Laruell* abgrundtief.

»Du wirst tun, was ich von dir verlange! Verstanden? Und ich verbiete dir, dich nach der Urteilsverkündung des *Sagarts* zu besaufen. Dein Blut ist in Wallung, und dein Mund könnte ausplaudern, wovon dir das Herz übergeht!«

Was wusste dieser brutale Eisklotz überhaupt von Herzen? Brinok hätte ihm am liebsten einen Faustschlag mitten ins Gesicht verpasst. Hatte Brinok angefangen, für ihn Sympathie zu empfinden, so hielt er ihn in diesem Moment wieder für einen gefühlskalten Mistkerl.

Dennoch ... er konnte nicht tatenlos bleiben. Obwohl er Gefahr lief, bestraft zu werden, würde er den Ort ausfindig machen, an dem Gohan nach dem Urteilsspruch bis zur Vollstreckung eingesperrt wurde, um ihn zu befreien. Er war so, wie er war, er konnte nicht anders ...

Godered

Der *Rotrot* hatte das Gefühl, kaum atmen zu können, und sein Brustkorb schmerzte. In ihm loderte ein Feuer des Hasses auf Fiochnan, und er fühlte Selbstverachtung und Verzweiflung, denn er hatte versagt und Gohan nicht beschützen können. Er hatte die Gefahr eher bei den in das Söldnerheer eingeschleusten *Gobarem* gesucht, die nicht Rahila unterstanden, und hatte bereits so einige von ihnen beseitigt — dabei hatte er es versäumt, besser auf Gohan zu achten.

Noch immer belastete Godered der Tod von Atno schwer, und nun würde Gohan von einem *Sagart* zum Tode verurteilt werden. Nein, Godered hätte nicht nochmals *Laruell* werden dürfen. Die *Dunak tor* hätten ihn als Einzelkämpfer entsenden sollen. Für einen Moment ersehnte er sich die Lossprechung der Schuld, wollte nicht mehr der sein, der er war, sondern im Wald leben, fern von allen Menschen.

Ein Hornsignal erschallte und rief die Krieger zusammen.

Godered kam es in den Sinn, vor allen zu behaupten, der Täter gewesen zu sein, um Gohan zu retten, doch es würde nichts nützen. Fiochnan *wollte* einen Karstiden als Täter.

Der Gotone ging zusammen mit Brinok, der ihm widerwillig folgte, näher an das Podest heran, auf das Gohan nun gezerrt wurde.

Der rothaarige Karstide wurde niedergedrückt, sodass er kniete. Sein Haupt war gesenkt.

Dann betrat Fiochnan mit einer Horde Leibwächter das Podest und blickte Gohan verächtlich und voller Schadenfreude an. Obwohl Godered Fiochnan nicht kannte, glaubte er, dass die Armspangen immer mehr Besitz von ihm ergriffen und seine Seele verdarben.

Fiochnan hob die Arme und forderte Ruhe. Augenblicklich wurde es so still, dass deutlich zu vernehmen war, wie der Wind sanft durch das Herbstlaub fuhr. Irgendwo bellte ein Hund und schnaubten einige Pferde. Er hielt eine Rede über die Helden der Vergangenheit und hob die Kampfkraft der Bastiden hervor. Er steigerte sich immer mehr in Übertreibungen, und das verfehlte seine Wirkung nicht. Die Bastiden jubelten und streckten begeistert ihre Waffen empor.

Gohan hob den Kopf und schaute sich in der Menge um, dann traf sich sein Blick mit dem von Godered. In seinen Augen zeigte sich Todesgewissheit. Godered hatte das Gefühl, als würde ihm ein glühendes Schwert in sein Herz gestoßen werden.

Nein!

Gohan sollte nicht sterben! Godered würde ihn befreien. Er *musste* es wagen!

Fiochnan war nach barkländischem Recht verpflichtet, einen *Sagart* zu rufen, der ein Urteil fällen würde. Es würde eine geraume Weile bis zur Verhandlung und Urteilsverkündung vergehen. Wahrscheinlich würde das alles unterwegs passieren. Diese Zeit würde Godered nutzen.

Entschlossen atmete er ein. Ja, er würde Gohan befreien und gemeinsam mit ihm und Brinok fliehen. Godered würde eine andere Möglichkeit ersinnen, um an die Armschienen heranzukommen, und dazu eine *Dunak tor*-Armee herbeirufen. Ja, so sollte es sein. Das war eine Entscheidung, die ein wenig Licht in seine finstere Seele brachte.

Er schaute Gohan eindringlich an. Dieser schien zu verstehen und schloss für einen Moment voller Dankbarkeit die Augen.

Fiochnan hatte zwischenzeitlich weitergesprochen, doch Godered hatte ihm gar nicht zugehört. Dann ließen ihn verschiedene Wortfetzen aufhorchen, und er schenkte dem Bastiden seine Aufmerksamkeit.

»Wir wollen so schnell wie möglich aufbrechen, denn wie mir zugetragen wurde, wissen die Karstiden bereits, was hier vor sich geht, und sind dabei, ein Heer zu sammeln. Wir müssen also schleunigst zuschlagen, ihre Grenzdörfer überfallen und weit in ihr Gebiet eindringen, ehe uns eine Streitmacht gegenübersteht. Wir alle wollen reichlich Beute machen. Von daher ist es in eurem Interesse, dass wir zügig losmarschieren. In Anbetracht unseres besonderen Vorhabens weiche ich von unseren Gepflogenheiten ab und spreche höchstpersönlich Recht über den verfluchten Karstiden. Er hat sich bei uns eingeschlichen und ohne bisherige Gegenleistung freie Unterkunft, Sold, Speise und Trank erhalten. Und wie hat er es gedankt? Er hat die Tochter des Schmieds geschändet und getötet! Um der Gerechtigkeit zumindest ein wenig zu genügen, dürfen ihre Angehörigen ihn jetzt töten.« Er winkte jemanden zu sich.

»Kein *Sagart*?« Brinok klang, als hätte er einen Schlag in die Magengrube erhalten.

In Godered stieg Verzweiflung auf. Er hatte Gohan retten wollen ... nun war es ihm unmöglich! Der Karstide warf Godered einen entsetzten Blick zu, doch dann nickte er mit bitterer Miene, wusste, dass der *Rotrot* keine Möglichkeit mehr hatte, ihn zu befreien.

Zwei junge Männer und der ältere Schmied betraten mit langen Messern das Podest.

»Wir müssen etwas tun!«, forderte Brinok eindringlich von seinem *Laruell*.

»Es geht nicht!« Godered fühlte sich elendig. Wenn er jetzt auf das Podest spränge, würde er augenblicklich von Pfeilen durchbohrt werden. Damit wäre niemandem geholfen. *Dalanur* hatte Fiochnans Herz vergiftet. Der Hund hatte die Tötung des Karstiden geplant, um die Gemüter anzuheizen. Die Barkländer warteten geifernd auf die Bestrafung, reckten ihre Fäuste empor und forderten lautstark Gohans Tod.

»Godered!« Brinok war verzweifelt.

Doch Godered schüttelte nur den Kopf.

»Du bist wirklich eiskalt! Du hast kein Herz!«, stieß der junge Barkländer hervor. »Ich ertrage das nicht. Ich ertrage *dich* nicht!« Er wandte sich ab, suchte sich einen Weg durch die Menge und verschwand im Stall.

Godered blieb, denn er *musste* sehen, was dort vor sich ging. Er wollte Gohan in den letzten Momenten seines Lebens nicht alleinlassen und betete für ihn. Er kam sich unendlich machtlos und unfähig vor. Sein Atem war gepresst und seine Kehle staubtrocken.

Die Angehörigen des Mädchens traten an Gohan heran, traktierten ihn mit Schlägen und Tritten, dann stachen sie wie von Sinnen auf ihn ein. Immerzu. Gohans Schreie gellten in Godereds Ohren.

Die Bastiden johlten und jubelten. In ihren Augen wurde gerade ein Ungeheuer getötet.

Selbst als Gohan blutüberströmt dort lag und sich nicht mehr regte, stachen die Männer weiterhin auf ihn ein und zerfetzten seinen Körper. Godered schloss kurz die Augen, ihm war, als könne er einige der Stiche selbst an sich spüren. Warum nur hatte er ihn nicht nach Hause geschickt? *Meine Schuld. Meine große Schuld. Vergib mir, Gohan.*

Endlich ließen die Verwandten von ihm ab, und Gohans Blut rann vom Podest zu Boden.

»Verscharrt ihn wie einen räudigen Köter. Kein *Sagart* und auch sonst niemand wird ein Gebet für ihn sprechen! So, ihr Dörfler, ihr habt gesehen, dass ich, Fiochnan, Gerechtigkeit walten lasse! Und zu den Kriegern sage ich: Geht und packt eure Sachen! Wir brechen auf und ziehen in den Kampf gegen die Karstiden, zeigen ihnen, wer die überlegene Horde ist!«, rief er aus, und ohrenbetäubender Jubel schlug ihm entgegen. Dann löste sich die Menge allmählich auf.

Godered blieb stehen, schaute zu, wie Gohans Leichnam achtlos vom Podest gezerrt wurde und nun im Sand und Laub lag. Ein kalter Schauder überkam ihn.

Brinok

Jede von Brinoks Bewegungen war mit Zorn erfüllt, während er seine restlichen Sachen packte. In ihm schäumte ein wilder Ozean, drohte seine Vernunft fortzuspülen. Ihm war danach, mit gezogenem Schwert zu Fiochnan zu stürmen und ihm den Kopf von den Schultern zu schlagen. Doch ... er würde jetzt gar nicht zu ihm gelangen können und vorher den Tod finden.

Tränen brannten in seinen Augen. Er wusste überhaupt nicht, wohin mit seiner Wut. Er wollte sich prügeln, irgendetwas zertrümmern oder zerhacken. Aber was? Wenn er jetzt seiner Wut freien Lauf ließe, wäre er vielleicht der Nächste, den sie unter Vortäuschung falscher Tatsachen hinrichten würden. Er musste sich zwingen, sich zu beherrschen, aber es war so unendlich schwer. Ihm war ganz schwindelig, und seine Sinne kreisten wie ein Strudel im Wasser. Doch eines stand für ihn fest: Der Tag würde kommen, an dem er auf Fiochnans Leiche spucken würde.

Godered kam herein, und Brinok wandte sich von ihm ab. Er konnte ihn jetzt nicht anschauen. Alles, was er dem Gotonen gegenüber an Verbundenheit empfunden hatte, lag in Trümmern. Der gefühllose Kerl schien ja noch nicht einmal mit dem Gedanken gespielt zu haben, Gohan zu befreien. Jeder *Gobarem* würde ihn wegen seiner Abgebrühtheit und Gewissenlosigkeit gewiss beneiden.

Der Schattenkämpfer von Fil! Brinok fragte sich, wie massiv er auf Fil gemordet hatte, um selbst bei den *Gobarem* gefürchtet zu sein.

Godered verstaute seine letzten Sachen in dem Ledersack. Brinok bemerkte, dass er so manches Mal in seinen Bewegungen innehielt und zu ihm herüberschaute. Dann kam er zu ihm. Wollte er ein paar tröstende Worte sprechen?

»Wirst du es erledigen können?«, fragte er leise.

War das sein Ernst? Beschäftigte ihn tatsächlich nichts anderes? Fühlte er denn nichts? Noch nicht einmal Hass oder Rachegelüste? Wie konnte jemand nur so kalt und auf die unbedingte Ausführung eines Auftrages fokussiert sein!

Ja, Brinok würde gegen Fiochnan spielen. Vielleicht ergab sich eine Gelegenheit, ihn in einem günstigen Augenblick abzustechen. Brinok nickte verhalten, sah Godered dabei aber nicht an. Er würde Gohan früher oder später rächen, ob das dem Gotonen gefallen würde oder nicht! Fiochnan sollte bitter dafür bezahlen!

Nach einiger Zeit brach das Heer zu einem Gewaltmarsch in Richtung Kampfstein auf. Brinok schwieg den gesamten Tag über, erwiderte weder das Lächeln der Söldnerinnen, noch hatte er sich an Fiochnans Seite begeben, der ihn dazu aufgefordert hatte.

Unterwegs hatten sich ihnen weitere Krieger angeschlossen, angelockt vom beträchtlichen Sold und der reichen Beute, mit der Fiochnan warb. Zudem hatten sie gehört, dass sogar Adlige für ihn kämpften, und hielten das Vorhaben deswegen für ehrenvoll.

Bei Einbruch der Dämmerung schlugen sie auf einer ausgedehnten Ebene ein Lager auf. Brinok strafte Godered weiterhin mit Missachtung. Noch immer war er erzürnt, und die Wut musste sich irgendwie entladen. Er sollte vielleicht den großen Barkländer suchen, mit dem er am Tag seiner Ankunft aneinandergeraten war, um sich mit ihm zu prügeln. Doch dazu würde sich wohl keine Gelegenheit bieten, denn sein erbarmungsloser *Laruell* bestand ja darauf, dass Brinok gegen Fiochnan antrat. Er wollte lieber so oft mit dem Messer auf Fiochnan einstechen, wie es die Familie des Schmieds bei Gohan getan hatte.

Wie sollte es ihm nur gelingen, sich zu beherrschen? Brinok zeigte seine Gefühle zumeist offen. Doch heute würde von ihm verlangt werden, Fiochnan vorzutäuschen, dass Gohans Tod ihm nichts bedeutete und er die Strafe als gerecht empfand. Allein bei dem Gedanken wurde ihm übel.

Godered würde gewiss keine Gefühlsregung zeigen. Es kam Brinok ohnehin so vor, als ob der Gotone den Tod von Gohan als Schicksal oder hinnehmbaren Verlust ansah.

Der *Rotrot* beobachtete die Vorgänge im Lager und die Wachen, die in zwei Reihen um Fiochnans großes Zelt postiert waren. Für ihn schienen nur die Erledigung des Auftrags und

Pflichterfüllung wichtig zu sein. Der Gotone hatte kein Herz, sondern einen Klumpen aus schwarzem Eis.

Godered

Godered baute gemeinsam mit Brinok ein Lederzelt für die Nacht auf. Jede Bewegung vom Barkländer war mit Zorn erfüllt. Er rammte die Angeln tief in die Erde und trat noch mal darauf, versenkte sie bis zum Anschlag in den Boden.

Er hätte Brinok gern mehr Zeit gegönnt, das Geschehene zu verarbeiten, aber Fiochnan musste aufgehalten werden, ehe er noch schlimmeres Unheil anrichtete. Daher musste er sich unbedingt sein Zelt von innen anschauen, um Schwachstellen auszumachen.

Er ließ den Hammer sinken und stellte sich vor Brinok. »Geh jetzt zu Fiochnan und sage ihm, dass du stellvertretend für mich um mein letztes Geld spielen willst und ich dabei sein möchte.«

Brinok hielt damit inne, eine Angel in den Boden zu rammen. Sein gepresster Atem verriet seinen Zorn. Noch mehr als Gohans Tod – den sie beide nicht hätten verhindern können – schien ihn zu treffen, dass er glaubte, dass es Godered vollkommen kaltließ. Dem war bei Weitem nicht so, aber er war unfähig, es Brinok zu sagen. Der Schmerz hatte sich tief in seine Eingeweide gefressen. Es hatte ihm keinen Trost gespendet, als Loguhn kurz zu ihnen gekommen war und gemeint hatte, dass Gohans Tod unvermeidlich gewesen wäre. Abermals war einer seiner *Muriaten* bei einem Einsatz getötet worden. Er wollte kein *Laruell* mehr sein und Krieger verlieren, die ihm unterstellt waren.

Nein! Konzentriere dich auf den Auftrag, verhindere einen Krieg und rette Leben!

»Du wirst dich zusammenreißen!« Godered sah den jungen Barkländer streng von der Seite an. Dabei galten diese Worte auch ihm selbst.

Brinok trat auf eine weitere Angel.

»Hörst du?«

Brinok bleckte die Zähne, weigerte sich, ihn anzusehen, doch dann besann er sich und kam ihm nahe. Wilde Trauer loderte in seinen hellen Augen. »Ich werde gegen ihn spielen und meinen Hass vor ihm verbergen. Aber versprich mir, falls ich es selbst nicht schaffe, dass du das Schwein bei einer günstigen Gelegenheit kaltmachst!«

»Ich verspreche nichts. Ich werde tun, was getan werden muss — was auch immer das ist«, raunte Godered.

Brinok schüttelte missfällig den Kopf. »Warum überraschen mich deine Worte nicht? Jeder Ahlore wird deine klare Sicht auf die Dinge und jeder *Gobarem* wird deine Gefühllosigkeit beneiden.«

Die Worte trafen Godered wie mit Widerhaken bestückte Pfeile. Seine Emotionen zu verbergen, hatte ihm mehr als einmal das Leben gerettet. Doch tief in ihm, unter Asche und Schutt begraben und von einer dicken Mauer umgeben, loderte ein Feuer und schwelte großer Schmerz.

»Ich erwarte von dir, dass du dich in Fiochnans Nähe unter Kontrolle hast!«

Brinok sah ihn an — voller Anklage. »Keine Angst, das werde ich! Sonst schlitzt du mir wegen meines Versagens später die Kehle auf. Ich gehe kurz pissen und mache mich dann auf den Weg zu Fiochnan.« Er wandte sich ab und stapfte mit großen Schritten in den nahen Wald.

Der Unfriede mit Brinok war der Sache wahrlich nicht zuträglich. Möglicherweise mussten sie eine wilde Flucht antreten, bei der sie aufeinander angewiesen waren. Der hellblonde Barkländer schien momentan daran zu zweifeln, dass Godered sein Leben für ihn riskieren würde. Das würde er tun ... Aber auch dann, wenn er sich zwischen Brinok und den Armschienen entscheiden müsste? *Dalanur* durfte auf gar keinen Fall in die

Hände der *Gobarem* gelangen. Godered betete zum Weltenschöpfer, dass er nicht vor diese Wahl gestellt wurde. Dem ungestümen Brinok war es tatsächlich gelungen, Godered ans Herz zu wachsen.

Er baute das Zelt weiter auf, und bald gingen Wachen von Fiochnan umher, und es schien, als würden sie jemanden suchen.

»Atharod!«, brüllte ein brünetter Barkländer. »Wir suchen diesen verfluchten *Gotolonen!* Weiß einer von euch, wo dieser Scheißkerl ist? Atharod!«

Godered hob seinen Arm. »Ich bin hier!«

Die Leibwächter hatten ihn entdeckt und kamen geradewegs zu ihm. »Brinok ist bei Fiochnan und hat gesagt, dass du dein Geld verzocken willst. Hol es und komm! Fiochnan ist in Spiellaune.« Er grinste schadenfroh und entblößte dabei fehlende Schneidezähne.

»Moment.« Godered holte sein Geld aus dem Gepäck und folgte den Kriegern.

Brinok wartete neben Fiochnans Zelt und hatte die starken Arme vor der Brust verschränkt. Seine breiten Armspangen glänzten golden und ließen ihn kriegerisch und edel erscheinen. Sobald Godered bei ihm war, streckte er ihm fordernd die Hand entgegen. »Dann werde ich dein Geld mal verdoppeln.«

Godered suchte in seinem Gesicht nach Anzeichen von Wut, doch der Barkländer wirkte gefasst und blickte ihn kalt an. Das irritierte Godered. Schaffte er es tatsächlich, sich zu verstellen, oder führte er etwas im Schilde? Er überreichte Brinok seinen Geldbeutel. »Ich vertraue dir.«

Der Barkländer lächelte schal. »Das haben schon viele getan.«

Hoffentlich würde er ihre Tarnung nicht auffliegen lassen. Sich auf den unberechenbaren Bastiden verlassen zu müssen, bereitete Godered Magenschmerzen.

»Keine Angst, ich werde gewinnen«, schob Brinok hinterher

und wandte sich an die Wachen neben dem Eingang. »Dann wollen wir mal.«

Der Himmel war düster verhangen, und die Wolken spuckten kalte Tropfen auf das Lager. Zudem frischte der Wind unangenehm auf und zerrte an den Zeltplanen. Bevor Godered und Brinok das große Zelt betreten durften, mussten sie all ihre Waffen auf einen Tisch legen und wurden danach von Barkländern abgetastet, ob sie verborgene Waffen bei sich trugen. Schließlich wurde die schwere Plane am Eingang zur Seite geschoben, und sie wurden hineingelassen.

Fiochnan saß auf einem vergoldeten Stuhl mit hoher Rücklehne und prächtigen Schnitzereien. Überall im Zelt stapelten sich Truhen, die vermutlich randvoll mit Schätzen gefüllt waren. Sechs bullige Barkländer standen wachsam hinter Fiochnan. Drei von ihnen hielten eine Armbrust schussbereit in Händen, die anderen ihr blankes Schwert.

Fiochnan war gut gelaunt und rieb sich voller Vorfreude die Hände. Dann lehnte er sich zurück und bedeutete ihnen mit einer großzügigen Geste, sich auf einen der vier einfachen Stühle zu setzen. »Es wundert mich ja schon, *Gotolone*, dass Brinok mit deinem Geld gegen mich spielen soll. Ich habe geglaubt, dass ihr beide ein wenig mehr über den Tod eures Freundes Gohan schmollt.« Fiochnans Augen leuchteten angriffslustig.

»Ich habe keine Freunde!«, stieß Godered schroff hervor. »Wenn er die Tat begangen hat, so war die Strafe gerecht.«

Fiochnan lachte laut auf und ließ dabei seine Hand auf den Tisch klatschen. »Meine Güte, ich hatte bei dem ganzen Trubel schon vergessen, was für ein rüder Kerl du bist. Und wie steht es um dich, Brinok?«

»Solch ein feiges, widerliches Verbrechen darf nicht ungesühnt bleiben!«, brachte der Gefragte grimmig heraus.

Fiochnan nickte. »Das arme Ding war so hübsch. Der Tod des Karstiden war mehr als gerecht.«

Brinok musste mehrmals schlucken, doch zum Glück sah Fiochnan es nicht.

»Und nun wollen wir spielen und uns ablenken«, bestimmte der ältere Bastide.

»Ich habe Brinok zugesagt, wenn er gegen dich siegt, dass er die Hälfte des Gewinns für sich behalten darf. Er ist der beste Spieler, den ich kenne«, sagte Godered.

»Unser adliger Brinok genießt hohes Ansehen bei den Söldnern – vor allen Dingen bei den weiblichen. Wenn ich noch einmal jung sein könnte, wäre ich gern so wie er. Nur weil *er* mich um das Spiel gebeten hat, bist du hier, *Gotolone.* Nennst du ihn einen Freund?«

»Wie ich bereits sagte: Ich habe keine Freunde. Wir haben uns aus zweckdienlichen Gründen zusammengeschlossen«, antwortete Godered tonlos.

Fiochnan schaute beide abwechselnd an, dann brach er in schallendes Gelächter aus. »Ja, wahrlich, wenn ich Brinok so anschaue, merke ich eindeutig, dass er dich nicht leiden kann, dich vielleicht sogar hasst. Nun ja, immerhin ist es dein Geld, das er hier verjubelt.«

»So ist es: *sein* verfluchtes Geld«, stieß Brinok hervor.

»Dann hätte ich jetzt gern gesehen, um welche Summe es geht.« Fiochnans Augen funkelten gierig.

Brinok legte den Beutel auf den Tisch.

Sofort griff Fiochnan danach, schnürte ihn auf und beschaute sich den Inhalt. »Ich hatte mehr erhofft. Aber da es Brinok ist, soll es genügen.«

Auf dem Tisch stand eine Laterne, und Godered rückte seinen Stuhl zurück in den Schatten, um alles unauffälliger beobachten zu können.

»Würfel oder Karten?« Fiochnan rieb sich siegesgewiss die Hände.

Brinok zögerte und ballte die Fäuste unter dem Tisch.

Godered hielt den Atem an. Hoffentlich behielt der junge

Barkländer die Nerven.

»Der *Gotolone* soll entscheiden. Es ist schließlich sein Geld! Nein, warte, das letzte Mal habe ich dich beim Kartenspiel ausgenommen. Wir würfeln jetzt! Wenn es dir gelingt, mich zu besiegen, soll dir eine Truhe mit Gold gehören!« Fiochnan winkte einer blonden Sklavin zu, die aus einer dunklen Ecke auftauchte und Gläser mit Kadoch füllte. »Auf euer Wohl! Möge der Bessere gewinnen!« Er hob lachend das Kristallglas und leerte es in einem Zuge.

Während die Sklavin auf einen Wink hin einen ledernen Würfelbecher brachte und diesen auf den Tisch stellte, sah sich Godered im Zelt um. Das Bett befand sich in einer Art feinmaschigem Käfig aus Metallnetzen, sodass man Fiochnan nicht mit einer Stichwaffe meucheln und ihn auch nicht mit einem Wurfstern oder einem Pfeil erlegen konnte. Vor den gesamten Zeltwänden hingen derartige Netze. Diese nach dem Aufschneiden der Zeltplane zu öffnen, würde zu lange dauern. Sowohl die Plane als auch die Netze schlossen bündig mit dem Boden ab und waren mit zahlreichen Pflöcken und Angeln befestigt. Die einzige weniger geschützte Stelle war der Eingang. Godered sah momentan keine Möglichkeit, heimlich ins gut bewachte Zelt einzudringen, Fiochnan die Armschienen abzunehmen und damit ungesehen fliehen zu können. Und leider bestand die Plane aus schwer entflammbarem Material, sodass man den Bastiden nicht einmal mit Feuer heraustreiben konnte. Godered würde ein *Dunak tor*-Heer anfordern. Die Krieger könnten dann Fiochnan von seinen Leibwächtern absondern, und er hätte die Chance, an ihn heranzukommen. Ohne Zweifel würde eine solche Mobilisierung den Unmut der Barkländer hervorrufen, und die Folgen waren ungewiss. Aber es war besser, das Missfallen der Barkländer zu ernten und ein Unheil abzuwenden. Godered hatte keinen Zwicker, um Hilfe anzufordern. Doch er hatte unter den Söldnern einen *Dunak tor* entdeckt, von dem er wusste, dass dieser aus einer Kampfschule in

Barkland stammte. Wahrscheinlich war dieser von seiner *Schi-andell* entsandt worden, um sich ein Bild von der Lage zu machen. Godered würde ihn fortschicken, um ein Heer zu erbitten. Allerdings würde es eine gewisse Zeit dauern, bis die Truppen hier waren.

Hätten die Wachen nicht ihre Armbrüste schussbereit gehalten, wäre es vielleicht möglich gewesen, sie gemeinsam mit Brinok anzugreifen und mit Fiochnan als Geisel das Lager zu verlassen. Im Wald hätten sie dann den Barkländer getötet und sich mit den Armschienen ins Ahlorenreich durchgeschlagen. Doch so würden sie von Bolzen durchbohrt werden, ehe sie überhaupt ihre Hand an Fiochnan legen konnte. Sie mussten ihn irgendwie in den Wirren eines Kampfes erledigen.

»Wir spielen *Chodann!* Sieben Runden? Einverstanden?«

Brinok nickte lediglich, trank vom Kadoch und wischte sich mit dem Handrücken über den Mund.

Fiochnan ließ die Würfel in den Becher purzeln, verschloss diesen mit der flachen Hand und schüttelte kräftig. »Ah, ich höre schon, dass sie mir gewogen sind.«

Der übelwollende Blick, den Brinok Fiochnan heimlich zuwarf, ließ Godered erneut bangen. Hoffentlich bewahrte er die Nerven.

Godered trank mehrere Schlucke vom herben Kadoch und beäugte Fiochnan über den Becherrand hinweg.

Er musste etwa fünfzig Jahre alt sein, doch aufgrund seiner von der Witterung gezeichneten Haut erschien er deutlich älter. Seine Hände waren Pranken und voller Narben. Fiochnan protzte mit seinem Reichtum, hatte sich auffällige Goldketten um den Hals gehängt, und mehrere Fibeln und Broschen waren an seiner golddurchwirkten Kleidung angeheftet.

Godered sah etwas unter seinen langen Ärmeln hervorblitzen. Die Armschienen! Er fühlte sich in ihrer Gegenwart unwohl, sogar ein wenig benommen.

»Ich glaube, dass es ein famoser Wurf wird!«, frohlockte Fiochnan, donnerte den Becher verkehrt herum auf den Tisch und hob ihn an. »Ha! Wusste ich es doch! Ich habe sechs Sechsen, jetzt benötige ich nur noch eine Eins, dann habe ich einen *Großen König* gewürfelt! Meinst du, dass ich das schaffe?« Er blickte Brinok herausfordernd an.

»Eigentlich ist mir das Glück auch hold. Gegen den Karstiden Gohan habe ich stets gewonnen ...«, begann Brinok, und seine Augen funkelten angriffslustig.

Godered war äußerst angespannt.

»Ich hätte nichts dagegen, wenn du eine miese Zahl würfest und ich das Geld zurückbekomme, das ich Tage zuvor an dich verloren habe«, sagte Brinok.

Fiochnans Augen leuchteten voller Vorfreude. Er ließ den letzten Würfel mit einer übertriebenen Geste in den Becher plumpsen und schüttelte lange. Dann schlug er den Becher auf den Tisch und hob ihn schwungvoll empor. Er lachte übermütig auf. »Ha! Eine Eins! Das musst du erst einmal schaffen!« Fiochnan rieb sich beglückt die Hände und schob den Becher mit den Würfeln zu Brinok.

Godered wurde noch unwohler zumute.

Er ist unserer nicht würdig! Du hingegen bist würdig! Töte ihn und nimm uns an dich! Wir verhelfen dir zu Macht! Durch uns wirst du zu Reichtum gelangen. Erfülle dir deine Wünsche, kaufe dir, was du begehrst! Führe Kriege! Der Reichtum wird dir alles ermöglichen. Wir wollen dir dienen! Nimm uns und herrsche!

Durch Godereds Inneres fuhr ein kalter Sturm, zugleich wurde ihm vor Schreck heiß. Er hörte nicht nur das mächtige Flüstern, sondern verspürte den starken Drang, Fiochnan augenblicklich zu töten und sich die Armschienen anzulegen. Er kämpfte dagegen an und durfte sich auf keinen Fall anmerken lassen, dass er derart aufgewühlt war.

Brinok schüttelte den Becher und ließ die Würfel rollen. »Oh, zwei Sechsen.« Geschwind legte er diese beiseite.

»Glück!«, stieß Fiochnan hervor und schien sich seines Sieges gewiss.

Brinok würfelte erneut. »Zwei weitere Sechsen. Da schau mal einer an!«

Noch immer grinste Fiochnan.

Nimm uns! Du bist unserer würdig! Das Flüstern wurde stärker und anstachelnder. Was war das nur mit ihm und den Rüstungsteilen? Heiß rauschte das Blut durch Godereds Körper.

»Das gibt es doch nicht! Schon wieder zwei Sechsen! So, wenn ich jetzt eine Eins würfele, ist Gleichstand, dann entscheidet die nächste Zahl, ob ich gewonnen habe!«, verkündete Brinok erfreut.

Fiochnan erblasste, tastete kurz nach den Armschienen, um sich wahrscheinlich zu vergewissern, dass er sie auch trug.

Godered wurde immer schwindeliger, und das Drängen wurde unerträglich. Er hatte Angst, sich mit einer unbedachten

Geste zu verraten. Der Wunsch, die Schienen dem rothaarigen Barkländer von den Armen zu reißen, wurde fast übermächtig. Außerdem schien Brinok zu gewinnen, weil Godered in der Nähe von *Dalanur* war. Er erhob sich und presste seine Hand auf die Magengegend. »Brinok, spiel weiter! Ich glaube, ich habe das Kadoch nicht vertragen.«

Fiochnan wirkte verärgert und umfasste eine Armschiene. »Ja, verschwinde, ehe du ins Zelt kotzt!«, blaffte er.

Godered eilte hinaus.

»So ein Mist! Eine verfluchte Vier«, hörte er Brinok schimpfen. »Diese Runde geht wieder an dich!«

»Ja, an mich!«, frohlockte Fiochnan.

Godered nahm seine Waffen und lief zur Tarnung in den nahen Wald. Er ging tiefer hinein, wo er allein war und lehnte sich an einen zerfurchten Stamm. Ihm drehten sich die Sinne. Die Armspangen hatten auf ihn reagiert, und kaum hatte er das Zelt verlassen, hatte Brinok verloren.

Auch das war kein Teil der Rüstung, der in die Hände der *Gobarem* fallen durfte — auch nicht in Rahilas. Sollte er *Dalanur* habhaft werden und damit in Richtung des *Tempels des Lichts* aufbrechen, würde sie die Jagd auf ihn eröffnen.

Godered begab sich in sein Zelt, breitete die Bodenmatten aus und legte Decken darüber. Er entzündete eine kleine Lampe und setzte sich mit gekreuzten Beinen auf eine Matte. Einige seiner zahlreichen Narben schmerzten sehr, und er hätte sie jetzt am liebsten mit einer betäubenden Salbe behandelt. Doch Brinok konnte jeden Augenblick zurückkommen, und Godered wollte nicht, dass er seine entstellenden Male sah. So tat er dies stets im Wald, nach einem Bad in einem Bach oder Fluss — wenn er allein war.

Er schloss die Augen und konzentrierte sich auf die Stimmen im Lager. Er hörte, dass über die bevorstehende Grenzüberschreitung zu den Karstiden geredet wurde. Er vernahm, dass sich Barkländer mit *Gotolonen* stritten, die diese als feige und schwach beschimpften. Prahlerische Reden wurden geschwungen, die Gefolgsleute der Adligen rühmten sich mit dem Ansehen ihrer Herren. Pferde wieherten, Waffen wurden geschärft, und es wurde mit Metallgeschirr geklappert. Es herrschte eine spürbare Aufregung. Man fieberte dem Einmarsch ins Gebiet der Karstiden entgegen, erhoffte sich Ruhm und reiche Beute.

Kampflieder wurden angestimmt, und die Barkländer sangen inbrünstig. Es waren klangvolle Lieder, wortgewaltig und mit abwechslungsreichen Melodien. Trommeln wurden rhythmisch geschlagen, was die Kampfbereitschaft weiter anheizte. Es wurden aber auch schwermütige Lieder von begnadeten Sängern vorgetragen, die voller Poesie den Tod von Helden eindrucksvoll vermittelten. Bei diesen Versen legte sich eine bleierne Schwere in Godereds Herz.

Jemand näherte sich dem Zelt, und Godered umfasste kampfbereit den Schwertgriff. Es war Brinok! Er schob die Planen am Eingang auseinander, bückte sich und kam herein. Er hielt Godereds leeren Geldbeutel in der Hand und warf ihm diesen zu.

»Ich habe getan, was du wolltest!« Er sackte auf seine Schlafstelle nieder und bedeckte das Gesicht mit seinen Händen. Der hellblonde Barkländer atmete schwer, dann nahm er ruckartig die Hände herunter und schaute Godered erzürnt an. »Es war so verdammt hart, gegen das Schwein spielen und auch noch gute Laune vortäuschen zu müssen. Es liegt nicht in meiner Natur, mich zu verstellen. Ich hätte ihn lieber abgestochen! Hätte ich eine Waffe gehabt, wäre mir alles scheißegal gewesen«, flüsterte er im scharfen Ton. Er fletschte die weißen Zähne, und Tränen des Zorns sprangen ihm in die Augen. Er schnaufte und versuchte, seine Fassung wiederzuerlangen. Dann schaute er Godered angriffslustig an. »So, und jetzt will ich wissen, was das mit dir und den Rüstungsteilen von *Amboreg* ist. Und wage es ja nicht, nachdem ich heute so viel für dich getan habe, mich zu belügen.«

»Was meinst du?«

»Das weißt du genau! Fiochnan ist fast stutzig geworden, als ich in deiner Gegenwart beinahe gewonnen hätte. Dann bist du hinausgegangen, und mein Spiel war prompt wieder mies. Nur aus diesem Grund hast du doch das Zelt verlassen, oder etwa nicht? Zum Glück ist Fiochnan in einen Siegesrausch verfallen und hat meine guten Würfe schnell vergessen. Also: Was ist das mit dir und *Amboreg?*«

Godered schwieg.

»Wie ich hörte, hat *Unaktal* dich zweimal verschont. Du konntest das Schwert und *Lanasch* tragen und hattest die Kraft, die Rüstungsteile wieder abzugeben und warst nicht in Versuchung, beides zu behalten. Die Armschienen haben ebenfalls auf dich reagiert.«

»Ich weiß nicht, wovon du redest.«

Brinok ballte die Hände zu Fäusten. »Ich bin wahrlich nicht in der Stimmung, angelogen oder mit faden Ausreden abgespeist zu werden!«

»Du willst die Wahrheit hören?«

»Ja.«

»Die Wahrheit ist, dass ich nicht die geringste Ahnung habe.« Als Brinok ihn zornig anblickte, schob er hinterher: »Ich weiß es nicht.« Nun, er hatte schon den Verdacht, dass sich die Rüstungsteile mit seiner lichtlosen Seele verbunden fühlten. Obwohl es ihn gleichzeitig verwirrte, da sie auf andere finstere Seelen nicht derart reagierten. Godered stieß die Luft aus seinen Lungen und strich sich die Haare aus der Stirn »Brinok, ich weiß es *nicht!*«, betonte er nochmals.

Der Bastide knirschte vergrämt mit den Zähnen. »Wie dem auch sei, wir beide haben nun kein Geld mehr. Ich will im Kampf weder Karstiden erschlagen noch sie berauben. Das kann ich mit meiner Ehre nicht vereinbaren. Daher werde ich später einige Söldnerinnen um Münzen bitten, damit ich mir

Kadoch kaufen kann. Am liebsten würde ich mich bis zur Besinnungslosigkeit besaufen!« Er rieb sich ermattet die Schläfen. »Du hattest ausreichend Zeit, dich im Zelt umschauen. Siehst du eine Möglichkeit, ihm die verfluchten Dinger abzunehmen? Sonst bitte ich die Söldnerin, die jetzt öfter bei ihm liegt, sie für mich zu stehlen.«

»Ich bin mir gewiss, dass er *Dalanur* beim Beischlaf nicht ablegt und er die Frauen nach dem ... Liebesakt ... wieder fortschickt. Ich habe sogar beobachtet, dass er die Wachen die ganze Zeit über im Zelt belässt. Die Söldnerin wird daher gar nichts ausrichten können. Ich werde versuchen, ihm *Dalanur* während eines Kampfes abzunehmen.«

»Wie gesagt: Dann bringe das Stück Charnirscheiße auch gleich um!«

Godered antwortete nicht. Nach dem, was er Gohan angetan hatte, würde Godered es tun.

Lanna

»Was bist du nur für ein wunderliches Ding!« Lanna stand in der kleinen verborgenen Ausbuchtung der *Halle des Lichts* und ging nahe an das kostbare mannshohe Symbol *Amboreg* heran. Verführerisch leuchteten die Edelsteine, und der riesige Diamant in der Mitte brach das Licht in allen Farben des Regenbogens.

»Ich beschloss zwar, dass ich alle Prüfungen, die mir das Leben und der Weltenschöpfer auferlegen, bestehen, und sie ohne Murren annehmen werde, aber ...« Sie rieb sich kurz die Nase. »Kannst du mich in Zukunft trotzdem in Ruhe lassen? Ich will ja noch nicht einmal eine Priesterin werden, sondern Brinok heiraten. Er ist nicht gerade ein vorbildlicher *Dunak tor*, und es hat mich auch sehr verletzt, wie er und seine Familie mich behandelt haben. Trotzdem: Ich kann einfach nicht aufhören, an ihn zu denken, und bete täglich dafür, dass er sich ändert und mich zu sich holt. Du musst doch wirklich einsehen, dass ich töricht und deiner nicht würdig bin, nicht wahr? Es gibt reinere, aufrichtigere Priester und Schüler hier im Tempel — jene, die ihr gesamtes Denken und Streben auf den Glauben ausrichten. Ich habe sogar einen Mann getötet. Bitte, offenbare dich mir nicht mehr ...« Lanna erschrak. In der kleinen Höhle erloschen plötzlich die Lichter, und es herrschte Finsternis um sie herum.

War das ein Zeichen, dass sie in der Tat unredlich war? Eine so klare Bestätigung hatte sie nun doch nicht gewollt.

Dann bemerkte sie zwei Personen, die neben dem Eingang stehen blieben. Lanna konnte sie nicht sehen, aber sie redeten leise miteinander.

»Hier sind wir weit genug von den anderen entfernt. Also, was willst du? Du weißt, dass es riskant ist, wenn man uns zusammen sieht«, sagte ein Mann mit tiefer Stimme.

»Ich weiß. Aber ich muss mit dir reden, denn ich glaube, dass Ellarell mir gegenüber einen Verdacht hegt. Er soll Unterlagen über mich angefordert haben und Nachforschungen meine Aufträge und Reisen betreffend anstellen.« Der jüngere Mann klang verzweifelt.

»Denkst du, er hat etwas herausgefunden?«

»Ich weiß es nicht.«

Lannas Herz setzte einen Schlag lang aus. Loguhn hatte recht! Es *gab* Verräter und Verschwörungen im Tempel.

»Wir dürfen nicht mehr zögern und müssen den Ahloren vorzeitig erledigen.«

»Das sehe ich auch so. Ich werde es in die Wege leiten«, raunte die tiefe Stimme.

Dann trennten sich die Männer und gingen davon.

Lanna spürte kaltes Gestein in ihrem Rücken. Sie hatte sich vor Angst eng an den Fels gepresst, und alles in ihr befand sich in Aufruhr. Sie wollten den Hauptgroßpriester ermorden! Und sie hatte es mit angehört! Dann stutzte sie. Die Lichter in dieser

Felsenkammer hatten sich verdunkelt, bevor die beiden Männer gekommen waren. Hier hing das Symbol *Amboreg*. Lanna erschauderte. Das konnte doch kein Zufall sein! Was geschah hier nur? Waren göttliche Mächte am Werk? Und ihr, der Unwürdigen, wurde dabei so viel offenbart.

Noch immer war alles finster. Vielleicht hatten die Männer die Höhle bisher nicht verlassen. Für einen Moment kam es ihr in den Sinn, hinauszuspähen und nach ihnen Ausschau zu halten, wagte es jedoch nicht.

Sie musste den Hauptgroßpriester warnen. Unbedingt.

Brinok

Das Söldnerheer war den ganzen Tag in Richtung Süden gezogen und hatte gegen Abend ein Lager auf einer begrasten Ebene aufgeschlagen. Brinok hatte gemeinsam mit Godered das Zelt aufgebaut, es dann aber in seiner Nähe nicht mehr ausgehalten, da er noch zornig auf ihn war. Nun saß er abseits des Lagers an einen alten, knorrigen Baumstamm gelehnt. Die meisten Krieger hatten sich ihre Lagerstatt errichtet und bereiteten sich Essen zu. Manche Gerüche waren verlockend, vor allem die von gebratenem Speck.

Brinok spielte mit einem langen Grashalm, ließ ihn immer wieder durch seine Finger gleiten, bog und knickte ihn. Er wusste nicht, wann er sich das letzte Mal so miserabel gefühlt hatte. Er war niedergeschlagen – und nicht nur wegen Gohan. Je länger er in sich hineinhorchte, desto mehr wurde ihm bewusst, dass es auch daran lag, dass er sich hier verstellen musste. Er war gezwungen, Fiochnan eine Art Freundschaft vorzuspielen, obwohl er lieber einen Dolch in sein finsteres Herz rammen würde. Es mochte anderen nicht schwerfallen, ihre Gefühle zu unterdrücken, aber für Brinok war es unerträglich. Er kam sich wie ein Heuchler und eine Natter vor, als würde er seine eigenen Ideale verraten. Bei dem Gedanken, Fiochnan wieder gegenüberzustehen und ihm Unbeschwertheit vorzugaukeln, wurde ihm speiübel.

Brinok sehnte sich in dieser bedrückenden Situation nach Beständigkeit. Vielleicht würde sich das später ändern, aber im Moment war es so. Er vermisste Lanna, und sie könnte in seinem Leben ein fester Anker sein. Er könnte sie in zwei oder drei Jahren heiraten und gemeinsam mit ihr ein Quartier in der Kampfschule beziehen. Sie würde dort gewiss eine passende Arbeit finden oder sogar eine *Dunak tor* werden.

Als sich ihm jemand näherte, schaute er auf. Sein Blick fiel auf die rassige Kriegerin Nessa, die ihm am ersten Tag begegnet war. Die Kriegerin lächelte ihn an und strich sich die langen roten Haare über die Schultern. Sie trug eine karierte Hose und dazu eine rote Bluse, die am Ausschnitt locker geschnürt war und großzügige Einblicke in ihr Dekolleté gewährte.

»Habe ich dich endlich gefunden!« Sie kniete sich dicht neben ihn. »Möchtest du heute Nacht zu mir kommen?« Sie nahm ihm den Halm fort und streichelte seine Hand. »Mona würde mir das Zelt überlassen und bei anderen Söldnerinnen unterschlüpfen. Was sagst du?« Sie lehnte sich vor und küsste ihn.

Er schaffte es nicht, sich aus seiner bedrückten Stimmung zu befreien.

»Was ist mit dir los?«

Fast kam er sich ertappt vor. »Nichts.«

»Etwas beschäftigt dich, ganz klar. Du brauchst eine Ablenkung, damit du nicht mehr grübelst. Da muss ich dich wohl ein wenig überzeugen.« Sie nahm seine Hand, legte sie auf ihre Brust, küsste ihn nochmals und fuhr dabei mit ihren Fingern durch sein Haar.

Es verfehlte nicht die beabsichtigte Wirkung. Mit einem Ruck zog er sie zu sich heran und küsste sie leidenschaftlich. Dann bemerkte er aus den Augenwinkeln heraus einen Krieger, der wütend auf sie zu stapfte. Brinok schob die Kriegerin von sich und erhob sich rasch.

»Was ist denn?«, fragte Nessa irritiert, dann erblickte sie den grimmigen, bärtigen Bastiden und verdrehte die Augen. »Tuhill — mein eifersüchtiger Wachhund!«

Der braunhaarige Krieger blieb eine Armlänge von Brinok entfernt stehen. Sein Gesicht war vor Wut karminrot, und er bleckte die Zähne. »Schon bei unserer ersten Begegnung habe ich erkannt, dass du ein Arschloch bist! Ich wusste gleich, dass wir eines Tages aneinandergeraten werden!« Sein enttäuschter Blick streifte Nessa, dann schaute er Brinok an, als ob er ihn abstechen wollte. »Du kannst jede Kriegerin im Heer haben und hast bestimmt schon die Hälfte von ihnen besprungen. Sie sind verblendet von deiner hochwichtigen Familie und deiner hübschen Fresse, doch dabei erkennen sie nicht, was für ein Schwein du bist.«

Die rothaarige Kriegerin verschränkte die Arme vor der Brust und blickte Tuhill abschätzig an. »Ich habe dir mehrmals gesagt, dass ich kein Interesse an dir habe. Und ich mag es überhaupt nicht, dass du mir hinterherspionierst. Brinok gefällt mir, und ich weiß durchaus, welchen Ruf er genießt. Aber das ist mir egal, denn ich will ihn nicht heiraten, sondern nur meinen Spaß, bevor ich vielleicht in einem Kampf falle. Und anscheinend ist es dir entgangen, dass er bereits mehrmals bei mir war.«

Tuhill erblasste. »Das ... das ... kann nicht sein«, stotterte er. Dann richtete sich sein glutgleißender Blick auf Brinok. »Du elender Hund! Konntest du nicht wenigstens die Finger von *ihr* lassen?«

»Sie ist ein großes Mädchen und weiß genau, was sie will — und dich will sie nicht. Du solltest das akzeptieren«, entgegnete Brinok.

»Du widerliches Charnir!«, stieß Tuhill zwischen zusammengebissenen Zähnen hervor und holte zum Schlag aus.

Brinok wich ihm blitzschnell aus, packte Tuhill am Arm und rammte ihm sein Knie in die Magengegend. Doch der Hüne stürzte nicht wie erwartet, sondern richtete sich wieder auf und fiel Brinok zornentbrannt an, schlug ihm die Faust ins Gesicht und verpasste nur knapp sein Auge. Sogleich schickte Brinok ihn mit einer Hebelbewegung zu Boden, sprang auf ihn und traktierte ihn brutal mit seinen Fäusten. Er wurde vom Zorn übermannt, und sein Blut kochte. Vor seinen Augen war das dort nicht Tuhill, sondern Fiochnan. Der Mistkerl sollte für das büßen, was er Gohan angetan hatte! Brinok wollte ihm so lange wehtun, bis sich das Schwein nicht mehr regte.

»Aufhören! Sofort!«, hörte Brinok wie durch einen Schleier hindurch.

Brinok schlug weiter auf Tuhill ein. Blut spritzte hervor, Zähne brachen.

»Sofort aufhören!«, brüllte jemand in seiner Nähe.

Dann waren plötzlich viele Krieger zugegen, die ihn von Tuhill herunterziehen wollten. Er schlug nach ihnen, und sie schafften es nicht. Immer mehr kamen hinzu. Das waren Leibwächter von Fiochnan! Die Hunde ihres verfluchten Herrn! Er sprang auf und verfiel in wilde Raserei, er verpasste ihnen Tritte und Schläge und brachte sie zu Fall. Es wurden immer mehr. Dann bekamen sie ihn zu fassen und drückten ihn auf dem Boden nieder.

Er spürte eine scharfe Klinge an seinem Hals.

»Du bleibst da jetzt liegen, bis du dich beruhigt hast! Hast du verstanden?«, schnauzte ihn einer der Krieger an.

Brinok konnte sich kaum beruhigen und atmete schwer. Aus dem Augenwinkel heraus bemerkte er, dass Tuhill aufgeholfen wurde und man ihn stützen musste.

Eine Menschentraube hatte sich um Brinok gebildet, und neugierig wurde er begafft.

Er hörte:

»Überragender Kämpfer!«

»Habt ihr seine Kampftechniken gesehen?«

»Der ist ja wie ein wilder Eber!«

»Er allein müsste Fiochnan doch als Leibwächter genügen!«

»Man muss sich vor Brinok wirklich in Acht nehmen!«

»Habt ihr gesehen, wie schnell er unseren mächtigen Tuhill besiegt hat?«

Brinok wollte hier nicht mehr wie ein erlegtes Tier am Boden liegen. Sein Blut kühlte sich ein wenig ab, und er gab dem Krieger ein Zeichen, dass er die Klinge von seinem Hals fortnehmen konnte. Als er sich aufsetzte, waren noch immer zahlreiche blanke Schwerter auf ihn gerichtet.

Die Männer sahen ihn bewundernd an, und die Frauen schienen noch mehr von ihm angetan zu sein und lächelten ihn mit leuchtenden Augen an.

Nessa hingegen war überhaupt nicht begeistert. Sie kam zu ihm und kniete sich neben ihn. »Das war absolut überflüssig! Du hättest aufhören sollen, als er am Boden lag. Was ist mit dir los? Komme später wie vereinbart in mein Zelt, wir sollten dort vordringlich reden, denke ich.«

Er sah sie an. *Reden* – ja, wie sehr wünschte er sich, jemandem sein Herz auszuschütten, doch er durfte es nicht, da er an Schwüre gebunden war. Aber allein Nessas Nähe würde tröstlich sein. Er nickte ihr zu und rappelte sich auf.

»Du sollst zu Fiochnan kommen, sofort!«, sagte eine rothaarige Wache zu ihm und wandte sich dann an die Umstehenden: »Macht, dass ihr verschwindet! Hier gibt es nichts mehr zu sehen!«

Die Ansammlung der Schaulustigen löste sich allmählich auf, und das war Brinok ganz recht so. Als er an den Wachen vorbeischaute, sah er in einiger Entfernung Godered. Sein glühender Blick rüttelte Brinok auf und brachte ihn zur Vernunft. Er war ein *Dunaktor* und hatte einen Auftrag!

Brinok atmete mehrmals tief durch, schloss kurz die Augen, um sich zu sammeln, und nickte der rothaarigen Wache zu. »In

Ordnung.«

Sein Blick huschte nochmals zu Godered, der ihn noch immer warnend ansah.

Während Brinok den Leibwächtern zu Fiochnans Zelt folgte, beschaute er sich seine lädierten Fäuste. Es gab blutende Stellen, die einer Behandlung bedurften, damit sie sich nicht entzündeten. Zwei Wunden mussten wohl auch genäht werden.

Gleich würde er Fiochnan begegnen. *Ihn* hätten die harten Schläge treffen sollen. In Brinok drohte die Wut erneut emporzuwallen, doch er kämpfte mit aller Macht dagegen an.

Reiß dich zusammen! Du bist ein Dunak tor! Ein Lichtkämpfer!

Die rothaarige Leibwache ging vorerst allein ins Zelt, wechselte einige Worte mit Fiochnan und kam dann wieder heraus. Er durchsuchte Brinok nach Waffen und geleitete ihn hinein.

Fiochnan saß an einem Tisch. Anscheinend hatte er erneut jemanden ausgenommen, denn die Karten lagen noch dort, und er schob etliche Münzen in einen Geldbeutel. Hinter ihm standen sechs Wachen, vier davon mit schussbereiten Armbrüsten.

Der ältere Bastide sah mit einem breiten Lächeln zu Brinok auf. »Wie ich hörte, bist du endlich wieder derjenige, den ich so bewundere. Du hast dich mit Tuhill um eine Söldnerin geprügelt und sollst den Hünen regelrecht verdroschen haben — deine Hände zeugen ja eindeutig vom Kampf. Ich muss dir ehrlich sagen, dass es nach Gohans Tod Momente gab, in denen ich mich fragte, was mit dir los ist, und begann, an dir zu zweifeln. Komm, setz dich, wir wollen gemeinsam trinken.« Er gab einem der Wächter einen Wink, und dieser stellte zwei Becher auf den Tisch und dazu eine Flasche Kadoch. Fiochnan befüllte beide Becher und schob einen zu Brinok, der sich auf einen Stuhl gesetzt hatte. Blut tropfte auf seine Hose, doch er war zu stolz, Fiochnan nach Verbandszeug zu fragen. Er würde sich später von Godered verarzten lassen.

Brinok kostete vom Kadoch. Es war von vorzüglicher Qualität und hatte gewiss eine Menge gekostet. »Warum bin ich hier?«, fragte er misstrauisch.

Fiochnan rieb sich kurz die Nase, dabei blitzte eine Armschiene hervor.

Brinok ärgerte sich, da er keine Möglichkeit sah, sie an sich zu bringen. Er war unbewaffnet, und die sechs Krieger behielten ihn genau im Auge.

»Mir geht der gestrige Abend nicht aus dem Kopf, als du für den *Gotolonen* gespielt hast. Sag, was hältst du von ihm?«

»Er ist ein Charnir und kalt wie die Fische, die er einst gefangen hat«, stieß Brinok voller Groll aus.

Fiochnan musterte ihn und goss Kadoch nach. »Und trotzdem teilst du mit ihm ein Zelt?«

Brinok stieß einen missfälligen Ton aus. »Ja, denn du hast mich beim Spiel ausgenommen, und den Sold, den ich bereits erhalten habe, habe ich verprasst. Ich möchte gern ein Dach über dem Kopf, und das Zelt gehört dem *Gotolonen*. Als Gegenleistung habe ich ihm einen Anteil an meiner Beute versprochen, die ich hoffentlich bei den Karstiden machen werde.«

Fiochnan leerte seinen Becher und füllte ihn sogleich wieder auf. Dann neigte er den Kopf ein wenig zur Seite, und sein Mund zuckte zu einem Lächeln. »Ich habe dir schon mehr als einmal gesagt, Brinok, dass ich dich bewundere. Daher habe ich ein Angebot für dich: Du kannst in meinem Heer aufsteigen, sogar meine rechte Hand werden. Dann bekommst du den dreifachen Sold. Was denkst du?«

Brinok war überrascht, vermutete aber eine Tücke. »Und was erwartest du als Gegenleistung?« Er nahm den Becher und trank. Abermals tropfte Blut auf seine Hose.

»Den Tod des *Gotolonen!*«

Brinok verschluckte sich fast und stellte den Becher auf den Tisch. »Einfach so? Er will doch für dich kämpfen.«

»Du hast es selbst gesagt: Er ist ein Charnir.«

»Wenn ich jeden töten würde, den ich für ein Charnir oder für ein Arschloch halte, hätte ich viel zu tun. Also: Warum?«

Fiochnan fuhr sich mit der Hand über den faltigen Hals, der dem einer gerupften Gans ähnelte. »Als er hier im Zelt war, ist mir ein Schauer über den Rücken gelaufen. Er hat sich zwar in den Schatten gesetzt, trotzdem ist mir sein frostiger Blick nicht entgangen. Ich glaube, dass er mich töten will. Und es ist noch etwas mit ihm. Die Arm...« Er stockte und biss sich auf die Lippe. »Vielleicht erzähle ich es dir später einmal. Ich will, dass du Atharod während eines Angriffs erledigst. Aber tue es so, dass es die anderen *Gotolonen* nicht sehen. Ich brauche sie und möchte sie nicht verprellen. Stelle es geschickt an, dann werde ich dich großzügig belohnen.« Er zog die Schnur um den Geldbeutel fest zusammen und schob ihn zu Brinok herüber. »Siehe es als kleine Anzahlung. Tust du das für mich? Du bekommst noch heute ein eigenes Zelt mit einem weichen Lager, wo du deine Gespielinnen beglücken kannst. Eine Truhe, randvoll gefüllt mit Gold, erhältst du nach der Tat. Bring mir als Beweis seinen rechten Zeigefinger, dort befindet sich eine markante Narbe.«

Brinoks Herz hämmerte in seiner Brust, dennoch gelang es ihm, Gelassenheit vorzutäuschen. »Warum willst du mich so großzügig für die Tat entlohnen? Er ist doch nur ein gewöhnlicher *Gotolone*.«

»Ja, das ist er. Aber du, Brinok, *du* bist der Sohn des *Bainestors* von Wachtstein, und ich bezweifle, dass du solch einen Dienst ohne üppige Bezahlung übernimmst, oder?«

»Das ist wahr. Für wenig Geld bin ich nicht zu haben.« Brinok setzte ein überhebliches Lächeln auf.

»Dachte ich es mir doch.« Fiochnan schob den Beutel noch näher an ihn heran. »Wenn du ihn nimmst, ist der Handel abgemacht.«

Brinok griff zu. Welch andere Wahl hatte er? »Sobald ich es vollbracht habe, werde ich dein wichtigster Mann?«

Der Ältere lachte auf. »So seid ihr Adligen! Immer nur auf euren Vorteil bedacht! Ja, sobald der *Gotolone* tot ist, wirst du mein Stellvertreter!«

Brinok wog den schweren Beutel in seiner Hand, und dabei tropfte Blut auf den Tisch. »Den rechten Zeigefinger, ja?«

»Ja. Den rechten.«

»Gut. Sag deinen Leuten, dass sie sich mit dem Aufbau des Zeltes beeilen sollen, denn ich habe noch eine erfreuliche Verabredung.«

Fiochnan lachte erneut und klatschte sich vor Vergnügen auf die Schenkel. »Ha, so mag ich dich! Ich werde es sofort veranlassen! Lass das Geld hier. Es wird in deinem neuen Zelt auf dich warten. Sei vorsichtig: Der *Gotolone* darf keinen Verdacht schöpfen. Jemand soll sich um deine Hände kümmern und sie verbinden.« Fiochnan lehnte sich mit leuchtenden Augen vor. »Welche Kriegerin ist es diesmal?«

»Nessa.«

Fiochnan leckte sich über die Lippen. »Die reizvolle Nessa. Das habe ich mir schon gedacht, weil du dich mit Tuhill geprügelt hast. Ich werde dafür sorgen, dass er euch nicht stört.«

»Hab Dank.« Brinok legte den Beutel wieder auf den Tisch.

Gleich darauf führte ihn eine Wache hinaus. Brinok schwirrten die Sinne. Fiochnan wollte Godereds Tod? Das musste sein *Laruell* unbedingt wissen. Morgen würden sie die Grenze zum Land der Karstiden überschreiten, und es würde vielleicht zu den ersten Kämpfen kommen.

Lanna

Seit zwei Tagen versuchte Lanna, eine Audienz bei Ellarell zu erhalten, doch er war mit wichtigen Zeremonien beschäftigt oder empfing Abgesandte und hochrangige Priester. Das Einsammeln der Kerzen bot Lanna nur wenig Ablenkung, denn sie wartete sehnsüchtig darauf, endlich zu ihm vorgelassen zu werden. Sie musste ihn doch warnen und hoffte, dass keiner der Botschafter ein Attentäter war.

Gleichzeitig hatte sie ein schlechtes Gewissen, da sie so manche Kerze nicht mit der nötigen Ehrfurcht behandelte. Zweimal vergaß sie sogar das Gebet.

Die Kerzen symbolisieren Menschen, die gerade gestorben sind! Reiß dich zusammen, und konzentriere dich auf deine Arbeit!

Sie erschrak, als sie einen Schatten bemerkte. Ihr Herz hämmerte in der Brust, und sie spürte eine dunkle Aura. Sie fuhr herum und erblickte einen *Gandoren*. Er sagte kein Wort, doch ihr war klar, dass er sie zum Hauptgroßpriester geleiten würde. Endlich würde sie mit Ellarell sprechen können! Der Gardist, dessen Gesicht hinter dem spiegelnden Visier nicht zu erkennen war, schüchterte sie ein. Er machte weder eine Geste noch ein Zeichen, er wandte sich einfach um und ging mit großen Schritten voran. Sie konnte ihm kaum folgen und musste teilweise auf dem Freigelände des Tempels in einen leichten Laufschritt fallen.

Heute kam ihr alles im Verwaltungsgebäude noch größer und imposanter vor. Und auch die vielen Wachen, die hier standen, erschienen ihr weitaus bedrohlicher.

Sie staunte, denn sie musste nicht vorher zu einem Priester, der sie zum Hauptgroßpriester vorließ, sondern sie durfte direkt zu Ellarell.

Lanna war erleichtert, ihn lebend und wohlauf zu sehen. Der Hauptgroßpriester saß an seinem weißen Schreibtisch, auf dem sich Papiere stapelten. In einer goldenen Schale lagen viele winzige Nachrichtenrollen, die Zwicker überbracht hatten. Ellarell führte einen glitzernden Stift mit schnellen, fließenden Bewegungen über eine Buchseite. Die sieben leuchtenden Rubine und die anderen Edelsteine in seinem Brustschmuck kamen Lanna in diesem Moment fast vor wie Augen, die sie lauernd beobachteten.

Er sah auf, legte den Stift beiseite und lehnte sich auf seinem Stuhl zurück. »Du wolltest mich sprechen?«

Sie verneigte sich vor ihm. »Ja. Allein.«

Der Hauptgroßpriester stutzte für einen Moment, dann machte er mit der Hand eine dezente Bewegung, und seine vier Bewacher verließen unverzüglich den Raum. »Demnach hast du wichtige Informationen für mich. Setz dich!« Er wies auf den Stuhl, der sich vor dem Schreibtisch befand.

»Ja, Hochwürdigster«, sagte sie leise und nahm Platz.

»Hat es etwas mit dem Symbol zu tun?«

»Gewissermaßen.« Sie räusperte sich. Wie sollte sie es ihm nur sagen?

Einfach frei heraus!, sprach sie sich Mut zu. »Als ich in der *Halle des Lichts* vor dem Symbol *Amboreg* stand, verdunkelte sich plötzlich die kleine Höhle. Während ich mich darüber wunderte, blieben in unmittelbarer Nähe zwei Männer stehen. Einer von ihnen hatte eine tiefe Stimme, und ein Jüngerer sagte, dass Ihr ihn betreffend wohl bereits einen Verdacht hegt und seine Unterlagen angefordert hättet ... Unterlagen, in denen etwas über seine Aufträge und Reisen vermerkt sei. Sie haben Bedenken geäußert, dass Ihr etwas herausgefunden haben könntet ... und dass sie euch deshalb vorzeitig *erledigen* wollen – Entschuldigung, sie nannten es so.«

Ellarell verzog keine Miene. »Kennst du die Männer?«

»Nein, Hochwürdigster. Ich habe sie nicht gesehen und auch die Stimmen nicht erkannt. Ich war feige und voller Angst, so versteckte ich mich noch für einige Zeit in der kleinen Höhle. Habt Ihr eine Ahnung, wer es sein könnte?«

»Ich habe von etlichen Personen die Unterlagen angefordert. Ich weiß leider nicht, wer es gewesen sein könnte.« Sein nachdenklicher Blick richtete sich auf den Wandelgarten. Für einen Moment schien er zu vergessen, dass Lanna bei ihm war, und in seinem Gesicht zeigte sich Besorgnis. Dann sah er sie derart durchdringend an, dass sie leicht zusammenfuhr. »Das Böse erscheint uns oft weitaus mächtiger als das Gute, Lanna, weil es so massiv in unser Leben eingreift und die Menschen verführt, sie mit Macht und Reichtum lockt und manche Verirrten sich auch der Magie bedienen. Doch letztendlich werden sie unterliegen. Wenn nicht in dieser Welt, so in der nächsten – in der entscheidenden. Wisse, dass sie am Ende dafür büßen. Du darfst in deinem Glauben nicht wanken. Das Symbol *Amboreg* sieht etwas ganz Besonderes in dir.«

Lanna lehnte sich im Stuhl weit vor. »Ihr müsst die Wachen verstärken. Vielleicht solltet Ihr sogar den Kampfmeister Godered anfordern, wenn er von seinem Auftrag zurückkehrt. Er ist ein überragender Krieger und würde Euch mit seinem Leben beschützen. Daran besteht kein Zweifel.«

Ellarell schaue abermals kurz zum Garten. »Mit den *Gandoren* bin ich gut aufgestellt. Keine Angst, junge Lanna, so schnell wird mich niemand töten. Es ist noch nicht an der Zeit.« Er lächelte recht verkrampft.

Es ist noch nicht an der Zeit? Er redete ja so, als schien er sich gewiss zu sein, dass es früher oder später dazu kommen würde. Kannte er gar den Zeitpunkt?

»Bleibe wachsam, und wenn du einen der Männer an der Stimme erkennst, so lass es mich sofort wissen.« Seine Finger fuhren unruhig die Armlehne entlang, doch dann lagen seine schlanken, feingliedrigen Hände wieder unbewegt darauf. »Du bist Königin Rahila begegnet. Sie soll eine mächtige Frau sein. Welchen Eindruck hattest von ihr?«

In Lanna stiegen augenblicklich schmerzliche Erinnerungen empor – und auch Zorn, denn ihr kam Atnos Folterung wieder in den Sinn. Eine eiskalte Hand legte sich um ihr Herz, und sie musste die Tränen mit aller Macht zurückdrängen. Sie wollte keinesfalls vor dem Hauptgroßpriester in Tränen ausbrechen. »Ja, sie ist durchaus sehr mächtig und bedeutend. Dazu ist sie eine beneidenswert schöne Frau ... aber nur äußerlich. Sie ist vom Bösen durchdrungen, hat ein schwarzes Herz und kennt weder Mitleid noch Erbarmen.«

Der Ahlore presste kurz die schmalen Lippen zusammen, schaute dabei auf die Zwickernachrichten und nickte verhalten.

»Da Erwech lebt und noch immer König der Gotonen ist, spielt Rahila nach wie vor eine gewichtige Rolle. Dennoch wird die Lage in Gotonien brisanter. Wir haben eine Delegation bestehend aus Priestern und *Dunaktor* zu den Gotonen entsandt, die versuchen wird, alle führenden Vertreter der Königsanwärtergeschlechter an einen Tisch zu setzen. Eine weitere Abordnung soll die Evidanier dazu bewegen, auf einen Rachefeldzug gegen die Gotonen zu verzichten. Ich befürchte, wir schinden damit Zeit — mehr nicht. Abladur stehen harte Zeiten bevor. Aus diesem Grund möchte ich dich bitten, falls du Pläne hast, Brinok zu heiraten, diese zu verschieben. Ich habe die Vorahnung, dass es dringend erforderlich ist, dass du im Tempel bleibst und weiterhin deinen Dienst verrichtest.«

Sie lächelte verkrampft. »Wenn Ihr es als wichtig erachtet, werde ich selbstverständlich im Tempel bleiben.«

»Deine Einstellung ist lobenswert. Du darfst dich nun entfernen. Und wie gesagt: Halte die Augen und Ohren offen.«

Lanna erhob sich. »Das werde ich.« Sie verneigte sich, ging zaghaft einige Schritte auf die Tür zu, blieb dann stehen und wandte sich zu ihm um. »Da der eine Verschwörer wusste, dass Ihr die Unterlagen angefordert habt, muss ihn jemand, der in der Verwaltung tätig ist, darüber unterrichtet haben.«

»So ist es, liebe Lanna.« Ellarell nahm seinen kostbaren Stift und widmete sich wieder seiner Schreibarbeit. Er wirkte erhaben und gefasst. War er nicht innerlich in heller Aufregung? Jemand wollte ein Attentat auf ihn verüben! Vielleicht ließ er, wenn sie gegangen war, sofort den Stift fallen und schritt aufgebracht umher.

Sie verließ sein Arbeitszimmer, und als sie wieder auf dem Korridor war, gingen unmittelbar einige Wachen zu ihm hinein, und die anderen *Gandoren* stellten sich vor die Tür, bildeten ein kleine wehrhafte Mauer aus Leibern. Was waren das für Männer, denen Ellarell absolut vertraute? Sie spürte, wie sie sie musterten, und sie überkam abermals ein Schauder. Einer von ihnen trat vor, und ihr war klar, dass er sie nach draußen geleiten wollte.

»Danke«, sagte sie und erhoffte sich eine Reaktion, doch die Wache blieb stumm und führte sie ins Freie.

Ob die *Gandoren* den Hauptgroßpriester wirklich mit ihrem Leben beschützten? Sie sehnte sich Godered herbei, denn er wurde hier dringend gebraucht.

Kapitel 9

Entscheidungen

Scholell

Der Ahlore hasste es, in diesem neuen Stollen zu sein. Die Hordlinge, die hier arbeiteten, verhöhnten ihn mit Vorliebe, und die Witze, die sie über ihn und den Motavier rissen, waren äußerst geschmacklos. Die Männer, die Merrduh abgestellt hatte, um Lanaris, Teraal und ihn vor Übergriffen zu schützen, hatten allerdings einen ähnlich erbärmlichen Charakter und lachten ungeniert mit. Richtete sich der Spott jedoch gegen Lanaris, unterbanden sie diesen sofort.

Doch das sollte der letzte Tag sein, an dem Scholell ihre derben Beleidigungen hörte. Heute Nacht würde er fliehen! Ob er Teraal und die Evidanierin mitnehmen sollte, diese Frage stellte sich ihm nicht mehr, da der Motavier gestern erkrankt war und mit Fieber im Bett lag. Lanaris hatte daher beschlossen, nicht zu fliehen und bei ihm zu bleiben.

Scholell war aufgeregt, sogar ein wenig euphorisch, denn er würde endlich diesen verhassten Ort verlassen. Er konnte es kaum erwarten, dass die Schicht vorüber war. Seit einiger Zeit hatten sie Ausrüstungsgegenstände, die sie für die Flucht benötigten, gestohlen und in ihrem Quartier versteckt. Nun würde er allein fliehen und sich zu einer *Dunaktor*-Kampfschule durchschlagen, die ein paar Tage nördlich von hier entfernt lag. Er hoffte, dort Informationen über die Vorgänge in Barkland zu erhalten, und würde zudem sofort einen Zwicker zur Hauptkampfschule schicken. Der Hauptgroßmeister Malandonell musste wissen, dass ihr *Arusch* wenig heldenhaft in einem Desaster geendet war – jedenfalls, was Scholell, Lanaris und Teraal anbelangte.

Als die Schicht zu Ende war, wurde er von Wachen zur Stadt hinaufgeführt. Während des gesamten Wegs spotteten die Barkländer über ihn und lachten, bis ihnen die Tränen in die Augen schossen.

Genießt es, denn es ist das letzte Mal. Heute Nacht bin ich weg!

Unauffällig schaute er auf den gewaltigen Felsen, den er hinabzusteigen gedachte. In den vergangenen Tagen hatte er sich bereits einen Weg ausgesucht und prägte ihn sich noch ein wenig mehr ein. Vor seinem geistigen Auge sah er sich dort geschickt wie eine Spinne hinabkrabbeln. Doch er durfte sich nichts vormachen: Dieser steile Felsen war eine Herausforderung.

Als sie das kleine Haus in der Stadt erreichten, wurde er so grob hineingestoßen, dass er fast stürzte, und hinter ihm wurde die Tür verriegelt. Lanaris saß bei Teraal und wischte ihm mit einem Tuch den Schweiß von der Stirn.

»Wie schlimm ist es?«, erkundigte sich der Ahlore.

»Ein paar Tage Ruhe, ein ordentlicher Schwitztee und dann wird es ihm wieder besser gehen«, sagte Lanaris und lächelte. Doch Scholell konnte ihr ansehen, dass sie zerknirscht war.

»Soll ich noch bleiben, und wir wagen es gemeinsam ein anderes Mal?«, schlug er vor, hoffte aber, dass sie nicht einwilligten.

»Geh und hol Hilfe, damit wir endlich hier herausgeholt werden. Ich habe ohnehin schon gesagt, dass ich die Steilwand nicht schaffe. Wenn du allein gehst, haben wir die besten Chancen. Und wir brauchen Unterstützung. Dringend! Ich glaube ehrlich gesagt nicht, dass Godered, Brinok und Gohan den Auftrag erledigen konnten. Sie wurden bestimmt enttarnt und sind längst tot.« Teraals Stimme hörte sich matt an. Dunkle Ringe umkränzten seine Augen, und er war bleich wie ein Leichentuch.

»Ich denke auch, dass irgendetwas schiefgelaufen ist. Du musst von hier verschwinden!«, bekräftigte Lanaris und verzog vergrämt ihren schönen Mund. Es schien an ihr zu nagen, dass sie nicht wusste, was mit den anderen *Dunak tor* war. Sie bangte bestimmt insbesondere um Godered.

»Dann gehe ich heute Nacht und hole Verstärkung!«, sagte Scholell entschlossen und begab sich in den Waschraum. Dort schaute er in den Spiegel. Er sah kläglich aus. Viele Goldperlen hatten sich inzwischen aus seinen Haaren gelöst. Sein Gesicht war vom Gesteinsstaub schmutzig, und er hatte einen blutigen Kratzer auf der Wange. Dieser würde morgen nicht mehr sichtbar sein, dennoch beleidigte ihn, was er sah.

»Gut, dass Vater mich so nicht sieht!«, sagte er seufzend, und er merkte, dass ihm die Anerkennung seines Vaters wichtiger war, als er es sich jemals zuvor eingestanden hatte.

Nachdem er sich gesäubert hatte, aß er eine Kleinigkeit und wartete auf die Nacht. Sie hatten alle Lichter im Haus gelöscht, um vorzutäuschen, dass sie schliefen. Er war nervös und versuchte zu meditieren, um sich zu beruhigen. Doch es gelang ihm nicht.

Endlich wurde es ruhig in der Stadt. Er holte den Rucksack aus einem Versteck unter Bodenbrettern hervor und brach das Schloss des rückwärtigen Fensters mit einem selbst gebastelten Werkzeug auf.

Lanaris stand ihm hilfreich beiseite und küsste ihn auf die Stirn. »Ich wünsche dir viel Glück, mein Freund! Du wirst es brauchen. Du weißt, wenn dein Verschwinden bemerkt wird, werden dir die Kopfjäger folgen. Möge der Weltenschöpfer dich behüten und dir die nötige Kraft schenken!«

Ja ... die Kopfjäger. Bei dem Gedanken an sie wurde ihm flau im Magen. Der Kopf eines Ahloren im Regal eines Barkländers! Das durfte niemals geschehen – und schon gar nicht sein eigener.

Er lächelte ihr zu und schlüpfte hinaus. Lanaris schloss leise das Fenster hinter ihm. Er musste vorsichtig sein, denn der silberne Mond stand hell am Himmel. Geschickt wie eine Katze auf Mäusejagd huschte Scholell von einem Gebäude zum anderen, bis er die Stadtmauer erreichte. Als er dort niemanden erspähte, erklomm er die hohe Mauer und kletterte auf der anderen Seite hinab. Unter ihm gähnte der schwindelerregend tiefe Abgrund. Bei einem Sturz aus dieser Höhe würden ihm seine Selbstheilungskräfte nichts nützen. Wenn sein Körper zerschmettert und sein Schädel geborsten war, dann war es vorbei. *Du schaffst das, nur nicht daran denken!*

Er befand sich auf der Schattenseite und hoffte, dass er von den Wachen, die dort unten die Minen bewachten, nicht entdeckt wurde. Vorsichtig stieg er die steile Felswand hinab. Oft fanden seine Füße nur auf einem schmalen Vorsprung Halt, und manchmal konnte er sich nur mit den Fingern in einem kleinen Spalt festkrallen. Trotz der Anstrengung war er bemüht, so leise wie möglich zu sein.

Zum Glück bot der Wasserfall, der nahe der Stadt mit mächtigem Getöse hinabrauschte, eine hervorragende Geräuschkulisse.

Abwärts, immer abwärts, ganz vorsichtig. Manchmal zitterten Scholells Beine vor Anstrengung, einmal krampfte seine Wade leicht. Als ihn angesichts seiner schwindenden Kraft ein Anflug von Panik überkam, suchte er sich eine günstige Stelle und hielt dort inne.

Du bist ein Ahlore, du kannst das! Diese Steilwand ist keine wirkliche Herausforderung für dich! Du hast reichlich Energie, und die Aufgabe fällt dir leicht!

Gleich darauf fühlte er sich stärker, war zuversichtlicher und stieg weiter hinab. Ein Stein löste sich und stürzte in die Tiefe. Er schlug hörbar unten auf, und Scholell meinte, dass die gesamte Welt es vernehmen konnte. Er hielt den Atem an und lauschte angestrengt. Doch niemand schien es bemerkt zu haben.

Es ist nicht mehr weit! Das ist eine Kleinigkeit! Du bist ein Ahlore!

Als seine Finger zusehends schmerzten, kam ihm ein anderer, wenig ermutigender Gedanke: *Ja, ich bin ein Ahlore, aber keine Eidechse.*

Dann war es vollbracht, und er konnte seinen Fuß auf sicheren Grund stellen. Er umging die Baracken der Arbeiter, wich geschickt den Wachen aus und machte einen weiten Bogen um die Hundezwinger. Er schaute zurück. Niemand hatte seine Flucht bisher bemerkt.

Er wandte sich nach vorn und zuckte zusammen. Ein Hordling war unmittelbar vor ihm, in der Hand den Griff eines gefüllten Wassereimers.

Scholell hatte keine Waffe bei sich, mit der er ihn schnell erledigen konnte. So standen sie da und starrten sich an. Dieser Moment erschien Scholell wie eine Ewigkeit. Würde der große Karstide sogleich die Wachen rufen?

Der Hordling wirkte unentschlossen, schließlich bedeutete er ihm mit einer knappen Kopfbewegung, dass er weitergehen sollte. Scholell lächelte dankbar und huschte davon.

Im Schutz eines Nadelbaumes blieb er stehen und blickte zurück. Der Hordling trug den Eimer in ein Haus und schloss die Tür. Scholell atmete auf und eilte voran. Der Untergrund bestand teilweise aus Geröll, und der Ahlore musste aufpassen, nicht zu stürzen. Doch hier unten durfte er nicht bleiben, denn dann würde er in die Klamm gelangen und eine allzu leichte Beute sein. Nein, er musste nach oben klettern und dort die Wachtposten der Barkländer umgehen.

Du schaffst das! Du bist ein Ahlore! Wenn du versagst, töten sie dich!

Dieser Gedanke spornte Scholell an. Er suchte eine günstige Stelle und kletterte die Felswand hinauf.

Godered

Als es dämmerte, packte Godered bereits vor dem Ertönen des Wecksignals seine Sachen. Er war voller Unmut, denn er hatte *Dalanur* immer noch nicht in seinen Besitz gebracht. Und jetzt, da Fiochnan ihm gegenüber derart misstrauisch war, dass er von Brinok sogar verlangte, ihn während eines Kampfes zu töten, würde es umso schwieriger für ihn werden. Ob Fiochnan mitbekommen hatte, dass die Armschienen auf Godered reagiert hatten?

Vielleicht würde Brinok erfolgreicher sein. Momentan hatte der Gotone ohnehin das Gefühl, dass alles eher vom jungen Barkländer und weniger von ihm abhing. Er konnte so gar nicht verstehen, warum der Hauptgroßpriester Ellarell ihn in einer Vision gesehen hatte. Gut, er hatte erkannt, dass der *Schrodoch* ihm nichts anhaben konnte und dass die Armschienen auf ihn reagierten, aber ansonsten kam ihm sein bisheriges Unterfangen ziemlich kläglich vor.

Jemand näherte sich dem Eingang des Zeltes und huschte hinein. Augenblicklich zog er seinen Dolch.

»Loguhn!«

Der Evidanier starrte auf die blanke Klinge, die im Schein einer Lampe golden leuchtete, und hob die Hände. »Entspann dich.«

»Was willst du?«

Der braunhaarige Evidanier schaute sich um und lächelte ihn breit an. »Jetzt hast du also das Zelt für dich allein. Da könnte ich es mir ja glatt bei dir gemütlich machen.« Er grinste neckisch, dann wurde er ernst. »Hat Brinok euren Pfad verlassen? Er verhält sich ganz und gar nicht euren Regeln entsprechend. Zudem ist Fiochnan recht angetan von ihm. Er glaubt womöglich, wenn er sich mit einem schönen, saufenden, sich prügelnden Weiberhelden umgibt, dass ein wenig von dessen Strahlkraft auf ihn abfärbt. Müsstest du Brinok nicht eigentlich zur Räson bringen und ihn daran erinnern, welche Verpflichtungen und Schwüre er eingegangen ist?«

»Sag jetzt: Was willst du?«, fragte Godered in scharfem Ton, senkte zwar den Dolch, steckte ihn aber nicht fort.

Loguhn blies seine Wangen auf und wirkte bedrückt. »Ich schaffe es nicht, an Fiochnan heranzukommen. Dabei dachte ich, dass es unterwegs einfacher sein würde. Das Problem ist nach wie vor, dass ich ihn zwar töten könnte, aber keine ausreichende Zeit hätte, ihm die Armschienen abzunehmen und unbeschadet damit zu entkommen. Wäre es wie beim Schwert, hätte man sogleich eine mächtige Waffe in der Hand, mit der man alle Angreifer niederstrecken könnte.«

»Ich weiß immer noch nicht, warum du zu mir gekommen bist.«

»Wir müssen die Taktik ändern.«

»*Wir*?«

»Ja, *wir*. Allein kann keiner von uns etwas bewirken.«

»Ich traue dir nicht.«

»Ich bin nicht dein Feind — bin es nie gewesen.«

»Du willst also mit uns zusammenarbeiten?«

Loguhn setzte sich dorthin, wo eigentlich Brinoks Schlafplatz gewesen wäre. »Ja. Ich denke, wir setzen unsere Hoffnung auf die Wirren eines Kampfes, wo wir Zugriff auf Fiochnan erlangen und vielleicht ungesehen fliehen könnten. Doch ich glaube, der feige Hund wird gar nicht mitkämpfen, sondern sich mit seiner Leibwache umgeben und den Verlauf des Gefechts abwarten.«

»Der Gedanke kam mir auch.«

»Das habe ich vermutet. Da du zwar ein überragender

Kämpfer, aber kein Intrigant und Falschspieler bist, wirst du nicht weitergedacht haben.«

»Du hingegen schon ... nehme ich an.«

»Natürlich!« Loguhn lächelte listig. »Ich bin ein Evidanier, würde ich gegen den Bastiden reden, wäre man sofort misstrauisch. Daher muss ein anderer für uns die Fäden im Hintergrund spinnen.«

»An wen denkst du?«

»Brinok.«

»Er ist dazu nicht in der Lage, er trägt sein Herz auf der Zunge.«

»Aber er übt sich doch gerade in Verrat, Verstellen, Heucheln und Schauspielern, nicht wahr? Deshalb lässt du seine Zügel so locker, oder? Er soll Fiochnans Vertrauen gewinnen, um dann, wenn sie einmal nicht von Wachen umgeben sind, zuschlagen zu können. Glaube mir, Brinok hält das nicht durch. Sein Herz muss doch vor Hass brennen, da Fiochnan Gohan höchstpersönlich zum Tode verurteilt hat.«

»Ich maße mir nicht an, sein Herz zu kennen.«

Loguhn lächelte schal und schüttelte den Kopf. »Ich sehe, es hat keinen Sinn, um den heißen Brei herumzureden.« Er schob die Lampe ein wenig von sich fort. »Brinok kennt viele der hier anwesenden Adligen. Ich habe schon in Erfahrung gebracht, dass sie Fiochnan verachten und über ihn spotten. Sie sind hierhergekommen, weil ihm der Ruf des Reichtums und des Erfolgs vorauseilt und sie an sein Schlachtenglück glauben. Brinok soll sie gegen Fiochnan aufwiegeln, ihr Blut so richtig zum Kochen bringen, damit sie sich gegen ihn wenden und seine Leibwache niederstrecken. Daraufhin verhelfen wir Fiochnan als Retter in der Not zur Flucht.«

»Und dann?«

»Dann sehen wir, wer der Bessere von uns beiden ist und *Dalanur* an sich bringt. Was sagst du? Der Plan bietet gute Chancen, und da wir die Fronten von vornherein geklärt haben, ist er auch fair.«

»Wenn einer der Adligen Brinok verrät, wird es äußerst gefährlich für ihn, und Fiochnans Vertrauen in ihn wäre mit einem Mal erschüttert.«

»Ja, das wäre es. Und doch sollte endlich gehandelt werden. Die Ahloren sind schon längst über die Kriegspläne informiert, die Fiochnan gegen sie schmiedet. Sie wollen die Vorgänge noch ein wenig beobachten, bringen aber bereits Kristallgeschütze in der Grenzregion in Stellung. Du hast zwar viele *Gobarem* ausgeschaltet, doch nur diejenigen, die ich erkannt habe oder dir verraten wurden. Es werden genug andere von ihnen im Heer sein. Sie werden zwischenzeitlich ausreichend herumgeschnüffelt und die Gegebenheiten ausgelotet haben. Sie wissen, wo die Armschienen sind, und werden Maßnahmen ergreifen, sei es, dass sie alle hier im Heer vergiften, die Bastiden zum Bürgerkrieg aufwiegeln oder vielleicht sogar einen Magier schicken. Es besteht Grund zur Eile.«

Godered rieb sich die Schläfen und fasste sich an sein Ohrläppchen, wo ansonsten sein Meisterohrring hing. Ein heißer Stein lag in seinem Magen, und sein Blut erhitzte sich. Er wollte Brinok nicht solch einer Gefahr aussetzen, und er wusste nicht, ob der Barkländer die erforderliche Skrupellosigkeit mitbrachte. Nach einigem Zögern nickte er. »Ich werde mit Brinok reden.«

Loguhn erhob sich und legte ihm kurz die Hand auf die Schulter. »Tu das. Ihm wird viel abverlangt werden: weiter das Vertrauen von Fiochnan zu gewinnen und gleichzeitig gegen ihn zu intrigieren. Ich hoffe für uns alle, dass er es nicht vermasselt.« Der Evidanier nickte ihm zu und ging hinaus.

Godered war hin- und hergerissen, er schwankte zwischen Hoffnung, Sorgen und Skrupeln. Und er misstraute Loguhn noch immer. Er war trotz seiner Jugend ein wahrer Meister der Verstellung, als wäre er seit Kindesbeinen an darauf vorbereitet worden. Wer war dieser Kerl wirklich?

Mefido

Der Ostiede saß im Schatten eines Baumes, dessen Laub sich herbstlich verfärbt hatte, und versuchte, sich ein wenig zu erholen. Seine Wangen glühten, und Schweiß benetzte sein Gesicht. Der gotonische Kampftrainer hatte sie hin und her gehetzt und von ihnen verlangt, dass sie einen Hindernisparcours mehrmals hintereinander absolvierten, ohne dass sie an Geschicklichkeit oder Schnelligkeit einbüßten. Das war Mefido nicht gelungen. Bei jedem Male hatte er mehr an Kraft und Sicherheit verloren.

Er wischte sich den Schweiß von der Stirn und trank gierig seine Feldflasche halb leer. Sein Blick fiel auf Avanor, diesen hochnäsigen Ahloren, der gerade das mehrstöckige Verwaltungsgebäude der Kampfschule betrat. Seit ihrer Rückkehr war er dort wieder eingesetzt, und Mefido hatte ihn so manches Mal in der Nähe von Scholells Vater gesehen. Nach wie vor hatte der Ostiede das Gefühl, von Avanor beobachtet und überwacht zu werden. Aber Mefido spionierte ihm im Gegenzug auch ein wenig hinterher, dabei hatte er mitbekommen, dass der Ahlore sich so manches Mal bei Mitgliedern des Rates der Kampfschule und einigen Kampfmeistern herumdrückte.

Wenn Avanor am Kampftraining teilnahm und zufällig in Mefidos Nähe war, konnte der Ostiede deutlich die Abneigung des Ahloren ihm gegenüber spüren. Ohnehin schien sich die Stimmung in der *Nurr Schiandell* in letzter Zeit zu verändern. Dadurch, dass es Malandonell beständig schlechter ging, nahmen die Spannungen zu. Doch der alte Ahlore tat alles, um sein Leben zu verlängern, hatte die besten Ahlorenärzte des Landes zu sich geholt, die ihm verschiedene Tränke einflößten und Medizin verabreichten.

Es kam Mefido so vor, dass sich die Kämpfer in der *Nurr Schiandell* zunehmend ihrer Herkunft besannen und hofften, dass der nächste Hauptgroßmeister dem eigenen Volk entstammte und somit der Einfluss in der Hauptkampfschule wuchs.

»Ach, hier bist du.« Li, eine ostiedische *Blaue*, setzte sich zu ihm auf die Bank. Die Endzwanzigerin war umwerfend schön und vor ein paar Jahren von der Insel *Sal-run* geflüchtet, wo sie an reiche Männer versteigert werden sollte. Li hatte ihre glänzenden schwarzen Haare auf Schulterlänge abgeschnitten und trug sie wie die ostiedischen Männer mithilfe einer Paste nach hinten gekämmt. Sie hatte große braune Augen, lange dichte Wimpern, eine Stupsnase und einen wunderschön geformten Mund. Nicht gerade wenige Krieger fanden die kleine Frau äußerst begehrenswert. Sie war an keiner Beziehung interessiert und wollte den Kämpfern lediglich freundschaftlich verbunden sein. Sie war eine zielsichere Bogenschützin und mit leichter Bewaffnung ein kämpfender Wirbelwind.

Mefido empfand für die Ostiedin mehr als nur Freundschaft, doch er hatte nicht vor, jemals eine Kriegerin zu heiraten. Seine Ehefrau sollte sich um das Haus und den Garten kümmern und ihm Kinder schenken. Er wünschte sich viele Kinder, zehn bis zwölf, denn Kinder waren ein Segen, das Einzige, was in seinem Leben einen wirklichen Sinn machen würde. Als Vater würde er unersetzlich sein. So war es bei den *Dunak tor* nicht. Wenn er in einem Kampf fiel, würde rasch ein anderer *Lichtkrieger* an seine Stelle treten. Es gefiel ihm dennoch bei den *Dunak tor*, er war gläubig und hoffte, dem *Gestalter* dienen zu können, indem er sich bei Aufträgen dem Bösen entgegenstellte oder leidenden Menschen half.

Li lächelte ihm freundlich zu. »Ich würde später gern ein Wettschießen mit dir bestreiten. Hast du Lust?«

Mefido erwiderte ihr Lächeln. »Mit Vergnügen.«

Ein gelbbraunes Blatt löste sich vom Baum, tanzte wirbelnd in der Luft und fiel vor Lis Füße. Sie hob es auf und spielte damit. Li zog die Augenbrauen nachdenklich zusammen, und ihr Mund zuckte unschlüssig.

»Was bewegt dich?«, fragte er leise.

Der Blick aus ihren braunen Augen wanderte prüfend über sein Gesicht.

»Du kannst es mir ruhig sagen.«

»Findest du nicht auch, dass sich die Stimmung in der Kampfschule verändert?«

»Was meinst du genau?«

Sie drehte das Blatt am Stiel in ihren Fingern hin und her. »Es ist so, als würde ein Sturm aufziehen. Ich weiß nicht, ob es nur daran liegt, dass Malandonell in absehbarer Zeit sterben wird. Irgendwie habe ich das Gefühl, dass sich die Angehörigen der unterschiedlichen Völker untereinander mehr abgrenzen. Ich habe es schon immer für einen Fehler gehalten, sie getrennt wohnen zu lassen. Wäre ich Hauptgroßmeister würde ich das sofort abschaffen und würde sogar Männer und Frauen gemeinsam in den Quartieren schlafen lassen, damit sie sich noch mehr als Kameraden begreifen. Dann wären auch die Ostiedenmänner gezwungen, weitaus mehr über ihre fragwürdigen Einstellungen uns Frauen gegenüber nachzudenken. Es ist klar, dass ich in vielen Bereichen Männern körperlich unterlegen bin, doch ich kann besser klettern als so mancher Mann, kann durch enge Spalten schlüpfen und mich geschickt anschleichen. Ich habe eben andere Qualitäten, die sich die *Dunak tor* zunutze machen. Insbesondere die Barkländer erkennen meine Fähigkeiten an ...« Sie schenkte Mefido ein Lächeln. »Dich zähle ich zu den Ostieden, die Kriegerinnen vorbehaltlos akzeptieren können.«

»Ja, das kann ich«, sagte er nachdenklich. Bei den *Dunak tor* konnte er sie tatsächlich annehmen, in seinem Heimatland wohl nicht – doch das mochte er ihr nicht sagen.

Sie lehnte sich vor und musterte ihn. »Ich habe das Gefühl, dass du verändert von deinem Einsatz zurückgekehrt bist. Ich weiß ja nicht, wo du gewesen bist – womöglich hast du Schlimmes erlebt.«

Mefido winkte ab. »Nein, eigentlich nicht. Allerdings war es mehr als unbefriedigend.«

»Leider darfst du darüber nicht sprechen. Aber ...«, Li sprang auf, »du solltest dringend auf andere Gedanken gebracht werden. Komm, versuche, mich im Bogenschießen zu schlagen.«

Mefido erhob sich, und sein Blick folgte dem Blatt, das sie fallen ließ und das sich zu seinen Geschwistern am Boden gesellte. »Dann werde ich dir jetzt mal eine Lektion erteilen.«

Li lachte laut auf. »Das will ich erleben!« Sie hatte ein reizendes Lachen, und sein Herz tat einen Hüpfer. Er sollte seine Pläne, sein späteres Eheweib betreffend, noch einmal überdenken. Sie wäre eine wundervolle Gefährtin.

Scholell

In der Nähe von Wachtstein hatte der Ahlore ein Pferd aus dem Stall eines Viehzüchters gestohlen, doch da ein Wachhund lautstark angeschlagen hatte, war er recht schnell bemerkt worden. Der Schäfer hatte daraufhin in ein Horn geblasen, und dieser Ton war von der hoch auf dem Felsen liegenden Stadt erwidert worden.

Nun befand sich Scholell in wilder Flucht auf der Straße nach Grenzung. Der Weg war uneben, hatte eine schlechte Beschaffenheit, und das Pferd war in der Hektik kein Glücksgriff gewesen, denn es war nicht das schnellste. Scholells Vorsprung war nur gering, und ab und zu meinte er, bereits in einiger Entfernung eine bellende Hundemeute zu hören. Er schaute über die Schulter, konnte aber noch keine Verfolger ausmachen.

Als er sich wieder nach vorn wandte, erschrak er. Ein Geröllhaufen mitten auf dem Weg! Augenblicklich zügelte er sein Pferd, doch es stolperte und stürzte. Scholell wurde aus dem Sattel geschleudert und schlug hart auf. Sein Rücken und seine Arme schmerzten fürchterlich. Direkt neben seinem Schädel ragte ein großer spitzer Stein empor. Wäre er auf diesen aufgeschlagen, hätte es ihn schwer erwischt.

Er war vom Schmerz überwältigt, und seine Welt sank für einen Moment in Dunkelheit.

Erhebe dich! Los, steh auf! Sie werden kommen!

Mühevoll setzte er sich auf. Alles tat ihm fürchterlich weh.

Los, aufstehen! Du bist ein Ahlore!

Er rappelte sich auf und schaute kurz auf seine blutenden Wunden an Händen und Armen. Sein Mitleid gehörte dem Pferd. Es röchelte, hob den Kopf an, doch gleich darauf ließ es ihn wieder sinken. Das rechte Schienbein und die Fessel waren skurril abgewinkelt, und der Knochen ragte aus dem offenen Bruch heraus.

»O nein.« Scholell humpelte zum Tier, beugte sich hinab und streichelte es am Hals. »Das tut mir unendlich leid. Ich habe noch nicht einmal eine Waffe, um dich zu erlösen. Ich hoffe, dass dir meine Verfolger, die mir auf den Fersen sind, gnädig sind.« Er tätschelte es und sah sich dann um. Ohne Pferd konnte er auf dieser Strecke zu schnell aufgegriffen werden. Er änderte seinen Plan und würde zu einer anderen Kampfschule fliehen, die sich im Norden in Grenznähe zum Ahlorenreich befand. Der Weg dorthin war derart beschaffen, dass Verfolger ihre Reittiere zurücklassen mussten, um ihm über die Berge zu folgen.

Scholell richtete den Blick auf die schroffen Erhebungen vor sich und blies die Wangen kurz auf. »Also dann!« Er konzentrierte sich für einen Moment auf seine Verletzungen, damit sie rasch heilten, anschließend ergriff er sein leichtes Gepäck. Er hatte den Vorteil, dass es Nacht war und er wesentlich schneller als die Barkländer vorankommen würde. Trotzdem durfte er keine Zeit verlieren!

Scholell eilte voran, über Geröll und Spalten hinweg. Ein Anflug von Panik stieg in ihm empor. Er war sich sicher, dass die barkländischen Kopfjäger Hundemeuten mit sich führten.

Ihm war fast so, als ob er den geifernden Atem der Tiere bereits in seinem Nacken spüren konnte. Wenn sie ihn einholten, war es mit ihm vorbei.

Lanaris

Es polterte vor dem Eingang, und Lanaris ließ den Lappen erschreckt fallen, mit dem sie Teraals Stirn abgetupft hatte. Als die Tür aufflog, erlosch eine der Kerzen, die auf einem niedrigen Tisch standen.

Merrduh drang erzürnt mit fünf seiner Männer ein, die sich sofort im kleinen Haus umschauten.

Lanaris erstarrte, und Teraal drückte ermutigend ihre Hand.

»Der *Algenfresser* ist nicht da, und das Schloss des hinteren Fensters wurde aufgebrochen«, sagte einer der Männer. »Dann ist der Entflohene tatsächlich der verfluchte Ahlore.«

Merrduh schnaufte wütend und schüttelte mehrmals erbost den Kopf. Vorwurfsvoll sah er Lanaris an, und sein Blick drückte all seine Enttäuschung aus. »Wohin will er?«

»Nur weg«, entgegnete Lanaris leise.

»Wenn sie ihn fangen, ist er des Todes. Dieser Narr! Er hatte es hier als Sklave doch gar nicht so schlecht. Ich habe euch mit allem versorgt.« Merrduh atmete schwer und ballte die Fäuste.

»Scholell konnte die fortwährenden Demütigungen nicht ertragen. Er hat seinen Stolz. Niemand möchte ein verfluchter Sklave sein!«, sagte sie und warf den Kopf in den Nacken.

»Ich habe versucht, euch freizukaufen, und hätte es früher oder später geschafft! Ich hätte euch allen die Freiheit geschenkt. Warum hast du mir nichts von den weiteren Demütigungen gesagt? Ich hätte dafür gesorgt, dass das aufhört. Der Ahlore befindet sich jetzt in allerhöchster Gefahr.«

Lanaris kam sich ihm gegenüber schäbig vor und senkte den Blick.

»Ich würde ihn am liebsten sofort höchstpersönlich suchen,

aber ich habe einen Befehl erhalten, der mir dieses unmöglich macht. Doch ich werde fähige Männer aussenden, die den *Algenfre...* die Scholell ... vor den Kopfjägern beschützen sollen. Ich hoffe, dass sie es rechtzeitig schaffen und sein Kopf bis dahin nicht am Gürtel eines Bezwingers hängt.« Er gab seinen Männern ein Zeichen, und diese verließen das Haus.

»Ich selbst muss in der Stadt bleiben und Bearach vertreten. Er wurde zur Feste Bastid beordert, um diese zu bewachen, denn der Hordenführer Fiaroch ist vor Tagen zur Grenze zu den Karstiden aufgebrochen. Uns ist Ungeheuerliches zugetragen worden: Ein Mann von einfacher Geburt ist größenwahnsinnig geworden, missachtet all unsere Traditionen, Gepflogenheiten und Gesetze und will auf eigene Faust ins Gebiet der Karstiden eindringen. Und noch etwas ist uns zu Ohren gekommen: Brinok soll nicht nur als Söldner in seinem Heer sein, sondern auch in dessen Gunst stehen. Wir Wachtsteiner sind fassungslos, und seine Familie ist entsetzt. Niemand von uns hätte vermutet, dass er auf solch schändliche Art und Weise den Namen seiner Sippe beschmutzt.« Er schnaufte wütend und schüttelte mehrmals voller Unverständnis den Kopf. »Du bist mit ihm hierhergekommen. Hat Brinok derartige Absichten verlauten lassen?«

»Nein«, sagte sie heiser und bemühte sich, einen Ausdruck gespielter Unwissenheit aufzusetzen.

»Was ist nur in ihn gefahren! Er kann doch nicht derart gegen unsere Interessen handeln! Er war seiner Familie, der Stadt, den Bastiden schlechthin immer treu. Vielleicht hat ihn der finstere Gotone dazu angestiftet. Dem Kerl habe ich von Anfang an nicht getraut. Seit ihr hier aufgetaucht seid, gibt es nichts als Ärger!« Er wandte sich erbost ab, verließ das Haus, und hinter ihm fiel die Tür ins Schloss.

Teraal setzte sich ein wenig auf. »Ob Scholell es schafft?«

»Natürlich! Er ist ein Ahlore«, sagte Lanaris entschieden, dabei war sie sich gar nicht so sicher. Die Barkländer waren geübte Krieger und exzellente Fährtenleser. Sie hoffte, dass der Erhalter ihm bei seiner Flucht beistand.

»Wenn es stimmt, was Merrduh gesagt hat, trägt Fiochnan noch immer die Armschienen. Das erfüllt mich mit großer Sorge. Da muss doch etwas Schlimmes vorgefallen sein! Vielleicht ist Godered schon längst tot, und Brinok und Gohan haben die Seiten gewechselt.«

Vielleicht ist Godered schon längst tot ... Bei diesem Gedanken erschauderte Lanaris. Und doch ... Es wäre eine Erklärung, warum er nicht zurückgekehrt war. Nein, das durfte nicht sein! Er war ein *Rotrot*, der *Schattenkämpfer von Fil!* Lanaris hasste die Ungewissheit, hätte sich gern selbst einen Fluchtweg aus der Stadt gesucht, aber Teraal war noch zu schwach, und sie wollte ihn nicht im Stich lassen.

»Ich glaube nicht, dass Brinok freiwillig die Seiten wechseln würde ... Es muss etwas anderes geschehen sein.«

Nur was?

Während sie Teraal erneut die Stirn abtupfte, nagte sie nervös an ihrer Unterlippe. Godered durfte nicht tot sein!

Brinok

Es war falsch, hier zu sein, und es war falsch, dass Fiochnan noch lebte. Alles an diesem Auftrag fühlte sich falsch an. Brinok hatte sich eigentlich gefreut, in sein Heimatland zu ziehen, seine Familie und Freunde wiederzusehen, mit ihnen zu trinken und zu feiern. Er hatte gedacht, sie reiten zu Fiochnan, erschlagen ihn, rauben die Armschienen und reiten wieder nach Wachtstein, um die anderen *Dunaktor* der *Arutan* zu holen. Einmal war Fiochnan nur von drei Leibwachen umgeben gewesen. Gerade als Brinok sein Schwert ziehen wollte, um mit ihnen den Kampf aufzunehmen, waren weitere Leibwachen hinzugekommen. Es war wie verflucht.

Als das Söldnerheer gestern die grenznahe bastidische Stadt

Beilstein erreicht hatte, war ihnen der *Bainestor* zusammen mit einer Abordnung der Stadt entgegengezogen und hatte von Fiochnan verlangt, auf den Einmarsch ins Gebiet der Karstiden zu verzichten und sein Heer aufzulösen. Fiochnan hatte keinerlei Ehrfurcht gezeigt und ihn lauthals verlacht. Er hatte seine Goldtruhen geöffnet, eine aufpeitschende Rede gehalten und den Zorn der jungen Krieger der Stadt auf die Karstiden entfacht. Diese hatten sich daraufhin zum Entsetzen des *Bainestors* dem Söldnerheer angeschlossen.

Brinok vermutete, dass die Armschienen Fiochnan eine besondere Aura bescherten. Wie hätte es der abstoßende, zuvor völlig unbedeutende Kerl ansonsten schaffen können, ein mittlerweile fünfzehntausend Mann starkes Heer um sich zu scharen? Natürlich lockte auch das Gold, das er großzügig verteilte, es aber im Gegenzug so einigen Kriegern beim Spielen wieder abnahm. Falls er eine machtvolle Aura besaß, so bemerkte Brinok nichts davon. Vielleicht war er als *Dunak tor* davor geschützt, oder er nahm es nicht wahr, weil sein Hass auf diesen Kerl so immens war. Ja, der Hass war so heiß, dass er in seinen Eingeweiden brannte. Brinok war oft kurz davor, alle Vorsicht in den Wind zu schlagen, den Kerl mit Pfeil und Bogen niederzustrecken, dann seine Wachen niederzuschlagen und die Leiche von Fiochnan zu zerhacken – auch wenn er sterben würde und die *Dunak tor* die Armschienen nicht bergen konnten.

Er musste sich immer wieder zusammenreißen und gegen seine Wünsche und seine Natur ankämpfen. Teilweise halfen ihm dabei Godereds strenge Blicke – und Nessa. Sie hatte sich in Brinok verliebt und war nun oft an seiner Seite zu finden. Er hatte ihr gesagt, dass er ihre Gefühle nicht teilte, doch allein seine Nähe schien ihr zu genügen.

Das Heer hatte sich in Beilstein mit Vorräten eingedeckt und anschließend den Weg fortgesetzt. Es zog sich aufgrund des schmalen Weges während des Marsches in die Länge und glich einem gewaltigen Lindwurm.

Nach einiger Zeit erreichten sie eine monumentale Skulptur aus Fels, die eine mahnend erhobene Hand darstellte. Dort wartete bereits ein Bote von Fiaroch, dem Hordenführer der Bastiden. Er hielt ein leuchtend rotes Banner, auf dem ein goldener Adler prangte, empor. Der goldblonde Bastide war in Begleitung von zwei Kriegern. Eine große Abordnung benötigte er nicht, da Boten von Hordenführern hohes Ansehen genossen und nicht angetastet werden durften.

»Brinok! Wo bist du? Brinok! Zu Fiochnan! Sofort!«, brüllte ein Leibwächter, der sich in den Steigbügeln aufgestellt hatte und nach ihm Ausschau hielt.

Brinok regte sich nicht. Er war so gar nicht in der Stimmung, sich an Fiochnans Seite zu gesellen. Oder sollte er dort seinen Dolch auf ihn schleudern?

»Mach keinen Fehler!«, raunte Godered ihm zu, der neben ihm geritten war. »Denke daran, *weshalb* wir hier sind!«

Der Bastide entgegnete nichts, er mochte mit seinem *Laruell* nicht reden und hatte es in den vergangenen Tagen nur notgedrungen getan. Seine unterdrückten Gefühle stauten sich hinter einem Damm aus aufgeschichteten Steinen. Er befürchtete, wenn dieser brach, dass es kein Halten mehr gäbe.

»Hörst du?«

Brinok schnaufte, nickte knapp und scherte mit einem flauen Gefühl im Magen aus der Kolonne aus.

Da vorn war er, das widerwärtige Charnir! Wieder dicht umringt von seinen Leibwächtern. Er trug einen erbeuteten violetten ahlorischen Brustpanzer und einen Helm.

»Warum hast du mich rufen lassen?«, fragte Brinok, als er in dessen Nähe war. Fiochnan war über und über mit Gold behangen. Das Metall glitzerte und glänzte im Sonnenlicht und lenkte von seiner hässlichen Fratze ab.

»Du bist in meinem Heer der bedeutendste Adlige, daher will ich dich in meiner Nähe haben, wenn ich gleich dem Boten gegenüberstehe.«

Brinok kam sich wie ein Verräter vor. Er sollte hier präsentiert werden, als wäre er Fiochnans großer Beistand und Lakai und als würde er seine irren Kriegspläne unterstützen. Dabei war er hier, um diese zu verhindern. Für ein, zwei Atemzüge überlegte er, ihn vor aller Augen anzugreifen und somit ein eindeutiges Zeichen zu setzen, doch die gespannten Armbrüste der Wachen hielten ihn davon ab.

Er nickte zäh und lenkte sein Pferd neben einen Leibwächter, der Fiochnan flankierte.

Brinok musste schlucken, denn er kannte den Boten. Der Bastide hieß Marrac, und Brinok war vor einigen Jahren zusammen mit seinem Vater Gast bei ihm gewesen. Brinok und der goldblonde Marrac hatten damals gemeinsam einen Berg bestiegen und sich am Abend betrunken. So fiel Marracs Blick sofort auf Brinok und nicht auf Fiochnan. Bei seinem Anblick verzog er missfällig den Mund und wirkte schwer enttäuscht.

Nein, ich bin kein schändliches Charnir, das sich einem Unwürdigen angeschlossen hat! Ich bin ein Dunak tor, *ein Lichtkämpfer, der euch helfen will.*

Es schmerzte ihn, dass Marrac nun offensichtlich Verachtung für ihn empfand.

»Es wird deinem Vater das Herz brechen, dass du hier in diesem unredlichen Charnir-Heer bist. In unserer Jugend waren wir beide freundschaftlich miteinander verbunden. Ich muss dir sagen, dass es für mich unfassbar ist, welchen Weg du eingeschlagen hast! Dein Vater hatte damals mit dir, diesem überragenden, furchtlosen Kämpfer, geprahlt und hatte große Pläne mit dir. Doch jetzt bist du eine Schande für deine Familie und alle Bastiden.«

Ich bin hier, um euch zu retten! Brinok hätte am liebsten die Wahrheit herausgebrüllt. Als derart unehrenhaft angesehen zu werden, war ein Dolchstoß mitten in sein Herz.

Fiochnan grunzte gelangweilt auf. »Bist du nur hier, um Brinok zu beleidigen? Was willst du? Du trägst das Banner von

Fiaroch. Du hast doch mit ziemlicher Sicherheit eine Botschaft für *mich*, oder?«

»Ja, in der Tat.« Marracs Hand umkrampfte das Banner. »Unser Hordenführer verbietet dir unwürdigem Schluchtenscheißer, in das Gebiet der Karstiden einzumarschieren. Die Horden halten seit Längerem Frieden miteinander, geben den Söhnen die Zeit, die sie brauchen, um als Krieger heranzuwachsen. Wir wollen, dass unser Volk zahlenmäßig erstarkt. Das ist eine Vereinbarung, die vor einigen Jahren zwischen den Horden geschlossen wurde!«

»Ich habe solch einer Vereinbarung niemals zugestimmt. Ich bin mächtig, siehe, was ich für ein großes Heer zusammengebracht habe! Und mit diesem Heer werde ich weitermarschieren. Die Bastiden sind es leid, tatenlos in ihren Häusern zu hocken. Sie wollen endlich wieder Heldentaten vollbringen und ihre Schwerter Blut schmecken lassen. Wir sind kein Volk von nichtstuerischen Weichlingen, sondern wollen es unseren Helden gleichtun.«

»Du bist kein Hordenführer und darfst nicht derart eigenmächtig entscheiden. Lass dir sagen: Solltest du diese Grenze überschreiten, so giltst du als Ausgestoßener und gehörst nicht mehr unserer Horde an. Das ist eine Entscheidung von Fiaroch und dem obersten bastidischen *Sagart* Scalin, und diese hat die uneingeschränkte Zustimmung des Rates der Bastiden gefunden. Vor Tagen hat sich ein Heer in Marsch gesetzt und wird dir Einhalt gebieten, wenn du deinen schändlichen Weg weiter beschreitest. Daher sage ich dir im Namen der Bastiden: Kehre um!«, grollte Marrac. Seine Wangen waren zorngerötet, und seine blauen Augen blitzten drohend. Dann richtete sich sein Blick auf Brinok. »*Jeder*, der die Grenze überschreitet, gilt als Verräter und Ausgestoßener und ist somit weniger wert als ein Hordling. Ihr dürft, solltet ihr lebend gefasst werden, sowohl von den Bastiden als auch von den Karstiden versklavt werden – wenn ihr nicht vorher wie räudige Köter erschlagen werdet.

Brinok, besinne dich, wer du bist! Was ist nur in dich gefahren? Überdenke dein Handeln, und komm zur Vernunft!«

Fiochnan nickte einem seiner Leibwächter zu. Es war nur eine winzige Geste, doch diese ließ Brinok vor Schreck erstarren. Und schon löste sich ein Bolzen aus einer Armbrust und durchschlug Marracs Brust. Von der Wucht wurde er aus dem Sattel gerissen, und das Banner fiel neben ihm in den Staub.

Weitere Bolzen lösten sich und durchbohrten Marracs Begleiter. Leibwächter sprangen von ihren Pferden und machten ihnen den Garaus.

»*Das* ist meine Antwort!«, höhnte Fiochnan, und seine Augen funkelten diabolisch. Dann winkte er einen Krieger zu sich. »Beschmiere das Banner mit Blut und bringe es dem Hordenführer der Bastiden. Niemand wird uns aufhalten! Niemand!«

Das Heer hatte Blut geleckt und jubelte ihm zu. Diese hirnlosen Narren!

In Brinok tobte ein wilder Sturm, den er kaum unter Kontrolle halten konnte. Dieses verdammte Schwein! Anfallen und den Kopf von den Schultern reißen wollte er ihm, sein Schwert immer und immer wieder in Fiochnan versenken, ihm die Augen herausreißen und die Haut über seinen Schädel ziehen. Dieses gewissenlose Charnir!

Schmerz tobte in seiner Brust, und er war kaum noch in der Lage zu atmen. Mit Macht musste er die Tränen zurückdrängen, die ihm in die Augen springen wollten. Zudem würde Brinok jetzt als Ausgestoßener gelten. Die Schande, die er seiner Familie bereitete, war enorm. Nie wieder würde er herzlich in Wachtstein empfangen, sondern mit Steinen verjagt werden.

»Weiter! Wir ziehen ins Gebiet der Karstiden! Schließen die Karstiden sich uns an, werden sie verschont. Es gilt: Unterwerfung oder Tod!«, brüllte Fiochnan, und die verblendeten Söldner, die nach Kampf lechzten, jubelten ihm zu.

Brinok kreisten die Sinne. Er würde diesen Unmenschen früher oder später wie ein Stück Wild erlegen und ausnehmen!

Das Heer setzte sich wieder in Bewegung, und Brinok blickte beim Vorbeireiten auf Marrac, der dort mit durchschlagener Brust lag. Die leeren, weit geöffneten Augen starrten ins Nichts.

Der Drang, Fiochnan zu töten, wurde fast übermächtig. Um keine Dummheit zu begehen, wendete Brinok sein Pferd und begab sich wieder an Godereds Seite, dessen Gesicht versteinert wirkte.

»Er wird seine gerechte Strafe erhalten«, flüsterte der Gotone ihm mit ruhiger Stimme zu, aber seine Augen glühten vor Zorn.

Brinok kämpfte mit aller Macht dagegen an, vor Wut aufzuschreien. Er bezweifelte, sich noch lange beherrschen zu können. Er fühlte sich, als würde in ihm ein Ozean toben, dessen aufschäumende Wellen drohten seine Vernunft fortzuspülen. Er hoffte, dass dies nicht in einer wilden Raserei endete.

Godered

In gewisser Weise empfand Godered Mitleid für Brinok. Dem jungen Bastiden wurde hier in Barkland viel abverlangt, indem er so oft entgegen seiner wahren Natur handeln musste. Er hatte nie gelernt, seine Gefühle zu verbergen und diese in ein kaltes Grab zu legen. Brinok war heißblütig und reich an Empfindungen, diese zurückzudrängen, musste für ihn eine gewaltige Anstrengung bedeuten. Godered rechnete es ihm hoch an, dass er alles ihm Mögliche tat, um den Auftrag nicht zu gefährden. Doch wie lange würde er es noch schaffen, zumal er nun zusätzlich als ein Ausgestoßener galt? Er war stolz auf seine Familie und seine Horde, und man hatte diesen wichtigen Pfeiler seiner Identität unter ihm fortgerissen. Godered musste auf ihn achten, denn er wusste nicht, ob Brinok mit derart fester Überzeugung ein *Dunak tor* war, dass er diesen Angriffen auf seine Ehre standhielt.

Er hatte ein flaues Gefühl im Magen, als vor ihnen zwei sich gegenüber befindliche Grenzsteine auftauchten. In die Felsblöcke waren wütende Gesichter gehauen worden, der eine mit einer Tätowierung auf der linken Seite, der andere mit einer tätowierten rechten Hälfte. Wenn sie diese passierten, war der Rechtsbruch begangen.

Fiochnan ritt weiter, und Brinok knirschte mit den Zähnen.

Die Krieger johlten und schwangen die Waffen, als hätten sie einen Sieg errungen.

Diese Toren!

Das Heer zog am wilden türkisfarbenen Fluss Blatan entlang, der einer Quelle in der Nähe des Greifsgebirges entsprang. Das Wasser wurde zum Ufer hin glasklar, und Godered konnte den steinigen Untergrund und große goldglänzende Fische sehen, die lebhaft umherschwammen. Sie wirkten genauso unstet und ungebändigt wie die Bastiden.

Fiochnan hatte verkünden lassen, dass er ins Greifsgebirge ziehen wollte – in Richtung der Feste Karstid. Auf dem Weg dorthin wollte er jedes Dorf mit Feuer und Schwert heimsuchen, es sei denn, die Einwohner unterwarfen sich ihm unverzüglich. Godered bezweifelte, dass er den Angriff auf die Feste Karstid in Betracht zog. Godered hatte die monströse Feste noch nie gesehen, aber er hatte gehört, dass sie auf einem wuchtigen, steilen Felsen thronte. Um diese zu belagern oder einzunehmen, benötigte Fiochnan weitaus mehr Männer und geeignete Ausrüstung. Der Gotone glaubte vielmehr, dass Fiochnan die Karstiden mit den Überfällen dermaßen provozieren wollte, dass ihm ein rasch zusammengerufenes Heer entgegeneilte und er gar nicht in die Verlegenheit kam, die Feste erobern zu müssen. Fiochnan schien sich maßlos zu überschätzen, denn er war weder ein Heerführer noch in Taktik geschult. Die finstere Macht, die in den Armschienen wohnte, vernebelte ihm das Hirn.

Brinok hatte erfahren, dass Fiochnan Boten zum Hordenführer Brohnok gesandt hatte, die ihm mitteilen sollten, dass Fiochnan auf jegliche Angriffe auf die Karstiden verzichtete, wenn sie sich mit ihm verbündeten und mit ihm gemeinsam die Ahloren angriffen. Gleichzeitig warb Fiochnan weiterhin bei den Bastiden um Unterstützung.

Godered betrachtete die Landschaft, durch die sie gerade ritten. Sie wurde beherrscht von saftigen Weiden, mit Blumen besprenkelten Wiesen und kleinen Wäldchen. Das Heer kam an einigen Seen und Teichen vorbei, wo sich hohes Schilfgras sachte im Wind wiegte, Enten mit schillernden Gefiedern gemächlich umherpaddelten und große feuerrote Fische unter der Wasseroberfläche zu erkennen waren. Die Fische schnappten des Öfteren nach Insekten, und einige sprangen dabei pfeilschnell aus dem Wasser und tauchten mit einem lauten Klatschen wieder ein. Blaugraue Vögel staksten in Ufernähe durch das Wasser und ergatterten kleine zappelnde Fische, die sie sogleich hinunterwürgten. Auch wenn es idyllisch anmutete, war es doch ein Fressen und Gefressenwerden. Wahre Harmonie gab es auf der Welt nicht. Es war ein Kampf ums nackte Überleben.

Bitterkeit stieg in Godered auf. Bei den Menschen war es weit mehr als ein Kampf ums Überleben. Wenn sie Frieden halten, sich gegenseitig helfen und respektieren würden, könnte die Welt ein lebenswerter Ort sein. Doch so war der Mensch nicht ... Die unersättliche Gier nach Macht und Reichtum vergiftete alles, und je höher die Menschen in der Rangordnung stiegen, desto verruchter und gewissenloser wurden sie. *Sie* waren es, die Kriege aus niederen und verwerflichen Beweggründen führten. *Sie* hetzten Männer in den Krieg, träufelten ihnen Gift ins Ohr, redeten von Ehre und Ruhm und brachten unendliches Leid über die Völker. Und die Alten, Frauen und Kinder waren die Leidtragenden und wurden in den Strudel der

Vernichtung mit hineingerissen.

Godered verachtete die Söldner, die in diesem Heer ritten. Die meisten von ihnen waren Barkländer, die gegen ihr eigenes Volk zogen, um ihre Klingen in Blut zu tauchen und um Beute zu machen. Godered verfluchte die Rüstung, die *Gobarem* und all jene, die nach Macht strebten und denen das Schicksal der anderen Menschen egal war.

Er kämpfte, um ihnen Einhalt zu gebieten, doch dabei hatte sich seine Seele schwarz verfärbt, und er fühlte sich innerlich tot. Ihm fiel wieder der *Egmarob* ein, der nach dem Sieg über Erwech zu ihm gekommen war und gefordert hatte, dass er ihm die Rüstungsteile übergibt, damit diese zerstört werden. Er hatte ihm von der Entstehung der Rüstung, einem bösen Relikt der Hochkultur der Armugarden, erzählt. Und er hatte auch davor gewarnt, dass die Überlegenheit der *Dunak tor* durch Verrat und Unterwanderung bedroht wurde und ganz schwinden könnte. Sollte das geschehen, würden die *Gobarem* die Völker Abladurs brutal unterdrücken. Das war äußerst besorgniserregend.

Der *Egmarob* hatte ihn mit seiner Wahrhaftigkeit und Reinheit zutiefst beeindruckt, und Godered hatte sich in seiner Gegenwart schmutzig und befleckt gefühlt. Er hatte Godered ein verlockendes Angebot gemacht, und seine Worte klangen noch immer in seinen Ohren: »Komm zu uns. Wasche dich rein vom Blut, heile dein verletztes Herz und deine Seele, finde Frieden.«

Ja, das war, was er sich ersehnte ... Frieden.

Doch wie konnte er Frieden finden mit dem Wissen, dass all die fürchterlichen Dinge in der Welt geschahen? Deshalb war er ein *Dunak tor*, er konnte nicht tatenlos dabei zusehen, wie die Mächtigen und Despoten die Menschen unterjochten und quälten. Zudem gab es die Rüstung *Amboreg*, deren Teile verborgen und bei Diebstahl unbedingt zurückgebracht werden mussten, damit die Welt nicht in Finsternis stürzte.

Er wurde aus seinen Gedanken gerissen. Nach einer Flussbiegung kam hinter einem Wäldchen eine Siedlung zum Vorschein, die aus ungefähr vierzig Gehöften und den dazugehörigen Wirtschaftsgebäuden bestand.

Noch lachten die Menschen dort, atmeten und hatten Träume, doch bald würde ihr Blut die Erde tränken. Fiochnan würde ihnen keine Chance lassen, denn so würde er ein deutliches Zeichen an den Hordenführer der Karstiden senden.

Und tatsächlich, er ließ diesen Menschen keine Möglichkeit, sich zu ergeben. Er *wollte* die Siedlung mit Schwert und Feuer heimsuchen, um seinen Söldnern zu geben, wonach es ihnen verlangte, und sie somit enger an sich zu binden. Auf Fiochnans Befehl hin stürmten die vordersten Truppen vor, und diese fielen wie eine Meute tollwütiger Wölfe in den Ort ein. Die armen Menschen dort hatten nicht die geringste Chance. Keine.

Als Godered in die Gesichter der Krieger blickte, leuchteten ihre Augen in geifernder Vorfreude, und sie äußerten lediglich ihr Bedauern, weil der Kampf bereits vorüber sein würde, wenn sie den Ort erreichten. Mitgefühl war bei ihnen fehl am Platz. Das, was dort geschah, war ein zum Himmel schreiendes Unrecht.

Die überraschten Dorfbewohner hatten sich in aller Eile ihre Schwerter geholt oder sich mit dem bewaffnet, was ihnen in der Hast brauchbar erschien. In diesem wie in jedem barkländischen Dorf lebten geübte Krieger, und sie stürmten den Feinden entgegen und töteten Söldner. Doch sie waren gnadenlos in der Unterzahl. Das anfängliche Waffengeklirr versiegte recht schnell, dafür wurden die entsetzlichen Schmerzensschreie und das Geschrei der Frauen und Kinder immer lauter.

Bald darauf wurden die Häuser geplündert, und zunehmend mehr Söldner ritten ins Dorf ein, sprangen von den Pferden und versuchten, sich ihren Anteil an der Beute zu sichern.

Als Godered durch die Siedlung ritt, sah er, dass die meisten Bewohner, die sich der Angreifer erwehrt hatten, erschlagen worden waren und grässliche Verletzungen aufwiesen. Ihr Blut sammelte sich um sie herum und sickerte nur allmählich in den Boden. Die verängstigten Kinder weinten und klagten über den Verlust ihrer Eltern, waren aber allesamt am Leben. Sie zu töten, galt bei Barkländern als feige und große Schande. Fiochnan ließ sie in Gatter pferchen, um sie später zu einem Sammelplatz im Bastidenland zu bringen, wo sie als Hordlinge oder Sklaven leben mussten.

Die jungen Frauen und einige ältere lebten ebenfalls noch. Eine hübsche Karstidin, die sich heftig wehrte und kraftvoll Tritte verteilte, wurde gerade von zwei Kriegern in Richtung Stall fortgeschleift. Godered wollte absteigen, um ihr zu Hilfe zu kommen, doch Brinok war schneller. Er stürmte wutentbrannt auf einen der Söldner zu, streckte ihn mit einem wuchtigen Fausthieb nieder, und gleich darauf schlug er den anderen zu Boden und trat ihm in die Weichteile. Der Mann schrie laut auf und wand sich vor Schmerz.

Der andere Bastide erhob sich und wischte sich das Blut aus dem Gesicht. »Du verfluchter Skornag! Gönnst uns das Vergnügen nicht – ausgerechnet du, der wohl schon alles in unserem Heer bestiegen hat, was Titten hat!«, brüllte der unansehnliche blonde Krieger, dessen Haare wie Borsten von seinem Kopf abstanden.

»Ich vergnüge mich nur mit Frauen, die das auch möchten. Ich habe Achtung vor ihnen und respektiere ihren Willen. Du hingegen willst sie zwingen, das ist erbärmlich und zeugt davon, dass du nicht einmal Ehre in der Größe eines Felslausschisses hast! Das dort sind *Barkländerinnen!* Wir haben sie mit allergrößter Achtung zu behandeln. Sind sie Kriegerinnen, so kämpft gegen sie, sind sie unbewaffnet, so verschont sie! Frauen sind für die Stärke der Barkländer entscheidend und bilden das Rückgrat unseres Volkes!« Brinok wandte sich den anderen Kriegern zu. »Wagt es ja nicht, den Frauen unseres Volkes Schändliches anzutun, das würde nur bezeugen, dass ihr nicht mehr seid als ein Haufen stinkender Charnirscheiße! Jeden *Gotolonen*, der eine Barkländerin schändet, werde ich eigenhändig erschlagen! Habt ihr Mistsäcke das verstanden?«

Godered empfand allergrößte Hochachtung vor Brinok. Auch wenn er in diesem Augenblick den Auftrag gefährdete, indem er riskierte, seinen Einfluss auf Fiochnan zu verspielen oder – noch schlimmer – von *Gotolonen* und Bastiden gemeinsam getötet zu werden. Godered würde keinesfalls dabei zusehen, wenn sie es versuchten, sondern sein Schwert ergreifen. In diesem Augenblick waren ihm die Armschienen vollkommen gleichgültig. Er hatte zusehen müssen, wie Gohan getötet wurde, einen weiteren Mord an einem seiner *Muriaten* würde er nicht hinnehmen. Lieber wollte er selbst sterben.

Zwanzig Männer – sowohl *Gotolonen* als auch Barkländer – umstellten Brinok. Godered sprang vom Pferd und zog sein Schwert. Doch plötzlich eilten ungefähr vierzig Söldnerinnen herbei und bedrohten ihrerseits die Männer.

Nessa stellte sich einem der Söldner direkt gegenüber. »Du hast es vernommen: Barkländerinnen sind die Hüterinnen des Volkes und keine Beute! *Sie* sind diejenigen, die das Leben hervorbringen und darüber wachen. *Sie* sorgen für die Kampfstärke des Volkes, und viele von ihnen schwingen sogar selbst das Schwert. Uns Frauen ist mit großer Ehrerbietung zu begegnen! Ich bin schwer enttäuscht von dir, Kielche! Willst diese junge Frau schänden, weil du bei keiner von uns Kriegerinnen mit deiner ungehobelten Art Erfolg hattest? Jeder Mann, der sich an wehrlosen Frauen vergeht, beweist doch nur seine Unvermögen und seine Armseligkeit, da er es nicht auf andere Weise schafft, sich Beachtung zu verschaffen. Ihr wollt sie demütigen, um eure eigene Unfähigkeit zu verbergen!«, brüllte Nessa, und Flammen züngelten in ihren Augen. Die anderen Männer wichen einige Schritte zurück, um nicht als Versager zu gelten. »Brinok ist uns Frauen gegenüber voller Wertschätzung und würde uns niemals ein Leid zufügen. Er behandelt uns mit Anstand und Würde und akzeptiert unseren Willen und unsere Wünsche. Wenn ihr es wagt, ihm auch nur ein Haar zu krümmen, bekommt ihr es mit uns zu tun! Beweist, dass ihr Ehre habt und keine widerwärtigen Arschlöcher seid!«

»Du blödes Miststück! Ich habe lange als Söldner in anderen Ländern gekämpft, da macht man das so! Ihr Weiber steht um den hübschen Brinok herum, als könnte er sich nicht allein verteidigen oder als befürchtet ihr, dass er sich nicht mehr zwischen eure allzu willig gespreizten Schenkel legen könnte, um euch freudig zu stoßen. Vielleicht seid ihr gar keine Kriegerinnen, sondern nur ein Haufen Eigen-*Graas*, den er hier mit sich führt!«

»Du stinkendes, aus dem Arsch eines Charnirs gekrochenes Stück Scheiße!«, rief Brinok wutentbrannt aus und drängelte sich durch die Ansammlung der Frauen, um gegen den hässlichen Bastiden zu kämpfen.

Doch Nessa war schneller. Sie griff mit einem grimmigen Schrei Kielche an und hieb auf ihn ein. Er wehrte sich mit kraftvollen Schlägen, doch sie war flinker als er, lenkte seine Waffe ab und rammte ihm ihr Schwert in den Bauch. Der Söldner starrte sie ungläubig an und sackte zu Boden, nachdem sie ihr Schwert aus ihm herausgezogen hatte. »So, mein Lieber, jetzt weißt du, wie es sich anfühlt, wenn eine Kriegerin *dich* stößt!« Sie stellte sich über ihn und rammte erneut ihr Schwert in ihn hinein. Nochmals und nochmals. Immer mehr Blut quoll aus ihm heraus, und er zuckte wie ein Fisch, den man an Land gezogen hatte.

Nessa trat von ihm zurück und streckte schnaubend ihre Waffe den anderen Männern entgegen. Sie wirkte wie eine Rachegöttin mit ihrem stechenden Blick und dem feuerroten Haar. »Möchte noch jemand von euch Widerlingen meine Bekanntschaft machen?«

Einen Moment lang herrschte beklemmende Stille.

Brinok stellte sie neben sie und nickte Nessa zu. »Gut gemacht!«

Die Männer traten von ihr zurück, und es dauerte nicht lange, da bahnten sich Wächter von Fiochnan einen Weg durch die Menge. Sie sahen auf Kielche, dessen Hände sich krallenartig in die Erde bohrten, dem Blut aus den Wunden und dem Mund floss und der mit schaurigen, gurgelnden Geräuschen um Luft rang.

Ein großer, braunhaariger Bastide ging nahe an Kielche heran, sah kopfschüttelnd auf ihn hinab und blickte dann zu Brinok und Nessa. »Fiochnan will keine Kämpfe innerhalb seiner Truppen während des Feldzuges. Verstanden?« Dann wandte er sich den umherstehenden Kriegern zu. »Nehmt euch jetzt aus dem Dorf an Beute, was ihr wollt, anschließend setzen wir alles in Brand und ziehen weiter!«

Und schon löste sich die Ansammlung auf, und die Söldner stürmten in die Häuser.

Die Barkländerin, die verschleppt werden sollte, ließ sich von Nessa ein Schwert geben, ging zu Kielche und stach auf ihn ein. Sie war keine Kriegerin, und die Stiche waren unpräzise und wahllos. Kielche stöhnte und starrte sie entsetzt an, dann rührte er sich nicht mehr. Die junge Frau spuckte auf ihn und gab Nessa das Schwert zurück. Die Söldnerin nickte ihr anerkennend zu, säuberte ihr Schwert, ging zu Brinok und küsste ihn liebevoll auf die Wange.

Godered staunte darüber, was hier geschehen war. Die Frauen schienen Brinok allesamt in ihr Herz geschlossen zu haben und keinerlei Eifersucht zu empfinden.

Dann schaute sich der Gotone suchend nach Fiochnan um, doch dieser war von seiner Wache in einem mehrreihigen Wall aus Leibern umgeben. Godered könnte auf einen Baum steigen und ihn von dort aus mit einem Pfeil töten, doch dann käme er immer noch nicht an die Armschienen heran. Womöglich würde Fiochnans Leiche gleich gefleddert werden, und einer seiner Leibwächter würde sich *Dalanur* anlegen und mit den Eroberungsplänen fortfahren.

Es frustrierte Godered, und er hoffte, dass sich endlich eine günstige Gelegenheit ergab, ihn zu erledigen und ihm Dalanur zu entreißen. Fiochnan sollte nicht noch mehr Leid über die Menschen bringen.

Was machte Loguhn da? Der Evidanier versuchte tatsächlich, sich an Fiochnan anzuschleichen. Wollte er jetzt etwa zuschlagen? Vielleicht konnte Godered das Chaos nutzen, wenn die Leibwächter versuchten, Loguhn zurückzuschlagen. Der *Dunak tor* machte sich bereit und lauerte auf den richtigen Moment.

Loguhn hatte eine kleine Lücke in dem Wall entdeckt, war sehr unauffällig und ging mit gesenktem Haupt voran. Nein! Eine aufmerksame Leibwache stieß ihn brutal zurück, und Loguhn musste sein Vorhaben aufgeben.

Er wandte sich um, und sein Blick traf sich mit dem von Godered. Loguhn kam direkt auf ihn zu. Als er bei ihm war und ihn beäugte, wie dieser neben seinem Pferd stand und ein sauberes Schwert in Händen hielt, lächelte er und zeigte ihm seine eigene blitzblanke Klinge. »Ich beteilige mich ebenfalls nicht an dem Wahnsinn. Ich schlachte keine unschuldigen Dörfler für ein bisschen Gold ab. So wie ich vorhin hörte, rückt der Hordenführer der Karstiden bereits mit einem Heer an. Auch der Hordenführer der Bastiden soll Tag und Nacht mit Streitkräften in unsere Richtung marschieren. Es sind ebenfalls *Dunak tor* hierher unterwegs. Außerdem erfuhr ich, dass die Ahloren Truppen sammeln und an der Grenze in Stellung bringen wollen. Es könnte in den nächsten Tagen recht turbulent werden. Falls es zur Schlacht kommt, ist das *die* Chance, *Dalanur* endlich habhaft zu werden. Du wirst es versuchen, ich werde es versuchen, und wer weiß, wer noch alles. Ich wiederhole es noch mal: Wenn wir uns zusammentun, werden unsere Chancen gewaltig steigen. Du hast es ja gerade selbst gesehen, dass ich nicht einmal in seine Nähe gelangen konnte.«

»Dein Anschleichen hat für mich eher wie eine Verzweiflungstat gewirkt. Wie weit wärest du mit *Dalanur* gekommen? Nur ein paar Schritte.«

Loguhn biss sich kurz auf die Lippe. »Ja, es war Verzweiflung.« Er grinste schief. »Also, lass es uns gemeinsam erledigen.«

»Und dann?«

»Wie ich schon einmal sagte: Möge der Bessere gewinnen.«

Godered neigte seinen Kopf leicht zur Seite. »Sprach die Felsnatter und verschlang das Kaninchen.«

Loguhn lachte auf und strich sich dabei über seinen Kinnbart. »Du bist wahrlich kein Kaninchen, sondern ein Wolf und in der Lage, der Schlange den Kopf abzubeißen. Nun, was sagst du?«

Der Evidanier war ein geschickter Kämpfer und sicherlich hilfreich. Godereds Misstrauen überwog allerdings. Woher hatte Loguhn all diese Informationen? Wieso wusste er, dass *Dunak tor* hierher unterwegs waren, während Godered davon keine Kenntnis hatte? Hatten es ihm *Gobarem* mitgeteilt? »Ich sage: nein.«

»Für mich ist die Gefahr ebenso gegeben, dass du mir *Dalanur* entreißt. Aber besser, einer von uns bekommt die Schienen in die Finger als ein *Gobarem*. Denke darüber nach.« Er schenkte ihm ein aufmunterndes Lächeln und ging davon.

Godered blickte sich um, ob jemand sie beobachtet hatte, doch er entdeckte zu seiner Erleichterung niemanden. Aber das, was er sah, widerte ihn an. Es war überall dasselbe, wenn der Verderber Menschen zum Krieg trieb. Es wurde übel gebrandschatzt, Häuser gingen in Flammen auf, Sachen von Wert wurden auf Wagen geladen und Schlachtvieh zusammengetrieben, um es mitzunehmen. Schwarze Rauchsäulen stiegen den weißen, bauschigen Wolken entgegen, waren gewiss weithin sichtbar.

Brinok und die Söldnerinnen beschützten weiterhin die Frauen des Dorfes. Godered war stolz auf den Barkländer. Sein Verhalten zeugte von Ehre und Courage, und er wich auch nicht davon ab, als er sich von Kriegern derbe Beleidigungen anhören musste. Er verhielt sich wie ein wahrer *Dunak tor*.

Dann kam Fiochnan höchstpersönlich zu Brinok, lenkte sein Pferd zum hellblonden Bastiden und hatte nur einen Teil seiner Leibwache dabei. Diese Gelegenheit konnte Godered vielleicht nutzen und ging näher an Brinok heran.

Fiochnan redete leise mit ihm, und Godered konnte die Worte nicht verstehen. Während er sprach, schüttelte Brinok stur den Kopf. Dann wurde Fiochnan lauter: »... bist mir mit deinem eigenmächtigen Handeln in den Rücken gefallen! Ausgerechnet du! Ich habe so große Hoffnungen in dich gesetzt, hatte sogar überlegt, ob du mein Stellvertreter wirst! Und nun das! Das ist unverzeihlich! Ich müsste dich auf der Stelle töten, doch das wäre zu leicht. Ich will, dass du niemals vergisst, was geschieht, wenn man entgegen meiner Befehle handelt, sich etwas anmaßt, was einem nicht zusteht! Dass du vielleicht sogar meinst, dass du, ein Adliger, besser bist als ich, und selbst befehligen möchtest! Ja, vielleicht willst du sogar der Anführer werden! Du sollst wissen, dass du nicht mehr als ein Köter bist, der tut, was ich ihm befehle!« Fiochnans Gesicht war vor Wut zu einer hässlichen Fratze verzogen. Dann ließ er den Blick über die Frauen des Dorfes wandern, und auf seinen schmalen Lippen zeigte sich ein widerliches, süffisantes Lächeln. Er wischte sich mit dem Handrücken über den Mund, als würde er einen zarten Braten erblicken. Gezielt zeigte er auf eine ungefähr zwanzigjährige, goldblonde Schönheit. »Du! Komm her!«

Die Karstidin erblasste, und vor Furcht weiteten sich ihre hellblauen Augen. Sie sah sich angstvoll um, während die anderen Frauen ihr Platz machten, um sich durchzulassen.

»Ich sagte: Komm her!«, stieß er hervor und machte eine

gebieterische Geste.

Jetzt, da sich die Aufmerksamkeit auf die Frau richtete, näherte sich Godered Fiochnan. Er könnte eine der Wachen töten, zu Fiochnan auf das Pferd springen, die Zügel herumreißen, aus dem Dorf galoppieren, ihn abstechen und die Armschienen an sich nehmen. Der Drang war stark, doch er musste realistisch bleiben: Die Aussicht auf Erfolg war gering, wahrscheinlich würde ihm eine Wache sogleich einen Pfeil in den Rücken jagen. Trotzdem machte er weitere Schritte, um zu sehen, was geschähe. Ein Söldner bemerkte ihn und richtete augenblicklich misstrauisch seine Armbrust auf ihn. Godered war ernüchtert und verärgert über die verfahrene Situation.

In banger Erwartung ging die goldblonde Schönheit zaghaft auf Fiochnan zu.

Fiochnan gab seinen Männern einen Wink, diese bedrohten Brinok mit Armbrüsten und Speeren und entwaffneten ihn. Als einer von ihnen ihn grob in Richtung seines Soldherrn stieß, bleckte Brinok warnend die weißen Zähne.

Dann stand er direkt vor Fiochnan, der sich in seinem Sattel vorlehnte. »Ich war töricht, wollte dich zu meiner rechten Hand erheben. Doch du, du willst dich hier als Beschützer der Weiber aufspielen! *Ich* erlaubte meinen Männern, sich im Dorf zu holen, was sie wollen – das schloss auch die Weiber ein. Und was tust *du*? Ich muss es wiederholen: Du untergräbst meine Stellung! Du bildest dir zu viel auf deinen Adel ein. Du bist arrogant und überschätzt dich maßlos. Doch du bist ein Nichts! Ein absolutes Nichts!«

Godered konnte spüren, wie das Böse zusehends Macht von Fiochnan ergriff und seine Seele verschlang. Es war wie ein schwarzer Schatten, der den Bastiden immer mehr einhüllte.

»Du kannst die gefangenen Weiber retten, Brinok. Ja, das kannst du. Ich werde sie alle gehen lassen, ja, das werde ich.« Ein infernalisches Lächeln umspielte seine schmalen Lippen.

Brinoks Augen verengten sich. Er atmete schwer, sah sich

kampfbereit um und schien eine Gemeinheit oder einen Angriff zu erwarten.

»Du bist ein überheblicher, von seiner eigenen Ehre überzeugter Hund! Ich spüre so manches Mal, dass du mich in Wahrheit verachtest, obwohl ich dich fälschlicherweise bewundert habe. Doch mit deiner heutigen Tat hast du dich vor aller Augen gegen mich gestellt und allen gezeigt, wie wenig du mich respektierst! Du handelst, ohne mich vorher zu fragen, spielst dich als Befehlshaber auf! Du hast dir die Sympathien der Söldnerinnen ergaunert, die ihren allzeit brünstigen Liebhaber beschützen. Ich will zeigen, was für ein elendiges, wertloses Charnir du bist – vor allen Dingen will ich es dir selbst zeigen, damit du deine Selbstgerechtigkeit und deinen überheblichen Stolz verlierst. Wir – also ich, meine Leibwache, du und diese Blonde – gehen jetzt in den Stall. Dort wirst du sie besteigen, und wir werden dabei zuschauen. Anschließend wird sie mir gefällig sein, und du wirst dabei zusehen.« Ein ekelhaftes, heiseres Lachen verließ seine Kehle.

Brinok war entsetzt, und die Karstidin ebenfalls.

»Du bist ein krankes, abartiges Vieh!«, rief Brinok aus. Dann wandte er sich an die Umstehenden. »Seht ihr das denn nicht? Wo ist eure Ehre? Warum folgt ihr diesem stinkenden Stück Charnirscheiße in einen ungerechtfertigten Krieg? Erkennt ihr nicht, dass er verrückt ist und unser Volk ins Unglück stürzt?«

Fiochnan lachte auf und zeigte energisch mit ausgestrecktem Zeigefinger auf ihn. »Jetzt zeigst du endlich deine wirkliche Gesinnung! Ich wurde gewarnt, dass du nicht hier bist, um mir zu dienen, sondern deine eigenen Pläne verfolgst. Nun muss ich schmerzlich erkennen, dass es wahr ist! Du wirst tun, was ich sage, verstanden? Dann lasse ich die Frauen gehen. Tust du es nicht, werde ich sie meinen Männern überlassen, und danach werden alle getötet!« Fiochnan schien die Situation auszukosten. »Hier wird dir die fabelhafte Chance geboten, Retter der Weiber zu sein! Das ist es doch, was du wolltest, nicht wahr?

Ein glorreicher Held!«, spottete er und lachte lauthals. Seine Leibwache fiel mit ein.

Brinok schnaufte vor Wut und ballte die Hände zu Fäusten. »Steig von deinem Pferd herunter und kämpfe mit mir wie ein Mann! Na los! Du zögerst? Du bist feige und versteckst dich hinter deiner Leibwache.«

»Tu, was ich gesagt habe!«, zischte Fiochnan.

»Niemals, du widerliches Arschloch!«

Fiochnan nickte einem seiner Leibwächter zu, dieser legte die Armbrust an und schoss. Eine junge Karstidin starrte ungläubig auf den Pfeil, der in ihrer Brust steckte. Sie stürzte zu Boden und röchelte laut.

Die Frauen schrien entsetzt auf, und einige sprangen erschreckt zurück. Angst beherrschte sie. Sie zitterten, und manche weinten vor Verzweiflung. Die Söldnerinnen waren verwirrt, wussten nicht, wie sie sich verhalten sollten, zumal sich ihnen immer mehr Männer bedrohlich näherten.

»Das Blut des Weibes klebt an *deinen* Händen, nicht an meinen! Ich werde nicht tun, was du verlangst! Dann bring mich lieber um!«, schleuderte Brinok ihm wutentbrannt entgegen.

Fiochnan lachte auf. »Du hast mich anscheinend falsch verstanden: Es geht hier nicht um *dein* verfluchtes Leben, sondern um das der Frauen. Du bist der Sohn von Bearach, des *Bainestors* von Wachtstein, daher werde ich dich nicht töten — noch nicht. Die Frauen werden leiden und sterben, nicht du. Nun, Verräter, wie lautet deine Antwort?«

Brinok fletschte die Zähne. »Du nennst mich einen Verräter? Ich habe nichts und niemanden verraten, ich verurteile nur *dein* begangenes Unrecht. Du solltest Manns genug sein, Kritik und Widerworte ertragen zu können! Du bist nicht unfehlbar, obwohl du dich hier wie ein Herrscher gebarst! Du verhältst dich nicht wie ein Barkländer! Das, was du tust und verlangst, das ist nicht unsere Art und unser nicht würdig! Wir haben Ehre! Doch du, du hast keine! Das Scheusal hat Macht von dir ergriffen!«, rief er aus.

Fiochnans Wangen färbten sich dunkelrot vor Zorn. Gleich darauf gab er einer gotolonischen Wache ein Zeichen. Diese hob die Armbrust an und zielte auf eine andere junge Frau.

Godered tastete nach seinem Dolch und brachte sich in eine bessere Position, diesen auf Fiochnan zu schleudern. Vielleicht musste er jetzt schon einschreiten, ehe der Kerl Brinok doch noch tötete. Es würde bald zur Schlacht kommen, dann würde er sich diesen Widerling schnappen und ihm sein schwarzes Herz aus der Brust reißen.

»Halt!«, rief die blonde Schönheit aus, trat einen weiteren Schritt vor und nickte Brinok zu. Tränen benetzten ihre Wangen. »Niemand soll mehr sterben. Die Frauen gehören zu meiner Familie, sind Freundinnen oder Nachbarinnen. Sie sollen nicht sterben, weil ich mich weigere. Ich bin dazu bereit.« Dann schaute sie Brinok verzweifelt an. »Ich kenne deinen Namen nicht, doch ich möchte dich bitten, erkläre auch du dich dazu bereit. Sonst erfahren die Menschen in meinem Dorf weiteres Leid! Es soll eine Demütigung sein, ich weiß, aber wenn es Leben rettet, so ist es nicht schändlich. Es verletzt deine Kriegerehre nicht. Bitte!« Immer mehr Tränen rannen ihr über die Wangen. Ihr Blick fiel auf ihre Familie, die ebenfalls weinte. Sie ergriff Brinoks Hand und schaute ihn flehend an.

Godered konnte sehen, das Brinok schwer schluckte. Er bebte vor Wut, und Tränen glitzerten in seinen Augenwinkeln. Er sah Fiochnan mit dem Versprechen an, ihn zu töten, doch Fiochnan lachte nur höhnisch. Oh, wie sehr der ältere Bastide dies alles genoss!

Alles in Brinoks Innerem musste vor Wut und Hass brennen. Sicherlich lag ihm der Gedanke nahe, auf die Leibwächter und Fiochnan zuzustürmen und den Tod zu finden, doch dann hätte Fiochnan aus Rache gewiss die Frauen töten lassen. Bestimmt verfluchte Brinok in diesem Moment die Situation, den Auftrag und auch die Tatsache, ein *Dunak tor* zu sein.

Er schloss kurz die Augen, schluckte schwer und nickte dann.

Die Söldnerinnen reagierten empört, schienen Brinok beschützen zu wollen.

»Ihr da! Ihr törichten Weiber mit Schwertern. Ich will euch nicht mehr im Heer haben. Mit euch habe ich nur Scherereien, denn ihr wisst nicht, wem ihr loyal sein müsst, und stiftet Unruhe. Ihr seid in meinen Augen *Graas!* Ihr seid keine Kämpferinnen, sondern läufige Hündinnen, die Brinok umhecheln. Ich dulde in meinem Heer nur noch Männer! Verzieht euch sofort, ihr Schlampen, sonst lasse ich euch entwaffnen und gebe euch den *Gotolonen* im Heer zur Beute«, drohte Fiochnan, und seine Lippen umspielte ein widerwärtiges Lächeln.

Nessa drängelte sich nach vorn, sah ihn voller Verachtung an und spie vor ihm aus. »So einem wie dir möchte ich mit meinem Schwert ohnehin nicht dienlich sein. Du bist weder ein richtiger Soldherr noch ein echter Barkländer, kein Krieger und auch kein Mann! Du hältst dich an keine Regeln und kennst keine Ehre! Es war ein gewaltiger Fehler, deinem Ruf zu folgen!« Sie wartete seine Reaktion gar nicht ab, wandte sich um, ging zu Brionk, küsste ihn vor aller Augen und gab dann den anderen Kriegerinnen ein Zeichen. Diese folgten ihr unverzüglich. Nessa blickte Fiochnan und einige Söldner verachtend an. Godered bemerkte das tiefe Bedauern in den Gesichtern der Männer, dass die Kriegerinnen fortgingen.

Fiochnan ließ Brinok und die blonde Barkländerin von seinen Männern zum Stall führen, folgte ihnen auf seinem Pferd und war dabei dicht umgeben von seiner berittenen Leibwache und anderen Getreuen.

Godered konnte nur erahnen, was in diesem Augenblick in Brinok vorging. Bei diesem Auftrag wurde der Barkländer beständig an seine Grenzen getrieben, und nun musste er sie sogar überschreiten und wurde auf abartige Weise erniedrigt. Wenn er Fiochnan später in die Finger bekäme, würde er ihm wahrscheinlich die Haut in Streifen vom Körper schneiden. Godered würde es ihm nicht verdenken und würde auch nicht einschreiten.

Doch ihm wurde bitter bewusst, dass Brinok mit seinem beherzten Eingreifen den Plan ruiniert hatte. Er hatte nicht nur Fiochnans Vertrauen verloren, sondern sich dessen Hass zugezogen und würde somit nicht mehr bewaffnet in dessen Nähe gelangen. Außerdem musste Godered achtsam sein, da Fiochnan von Brinok gefordert hatte, ihn zu töten. Dies würde nun gewiss ein anderer übernehmen. Er sah sich um, jeder der anwesenden Krieger könnte den Auftrag erhalten.

Sein Blick fiel auf Nessa, die mit ihren Kriegerinnen aufbrechen wollte. Er eilte zu ihr. Sie hatte gerade ihren Fuß in den Steigbügel gestellt, um aufzusitzen.

»Auf ein Wort.«

Sie warf ihm einen argwöhnischen Blick über die Schulter zu. »Du bist der *Gotolone*, der zusammen mit Brinok zum Heer gekommen ist. Brinok hat nichts Gutes über dich verlauten lassen.«

»Ich würde dich dennoch gern kurz sprechen.«

Sie zögerte. Dann stellte sie den Fuß wieder auf den Boden und nickte den anderen Frauen zu. »Wartet hier auf mich!« Sie folgte Godered, der sich ein wenig von den Kriegerinnen entfernte. Die schwarzen Rauchschwaden der brennenden Häuser zogen anklagend zu ihnen herüber. Die gesamte Luft roch nach Rauch.

»Was willst du?« Sie hatte ihr Schwert gezogen und verhehlte ihr Misstrauen ihm gegenüber nicht.

»Was hast du jetzt vor? Wo willst du hin?«, fragte er leise.

Sie zog die Augenbrauen zusammen. »*Das* ist es, was du wissen möchtest?« Sie stieß einen belustigten Ton aus. »Nun, wir wissen noch nicht, ob wir nach Hause reiten oder in ein anderes Land ziehen, um dort unsere Dienste anzubieten. Doch so, wie ich mich fühle, würde ich mich am liebsten auf die Seite der

Karstiden stellen.« Sie sah ihn durchdringend an, und dabei verschmälerten sich ihre Augen. »Warum interessiert dich das? Du bist ein verfluchter *Gotolone!*«

»Fiochnan muss aufgehalten werden, damit er nicht weiteres Leid und Tod über die Barkländer bringt. Eine Schlacht mit den Karstiden wäre blutig und verhängnisvoll. Dein Schwert und das der anderen Kriegerinnen werden benötigt – *gegen* Fiochnan.«

Sie wich einen Schritt zurück. »Ist das eine verfluchte Falle, damit Fiochnans Männer uns alle erschlagen können?«

»Nein.«

»Ich verstehe nicht, warum du so redest. Du bist hier, um im Söldnerheer Beute zu machen, oder etwa nicht, *Gotolone*? Und du bist nicht eingeschritten, um Brinok zu verteidigen, sondern hast dich feige im Hintergrund gehalten!«, warf sie ihm vor.

»Ich verfolge andere Pläne.«

»Was für Pläne?«

»Fiochnan muss aufgehalten werden.«

»Das sagtest du bereits, aber ich traue dir nicht.«

Godered ging näher an sie heran. »Mit Verlaub.« Er nahm behutsam ihre linke Hand und führte sie zu seinem Ohrläppchen. Sie war verwirrt, aber dann begriff sie. Sie betastete es und fühlte den winzigen Knorpel, der sich aufgrund seines durchstochenen Ohrläppchens gebildet hatte. Zuerst stutzte sie, doch daraufhin weiteten sich ihre großen blauen Augen.

»Bist du ein ...?«

Er nickte.

Ein erstauntes Lächeln zeigte sich auf ihren Lippen. »Nicht zu fassen. Das hatte ich nicht erwartet, denn du wirkst recht finster. Und Brinok?«

Er nickte abermals.

Sie schüttelte ungläubig den Kopf. »Brinok ist ein ...? So, wie er sich verhalten hat, hätte ich das nie gedacht. Kaum zu glauben. Gehörte wohl zum Plan, denn so hat er anfangs Fiochnans Bewunderung gewonnen.« Sie schüttelte nochmals den Kopf und lächelte dabei. Dann sah sie ihn mit schmalen Augen ernst an. »Du gehst ein großes Risiko ein, mir das zu offenbaren.« Sie lachte heiser. »Nun, wenn ihr Fiochnan aufhalten wolltet, seid ihr bisher wahrlich nicht erfolgreich gewesen.«

»Um ihn zu töten, sind wir nicht hier.«

»Sondern?«

Er schwieg.

Sie steckte ihr Schwert fort. »Verstehe. Du darfst darüber nicht sprechen. Ich danke dir, dass du mir das offenbart hast. Ich bin sogar erleichtert, dass Brinok kein Söldner ist, denn ich habe ihn wirklich in mein Herz geschlossen. Was möchtest du, was wir tun sollen?«

»Wenn es zur Schlacht kommt, sollt ihr gegen Fiochnans Söldnerheer kämpfen.«

»Was springt dabei für mich und die anderen Kriegerinnen heraus?«

»Ehre.«

Sie lachte auf. »Ehre ist viel wert, füllt aber nicht den Magen. Was hast du zu bieten? Und jetzt sage nicht: Dankbarkeit.«

»Einen großen Teil von Fiochnans Schatz.«

»Das hört sich gut an.« Sie biss sich auf die Unterlippe, schaute an ihm vorbei zu den eingeschüchterten Frauen, die eingepfercht wurden und um ihr Leben bangten. »Ehrlich gesagt würde ich es auch ohne Belohnung tun. Ich hätte mich Fiochnan niemals angeschlossen, wenn ich zuvor seine Pläne gekannt hätte. Ich folgte dem Ruf, weil ich dachte, dass er gegen ein anderes Volk oder andere Söldner zieht.« Sie seufzte. »Also gut. Ich werde es tun. Sei unbesorgt, ich werde den anderen nicht erzählen, was du mir offenbart hast. Wir werden das Heer verlassen und den Söldnern dann in größerem Abstand folgen, um eingreifen zu können.« Sie sah ihn durchdringend und nicht ohne Faszination an. »Ich habe noch nie einen von euch in einer geheimen Mission gesehen. Euch umgibt ja etwas Geheimnisvolles. Das ist aufregend. Und doch … Du scheinst schon allerhand Schreckliches erlebt zu haben, denn deine Augen haben ihren Glanz verloren, und du wirkst für einen Lichtkrieger sehr finster. Gehe ich recht in der Annahme, dass du ranghöher als Brinok bist?«

»Ja.«

Nessa lächelte schal. »Pass auf meinen Brinok auf, damit seine schönen Augen ihren Glanz nicht auch verlieren. Er wird es jetzt recht schwer im Heer haben und ein Gefangener sein. Er wird Hohn und Spott ertragen müssen. Es ist widerwärtig, was Fiochnan von ihm verlangt, aber ich bin stolz auf Brinok, dass er es tut, um die Frauen zu retten. *Das* ist in meinen Augen ein Held – auch wenn dies später mit keinem Lied besungen werden wird.« Sie seufzte nochmals. »Obwohl es deinen Worten nach nicht euer Auftrag ist, so könnte ich mir, da ich dir hier gegenüberstehe und dich anschaue, gut vorstellen, dass du Fiochnan töten wirst. Ich wünsche mir sogar, dass du es tust.« Sie nickte Godered zu und ging zu den Söldnerinnen, die sie neugierig beobachtet hatten. Sie wechselte mit ihnen einige Worte und schwang sich in den Sattel. Nessa sah noch einmal kurz zu ihm herüber und stob mit den anderen Kriegerinnen davon.

Gleich darauf glitt sein Blick zum Stall. Brinok würde nach diesem Auftrag nicht mehr derjenige sein, der er zu Beginn dieses *Aruschs* gewesen war. Jeder Auftrag hinterließ Spuren. Auch Godered veränderte sich, anders als er wollte, denn er wurde vermehrt von Gefühlen heimgesucht. Vieles, was vor dem Diebstahl von *Unaktal* schlüssig und eindeutig gewesen war, wurde zusehends wirrer und komplizierter. Doch eines war für ihn klar: Er *wollte* Fiochnans Tod …

Scholell

Scholell hatte die rausten Bergregionen bereits hinter sich gelassen. Fast hatten die Hunde ihn zu packen bekommen, doch der Ahlore hatte sie gezielt mit Steinen beworfen, und zwei Hunde waren daraufhin jaulend in eine Schlucht gestürzt.

Ihm waren zehn Barkländer mit den restlichen Hunden auf den Fersen. Es waren zähe Männer, die ebenso auf Schlaf und Essen verzichteten wie er. Auch sie hatten Ausrüstung mitgenommen und seilten sich wie er an problematischen Stellen ab.

Es war ihre Heimat, sie waren mit allen Gegebenheiten bestens vertraut, ließen nicht von der Jagd ab und waren zweifelsohne begierig darauf, ihn zur Strecke zu bringen. Manchmal ließ es ihn verzweifeln, wenn er dachte, sie abgehängt zu haben, und er sie von einer Anhöhe herab sehen konnte. Scholell eilte nach Norden und hoffte, die Kampfschule nicht zu verfehlen. Falls das geschehen sollte, blieb ihm die Möglichkeit, noch weiter in Richtung Norden zu fliehen – ins Ahlorenreich.

Wenn er die höchsten Regionen des Adlergebirges geschafft hatte, würde es nicht mehr so karg, sondern dicht bewaldet sein.

Scholell kletterte eine steile Felswand empor, mitunter schien an der richtigen Stelle eine Griffmöglichkeit oder ein Halt zu fehlen. Manchmal konnte er sich nur mit zwei Fingern festhalten, und das kostete ihn enorme Anstrengung. Doch er meisterte die Herausforderungen, zog sich schließlich an einer Felskante hoch und hatte von hier oben einen grandiosen Blick ins Land. Die Berge waren majestätisch, und die Wälder, die er sah, waren smaragdgrün. Das Barkland war rau und wunderschön, konnte aber auch gnadenlos sein. Ja, es war wie seine Bewohner.

Scholell atmete auf, da er keine Verfolger ausmachte. Endlich schien er sie abgehängt zu haben. Während er verschnaufte, lehnte er sich vor, um Ausschau zu halten. Nein, niemand war zu sehen. Für einen Moment wurde ihm schwindelig, und er hatte Angst zu stürzen. Schnell lehnte er sich wieder zurück.

Er war müde und hoffte, in der kommenden Nacht ein wenig schlafen zu können. Er sehnte sich nach einer heißen Dusche und einem weichen Bett im prächtigen Quartier seiner Familie. Wenn der Auftrag beendet war, würde er ein paar Tage Urlaub nehmen und seine Mutter in Nia Smaragdsee besuchen. Schon lange hatte er sie nicht mehr gesehen, er vermisste sie und seine drei Geschwister. Einer Begegnung mit seinem Vater Laiell sah er hingegen mit Bauchschmerzen entgegen. Gewiss hatte er bereits von Avanor gehört, wie unehrenhaft sein Sohn war. Nicht nur das ... später würde sein Vater auch noch erfahren, dass Scholell als Sklave in einem barkländischen Bergwerk geschuftet hatte.

Nochmals lehnte sich Scholell vor und schaute nach unten.

O nein! Es durchfuhr ihn wie ein Blitz.

Dort sah er Metall im Schein der Sonne glänzen! Die Barkländer waren ihm immer noch auf den Fersen. Was für ein hartnäckiger Haufen! Wenigstens war diese Wand für die Hunde zu steil, und sie würden die Tiere zurücklassen müssen. Die Verfolger teilten sich in zwei Gruppen: sechs von ihnen machten sich daran, die Wand emporzusteigen, die anderen vier nahmen die Hunde mit sich. Sie würden Scholell bestimmt auf einem anderen Weg auflauern.

»Du bist ein Ahlore und benötigst keine Pausen!«, trieb er sich an.

Er folgte einem Pfad, der rechts und links teilweise von Felswänden flankiert war und hinabführte. Das war eine Strecke, die er schnell bewältigen könnte. Scholell hastete voran — zu forsch. Er knickte um und stürzte, rutschte den mit Geröll übersäten Hang hinab, der direkt an einer Schlucht endete. Panisch suchte er nach Halt. Immer näher kam der Abgrund, dann, im letzten Augenblick, konnte er sich an einem Felsvorsprung fest-halten. Steinbrocken krachten in die Tiefe.

Mit aller Kraft zog sich Scholell empor, gelangte hinter den rettenden Felsen und lehnte sich mit dem Rücken dagegen. Heftig pumpten seine Lungen. Als der Schreck und das Zittern seiner Hände nachließen, bemerkte er den Schmerz in seinem Fuß, der immer heftiger wurde. Eine derartige Verletzung konnte er nun wahrlich nicht gebrauchen! Er zog den Stiefel nicht aus, um sich seinen Fuß zu betrachten, aus Angst, dass das Gelenk anschwoll und er seinen Stiefel dann nicht mehr anbekam. Also konzentrierte er sich auf die Heilung. Das war nicht einfach, denn er war erschöpft, und es bedeutete für ihn eine enorme Anstrengung. Scholell war erleichtert und unend-lich dankbar, als er spürte, dass der Schmerz etwas nachließ.

»Wenn ich meine Selbstheilungskräfte weiter derart bean-spruche, werde ich schon mit vierzig vergreisen«, sagte er seuf-zend, holte sein Seil hervor, warf die Schlinge um einen hervor-stehenden Felsen und zog sich von der gefährlichen Stelle fort. Weiteres Geröll donnerte in die Tiefe.

Sein Fuß tat noch weh, und er konnte ihn nicht vollends belasten. Während er humpelte, würden die Barkländer aufho-len. Bei diesem Gedanken überkam ihn ein Anflug von Panik.

Weiter, los, weiter!, spornte er sich an.

Als er den anderen Felsen erreicht hatte, verstaute er sein Seil und humpelte voran.

Du bist zu langsam! Sie werden bald bei dir sein und sich deinen Kopf nehmen! Bleibe ruhig! Er atmete tief ein. *Gleich wirst du wieder fest auf-treten und rennen können!*

Aber — so sehr er sich bemühte — das Gefühl der Angst wich nicht. Fast war ihm, als würde ihn sogleich ein Barkländer ein-holen und zu Boden reißen. Er musste sich beruhigen, unbe-dingt. Er hatte einen gewissen Vorsprung ... Vielleicht stürzten die Verfolger ab. Er ertappte sich dabei, wie er den Welten-schöpfer sogar darum bat ...

Lanna

Lanna ging an herrlichen Wasserspielen auf dem weitläufigen Vorplatz des Verwaltungsgebäudes der Tempelanlage entlang, genoss die vielfältigen Geräusche des Wassers, die mal aus einem Plätschern, mal aus einem Rauschen, Strudeln, Blubbern, Säuseln oder Gurgeln bestanden. Spritzende Wassertropfen der Fontänen glitzerten im hellen Sonnenlicht wie kostbare Diamanten. Sie erfreute sich am Anblick der Beete und Pflanzkästen, in denen wundervolle Herbstblumen und duftende Kräuter in satten Farben wuchsen. Viele andere Priesterinnen und Priester genossen ebenso den herrlichen Tag mit seinem tiefblauen Himmel. Nicht ein Wölkchen war zu sehen, und Lanna fühlte sich beschwingt.

Plötzlich trübte sich dieses Gefühl der Leichtigkeit ein, und Unruhe beschlich sie.

Gefahr!

Das Herz schlug ihr bis zum Hals, und ihr Atem wurde schneller. Sie blieb stehen und schaute sich irritiert um. Alle anderen wirkten unbekümmert und gut gelaunt. Gerade als sie ihre Unruhe als unbegründet abtun wollte, sah sie, wie ein Fenster im ersten Obergeschoss des Hauptverwaltungsgebäudes aufgerissen wurde. Dort war ein Priester zu sehen. Er zog seinen weiten braunen Mantel aus, kletterte auf die Fensterbank und sprang ins Freie.

Lanna erstarrte vor Schreck. Sie erwartete einen lauten Schmerzensschrei, doch der blieb aus. Der Priester war äußerst geschickt, wirkte wie ein ausgebildeter Kämpfer, der darin geschult war, schwierige Sprünge zu meistern. Er rollte sich unten am Boden ab und rannte gleich darauf die ausladende Treppe herunter.

Gandoren, die vor dem Hauptportal standen, zogen ihre Schwerter und fegten die Stufen herab. Einige von ihnen warfen ihre Speere auf den Priester, doch da der Gejagte im Zickzack lief, verfehlten sie ihn, und die Speere schlugen in Bäume oder

Pflanzkästen ein – dabei wurde ein anderer Priester nur knapp verfehlt. Der Flüchtende sprang behände über Bänke, Blumenkübel und künstliche Wasserspiele. Ein *Gandore* legte seinen Bogen an, zielte und schoss. Der Pfeil surrte durch die Luft und blieb in der Schulter des Mannes stecken. Er zuckte nur kurz und rannte weiter. Ein weiterer Pfeil traf ihn in den Rücken und noch einer ins Bein, der ihn zu Fall brachte.

Alles in Lanna schrie: *ein Attentäter!*

Der Großpriester Ermgas erschien mit zwei weiteren Priestern und vier *Gandoren* und eilte zum Verletzten, der verzweifelt versuchte sich aufzurappeln. Er kämpfte sich auf die Beine, um gleich darauf wieder zu stürzen.

Schließlich war Ermgas bei ihm, beugte sich zu ihm hinab, redete mit ihm und schien ihm auch zu drohen. Daraufhin sagte der blonde Verletzte etwas zu ihm, was Ermgas erzürnte. Der *Rotrot* gab einem *Gandoren* einen Wink und dieser stach den Verletzten mit seinem Schwert vor aller Augen nieder.

Lanna und die anderen auf dem Platz erstarrten. Sie war schockiert und konnte kaum glauben, was gerade geschehen war. Durfte hier in der ehrwürdigen Tempelanlage ein Mensch so einfach getötet werden? Das war doch ein Ort des Friedens, der Vergebung und der Gewaltlosigkeit. Nicht nur sie, auch andere Priester waren entsetzt, manche sogar verstört. Weitere *Gandoren* kamen mit einer Trage herbei, legten den Toten darauf und brachten ihn in ein Nebengebäude.

Als der erste Schreck wich, flammten Gespräche auf, die sich immer mehr in ihrer Intensität steigerten, bis große Aufregung herrschte. Zahlreiche Priester strömten auf den Platz und versammelten sich in der Hoffnung, eine Erklärung zu erhalten. Ranghohe Priester eilten hingegen ins Verwaltungsgebäude. Es herrschten Bestürzung, Unverständnis und Furcht.

Lanna war flau im Magen, und sie begann zu zittern. Ob Ellarell tot war? Sie musste es wissen! Anfangs zögernd, dann immer entschiedener ging sie zur Treppe, wo sich Menschen und Ahloren versammelten. Sie drängelte sich an ihnen vorbei und flitzte die Stufen hinauf. Am Eingang wurde sie von einem *Gandoren* mit einer energischen Geste zurückgewiesen, und sie sah sich nur selbst in seinem spiegelnden Visier.

»Was ist mit Ellarell?«, fragte sie, erhielt aber keine Antwort. Die große Gestalt war ihr nicht geheuer, und ein Frösteln überkam sie.

Aus dem Augenwinkel heraus sah sie Ermgas, der an ihr vorbeihastete. »Großpriester! Großpriester Ermgas!«, rief sie ihm zu. »Was ist mit Ellarell?«

Der Großpriester blieb neben ihr stehen. Er war kreidebleich. »Er ist wohlauf. Es besteht kein Grund zur Sorge!«, antwortete er knapp und eilte ins Gebäude.

Lanna atmete auf, und trotzdem stieg beklemmende Angst in ihr empor. Loguhns Warnung war also mehr als berechtigt gewesen. Die *Gobarem* versuchten, den Hauptgroßpriester umzubringen. Und dem Feind war es nicht nur gelungen, sich Zutritt in die Tempelanlage zu verschaffen, er war sogar ins Hauptverwaltungsgebäude hineingelangt. Ellarell war in allergrößter Gefahr gewesen!

Lanna ließ sich auf eine Treppenstufe sinken. Noch immer herrschte große Aufregung. Würde den Priestern verkündet werden, dass der Mann ein Attentäter – wahrscheinlich ein *Gobarem* – gewesen war? Das konnte sie sich nicht vorstellen. Man würde ihnen die Wahrheit verschweigen. Lanna sah sich die Männer und Frauen auf dem Platz an. In den Tempel erhielten auch Pilger aus anderen Ländern Zutritt. Befanden sich gar weitere Attentäter unter ihnen?

Als sie Schritte hörte, die sich ihr näherten, sah sie auf. Der rogarländische *Rotorange*-Priester Ricwic, zu dem Lanna des Öfteren ging, wenn sie mit jemandem über die Heimat sprechen wollte oder das Heimweh sie plagte, legte ihr kurz die Hand auf die Schulter und setzte sich neben sie. »Ist mit dir alles in Ordnung? Du hast keinen Farbpartikel mehr im Gesicht und siehst aus, als würdest du gleich umkippen.« Er trug seine dunkelblonden Haare zu drei langen Zöpfen geflochten und hatte einen kurz gestutzten Bart.

»Es ist nur der Schreck.«

»Ja, wir alle sind entsetzt. Ich habe vernommen, dass der Eindringling ein Gotone war und versucht hat, den Großpriester Ermgas umzubringen.«

Lanna war erstaunt. »Ermgas? Nicht Ellarell?«

Er schaute sie überrascht an. »Wieso Ellarell? Nein, Ermgas sollte getötet werden, vielleicht weil er in Gotonien die Friedensgespräche forcieren will. Ermgas möchte verhindern, dass sich die Gotonen selbst zerfleischen. Außerdem ist er darum bemüht, die Evidanier davon abzuhalten, in Gotonien einzufallen. So wie ich hörte, sollen die Feuer in den evidanischen und gotonischen Schmieden glühen, und es wird eifrig gerüstet. Seine Bemühungen um Frieden werden nicht von allen *Köans* gebilligt – wie man gerade sehen konnte. Es sind unruhige Zeiten, liebe Lanna.« Er erhob sich und schaute lächelnd zu ihr herunter. »Ich habe gestern Moosplätzchen aus der Heimat erhalten. Wenn du möchtest, kannst du später mit einem Gefäß vorbeikommen und dir welche abholen. Sie sind diesmal besonders köstlich. Vielleicht möchtest du bei dieser Gelegenheit mit mir reden – du siehst bedrückt aus. Du weißt: Ich bin immer für dich da!« Er nickte ihr aufmunternd zu und begab sich zu Priestern, die zu einer Traube zusammenstanden und aufgebracht diskutierten.

Wieso wurde ein Attentat auf Ermgas verübt? Sie war verwirrt.

Lanna saß der Schreck in den Knochen, und es besorgte sie, dass das eigentliche Attentat auf Ellarell demnach noch bevorstand. Sie hoffte inbrünstig, dass dieses Ereignis den Hauptgroßpriester aufgerüttelt hatte und er die Sicherheitsvorkehrungen massiv verschärfte. Nichts in dieser Welt schien Lanna sicher und friedlich. Sie dachte wieder an die Unheil bringende schwarze Wolke, die in ihrem Traum auf den Tempel zugezogen war. Schwermut befiel sie. Seit Beginn des ersten Auftrags hatte sie viel von ihrer Unbeschwertheit eingebüßt, und sie war in manchen Lebensbereichen gezwungen worden, schnell erwachsen zu werden ... *zu* schnell.

Ernwic

Der Rogarländer Ernwic war äußerst beunruhigt, da er das Gerücht gehört hatte, dass im Tempel auf den Großpriester Ermgas, der um Frieden in Gotonien bemüht war, ein Attentat verübt worden war. Er wollte mit jemandem darüber sprechen, aber — er verstand es selbst nicht — mit keinem Rogarländer, sondern es drängte ihn zu Mefido. Also machte er sich in der Kampfschule auf die Suche nach ihm, wunderte sich dabei über die Krieger, die sich wie gewohnt in den Waffen übten, über Hindernisse kletterten, den Kampf vom Pferdesattel aus trainierten oder sich in der waffenlosen Selbstverteidigung ausbilden ließen. Ernwic spürte keine außergewöhnliche Aufregung oder Anspannung. Hatten sie nichts vernommen? Es musste so sein, sonst hätten sie bestimmt in Gruppen zusammengestanden und heftig diskutiert.

Dann entdeckte Ernwic den Ostieden Mefido, der ein wenig abseits des Kampfgeschehens zusammen mit Li unter einem Baum auf einer Bank saß. Sie lachten und wirkten recht verliebt, gar wie ein Paar Turteltäubchen. Für einen Moment überlegte er, ob er ihre Zweisamkeit stören sollte, doch er war zu besorgt. Er *musste* mit Mefido reden und hielt direkt auf sie zu.

Ihre Kleidung war staubig, und vor ihnen lagen verschiedene Übungswaffen. Sie waren verschwitzt und tranken während ihrer Unterhaltung zwischendurch aus ihren Feldflaschen.

Mefido bemerkte Ernwic gar nicht. Der Ostiede schien in letzter Zeit frohgemut und hatte sein Aussehen verändert. Er trug seine schulterlangen schwarzen Haare nicht mehr mit einer Paste streng nach hinten gekämmt, sondern locker und hatte die obersten Haare am Hinterkopf zurückgebunden. Das stand ihm ausgezeichnet und ließ ihn kriegerischer wirken.

»Ich unterbreche euer Gespräch nur ungern, aber ich würde gern mit Mefido sprechen«, sagte Ernwic, als er vor ihnen stand und sein Schatten auf sie fiel.

Der Ostiede fühlte sich offensichtlich gestört, doch Li erhob sich und nahm ihre Waffen an sich. »Ich muss meine Feldflasche ohnehin auffüllen. Wir treffen uns später am Bogenschießplatz, ja?«

»Gern«, sagte Mefido mit sanfter Stimme und schaute ihr verträumt hinterher.

Ernwic ließ sich neben ihn nieder. »Du wirkst glücklich. Du solltest sie heiraten.«

Mefido, der seine Trinkflasche zu den Lippen geführt hatte, ließ diese verblüfft sinken. »Heiraten?«

»Ja. Es ist leicht zu erkennen, dass ihr euch guttut und mehr als Freundschaft füreinander empfindet.«

»Sie ist eine Kämpferin. Ich wünsche mir einmal eine Frau, die sich um Haus und Kinder sorgt.« Ein Schatten huschte über Mefidos Gesicht, und er nahm ein paar kräftige Schlucke.

»Das ist Blödsinn und entspricht überhaupt nicht den Bedingungen, unter denen du hier lebst. In der Kampfschule gibt es Kindermädchen und auch Leute, die sich um den Haushalt kümmern. Du bist nicht in Ostiedien und unterliegst somit wahrlich nicht mehr den gesellschaftlichen Zwängen deines Volkes. Wenn dir das Glück schon über den Weg läuft, dann greif zu und wirf deine alten Wertvorstellungen über Bord — am besten in die tiefste Stelle des Ozeans. Heirate sie.« Ernwic dachte an sein vielfaches Unglück, das ihn im Leben ereilt hatte. Er bemühte sich, nicht mehr allzu missgünstig auf das Glück anderer zu schauen. »Wie alt bist du?«

»Dreißig.«

»Dann wird es allerhöchste Zeit, denkst du nicht?«

Mefido verschloss seine Flasche, legte sie neben sich und rieb sich nachdenklich das glatt rasierte Kinn. »Ich mag sie schon sehr gern ...«

»Dann beweise Mut.«

Mefido biss auf seine Unterlippe, vielleicht überlegte er, wie er es anstellen sollte. Plötzlich schaute er Ernwic an. »Aber deshalb bist du nicht zu mir gekommen, nicht wahr?«

»Hast du schon vom Attentat im *Tempel des Lichts* gehört?«

»Li hat mir von dem Gerücht berichtet — und bisher ist es ja nur ein Gerücht, denn es wurde noch nicht offiziell bestätigt.«

»Bist du nicht beunruhigt?«

»Weshalb? Es soll ja misslungen sein.«

»Mich erfüllen die Dinge, die in letzter Zeit geschehen, mit Sorge. Ich bin gefühlt seit einer Ewigkeit ein *Dunak tor*, habe schon an vielen Einsätzen teilgenommen, eine Menge gesehen und erlebt und bin auch schon etliche Jahre in der *Nurr Schiandell*, doch nie zuvor habe ich von einem Attentat im Tempel gehört.«

»Ich ebenfalls nicht, und ich gebe zu, dass ich es für unwahrscheinlich gehalten habe — schließlich befinden wir uns hier im sicheren Ahlorenreich.«

»Auch wenn dir momentan aufgrund deiner Verliebtheit die Sonne aus dem Hintern scheint, frage ich dich nochmals: Beunruhigt dich das nicht? Und merkst du nicht, dass sich hier die Stimmung verändert?«

»Ich verbringe viel Zeit mit Li, bin aber trotzdem wachsam. Ich spioniere sogar Avanor hinterher — weil er es ebenso mit mir tut. Ich verstehe nur nicht, welchen Anlass ich ihm dazu gegeben haben könnte.« Er räusperte sich und zog seine Unterlippe an den Zähnen vorbei. »Ich halte ihn wahrlich nicht für einen aufrechten Ahloren. Mehrfach habe ich beobachtet, wie ihm heimlich Briefe zugesteckt wurden. Und mir fällt auf, dass sich die *Dunak tor* vermehrt ihrer Herkunft besinnen und sich lieber zu ihresgleichen gesellen. Daher, mein graubärtiger Freund, bin ich überrascht, dass du zu mir kommst und nicht mit einem Rogarländer sprichst.«

»Diejenigen, die das Gespräch mit mir suchen, haben davor lange Zeit nicht mit mir geredet. Das ist mir ehrlich gesagt suspekt. Dich habe ich beim *Arusch* kennengelernt, und es hat großen Eindruck bei mir hinterlassen, wie du diesem arroganten Schnösel Avanor die Meinung geblasen hast. Ich denke, du trägst dein Herz am rechten Fleck.«

Mefido strich sich eine Strähne seines schwarzen Haares hinter das Ohr und sah ihm in die Augen. »Nun, ich habe dich anfangs für einen verbitterten, vorzeitig gealterten Mann gehalten — tut mir leid, dass ich das so offen sage. Doch ich habe dich zu schätzen gelernt. Mittlerweile denke ich, dass es eine gute Entscheidung von Godered war, uns zurückzusenden. In Barkland hätten wir beide nichts ausgerichtet, aber hier können wir unsere Augen und Ohren offen halten.«

»Wirst du Godered von deinen Beobachtungen berichten, wenn er wieder hier ist?«

»Wirst *du* es tun?«

»Als ich ihm im *Gratan*heer unterstellt war, da habe ich ihn gehasst und verachtet, aber mir ist bewusst geworden, dass ich es getan habe, weil er Fil überlebt hat und meine Söhne nicht. Ich war eher wütend auf das Schicksal als auf ihn. Ich habe ihm wirklich fiese Dinge vorgeworfen und wollte ihn aus der Reserve locken, um das Bild, das ich mir von ihm gemacht hatte, zu bestätigen. Doch er ging nicht darauf ein. Ich musste meine Meinung über ihn gehörig korrigieren — schon allein, als ich ihn kämpfen sah. Also, ich antworte dir mit: ja. Ich werde ihn einweihen, denn ich kann mir bei ihm gewiss sein, dass er es niemandem weitererzählt und dem nachgeht.«

Mefido nickte nachdenklich und massierte sich eine schwielige Stelle seines Handballens. »Ich habe in letzter Zeit oft über ihn nachgedacht. Ich würde ihn niemals zu einem Festessen einladen, niemals mit ihm einen geselligen Spaziergang unternehmen, und ich würde meine Schwestern einsperren, wenn sie sich in sein schönes Gesicht verlieben sollten. Doch sollte ich erfahren, dass etwas mit Avanor oder einem anderen *Dunak tor* nicht stimmt, würde ich ihm früher oder später davon berichten.«

Ernwic nickte, er wünschte sich sogar, dass Godered endlich wiederkam, um die Dinge ebenfalls zu beobachten. Der Rogarländer klatschte sich auf die Oberschenkel, stand auf und legte seine Hand kurz auf Mefidos Schulter. »Es ist beruhigend zu wissen, dass ich dir vertrauen und mit dir über solche Dinge reden kann. Nun geh zu Li – höre auf mich und mache ihr einen Antrag.« Er hob lehrerhaft den Finger, schenkte ihm ein aufmunterndes Lächeln und ging davon.

Aus dem Augenwinkel heraus sah er den Rogarländer Gerdic, der ihn beobachtete und dabei missbilligend den Mund verzog.

Brinok

Brinoks Herz war mit Hass erfüllt, und dieses alles verschlingende Gefühl überflutete sein Inneres. Er war kaum in der Lage, einen klaren Gedanken zu fassen, denn alles in ihm schrie nach Rache.

Er war an den Händen gefesselt, und das Ende des Seils war am Sattel eines hünenhaften Leibwächters befestigt. Wäre doch nur Fiochnan in seiner Nähe, dann würde er ihm das Seil um den Hals schlingen und ihn erdrosseln.

Fiochnan ... dieser abartige, von *Dalanurs* finsterer Macht durchflutete Widerling!

Doch das Scheusal wagte es nicht, Brinok zu töten, da dessen Ansehen trotz der Erbärmlichkeit, zu der man ihn gezwungen hatte, hoch war. Solch eine Tat könnte die anderen Adligen dazu bewegen, das Söldnerheer umgehend zu verlassen. Sie hätten es vielleicht sogar längst getan, wenn Fiochnan ihnen nicht reichlich Beute zugestanden und bereits Gold aus seinen Truhen geschenkt hätte. Brinok verachtete sie dafür, empfand sie als geldgierige Felsläuse.

Fiochnan hatte sich wohl nach Brinoks Herabwürdigung eine andere Reaktion der Krieger erwartet, dass sie ihn mit Hohn und Spott überzogen, doch das taten nur die *Gotolonen*, die Barkländer nicht ... nicht mehr. Nachdem Brinok sich heute Morgen befreien konnte und in einem fast irrigen Wutausbruch vier Söldner niedergeschlagen hatte, hielten sie gebührenden Abstand zu ihm und sahen wieder zuallererst den Krieger in ihm und nicht den Gedemütigten.

Er hoffte inständig, dass er endlich die Gelegenheit dazu bekam, das Schwein eigenhändig zu töten. Er würde keine Gnade walten lassen und wollte in seinen Augen Schmerz und Entsetzen sehen. Fiochnan sollte krepieren ... ganz langsam. Die Bilder, auf welche Art und Weise er ihn töten wollte, wechselten beständig, doch stets sah er ihn dabei erbärmlich um sein Leben winseln. Dieser Haufen lebender Charnirscheiße hatte nicht nur Gohan hinrichten, Frauen und Marrac töten lassen, er hatte auch den Überfall auf das Dorf befohlen und Brinok zum Beischlaf mit der blonden Schönheit gezwungen. Niemals zuvor hatte sich Brinok derart schäbig, zutiefst erniedrigt und beschmutzt gefühlt. Es war, als wäre ihm ein Stück seiner Seele und seiner Ehre herausgerissen worden. Fiochnan und seine Leibwächter hatten das Schauspiel genossen und anschließend war Brinok gefesselt worden und hatte zuschauen müssen, wie das widerwärtige Mistvieh die Karstidin brutal genommen und – entgegen seines Versprechens – ermordet hatte.

Brinok hatte verzweifelt und zornentbrannt an seinen Fesseln gerissen, bis seine Handgelenke geblutet hatten. Fiochnan hatte ihn nur verlacht und später mit seinem Großmut geprahlt, als er die anderen Frauen in die Freiheit entlassen hatte.

Das hier war Barkland, Brinoks Land, sein Volk!

Mit jedem Schritt, den er tat, ging er auf dem Land seiner Vorfahren, das einst nicht in Bastiden und Karstiden geteilt gewesen war. Nie zuvor hatte er es so intensiv empfunden. Es war *ein* Volk! Würden sie sich vorrangig so begreifen, wäre das, was hier geschah, unmöglich: In Zeiten des ausgehandelten Friedens zwischen den Horden zogen Barkländer gegen Barkländer, weil eine hässliche Erdkröte es von ihnen verlangte. In diesem Heer, in dem sich überwiegend Söldner befanden, gab es keine Ehre. *Dalanur* hatte Fiochnan vergiftet und vergiftete auch die meisten Köter, die sich in seiner Nähe aufhielten und um seine Gunst hechelten.

Brinok war kaum in der Lage, an etwas anderes zu denken als an Fiochnans Tod. Die Armschienen und der Auftrag waren für ihn nachrangig. Das brutale, gewissenlose Charnir sollte nur sterben und viele Söldner mit ihm!

Das Heer würde bald ein Lager aufschlagen und morgen ins nächste Dorf einfallen. In dieser Siedlung würde Brinok nicht mehr in der Lage sein, den Frauen zu helfen. Er hoffte und betete inständig, dass die Dörfler von der drohenden Gefahr gehört hatten und bereits auf der Flucht waren.

Unruhe erfasste das Söldnerheer. Anfangs verstand Brinok den Grund nicht, doch dann sah er einen Boten, der das Banner des bastidischen Hordenführers Fiaroch emporhielt. Er wurde direkt zu Fiochnan geleitet, der etwas weiter vorn ritt. Der Bote mit schütteren braunen Haaren und einem langen Schnurrbart, wurde von den Leibwächtern aufgefordert, vom Pferd zu steigen. Als er dem zähneknirschend nachkam, wurde er nach Waffen durchsucht und zu Fiochnan geführt, der sich schäbig grinsend dessen Worte anhörte. Brinok konnte vernehmen, dass Fiochnan befohlen wurde, unverzüglich das Gebiet der Karstiden zu verlassen und sich zum bastidischen Hordenführer zu begeben, um sich vor ihm zu rechtfertigen. Ferner sollte er sich vor einem *Sagart*gericht wegen seines eigenmächtigen, unrechtmäßigen Handelns und des Mordes am ersten Boten verantworten.

Fiochnan lachte nur schallend und warf dabei überheblich den Kopf in den Nacken. Mit einer schnellen Bewegung zog er sein Schwert und schlug es dem Boten in den Hals, aus dem sogleich eine Blutfontäne herausschoss.

Brinok erstarrte.

Das war abermals ein ungeheuerlicher Rechtsbruch! Kein Barkländer durfte dem Boten eines Hordenführers auch nur ein Haar krümmen, und er hatte es jetzt bereits zweimal getan. Diese Felslaus spuckte auf alle Bräuche und Gebote, und niemand hielt ihn auf. Im Gegenteil! Die Männer standen da und verhöhnten den Sterbenden. In Brinok entbrannte der Wunsch, wenn er das alles überlebte, aus dem Kampforden auszuscheiden und Jagd auf jeden einzelnen dieser Söldner zu machen, bis das Antlitz dieser Welt von ihnen gesäubert war. Er durfte sich eigentlich nicht den Gefühlen der Rache hingeben, aber wie sollte ihm das gelingen? Die Regeln und Ziele der *Dunak tor* erschienen ihm übermenschlich.

Der Bote brach zusammen, und das Blut sprudelte aus seiner Verletzung. Verzweifelt presste er die Hände auf seine Wunde. Fiochnan lachte schallend, fast irre, ließ sein Pferd steigen, damit es gleich darauf voller Wucht mit seinen Hufen auf den Boten trampelte. Hörbar brachen Knochen. *Dalanur* schien immer mehr die Menschlichkeit aus ihm herauszusaugen.

»Du feiges Stück Scheiße! Du bist weder ein Krieger noch ein richtiger Mann! Du bist ein Schwächling, der sich hinter dem Glanz des Goldes und dem Stahl seiner Leibwächter versteckt«, brüllte Brinok. »Und so einem tückischen, ehrlosen Feigling wollt ihr folgen?«, rief er den anderen zu. »Kommt endlich zur Besinnung! Zu allererst seid ihr Barkländer, dann erst Söldner! Das hier ist Barkland, *unser* Land!«

Der einzige *Gotolone*, den Fiochnan in seine Dienste als Leibwächter genommen hatte, schlug ihm mit einem Knüppel auf den Rücken. »Halt gefälligst dein Schandmaul!«

Brinok fuhr zu ihm herum, besah ihn hasserfüllt von seinem Scheitel bis zu den Stiefelspitzen. »Dich nehme ich mir später vor!«, zischte er. »Du bist ebenfalls ehrlos. Es ist kein Wunder, dass die Gotonen auf solche wie dich herabblicken und nicht mehr in ihr Volk aufnehmen wollen!«

Der *Gotolone* mit den haselnussbraunen Haaren ließ wutentbrannt seinen Knüppel nochmals auf Brinok herabsausen. »Ganz gleich, ob du der Sohn von irgendeinem verfluchten *Bainestor* bist oder nicht: Fiochnan wird dich früher oder später töten.«

»Das werden wir ja sehen!«, stieß Brinok aus und wurde abgelenkt, da der Bote neben ihm hörbar seinen letzten Atem aushauchte.

»Hier ist nichts mehr der Beachtung wert! Also weiter!«, rief Fiochnan aus.

Brinok konnte sich gar nicht beruhigen. »Und ihr Adligen macht das alles mit? Ihr seht zu, wie ein unwürdiger Schluchtenscheißer sich über unsere Gesetze und Gebräuche hinwegsetzt? Was ist los mit euch? Was sollen eure Kinder über euch denken und sagen?«, brüllte er, und seine Lungen pumpten heftig. Am liebsten hätte er jeden Einzelnen von ihnen vom Sattel gerissen und ihnen Verstand eingeprügelt.

Stattdessen bekam er einen weiteren harten Schlag mit einem Knüppel und sackte vor Schmerz zu Boden. Einige Söldner – allen voran *Gotolonen* – verhöhnten ihn ... die Adligen aber nicht. Er konnte sehen, wie einige von ihnen ins Grübeln gerieten.

Er wünschte sich, dass der Allwissende eingriff und die gewissenlosen Charnire allesamt mit einem gewaltigen Blitz erschlug.

Godered

Godered war dem goldblonden Adligen Drochnan, der sich zum Pinkeln in den dichten Wald begeben hatte, in weitem Bogen gefolgt, sodass er von dessen Begleitern unbemerkt geblieben war. Als Drochnan fertig war, trat Godered hinter einem Baum hervor. Erschreckt zog der Barkländer sein Schwert, und Godered hob beschwichtigend die Hände.

»Was willst du?«, stieß der Adlige hervor, während er sich nach seinen Männern umsah.

»Nur reden. Ich bin allein.«

Drochnan musterte ihn misstrauisch. »Du bist der *Gotolone*, der so oft an Brinoks Seite war.«

»Ja, genau dieser.«

Der Adlige wirkte ein wenig verunsichert. Seine Begleiter hatten Godered bemerkt und kamen mit gezogenen Waffen auf ihn zu. Drochnan gebot ihnen mit einer energischen Handbewegung, sich nicht weiter zu nähern. »Reden? Worüber?«

»Ich denke, du weißt es.«

Drochnan wirkte unschlüssig, doch dann nickte er knapp. »Also gut. Lass uns reden. Gehen wir ein Stück.« Er gab seinen Männern ein Zeichen, und sie blieben zurück.

Als sie sich von seinen Gefolgsleuten entfernt hatten, aber noch in Sichtweite waren, blieb Drochnan stehen. Nach wie vor hielt er den Griff seines Schwertes umschlossen. »Du willst mich überzeugen, das Söldnerheer zu verlassen, ja?«

»Ja.«

Ein kleiner Funken Spott glitzerte in seinen Augen. »Das hat Brinok schon versucht. Du kannst es dir also sparen. Ich habe bei den Karstiden reichlich Beute gemacht, und Fiochnan hat mir eine Truhe randvoll gefüllt mit Gold gegeben.«

»Gold – ist das alles, was du begehrst? Hat deine Ehre einen bestimmten Preis? Ist dieser bereits erreicht, oder lechzt du unersättlich nach mehr? Ist es dir gleichgültig, dass das Gold mit barkländischem Blut besudelt ist?«

Drochnan hob seine Waffe an, und seine Nasenlöcher weiteten sich vor Zorn. »Pass auf, was du sagst, *Gotolone!*«

Godered ließ seine Stimme ruhig klingen. »Sag, findest du es gerecht und angemessen, wie Fiochnan – ein einfacher Mann ohne bedeutende Ahnen – den Adligen Brinok behandelt? Ist es rechtens, was er mit den beiden Boten eures Hordenführers getan hat? Glaubst du, die Hordenführer werden solch schändliche Taten, die eine ungeheure Provokation darstellen, ungestraft lassen? Sie werden alle Adligen und Krieger, die in diesem Heer sind und somit Fiochnan unterstützen, zur Rechenschaft ziehen und bestrafen – dich eingeschlossen. Fiochnan hat die Söldnerinnen fortgejagt. Euer Heer schrumpft. Und es ist allzu offensichtlich, dass Fiochnans Plan in seiner Gänze nicht aufgehen wird: Die Karstiden sollten vor Angst erbeben, ihn um Gnade anflehen und sich ihm anschließen. Nun, ich habe bisher keinen Karstiden gesehen, der das getan hat. Du? Fiochnans Plan ist ehrlos und wahrlich nicht heldenhaft. Er wird beherrscht vom Drang nach Macht, Zerstörung, immer mehr Reichtum und dem irrsinnigen Ziel, die Ahloren anzugreifen. Glaubst du ernsthaft, dass ihr dieses Ziel erreichen könnt? Die Ahloren marschieren an der Grenze auf, bringen ihre Geschütze in Stellung und werden dort auf euch warten.«

Drochnan zog die Oberlippe ein wenig empor. »Ich will gar nicht ins Ahlorenreich. Ich will nur Beute machen, endlich mal wieder in Schlachten kämpfen, Ruhm ernten und anschließend nach Hause zurückkehren.«

»Ruhm ernten? Was willst du deinen Kindern erzählen, wenn du zurückkehrst? Willst du dich in Lügen verstricken oder die Wahrheit berichten: dass du friedliche Dörfer überfallen und gebrandschatzt hast? Das ist wahrlich nicht heldenhaft, und wenn sie die Wahrheit erfahren, werden sie dich mit Verachtung strafen. Verlangt es dich nach einer Schlacht, so wirst du diese haben, solltest du Fiochnan weiter folgen. Für euch wird diese wenig heroisch enden – für eure Gegner hingegen wird es ein wahrer Triumph. Der Hordenführer der Karstiden zieht euch mit einem Heer entgegen, und der Hordenführer der Bastiden wird in eurem Rücken erscheinen. Sie werden sich verbünden und euch hinwegfegen. Deine Kinder werden deinen Namen verfluchen und erfüllt sein mit Scham. Man wird dir dein Gold und deine Beute fortnehmen, dich töten, und deine Knochen werden irgendwo in einem der karstidischen Wälder verrotten.«

Drochnan mahlte mit dem Unterkiefer, und sein Blick wanderte dabei beunruhigt hin und her. Er schnaufte laut und blickte Godered mit verschmälerten Augen an. »Wer bist du? So würde kein verdammter *gotolonischer* Söldner reden, der selbst auf Beute aus ist.«

»Ich bin Brinok überaus verbunden und kann es weder hinnehmen, wie er behandelt wird, noch billigen, was hier vor sich geht«, antwortete Godered.

Drochnan schüttelte den Kopf. »Du hast mir nicht gesagt, wer du bist.«

»Nur jemand, den es bekümmert, was hier vor sich geht.«

Drochnan hob sein Schwert mit einer langsamen Bewegung an und schob mit der Spitze behutsam Godereds Haare vom Ohr fort. Godered war äußerst achtsam, und bei einer falschen Bewegung würde er den Adligen ausschalten.

»So wie du redest, hätte ich vermutet, dass du einen verfluchten Ohrring trägst. Aber den hättest du sicherlich herausgenommen. Bist du ein *Dunak tor*? Wenn dem so ist, frage ich dich: Warum sind deine Mitstreiter nicht mit einem Heer hier, um dafür zu sorgen, dass der Frieden gewahrt wird? Oder befinden sich noch mehr von euch im Söldnerheer? Was ist mit Brinok?«

»Ich denke, ein Heer ist hierher unterwegs. Und was Brinok anbelangt: Er ist jemand, der sich auf die Tugenden und die Ehre eures Volkes besinnt und Unheil verhindern will.«

Drochnan lachte heiser und steckte seine Waffe fort. »Demnach bist du ein *Dunak tor*. Hätte ich niemals vermutet.« Er sah hinauf zu einer Baumkrone, an der nur noch wenige welke Blätter hingen. Regenwolken zogen auf, und der Himmel wirkte grau und trostlos. »Dann hätten wir also die Karstiden, den bastidischen Hordenführer, die *Dunak tor* und letztendlich auch die Ahloren gegen uns.« Er strich sich nachdenklich über den goldblonden Schnurrbart, der ihm bis auf seine Brust hinabreichte. »Das wäre in der Tat ein Kampf, den wir nicht gewinnen können und bei dem uns der Tod gewiss wäre. Niemand würde ein Heldenlied über uns dichten.« Er straffte entschlossen die Schultern. »Ich komme nicht umhin einzugestehen, dass du wahre Worte gesprochen hast. Ich war verblendet von der Aussicht auf Kampf und Ruhm, dabei habe ich vieles nicht bedacht. Na schön, ich werde mich mit meinen Männern ans Ende des Heeres setzen und recht bald umkehren. Keine Angst, *Dunak tor*, ich werde dich nicht verraten.« Er zupfte sich an seinem Schnurrbart. »Sorge dafür, dass Brinok nicht zuschanden wird. Ich mag den großmäuligen Kerl. Er trägt sein Herz am rechten Fleck.«

»Ich werde auf ihn achten«, sagte Godered, nickte ihm zum Abschied zu und ging weiter in den Wald hinein. Er setzte sich auf einen umgestürzten modernden Baumstamm, der von teils skurrilen Pilzen besiedelt war. Der *Rotrot* schloss die Augen. Er lauschte dem Zwitschern der Vögel und dem Rascheln der welken Blätter an den Bäumen. Leichter, kühler Regen setzte ein, benetzte sein Haupt, seine Hände und den Laubteppich, der den Boden bedeckte. Die winzigen Tropfen waren wie kleine kostbare Perlen, lebensspendend und erfrischend. Der Regen nahm an Intensität zu und wurde zu einem Rauschen, das wie Musik in seinen Ohren klang. Hier im Wald fühlte er sich lebendig und bedeutend wohler — hier, fern von allen Menschen.

Er sog die Luft tief in seine Lungen, doch gelang es ihm

nicht, sich zu entspannen, zumal heute seine vielen Narben besonders stark schmerzten. Einige fühlten sich an, als würden wiederholt kleine Messer oder glühende Nadeln in sein Fleisch getrieben werden.

Ihn bedrückte Schwermut. Zwar würde Drochnan fortreiten und mit ihm viele Krieger, doch noch immer hatte Fiochnan die Armschienen. Zudem war Brinok nun ein Gefangener, und ihn zu befreien, würde nicht so leicht sein. Dazu benötigte er Hilfe. Ob er sich an Loguhn wenden und ihn wenigstens darum bitten sollte, ihn bei Brinoks Befreiung zu unterstützten? Godered befand sich im Zwiespalt. Eine innere Stimme riet ihm trotz seines Misstrauens dazu, sich an Loguhn zu wenden. So wie Loguhn gesagt hatte, waren *Dunak tor* bereits auf dem Weg zu ihnen. Das war gut so. Die Lichtkrieger sollten dann Fiochnans Leibwache aus dem Weg räumen, damit Godered endlich an den Verirrten herankam.

Er horchte auf. Ein Vogel, der gerade noch lautstark gepiepst hatte, war verstummt. Sodann hörte er ein Rascheln im Laub. Das waren keine *Gobarem*, denn sie bewegten sich viel zu ungeschickt. Bestimmt waren es Meuchelmörder, die Fiochnan zu ihm geschickt hatte. Sie würden gesehen haben, dass er mit Drochnan gesprochen hatte, und er konnte nicht riskieren, dass sie Fiochnan davon berichteten.

Er zog seine Waffe und war zu allem bereit.

Scholell

Vom hohen Felsen aus, auf dem Scholell stand, konnte er bereits die Kampfschule sehen. Die wehrhafte mausgraue Festung hatte zahlreiche Türme und eine hohe, zinnenbewehrte, verputzte Mauer. Diese *Schiandell* war seine Hoffnung. Wenn er sie erreichte, war er in Sicherheit. Er *musste* es schaffen!

Die Feinde hatten aufgeholt. Er konnte sie jedes Mal sehen,

wenn der Wald sich um ihn herum lichtete und er von der Anhöhe hinabblicken konnte. Sie gaben nicht auf, ertrugen alles wie er, schienen besessen vom Gedanken, einen Ahloren als Beute zur Strecke zu bringen.

Scholell war vollkommen erschöpft, hatte Hunger und war zwischenzeitlich noch einmal gestürzt. Er hinkte und jeder Schritt war eine Qual. Ihm fehlte die Ruhe, um sich auf seine Verletzung zu konzentrieren und die Selbstheilung voranzutreiben.

Er war ein gehetztes Tier, mehr nicht.

Durchhalten, unbedingt durchhalten! Da oben bist du in Sicherheit! Durchhalten!, spornte er sich an. Sein Fuß tat immer mehr weh, und der Schmerz trieb ihm Tränen in die Augen. Er richtete seinen Blick wieder auf die Kampfschule. *Es ist nicht mehr weit, du schaffst das!*

Auch wenn er sich nicht umwandte, spürte er, dass die Feinde immer näher kamen. Verzweiflung drohte ihn zu überwältigen, und dies raubte ihm seine Kraft.

Weiter, los, weiter! Gleich bist du da! In Sicherheit!

Die Tränen ließen ihn die Umgebung nicht scharf erkennen. Er trat in das Erdloch eines Nagers und knickte erneut mit seinem instabilen Gelenk um. Ein heftiger Schmerz durchfuhr ihn.

Nein! Das war sein Untergang!

Vor Verzweiflung hätte er schreien können!

Er zog seinen Fuß heraus und humpelte voran, versuchte, sich wenigstens beiläufig vorzustellen, wie sein Gelenk heilte. Aber die Pein war zu heftig.

Wenn du stehen bleibst, bist du tot!

Er konnte die Feinde hören, wie sie näher kamen. Er hörte Äste brechen und sogar ihre Stimmen. Als er über die Schulter blickte, erschrak er, wie nahe sie wirklich waren. Gleich hatten sie ihn! Einer von ihnen hob etwas auf und legte es in eine

Schlaufe. Eine Schleuder! O nein! Wenn er ihn traf, war es vorüber.

Von Panik erfasst, hastete Scholell so schnell voran, wie es seine Verletzungen erlaubte. Er konnte das surrende Geräusch der wirbelnden Schleuder hören. Gleich darauf traf ihn etwas hart am Rücken, und er wurde von der Wucht zu Boden gerissen.

Vor Schmerz war er kaum in der Lage, einen klaren Gedanken zu fassen.

Als er sich aufrappeln wollte, waren die Barkländer bei ihm. Einer von ihnen stellte seinen Fuß auf seinen Rücken und drückte ihn mit seinem Gewicht nieder.

»Endlich haben wir dich, elender *Algenfresser!* Aber das muss man dir lassen: Du hast uns eine verdammt spannende Jagd geliefert. Davon können wir noch unseren Kindern und Kindeskindern berichten«, sagte einer von ihnen und lachte beglückt auf.

Die Männer keuchten, auch für sie war es äußerst anstrengend gewesen.

»Wer von uns darf sich seinen Kopf nehmen?«, fragte derjenige, der Scholell niederdrückte.

»Ich! Denn ich habe ihn mit der Schleuder erwischt«, forderte ein junger, braunhaariger Jäger.

Scholell war bestürzt. Sollte das hier wirklich sein Ende sein? Erlegt wie ein Stück Wild? Würde sein Kopf neben einem Geweih über einem Kamin hängen? Er versuchte aufzustehen, doch der Barkländer war zu schwer und trat nur umso stärker auf ihn.

»Ich habe nie seine Fährte verloren, daher steht mir die Beute zu!«, sagte ein sehniger Hellblonder schnaufend.

»Du kannst einen anderen Teil von ihm haben, der Kopf gebührt mir«, verlangte ein narbiger Rothaariger. »Es ist schließlich mein Verdienst, dass wir ihn selbst bei Nacht nicht verloren haben.«

»Weg von ihm!«, rief plötzlich eine raue Stimme, und hinter einem hohen Strauchwerk kamen sechs *Dunak tor* mit gespannten Bogen hervor.

Scholell atmete erleichtert auf. Nie zuvor hatte er sich so sehr gefreut, Krieger seines Kampfordens zu sehen. Tränen der Freude sprangen ihm in die Augen, und er zitterte.

Die Barkländer zogen erbost ihre Schwerter und streckten ihre Klingen den vier barkländischen und zwei ahlorischen *Dunak tor* entgegen.

»Das geht euch nichts an! Verzieht euch! Er ist ein entlaufener Sklave, und es ist unser gutes Recht, dass wir ihn jagen und uns seinen Kopf nehmen!«, fauchte der Barkländer, der seinen Fuß auf Scholell gestellt hatte.

»Er ist ein Ahlore! Ahloren können *niemals* Sklaven sein! Tut mit euren barkländischen Sklaven, was ihr wollt, doch den Ahloren lasst in Ruhe. Geht! Ansonsten werden wir unsere Pfeile nicht zurückhalten«, ließ ein Ahlore entschieden verlauten. An seinem Ohrläppchen funkelte ein Ohrring mit einem violetten Stein. Seine Augen verengten sich zu schmalen Schlitzen, und Scholell zweifelte keinen Augenblick daran, dass er den Schießbefehl erteilen würde.

»Er ist kein verfluchter *Dunak tor*, somit dürft ihr euch nicht einmischen!«, grollte der Barkländer und drückte Scholell noch brutaler nieder, sodass sein Brustkorb fürchterlich schmerzte.

»Geht!«, drohte der Ahlore. »Ich sage es nicht noch einmal!«

Für einen Moment herrschte gefährliche Stille, und Scholell, der kaum Luft bekam, vermutete, dass sie ihre gegenseitige Entschiedenheit mit Blicken ausloteten.

»Das wird ein Nachspiel haben, verfluchtes *Schiefauge!*«, spie der Bastide aus und nahm endlich seinen Fuß von Scholell.

Die Barkländer fluchten laut und beschimpften die *Lichtkrieger* derbe. Schließlich wandten sie sich um und gingen wütend fort.

Scholell rappelte sich auf. Ein barkländischer rotblonder

Dunak tor half ihm und zog ihn kraftvoll auf die Beine. »Danke!«, brachte Scholell heraus, und seine Stimme klang erschreckend kraftlos.

Der Ahlore mit dem violetten Ohrring musterte ihn. »Wie heißt du, und woher kommst du? Wie konnte es geschehen, dass sie dich, einen Ahloren, jagen?«

Scholell legte seine Hand auf den Rücken, der mehr schmerzte als sein Fußknöchel. »Mein Name ist Scholell, und ich bin ein *Dunak tor*. Meine Kampfschule ist die *Nurr Schiandell*, und ich bin mit einem äußerst wichtigen Auftrag in diesem Land. Bisher sieht es allerdings nach einem Misserfolg aus, und ich muss dringend mit eurem Großmeister sprechen.«

Der rotblonde Barkländer, in dessen Ohrring ein blauer Stein leuchtete, rieb sich das vorstehende Kinn. »Wenn man sich dich so anschaut, sieht es in der Tat nach einem Misserfolg aus. Schaffst du es überhaupt zur Kampfschule hinauf, oder soll ich dich tragen?«

Scholells Wangen färbten sich vor Scham. Auf keinen Fall wollte er sich hinauftragen lassen — so viel Stolz war ihm trotz allem verblieben. »Es ist schon besser«, sagte er und versuchte, recht zuversichtlich zu klingen. Er konnte sehen, dass sie ihm nicht glaubten, aber sie schwiegen höflich und gingen voran.

Scholell schaute zurück zu den Barkländern, die sich tatsächlich zurückzogen. Sie hatten tagelange Strapazen auf sich genommen und waren um ihre Trophäe betrogen worden. Zweifellos würden sie nun tiefen Hass auf die *Dunak tor* empfinden.

Seine Anspannung löste sich zusehends, und er musste sich zusammenreißen, um nicht vor Glück und Dankbarkeit zu weinen. Er war gerettet und sowohl der Zwangsarbeit als auch seinen Verfolgern entronnen.

Jeder seiner Schritte war mit großem Schmerz verbunden, aber er ertrug es ohne Jammern. Wenn er die *Schiandell* erreicht und ein Quartier bezogen hatte, konnte er sich endlich ungestört auf seine Selbstheilung konzentrieren und würde bald keine Qualen mehr empfinden.

Jedoch hatte er den steilen Anstieg unterschätzt, und nur der pure Wille trieb ihn voran. Jeder Schritt war eine Pein. Er wusste, dass er mit seiner unschönen Humpelei ein unwürdiges Bild bot, aber er konnte es nicht ändern. Seine Begleiter sahen sehr wohl, dass er am Rande seiner Kräfte war, und passten sich seiner Geschwindigkeit an.

Als er schon dachte, der Weg würde gar kein Ende mehr nehmen, erreichten sie den Vorposten der Kampfschule, der aus einer einschüchternden zinnenbewehrten Toranlage bestand. Von hier aus führte eine Zugbrücke über eine tiefe Schlucht zu einer noch gewaltigeren Toranlage. Sie gingen über die Brücke, und Scholell nahm den grandiosen Ausblick nur beiläufig wahr.

Nur noch wenige Schritte, dann hast du es geschafft!

Endlich gelangten sie in die nüchterne Vorburg, in der sich zahlreiche überwiegend barkländische Kämpfer in den Waffen übten. Sie bemerkten Scholell, und einige von ihnen hielten inne und bedachten ihn mit mitleidigen, verwunderten Blicken. Die Ahloren schienen eine Art Fremdschämen aufgrund seines unwürdigen, erbärmlichen Auftretens und seiner verschmutzten, zerschlissenen Kleidung zu empfinden.

In der Vorburg befanden sich unter anderem Schmieden, Werkstätten, Speicher und Ställe, und es herrschte geschäftiges Treiben. Es sah auch so aus, als würden sich einige Abteilungen von Kriegern für einen baldigen Aufbruch bereit machen.

Immer mehr Kämpfer stellten ihre Übungskämpfe ein und widmeten Scholell ihre Aufmerksamkeit. Sie befragten Scholells Begleiter, doch diese winkten nur ab. Er mobilisierte seine letzten Reserven, um wenigstens einen Hauch erhaben zu erscheinen. Allerdings konnte er an den Reaktionen der anderen erkennen, dass ihm das nicht ansatzweise gelang.

Über ein weiteres Bollwerk mit tiefem Graben und einer zweiten Zugbrücke kamen sie zur eigentlichen Festung, die kühl und funktional anmutete. Die grauen, teils hoch aufragenden Gebäude befanden sich dicht nebeneinander, und davor war ein Versammlungsplatz.

Die *Dunak tor* führten Scholell zum Eingang des mehrstöckigen granitgrauen Hauptgebäudes, das mit seinen kleinen weiß gestrichenen Fenstern und der schlichten Fassade nicht gerade einladend wirkte.

Als Scholell vor der ersten Stufe in eine Unebenheit trat, durchfuhr ihn der nächste stechende Schmerz, und er konnte erst einmal keinen weiteren Schritt machen. Tränen, die seinem erschöpften Zustand geschuldet waren, drängten sich ihm in die Augen. Er atmete ein paarmal tief durch und folgte dem Ahloren und einem Barkländer ins Gebäude hinein.

Der Eingangsbereich wirkte trotz der zahlreichen Ahlorenlampen mit ihrem weißen Licht alles andere als nüchtern. Hier hatten die Barkländer großen Anteil an der Gestaltung gehabt. Das Gebälk wies herrliche Schnitzereien auf, und die Wände waren bunt angemalt, zeigten großflächige Muster, die teils in sich verschlungen, teils spiralförmig und manchmal komplizierte Knoten waren. Es war ein harmonisches Zusammenspiel von Farben und Formen. Zudem hingen an den Wänden Geweihe und andere Trophäen. Diese jagten Scholell einen kalten Schauder über den Rücken, als er sich vorstellte, wie sein eigener Kopf an solch einer Wand hing.

Eine kunstreich verzierte Tür wurde geöffnet. Der Raum, der sich dahinter zeigte, besaß wieder die schlichte Eleganz der Ahloren. Der Fußboden bestand aus poliertem Granit, der schneeweiße Schreibtisch hatte abgerundete Formen und die Schränke, der Besprechungstisch und die anderen Stühle ebenfalls. Eine Glastür führte zu einem Wintergarten, in dem zahlreiche Pflanzen rankten und ein mannshoher Springbrunnen plätscherte.

Hinter dem Schreibtisch saß ein Ahlore, dessen Augen besonders schräg gestellt waren, sein spitzes Kinn war ebenfalls sehr ausgeprägt. Auf dem Schreibtisch stapelten sich Papiere und lagen etliche kleine Kapseln, die Zwicker mit wichtigen Nachrichten zur Kampfschule gebracht hatten. Aus den meisten Metallhülsen hatte er die Nachrichten entnommen und auseinandergerollt.

Der Barkländer informierte ihn kurz über die Vorgänge und verließ zusammen mit dem anderen Ahloren den Raum.

Der *rotrote* Leiter der Kampfschule ließ verwundert seinen Blick über Scholell wandern und bot ihm mit einer dezenten Handbewegung einen Platz an. »Du bist also Scholell. Du siehst recht bejammernswert aus. Ich bin Großmeister Ilell.« Er lehnte sich vor und stöberte in den winzigen Nachrichten herum. »Man macht sich in der *Nurr Schiandell* große Sorgen um euch.« Er fischte eine Nachricht heraus. »Ja, diese hier war es, die ich meine. Sie ist vor zwei Tagen eingetroffen. Ich werde gefragt, ob ich Kenntnis habe, was mit euch ist, und ob ich sonstige Informationen über die Vorgänge in Barkland habe. Nun, die habe ich durchaus und weiß nun zumindest auch über dich Bescheid ...«

»Ihr wisst, was in Barkland vor sich geht?«

»Durchaus.«

»Sagt es mir!«, fiel Scholell ihm überhastet ins Wort und erntete einen strafenden Blick des Großmeisters.

»Du berichtest mir zuerst!«

Scholell zögerte, war sich nicht sicher, was er sagen durfte und was er verschweigen sollte.

Ilell schien zu verstehen, suchte einen weiteren Zettel aus dem Stapel heraus und reichte diesen Scholell. In der Nachricht wurde Scholell sogar namentlich benannt, und er wurde angewiesen, falls er in dieser Kampfschule eintreffen sollte, den Großmeister umfassend zu informieren. Er zögerte, denn er kannte diesen Ahloren, der die Hände gefaltet und sich auf seinem Stuhl zurückgelehnt hatte, nicht. Der Großmeister schaute ihn erwartungsvoll an, und ein kurzes Heben seiner Braue zeigte, dass er nicht verstand, warum Scholell mit seinem Bericht nicht begann.

Scholell räusperte sich, erzählte mit Bedacht und hielt dabei einige delikate Details zurück.

Ilell war zwar – während er aufmerksam zuhörte – bemüht, ein gleichmütiges Gesicht zu behalten, dennoch zeigte er des Öfteren Erstaunen und Ärger. Einmal sprang er sogar erzürnt auf.

»Ein Ahlore als Sklave in einer Mine? Das ist eine Ungeheuerlichkeit! Diese unverfrorene Tat betreffend wird Bearach uns Rede und Antwort stehen müssen! Wie konnte er das nur wagen!« Er schüttelte einige Male so heftig seinen Kopf, dass die Goldperlen in den stufig geschnittenen schwarzen Haaren zusammenschlugen. »Wirklich impertinent!«, stieß er hervor und setzte sich wieder. »Und die anderen beiden *Dunak tor* befinden sich noch in Wachtstein?«

»Ja.«

»Ich werde sie unverzüglich holen lassen!«

»Dann werden alle erfahren, dass Brinok ebenfalls ein *Dunak tor* ist. Zudem wird es dem Ansehen der *Dunak tor* schaden, da wir in die Minen gesteckt wurden. Uns umgibt seit jeher etwas Mystisches, dass würde sich in Hohn und Spott wandeln. Daher muss Brinok im Geheimen bei seinem Vater dafür sorgen, dass Lanaris und Teraal freigelassen werden.«

Ilell presste die Lippen kurz aufeinander. »Das dürfte sich als schwierig gestalten.«

»Großmeister, habt Ihr Kenntnis, was mit den anderen Kriegern unserer *Arutan* ist?«

»Gestern erhielt ich eine Nachricht. Brinok und dieser Godered, von dem du mir berichtet hast, befinden sich im Söldnerheer, der Dritte, ein gewisser Gohan, wurde getötet.«

Gohan tot? Scholell schwieg betroffen. Er hatte zu ihm zwar nicht diese tiefe Bindung wie zu Brinok, Godered oder Lanaris gehabt, aber sie hatten bereits im *Gratan*heer zusammen gekämpft. Scholell hustete sich die Stimme frei. »Weiß man, ob sie etwas in Barkland ausrichten konnten?«

»Brinok ... Brinok ...«, murmelte Ilell mit Blick auf die winzigen Zettel. »Ein Spion, der für die *Dunak tor* tätig ist, hat uns eine Nachricht zukommen lassen. Brinok genießt nicht mehr die Gunst von Fiochnan und wird als Gefangener mitgeführt. Was mit diesem Godered ist, weiß ich nicht. Er hat auf jeden Fall ein Heer zur Unterstützung angefordert, und wir sind von der *Nurr Schiandell* angehalten worden, ein Kontingent zu entsenden. Eure Mission scheint demnach gescheitert zu sein. Fiochnan hat mit seinen Söldnern die Grenze ins Gebiet der Karstiden überschritten. Ein Heer der Karstiden ist auf dem Weg zu ihm, der Hordenführer der Bastiden wird ihn ebenfalls bald erreichen. Ahloren marschieren an der Grenze auf und bringen ihre Geschütze in Stellung. Außerdem sind Kampfverbände der *Dunak tor* unterwegs, deren vorrangiges Ziel es ist, Fiochnan lebend oder tot zur *Nurr Schiandell* zu bringen.«

Scholell war aufgewühlt. »Das hört sich so an, als ob das Söldnerheer alsbald zerschmettert wird. Das könnte für Brinok und Godered äußerst gefährlich werden.«

»Wir sind *Dunak tor*, und Gefahren begleiten uns auf Schritt und Tritt. Wir haben dieses Leben freiwillig gewählt, es wurde niemandem von uns aufgezwungen. So lautet doch unser Wahlspruch: *Wir leben und sterben für das Licht!* Es sollte jedem klar sein, dass es mehr als nur dahingesagte Worte sind. Es ist unser Grundsatz und bezeugt unsere Einstellung zum Kampforden!«, sagte er resolut. Er nahm einen weiteren Zettel zur Hand und schwieg für einen Moment. »Brinok ist momentan nicht in der Lage, die Angelegenheit in Wachtstein zu regeln. Ich werde daher Bearach eine Nachricht senden und ihn auffordern, unsere beiden *Dunak tor* unverzüglich freizulassen.«

Scholell lächelte verkrampft. »Ich muss Euch allerdings sagen, Großmeister, dass es zu Schwierigkeiten kommen könnte. Brinoks Vater *weiß*, dass sein Sohn ein *Dunak tor* ist, und ich hatte das Gefühl, dass er uns an seiner statt dafür bestrafen wollte.«

Der Großmeister schlug mit der Hand auf den Tisch. »Bearach wird sich dem Befehl nicht widersetzen!« Er legte die Nachricht beiseite und beäugte nochmals Scholell. »Du solltest dich säubern. Anschließend wird ein Wundarzt zu dir kommen. Sobald du dich stark genug fühlst, meditiere, damit deine Verletzungen schnell heilen und du wieder einsatzbereit bist.« Der *Rotrot* wies zur Tür und holte gleich darauf eine Nachricht aus einer weiteren Kapsel hervor.

Scholell erhob sich und humpelte zur Tür. Lanna und Teraal würden Wachtstein bald verlassen können. Das war gut zu wissen. Doch ihn beunruhigte, dass Godered und Brinok in Gefahr waren. Gohan war bereits tot. Er wünschte sich, bei ihnen zu sein, um ihn beistehen zu können.

Godered

Godered lag in seinem kleinen Zelt, Schwert und Dolch in Griffweite. Er döste nur, und um zu verhindern, dass er fest einschlief, hatte er spitze Steine unter seine Matte gelegt, die unangenehm in seinen Körper drückten. Er musste wachsam bleiben, denn Fiochnan würde gewiss einen weiteren gedungenen Mörder zu ihm schicken, da Godered die beiden zuletzt gesandten im Wald erledigt hatte.

Godered fühlte sich elendig, denn morgen würde das Heer abermals ein Dorf überfallen. Er hatte allerlei Getuschel und Gerede der Söldner vernommen. Manche Kämpfer waren trotz allem noch immer von Fiochnan, dem gelungenen Überfall und von ihrem Diebesgut aus dem letzten Dorf verblendet. Sie freuten sich auf weitere Beute, die sie in anderen Ortschaften machen würden, und träumten von Reichtum. Allerdings hatte Godered auch Stimmen gehört, die fragten, ob es die ganze Sache überhaupt wert sei. Einige Söldner bangten bereits, von den verschiedenen gegnerischen Heeren in die Zange genommen zu werden. In der Tat würde das Zusammentreffen mit diesen Kriegern etwas vollkommen anderes sein, als ein friedliches Dorf zu überfallen.

Godered horchte auf. Jemand schlich auf sein Zelt zu. Dann waren leise Geräusche direkt vor dem Eingang.

Er ergriff seinen Dolch, setzte sich mit einem Ruck auf und zog die Decke fort. Behutsam wurde die Plane zur Seite geschoben.

»Godered?«, erklang es leise. »Ich bin es, Loguhn!«, flüsterte der Evidanier und schlüpfte herein. »Ich muss mit dir reden!« Er nahm seinen Waffengürtel ab und legte ihn zusammen mit weiteren Waffen vor dem Ausgang nieder.

Dennoch misstraute Godered ihm, denn der Evidanier konnte noch immer eine Klinge bei sich haben. »Worüber?«

»Es wird bald zum Kampf kommen. Da Brinok ein Gefangener ist, ist eure Lage verzwickt. Ich mag Brinok — auch wenn er mich verabscheut. Ich will nicht, dass Fiochnan ihn vielleicht noch tötet. Godered, lass uns endlich gemeinsam handeln. Dir sollte es aufgrund der prekären Situation notwendig erscheinen.«

»Wie ist dein Plan?«

»Dazu benötigen wir Brinok, der zuvor befreit werden muss. Er ist ein begnadeter Kämpfer, hat Einfluss auf die verbliebenen Adligen und bestimmt auch auf Fiaroch, den Hordenführer der Bastiden, der mit seinen Mannen auf dem Weg zu uns ist. Da dein Misstrauen mir gegenüber groß ist — was mich sehr betrübt und wohl eher deinem Charakter als den wirklichen Gegebenheiten geschuldet ist —, werde ich es als meine Aufgabe ansehen, im Kampfgetümmel oder sogar noch vorher Brinok zu befreien und ihn zu bewaffnen.«

»Und was soll ich deiner Meinung nach währenddessen tun?«

»Du solltest dich Fiochnan widmen.«

»Dann besteht die Gefahr, dass ich die Armschienen vor dir in die Hände bekomme.«

»Ja, die Gefahr besteht durchaus. Aber ich werde sie dir dann abjagen. Sollte es dir bis dahin nicht gelungen sein, werden wir es mit Brinoks Hilfe gemeinsam versuchen.«

»*Falls* ich *Dalanur* habe – willst du mich dann töten?«

»Nein.«

»Nun, dann sollte es dir recht schwerfallen, in den Besitz der Armschienen zu gelangen.«

Loguhn lachte heiser. »Es wird sein, wie ich dir schon zweimal sagte: Möge der Bessere gewinnen.«

Godered erschienen die Bedingungen annehmbar. »Also gut. Doch ich frage dich erneut: Wem sollst du *Dalanur* übergeben?«

»Und ich antworte dir abermals nicht«, sagte der Evidanier, nahm seine Waffen wieder an sich und huschte aus dem Zelt.

Godered atmete entschlossen ein. Morgen würde und *musste* sich so einiges entscheiden. Endlich!

Teraal

Teraal setzte sich im harten, knarrenden Bett auf und nahm die Tasse Tee entgegen, die Lanaris ihm reichte. Es war ein bitterer tannengrüner Tee, der Fieber senkte und abscheulich schmeckte. Eigentlich benötigte er die Medizin nicht mehr, denn es ging ihm schon wesentlich besser. Er spielte Lanaris und den Barkländern etwas vor, damit sie nicht so schnell zurück ins Bergwerk mussten. Er glaubte, dass Lanaris ihn durchschaut hatte, aber auch sie schien froh zu sein, sich von den Strapazen ein wenig erholen zu können.

Als die Eingangstür schwungvoll geöffnet wurde, erschrak

Teraal und versuchte, ein leidvolles Gesicht zu machen. Lanaris nahm ihm die Tasse ab, damit er sich wieder hinlegen konnte.

Merrduh trat ein. Allein. Er sah sich mürrisch um, dann glitt sein strafender Blick zu Teraal, der sich die kratzige Decke bis zum Hals zog, und setzte sich an den niedrigen mit Furchen und Rillen übersäten Tisch. Der Barkländer stützte einen Ellenbogen auf und fuhr sich ermattet mit der Hand durch das rote Haar. Er seufzte schwer und sah Lanaris durchdringend an, die ihm gegenüber auf einer Sitzmatte Platz nahm.

»Hast du Neuigkeiten über Scholell?«, fragte sie besorgt.

»Nein.« Er seufzte nochmals. »Ihm sind erfahrene, ausdauernde Jäger gefolgt. Daher habe ich ehrlich gesagt keine Hoffnung, dass er ihnen entkommen kann.« Er schüttelte erbost den Kopf. »Dieser violette Narr! Wäre er doch nur hiergeblieben! Ihr hättet ihn von dieser aberwitzigen Flucht abhalten müssen.«

»Das konnten wir nicht«, entgegnete Lanaris leise. »Er ertrug es nicht länger, ein Gefangener zu sein.«

»Bearach hat dieser Irrsinn äußerst erzürnt. Bei ihm liegen die Nerven blank, zumal er Truppen stellen musste, die die Feste Bastid bewachen, solange der Hordenführer nicht da ist. Zudem musste er ein Kriegerkontingent zu Fiarochs Heer beisteuern. Bearach hätte auch gekämpft, doch der Hordenführer hat befohlen, dass er hierbleiben muss. Dieser unwürdige Fiochnan wird zermalmt werden, und Bearach wäre gern dabei gewesen – so wie ich.« Er erhob sich schwerfällig und sah zu Teraal herüber. »Ich denke, dass du gar nicht mehr krank bist. Aber markiere ruhig weiter, damit ihr vorerst nicht in den Berg müsst.« Er nickte beiden zu, sah kopfschüttelnd zum Lager, wo Scholell geschlafen hatte, und ging hinaus.

Teraal schoss die Röte in die Wangen. Der Barkländer hatte ihn durchschaut. Es war ihm überaus peinlich, denn er fühlte sich wie ein Schwindler und Feigling. Als Lanaris ihm dankbar zulächelte, kam er sich nicht mehr ganz so schäbig vor.

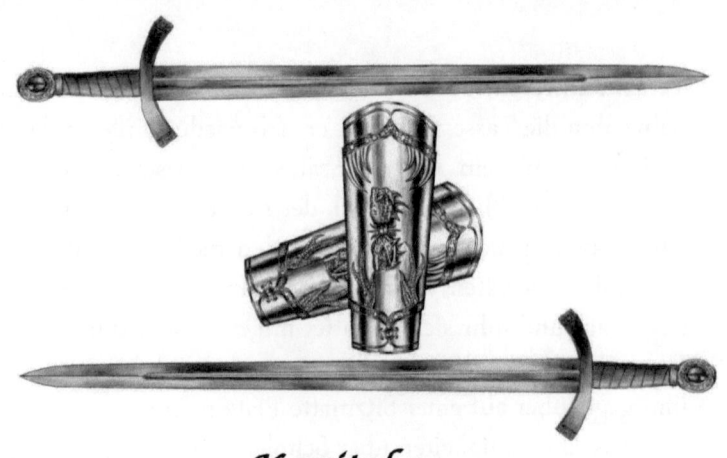

Kapitel 10

Keine Gnade

Godered

Nach einer lang gezogenen Wegbiegung kam das große Dorf in Sicht. Das Angriffsziel!

Godered spürte, wie die Aussicht auf einen bevorstehenden Übergriff seine Nerven zum Zerreißen spannte, denn der Gedanke daran widerstrebte ihm zutiefst.

Fiochnans Späher hatten verkündet, dass das Heer der Karstiden nicht mehr weit entfernt sei. Godered hoffte, dass es schnellstmöglichst eintraf und das Brandschatzen der Siedlung verhinderte.

Wie sehr er Fiochnan und die Söldner verachtete! Auch diese Dörfler würden nur wegen seiner Gier und dem Streben nach mehr Macht leiden müssen oder sogar sterben. Godered wurde wieder deutlich vor Augen geführt, warum er Menschen mied und lieber zurückgezogen im Wald lebte. Sie konnten keinen Frieden halten und waren schnell zu Schandtaten bereit. Manche Menschen waren abgrundtief böse, doch es gab auch Menschen, die derart manipuliert wurden, dass sie als eifrige

Gehilfen und Vollstrecker fungierten und glaubten, eine gerechte Tat zu vollbringen. Wenn Godered sich dieses Heer so anschaute, waren es hauptsächlich gewissenlose Menschen, die für Geld und Beute kämpften und wahllos mordeten.

Fiochnan schien die Nachricht des herannahenden Karstidenheeres nicht sonderlich aus der Ruhe zu bringen, und er wirkte siegesgewiss. Flüsterten ihm die Armschienen zu, dass er unschlagbar und unverwundbar sei? Ließen sie ihn die Wahrheit nicht erkennen? Er hatte keine Chance, denn das Karstidenheer sollte ungefähr zwanzigtausend Mann stark sein, und das war sicher nur das erste Aufgebot. Wären es keine Barkländer, könnte man dem Heer auch in Unterzahl begegnen. Doch Barkländer taktierten nicht mit Hinterlist und Schlachtplänen. Sie würde keine Fallen, keine Hindernisse oder Verschanzungen bauen, denn sie sahen solches als feige, hinterlistig und wenig heldenhaft an. Nein, die Barkländer würden blindlings aufeinander zustürmen, sobald sie einander ansichtig waren — so würde die tatsächliche Kampfkraft zählen.

Doch noch war das Heer nicht da ...

Jetzt war das Dorf das Ziel.

Dann ging es los. Banner wurden geschwenkt, und es wurde in Hörner und Kriegstrompeten geblasen, die den Angriff befahlen. Die Söldner johlten begeistert und stürmten mit schauerlichem Kriegsgeschrei in Richtung Dorf. Die Siedlung lag in einem ausgedehnten Tal und war umgeben von saftigen Wiesen, Getreide- und Gemüsefeldern. Auf eingezäunten Weiden grasten dunkelbraune Rinder, die vom Lärm aufgeschreckt auf die andere Seite der Grasflächen flüchteten.

Beim Geschrei der heranpreschenden Söldner stürmten die Einwohner wie aufgescheuchte Wespen aus ihren Häusern. Waffen leuchteten im hellen Sonnenschein. Die Dörfler waren entschlossen, sich zur Wehr zu setzen.

Godered war erzürnt, die Bewohner mussten doch von den

Vorgängen und den Gräueltaten im anderen Dorf von Flüchtlingen erfahren haben. Warum waren sie noch hier? Zudem wäre es wahrlich nicht feige gewesen, Vorkehrungen zu ihrem Schutz zu treffen, um dem elenden Söldnerheer, das aus nichts weiter als Plünderern und Schlächtern bestand, begegnen zu können. Nun würden sie von einer Höllenbrut heimgesucht werden.

Godered sah Frauen und Kinder, die in den nahen Wald flohen. *Ja, lauft, rennt um euer Leben!* Godered betete, dass sie dort ein sicheres Versteck hatten.

Er stellte sich in den Steigbügeln auf, um sich einen besseren Überblick zu verschaffen und hielt nach Fiochnan Ausschau. Wo war dieser gewissenlose Bastide? Nach einigem Suchen entdeckte er den Feigling, der sich im Hintergrund hielt. Der gefesselte Brinok war in seiner Nähe und schien ihn arg zu beleidigen. Schließlich sprang einer der Leibwächter vom Sattel und verpasste ihm einen Schlag in die Magengrube. Brinok krümmte sich vor Schmerz, richtete sich dann aber wieder auf und schien den Leibwächter zu verhöhnen. Als der erzürnte Krieger sein Schwert zog, rief Fiochnan ihn energisch zurück. Gleich darauf konnte Godered Fiochnan und Brinok kaum noch sehen, weil die Leibwache einen dichten Ring um ihren Soldherrn bildete.

Aus dem Dorf erschallte Kampfeslärm. Die verbliebenen Frauen und Kinder schrien panisch. Einige Bewohner wurden aus ihren Häusern und Verstecken gezerrt und in einem Pferdegatter zusammengetrieben und eingepfercht. Bewaffnete Dörfler – Frauen wie Männer – warfen sich den Feinden tapfer entgegen. Sie stritten erbittert um ihr Leben, schlugen einige Söldner nieder, die sogleich noch wütender und grausamer handelten. Wie sehr Godered das alles verabscheute!

Ein erstes Haus ging bereits in Flammen auf und trug das Unrecht anklagend den bauschigen schneeweißen Wolken entgegen. Godered fühlte sich gedrängt, zu den Dörflern zu reiten und ihnen beizustehen, und sein Wunsch wurde fast übermächtig. Doch wenn Fiochnan die Armschienen weiterhin besaß, würde er andernorts erneut Übel über die Menschen bringen. Es würde erst enden, wenn er *Dalanur* nicht mehr hatte. Trotzdem ... Diese Brutalitäten mit anzusehen, war für Godered unerträglich.

Er erblickte einen alten Mann, der mit seiner Forke beherzt einen Söldner niederstach — gleich darauf wurde er von zwei anderen mit ihren Schwertern niedergehauen. Eine grauhaarige Frau hatte einen Speer in Händen und attackierte damit einen *Gotolonen*, aber dann wurde ihr bestialisch der Schädel gespalten. Eine junge Frau mit langem rotem Haar hob den Speer auf und verletzte damit einen weiteren *Gotolonen*. Doch auch sie fand sich kurz darauf in ihrem eigenen Blute wieder. Ein kleines Kind stürmte schreiend zu der Rothaarigen, fiel neben ihr auf die Knie und rüttelte verzweifelt an der Frau.

Verdammt!

Godered zog sein Schwert. Er musste ihnen beistehen! Er war hin- und hergerissen. Brinok benötigte ebenfalls seine Hilfe! In dieser Situation konnte Loguhn ihn unmöglich allein befreien. Brinok oder den Dörflern — wem sollte Godered helfen? Er stieß einen Fluch aus.

Seine Vernunft forderte, hier zu verharren und Fiochnan im Auge zu behalten, doch sein Gefühl — das immer mehr in ihm hervorbrach und sein Denken beeinflusste — verlangte einzugreifen. Im Dorf konnte er viel bewirken, zahlreiche Dörfler retten und ihnen zur Flucht verhelfen.

»Weltenschöpfer!«, stieß er verzweifelt aus, als würde er sich von ihm eine hörbare Antwort oder gar eine Entscheidung erhoffen.

Ein Söldner drängte eine große blonde Kriegerin zurück, die beherzt kämpfte. Sie hatte muskulöse Oberarme und war behände. Sie schlug den Söldner nieder, doch schon waren zwei weitere Krieger bei ihr und brachten sie in Bedrängnis. Sie strauchelte und wirkte verzweifelt. Die *Gotolonen* würden sie töten.

Godered drängte sein Pferd voran, nahm den Kampf mit den Männern auf, spaltete einem dem Schädel und stieß dem anderen sein Schwert in die Brust.

Die Barkländerin sah ihn erstaunt an, nickte ihm dankbar zu und lief zu einem kleinen Mädchen. Sie packte das Kind und brachte es in Sicherheit.

Ein Söldner hatte dies beobachtet. »Du Verräter!«, brüllte er und stürmte auf ihn zu. Godered ahnte, dass er das Pferd unter ihm abstechen wollte. So sprang er vom Sattel, eilte auf ihn zu, fing seinen Schlag ab und schlitzte ihm den Bauch auf. Mit einem entsetzlichen Aufschrei stürzte der Söldner zu Boden, wo die Gedärme aus ihm herausquollen.

In seiner Nähe bedrängte ein *Gotolone* einen alten Mann, der sein Schwert kraftvoll schwang, doch schon war ein weiterer Söldner zur Stelle und griff ihn ebenfalls an. Godered hastete zu ihnen und nahm den Kampf mit ihnen auf, schlug einem die Schwerthand ab, verpasste ihm einen deftigen Schnitt auf dem Oberschenkel, und als er stürzte, stach er ihn nieder.

»Du hilfst mir?« Der Alte war überrascht.

Ein weiterer *Gotolone* stürmte mit einem wütenden Schrei auf ihn zu. Godered parierte seinen Schlag und schlitzte ihm den Hals auf. Blut spritzte hervor. Der *Gotolone* ließ sein Schwert fallen und presste seine Hände auf die Wunde.

»Wer bist du? Ich habe noch nie jemanden wie dich kämpfen sehen!«, wollte der Alte erstaunt wissen.

Ein Hornsignal!

Endlich!

Jetzt musste sich Godered um Fiochnan kümmern.

»Halte durch! Eure Rettung naht!«, rief Godered ihm zu, rannte zu seinem Pferd, schwang sich in den Sattel und sah sich um.

Reiter tauchten auf, preschten über die Wiesen in Richtung

Dorf. Godered sah langes, wehendes Haar und vernahm hohes Kampfgeschrei! Die Söldnerinnen! Nessa hatte Wort gehalten! Erleichtert atmete er auf. Die Kriegerinnen stürmten direkt auf Fiochnans Männer zu und griffen diese furchtlos an. Die Söldner wirkten für einen Moment irritiert, dann ließ eine Abteilung von ihnen von den Dörflern ab und warf sich den Kriegerinnen entgegen.

Da! Ein weiteres, diesmal tief grollendes Horn. Es ertönte aus Richtung Süden. Das musste das karstidische Heer sein. Die Dörfler waren gerettet! Godered war unendlich dankbar, denn jetzt konnte er sich Fiochnan widmen.

Schon tauchten die ersten Karstiden auf, die direkt auf die Söldner zuhielten. Augenblicklich drängten sich die Söldner den Karstiden entgegen. *Gotolonische* Söldner spannten ihre Bogen und ließen einen Pfeilhagel auf die Krieger des Heeres niedergehen. Grauenvolle Schreie erschallten, und etliche Karstiden stürzten von ihren Pferden. Doch rasch rückten weitere Krieger nach, füllten die Lücken und stürmten den Feinden entgegen, um mit ihnen den Kampf aufzunehmen. Es herrschte wilder Lärm: Schwertgeklapper, das Wiehern von Pferden, Geschrei vor Wut, Schmerz und Anstrengung, aber auch dumpfe Treffer auf Schilde.

Godered konnte sehen, wie der Adlige Drochnan mit seinen Leuten abzog. Nach Godereds Geschmack hatte er viel zu lange gezögert.

Noch ein Horn! Das konnten nur die Bastiden sein! Gleich würden die Söldner in die Zange genommen und zerschmettert werden, dann war Fiochnan eine leichte Beute ...

Moment mal ... Godered stutzte. Das Signal kam nicht von Norden her, sondern von Osten. Nochmals erklang das aufdringliche, fast trötende Signal. Nie zuvor hatte Godered ein solch misstönendes, gar schauriges Horn vernommen. Große Unruhe ergriff ihn, denn er fühlte, dass hier etwas nicht mit rechten Dingen zuging ... er spürte finstere Mächte. Gleich darauf waren Bewegungen am Waldrand auszumachen, anfangs nur wenige, aber dann immer zahlreicher werdend. Jetzt konnte Godered die ersten Krieger sehen, die zwischen den Bäumen hervorbrachen.

Das waren gar keine Krieger, denn sie trugen weder Rüstung noch Schwerter. Die Wesen, die über die Wiesen rannten, waren Skornags. Es waren Tausende und Abertausende der widerlichen Kreaturen. Ihr Anblick war schauerlich und urgewaltig, und sie wirkten, als ob sie alles unter sich zermalmen wollten.

Godered war verwirrt. Warum waren sie hier? Ihr Verhalten widersprach dem, was Brinok ihm erzählt hatte. Sie waren wie eine dunkelgrüne Lawine, die gezielt auf das Dorf zu wallte. Sie brüllten tiefgrollend und gaben hechelnde, fast tierische Laute von sich. Und sie rannten schnell ... Niemals hätte Godered das bei ihren plumpen, gedrungenen Leibern vermutet.

Die Karstiden und Söldner waren gleichermaßen verwirrt und wurden sichtlich von Panik ergriffen. Niemand schien zu wissen, wem der Angriff dieser dunkelgrünen Horde galt. Eine derartige Attacke der Skornags schienen sie noch nicht erlebt zu haben.

Godered konnte keine Feldzeichen ausmachen und keinen Anführer. Wer lenkte sie, und wer befahl ihnen? Welches Interesse hatten sie, hier einzuschreiten? Er schaute sich um und entdeckte eine kleine Anhöhe. Von dort aus würde er die Lage besser überblicken und einschätzen können. Eiligst umritt er das Dorf und lenkte sein Pferd auf die Anhöhe.

Noch immer strömten Skornags aus dem Wald, walzten stampfend und trampelnd auf die Ortschaft zu. Gleich würden die ersten von ihnen die Siedlung erreichen. Es herrschte große Verwirrung, und es ging kein einziger Pfeil und kein Speer auf die Wesen hernieder, um ihren Ansturm zu bremsen, da niemand wusste, ob es Verbündete oder Feinde waren. Godered war hin- und hergerissen zwischen Hoffnung und Bangen.

Gleich würde er es erfahren ... *Jetzt* hatten die Skornags die Kämpfenden erreicht und wandten sich gegen ...

Nein!

Sie griffen die Karstiden an! Die Söldner johlten vor Freude über diese unerwartete Unterstützung und nahmen wieder den Kampf mit dem Heer des Hordenführers Brohnok auf. Wie ein wütender Hornissenschwarm fielen die Skornags die Karstiden an. Ihre kehligen, grollenden Kampfschreie waren beängstigend, und so manche Karstiden ergriffen die Flucht. Kraftvoll schlugen die Kreaturen um sich.

Wo blieben nur die Bastiden? Und kamen auch die *Dunak tor*? Ihre Unterstützung wurde dringend benötigt. Noch immer brachen weitere Skornags aus dem Wald hervor und rannten über die Wiese zum Dorf. Wie viele würden folgen? Niemals hätte Godered gedacht, dass es so viele von ihnen gab. Warum hatten die Wesen ihr Verhalten derart massiv geändert? Sie waren nicht provoziert oder angegriffen worden. Wer befehligte sie?

Godered entdeckte am Waldrand einen Mann, der auf einem Felsen stand und das schwarz-rot-grüne Gewand eines *Gobarem*priesters trug. In seiner Hand hielt er einen Stab, der rot glühte und mit dem er die Skornags dirigierte. Ein verfluchter *Gobarem!* Bei seinem Anblick wallten Hass und unbändige Wut in Godered empor. Krepieren sollten sie alle an ihrer Schlechtigkeit und Machtgier! Von einem wie ihnen war er einst auf Fil gefoltert worden. Sein Anblick war ihm unerträglich. Godered musste dagegen ankämpfen, dass sein Hass nicht über seinen Verstand siegte.

Es war zu erwarten gewesen, dass *Gobarem* eingriffen, aber nicht auf solch eine Art und Weise. Der Mann mit den schulterlangen braunen Haaren musste ein ranghoher Priester sein, da er über so beträchtliche Macht verfügte — einer, der sich dem Verderber mit Haut und Haaren verschrieben hatte.

Einige karstidische Krieger hatten ihn ebenfalls entdeckt. Sie lenkten ihre Pferde aus dem Dorf, machten dabei einen weiten Bogen, um den Skornags zu entgehen, und griffen den Priester von der Seite her an. Ein Karstide schoss einen Pfeil auf den *Gobarem*. Augenblicklich hüllte das rote Licht den Priester vollständig ein, der Pfeil entflammte und wurde zu Asche. Ein anderer Krieger warf einen Speer, doch auch dieser konnte die Energiehülle nicht durchdringen, glühte auf und zerfiel ebenfalls.

Die Kämpfer zogen ihre Schwerter und stürmten auf den *Gobarem* zu. Rote Blitze schossen aus der Speerspitze in ihre Richtung und fegten diese aus den Sätteln. Qualmend blieben die verkohlten Leichen auf dem Boden zurück. Das war ein schockierender Anblick, und einige Karstiden schrien vor Schreck auf. Sie zügelten ihre Pferde und wagten sich nicht näher an den Priester heran.

Godered erschauderte. Welch mächtige Waffe! Er hatte von der Existenz solch magischer Stäbe gehört, aber nie einen gesehen – selbst seinerzeit auf Fil nicht.

Seine Kehle fühlte sich staubtrocken an. Verzweiflung wollte in ihm aufwallen, doch er bemühte sich, einen kühlen Kopf zu bewahren. Wenn der Stab solch zerstörerische Kräfte in sich barg, warum griff der Priester damit nicht direkt ins Kampfgeschehen ein? War ihm nur die Macht gegeben, halb intelligente Wesen zu beeinflussen und sich selbst vor Angriffen zu schützen?

Weitere tapfere Krieger sammelten ihren Mut und stürmten auf den Priester zu. Godered verzog in Erwartung des Schrecklichen das Gesicht. Als die Krieger den Wirkungskreis erreicht hatten, wurden auch sie von Blitzen getroffen, verkohlten augenblicklich, und ihre pechschwarzen, geschrumpften Leichen fielen mitsamt ihrer Pferde zu Boden.

Godered atmete stoßweise vor Anspannung. In ihm tobte ein Sturm der Gefühle. Die Skornags fielen gemeinsam mit den Söldnern über die Karstiden her, und es wurde immer mehr zu einem blutigen Schlachten. So viele tapfere Söldnerinnen wurden getötet oder verwundet. Sie waren auf Godereds Bitten hier. Würden die Feinde siegen, würden Fiochnans Männer die Dörfler und Söldnerinnen töten und sich gemeinsam gegen die eintreffenden Bastiden wenden, um diese zu zerschmettern.

Weitere Karstiden ritten auf den Priester zu. Welch ein Mut! Gleißende Blitze trafen sie, und auch sie endeten als ein schauriges Stück Kohle.

Nein, Godered ertrug es nicht, dem weiter zuzuschauen. Auch wenn es nicht seinem Auftrag entsprach und sogar töricht war ... Er musste *jetzt* handeln, sonst war alles verloren, und sowohl Brinok als auch Loguhn würden den Tod finden.

Der *Schrodoch*, der Magieverstärker, hatte Godered nichts anhaben können. Ob es bei dem Zauberstab ähnlich war? Oder würde er als ein Häufchen Kohle enden? Sein Herz hämmerte ihm bis zum Hals. Er würde es sich niemals verzeihen können, wenn er es nicht wagte. Godered fühlte sich gedrängt, gegen den Priester vorzugehen.

Der *Rotrot* lenkte sein Pferd die Anhöhe hinab, sandte ein Stoßgebet zum Weltenschöpfer und ritt auf die weitläufige Freifläche. Dort hielt er nochmals kurz an, atmete entschlossen ein und trieb seinen Hengst voran. Es dauerte nicht lange, da hatten ihn vier Skornags entdeckt, die ihm Keule schwingend entgegenrannten. Er spaltete einem von ihnen mit seinem Schwert den Schädel, doch ein anderer verpasste seinem Pferd einen kraftvollen Schlag, sodass der Hengst laut wieherte, strauchelte und fast stürzte. Als ein weiterer Skornag ausholte und Godered mit seiner Keule aus dem Sattel fegen wollte, hieb er ihm den Arm ab. Godered schlug seinem Pferd die Fersen in die Weichen und galoppierte den anderen Ungetümen davon.

Aus den Augenwinkeln heraus sah er die Leichen, die in ihrer Schrecklichkeit erstarrt waren. So wollte er nicht enden! Wahrlich nicht! Ein Anflug von Panik überkam ihn. *Denk nicht daran! Da vorn ist dein Feind! Der verfluchte Priester!*

Der *Gobarem* hatte ihn bemerkt, lachte überheblich und hob seinen rot glühenden Stab noch mehr an. Gleich darauf schoss ein Energiestrahl auf Godered zu. In Erwartung des Todes schloss er die Augen und biss die Zähne aufeinander. Es wurde heiß und gleißend grell um ihn herum, doch auf einmal erlosch der Blitz. Godered spürte weder Verbrennungen noch andere Schmerzen. Nichts war ihm geschehen, gar nichts. Ein Gefühl der unendlichen Dankbarkeit durchflutete ihn.

Der Priester war bestürzt und schleuderte einen weiteren Blitz. Auch dieser konnte Godered nichts anhaben. Verzweifelt hob der *Gobarem* seinen Stab noch höher, schleuderte nun Blitz an Blitz, aber diese verloren ihre zerstörerische Macht in Godereds Nähe. Der *Dunak tor* galoppierte voran, und die Skornags, die sahen, was geschah, sprengten eingeschüchtert, gar verängstigt vor ihm auseinander.

Der Weg war frei! Godered hielt direkt auf den Priester zu. Vor dem Felsbrocken sprang er aus dem Sattel und stürmte auf den *Gobarem* zu. Godered erklomm den Felsen und stand dem ungefähr fünfzigjährigen Priester direkt gegenüber, der ihn entgeistert anstarrte.

»Schluss damit!«, zischte Godered und entriss ihm rüde den Stab, der sich augenblicklich verdunkelte und zu Staub zerfiel.

»Wer im Namen des Verderbers bist du, dass du solch eine Macht besitzt?«, stieß der *Gobarem* mit heiserer Stimme hervor. Seine eisgrauen Augen waren vor Entsetzen geweitet, und er zitterte.

»Dein Todbringer, verfluchter *Gobarem!*« Godered schlug ihm sein Schwert in den Hals und rammte es ihm anschließend in den Leib.

Als er seine Waffe zurückzog, sah er voller Genugtuung, wie der Priester vor ihm elendig krepierte. Das Blut schoss aus dessen Wunden, und er starrte Godered entsetzt an, während seine Augen das Licht des Lebens verloren. Godered empfand für ihn kein Mitleid. Er war einfach nur froh, dass es einen von diesen

Hunden weniger auf der Welt gab. Der *Gobarem*priester würde bereits unaussprechliches Leid über Menschen gebracht, sie mit Freuden gequält und geopfert haben. Nun würde er bei seinem Herrn, dem Verderber, sein und dort hoffentlich bis in alle Ewigkeit leiden.

Als sich Godered umblickte, sah er, dass die Skornags auf absonderliche Weise erstarrt waren. Nach und nach kam das Leben in sie zurück, und sie sahen sich verwundert um. Die gedrungenen Wesen wirkten nicht nur irritiert, sondern zutiefst verstört. Das erkannten auch die Karstiden, stürmten auf sie zu und schlugen brutal mit ihren Schwertern auf sie ein. Panik erfasste die Skornags. Die Kreaturen stießen angstvolle Laute und Schreie aus, kehrten auf der Stelle um und rannten davon. Sie flüchteten ebenfalls aus dem Dorf und wurden dabei von berittenen Kriegern verfolgt, die sie niederstreckten. Godered atmete erleichtert auf. Von diesen Wesen drohte keine Gefahr mehr.

Doch warum hatte er tun können, was er getan hatte? Warum hatte ihm der Speer nichts anhaben können? Woher hatte er diese Macht? Ein Schaudern überkam ihn.

Nein! Nicht darüber nachdenken!

Er verdrängte die beunruhigenden Gedanken. Für Mutmaßungen war jetzt keine Zeit. Er musste die Verwirrung nutzen und handeln! Er rannte zu seinem Pferd, schwang sich in den Sattel und lenkte seinen Hengst zwischen den zurückstürmenden Skornags hindurch. Er hielt direkt auf die Stelle zu, wo sich Fiochnan zuletzt aufgehalten hatte.

Um Fiochnan herum herrschte Chaos. Godered sah Brinok und Loguhn, die den Kampf mit seiner Leibwache aufgenommen hatten. Söldnerinnen waren zu ihrer Unterstützung bei ihnen und stritten verbissen mit wirbelnden Waffen. Godered hetzte sein Pferd voran.

Er sah, dass einigen toten und verletzten Kriegerinnen Armbrustbolzen im Leib steckten. Doch andere waren zur Stelle und streckten die Schützen erbarmungslos nieder.

Endlich war Godered bei den Leibwächtern, zügelte sein Pferd so heftig, dass es sich aufbäumte, und hieb sogleich auf einen berittenen hünenhaften Barkländer ein. Dieser zog sein Pferd zu ihm herum und griff ihn an. Das Gesicht des Barkländers war hochrot und vor Kampfeszorn zu einer hässlichen Fratze verzogen. Seine stechenden hellblauen Augen traten deutlich hervor, und die Adern an seinem Hals waren zu dicken Strängen angeschwollen. Der Feind ließ sein Schwert auf den *Dunak tor* niederdonnern, und Godereds Schulter schmerzte, als er den Schlag mit seiner Klinge abfing. Er bereute es, keinen Schild zu haben. Nochmals schlug der Muskelberg mit aller Wucht zu, und Godered hatte Mühe, sich ihm zu erwehren. Er konnte ihm nur seine Schnelligkeit entgegensetzen. Der *Dunak tor* drängte seinen Hengst näher an den Leibwächter heran, sodass dessen größere Reichweite nicht mehr von Belang war. Dann schlug Godered in schneller Folge zu, was den Barkländer, da er nicht so behände war, in Schwierigkeiten brachte. Godered verpasste ihm einen Schnitt an der Schulter, einen am Oberarm und einen weiteren am Handgelenk. Der wütende Bastide schien in seiner Raserei kaum Schmerzen zu verspüren, holte zu einem urgewaltigen Schlag aus, und Godered lehnte sich geschwind im Sattel zurück. Der Feind traf den vorderen Teil des Sattels und halbierte den Knauf und einen Teil der Polsterung. Wie durch ein Wunder wurde das Pferd nicht verletzt. Abermals drängte Godered den Hengst, der erschreckt zurückgewichen war, wieder näher an den Feind heran.

Siegessicher brüllte der Bastide, wirkte wie ein wildes, urgewaltiges Ungetüm. Godered blieb konzentriert und ließ sich nicht einschüchtern. Der Barkländer holte zum Unheil bringenden Stoß aus. Geschickt lenkte Godered seine Klinge ab und stieß ihm die Schwertspitze in den Hals. Er zog das Schwert zurück, und augenblicklich spritzte Blut aus der Wunde heraus.

Der Bastide blickte Godered ungläubig an, ließ seine Waffe

fallen, kippte zur Seite und fiel aus dem Sattel.

Sogleich wandte sich Godered ab und verschaffte sich einen Überblick. Er sah Söldnerinnen, die tödlich getroffen vom Pferd stürzten, und das war ein schmerzlicher Anblick.

Deutlich war zu erkennen, dass Fiochnans Truppen schwere Verluste erlitten. Sogar die Dörfler griffen die Leibwächter an, da sie bemerkt hatten, dass Fiochnan derjenige war, der die Söldner befehligte. Godered musste vor ihnen bei Fiochnan sein.

In seiner Nähe stach eine Fußkämpferin Pferde unter ihren Reitern ab. Die Tiere wieherten entsetzt, stürzten zu Boden und rissen ihre Reiter mit sich. Godered rief einer von ihnen zu, dass sie ihm einen Schild bringen sollte. Sie reagierte sofort, ergriff einen, eilte zu ihm und reichte ihm den Rundschild, an dessen Kante ein Stück fehlte und ein wenig Rohhaut herabhing. Er nickte ihr dankbar zu, und sie lächelte ihn sogar kurz an.

Nun konnte er weitaus beherzter kämpfen. Er warf sich den Feinden entgegen, fing Hiebe mit dem Schild ab, nutzte diesen als zusätzliche Waffe und verteilte damit brutale Schläge und Stöße. Er kämpfte mit wirbelnder Klinge, und um ihn herum fielen die Leibwächter mit Verstümmelungen oder Verletzungen aus den Sätteln.

Fiochnan geriet mehr und mehr in Bedrängnis. Die Dörfler und Kriegerinnen näherten sich dem Anführer der Söldner immer mehr an. Dort kämpften auch noch Brinok und Loguhn, die auf die Leibwächter eindroschen.

Dann traf sich Fiochnans Blick mit dem Godereds. Vermutlich hatte er gesehen, dass er den *Gobarem*priester ermordet hatte. Panik leuchtete in seinen Augen. Er brach mit zehn Söldnern aus den bedrängten Reihen aus und stürmte in Richtung Norden davon. Dieser Feigling!

Jedoch musste ihm klar sein, dass er den anrückenden Bastiden entgegenritt. Er würde also möglichst bald nach einer Abzweigung, Weggabelung oder einer sonstigen günstigen Stelle Ausschau halten, um die Hauptstraße zu verlassen.

Godered lenkte sein Pferd vom Kampfgeschehen fort, und als er sich umschaute, sah er Loguhn und Brinok, die sich immer mehr aus dem Getümmel heraus kämpften. Godered war sich sicher, dass sie es allein schafften. Er wollte nicht auf sie warten, da er unbedingt vor Loguhn bei Fiochnan sein wollte. So ritt er auf die Straße und hetzte dem verfluchten Barkländer hinterher.

Als Fiochnan seinen Verfolger bemerkte, schickte er ihm fünf Söldner entgegen. Godered hob seinen Schild und war in Erwartung des Zusammentreffens. Schon prallte sein Pferd gegen ein entgegenstürmendes Tier. Sein Hengst strauchelte, stürzte fast, aber fing sich wieder. Godered schlug einen Söldner brutal mit seinem Schild und verpasste ihm gleich darauf einen gezielten Hieb mit seinem Schwert. Entsetzt starrte der Söldner auf seine klaffende Wunde und kippte aus dem Sattel.

Sofort war ein anderer Feind zugegen und rammte voller Wucht seine Lanze in Godereds Pferd. Das Tier wieherte entsetzt, bäumte sich auf, strauchelte und fiel zu Boden. Godered stürzte hart, und für einen kurzen Moment konnte er keine Luft mehr bekommen. Doch der Gedanke beherrschte ihn, dass er hier am Boden eine zu leichte Beute war. Schon sah er das Pferd des Söldners über sich und Hufe, die ihn zerschmettern sollten. Geschwind rollte er sich zur Seite, sprang behände auf die Füße, ergriff sein Schwert, das neben ihm gelegen hatte, und schlug die Klinge dem Feind ins Bein. Der Bedränger schrie auf, aber in seiner Kampfeswut schaffte er es, sein Schwert zu erheben, und ließ es auf Godered niedersausen.

Plötzlich surrte ein Speer durch die Luft, durchbohrte den Feind, und die Wucht riss ihn vom Pferd. Godered sah Brinok, der den Wurf vollführt hatte. Er musste sein Pferd erbarmungslos gehetzt haben, um aufzuholen. Godered war dankbar, dass

Brinok bei ihm war und ihm beim Kampf gegen die Söldner unterstützte.

»Hol dir das Schwein!«, brüllte Brinok ihm zu, wandte sich gleich darauf einem *Gotolonen* zu und hieb wie besessen mit seinem Schwert auf ihn ein.

Godered atmete tief durch. Sein Rücken schmerzte fürchterlich vom Sturz, und er hoffte, dass keine Rippen gebrochen waren. Doch er durfte keine Zeit verlieren, er musste Fiochnan zur Strecke bringen! Er schwang sich in den Sattel eines herrenlosen Pferdes, ergriff die Zügel, wendete das Tier und stürmte voran. Er musste Fiochnan einholen! Vom Drang beherrscht, ihm endlich *Dalanur* abzunehmen, trieb er das Pferd zu einem halsbrecherischen Galopp an. Nach einer Weile konnte er die Reiter sehen und holte immer weiter auf. Dann stutzte er. Der Anführer trug zwar den Mantel von Fiochnan, aber das rote Haar, das unter dem Ahlorenhelm hervorschaute, war wesentlich heller und viel länger.

Das war gar nicht Fiochnan! Godered hielt sein Pferd an und schaute sich irritiert um. Auf diesem Weg würden früher oder später die Bastiden auftauchen. Um nicht in deren Fänge zu geraten, hatte Fiochnan anscheinend diesen Weg verlassen. Wo war der Kerl? Er hatte seine Leibwächter vorausgeschickt, um seine Verfolger glauben zu machen, dass er bei ihnen war. Eine Abzweigung vom Weg hatte es bisher nicht gegeben, auch keine freie Fläche, auf die er hätte reiten können. Sie befanden sich in hügeligem Gelände, das in bergiges Terrain hinaufführte. Er würde also zu Fuß unterwegs sein. Rechter Hand war die Umgebung abschüssig. Von hier aus wäre er recht schnell auszumachen. Linker Hand ging es steil bergauf, Gebüsch und zahlreiche Bäume boten Deckung.

Godered schloss die Augen und lauschte angestrengt. Er vernahm den Kampfeslärm aus dem Dorf bis hierher. Er hörte auch die galoppierenden Pferde vor sich und hinter ihm den Kampf von Brinok mit den Leibwächtern. Aber da war noch etwas ... Geräusche links von ihm, ein gutes Stück bergauf. Ein dünner loser Baumstamm rutschte den Abhang herunter.

Dort oben musste Fiochnan sein!

Godered sprang aus dem Sattel, warf den Schild, den er als störend empfand, fort und eilte die steile Anhöhe hinauf. Umgestürzte, vermodernde Bäume, vom Sturm entwurzelte Stämme und Laub, das den Boden bedeckte und oft keinen sicheren Halt bot, erschwerten den Aufstieg.

Godered konnte Fiochnan nicht sehen, aber er hörte ihn. Fiochnan war zwar um einiges älter als er, doch Brinok hatte ihm erzählt, dass er ein Mann der Berge war und den größten Teil seines Lebens mit Klettern und Steigen verbracht hatte. Es dürfte für ihn keine Schwierigkeit bedeuten, sich in diesem Gelände zu bewegen – während Godered ein Kind des Waldes war.

Godered hatte in letzter Zeit kaum geschlafen, und die Anstrengungen des Kampfes steckten ihm in den Knochen. Dennoch hastete er verbissen voran. Er *musste* Fiochnan aufhalten! Unbedingt! Der Barkländer durfte nicht entkommen!

Eine Wurzel, die Godered als festen Halt ausgemacht hatte, zerbrach unter seinem Fuß, und er rutschte den Hang ein wenig hinab. Er holte sich Schürfwunden an der Stirn und den Händen, schenkte dem aber keine Beachtung und eilte wieder hinauf. Als er nach einer Weile endlich den Kamm erreichte, blieb er schnaufend stehen und hielt nach Fiochnan Ausschau.

Er konnte ihn nicht ausmachen. Verdammt! Wo war er nur? Ein leichter Anflug von Verzweiflung wallte in ihm auf. Hier auf dem Kamm war ein schnelles Vorankommen möglich, allerdings würde Fiochnan das Risiko kaum eingehen, diesen entlangzulaufen, da Godered ihn hier einholen könnte. Nein, Fiochnan würde das Gelände nutzen, das ihm vertraut war.

Erst hörte er ihn, dann sah er ihn! Der Barkländer warf seinen hinderlichen Brustpanzer fort, von dem er sich befreit hatte, und stürmte den Hang hinab, der nach kurzer Entfernung zu einem weitaus steileren hinaufführte. Danach folgten weitere Anhöhen, die zusehends spärlicher bewachsen waren und in immer schroffere Berge übergingen. Diese rauen Erhebungen würden Fiochnans Ziel sein. Ganz sicher!

Auf keinen Fall durfte er sie erreichen, denn dort würde der Barkländer von seinen Erfahrungen und Fähigkeiten profitieren.

Godered wischte sich Blut und Schweiß von der Stirn, band seine Haare im Nacken enger zusammen und stürmte den kleinen Hügel hinab. Er war schnell, viel zu schnell, und oft kurz davor, seinen Halt zu verlieren. Steine kamen unter seinen Füßen ins Rollen, rissen weitere Steine los und entwickelten sich zu einer kleinen Gerölllawine. Jetzt nur nicht stürzen! Er rannte voran, hörte hinter sich das Grollen der Lawine, die sich den Hang hinunterwälzte.

Hastig wich er an einem Vorsprung zur Seite aus, und die Steine rauschten und donnerten an ihm vorbei in die Tiefe. Hier, wo er stand, war der Untergrund trotz Moos und Gräsern nicht trittsicher, und er kam ins Rutschen.

Als die Gerölllawine zum Erliegen gekommen war, nahm Godered wieder die Verfolgung auf. Abermals war er zu schnell und drohte mehrmals beim Herabeilen den Halt zu verlieren. Er zog seinen Dolch und rammte diesen des Öfteren an erdigen Stellen in den Boden, damit er nicht unkontrolliert abglitt. Knorrige Wurzeln ragten wie Schlangen aus dem kargen Untergrund und bildeten gefährliche Stolperstellen.

Er hatte zu viel Schwung, kam ins Rutschen und prallte mit voller Wucht gegen einen Baumstamm. Seine Schulter schmerzte fürchterlich, und er war für einen Moment unfähig, sich zu bewegen. Er atmete tief durch und hastete weiter voran. Dann hatte er es geschafft und den Fuß des Hügels erreicht. Während er kurz verschnaufte und sich die Schulter massierte, schaute er sich nach Fiochnan um. Da war er! Der Feind nahm die nächste Anhöhe. Sie hatte schroffe Felsen und nur wenige Bäume. Der Barkländer trat bei seiner wilden Flucht Steine los, die den Hang hinabrollten, und der aufwirbelnde Staub war verräterisch, ließ sofort erkennen, wo er sich befand.

In einiger Entfernung hinter Godered waren Geräusche zu hören, brechende Äste und sich lösendes Geröll. Als er über die Schulter zurückschaute, sah er niemanden. Vielleicht war es nur Wild, das sich aufgeschreckt in andere Regionen flüchtete. Jedenfalls konnte er weder Brinok noch andere Krieger ausmachen.

Er prüfte nochmals seine Schulter, verdrängte den Schmerz und machte sich an den nächsten Aufstieg. Er durfte Fiochnan nicht aus den Augen verlieren. Anfangs gab es noch Laubbäume, die recht bald Nadelgehölz wichen, die einen immer geringeren Wuchs aufwiesen. Steine lösten sich unter Godereds Füßen. Er verlor den Halt und konnte sich gerade noch rechtzeitig an einer kleinen mageren Fichte festhalten. Godered bangte, dass ihr Wurzelwerk aus dem Untergrund brach und er in einen Felsspalt stürzte. Einige Wurzeln kamen wie dicke Schlangen herausgekrochen, und die Fichte verlor stets mehr an Halt. Godered zog sich an ihr empor, sah zu, wie sie sich immer mehr ausgrub. Dann hatte er es geschafft und stieg weiter aufwärts.

An einer etwas ebeneren Stelle blieb er keuchend stehen und suchte Fiochnan. Der Feind war ein gutes Stück weiter oben und erreichte den Kamm. Dort verharrte er und blickte zum Gotonen herunter. Godered hatte das Gefühl, als würde die Welt für einen Moment innehalten und den Gejagten und dessen Verfolger betrachten.

Der Abstand zu Fiochnan hatte sich deutlich verringert. Vermutlich hatte es dem Barkländer nicht gutgetan, dass er sich in letzter Zeit vornehmlich Speis und Trank gewidmet hatte.

Sei gewiss: Ich kriege dich!, versprach Godered ihm in Gedanken.

Als hätte Fiochnan dies vernommen, wandte er sich um und

war bald darauf verschwunden.

Godered wollte den Barkländer – die Beute – endlich zur Strecke bringen. Ein fast euphorisches Gefühl durchflutete ihn. Er verspürte kaum noch Schmerzen oder Erschöpfung, sondern war im Jagdfieber. Er konnte dem Barkländer *Dalanur* abnehmen, seinen Auftrag erfolgreich beenden, die Armschienen in den *Tempel des Lichts* zurückbringen und weiteres Elend verhindern!

Ich kriege dich! Ganz sicher!

Godered rannte weiter, erreichte den Kamm und hastete den kleinen Abhang hinab, der zu einem weiteren Aufstieg führte, wo kaum noch ein Baum wuchs und der zum Glück weniger steil war.

Godereds Abstand zu Fiochnan verringerte sich immer mehr. Auf keinen Fall durfte der Barkländer irgendeine Steilwand erklimmen, wo er seine Erfahrung ausspielen konnte. Godered hetzte voran, angespornt vom Gedanken, ihn zu erlegen, dabei mobilisierte er seine Kräfte, und seine Zuversicht wuchs. Immer mehr holte er auf.

Fiochnan blieb stehen, hob Steine auf und schleuderte diese in seine Richtung, verfehlte ihn jedoch. Dann rannte der Barkländer wieder voran. Der Hügel wurde ebener, und das war Godereds Vorteil. Fiochnan keuchte laut, und dies schien nicht nur von der Anstrengung, sondern auch von Angst herzurühren. Immer öfter sah er über die Schulter zurück.

Gleich, gleich habe ich dich!

Godered hatte enorm aufgeholt und wollte ihn jetzt endlich zur Strecke bringen. Er zog sein Schwert, blieb stehen und schleuderte es voller Wucht auf Fiochnan. Die Waffe wirbelte surrend durch die Luft, schlug kraftvoll in Fiochnans Rücken ein, und der Feind wurde zu Boden geschmettert.

Geschafft!

Gefühle der Erleichterung und des Triumphs durchfluten

Godered. Er ging mit schweren Schritten voran, spürte auf einmal seine Erschöpfung, und ihm wurde leicht schwindelig.

Fiochnan lebte. Er versuchte sich vorwärtszuziehen und gab dabei röchelnde Geräusche von sich. Godered stellte sich vor ihn hin und blickte voller Verachtung auf den Barkländer hinab. Fiochnan hatte so viel Elend über die Menschen gebracht.

Er hatte Gohan hinrichten lassen, hatte Brinok gedemütigt, Frauen ermordet, Dörfler überfallen, hatte gedungene Mörder zu ihm geschickt – und er hatte es Godered unmöglich gemacht, ihn eher zu erledigen. Godered wurde bewusst, wie sehr dies an ihm genagt und ihn erbost hatte.

Der *Rotrot* war versucht, sein Schwert aus ihm herauszuziehen, ihm die Arme abzuhacken und ihm schließlich den Todesstoß zu verpassen. Nein! Es sollte nicht so schnell zu Ende sein! Der Mistkerl sollte leiden und schmerzlich erkennen, dass er verloren hatte.

Godered durchsuchte den Barkländer, fand in seiner Gürteltasche einen Beutel mit magischen Schriftzeichen und nahm diesen an sich. Anschließend schnitt er mit seinem Dolch Fiochnans Ärmel auf, legte die Armschienen frei und nahm sie ihm recht grob ab.

Der Barkländer hob seinen Kopf an. In seinen Augen zeigte sich Entsetzen. »Ich hätte ... dich ... mit Gohan zusammen töten lassen sollen.«

»Jetzt bin *ich* dein Richter und Henker!«, sagte Godered kalt. »Sei froh, dass ich es bin, der dich zur Strecke gebracht hat, und nicht Brinok. Glaube mir, er hätte dich qualvoll dafür büßen lassen, was du ihm angetan hast!« Als er die goldenen, mit Edelsteinen besetzten prächtigen Armschienen *Dalanur* in Händen hielt, verspürte er ein warmes Kribbeln, und ein Gefühl der Macht durchströmte ihn.

Töte ihn! Er war niemals würdig, uns zu tragen. Ein Niemand, ein Nichts! Er versteht unsere wahre Macht nicht, er missbraucht das Geschenk, das wir ihm sind. Doch du ... du bist anders. Wir spüren es, wir sehen es in dir! Du bist auserwählt, würdig, uns zu tragen. Nimm uns an dich, lege uns um deine Unterarme, und wir werden dir dienen wie keinem anderen zuvor. Glück wird dir zuteilwerden – unermessliches Glück im Spiel, Reichtum, der keine Grenzen kennt, und Macht, wie du sie dir nie zu erträumen gewagt hast. Mit uns an deiner Seite wirst du herrschen, du wirst Menschen in deinen Bann ziehen, und sie werden dir folgen wie Schatten dem Licht.

Bring die gesamte Rüstung in deinen Besitz. Du wirst deine Feinde bezwingen, deine Gegner vernichten, und die Welt nach deinem Willen formen. Alles, was du jemals begehrt hast, ist in greifbarer Nähe. Alles, was du tun musst, ist uns zu nehmen! Spüre, wie wir dich rufen, wie wir dich wählen. Du bist derjenige, den wir suchen. Lege uns an, und die Welt wird dir gehören. Du bist würdig – nimm uns!

Nein! Nicht schon wieder! Godered wollte nicht erneut bedrängt und versucht werden. Warum nur hielten ihn die Rüstungsteile von *Amboreg* für einen Verbündeten? Ein beklemmendes Gefühl machte sich in ihm breit. Er wollte das nicht, und doch war die Verlockung da. Er befürchtete, sich irgendwann dieser magischen Dinge nicht mehr erwehren könnte. Der Gedanke kam auf, sie zu nutzen, um damit die *Gobarem* zu bekämpfen. Doch es durfte nicht sein, denn die Magie, die in den Rüstungsteilen von *Amboreg* wohnte, war gefährlich und finster. Godered glaubte, dass nicht er *sie* beherrschen würde, sondern sie irgendwann *ihn*. Rasch verstaute er die Armschienen in dem Beutel, und augenblicklich erstarb das drängende, intensive Geflüster. Erleichtert schloss er für einen Atemzug lang die Augen.

»Gib mir die Armschienen zurück! Du darfst sie ... mir nicht fortnehmen!«, stieß Fiochnan röchelnd hervor. »Ich wusste gleich, als ich ... dich ... sah, dass du gefährlich ... bist und habe ... mich gut geschützt! Gib sie mir!«

»Du wirst ohne sie sterben! Hier im Nichts und ohne dein Gold.«

»Ich wünsche dir ... einen qualvollen, grausamen Tod, du

verfluchtes ... Stück Charnirscheiße! Ich hoffe, dass ... die Arm-schienen dein ... Untergang sind!«, würgte Fiochnan unter gro-ßer Anstrengung hervor.

»Zumindest haben sie *deinen* Untergang besiegelt«, sagte Go-dered mit frostiger Stimme, zog sein Schwert aus Fiochnan her-aus, der qualvoll aufschrie.

Godered gab ihm keinen Gnadenstoß, sondern wischte die Klinge an dessen Mantel sauber. Fiochnan hatte kein Mitleid gekannt und sollte nun auch keines erfahren.

»Töte mich, du Sohn ... einer *Graas*!«, brachte Fiochnan her-aus. »Lass mich hier nicht ... elendig verrecken!«

»Du solltest deine letzten Atemzüge dafür verwenden, den Allwissenden um Verzeihung für deine Taten zu bitten, sonst findest du dich gewiss beim Scheusal wieder. Was du letztend-lich tust, ist mir vollkommen gleichgültig. Es ist nur entschei-dend, dass das Antlitz dieser Welt endlich von dir befreit wird.« Godered wandte sich ab und überließ ihn seinem Schicksal.

»Töte mich!«, rief Fiochnan verzweifelt aus. »Lass mich hier nicht krepieren! Töte mich!«

Godered beachtete ihn nicht weiter, auch wenn er als *Kämp-fer des Lichts* selbst einem Feind gegenüber Gnade walten lassen sollte. Vielleicht starb der Barkländer, ehe das erste Tier ihn als lohnenden Fraß entdeckte. Er kämpfte aufkeimende Gewissens-bisse nieder und begann zur Ablenkung, Pläne zu schmieden. Er musste sich von irgendwoher ein Pferd besorgen, Barkland verlassen und sich unverzüglich zum *Tempel des Lichts* begeben. Er würde auf niemanden warten — auch nicht auf Brinok — und niemanden aufsuchen, da es zu gefährlich war. *Dalanur* musste so schnell wie möglich wieder verborgen werden.

Godered war sich sicher, dass sich Brinok — da das Söldner-heer bald gemeinsam von den Karstiden, den Söldnerinnen, den *Dunak tor* und den anrückenden Bastiden zermalmt werden würde — anschließend sofort nach Wachtstein zu seiner Familie begeben würde. Brinok würde es dort nicht leicht haben, da er nun als Ausgestoßener galt.

In Wachtstein würde er Scholell, Teraal und Lanaris, die dort bestimmt noch immer die Gastfreundschaft seines Vaters genossen, berichten und mit ihnen gemeinsam den Rückweg zur *Nurr Schiandell* antreten. Godered dachte kurz an Scholell und Lanaris, die ihm mehr am Herzen lagen, als er es jemals für möglich gehalten hatte. Wenn er seinen Auftrag beendet hatte, würde er zur Hauptkampfschule reiten, um sie wiederzusehen, und beim Gedanken an Lanaris zeigte sich ein Lächeln auf seinen Lippen.

Er horchte auf. Ein Geräusch. Es war nur leise, doch dann wurde es lauter und lauter. Ein Flirren und Surren. Es war schnell, sehr schnell ...

Etwas traf ihn hart am Kopf, und ein gewaltiger Schmerz explodierte in seinem Schädel. Alles um ihn herum verschwamm, und ihm wurde schwarz vor Augen.

Godered stürzte zu Boden, rutschte ein gutes Stück den Abhang hinunter und blieb reglos liegen.

Schwärze ...

Nichts als Schwärze.

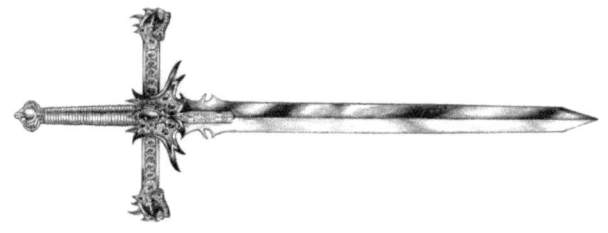

FORTSETZUNG FOLGT...

424

Anhänge

Übersicht über die Völker und Organisationen

Ahloren

Die Ahloren kamen vor 252 Jahren über das Meer ins ehemalige Reich der Armugaden. Sie vertrieben oder versklavten die dort lebenden Gotonen, nahmen das Land in Besitz und gründeten dort das Ahlorenreich. Die Ahloren lassen die Zeitrechnung mit ihrer Ankunft im Jahre 0 beginnen und sehen sich als die Friedenshüter Abladurs an. Ab dem 25. Lebensjahr altern die Ahloren nicht mehr. Sind sie jedoch 50 Jahre alt, vergreisen sie und sterben recht bald. Sie sind sehr fortschrittlich, bleiben zumeist unter sich und verbergen ihre Geheimnisse vor den Augen der Menschen. Nur in Ausnahmefällen gewähren sie den Menschen Zutritt in ihre festungsähnlichen Metallstädte, die hauptsächlich auf Inseln errichtet wurden. Königin Lariavara ist die derzeitige Monarchin, und ihr Palast befindet sich in der Hauptstadt Ahlorah.

Motavier

Die Motavier sind ein fortschrittliches Volk und leben im Südwesten von Abladur. In der Vergangenheit haben sich die fünf Stämme der Motavier (Masonen,
Tavieden, Madonen, Titaven, Rasonen) immer wieder gegenseitig aufs Bitterste
bekriegt. Die Motavier haben ihre Grenzen gegen Fremde abgeschottet. Sie betreiben Raubbau an der Natur und schufen dadurch zahllose verödete Flächen.
Das oberste Lebensziel dieses Volkes ist die Selbstverwirklichung des Einzelnen. Deshalb verbringen sie nicht viel Zeit mit ihren Kindern und quartieren
ihre Alten in »Altenburgen« oder »Siechstätten« ein. Bewaffnet sind offiziell
nur die Soldaten, doch es gibt in den Städten viele kriminelle Organisationen,
die teilweise ganze Stadtviertel kontrollieren. Von allen Völkern Abladurs hegen die Motavier das geringste Interesse am Tempel des Lichts. Die Hauptstadt
der Motavier ist Bisann Morosia. Derzeitiger demokratisch gewählter Präsident
ist Uktan vom Stamm der Madonen.

Barkländer

Sagart

Die Barkländer leben im Westen von Abladur, bevorzugt in den Bergregionen. Sie sind ein heißblütiges, martialisches Volk, streitsüchtig und eitel; selbst die Männer behängen sich gern üppig mit auffälligem Schmuck. Die Vorliebe für breite Armreifen hat ihnen den Spitznamen *Spangen* eingebracht. Sie sind ein ansehnliches, hochgewachsenes Volk mit zumeist blondem oder rotem Haar und rötlich schimmernder Haut. Das Volk der Barkländer hat sich vor Jahrhunderten in zwei Horden gespalten: die Karstiden und die Bastiden, zwischen denen es immer wieder zu Kämpfen kommt. Werden die stolzen Barkländer jedoch von einem anderen Volk angegriffen, vereinen sich die Horden und begegnen dem Feind gemeinsam. Wenn sie gerade nicht kämpfen, durchwühlen sie die Berge auf der Suche nach Salz, Metallen und Edelsteinen. Der Hauptsitz der Bastiden ist die Feste Bastid, der derzeitige Hordenführer ist Fraroch. Der Hauptsitz der Karstiden ist die Feste Karstid, und der Hordenführer ist momentan Brohnok.

Ostieden

Die redseligen und eitlen Ostieden leben im Südosten Abladurs. Sie sind eher kleinwüchsig, haben schwarzes Haar und braune Augen. Sie lieben den Genuss ungewöhnlicher Speisen, verspielte Häuser und Gesellligkeit. Ihren Frauen gestehen die Männer nur wenige Rechte zu. Sie dürfen nicht arbeiten und verwenden die meiste Zeit darauf, sich für ihre Männer herauszuputzen. Auch die Künste werden von den Frauen gepflegt, sowie die Bildung des Geistes. Somit verfügen sie über umfangreiches Wissen und dienen ihren Männern heimlich als Berater. Auf der Insel Sal-run müssen die hässlichen Frauen unverheiratet ihr Dasein fristen. Die schönsten Ostiedinnen werden hingegen zur Insel Tikadur gebracht, wo sie zu horrenden Preisen an heiratswillige Männer verkauft werden. Eine große Leidenschaft der Ostieden sind Pferde und Pferderennen. Es gibt verschiedene Mannschaften, die fanatische Anhänger haben. In der Vergangenheit kam es nach Pferderennen oft zu blutigen Straßenkämpfen. Die Hauptstadt der Ostieden ist Or-ti-rag, und derzeitiger König ist Eissad Novodo.

Rogarländer

Die Rogarländer leben im Nordwesten Abladurs. Einst waren die zumeist blonden, hochgewachsenen Rogarländer stolze Krieger und Seefahrer, welche die Meere als Händler oder auf der Suche nach neuen Welten bereisten. Durch den Einfluss der Ahloren betreiben sie mittlerweile nur noch in begrenztem Umfang Handel, und ihre Routen führen zumeist an den Küsten des Kontinents entlang. Die Rogarländer haben mit harten Lebensbedingungen zu kämpfen und müssen jede Ernte dem steinigen, kargen Boden abringen. Sie sind überaus abergläubisch und geben bei Unglücksfällen Hexen oder Hexern die Schuld, die zur Strafe von den Klippen gestürzt werden. Die größten Inseln in Rogarland werden von Inselfürsten beherrscht, die dem König zur Treue verpflichtet sind. Nicht selten gibt es zwischen den Fischern der verschiedenen Inseln Streitigkeiten und blutige Kämpfe um die besten Fanggründe. Der Königssitz befindet sich in Hagdo, der regierende König ist Astric X.

Evidanier

Die Evidanier leben im Nordosten Abladurs. Bei ihnen haben die Frauen die politische Macht inne. Geführt werden sie vom *Oraweif* (Oberster Rat der weisen Frauen). In Evidanien gibt es zahlreiche Horte, die große Gebiete umfassen und in denen die Gemeinschaft besonders eng miteinander verbunden ist. Die Evidanier verpönen den Fortschritt, und Harmonie ist ihnen äußerst wichtig. Um diese zu bewahren, werden einzelnen Personen, die allzu individuell sind, mitunter die »Flügel gestutzt«. Die Evidanier sind friedliebend; wird das Land jedoch angegriffen, ziehen Männer und Frauen gleichberechtigt in den Krieg. In der Vergangenheit wurde Evidanien oft von den Gotonen angegriffen. Der wichtigste Ort ist die Feste Geborgenheit, wo auch der *Oraweif* seinen Sitz hat.

Gotonen

Die Gotonen leben in Zentralabladur und sind das herrschsüchtigste Volk von allen. In den vergangenen Jahrhunderten haben sie die anderen Völker oftmals brutal unterdrückt, da sie der Meinung sind, ihnen gebühre die Herrschaft über Abladur. Lediglich die Anwesenheit der Ahloren zügelt ihre Angriffslust. Die Gotonen werden von einem König regiert. Dieser darf nach einem Tabujahr – dem ersten Regierungsjahr – von den Mitgliedern der 35 Königsanwärtergeschlechter *(Köan)* offiziell und ohne Bestrafung ermordet werden. Derjenige, dem es gelingt, den König zu beseitigen, wird neuer König. Nach dem neuerlich einsetzenden Tabujahr wird seinerseits die Jagd auf ihn eröffnet, und er muss sich vor Mordanschlägen schützen. Die Regierungsarbeit wird aufgrund dessen hauptsächlich von Beamten ausgeführt. In ihrer zumeist kurzen Regierungszeit können nur wirklich starke Könige etwas Wesentliches bewirken. Die Gesellschaft ist streng hierarchisch geordnet, und die Königsanwärter regieren in ihren Hegemonien wie Kleinkönige. Der wichtigste Herrschersitz ist aktuell die Machtburg. Derzeit sind die Gotonen ohne Herrscher, da König Erwech von den Ahloren an einem geheimen Ort gefangen gehalten wird.

Priester

Die Priesterschaft setzt sich aus Angehörigen aller sieben Völker zusammen und ist unterteilt in sieben hierarchisch strukturierte Ränge. Der wichtigste aller Tempel befindet sich im Ahlorenreich und ist das größte Heiligtum des Kontinents Abladur. Dieser sogenannte *Tempel des Lichts* ist von sieben mächtigen Verteidigungsringen umgeben. Unter dem Tempel erstreckt sich eine weitläufige Höhle, die *Halle des Lichts.* Dort brennt für jeden Bewohner Abladurs eine Lebenskerze, die bei der Geburt durch die göttliche Macht entzündet wird. Stirbt der Mensch, erlischt die Kerze. Während ihres Dienstes in der *Halle des Lichts* tragen die Priester und Priesterinnen feuerfeste Kleidung zu ihrem Schutz. Die verschiedenen Tempel werden jeweils von Großpriestern geführt. Über allen steht der Hauptgroßpriester.

Dunak tor

Der Kampforden wurde im Jahre 520 v. A. A. von Priestern gegründet. Die vielseitigen Kämpfer setzen sich aus allen Völkern zusammen und sind die Beschützer des *Tempels des Lichts*. Wenn ein Teil der Rüstung *Amboreg* gestohlen wird, ist es ihre Aufgabe, diesen zurückzubringen. Die *Dunak tor* greifen auch bei Krieg zwischen den Völkern ein, um den Frieden wiederherzustellen. Sie sind auch, mit geheimen Aufträgen betraut, auf dem Kontinent unterwegs. Die Dunak tor leben hauptsächlich in Kampfschulen zusammen. Die Leiter der Kampfschulen tragen die Bezeichnung *Großmeister*. Die wichtigste Kampfschule ist die *Nurr Schiandell* in der Nähe des *Tempels des Lichts* im Ahlorenreich. Deren Leiter ist der *Hauptgroßmeister*, die oberste Autorität der *Dunak tor*. Es gibt sieben Schülergrade und sieben Meistergrade, die an den juwelenbesetzten Ohrringen erkennbar sind. Der höchste Meistergrad ist *Rotrot*.

Gobarem

Die *Gobarem* wurden im Jahr 517 v. A. A. gegründet und sind die Gegenspieler der *Dunak tor*. Oberstes Ziel dieser finsteren Organisation ist es, an die Rüstung *Amboreg* zu gelangen und damit die Herrschaft über ganz Abladur auszuüben. Die *Gobarem* sind unterteilt in sieben Trutzränge mit jeweils vierzehn Graden (insgesamt 98 Stufen). Außerdem pflegen sie einen religiösen Kult und besitzen eine äquivalent aufgebaute Priesterstruktur. Sowohl bei den Kriegern als auch bei den Priestern schreitet man in den Rängen rasch voran. Man erkennt die *Gobarem* an einer speziellen Tätowierung im Nacken. Der wichtigste Stützpunkt ist die rogarländische Insel Fil.

Egmarob

Die *Egmarob* haben sich im Jahr 290 v. A. A. von den *Dunak tor* abgespalten. Sie haben sich auf die evidanische Insel Sturmberge zurückgezogen und treten fast nie offiziell in Erscheinung. Sie haben sich der Gewaltlosigkeit verschrieben und sind als unauffällige Helfer bei Kriegen oder Katastrophen zur Stelle, indem sie sich um die Verwundeten kümmern und beim Wiederaufbau helfen. Dafür wollen sie weder Dank noch Anerkennung. Ihr oberstes Ziel ist es, die Rüstung *Amboreg* zu zerstören, da sie in ihren Augen die größte Gefahr für die Bewohner Abladurs darstellt. Die *Egmarob* haben einen gewählten Rat, der aus sieben Personen besteht, ansonsten werden alle Angehörigen als gleichberechtigt angesehen. Besonders geachtet werden die langjährigen Mitglieder, welche die »Weisen« genannt werden.

Skornags

Skornags sind halbintelligente Kreaturen, die in bestimmten Regionen von Barkland heimisch sind. Sie leben in Horden und ziehen in kleinen Gruppen umher, stets auf der Suche nach Nahrung. In größeren Verbänden wagen sie Angriffe auf Menschen und jagen sie, da sie deren Fleisch als Nahrung akzeptieren, auch wenn es nicht ihre bevorzugte Kost ist. Die Wesen zeichnen sich durch robuste Knochen und eine dicke, ledrige Haut aus, die es schwierig macht, sie im Kampf zu besiegen.

Gandoren

Die Gandoren sind die Wächter des *Tempels des Lichts* und dienen vor allem dem Schutz des Hauptgroßpriesters, dem sie unmittelbar unterstellt sind. Ihre Reihen gliedern sich in einfache Wachen und Hauptmänner. Ihre Rüstungen umhüllen sie vollständig, sodass niemand erkennen kann, aus welchem Volk ein Wächter stammt. Mit ihren spiegelnden, violetten Visieren aus unzerbrechlichem Glas, ihrem unerschütterlichen Schweigen und ihrer bedrohlichen Präsenz wirken sie auf viele unheimlich und einschüchternd. Sie bewohnen einen abgetrennten Bereich des Tempels, der für Außenstehende unzugänglich ist.

Übersicht über die Ränge der Dunak tor und Priester

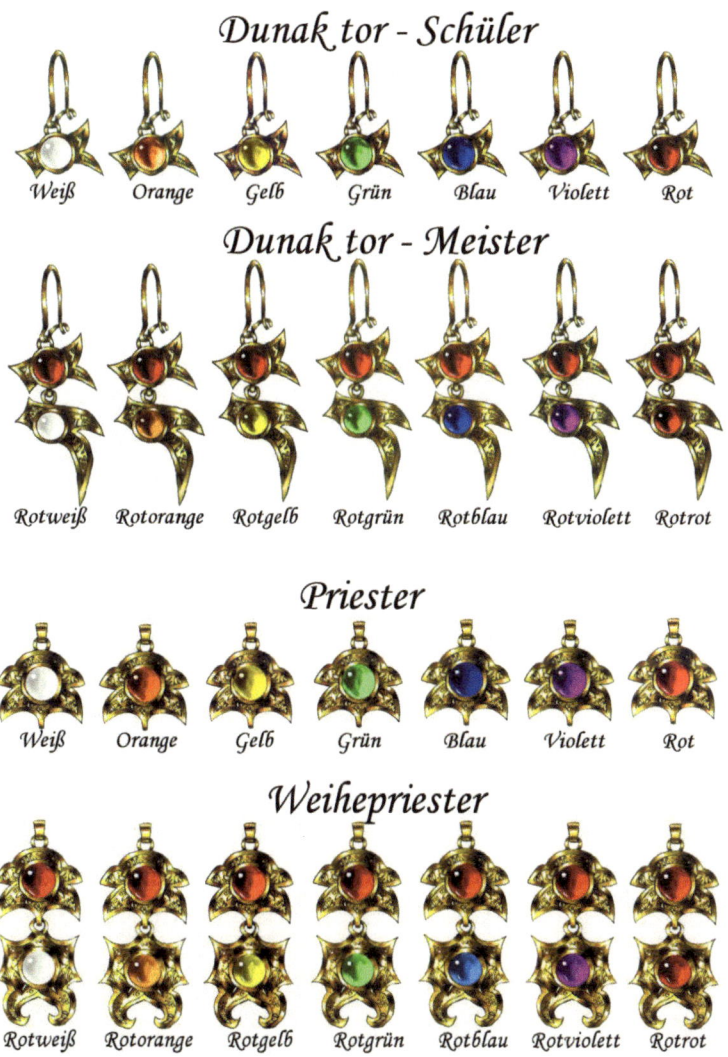

Dunak tor - Schüler

Weiß · Orange · Gelb · Grün · Blau · Violett · Rot

Dunak tor - Meister

Rotweiß · Rotorange · Rotgelb · Rotgrün · Rotblau · Rotviolett · Rotrot

Priester

Weiß · Orange · Gelb · Grün · Blau · Violett · Rot

Weihepriester

Rotweiß · Rotorange · Rotgelb · Rotgrün · Rotblau · Rotviolett · Rotrot

Karte Ahlorenreich

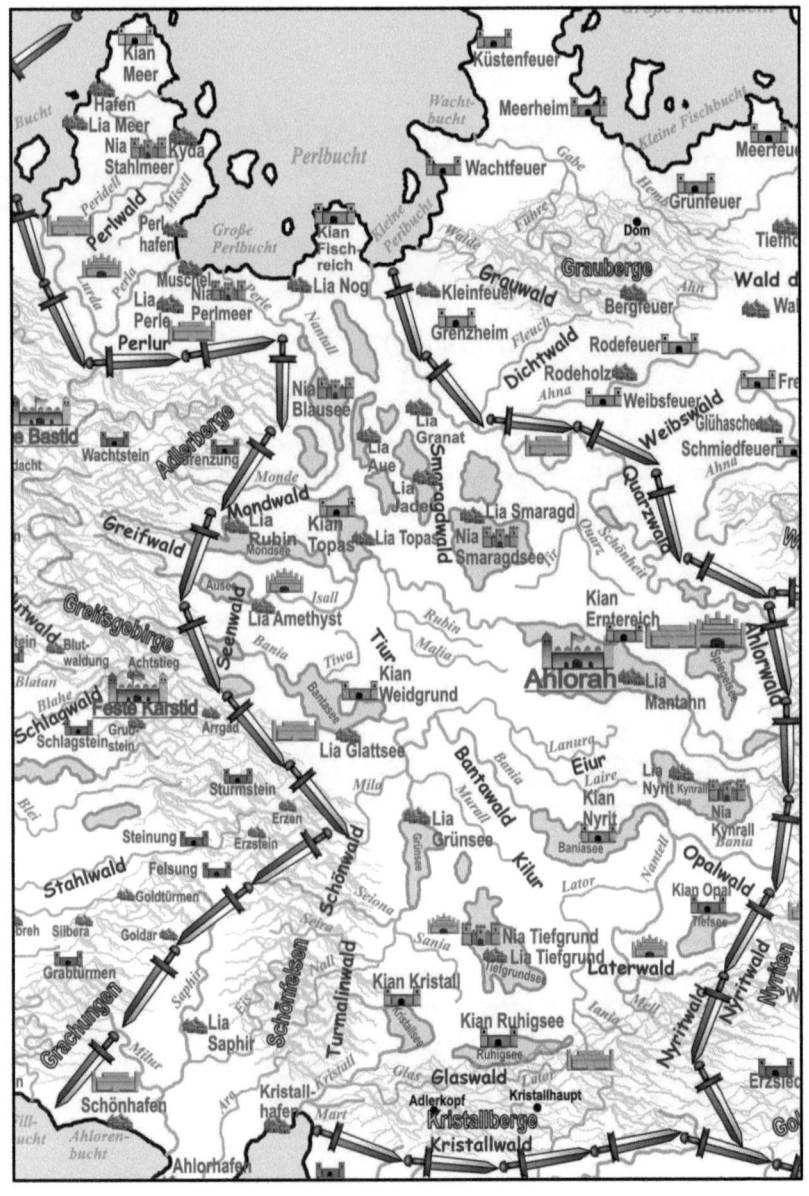

Karte Barkland

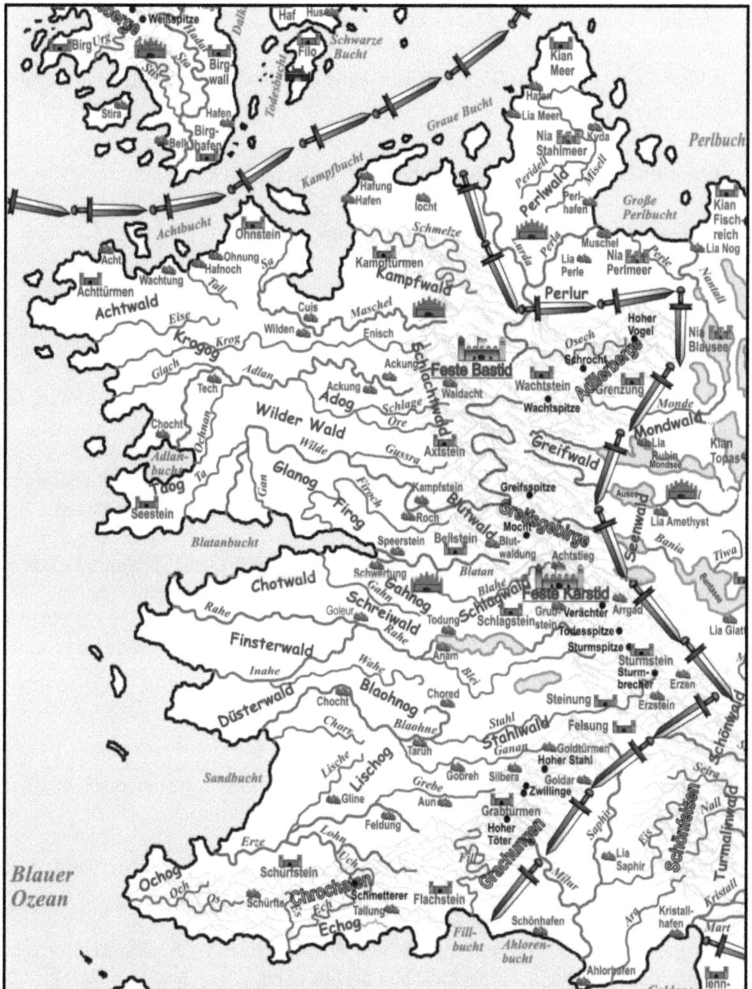

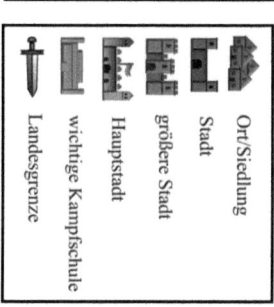

Glossar

Abladur: Kontinent, auf dem sieben unterschiedliche Völker leben

Adlerberge: Gebirge in Barkland im Gebiet der Bastiden, Nahe der Grenz zum Ahlorenreich

Adroch: Graduierung bei den *Gobarem*, Trutzrang 7, Grad 2.

Ahloran: Metall, dass die Ahloren mitgebracht haben.

Allvater: Bezeichnung für Gott in Gotonien

Allwissender: Bezeichnung für Gott in Barkland

Algenfresser: abfällige Bezeichnung der anderen Völker für die Ahloren, da die Ahloren gern nahrhafte Algen essen

Armugaden: untergegangene Hochkultur in Abladur. Es gibt noch einige mächtige Ruinen, die Zeugnis von der Baukunst der Armugaden ablegen.

Arutan: die, armugadisch; *Sg.: Arutan,* Pl.: *Arutans, Gen.: Arutans*; Bezeichnung einer Personengruppe, die am *Dunak tor-Arusch* teilnimmt

Atno Gesadi: junger Ostiede, der beim letzten Arusch in die Hände von Rahila geriet und an den Folgen der Folter starb.

Axtstein: Stadt der Bastiden im südlichen Schlachtwald

Bainestor: höchster Amtsinhaber bzw. Aufseher über eine wichtige Stadt in Barkland

Bakladat: Riesenratte, die den Schild *Lanasch* beschützt hat. Sie wurde von Godered erschlagen.

Banur: von den Ahloren mitgebrachtes Wasserschwein. Die Ahloren fertigen daraus u. a. Kleidung, Gepäcktaschen und Decken.

Bastid: Barkländer; der Sage nach der Gründer der Horde der Bastiden

Bastiden: Horde, die im nördlichen Teil von Barkland lebt

Beilstein: Grenzstadt im südlichen Gebiet der Bastiden

Der große Bergschafskrieg: 195 n. A. A. "Der große Bergschafskrieg". Die Bastiden fielen ins Karstidenland ein und schlachteten dort die Bergschafe ab. 196 n. A. A. "Die große Bergschafsschlacht". Die Schlacht tobte ununterbrochen 9 Tage. Als die Ahloren eine Gesandtschaft schickten, wurde diese von den Barkländern gemeinschaftlich erschlagen.

Blatan: Fluss in Barkland, bildet die Grenze zwischen dem Gebiet der Bastiden und Karstiden

Braduhn: jüngerer Bruder von Brinok, war ebenfalls ein *Dunak tor* und kam bei einem Einsatz ums Leben

Brohnok: Hordenführer der Karstiden

Charnir: ein wolfähnlicher, äußerst hässlicher Aasfresser, der in Barkland lebt. Er riecht überaus unangenehm und hat einen unbehaarten Kopf und Hals; der Gestank seiner Ausscheidungen ist kaum zu ertragen.

Dalanur: kostbare magische Armschienen der Rüstung *Amboreg*

Dunak tor-Arusch: der Dunak tor-Arusch; armugadisch; der *Dunak tor-Arusch* ist die gleichzeitige Aussendung von mehreren *Dunak tor*-Gruppen mit einem äußerst wichtigen, geheimen und gefährlichen Auftrag in unterschiedliche Länder. Die einzelnen Gruppen des *Aruschs* werden als *Arutan* bezeichnet.

Eitelkrieg: - 420 n. A. A. – - 414 n. A. A.; Bastiden und Karstiden gerieten über die Schönheit ihrer Festen aneinander. Die Bastiden marschierten ins Karstidenland ein und belagerten die Feste der Karstiden. Sagarts schlichteten und brachten die Bastiden dazu abzurücken.

Eissad Novodo: König der Ostieden seit 251 n. A. A.

Erwech: König der Gotonen, derzeit in Gefangenschaft bei den Ahloren

Erhalter: Bezeichnung der Evidanier für Gott

Erzvater: Bezeichnung der Ostieden für Gott

Feste Bastid: wichtigste Festung der Bastiden in Barkland, Sitz des Hordenführers der Bastiden

Feste Karstid: wichtigste Festung der Karstiden in Barkland, Sitz des Hordenführers der Karstiden

Felsschreier: ein unansehnlicher Raubvogel; ist in Barkland im Adlergebirge verbreitet; sein Geschrei ist sehr unangenehm

Fiaroch: Hordenführer der Bastiden

Fil: rogarländische Insel; der Hauptsitz der *Gobarem*. Dort befindet sich auch ihr wichtigster Tempel. Erstmals hört man 478 v. A. A. von unheimlichen Vorgängen auf Fil. Lange hält man Fil für eine Geister- und Gespensterinsel.

Fleischreißer: ein Schimpfwort der anderen Völker für die Barkländer, da sie große Mengen Fleisch vertilgen und dieses zumeist nicht mit Besteck essen, sondern direkt mit ihren Zähnen von den Keulen reißen

Gandoren: Ehrengarde des Hauptgroßpriesters im Tempel des Lichts

Graas: selbstbewusste und selbstbestimmte Prostituierte in Barkland, sie bieten ihre Dienste freiwillig an und arbeiten zumeist mit einem Wirt zusammen, der ihnen in seinem Gasthaus Zimmer vermietet

Greifsgebirge: Gebirge im Osten von Barkland

Grenzung: Stadt in Barkland, im östlichen Gebiet der Bastiden, nahe des Ahlorenreiches

Gotolonen: Bezeichnung für die im Ahlorenreich lebenden Nachfahren der Gotonen, die im Jahre 5 n. A. A. vom Ahlorenkönig Laganor versklavt wurden und beim Bau der Städte, Straßen und Häfen eingesetzt wurden. Obwohl die *Gotolonen* längst keine Sklaven mehr sind, werden sie von den Gotonen zutiefst verachtet.

Gobra: rötliches, hochglänzendes Metall, kostbarer als Gold; wird hauptsächlich in Barkland, im Ahlorenreich und in Gotonien gefördert

Goldkrieg: - 388 – - 371 n. A. A. in der Nähe von Sturmstein wurden große Goldvorkommen gefunden. Die Bastiden zogen über die Berge und stahlen eine Menge Gold. Der Krieg endete mit Hilfe der Sagarts. Die Karstiden mussten für mehrere Jahre Tribut zahlen.

Gratanheer: Bezeichnung eines Zusammenschlusses von Kriegern der *Dunak tor* und Ahloren, wenn der Frieden zwischen den Völkern bedroht ist.

Großer Hordenkrieg: 132 – 156 n. A. A. Die Bastiden fielen ins Gebiet der Karstiden ein und umgekehrt. Gegenseitige Verwüstungen. Der Krieg endete erst, als die Bastiden die Gerüchte vernahmen, dass die Ahloren die Hordenführer umbringen wollten. Sie schlossen sich zusammen und griffen die Ahloren an, wurden aber über die Grenze zurückgeschlagen.

Gestalter: Bezeichnung der Motavier für Gott

Großmeister: Bezeichnung des Leiters einer *Dunak tor*-Kampfschule

Gründer: Bezeichnung der Rogarländer für Gott

Halle des Lichts: Eine weitläufige Höhle unter dem *Tempel des Lichts*. Dort brennt für jeden Menschen und jeden Ahloren in Abladur symbolisch eine Kerze.

Hastro: besonders große und bissige Kampfhunde in Gotonien; zumeist im Besitz von Königsanwärtern

Hauptgroßmeister: der Leiter der *Nurr Schiandell*; die oberste Autorität der *Dunak tor*

Hauptgroßpriester: der oberste Priester im *Tempel des Lichts*; die oberste Autorität der Priesterschaft

Haus, das es nicht gibt: Bezeichnung einer bordellähnlichen Einrichtung für *Dunak tor*; diese widerspricht den Moralvorstellungen der Ahloren zutiefst, deshalb ist dieses Freudenhaus von außen kaum erkennbar in die Landschaft integriert. Die Ahloren verleugnen offiziell dessen Existenz.

Hordlinge: zumeist Gefangene der jeweils anderen Horde. Sie müssen u. a. in Bergwerken und auf Feldern arbeiten, werden aber nicht schlecht behandelt. Sie gewinnen ihre Freiheit durch Gefangenaustausch oder durch Flucht wieder. Bei einer Flucht wird die Verfolgung von Kopfjägern aufgenommen. Gelingt die Flucht, werden Hordlinge von ihrer Gemeinschaft ein Jahr lang gemieden, weil sie in schmachvolle Gefangenschaft gerieten. Während dieser Zeit müssen sie unentgeltlich in Minen, Werkstätten oder auf Feldern arbeiten. Ist das Jahr vorüber, werden sie mit einem feuchtfröhlichen Fest wieder als vollwertiges Mitglied in die Horde aufgenommen.

Istraball: ahlorische Pferde mit zottigem grauem Fell und violetten Augen. Sie haben einen relativen kurzen Hals und lange, stämmige Beine. Sie sind überaus schnell und ausdauernd und können große Distanzen innerhalb kürzester Zeit zurücklegen.

Karstid: Barkländer; der Sage nach der Gründer der Horde der Karstiden

Kernrotzer: ein Schimpfwort der Völker für die Ostieden, weil sie gern Fadahn essen und die Kerne der getrockneten Früchte achtlos überall hinspucken

Kian Erntereich: Stadt im Osten des Ahlorenreichs in der Nähe des Ahlorahsees

Köan: Bezeichnung für die Königsanwärter in Gotonien; *Sg.: Köan, Pl.: Köans; Gen.: Köans;* Angehöriger eines der 35 noch vorhandenen Königsanwärtergeschlechter. Nur sie dürfen den gotonischen König nach einem Jahr Schonfrist ermorden, um dann selbst den Thron zu besteigen.

Kohall: eine Graduierung bei den *Gobarem*, Trutzrang 3, Grad 10.

Lanasch: armugadisch; der Schild der Rüstung *Amboreg*. Wer den magischen Schild besitzt, kann jeden Gegner abwehren, der ihn angreift.

Lariavara: geb. 209 n. A. A.; Ahlorin; seit 230 n. A. A. Königin der Ahloren
Laruell: der/die Laruell; armugadisch; Sg.: *Laruell*, Pl.: *Laruells*; Gen.: männl. = *Laruells,* weibl. *Laruell*; Anführer/in einer *Arusch*; hat zumeist sechs *Muriaten* unter seinem Befehl

Marisalbe: eine ahlorische Heilsalbe; sie wirkt desinfizierend, schmerzstillend und fördert die schnelle Wundheilung

Mell: kleiner Fluss im Süden des Ahlorenreiches

Moosplätzchen: rogarländische Haferplätzchen, denen ein Moosextrakt hinzugefügt wird; sie sind von grüner Farbe und schmecken nussig-pfefferminzig

Muriat: *der/die Muriatin;* armugadisch; Sg.: *Muriat,* Pl.: *Muriaten,* Gen.: männl. *Muriats,* weibl. *Muriatin*; Angehörige/r einer *Arutan*; untersteht einem/einer *Laruell*

Nantell: Fluss im Süden des Ahlorenreiches

Nia Smaragdsee: Stadt in der Mitte des Ahlorenreichs auf einer Insel im Smaragdsee gelegen

Nurr Schiandell: armugadisch; Hauptkampfschule der *Dunak tor* im Osten des Ahlorenreichs in der Nähe des *Tempels des Lichts*

Nyrit: Edelstein von besonders kräftiger oranger Farbe; wird hauptsächlich in Barkland und Gotonien gefördert

Olia Ganarma: König der Ostieden von 242 – 251 n. A. A.

Oraweif: »Oberster Rat der weisen Frauen« in Evidanien. Der Rat hat seinen Sitz in der evidanischen Hauptstadt, der Feste Geborgenheit. Der *Oraweif* bestimmt über die wichtigsten Angelegenheiten der Evidanier.

Padano Ratell: König der Ostieden von 240 – 242 n. A. A.

Pasteten: Schimpfwort der Völker für die Motavier

Rahila: Eheweib des gotonischen Königs Erwech, eine Gobaremhexe

Reccwech 37: geb. 195 n. A. A., gest. 232 n. A. A.; Gotone; König von 231 bis 232 n. A. A.

Reccwech 37: nach dem Tod seines Bruders, König Reccwech 37, übernimmt Reccwech *der Mittlere* die Bezeichnung *der Älteste* und wird Reccwech 37; er ist aber kein König, sondern nur ein *Köan*

Reccwech 38: geb. 226 n. A. A., Sohn von Reccwech 37 (ehemals der Mittlere)

Sagart: priesterähnlicher Gelehrter mit vielen unterschiedlichen Funktionen in Barkland, u. a. Heilkunde, Rechtsprechung, Hüter des Wissens, Astronomie

Scalin: der oberste *Sagart* der Bastiden

Scheusal: Bezeichnung des Gegenspielers des Erzvaters (Gott) bei den Barkländern

Schiandell: die Schiandell; armugadisch; *Sg.: Schiandell, Pl.: Schiandells, Gen.: Schiandells*; Begriff für die Kampfschulen der *Dunak tor*

Schiandell Adlersteige: Dunak tor-Kampfschule in den nördlichen Nyriten in Gotonien

Schiefaugen: Schimpfwort der Völker für die Ahloren, da die Ahloren leicht schräg gestellte violette Augen haben.

Schlacht an der Rahe: - 333 v. A. A. Die Bastiden jagten einen Hordling durchs Karstidenland und hatten bei der Grenzüberschreitung nicht um Erlaubnis gefragt. Dadurch kam es zur Schlacht.

Schlagwald: Waldgebiet in Barkland, östlich der Feste Karstid

Schattenwald: dichtes Waldgebiet nördlich der Hauptkampfschule

Schreihamster: kleiner Hamster, dessen Züchtung und Abrichtung überaus schwierig ist. Es ist vom Aussterben bedroht, und nur noch wenige Adlige nutzen ihn als Nachtwächter. Der Hamster hat einen leichten Schlaf und stößt bei Gefahren oder Annäherung einen ohrenbetäubend schrillen Ton aus.

Schmetterschlucht: Schlucht in den Adlerbergen

Schrodoch: kleine magische Kugel, die als Energieverstärker dient.

Schwartenläufer: Schimpfwort der Gobarem für die *Dunak tor; Dunak tor* haben für gefährliche Einsätze spezielle Stiefel mit einer Sohle aus der Schwarte des Banurs. Mithilfe dieser Stiefel können sich geschickte Krieger nahezu lautlos anschleichen.

Schwarze: Diese Gruppierung wurde von Rahila ins Leben gerufen, um u. a. zu erkennen, wer sich in Gotonien gegen Erwech stellt, und um erreichen, dass Godered nochmals nach Gotonien entsandt wird.

Seinan: Das blau schimmernde Ahlorenmetall gibt Wärme ab und kann äußerst dünn verarbeitet werden. Es ist überaus elastisch.

Skornags: halbintelligente Wesen, die in kleinen Horden leben. Sie ziehen oft in kleinen Gruppen umher. Befinden sie sich in einer größeren Gruppe, machen sie durchaus Jagd auf Menschen.

Spange: ein Schimpfwort der anderen Völker für die Barkländer aufgrund des auffälligen Armschmucks der Männer

Tabujahr: Schonfrist für einen neuen König in Gotonien. Nach Ablauf dieser Frist, darf von den Mitgliedern der 35 Königsanwärtergeschlechter versucht werden, ihn umzubringen. Wem es gelingt, wird somit neuer König.

Tempel des Lichts: größter und wichtigster Tempel Abladurs; befindet sich im Osten des Ahlorenreiches, nahe der gotonischen Grenze

Tiegelhalle: befindet sich unter dem *Tempel des Lichts* im Ahlorenreich direkt neben der *Halle des Lichts*. Dort werden die Lebenskerzen eingeschmolzen und zu neuen Kerzen verarbeitet.

Torques: goldener Halsreif der männlichen adligen Barkländer, Statussymbol

Trutzrang: Bei den *Gobarem* gibt es insgesamt sieben Trutzränge mit jeweils sieben Schülergraden und sieben Meistergraden = insgesamt 98 Stufen. Bei den Priestern der *Gobarem* sind die Ränge ebenfalls in 98 Stufen unterteilt. Die An-wärter rücken relativ schnell auf, um sie enger an die Organisation zu binden. Der Name des Ranges ist benannt nach demjenigen, der erstmals diesen Rang bekleidete.

Unaktal: armugadisch; das Schwert der Rüstung *Amboreg*. Wer das magische Schwert besitzt, besiegt jeden Gegner im Zweikampf.

Verderber: Bezeichnung der Ahloren und der *Dunak tor* für den Gegenspieler des Weltenschöpfers

Verfehlte: Offiziell gibt es keine Verbrecher bei den Ahloren, aber es kommt dennoch vor, dass einige Ahloren ausgestoßen werden und als *Verfehlte* enden, die durch die Wälder streifen und oft mit den gotonischen *Wildgefährten* Räu-berbanden bilden.

Versucher: Bezeichnung des Gegenspielers des Erzvaters (Gott) bei den Ostie-den

Wachtstein: wichtige Stadt der Bastiden in den Adlerbergen

Weltenschöpfer: Bezeichnung für Gott bei den Ahloren und *Dunak tor*

Widersacher: Bezeichnung der Gotonen für den Gegenspieler des Allvaters

Wurzelnager: ein Schimpfwort der anderen Völker für die Evidanier

Zwicker: Kleine intelligente Fledermäuse, die sich hervorragend abrichten las-sen. Sie werden fast ausschließlich von Ahloren und *Dunak tor* zum Übermit-teln von Nachrichten benutzt.